森の中に埋めた

ネレ・ノイハウス

ホーフハイム刑事警察署の管轄内にあるキャンプ場でキャンピングトレーラーが炎上し、大爆発が起きた。計画的な放火の痕跡があり、中から男の焼死体が見つかる。刑事オリヴァーとピアは捜査を始め、トレーラーの持ち主がオリヴァーの知人の母親だと判明する。だが余命わずかでホスピスにいた彼女が、何者かに窒息死させられてしまう。さらに新たな被害者が。被害者や被疑者のほとんどがオリヴァーの知り合いで、一連の連続殺人には42年前のある事件が関係している可能性が……。緻密極まりない構成で人間の裏の顔を暴きだす圧巻の警察小説！

登場人物

捜査関係者とその家族

オリヴァー・フォン・ボーデンシュタイン……ホーフハイム刑事警察署第一首席警部
ピア・ザンダー（旧姓キルヒホフ）……同、首席警部
ニコラ・エンゲル……同、署長、警視
ケム・アルトゥナイ……同、首席警部
カイ・オスターマン……同、上級警部
カトリーン・ファヒンガー……同、上級警部
ターリク・オマリ……同、警部
クリスティアン・クレーガー……同、鑑識課課長、首席警部
メルレ・グルンバッハ……同、被害者支援要員
シュテファン・シュミカラ……同、広報官

ヘニング・キルヒホフ……………………法医学研究所所長。ピアの元夫
フレデリック・レマー……………………法医学者
ジャンニ・ロンバルディ…………………取調専門官
キム・フライターク………………………司法精神科医。ピアの妹
ヨアヒム・〝ジョー〟・シェーファー……特別出動コマンド(SEK)現場指揮官
カロリーネ・アルブレヒト………………オリヴァーのパートナー
クリストフ・ザンダー……………………オペル動物園園長。ピアの夫
コージマ……………………………………オリヴァーの元妻
ガブリエラ・フォン・ロートキルヒ……伯爵夫人。コージマの母
ハインリヒ・フォン・ボーデンシュタイン……伯爵。オリヴァーの父
レオノーラ・フォン・ボーデンシュタイン……伯爵夫人。オリヴァーの母
クヴェンティン・フォン・ボーデンシュタイン……オリヴァーの弟
ローレンツ・フォン・ボーデンシュタイン……オリヴァーの長男
トルディス・フォン・ボーデンシュタイン……ローレンツの妻、インカの娘
ゾフィア・フォン・ボーデンシュタイン……オリヴァーの次女
ベネディクト・ラート………………………元首席警部

オリヴァーの子ども時代の友人とその家族

アルトゥール・ベルヤコフ……………………オリヴァーの親友、故人
ヴァレンティナ・ベルヤコフ………………アルトゥールの姉
ラルフ・エーラース……………………………水車小屋の住人
ヤーコプ・エーラース…………………………ケルクハイム市戸籍課次長。ラルフの兄
パトリツィア・エーラース……………………幼稚園と司祭館の事務係。ヤーコプの妻
インカ・ハンゼン………………………………獣医。オリヴァーの元恋人
アンドレアス（アンディ）・ハルトマン………精肉店店主
フランツィスカ・ハルトマン…………………アンドレアスの姉、故人
エリーザベト・ハルトマン……………………アンドレアスの母
エトガル・ヘロルト……………………………金属加工工房経営
ローゼマリー（ロージー）・ヘロルト………エトガルの母
クレメンス・ヘロルト…………………………風力発電の保守点検工。エトガルの兄

ゾーニャ・シュレック……………………………理髪師。エトガルの妹
デトレフ・シュレック……………………………工場勤務。ゾーニャの夫
ヴィーラント・カプタイナ………………………林務官
ローニャ・カプタイナ……………………………ヴィーラントの娘
クラウス・クロル…………………………………村の巡査。ローゼマリーの弟
ペーター・レッシング……………………………投資銀行頭取
ヘンリエッテ・レッシング………………………ペーターの妻
エリーアス・レッシング…………………………ペーターの息子
レティツィア・レッシング………………………エリーアスの姉
ハンス＝ペーター・レッシング…………………村の医師。ペーターの父、故人
ゲルリンデ・レッシング…………………………ハンス＝ペーターの妻、故人
ライムント・フィッシャー………………………ケーニヒシュタイン警察署署長。ゲルリンデの兄、故人
コンスタンティン・ポコルニー…………………パン屋店主
ジルヴィア・ポコルニー…………………………コンスタンティンの妻
ローマン・ライヒェンバッハ……………………配管工

ジモーネ・ライヒェンバッハ……………ホスピスの事務長。
ローマンの妻
パウリーネ・ライヒェンバッハ…………自然保護協会のボランティア。
ローマンの娘

その他の登場人物

ニケ・ハーファーラント…………………エリーアスの恋人
アーダルベルト・マウラー………………元主任司祭
イレーネ・フェッター……………………アーダルベルトの妹
レオナルド（レオ）・ケラー……………ケルクハイム市の臨時職員
アネマリー・ケラー………………………レオナルドの母
フェリツィタス・モリーン………………森林愛好会ハウスの賃借人の姉
レナーテ・バゼドウ………………………魔の山（ツァウバーベルク）で開業している医師
クラウディア・エラーホルスト…………ヴァレンティナの親友
エステファニア・ウゴネッリ……………ローゼマリーの旧友
バンディ・アローラ………………………レストラン〈メルリン〉の店主

森の中に埋めた

ネレ・ノイハウス
酒寄進一訳

創元推理文庫

IM WALD

by

Nele Neuhaus

Published in 2016 by Ullstein Verlag
This book is published in Japan by TOKYO SOGENSHA Co., Ltd.
Published by arrangement through Meike Marx Literary Agency, Japan

森の中に埋めた

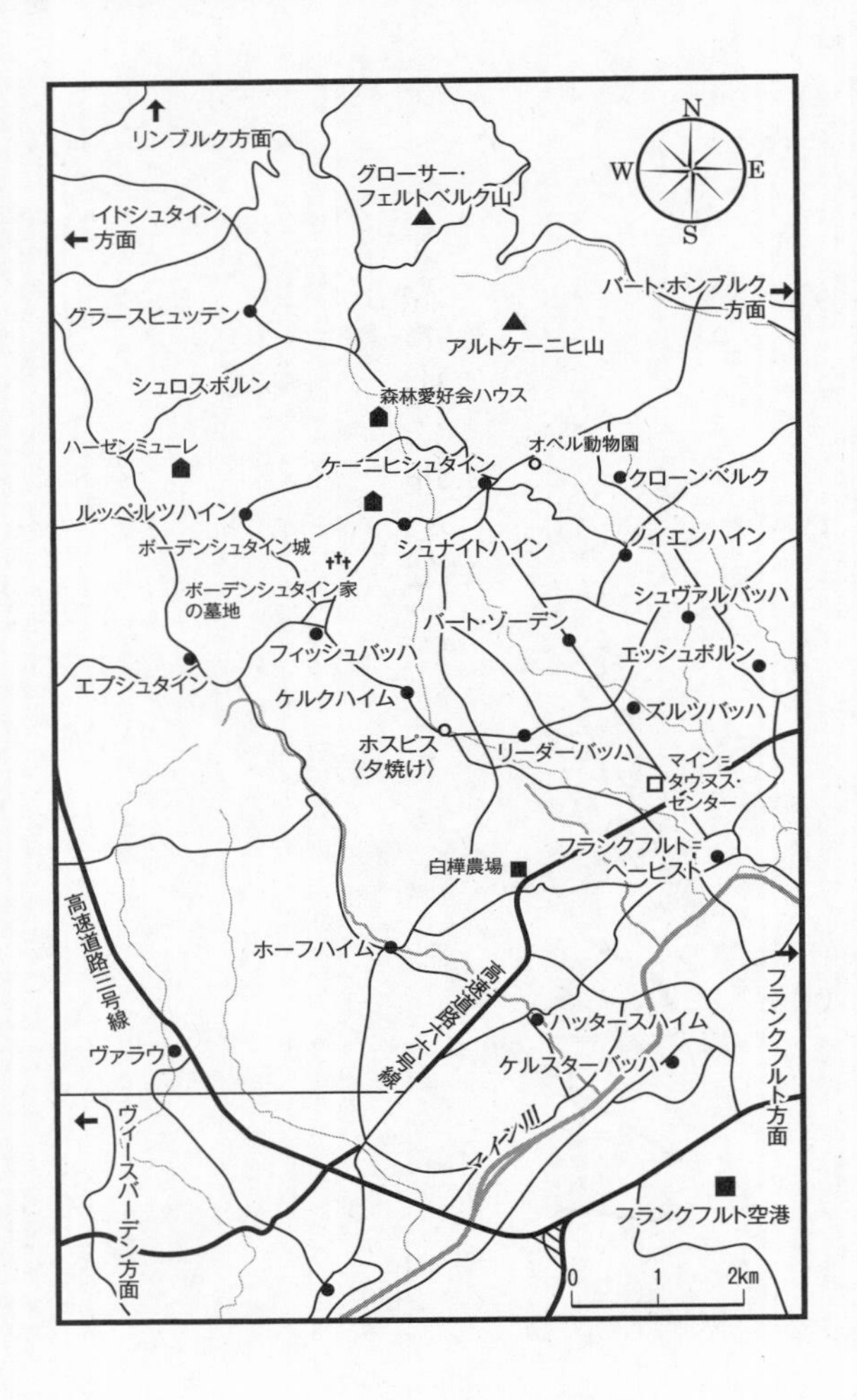

リンブルク方面
グローサー・
フェルトベルク山
N
W
E
S
イドシュタイン
方面
バート・ホンブルク
方面
グラースヒュッテン
アルトケーニヒ山
シュロスボルン
森林愛好会ハウス
ハーゼンミューレ
オペル動物園
ケーニヒシュタイン
クローンベルク
ルッペルツハイン
ボーデンシュタイン城
シュナイトハイン
ノイエンハイン
ボーデンシュタイン家
の墓地
シュヴァルバッハ
バート・ゾーデン
フィッシュバッハ
エッシュボルン
エプシュタイン
ケルクハイム
ズルツバッハ
ホスピス
〈夕焼け〉
リーダーバッハ
マイン＝
タウヌス・
センター
フランクフルト＝
ヘーヒスト
白樺農場
高速道路三号線
ホーフハイム
高速道路六六号線
フランクフルト方面
ハッタースハイム
ヴァラウ
ケルスターバッハ
ヴィースバーデン方面
マイン川
フランクフルト空港
0
1
2km

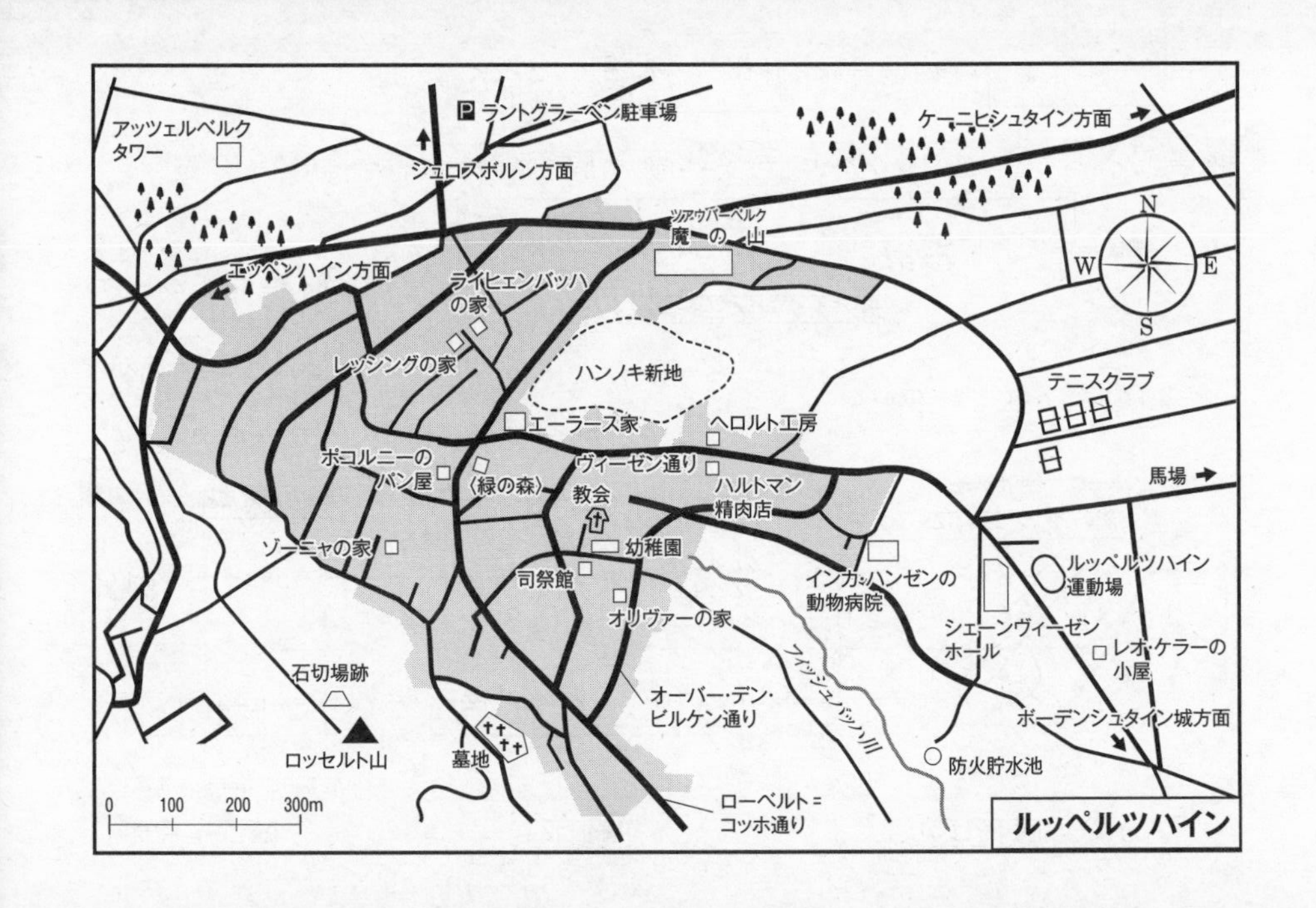
ルッペルツハイン
アッツェルベルクタワー
ラントグラーベン駐車場
シュロスボルン方面
ケーニヒシュタイン方面
ツァウバーベルク
魔の山
エッペンハイン方面
ライヒェンバッハの家
レッシングの家
ハンノキ新地
エーラース家
ヘロルト工房
ポコルニーのパン屋
〈緑の森〉
ヴィーゼン通り
教会
ハルトマン精肉店
ゾーニャの家
幼稚園
司祭館
オリヴァーの家
インカ・ハンゼンの動物病院
テニスクラブ
馬場
ルッペルツハイン運動場
シェーンヴィーゼンホール
レオ・ケラーの小屋
フィッシュバッハ川
オーバー・デン・ビルケン通り
ボーデンシュタイン城方面
石切場跡
ロッセルルト山
墓地
防火貯水池
ローベルト＝コッホ通り
0
100
200
300m
N
W
E
S

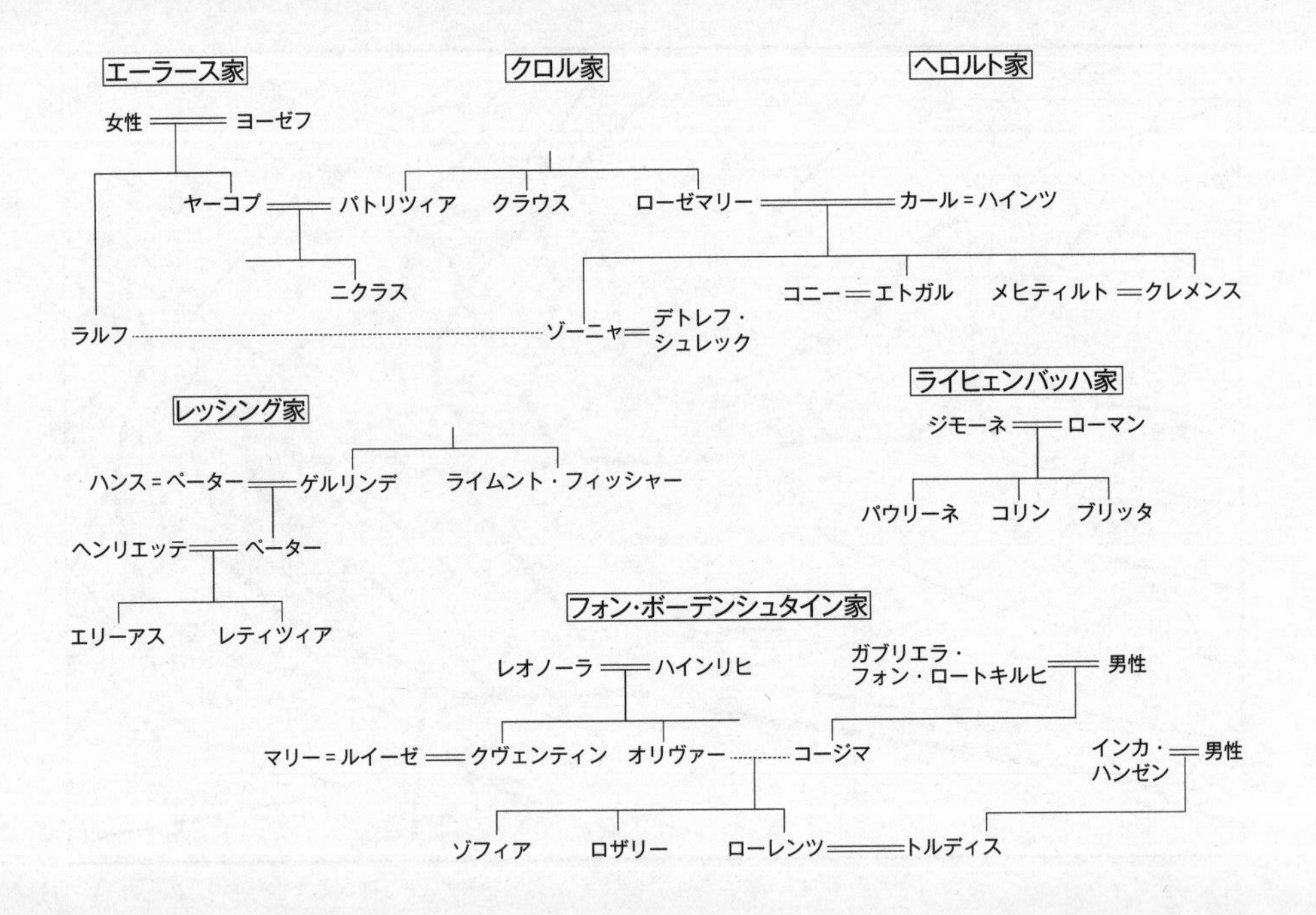
エーラース家
クロル家
ヘロルト家
女性
ヨーゼフ
ヤーコプ
パトリツィア
クラウス
ローゼマリー
カール＝ハインツ
ニクラス
コニー
エトガル
メヒティルト
クレメンス
ラルフ
ゾーニャ
デトレフ・
シュレック
ライヒェンバッハ家
レッシング家
ジモーネ
ローマン
ハンス＝ペーター
ゲルリンデ
ライムント・フィッシャー
パウリーネ
コリン
ブリッタ
ヘンリエッテ
ペーター
フォン・ボーデンシュタイン家
エリーアス
レティツィア
ガブリエラ・
フォン・ロートキルヒ
男性
レオノーラ
ハインリヒ
マリー＝ルイーゼ
クヴェンティン
オリヴァー
コージマ
インカ・
ハンゼン
男性
ゾフィア
ロザリー
ローレンツ
トルディス

マティアスに捧ぐ。
あなたの忍耐と励まし、応援、そして愛情に感謝。

知らないふりは否定の最悪の形である。

C・ノースコート・パーキンソン

本書は小説です。本書で起きることはすべて創作です。ルッペルツハインという村は実在しますが、存命中の人や亡くなった人、あるいは実際にあった出来事と類似していても、それは意図したものではなく偶然です。

プロローグ

一九七二年八月三十一日

やりたくないけど、しなくちゃ。他に選択肢なんてない。あいつのせいで人生が台無しになるなんてごめんだ。でも、このままではそうなりそう。それもすぐに。あいつはあたしに話したことを他の人にもいってしまうだろう。警察にも通報するかも。警察はいまだにロシア人の子を捜索し、村のみんなに聞き込みをしている。きっとあいつの話を信じる。あたしが信じたくらいだもの。噂になって、村じゅうに知れ渡るに決まってる。みんな、衝撃を受けたふりをして、なぐさめの言葉をかける。でも背後で、おめでたい奴だってあたしをあざけるはずだ。連中の噂話が今から聞こえるようだ。あたしの姿を見るなり口をつぐむところがありありと目に浮かぶ。そうなる前になんとかしないと。やるしかない。

夜通し頭を絞った。いい手を思いついた。みんながあたしのことを愚か者だと思うように今から仕向ければいいんだ。あたしがそんなことをするとはだれも思わないだろう、絶対に。

めざす場所はちょっと遠いけど、果樹園を抜ける。だれかに会ったら、リンゴをもぎにきたっていえばいい。太陽はぼんやりと円盤のように空にかかっている。急いで歩いていると両方の太ももにスカートが汗で貼りつく。そのくらい暑い。風がそよとも吹かない。数日前から雨が一滴も降っていないけど、今日は嵐になりそうだ。ツバメが低く飛び、空気がぴりぴりしている。

ようやく森に着いた。木陰に入っても、たいして涼しくならない。異様な静けさに包まれている。森が息を潜めているかのようだ。あたしがなにをしようとしているか感じるのだろう。高いモミの木立の中にあいつの小屋がある。あいつが自力で建てた。あたしもよく手伝った。だから小屋の隅々まで知っている。ときどき、こんなふうにならなければよかったのにと思うことがある。

できることなら、きびすを返して帰りたい。でも、できない相談だ。やるしかない。さもなければ、あたしが家族の元を離れる機会をあいつに摘み取られてしまうだろう。去年の夏、あいつといっしょに掘って、オタマジャクシを放った小さな池の水面が、黒いガラスのように光っている。心臓をばくばくさせながら、あたしは小屋のドアをノックした。留守だと一瞬期待し、同時にいないことを恐れた。ドアが開いた。彼はジーンズしかはいていなかった。上半身裸で、髪が濡れている。彼の視線があたしの顔をなぞり、信じられないというような笑みを口元に浮かべた。あたしが来ると思っていなかったんだ。当然といえば当然。一昨日(おととい)、あたしがあんなことをいったばかりなのだから。

「やあ、これはこれは!」そういうと、彼は目を輝かせた。「待ってくれ。すぐになにか着るから」

彼は礼儀正しい。それでも、こんなうざったいところにあたしを押しとどめようとする奴は嫌いだ。あいつはTシャツを着た。

「入れよ」少し自信なげだ。

「いいわよ。入れてくれるのなら……」あたしは微笑む。本音では回れ右をしたかった。気持ちが悪い。小屋はひと間だ。彼は脱ぎ捨ててあった衣服をかき集めて、椅子に投げた。あたしはきれいになったソファーベッドに視線を向けた。

「すわれよ」興奮している。考え直して縒り(よ)を戻す、とあたしがいうとでも思ってるんだろうか。あんなことがあったばかりなのに。「なにか飲む？　コカ・コーラならある」

「いいえ、いらない」あたしはいった。

「それにしても……かわいい」彼はおどおどしながらいった。「服が似合ってる」

「ありがとう」急がなくては。子どもたちがやってきたりしたら面倒だ。あたしは彼に抱きついた。シャワージェルとシャンプーのにおいがした。涙が出て、あたしは目をつむった。もっと違う手立てがあったらよかったのに！

「このあいだはあんなことをいってごめんね」あたしはささやいた。

「こっちこそ、脅(おど)すようなことをいってごめん」彼の声が耳元で聞こえた。「でも、ああいうしかなかった。きみが……」

「いわないで！　お願い！　あなたはよかれと思っていったんでしょ。わかるわ」

それでも、あたしの幸運に水を差させはしない。あんただろうと、だれだろうと。人生ではじめて巡ってきた本当のチャンスなんだから。

彼の息が顔にかかった。あたしは頬とうなじに触れる。こいつのことならなにもかもわかっている。

〝行くのよ！〟頭の中で声がした。〝このまま立ち去って、こいつのことを放っておくの！〟

あたしは泣くまいとして歯を食いしばった。こいつはなにも疑っていない。

「ああ、会いたかった」彼の唇があたしの髪にやさしく埋まる。

今よ、と自分にいい聞かせた。神様、お許しください！

こいつは自分の身になにが起きたのかわかっていなかった。ただ呆然とあたしを見た。そしてすべてが終わった。

五分後、あたしは暖かい外の空気を吸った。樹脂と夏とモミの葉のにおいがした。膝（ひざ）がプリンのようにワナワナしている。あたしが望んだことじゃない。でも、しなければならなかった。

こいつはあたしたちに選択肢を残してくれなかったのだから。

二〇一四年十月七日（火曜日）

「いいってことさ」若い運転手はうなずくと、ふたたび車の流れに乗るためウインカーをだし、サイドミラーを見た。「じゃあな！」

「ああ！」配送車から降りた若者は、座席の足下に置いていたリュックサックをつかんでドアを閉めた。いい奴に乗せてもらえた。運がよかった。ケーニヒシュタインからビルタールへーエまで楽に山越えすることができた。暗くなる前にキャンピングトレーラーにもぐり込みたいと思っていた。フランクフルトからタウヌス地方に帰宅する通勤者に、ヒッチハイカーを乗せてくれる奴などいやしない。不良っぽい長髪の若者であればなおさらだ。彼の父親だったら、絶対に乗せたりしない。配送車は車の流れに乗って消えた。若者は道端に立って、道路を横切るタイミングを見計らった。

ここから徒歩で一時間半。それで目的地に着く。森林愛好会のキャンプ場。少年刑務所での三ヶ月、毎夜、森の夢を見た。天に届くほどそびえ立つ樹木、湿った粘土質の地面が放つにおい、薄明かりと森の音。昔から森が好きだ。樹木が頭上を覆うと、姉はいつも怖がるが、彼はそれが気に入っていた。安心感を覚える。将来、林務官になるのがいいかもしれない。だが、そのためには大学入学資格試験を受ける必要がある。それまでは森林労働者でもいい。実際、そうするつもりだ。

砂利道の左側に、スポーツフィッシング愛好会が管理する養魚場がいくつもあらわれた。モミとトウヒの中にときどき広葉樹がまじっていて、葉が色づいている。車が近づいてきた。大きなブナの裏に隠れる。だれにも見られたくない。人に見られないようにするコツは心得ていた。日が陰る頃、ようやく大きなキャンプ場に辿り着いた。併設された食堂のそばは通らず、下草をかきわけ、キャンプ場を囲む錆びた金網を押し下げると、そこを乗り越えた。それから木にすわって待った。そこからは草地に点在するキャンピングトレーラーがよく見える。持ち主はみな、夏場か週末にしかこのキャンプ場を使わない。キャンピングトレーラーの多くはもう長いこと使われていないようだ。そのどれかにもぐり込んで、これから数日、禁断療法をするつもりだ。

今日は彼にとって新時代の四日目だ。ドラッグなき時代。禁断療法の最初の三日間は最悪だった。覚悟はしていた。体験するのははじめてではなかったからだ。少年刑務所でも同じことを経験ずみだ。だが完全にドラッグから離脱するには数週間かかる。今度こそ本当に縁を切る。今まではドラッグで人生がまわっていたが、そんな永遠の堂々巡りとは完全におさらばだ。ニケにもそう約束した。そしてあと二、三週間で生まれてくる子どもにも。男の子だという。ニケが超音波検査の画像を見せてくれた。そして、ドラッグから離脱するまで顔を見せるなといわれた。彼女は泣いた。彼も。そのとき、今度こそやり遂げてみせると心に誓った。父親になるんだ。それもいい父親に。薬に溺れたジャンキーではだめだ。息子に顔向けできない。とにかく自分の父親よりもずっとましな親になろうと思っていた。

一番つらい最初の三日間は、ボッケンハイムの空き家で過ごした。うめき、のたうちまわった。冷や汗は、体と精神を蝕む毒のにおいがして、ヘドが出そうだった。実際、彼がこもった部屋はヘドと排泄物のにおいが充満していた。それは必要なことでもあった。自分が究極のゴミになったという感覚。

日が落ちて、食堂の横の家から照明が消えるまで、若者は待った。キャンプ場の奥にあるキャンピングトレーラーの一台だけ明かりがともっている。それ以外は全部真っ暗だ。若者は一番奥のキャンピングトレーラーを選んだ。周囲を囲むベランダには腐りかけた木の外階段があり、足を乗せるとバキッと音がした。鍵はお粗末で、こじ開けるのに一分もかからなかった。中はかび臭かったが、彼にはどうでもよかった。ライターで内部を照らしてみた。けっこう広い。なにもかも一九五〇年代のデザインだ。ベッドには枕と上掛けもあるし、トイレも備わっている。しかもキッチンコーナーの作業台にはミネラルウォーターの六本パックがいくつもあり、吊り戸棚にはラビオリとツナの缶詰、フルーツのシロップ漬けの瓶もあった。これはありがたい。電源を切った冷蔵庫はドアが半開きになっていて、缶ビールが六本入っていた。ここならしばらくこもれそうだ。リュックサックをコーナーベンチにほうり投げ、靴を脱いでベッドに倒れ込んだ。あと二、三日で、離脱したとニケにいえるだろう。

「見てろよ、ニケ。やり遂げてみせる」

数分後、彼は熟睡した。

二〇一四年十月九日（木曜日）

爆風で古い木の家が振動した。窓ガラスがビリビリ音をたて、廊下で犬が吠えた。フェリツィタス・モリーンは深い眠りから叩き起こされた。心臓がばくばくいって、はじめ自分がどこにいるのかわからなかった。すきま風で揺れるカーテンを通して赤い光が射し込んでいる。テレビの下のDVDプレーヤーのデジタル時計がぼんやり見えた。夜中の二時二十四分。そのとき、ここがベルリンの快適で安全な住居でないことを思いだした。ここは妹の家だ。森の中でひとりぼっち。一番近い集落でも数キロ離れている。彼女は手を伸ばした。だがそこに慣れ親しんだ夫の体はなかった。手に触れたのはソファーの肘掛けだけだった。

九ヶ月と二週間と三日が経つのに、毎朝目覚めるたびにふたり目の夫が消えたことを思いだし、みじめな気持ちになる。正確にいえば、あいつはただ姿を消しただけではない。金の切れ目は縁の切れ目とばかりに嘘をつき、フェリツィタスに屈辱を与えて見捨てた。そのうえ途方もない借金の山まで置き土産にした。おかげで取り立てを受ける身になってしまった。

二十五年間連れ添った最初の夫を何度思いだしたかしれない。犬のように忠実な目をして、ものすごくそそる体つきだったあいつに惚れ込み、最初の夫を捨てた。なんであんなことをしたのか、今もって自分でもわからない。

フェリツィタスの人生にはもうなにも残っていない。住む場所もなくなり、マヌエラとイェンスのところに転がり込んだ。ぞっとするほどおんぼろの木の家。まるで家が息づいているかのように梁がミシミシ音をたて、暖炉の中から身の毛のよだつ風の咆哮が聞こえる。壁の中からは、パタパタとなにかが走りまわる小さな音もする。それにしても最悪な夜だ。毛布をかぶり、騒音や奇妙な外光を無視して眠りつづけたいが、犬が吠えるのをやめようとしない。

「まったくなんだっていうのよ!」

フェリツィタスはやっとの思いで上体を起こし、また沈み込んだ。またしてもソファで寝ていた。頭がずきずきし、部屋がぐるぐるまわって見える。舌が腫れぼったくて、ざらざらしている。ドルンフェルダーワイン一本にウィスキーのコーラ割り五杯はちょっと多すぎたようだ。だが酒に酔って朦朧とでもしなければ、夜が怖くて死んでしまう。やっとの思いで立ち上がり、窓辺に立つと、カーテンを開けた。目にとまったのは、キャンプ場の奥のかすかな光だ。コンタクトレンズがなければ、フェリツィタスはモグラ同然だ。廊下の棚に妹の夫イェンスの双眼鏡がある。夏場にビキニ姿の若い娘を観察するのに使っているやつだ。フェリツィタスは手探りしながら廊下に出た。二匹の犬は吠えるのをやめ、玄関ドアの前にしゃがんでうなっている。

突然、明るい光が壁をよぎった。エンジン音。フェリツィタスはぎょっとして一瞬身をこわばらせた。車はすぐに通りすぎた。フェリツィタスはほっと息をついた。強盗じゃない。命の危険はない。この時間に森をうろついているということは、人目につかないところでも探しているカップルだろう。

　居間に戻って双眼鏡のピントを調節しようとしたが、両手がふるえてうまくいかなかった。そのとき目に飛び込んできた。キャンピングトレーラーがずらっと並ぶ広いキャンプ場の奥で火災が起きている。それも大火災だ。消防団に通報しなくては！　間抜けなことに、ここは電波が届かない。固定電話はマヌエラのオフィスにあるだけだ。窓から離れようとしたその刹那、またしても激しい爆発が起きた。紅蓮の炎が黒い夜空に噴き上がり、窓ガラスがビリビリ振動して、犬がまた吠えだした。見ると、オレンジ色の火の玉の前に人影がある。ぎょっとして喉が詰まり、廊下に駆けだしたときには全身がぶるぶるふるえていた。なんてこと！　外にだれかいる。きっとそいつが放火したんだ。照明をつけるのがはばかられた。放火魔の記事を昨日読んだばかりだ。この数ヶ月このあたりで放火をしまくっていて、すでに五十件を数えるという。

　ドアの前でしきりに犬が吠えた。ベアーとロッキーは恐れ知らずのオーストラリアン・キャトル・ドッグ。目が鋭く、真っ白な牙がある。二匹を外にだすべきだろうか。マヌエラならきっとそうする。妹はフェリツィタスよりも行動力があり、勇敢だ。もしかしたら自ら火災現場に出向いて、男に詰問するかもしれない。妹夫婦がオーストラリアへ六週間のバカンスに行っていて、ひとりで留守番をしているときに、なんでこんなことが起きるのだろう。フェリツィタスは小さなオフィスのドアを押し開け、手探りしながらデスクまで行って充電器から固定電話の子機を取った。ふるえる指で一一二番をタップしてドアを閉めた。さもないと犬の吠え声がうるさくて、なにも聞こえやしない。そのときふと窓の方に視線を向けて、心臓が止まりそうなほどぎょっとした。窓ガラスの向こうに男が立っていて、こちらを見て笑っている。

＊

「パパ！　パパッ！　パパ、起きて！」

明るい声がして、元気な小さな手が父親の肩を揺すった。夢を見ていたオリヴァー・フォン・ボーデンシュタインは、あまりに早い朝の現実にむりやり引き戻された。

「何時だ？」オリヴァーはシーリングライトのまばゆい光に目をしばたたいた。

「二－五－一」ゾフィアが答えた。まだ時間の読み方がわからないのだ。「パパのiPhoneが、二－三－七から鳴ってるよ。番号が非通知の人」

非難めいた口調だ。耳元で着信音が鳴ったので、オリヴァーはびくっとした。

「持ってきてあげたの。そうすれば起きなくていいでしょ」すっかり目を覚ました七歳の娘は、オリヴァーにiPhoneを差しだした。番号非通知の電話でこの時間にかけてくるとしたらゾフィアの母親だろう。タイムゾーンが違う異国にいるときはとくにそうだ。さもなければ刑事警察署の当直。オリヴァーは後者かなと思った。勘は的中した。ケーニヒシュタインとグラースヒュッテンのあいだの森のキャンプ場でキャンピングトレーラーが炎上し、ケーニヒシュタインまで聞こえるほどの大爆発が起きたという。この数ヶ月、放火魔がこの地域を震撼させていて、捜査十一課もマイン・タウヌス地方の火事に対応することになっていた。そのため連絡が来たのだ。

「すぐ現地に向かう」そういって、オリヴァーは通話を終えた。

彼は深いため息をついて目を閉じた。そのキャンプ場があと二百五十メートル東にあったら、ホーホタウヌス郡の警察の管轄だったはずだ。まったくついてない。ゾフィアが泊まりにきていたが、今夜はオリヴァーが待機当番だ。当番は個人の事情で変えられるものではない。ゾフィアは最近オリヴァーのところにばかりいる。例外のはずが、いつのまにか日常と化してしまった。

「出かけるの?」ゾフィアがたずねた。

「ああ」

「連れてってくれる?」

いい質問だ。七歳の子どもに留守番はさせられない。真夜中では、ゾフィアの級友の親を起こして、彼女を預けるのも無理だ。かといって、自分の両親のところは遠まわりだ。玄関をノックしても、気づいてくれるかわからない。両親が住む母屋にはまだベルがついていなかった。

「死人が出たの?」

ゾフィアは母親と同じような物言いをした。三十年ほど前、自殺現場で知り合ったとき、彼女は開口一番そういった。

「それはわからない」オリヴァーはあくびをしながら答えた。「たぶん放火だけだろう」

「なーんだ」ゾフィアはベッドに飛び乗った。「死体が見たいのに」

「なんだって?」オリヴァーは目を開けると、体を起こして末娘を見た。ゾフィアはあぐらをかいて、褐色(かっしょく)の髪を指に巻きながらなにか考えている。

「だって、グレータはおばあちゃんが死ぬところを見てるのよ。血と脳みそが飛び散ったんだって。あたしはまだ死んだ動物しか見たことがない。不公平よ」

「遺体を目にするにはまだ幼すぎる」オリヴァーはそっけなく答えた。

カロリーネ・アルブレヒトの娘グレータは二年前の十二月に起きた事件（既刊『生者と死者に告ぐ』）でひどいトラウマを抱えている。どうやらそのことをゾフィアに話したらしい。それ自体はいい徴候かもしれない。普段は祖母が死んだことを一切口にしないからだ。カロリーネは当時、娘を寄宿学校から引き取り、カウンセリングを受けさせた。グレータが父親のところにいるとき以外、カロリーネは旅行をしようとしない。いつでも娘の世話ができるように、たいていは自宅で仕事をしている。グレータといっしょに過ごすようにした。

オリヴァーは勢いをつけて両足をベッドから下ろした。「おまえをどうしたものかな？」

「ついていく！」ゾフィアはベッドから飛び下りた。目を輝かせている。「お願い、パパ！お願いよ！」

「まだ夜中の三時だぞ。学校があるじゃないか。少し眠らなくちゃだめだ」

「もう目が覚めちゃった。学童保育室でお昼寝すればいいでしょ。お願い、パパ！」

ゾフィアを連れていくほかなかった。コージマは出かける用事ができると、二、三時間ならゾフィアに留守番をさせることがある。だが、夜中はよくない。

「じゃあ、服を着なさい。ランドセルも持つんだぞ」

「やったあ！」ゾフィアはさっと立って、寝室から飛びだしていった。オリヴァーは首を横に振りながら娘の後ろ姿を見た。それからクローゼットを開け、暖かいセーターをだした。森林愛好会のキャンプ場なら知っている。ここより高台のビルタールヘーエだ。森の気温は集落よりも二、三度低い。十月半ばの夜中だ。相当冷え込むだろう。

＊

通りは死んだように静まりかえっている。どの家も真っ暗で、街灯だけが家並みや乾き切ったアスファルトにオレンジ色の淡い光を投げかけていた。

　夜明け前、という言葉がオリヴァーの脳裏をかすめた。ちょうどルッペルツハインの集落を抜けるローベルト＝コッホ通りに入ったところだ。道の下側は古い集落で、路地が入り組んでいる。道の上の斜面には、この四十年で新築の家が建ち並んだ。かつてサナトリウムだった魔の山（ツァウバーベルク）のところで、オリヴァーはウインカーをだし、ケーニヒシュタイン方面に右折した。新聞配達にも早すぎる時間だ。こんな時間にうろついているのはおのずと怪しい奴ということになる。犯罪の七十パーセントは夜中に起こる。人が闇を怖がるのには、それなりに理由があるのだ。

　ゾフィアはよくしゃべった。オリヴァーは生返事をした。ゾフィアは思いつくままにまくしたてるところがある。ヘッドライトの光の中に標識が浮かんだ。

　〝二〇〇七年以降の野生動物のロードキルは六十五件〟と記されている。ゾフィアがたずねた。

「あれ、二週間前は六十三だったよね。あの数字っていつも自動的に変わるの？　ガソリンスタンドの価格表みたいに」

「違うよ」オリヴァーは答えた。「林務官が更新している」

ほんのしばらく静かになった。

「でも、パパ、ロー・ドキルってなに？」

「あれはロードとキルで分けて読む」オリヴァーはニヤッとした。「シカやイノシシを車でひき殺すことをそういうんだ」

「そうなんだ」

数キロ走ると、右側の森がひらけた。大手銀行の研修所の高い塀が見えてきた。その先には谷間に広がるケーニヒシュタインの夜景が望め、町の上にはライトアップされた城跡がそびえている。

「パパ？　あそこで人が鉄砲自殺したって知ってた？」

「どこで？」

「会議トレーニングセンターの物置小屋。おじいちゃんがいってた。ずっと昔の話」

「そうか」そうつぶやくと、オリヴァーは今度、父親に意見しようと思った。ゾフィアはませたところがあり、実際よりも歳が上に見えるが、想像力がたくましい七歳の少女に自殺の話は向かない。

左側に林間駐車場が見えてきた。数年前、ある事件が引き金になって、フェラーリに乗った死体がそこで発見されたことがある。ホーフハイム刑事警察署の捜査十一課課長になって十一年、このあたりはどこを走っても、なにかしら過去の事件と関わっている。殺人事件の舞台になった場所が、新たなランドマークになっていた。こればかりは仕事柄、しかたがない。だがゾフィアのような年端のいかない子が、自分の故郷を死体発見現場を示す旗ばかりの地図で認識するなんていいわけがない。

ネポムクカーブを抜けて、エルミュール通りに入る。犯行現場へ向かうときはいつも、なにが待ち受けているか気になって、変な気分になる。消防団員は、炎上したキャンピングトレーラーに人が泊まっていたのではないかと危惧しているらしい。もちろんゾフィアにはいっていない。焼死体はむごい姿をさらす。オリヴァー個人の死体ワーストテンでも上位にランクインする。水死体や、二、三日暖かいところに放置された腐乱死体といい勝負だ。謎の連続放火事件はこれまで人が住んでいない物置小屋、納屋、古紙回収コンテナー、干し草置き場にかぎられていた。まだ一度も人的被害は出ていない。今夜、状況が変わるということだろうか。

国道八号線の信号は夜間モードになっていた。通勤ラッシュがはじまるのは早くても二時間後だ。フランクフルト方面に向かう無数の車がケーニヒシュタインの環状交差点に殺到し、遅遅としてすすまなくなる。オリヴァーはリンブルク方面に左折した。燃えたのがキャンピングトレーラーだけならいいのだが。それなら、すぐ火災鑑定人に引き継げる。国道はゆるやかに左右にカーブした。遠くにパトカーの青色回転灯が見えた。ビルタールヘーエの森の食堂に通じる林道に止まっていた。制服警官はケーニヒシュタイン署の巡査だ。オリヴァーに気づき、うなずいて通してくれた。

オリヴァーは森を抜ける砂利道を辿った。森がひらけるよりも先に、火事のにおいがした。煙は木のあいだに薄く広がり、外気導入口を通して車内にも入り込んだ。それからトウヒの木立の向こうに光が見えた。駐車場には車が何台も止まっていた。救急車も後部ドアを開けて待機している。オリヴァーはパトカーと緑色のジープのあいだに駐車して、ゾフィアの方を振返った。ゾフィアはすでにシートベルトをはずしていた。

「わたしは仕事がある」オリヴァーは娘にいった。「そのあいだ車にいるんだ。いいかい？」

「えー、なんで？」ゾフィアはふくれっ面をした。

「いうことを聞くんだ。暖房を入れておく。巡査におまえのことを気にかけてもらう」

「でも、火事が見たいの。お願い、パパ！」

「だめだ」

「車の中でどうしろっていうの？」ゾフィアは目をむいた。「退屈で死んじゃう！」

「そういう約束だ。iPodがあるじゃないか。ここにいて、おとなしくしている。いいね？」

「喉が渇いたらどうすればいいの？　トイレは？」

オリヴァーは堪忍袋の緒が切れそうだった。

「巡査にいえばいい。そばにいてもらう。勝手に車から降りて、ひとりで歩きまわらないこと。いうとおりにするな？」

ゾフィアは父親の口調がきつくなったことに気づいたようだ。

「わかった」ゾフィアは父親から視線をそらした。オリヴァーはいやな予感がした。ゾフィアがちゃんと車に残る可能性は五パーセントといったところだろう。最近なかなか約束を守らない。子どもをしつけるのが面倒で、コージマがいいなりになっているせいだ。そのせいで、オリヴァーは泊まりにきたゾフィアと喧嘩が絶えない。テーブルマナー、就寝時間、iPodやテレビの使用時間。いくらいって聞かせても、毎度、ゾフィアは泣きじゃくって、かんしゃくを起こす。

*

食堂と隣接する住居は暗く、人のいる気配がない。ビヤガーデンも片づいていた。どんな楽天家でも、十月のタウヌスがビヤガーデン日和になると考える者はいないだろう。オリヴァーは車の荷室を開けてゴム長靴を一足だした。地面は水びたしで、革靴で歩く気がしない。ジャケットの襟を立てると、あたりを見まわす。ジープのフロントガラスの内側に吸盤で留めた「ヘッセン森林保護」というワッペンがぶら下がっている。車内に犬がいて、その犬の吐く息で窓ガラスが白くなっていた。

四十台近いキャンピングトレーラーが並ぶ広いキャンプ場の奥が地獄と化していた。消防車が何台も思い思いに止まっている。濃い煙がキャンプ場を覆い、明るいヘッドライトの光が炎の色とまじってサーモンピンクに見える。消防団員の黒い影がその中をうごめいている。オリヴァーはその騒ぎを見て、心配になった。火はまだ鎮火していない。トウヒに燃えうつり、松明のようになっているところもある。この数週間ほとんど雨が降っていない。森は乾燥しており、森林火災になる恐れがある。ポンプの音をかき消すほどの轟音と共にトウヒが倒れ、火の粉があたり一面に降ってきた。ピーテル・ブリューゲルの絵さながらの奇怪な光景だ。こげ臭いにおいに包まれ、オリヴァーは涙目になった。燃えたプラスチックとガソリン。ガソリンスタンドが火災を起こしたときと同じにおいだ。

キャンプ場の入り口でたくさんの人が炎を見ていた。消防団員が緑色の服を着た男と話している。ヴィーラント・カプタイナ。林務官で、オリヴァーの旧友だ。

消防団員がオリヴァーに気づいて、そばにやってきた。オリヴァーのことをよく知っていた。こうした好ましくない状況が最近頻発していて、よく顔を合わせるからだ。

「おはよう」オリヴァーはあいさつした。

「おはようございます、首席警部殿」ヤン・クワスニオクが応えた。ケーニヒシュタイン市消防団の団長だ。

「なにがあったんだ?」

「キャンピングトレーラーとそのそばに止めてあった車が燃えています」消防団長がいった。

「それから数本の木に延焼しました」

「また放火魔か?」

「これまではケルクハイムとニーダーバッハが中心でしたけどね」消防団長は唇をなめながら考えた。「なんともいえません。でも着火剤代わりにガソリンが使われたのは確実ですね。それから燃え広がって、複数のガスボンベが爆発したようです。爆発が激しく、猛烈な熱を発した原因はそれでしょう」

「人的被害は?」

「ありそうです。車が止まっていましたから。しかし、キャンピングトレーラーにはまだ近づけません」

「火災を通報したのはだれだ?」

「森林愛好会ハウスの賃借人の姉です」消防団長がふたりの巡査と話をしている女の方を顎でしゃくった。「爆発音で目が覚めたといっています。それから火の手が上がったので、通報したそうです」

消防団長の無線機から音がした。

「失礼」そういって、消防団長はまたヘルメットをかぶった。「またあとで」

消防車がさらに二台、青色回転灯を点滅させながら森を抜けてきて、駐車場を横切り、キャンプ場に進入した。オリヴァーはそばにいた巡査にゾフィアのことを頼んでから、火事を通報したという女の方を向いた。四十代終わりから五十代半ばだろう。ずいぶんやせている。拒食症のように見える。老けた顔、薄い唇、ぼさぼさのパーマ。髪は生え際から二、三センチが金色だ。目のまわりが赤く、メガネの分厚いレンズのせいで目が異様に大きく見える。女が口を開け、フェリツィタス・モリーンと名乗ったとき、オリヴァーに息がかかった。これほど酒臭い息はめったにかいだことがない。

「酒を飲んでいたんですか?」オリヴァーはたずねた。

「あら、やだ」フェリツィタスはそういって口に手を当て、クスクス笑った。「ここはさびしいから怖くて。ワインの一本も飲まなければ眠れないんです」

「普段はここに住んでいないということですか？」

「住んではいますよ。でも普段はひとりじゃありません。妹夫婦が食堂を借りているんです」

フェリツィタスは、がらんとしたビヤガーデンに隣接する建物を心許ない手つきで指差した。

「妹夫婦は五年ぶりの休暇を取っていて、そのあいだわたしひとりでここの切り盛りをしています。自由業だから問題ないんです」

「ではあなた以外ここに常駐している人はいないんですね？」

「ええ、たぶん。シーズンオフですから、めったに人は来ません」

「なにを目撃しましたか？」オリヴァーはフェリツィタスの酔い方を見て、あまり期待しなかったが、なにかを見ていないともかぎらない。

「車が走る音を聞きました」フェリツィタスはためらいがちに答えた。「それから火事場で人影を見たような気が。でも絶対じゃありません」

彼女の視線がふたりの巡査の方を向いた。

「男が……男が窓から覗き込んだんです」フェリツィタスは目を大きく見ひらいてささやいた。

「どこでですか？」

「オフィスの窓です。家の裏側。道路に面した側。わたしは消防団に電話をかけたんです。そしたら……窓からその男が覗いてたんです。死ぬほどびっくりしました！」フェリツィタスは手を伸ばした。「見てください。まだふるえてます！」

「その男がどっちへ行ったか見ましたか?」オリヴァーはたずねた。

「いいえ」フェリツィタスはささやいた。「とにかく怖くて」

「だれか様子を見たか?」オリヴァーは巡査にたずねた。

「いいえ……聞いていなかったので」

オリヴァーは、家の裏手にまわって足跡が残っていないか見てこいと巡査のひとりに指示した。

「ここの運営者はだれですか?」巡査が立ち去ってから、オリヴァーはフェリツィタスにたずねた。

「ヘッセン森林愛好会です。キャンピングトレーラーは愛好会メンバーのものです。あっちの木造のバラックは、ハイキングに来た人を泊めるゲストハウスです。でもキャンプシーズンは九月末で終わって閉じています」

「炎上したキャンピングトレーラーがだれの所有かわかりますか?」

「いいえ。あいにく」フェリツィタスは肩をすくめた。「でもどこかに森林愛好会の電話番号がメモしてあるはずです。調べてみます」

「それは助かります」

若い方の巡査が近づいてきた。

「首席警部、お嬢さんが、トイレに行きたい、喉が渇いたといってます」そういって、巡査はニヤリとした。

「ありがとう。すぐに行く」オリヴァーはうんざりしてうなずくと、振り返って、ゾフィアに車から降りるよう合図した。

「捜査に娘さんを同行させてるんですか？」フェリツィタスは口をへの字に曲げた。「しかもこんな時間に？」

「好きでしているわけじゃありません」オリヴァーは冷ややかに答えた。「七歳の子をひとりで家に置いてくるわけにいきませんから」

「あと六十六日で八つよ」ゾフィアが口をだした。「普段はパパの仕事についてきたりしないわ。でもママが今ロシアで新しい……」

「どこかにトイレがありますか？」オリヴァーは急いで娘の言葉をさえぎった。知らない人間に家族の事情をべらべらしゃべられたらたまらない。

「あります。あっちの食堂に」フェリツィタスは目をとろんとさせながらオリヴァーを見た。非難しているのだろうか。あるいは同情しているのだろうか。それとも……おもしろがっている？　警官が真夜中の犯罪現場に七歳の娘を連れてくる。新聞の見出しが脳裏に浮かんで、顔が赤くなるのを感じた。

「来なさい、ゾフィア」オリヴァーはいった。

「わたしがトイレまで連れていきましょうか」フェリツィタスがすかさずいった。「なんなら捜査が終わるまで、うちにいてもらってもいいです。家の中の方が暖かいでしょうし」

酔っ払った知らない女に小さい娘を預けるなんて考えただけでぞっとする。そのくらいならゾフィアを見ていてくれとヴィーラントに頼んだ方がましだ。彼とはどうせあとで話す必要がある。

「ありがとう。お気になさらずに」オリヴァーは丁重に断った。

「お好きにどうぞ」と無愛想な返事だった。「小さい子がこんなところをひとりで歩きまわる方がいいっていうのなら」

「あたし、小さくない」ゾフィアが文句をいった。

「この子はひとりで歩きまわったりしません」オリヴァーは思ったよりきつい言い方をしてしまった。

「わかりました」フェリツィタスはあざけるようにいい放つと、ダウンジャケットのポケットから鍵束をだして、体の向きを変えた。オリヴァーは娘といっしょに彼女について、ビヤガーデンのテラスを横切り、トイレに向かった。食堂の軒下(のきした)に取りつけてある外灯がともった。オリヴァーは女性用トイレのスイッチを押して、明かりをつけ、外で待った。いいかげんにコージマと話しあわなくては。自分の都合でゾフィアを放りだされてはたまらない。しばらくのあいだ育児の分担はうまくいっていたが、去年、彼女の母親が遺言を変更して、オリヴァーにバート・ホンブルクの屋敷を相続させることがわかってから、コージマは約束を守らなくなった。

「首席警部?」謎の男の行方を見にいった巡査が戻ってきた。「覗き魔を捕まえました」巡査は真面目な顔を保ちながらカボチャの形をしたハロウィーンのランタンを見せた。「目にした男というのはこれじゃないでしょうか?」

オリヴァーはにっこりと微笑んだ。

「わたしをからかってるんですね！　ふざけないで！」

へそを曲げたフェリツィタスは背を向けて、ふらつきながら家に戻った。

「ご協力いたみいります！」オリヴァーは彼女に声をかけた。「あとで二、三質問させていただきます」

「逃げも隠れもしません」フェリツィタスは捨てゼリフをいって闇に消えた。

「カボチャとは！」巡査がクスクス笑って、ランタンをコンクリート洗い出し仕上げのプレートの上に置いた。「あれだけ酒のにおいをプンプンさせていたら、幻を見ても不思議はないですね」

＊

夜が白む頃ようやく鎮火した。キャンプ場に立ちこめた煙は朝霧のようだ。紫色に染まった空にゆっくりと昇っていく。消防団員たちはホースを巻いて片づけ、消防車が数台走り去った。キャンピングトレーラーとカーサイド型テントは真っ黒な骨組みしか残っていなかった。アルミ製の外装も、断熱材も、木製の内装も跡形もなく燃え尽きていた。消火用の水と熱のせいで、周囲は灰まじりのぬかるみになっている。その横で車の残骸がまだくすぶっていた。車のメーカーも車種もわからず、ナンバープレートまで地獄の業火で溶けてしまった。キャンピングトレーラーを囲むように半円状に生えていたトウヒが五本、火にのまれたものの、消防団が森への延焼をなんとか食い止めたので、林務官は胸をなでおろしていた。朝の六時少し前、ふたりの消防団員がキャンピングトレーラーの残骸を検分し、消し忘れがないか見てまわった。

オリヴァーは二、三メートル離れたところに立ち、ジャケットのポケットに両手を突っ込んで黙って見ていた。ガソリンやガスボンベを軽い気持ちで使ったために、キッチンや居間やガレージ、そしてキャンピングトレーラーが炎に包まれることがよくある。たいていの場合、人命が失われることはない。今回はそううまくいきそうにないだろうと予感していたが、捜査十一課課長の任にあたるのも残すところ二ヶ月半になった今、放火殺人事件の捜査をする羽目に陥(おちい)るのだけはごめんだと思っていた。

今年が終わると、一年間仕事から離れることになっている。長期休暇(サバティカル)を取るかどうか長いあいだ思案した末、オリヴァーはニコラ・エンゲル署長に自分の意思を伝えた。この仕事はずっと前から金を稼ぐだけの手段ではなくなっていた。オリヴァーは身も心も捜査官だ。州刑事局や警察本部で出世に躍起になる気は毛頭なかった。だがこの数年、なにかが変わった。以前は事件と難なく距離を置けたが、突然激しく心を揺さぶられ、気持ちが切り替えられなくなるようになったのだ。勤務を終えたあとも仕事を忘れられないことが度重(たびかさ)なった。事件がどこまでもついてまわる。

警官になったのは、正義を信じていたからだ。この世にはルールが存在し、善悪の違いがあると思っていた。その信念が失われてしまったのだ。これまでは狩りをする喜びが味わえた。充実感があり、彼を駆り立ててきた。それが感じられなくなった。人にだまされ、振りまわされることにうんざりしたのだ。なにか隠している奴を相手に、気の重いはてしない時間を過ごすなんて人生の無駄じゃないか。逮捕に必要な情況証拠や物的証拠を集めても、知恵のまわる弁護士があらわれて、無期懲役を十五年の保安拘禁や精神科病院送りにしてしまう。そしてそのうち犯人は自由の身になる。だが被害者は生き返らない。付随する損害や遺族が抱えるトラウマなど、法廷や鑑定人や検察官にはどうでもいいことらしい。オリヴァーが正義という言葉で理解していることとは似て非なるものだ。

　カロリーネ・アルブレヒトと知り合うきっかけになった二年前の事件が決定打となった。連続殺人犯を止めることに失敗し、最後に犯人の正体を突き止めたものの、忸怩たる思いが残る結果となった。あまりに多くの人命が失われ、どうにも後味の悪い幕引きだった。このとき人生の原則を変えるほかないという認識に至った。一年間のサバティカルを取る気になったのには、もうひとつ理由がある。カロリーネだ。オリヴァーは彼女のために時間が欲しかった。彼女はオリヴァーにとって大事な存在になっていた。ところが、手探りするように発展させてきたふたりの関係がこの数ヶ月、足踏み状態になっていた。オリヴァーは、原因を突き止めなければと思っていた。

　もちろんエンゲル署長はサバティカルを歓迎しなかった。それでもこの決断を警察本部に伝えた。オリヴァーは二、三週間前、新しい警視総監とふたりだけで話をした。警視総監はフランクフルト時代からよく知る間柄だ。歴代の警視総監と違って、彼は管理職畑ではなく、現場のたたきあげだった。特別出動コマンド隊員、フランクフルト刑事警察署捜査十一課の刑事。刑事時代には、難しい殺人事件や誘拐事件の捜査を指揮した。警視総監はオリヴァーの求めに理解を示して承認した。エンゲル署長はしぶしぶ受け入れたものの、「休暇」のあと捜査十一課課長に戻れる保証はないといった。オリヴァーは動じなかった。後任人事については、まだ警察本部の判断が下っていないが、おそらくピア・ザンダーが選ばれると思っていた。これまでにもオリヴァーの代わりを務め、才覚があることを随所で見せてきた。

「首席警部？」消防団長の声でオリヴァーは我に返った。「遺体が見つかりました。見ていただけますか？」

小さな希望の灯火が消えた。恐れていたとおりになった。キャンピングトレーラーの横に車が止まっていたということは、だれかが乗ってきたことになる。オリヴァーは消防団長のあとについてぬかるみを歩いた。ゴム長靴の靴底に熱を感じる。これまでたくさんの死体を見てきた。彼の仕事にはつきものだ。だがいくら見ても慣れない。今回も怖気(おぞけ)をふるった。数時間前、その炭化したものは生きていて、息をし、感情を持つ人間だったのだ。今回の火災が放火であることは疑いの余地がなかった。明らかにしなければならないのは、犠牲者が死んだのが炎上する前か炎上中か、どちらなのかということだ。

オリヴァーはiPhoneをだし、まず当直に状況を伝え、それからピアに電話をかけた。

「わたしからヘニングに連絡します」ピアはすぐに答えた。「伝えなければあとで文句をいわれますから、来てもらった方がいいでしょう。鑑識への連絡は？」

「当直がやる」

「わかりました。ではすぐに行きます」

ピアは通話を終了させた。オリヴァーはiPhoneをしまった。

「見せたいものがあります」オリヴァーが通話を終えるのを待っていた消防団長が、キャンピングトレーラーの残骸をまわり込んで、灰の山の中にいくつも転がっている真っ黒に炭化した丸い金属の塊（かたまり）を指差した。

「ガスボンベの残骸です」

「それで？」オリヴァーには、消防団長がなにをいわんとしているのかわからなかった。彼自身はキャンプと縁がないが、キャンピングトレーラーが暖房や料理にガスを使うことくらいは知っていた。

「ガスボンベは基本的に爆発しません」消防団長が話をつづけた。「酸素がなければ、プロパンガスは燃えないのです。そしてボンベは、熱せられてボンベ内に圧がかかったとき、圧を逃がす安全弁がひらくように設計されています」

「それで爆発したのか」

「そうじゃありません。火炎放射器と同じ原理です。危険なのは、ガスが漏（も）れて、すぐに引火せず、室内の空気にガスが混じったときです。そうなると、火花が散っただけですべてが吹っ飛びます」

オリヴァーはうなずいた。

「ボンベはすべてテントのまわりに置かれていたようです」消防団長はいった。「あくまで推測ですが、だれかがボンベの安全弁を開けて、ボンベの中身がテント内に流れ込むように仕組んだと思われます」

消防団長はぬかるみを踏みしめながら、破壊されたキャンピングトレーラーの前に戻り、草むらの中の焼けた部分を指差した。夜が白んで明るくなったので、はっきりと見てとれた。

「それからガソリンを導火線代わりにしたんです」消防団長はその焼け跡を辿った。オリヴァーはあとにつづいた。ぬかるみになった地面が、靴底でぐちゃぐちゃ音をたてた。

「およそ三十メートル。あとはこぼしたガソリンにマッチを一本かざすだけですみます。ボン！ すべてが吹っ飛びます」

「なるほど」オリヴァーは無精髭(ぶしょうひげ)が生えた顎をなでながら考えた。

「事前に綿密な計画をたてた放火です」消防団長はいった。「ケルクハイムの放火魔ではないですね」

「ありがとう、クワスニオク。火災事件の担当があとであなたに問い合わせをするだろう」

「わかりました。部下を数人残して、火災現場の警戒に当たらせます。遺体回収のときにまた協力してください」消防団長は人差し指をこめかみに当てて敬礼し、部下のところへ戻った。

オリヴァーはあたりを見まわした。芝生が重い消防車のタイヤで踏み荒らされている。事件現場になった火災現場は、放水と炎で鑑識チームにとっては悪夢と化していた。鑑識課課長のクリスティアン・クレーガーと火災事件担当である十課のユルゲン・ベヒトも喜ばないだろうが、後の祭りだ。車のところへ戻りながら、オリヴァーはこれまでに判明したことを反芻(はんすう)した。フェリツィタス・モリーンが証言した事件の流れになにか釈然としないものがあった。彼女は爆発で目を覚まし、それから走り去る車のエンジン音を聞き、そのあと二度目の爆発が起き、炎を背にして人影が見えたといっていた。どうも辻褄が合わない。夜中にここをうろつきまわった放火犯は単独犯ではなかったということだろうか。

＊

朝六時頃、太陽がみごとな朝焼けを伴って一日の始まりを告げた。だが一時間もすると、太陽は灰色の分厚い雲に隠れた。今日は一日そんな空模様がつづきそうだ。ピア・ザンダー首席警部は霧雨の中、森林愛好会ハウスの駐車場で車を降りた。タウヌス山地もこのくらい高地になると、明るい広葉樹の森は消え、目につくのは針葉樹ばかりになる。トウヒ、モミ、マツが空き地を囲み、どんよりした天気も相まって、奥を見通すことができない暗い壁のようだ。風雨にさらされた木造の食堂と隣の家も、立ち寄る気が失せる雰囲気だった。

ピアはあたりを見まわした。オリヴァーの車がパトカーと林務官のジープのあいだに止まっていた。だがどこを見ても人の姿がない。火事はしばらく前に消えていたが、いまだに煙のにおいがきつかった。紅白の立入禁止テープで囲まれたキャンプ場の奥を見ると、消防車が焼けたキャンピングトレーラーのそばに止まっていた。

「変ね。みんな、どこへ行ったのかしら？」ピアは後部座席からダウンベストをつかんで着込み、それからスマートフォンを手に取って、通話の履歴をひらいた。オリヴァーの番号をタップしたが、つながらない。圏外だ。ピアはボスの車に視線を向けてからパトカーを見た。

「もしもし、そこでなにをしてるの？」ピアのすぐ後ろでだれかが声をかけた。ピアはびっくりして振り返った。目の前にやせた女が立っていた。顔がやつれていて、髪はパーマをかけてこんもりしている。うさんくさそうにピアを見ていた。女がかけているメガネの分厚いレンズが、羽毛をむしられたフクロウを連想させた。

「ザンダー首席警部です」ピアは身分証を呈示した。「あなたこそ、ここでなにをしているんですか？」

「わたしはここの住人です」女は毒のある言い方をした。ピアの身分証をもぎとると、アメリカの空港の入国審査官でもあるかのように入念に見た。「妹が森林愛好会ハウスの賃借人で、夜中に消防団に通報したのはわたし」

それから女は襟元にボアのついた着古したデニムのブルゾンのポケットから、昔は白かったと思われるメモ用紙をだした。

「さっき刑事さんに電話番号を教えるようにいわれたんです」女はピアにメモを差しだした。「これに書いてあります」

「ありがとう」

女は酒とニンニクと防虫剤のにおいをプンプンさせている。それでもピアは表情を変えなかった。

「ボスがどこにいるかご存じですか？　携帯がつながらなくて」

「あら、あれがあなたのボス？　それはよかったですね」フクロウ女は唇をゆがめ、さげすむような笑みを浮かべた。「連れてきた子どもがいなくなったんじゃありませんか？　夜中にあんな小さな女の子をこんなところに連れてきて、勝手に歩きまわらせるなんて、正気とは思えません」

ピアは普段、はじめて会った人には好意的に接し、先入観を持たないように心がけているが、この女にはとたんに嫌悪感を覚えた。

「子どもを見ていようかって親切心でいったんですけど、断られました」フクロウ女は肩をすくめていった。「こんな寒いところで、子どもを車で待たせる方がいいというんですから、信じられます？」

ピアはボスを悪くいう奴が好きになれなかった。

「いいんじゃないですか」

「でしょうね」さげすむような声だった。「仲間はかばいあうものですものね」

ピアはかっとなった。

「わたしでも酒臭い人に自分の子を預けたりはしないでしょうね」

「いってくれるじゃないですか」フクロウ女はピアをにらみつけた。「わたしのなにがわかるっていうの？」

「あなたにわたしのボスのことがわからないのと同じです」ピアは冷ややかに言い返した。「知らない人間に偏見を持つのはよくないですね。ええとお名前は……」

「モリーン。フェリツィタス・モリーン。ちなみにいろんな新聞に寄稿しています」

女の目には悪意が感じられた。

「夜中の捜査に子どもを連れてくる刑事なんて記事にしたらおもしろいでしょうね」

「じゃあ、楽しんで記事を書いてください」ピアは首を横に振った。「誹謗中傷したと訴えられないように気をつけることですね」

フクロウ女は「報道の自由」とか「情報提供義務」とかぶつぶつつぶやいたが、ピアはかまわず女をそこに残して、火災現場に向かった。クリストフと一度ここの食堂で食事をしたことがある。二、三年前のことだ。そのときは、キャンプ場があることをまったく意識しなかった。およそ四十台のキャンピングトレーラーが設置されている。そのほとんどが薄明かりの中、ぼろぼろになっているように見える。多くは雨露をしのぐためか色あせたテントに覆われ、苔むした柵に囲まれている。手入れされているようには見えない。

ピアはキャンピングトレーラーの残骸に辿り着いた。真っ黒に煤けたトウヒが五本、まるで指のように灰の中から突きでている。そのとき奥の森で声がした。消防団員が三人と巡査がふたり草むらをかきわけてあらわれた。つづいて狩人然とした男と末娘の手を引くオリヴァーが姿をあらわした。ゾフィアは怒って金切り声をあげているが、オリヴァーは取り合わなかった。ボスの末娘のことは前々から知っているので、ピアは気の毒だと思った。ゾフィアは本当に癇に障る子に育ってしまった。

「なんで電話をくれなかったんですか?」ピアは簡単にあいさつしてからいった。「わたしが代わりましたのに」

「もう何度も世話になっているからな」そういうと、オリヴァーはゾフィアの方を向いた。

「近くにいるんだ。わかったか？　すぐ学校に送っていく」

「だけどあたし……」ゾフィアが声をあげた。

「いいかげんにしないか」オリヴァーがどなった。「つべこべいうんじゃない」

ゾフィアは地団駄を踏んで泣きわめいた。

「いいんだな？」オリヴァーは小声で脅すようにいった。「もう二度と連れてきたりしない」

「だって痛かったんだもの！　痛いの！」ゾフィアは泣き叫びながら濡れた草地にしゃがみ込んだ。「足が折れた！」

オリヴァーは無視して、ピアにヴィーラント・カプタイナを紹介した。彼はこのあたりの森が管轄の林務官だ。背が高くやせている。角張った顔には深いしわがあり、憂いをたたえた目は褐色で、髪の生え際が白かった。

「賃借人の姉によると、炎が上がって車が走り去ったあと、人影を見たという」オリヴァーが状況をかいつまんで説明した。「森の中につづく血痕を見つけた。犯人か目撃者のものだろう」

「それじゃ捜索犬を要請すべきですね」ピアはフクロウ女とのやりとりのことは話さずにおいた。「その人物はまだ森の中にいるかもしれません。足跡を残していれば、捜査の糸口になる可能性もありますね」

車が二台、がたがたとキャンプ場を抜けてきた。鑑識の青いフォルクスワーゲンバスと火災捜査課のボックスカーだ。二台は五十メートルほど離れたところで止まった。オリヴァーが時計を見た。

「ゾフィアを学校に送っていかなくては」オリヴァーは眉間にしわを寄せた。捜査がはじまったところで現場を離れなければならないことが悔しいようだ。

「行っていいですよ」ピアは答えた。「あとはわたしが引き受けますから」

「ありがとう」オリヴァーはため息をついた。「このお返しはいずれする。ゾフィアを預けれるところがなかなかなくてね」

「気にしないでください」ピアはボスの家庭の事情をよく知っていたし、前妻のコージマがいろいろ理由をつけては末娘の世話をしないことも聞き知っていた。コージマは以前からドキュメンタリー映画を撮影するため外国を飛びまわっていたので、上のふたりの子も事実上、彼ひとりで育てたようなものだ。インカ・ハンゼンとの関係が壊れたのも、ピアにいわせれば、ゾフィアのせいだ。オリヴァーの新しいパートナー、カロリーネ・アルブレヒトがこの神経に障る子と頼りにならない母親に堪忍袋の緒を切らさないか見物だ。

オリヴァーが末娘を連れて駐車場へ行ってしまうと、バセット・ハウンドそっくりの顔をした林務官がピアに声をかけてきた。

「なにか手伝えることはありますか?」

「ここにあるキャンピングトレーラーの所有者をご存じですか?」

「あいにく住所も氏名も知りません。賃借人とその夫以外は数人のあだ名を知っているだけです」

「ふうむ」ピアはダウンベストのポケットに両手を突っ込んだ。さっきフクロウ女に渡されたメモ用紙が指先に触れた。

「すみません。すぐ戻ります」ピアは林務官にそういってからボスを追いかけた。オリヴァーはクレーガーと立ち話をしていた。ピアはクレーガーと現場検証に必要な道具を下ろしている鑑識チームにあいさつした。

「なんだこれは。ワーテルローの戦いでも再現したのか。無茶苦茶だ！」クレーガーが腹立たしげにいった。「俺たちが証拠を保存する必要があることを消防団はまったく念頭に置いていない！」

オリヴァーとピアはこの種の悪態に慣れていた。クレーガーは完璧主義者で、だれかに現場をいじられる前に鑑識チームだけで犯行現場の証拠を採取したいのだ。

「それだけじゃない」オリヴァーはそっけなくいった。「遺体の状態から、ヘニング・キルヒホフを呼ぶことにした」

「やったぞ」クレーガーがいった。「今回は俺の方が早かった」

「ふたりとも、子どもなんだから！」ピアは前夫と鑑識課課長のくだらない先陣争いにあきれて首を横に振った。

「これで十一対三の勝ち」クレーガーは誇らしげにニヤリとした。「ぶっちぎりだ。悔しがるだろうな」

クレーガーとヘニングはここ数年、遺体発見現場でささいなことでいがみあい、異常なほど敵愾心をむきだしにするようになった。ふたりの意地の張り合いは語り草だが、いつ果てるとも知れず、まわりは無関心になっていた。

「オリヴァー、フクロウ女からこれを預かっていました」ピアはオリヴァーにメモ用紙を渡した。「あなたが提出を求めた電話番号です」

「ありがとう」オリヴァーはメモをちらっと見た。「キャンプ場運営者の電話番号だろう。移動中に電話をかけて、炎上したキャンピングトレーラーがだれの所有か確認しておく」

オリヴァーは地団駄を踏むゾフィアの手を取ってその場を離れた。携帯電話のアンテナが立ったので、ピアはクレーガーのそばで立ち止まった。当直に電話をかけ、放火犯か目撃者か不明な人物を捜索するため、捜索犬と応援を要請した。そのあと検察官にも連絡した。

そのあいだにまた車が到着した。パトカー二台、ヘニングのシルバーのステーションワゴン、クレーガーの部下三人と捜査十一課の新人が乗った刑事警察署のオペル車。それに民間放送局の派手なロゴ入りの白いスマートまであらわれた。

「ドクターが来たな」クレーガーが不機嫌にいってフードを頭にかぶった。ヘニングはアルミトランクを片手に提げ、芝生を横切ってピアのところへ歩いてきた。

「マスコミまで」ピアはいった。「もっと規制線を広げるように指示してくる」

＊

恥ずかしいやら、腹立たしいやらですすり泣きながら、フェリツィタスは台所の引き出しを次々と開けた。やっと朝の八時になったところだ。だが赤ワインを一杯やりたい気分だ。あの金髪の女刑事のせいだ！　それに他の警官にも馬鹿にされた。ニヤニヤしているのがはっきり見えた！　カボチャの形をしたランタン？　あんなにヒステリックになったなんて、なんともバツが悪い。あの刑事はどう思っただろう。けっこう好みだった。無精髭に、白いもみあげのリーアム・ニーソン風。フェリツィタスは冷たい窓ガラスに額を当てた。魅力的な男。背が高く、やせていて、肩幅があり、引き寄せるようなオーラに包まれていた。声もすてきだった。心地よいバリトンに、ヘッセン訛が一切ないきれいな発音。利かん気な子どもを抱えているのだけは玉に瑕だ。結婚が破綻したのは、彼が悪党を追いかけまわすのに血道を上げすぎたせいだろうか。それとも浮気でもして、垢抜けない妻をだましたとか。それはともかく、きっとアル中のみすぼらしい馬鹿女と思われただろう。

フェリツィタスは勢いをつけて窓から離れると、マヌエラのオフィスに行って、デスクに向かってすわった。引き出しを次々と開けた。どこかにあるはずだ！　そして吊り戸棚の奥に探していたものを見つけた。フェリツィタスはそっと木箱を取りだし、傷だらけのデスクに置いて、蓋を開けた。しばらく前、マヌエラがなにげなくその拳銃の話をした。森の中で暮らすようになってから夫のイェンスが手に入れたのだという。イェンスは銃器所持許可証を持っているのだろうか。どうだっていい。フェリツィタスはおそるおそる拳銃を木箱からだした。鈍く光る黒い鋼鉄。拳銃を最後に手にしたのは記事を書くために射撃場に立ったときだ。もう何年も前になる。拳銃を手に持って重さを確かめた。弾薬を装塡したままだ。なんて軽率なんだろう。まあ、イェンスらしい。これで安心感が増した。そのとき後ろからやってきて、フェリツィタスの動きを見ている二匹の犬が目にとまった。

「役立たず」そう吐き捨てるようにいうと、フェリツィタスは拳銃をジーンズのベルトの背中のあたりに挿した。「吠えるしか能がないんだから」

窓からはキャンプ場が少し見える。紅白の立入禁止テープとたくさんの人。どうやら事件はキャンピングトレーラーの炎上だけではすまなかったようだ。フェリツィタスはマヌエラのデスクに向かってすわり、ノートパソコンをひらいてメールをチェックした。記事を四本書いて、いくつかの新聞編集部に送ってある。ぼちぼち返事があるはずだった。ところが返事はなかった。スパムメールが数件あっただけ。審査委員会やガラコンサート、出版記念パーティー、作家の朗読会への招待状もない。以前はそういう招待状が毎日のように送られてきて無造作に削除していたのに。週を追うごとにメールの件数が目減りし、昨日から一件も届かなくなった。一件もだ。忘れられてしまった。これまでの人生はどこへ行ってしまったんだろう。なんで招待されなくなり、電話もかかってこなくなったんだろう。力任せにノートパソコンを閉じた。こんな森の中のネズミに占拠されたようなあばら屋でなにをしてるんだろう。動物は嫌いだ。森は嫌いだ。古びた薄汚い家には吐き気をもよおす。妹のところに転がり込むほかなかったなんて屈辱だ。

＊

「このあたりは十九世紀に木が一本も生えていなかったって知ってました？」キャンプ場を横切ってきたターリク・オマリ警部がピアの前で立ち止まり、オリーヴ色のフィールドジャケットの襟を立てた。「天気がいいときには、ケルト時代に築造されたアルトケーニヒ山の砦跡(とりであと)がフランクフルトから見えたらしいです。今は完璧に森に覆われていますけど」

「なんでそんなことを知っているの？」

新入りには驚かされてばかりいる。彼はちょうど二ヶ月前、捜査十一課に配属されてきた。八月はじめ、カトリーン・ファヒンガーが妊娠して十一月から産休に入るといいだしたからだ。エンゲル署長は帽子からウサギをだすように、どこからともなくこの新人を確保してきた。

「どこかで読んだんです」ターリクは肩をすくめながら答えた。「映像記憶が備わっていて、一度聞いたり読んだりしたことは絶対に忘れないんです」

ピアは彼をちらっと見た。自慢しているわけではないようだ。飾らない言い方だ。ターリク・オマリ警部は二十八歳で、ヴィースバーデンの警察学校をトップの成績で卒業したばかりだ。コンピュータに関する知識もカイ・オスターマンに引けを取らない。それに驚くほど物知りで、それを隠そうとしないため、ホーフハイム刑事警察署ではすでにアインシュタインの異名を取っている。

ふたりは火災現場に辿り着いた。放水と霧雨で灰がぬかるみに変貌していた。煤けてねじ曲がった鉄骨が突きだし、そこここでまだうっすら煙が上っている。クレーガーの部下ふたりが火災現場を保存するためテントを設営し、残骸となったキャンピングトレーラーのまわりに番号プレートを置いた。鑑識官たちはさっそく作業に入ったのだ。遺体の上にネットを広げ、物的証拠となりうるもののそばに番号プレートを置いて記録している者もいる。別の鑑識官がひとり、火災現場と炎上した車と被害者の写真をあらゆる角度から撮影していた。小さくて、無意味と思われるものまで採取し、灰の山もていねいに漉さなければならない。骨の破片や歯を採取しそこねないようにするためだ。ほとんどのものはあとで不必要なものとして排除される運命にある。だが初動捜査ではまだなにが重要かわからないので、すべての物的証拠を袋に入れ、科学捜査研究所に送ることになる。灰はこびりつくし、プラスチックやゴムの残骸とまじり合ったりで分類が難しいので、骨の折れる作業になるだろう。ヘニングとクレーガーは黒焦げの遺体のそばにしゃがんで、これからの作業工程について淡々と話し合っていた。

「森の縁で血痕が発見されたわ」ピアはいった。「それから目撃者が人影を見たと証言している。だから森に残された靴跡を捜す必要がある」

クレーガーは彼女の方を振り返って首を横に振った。

「俺たちは六人しかいない。今は全員ここに張りつくほかない」

「それじゃ応援が来るまでこの一帯を立入禁止にする」ピアはスマートフォンをだした。「寝タバコで火事になったとは思えないものね」

「ものすごい熱を発したはずです」そういうと、ターリクはにおいをかいだ。「間違いなくガソリンですね」

「焼き肉のにおいもする」

「えっ？」

「焼き肉よ。オーブンで焼きすぎたクリスマスのガチョウ料理のにおいに似ている」

「たしかに」ターリクはうなずいた。「今まで焼死体を実際に見たことはなく、理論的な知識しかありませんが、本で読んだとおりです」

「というと？」ピアは少し愉快に思いながらたずねた。

「人体の大部分は水です。高熱にさらされると、体内の水分が沸騰（ふっとう）します。焼死体は炭化したにおいがしますが、焼けた筋肉と脂肪のにおいもするという話です」

ピアは圧倒された。ふたりの会話をニヤニヤしながら聞いていたヘニングがたずねた。

「きみが新入りか？」

「はい、そうです。ターリク・オマリ警部です。キルヒホフ教授ですね。法医学研究所所長で法人類学者の」

「そのとおり」ヘニングは現場で使う七つ道具を入れたトランクを開けた。「死体ははじめてかね？」

「はい」

「それは幸運だ。ザンダーからいろいろ学ぶといい。すばらしい教師についていたからな」

「ちょっと！　くさいセリフをいわないで、ヘニング」ピアは馬鹿にした。

「くさい？　わたしの嗅覚は完全に鈍っていてね」ヘニングはいつになく機嫌が良く、軽口を叩いた。それから体を起こし、探るような目でピアを見つめた。

「なによ」ピアはたずねた。

「いまだにヌッテラ（チョコレート風味のヘーゼルナッツペースト）を朝食に食べているのか？」

「いけない？」ピアは顔が紅潮するのを感じた。やせたことなど一度もなく、逆にここ数ヶ月体重が数キロ増えていた。ダイエットをして、炭水化物と甘いものを摂取しないように努めるべきなのに、それがどうしてもできずにいた。みんなの前でピアを笑いものにするとは、ヘニングらしいやり方だ。

「ここにヌッテラがついている」ヘニングはニヤニヤしながら自分の口元を指差した。

ターリクはふたりのやりとりに面食らっていた。

「前の夫なの」急いでそういうと、ピアは親指と人差し指で口元をこすった。「といっても、妻であるわたしよりも、仕事が大事だった。だから会いたいときは、法医学研究所の解剖室に行くほかなかったのよ」

「ヌッテラが取れた」ヘニングはピアに目配せをした。「ところで、今のはおおげさだな。そんなにひどくはなかった」

「あらそう？　わたしが出ていったことに気づくまで二週間もかかったくせに」

ピアがヘニングと別居してから十年になる。心の傷はとっくに癒えた。彼と結婚しているあいだ、感覚的にはザクセンハウゼンの自宅よりも、法医学研究所にいる時間の方が長かった。無数の週末と夜を腐乱死体や焼死体やミイラ化死体や白骨死体と過ごした。もっとましな時間を楽しめただろうが、結果的にはそうやって見識を高めたことは否定できない。ヘニングはドイツでも数少ない法人類学者で、その分野では世界的権威だ。ピアは十六年間もアシスタントを務めたようなものだ。そのうえ悪筆の彼が書いた博士論文をはじめとする無数の論考や著作の原稿を清書したのも彼女だ。ピアは法医学の専門用語に通暁し、死体の検視では、見たことのないもの、かいだことのないにおいは一切ないほどだった。

「焼死体の解剖にも立ち会ったことがあるんですか？」ターリクの声でピアは我に返った。

「ええ、二、三度」ピアは答えた。

　ふたりは鉄板の上でバランスを取りながら、炎が遺した死体の残骸を無言のまま見つめた。遺体はうつ伏せだった。完全に炭化し、手足はほとんど燃え尽きている。高熱で筋が収縮したため、腕部と脚部がねじまがり、口が開いている。絶叫しているかのようだ。

「たしかに想像以上にむごたらしいです」ターリクはしゃがんだ。

「それで？」ピアはたずねた。「なにが見えた？」

「頭蓋骨に穴があいていますね。しかし高熱で脳が沸騰したでしょうから、頭蓋骨が熱で破裂したのか、圧迫骨折か判断に迷うところです。解剖してみないと、外からの暴力行為か、内部からの破裂かわからないでしょう」

「よくできた」ヘニングはそういってから、じれったそうに手を横に振った。「それじゃ、作業にかからせてもらおう」

「性別はわかる？」ピアはたずねた。

「どうだい？」ヘニングはターリクの方を向いてそういうと、トランクからなにか取りだした。ターリクは死体をじっと観察した。

「男性でしょう」彼は顔を上げることなくいった。「オス・フェモリス、つまり大腿骨が女性のものより長く、頑丈に見えます」

「ほほう」ヘニングが体を起こして、好奇心と懐疑心(かいぎしん)がないまぜになった表情で新入りを見た。

「死体の性別が外見から判定できない場合は、Y染色体の蛍光画像化をおこないます」

「どういう方法で？」ヘニングがたずねた。

「キナクリンマスタードで染色をおこないます」鉄板がぐらぐらして、ターリクは一歩さがった。「毛髪と軟骨がサンプルとしては理想的です。トレーガー、シュパン、トゥッチュ＝バウアーが一九七九年に発表した論文をインターネットで読みました。先生も『法律家と警察官のための法医学』の二百四十一ページ、十四章二項で身元確認が困難な焼死体の特徴について書いていますよね」

ヘニングがほんの一瞬唖然としたので、ピアはニヤリとした。

「わたしの本をよく読んでくれているようだ」ヘニングはいった。「わたしの学生にも見習わせたいくらいだ。悪くない」

「彼は映像記憶の持ち主なの」ピアがひと言いった。

「ありがとうございます」ヘニングの賛辞にターリクは頬を赤らめた。「先生の著作はわかりやすくていいです。基本図書といっても、他の方が書いた医学書はわかりづらくて困ります」

「わたしにおもねろうというのか？」ヘニングはうさんくさく感じたようだ。

「とんでもないです！」それは邪推だとでもいうように、ターリクは首を横に振った。

ヘニングはなにを考えているかわからないような顔でターリクを見つめた。

「理論だけではだめだ」そうなるようにいうと、ヘニングはフードをかぶって、顔をそむけた。話を聞いていた鑑識チームの面々がニヤリとした。

「先生はわたしに腹を立てたんでしょうか?」ターリクがピアにおずおずと訊いた。

「そんなわけないでしょう」ピアは笑みを浮かべた。ヘニングが感心するところを見るのは本当にめずらしい。「けっこういい気分なんだと思うわよ。でも、彼は口が裂けてもそんなことはいわない」

ピアのスマートフォンが鳴った。数歩離れて電話に出た。ライン=マイン救援犬部隊の捜索犬と指導員がもうすぐ到着するという。フランクフルトの検察官もかけつけてくるらしい。ヴィースバーデンのマインツ=カステル地区から機動隊の百人隊もタウヌスに出動したという。捜査に向けていよいよ動きだした。

*

「ええ、もちろん、いいわよ」カロリーネの声がオリヴァーの車のスピーカーから聞こえた。

「ゾフィアを午後三時に学童保育室から引き取って、あなたが帰るまで家で待つ」

「ありがとう」オリヴァーはゾフィアをエッペンハインの基礎学校で下ろしてすぐ午後の問題が解決したので、心底ほっとした。「だけど今日は売り家の下見に人が来るといってなかったか?」

しばらく前にカロリーネは、オーバーウルゼルにある両親の家を売却する決心をした。だがこれが思いのほか難しかった。この家で起きた事件を知ると、関心を持った多くの人が購入をやめた。下見をする人もいたが、下見にかこつけて殺人事件の現場を見にきただけだった。カロリーネは売家情報をすべてのオンラインポータルサイトから削除した。今回の買い手も興味があるのは土地だけで、家には関心がないという。

「下見は昨日よ」カロリーネは少し愉快そうに答えた。

「ああそうだったか」オリヴァーはかっと熱くなった。昨日は捜査でてんてこ舞いだった上、友だちの誕生会に出たゾフィアを迎えにいって、買い物もしなくてはならなかった。そのためカロリーネにとって大事な商談日を失念していた。関心がないと思われなければいいのだが。

「それで、どうだった？」

「今晩話す。それでいい？」

「ああ、もちろん。あらためて、協力してくれてありがとう」

「気にしないで。それじゃまたあとで」

オリヴァーは通話を終えると、自分の物覚えの悪さに悪態をついた。

カロリーネとは二年前の十二月に最悪の状況下で出会った。交際がはじまる見込みなどまったくなかったのに、気づくとそういう方向に進展していた。はじめは互いに惹かれてときめきを覚えた。それから恥じらうティーンエイジャーのように少しずつ触れ合いを求めた。もちろんパートナーとなるための基本条件といえる信頼と敬意と価値観や考え方の一致も大いに手伝った。問題はグレータだった。母親の生活に入り込んだオリヴァーにはじめから嫉妬したからだ。カロリーネにとって一番大事なのは娘だ。仕事にかまけて長年構ってやらなかったことを反省し、遅ればせながら罪滅ぼししようと懸命なのだ。オリヴァーはグレータのことが気がかりだったが、カロリーネはちょっとした批判にも過剰に反応する。だから口をださず、グレータを避けていた。それにオリヴァーの方もゾフィアに振りまわされ、カロリーネとふたりだけになる時間がほとんどなくなってしまった。カロリーネは、オリヴァーのことを前妻が体よくベビーシッターにしているといって不満だし、オリヴァーも、カロリーネがグレータにかかずらいすぎると思っていた。仲違いする恐れはいろいろあったものの、オリヴァーはカロリーネといっしょに未来を歩みたいという希望を捨てていなかった。

電話が鳴った。

「どなたですか？」

ヘビースモーカーらしい女の声がした。

「ヒルデガルト・インデンホックです。留守番電話にメッセージを残されましたね」

女がそういったので、オリヴァーは森林愛好会の会長だなと直感した。オリヴァーは急いで夜中にキャンプ場で起きたことを伝え、キャンピングトレーラーが炎上した場所を説明した。

「なんてこと！」そう叫んで、インデンホック夫人は咳き込んだ。「八時に人と会う約束がありまして、そちらへ行くことができません」

「かまいません」オリヴァーは答えた。「キャンピングトレーラーがだれの所有か知りたいだけです」

「右側の一番奥といいました？　緑色のカーサイド型テントと遮蔽垣（しゃへいがき）があるものですか？」

「テントと遮蔽垣はもうなくなってしまいました。キャンピングトレーラーの裏には数本のトウヒが生えていました。そちらも燃えてしまいましたが」

電話の向こうでライターのカチッという音がして、タバコを吸う気配が感じられた。

「それじゃ、ロージーのですね」インデンホックは少し考えてからいった。「ローゼマリー・ヘロルト」

その名を聞いて、オリヴァーはどきっとした。

「ローゼマリー・ヘロルト、ルッペルツハインの?」と胃に変な感覚を覚えながら訊き返した。

「ええ、そうです」そう答えると、インデンホックはまた咳込んだ。「住所と電話番号をお教えしましょう」

「その必要はありません」オリヴァーはいった。「ヘロルト夫人なら知っています」

インデンホックはさらになにかいったが、オリヴァーはまともに聞いていなかった。刑事になってから幸運にも、知り合いが絡(から)んだ殺人事件を捜査する経験がなかった。これが最初になるのだろうか。ローゼマリー・ヘロルトは基礎学校時代の級友エトガルの母親だ。それに若い頃、ボーデンシュタイン家で家政婦をしていた。ルッペルツハインの村人は代々、ボーデンシュタイン家の農場や森で日々の糧(かて)を得てきた。昔は他に選択肢がなかったからだ。ルッペルツハインは貧しい村で、十九世紀の末、サナトリウムが建てられると、重要な雇用主になった。

基礎学校を卒業したあと、オリヴァーと姉はケーニヒシュタインの高等中学校(ギムナジウム)に進学したが、ルッペルツハインのほとんどの学童はフィッシュバッハの総合学校に通った。それでも小さな村では子どもたちの結びつきがつづいた。それにオリヴァーの父親は数十年にわたって周辺のそういうことになっていたが、母親は教会と幼稚園の運営に関わってきた。そういうこともあって、四年前にルッペルツハインへ引っ越したときは故郷に帰ってきたような感覚になったものだ。

魔の山のところで右折すると、オリヴァーはルッペルツハインへ通じる急カーブを走った。火災現場へ戻る前に、パン屋に寄って捜査をしているみんなにパンを買うことにしていた。それに、オリヴァー自身、大至急カフェインを欲していた。五百メートル走ったところでウインカーをだし、〈緑の森〉という酒場の小さな駐車場に入ろうとした。そのとき、やはり駐車場に入ろうとした四輪駆動車とあやうくぶつかりそうになった。オリヴァーはあわててブレーキを踏んだ。それから運転している女に気づいた。

*

キャンプ場を囲む錆びた金網の向こうの林道にテレビクルーが集まっていた。女のカメラマンが自分の局のために少しでもいい映像を撮ろうとしている。他の報道関係者はすでに移動していた。みんな、ハエが群がるように犯行現場に集まっていた。

「ここで事件が起きたってどうやって知ったんでしょうね?」ターリクは驚いていた。

「警察無線よ」ピアはそう答えると、報道陣が金網を乗り越えたりしないように巡査ふたりに対処させてから林務官の方へ歩いていった。ヴィーラント・カプタイナは興奮している小太りの若い女の話を聞いていた。

「……信じられません!」ピアが近づいてみると、女はかんかんに怒っていた。「だれかが餌付け棒を引き抜いて、持ち去ったんです！　これって妨害活動です！」

「妨害活動？」ピアは訊き返した。

若い女はさっと振り返って、ピアをじろっとにらんだ。女は小柄でずんぐりしている。年齢は二十代はじめか半ばのようだ。こんなに寒いのに、上はVネックの白いTシャツだけで、迷彩パンツを膝（ひざ）までまくりあげて、筋肉質なふくらはぎをむきだしにしていた。足には、ごついトレッキングシューズをはいている。

「うちの餌付け棒でなにをしようっていうのよ！」女は怒りでふるえている。親指をTシャツの襟首に入れ、ブラジャーの位置を直した。無意識にそうしたようだが、それを見て、ターリクが顔を赤らめた。

「だれがなにでですって？」ピアはたずねた。

「餌付け棒でよ」そういい直すと、若い女は小さな子どもでも相手にしているかのように目を丸くした。

女の瞳は目を引くほどの緑色で、睫毛（まつげ）が長い。鼻がつんと立っていて、かわいらしい顔立ちだ。肌はまっ白で、赤毛。ふっくらした頬に二重顎、なで肩。どこもぴちぴちしていて、やわらかそうで、熟したモモを連想させる。赤い髪は頭の上で結んでいて、ふくよかな唇を不服そうにねじ曲げている。

ターリクはつい彼女の胸に目がいきそうになるのを必死で堪（こら）えているが、女に気持ちを見透かされていた。

「パウリーネ・ライヒェンバッハです」ヴィーラント・カプタイナが口をはさんだ。「自然保護協会のボランティアスタッフで、タウヌス山地でのヤマネコ生存調査プロジェクトに関わっています。自然保護局とゼンケンベルク自然史協会の支援を受けて複数の自然保護協会が合同ですすめているプロジェクトです」

「モニタリングのため要所要所にトレイルカメラを設置してあったんです」パウリーネががみがみいった。「もちろんヤマネコは簡単にはやってきません。トレイルカメラをただ設置してもしかたがないので、ヤマネコが好きなにおいを餌付け棒に塗ってあるんです。わかります？」

「ええ。まあ」ピアはうなずいた。そのとき、あることを思いついた。

「餌付け棒の一本がなくなったのがそんなに悲劇なんですか？」ターリクがその若い女にたずねた。

「あのですね。餌付け棒の値段を知ってます？」パウリーネがふくれっ面をして、両手を肉づきのいい腰に当てた。「それに餌付け棒を立ててまわるのも大変なんですよ。あたしたちは自分の自由時間を犠牲にしているボランティアなんですから！　もし昨夜ヤマネコがそこを通ったとしたら、せっかくの苦労が水の泡になったことになります！」

「それなら、また通りかかるんじゃないですか？」ターリクが身も蓋もないことをいったので、パウリーネが目を吊りあげた。ピアはそのとき脳裏に浮かんだことをたしかめることにした。

「落ち着いてください」ピアはパウリーネをなだめた。「トレイルカメラはどこにあるんですか？　何台ですか？」

「三台。一台目はキャンプ場の下、百五十メートルのところ、二台目はアイヒコップフ、三台目はラントグラーベンの近く」パウリーネがけげんな顔をした。「なんでそんなことを訊くんですか？　そもそも、あなたはだれなんですか？」

「ピア・ザンダー、ホーフハイム刑事警察署の者です。こちらは同僚のターリク・オマリ。夜中に火事があって、人がひとり亡くなったのです」

パウリーネは警官や白いつなぎの鑑識、消防、紅白の立入禁止テープを見て、ようやく事情を察したようだ。

「知らなかったものですから……キャンピングトレーラーが炎上しただけだとばかり」パウリーネはしおらしい顔をした。「ええと……ちょっと……騒ぎすぎました」

「トレイルカメラが夜中になにか撮影していないか気になるのです。見せてもらえると、助かります」ピアはパウリーネにいった。「チェックしてもらえますか？」

「ええ……いいですけど」パウリーネは大騒ぎしたことを恥じているようだ。自分の車へ向かった。錆（さび）だらけの古いトヨタ車だ。助手席からタブレットを拾いあげ、ボンネットに置いた。歯のあいだから舌をだし、集中している顔つきでタッチスクリーンをスワイプした。

「カメラ十四で午前三時七分になにか映ってますね！　動物じゃないです！」パウリーネは興奮していった。目を見ひらき、黒いマニキュアを塗った色白の手で口をふさいだ。「嘘っ！」

「なんですか？　見せてもらっていいですか？」ピアは隣に立って、タブレットを覗き込んだ。それは赤外線カメラの映像で、粒子が粗く鮮明ではないが、明らかに最初の手がかりだった。

＊

「やあ、インカ」オリヴァーは酒場の駐車場に立った女に声をかけた。このあいだまでパートナーだったインカ・ハンゼンだ。長男の義母だし、彼女の馬専門クリニックはすぐ下の谷にあるというのに、言葉を交わすのはずいぶんひさしぶりだ。インカもオリヴァーに会いたくないのか、家族の集まりにも顔を見せたためしがない。オリヴァーが来ないとはっきりしているときでもだ。

「こんにちは」インカは冷ややかに答えた。「元気？」

とおり一遍のあいさつだ。実際には元気かどうかなんて興味もないだろうと思いつつ、オリヴァーは答えた。

「ああ。きみは？」

「元気よ」

顎までの長さにカットした金髪に白髪がまじっている。インカは前からとてもやせていたが、今のやせ方は健康的とはいえない。オリヴァーは彼女の首のしわに気づいてはっとした。〝彼女は老けた〟という言葉が脳裏をよぎったが、次の瞬間訂正した。〝わたしたちは老けた〟と。インカはオリヴァーより三ヶ月若い。ふたりは一瞬、顔を見合わせたが、お互いなにをいったらいいかわからなかった。そのときインカの携帯電話が鳴り、気まずい雰囲気から解放された。

「出ないと」インカはちらっと画面を見ていった。

「わたしも用事がある」オリヴァーはいった。

ふたりは会釈し、オリヴァーは道を渡った。インカはまた車に乗った。

長年つづいた友情も、結局こうなってしまうものなのだ。気まずい沈黙、とおり一遍のくだらないあいさつ、わだかまり。オリヴァーはため息をつくと、パン屋の外階段を上って店に入った。昔ながらの呼び鈴が鳴り、焼きたてのパンのにおいに包まれた。インカもパンを買いにきたのかもしれないが、考えを変えたらしい。駐車場から出て、オリヴァーに一瞥もくれずに走り去った。

「あら！」パン屋の妻ジルヴィア・ポコルニーが親しげにあいさつした。「ひさしぶりね。なににする？」

「コーヒーを頼む。ブラックで」オリヴァーはいった。「プチパンのサンドを十個とコーヒー十杯をテイクアウトする」

「それは豪勢ね」ジルヴィアは彼に目配せをして、クロームが光り輝くコーヒーメーカーに向かった。「市が新しい道を計画しているらしいけど、聞いてる？ ここから下のハンノキ新地まで。新しい住宅地をつなぐ道。いよいよ工事がはじまるらしいわよ」

「そうなのか？」オリヴァーは気のない返事をした。道路工事についての講釈など今は聞く気になれない。森林愛好会会長からもらった情報で頭がいっぱいだった。黒焦げの遺体がロージー・ヘロルトだったらどうする。これまで長年、家族の死を伝える役目を担ってきた。しかしその相手が知り合いであることなど考えたくもなかった。

ジルヴィアはのべつまくなしにしゃべった。彼女がオリヴァーの分のコーヒーをカウンターにのせたのを見て、オリヴァーは頭を切り替えた。

「ねえねえ、噂は本当？」さりげない質問だったが、軽く突きでた彼女の目は好奇心できらきらしていた。「森林愛好会のキャンプ場で夜中に火事があったそうじゃない。ミヒェル・クーネの息子が消防団員なのよ。ケーニヒシュタインの」

否定しても無駄だ。どうせすぐ新聞やインターネットで話題になる。だからこう答えた。

「ああ、さっきまで現場にいた」

「あらやだ！」ジルヴィアは大きく目を見ひらいて、仕事の手を休めた。「で、だれか死んだの？」

オリヴァーはただ肩をすくめ、早くしてくれと祈った。だが店には彼しかいない。ジルヴィアはもっと話を聞きだそうとした。

「いいじゃない！　だれにもいわないわ」

オリヴァーはニヤッとした。ジルヴィアが黙っているはずがない。噂やスキャンダルやショッキングな話が聞きたいときはここへ来るにかぎる。ルッペルツハインに住んでいても、オリヴァーは村人とあまり関わりを持たなかった。夜に酒場へ繰りだし、ビールを飲みながら村の噂話に花を咲かせるタイプではない。

オリヴァーの口が堅いとわかって、ジルヴィアはコーヒーをテイクアウト用の紙コップに抽出しはじめた。コーヒーマシンが音をたてたので、運よく話ができなくなった。ジルヴィアの夫が両手に天板を持って、パン焼き場から出てきた。

「やあ、オリヴァー」

「やあ、コンスタンティン、コンスタンティン」オリヴァーは答えた。

コンスタンティン・ポコルニーは若い頃はごつくて、口数がすくなかった。今は太りすぎて、パン焼き場のスイングドアを通るのにもひと苦労している。

「またくだらない話をしてんのか？」彼は妻のジルヴィアにそういって、まだ湯気を上げているプチパンを棚の籠(かご)に入れた。カウンターのガラスの内側が湯気で白くなった。パンのにおいをかいで、オリヴァーの空きっ腹が鳴った。

「だって気になるでしょ」ジルヴィアはとげとげしく答えた。「あんたと違ってね」

「まったく、好奇心の塊だ」息をはずませてそういうと、コンスタンティンは前腕で額の汗をふいた。チェック柄のズボンが突きでた腹によって押し下げられ、汗がしみたTシャツの裾がはみでて、毛の生えた腹が手の幅くらいのぞいてみえた。

「売り場でうだうだいわないでくれる？」ジルヴィアは夫をじろっとにらんだ。

「オリヴァーとは、腰のものを見せ合った仲さ」コンスタンティンがかまわず答えた。「だよな？　そういう仲！」コンスタンティンは大きな声を響かせながら笑った。

「その頃の方がもっこりしてたっていいたいの？」ジルヴィアはコーヒーをいれおわっていた。紙コップを紙トレーに入れて、パンの袋と並べてカウンターに置いた。

「ああ、そうともよ」コンスタンティンはニヤリとし、オリヴァーに目配せをすると、スイングドアの奥に消えた。

「いくらかな?」そうたずねて、オリヴァーは札入れをだした。呼び鈴が鳴った。女がふたりと白髪の男がひとり店に入ってきた。息子のレオを連れた八十歳を超すアネマリー・ケラーは高齢なのに目が鋭く、隣人のエルフリーデ・ロースは太っていて顔が赤く、腕が短い。オリヴァーはていねいにあいさつした。ふたりの女はオリヴァーの頭からつま先までねめまわした。レオはドア口にたたずんで床を見つめた。若い頃はスポーツマンだったが、ひどい怪我をして後遺症が残り、六十一歳になった今も母親と暮らし、市の臨時職員として働いている。

「やあ、レオ」オリヴァーはいった。

「や……やあ」レオは口ごもり、床から目を離さなかった。口が不規則にひくつき、口元からよだれが垂れている。見るに堪えない。

ジルヴィアは、オリヴァーがいなくなるのをじれったそうに待った。森林愛好会のキャンプ場で起きた火事についていろいろ尾ひれをつけて話したくてうずうずしているのだ。これで村じゅうに噂が広がり、いろいろと憶測が飛ぶだろう。オリヴァーは火災現場に戻る必要があった。被害者の性別と年齢についてヘニングがどう判断したか聞きたかったからだ。もし遺体がローゼマリー・ヘロルト本人でなければ、噂が伝わる前に大至急、彼女と話さなければならない。

「十五ユーロ七十セント」

「おつりは三ユーロでいい」オリヴァーはカウンターに二十ユーロ札を置いて、つりを取り、パンの袋と紙のトレーを持った。

「お母さんは元気？」アネマリー・ケラーがオリヴァーのためにドアを開けながらたずねた。会うといつもそう質問する。彼女は以前、ヴィーゼン通りで夫と食料品店を営んでいた。オリヴァーは今でもよく覚えている。天井まで届く棚に食品がいっぱい並んでいて、もぎたての果物もあり、彼にとっては贅沢の極地だった。とくにレジのそばに置いてある飴がお気に入りだった。放課後に寄ると、彼女はいつも子どもたちに飴をひとつずつくれたからだ。

「元気です、ありがとう」オリヴァーの返事もかわり映えがなかった。「父も元気です」

二十年前はまだこの集落にもいろいろな商店があった。精肉店が二軒、パン屋が二軒、銀行の支店、ガソリンスタンド兼自動車修理工場、裁縫用具店、食料品店。食堂が四軒に、カフェも一軒あった。だがほとんどの人が車を使い、近くのスーパーマーケットで快適に買い物ができるようになると、商店はしだいに姿を消した。今や残っているのはポコルニーのパン屋とハルトマンの精肉店だけだ。オリヴァーは細い歩道に立った。ケラー夫人の歩行器が歩道をふさいでいた。車道はそこで大きく折れて見通しが悪いので、オリヴァーは車が途切れるのを待った。ルッペルツハインでは日に二度、道路が混む時間帯がある。そのひとつは親がエッペンハインにある学校へ子どもを送っていったり、出勤したりする朝の七時半から九時半のあいだ。もうひとつは仕事から帰宅する午後五時から七時のあいだだ。

白髪の老人が反対側の歩道を歩いていた。

「司祭様！」オリヴァーは声をかけた。

司祭は顔を上げると、オリヴァーに気づいて立ち止まった。

「ボーデンシュタインさん」

司祭は左右を確かめることなく、いきなり車道に出た。角を曲がってきたバスに気づいていない。オリヴァーははっとして叫んだ。

「危ない！　ストップ！」

バス運転手は急ブレーキを踏んだが、手遅れだった。ごつんという音に、オリヴァーはぎょっとした。心臓が止まりそうになるのは、この日二度目だ。バスの窓に、驚愕した人の顔がすずなりになっている。タイヤがスリップする音と悲鳴。背後でパン屋のガラス扉が開いた。呼び鈴の音が耳に痛いほどだった。オリヴァーはあわててパンの袋とコーヒーのトレーを歩行器に置いて、斜めに停車した車とバスのあいだをすり抜けた。

「待った！」オリヴァーは通りに出てこようとしたパン屋の女主人を鋭い口調で止めた。「動くな！」

オリヴァーの脳みそは自動的に警官モードに切り替わり、おぞましい光景を恐れる気持ちを遮断した。悪夢はあとで訪れるだろう。夜眠っているときに。

＊

立入禁止テープの向こうのキャンプ場に、百人隊が一列に並んだ。全員、地面を凝視(ぎょうし)している。他の警官たちが、報道陣や野次馬を遠ざけようと歩きまわっている。ヘニング・キルヒホフとクレーガーの鑑識チームは、遺体やキャンピングトレーラーと車の残骸のまわりで懸命に作業をつづけている。遺体やキャンピングトレーラーには、雨に濡れないようにテントが張られていた。ライン＝マイン救援犬部隊からも、ベルジアン・シェパードのライラが到着し、指導員の車に積まれたトランスポートボックスの中で出番を待っていた。

　オリヴァーがまだ戻ってこないので、ピアが検察官に状況説明をした。イェルク・ハイデンフェルト検察官とはよくいっしょに仕事をしているので、顔なじみだ。ピアは彼がはじめて解剖に立ち会ったときのことをよく覚えている。クローンラーゲ教授が死んだイザベル・ケルストナーの心臓と肺を摘出したとき、ハイデンフェルトはたまらず嘔吐した（既刊『悪女は自殺しない』）。だが九年も前のことだ。今ではそう簡単にまいることはない。利かん気なところや若さが彼の表情から消えるのと同時に、好奇のまなざしも失われた。人間の深淵と毎日対峙していれば、自ずとそうなるものだ。被害者や犯人に会い、裁判で敗訴するたびに、幻想は少しずつはがれ落ちていく。そこに警官と検察官の違いはない。

「殺人後の放火か、放火による殺人か、どちらだね？」検察官がたずねた。

「それは解剖してみないとわかりません」ピアは答えた。

「犯人は放火したときに負傷して、森の中に逃げ込んだということでいいのかね？」検察官は眉間にしわを寄せた。

「そうともいえません」ピアは首を横に振った。「目撃者はまず走り去る車の音を聞いています。人影を目撃したのはそのあとです。少し下りたところにあるトレイルカメラに午前三時七分、人影が映っていました。男であることははっきり見分けられました。血痕も発見しました。

その男は負傷していると思われます。それから長さが一メートル三十センチの角材を持っています。ヤマネコの餌付け棒として使っていたもので、それを引き抜いて、持ち去ったのです」

「なんのために?」

「おそらく杖代わりでしょう。あるいは武器。なんともいえません」

少し離れたところで百人隊の隊員がなにか見つけたようだ。女性警官が息を切らしながらやってきて、別のキャンピングトレーラーにも忍び込んだ形跡があり、血痕が見つかったと報告した。ピア、ターリク、ハイデンフェルト検察官の三人は、その若い女性警官について、モミの枝が覆いかぶさっている一番奥のキャンピングトレーラーまで歩いた。しばらく前にだれかがいろいろ手をかけたようだ。キャンピングトレーラーのまわりには柵が張り巡らしてあり、バイエルン風のテラスもついていた。もちろんなにもかも放っておかれているらしく、いたるところにゴミが落ちていた。中身が空の植木鉢、錆びついたバーベキューセット、壊れた鳥の巣箱、一部が欠けた陶製の小人などさまざまながらくたが、もろくなったテラスの上や横にうち捨てられて、モミの落ち葉に覆われていた。百人隊の現場指揮官エーヴァルト・フリッチェ首席警部が分隊長ふたりと外階段の前で待っていた。フリッチェはピアと検察官に会釈した。年齢は五十代半ばで、髪を五分刈りにし、角張った赤ら顔の経験豊富な警察官だ。教官および狙撃手としての評判は伝説と化している。

「階段に残っている足跡はまだ古くありません」フリッチェがいった。「このあたりにタバコの吸い殻がたくさん捨ててあり、キャンピングトレーラーのドアが破られています」

ピアはベストのポケットからラテックスの手袋をひと組だした。もろくなった階段を用心しながら上って、うっかり重要な痕跡を壊さないようテラスを注視しながらゆっくりドアのところへ向かった。ドアは壊されていた。ドアの内側に置いてある錆びた鉄の棒をバール代わりにしたようだ。キャンピングトレーラーは広々していて、予想どおり空っぽだった。汗臭く、かび臭い。

ピアは内部を見まわした。ベッドには使った形跡がある。上掛けがくしゃくしゃになっていて、枕には頭が乗っていたへこみがあった。からっぽのペットボトルや缶ビール、空き缶がいたるところに転がっていて、花柄のコーヒーカップが灰皿になっていた。ピアは内心喜んだ。侵入者は大量のDNAのサンプルと指紋を残していった。クレーガーの部下たちが、使える指紋をいくつか検出するだろう。運がよければ連邦刑事局の指紋自動識別システムで身元が判明するかもしれない。そうすれば氏名が判明するし、顔もトレイルカメラの画像と比較検証することができる。満面に笑みを浮かべながら、ピアは外に出た。十時を少しまわったところで、すでになかなかの進展を見た。

*

いつもは静かなキャンプ場の騒ぎを、フェリツィタスは窓から見守っていた。なにがあったんだろう。焼けた古いキャンピングトレーラーだけならこんな騒ぎにはならないはずだ！　捜索犬まで連れてきた！　どうなっているのかだれかに訊いてみようか。朝っぱらからあれだけ恥をかいては、警官には声をかける気になれない。あいつらに馬鹿にされた。

玄関のベルが鳴って、犬が吠えだした。びくっとした拍子に、古い暖房機に足をしたたかぶつけてしまった。足を引きずり、悪態をつきながら玄関へ向かった。またベルが鳴った。フェリツィタスは犬を黙らせて、ドアの覗き穴から覗いた。男がふたり。警官ではないようだ。フェリツィタスはチェーンをかけてからドアを開けた。

「こんにちは」若い方が笑みを浮かべながらいった。「ヒットラジオFFHの者です。昨夜のことをなにかご存じないでしょうか。火災現場から死体が見つかったようなんです。ここに住んでいるんですよね。亡くなった方を知っているかなと思いまして」

死体？ フェリツィタスは、掌にじわりと汗がにじみ、背中に鳥肌が立った。どうりで外が騒がしいわけだ。どうして警察は黙っていたのだろう。五百メートルと離れていないキャンピングトレーラーの中で人が焼け死んだというのに、だれも教えてくれなかった。ぞっとする。被害者はいつもグレーのアウディに乗って夜中にやってきて、朝になるとすぐ立ち去るあの男に違いない。男は名乗ることはなかったが、偶然犬を連れて外にいたとき、あいさつしたことがある。フェリツィタスは、マヌエラが男の名前をいったかどうか考えた。妹は男をよく知っていた。そもそもキャンプ場の住人みんなと顔見知りだ。

「知りません。帰ってください！」フェリツィタスはふたりのリポーターにいって、ばたんとドアを閉めた。固定電話が鳴った。報道関係者か森林愛好会の会長だろう。留守番電話に切り替わった。留守番電話になにか吹き込まれるのもかまわず階段を上って、客室に向かった。

「もううんざり！」フェリツィタスは独り言をいうと、防虫剤のにおいがするワードローブを開けた。「こんなところ、もう一分たりともいられない！」

旅行カバンをベッドの下から引っ張りだすと、衣類を詰めた。こんな恐ろしい家で一夜を過ごすくらいなら、なけなしの金でホテルに泊まった方がはるかにましだ。あとで犬の世話をだれかに頼むよう妹にEメールで伝えればいい。

五分後、フェリツィタスは重いバッグを下に引っ張りおろし、拳銃をハンドバッグにしまってから、狭い階段を手探りしながら地下室に下りた。階段は段差が高く、電球が切れている。転ばないように気をつけなくては。だが洗濯室に裏口があり、だれにも見られずにガレージに辿り着ける。

*

「死んだんですか？　どうしよう、どうしよう！　来るのが見えなかった！」顔じゅう汗びっしょりで禿げ頭の太ったバス運転手は泡を食っていた。「俺の責任じゃない！　俺は絶対に悪くない！」

「司祭様！」オリヴァーはアスファルトに倒れた司祭の肩にそっと触れた。「聞こえますか？」

元主任司祭のアーダルベルト・マウラーが片方ずつ目を開けるのを見て、オリヴァーはほっとし、目の前がくらくらした。

「オリヴァー！　いったい……なにがあったのですか？」そういうと、元主任司祭は後頭部に手を当てた。

「バスにひかれたんです」オリヴァーは答えた。「怪我はないですか？」

「いきなり飛びだしてきたんだ！」バス運転手がむきになって叫んだ。「俺がひいたわけじゃない！」

「ひいたなんていった奴がいるか」道路に集まった野次馬のひとりがいった。

「いいや、そこの奴がいった！　だが、そんなことはいわせない！　俺はまだ人をひいたことなんてないんだ！　四十年バスを運転してる。警察を呼ぶ！」

バスは道路をふさいでいた。しだいに渋滞がひどくなり、通行人たちが立ち止まった。車のドアが閉まる音があちこちでして、近づく足音も聞こえた。ちょっとした人だかりができた。

「助けがいるか？」

「どうしたんですか？」

「バスが司祭様をひいたのさ！」

「ああ、司祭様！」

「ひいたわけじゃない、ちくしょう！　この人がいきなり通りに飛びだしてきたんだ！」バス運転手がどなった。

「なんともない」司祭は朦朧としながらいった。「ちょっとアスファルトに頭をぶつけただけです」

「救急車に来てもらった方がいいです」オリヴァーは心配した。マウラー司祭は八十代半ばになる。まだかくしゃくとしているが、こういう転び方をしては後遺症が残る恐れがある。

「いいや、大丈夫です。大きなたんこぶができるでしょうがな。起こしてください」

酒場の二階の窓が開いて、おかみのアニタ・ケルンが身を乗りだし、駐車場前の騒ぎを見ていた。パン屋の方でも、様子を見ている人の姿がある。ジルヴィア・ポコルニーと腕の短いエルフリーデ・ロースが野次馬たちのそばに立っていた。オリヴァーは背後を振り返って、心配そうな顔や、興味津々な顔を見た。

「よりによってパン屋の店先でバスの前に飛びだすとは」司祭は軽口をたたいたが、声がふるえていた。立ちあがると、ズボンの汚れをはたいた。

「ほら！　バスの前に飛びだしたと本人がいっている！」バスの運転手が勝ち誇ったようにいって、まわりの人たちを見た。「聞いただろ？」

だが、だれもバス運転手の言葉を聞いていなかった。行く手をさえぎられたドライバーたちは狭い道で方向転換を試みた。だれかが我慢しきれずクラクションを鳴らした。

「びっくりしました」オリヴァーは司祭をうかがった。様子がおかしい。司祭に会うのはひさしぶりだ。ずいぶん変わった。陽気さは影を潜め、緊張している。頬がこけ、目の下に隈ができている。いつも人をなごませてくれる笑みが消えていた。バスにひかれそうになったショックからだろうか。それとも病気を患っていたりするのだろうか。

数人の女が騒ぐので、司祭は気まずそうだ。

「もうやめてください。なんともないですから」といった。

「家まで車で送りましょう」オリヴァーはいった。「それとも、医者に診てもらった方がいいかな。脳しんとうを起こしているかもしれません」

「いやいや、その必要は……」司祭は途中で口をつぐんだ。変な顔をしたが、野原をかすめる猛禽（もうきん）の影のようにさっと消えた。愕然（がくぜん）としたように見えたが、どうしたんだろう。オリヴァーは振り返ったが、見えるのは事故について侃々諤々（かんかんがくがく）の議論をする野次馬だけだった。

オリヴァーが警官であることを告げて、必要なことを記録すると、バスの運転手は乗客を乗せて走り去った。ドライバーたちも自分の車に戻った。騒ぎは収まり、群衆は散っていった。血は流れなかったし、死人も出なかった。パン屋に新しい客が来たので、ジルヴィアはしぶしぶ仕事に戻った。ケラー夫人は道の反対側で歩行器に体を預けながら、オリヴァーが置いたものを取りにくるのを待っていた。

「あたしより先に死んじゃだめですよ、司祭様！」ケラー夫人はかすれた声でいった。「そう約束したでしょう。忘れちゃだめですよ！」

「努力するよ、アネマリー」司祭はやっとの思いで微笑んで見せた。そのうちルッペルツハイン駐在のクラウス・クロル巡査もあらわれ、医者に行くように司祭を説得した。しかしオリヴァーのときと同じで、司祭をうなずかせることはできなかった。

「だめだね。頑固だから」クロル巡査は肩をすくめた。

「自分の思いどおりにすることこそ人間にとっての最高の幸福」だれかが混ぜ返した。

オリヴァーは振り返って、スーツとネクタイ姿のヤーコプ・エーラースがいることに気づいた。昔の級友ラルフの兄で、この近くに住んでいる。オリヴァーは心配しつつ司祭の後ろ姿を見送った。

「なにがあったんだ?」巡査がたずねた。

「車を確認せず、通りに飛びだしたんだ」オリヴァーは答えた。「バス運転手がブレーキを踏んだので、司祭は肩をぶつけただけですんだ」

オリヴァーはバス運転手の氏名と電話番号を書いたメモを巡査に渡した。

「俺に任せてくれ。あとで司祭の様子を見にいく」巡査がいった。野次馬は消え、パン屋の隣に住むふたりの老婆も、日がな外を観察している窓から姿を消した。

「ことなきを得たようだね」ヤーコプ・エーラースが時計を見た。「さて、行かなくては。じゃあ!」

オリヴァーはうなずいた。ヤーコプはずいぶん前からケルクハイム市の戸籍課で次長を務めている。きっと幸福な新郎新婦が人生最良の日に彼が来るのを待っているのだろう。オリヴァーの方は、焼死体が待っている。そしてこれからたくさんの謎を解かなければならない。

＊

五分後、フェリツィタスはおんぼろのランドローバー・ディフェンダーに乗ってガタガタと森の道を国道八号線に向かって走っていた。バックミラーに数台の車と人の姿が見えた。養魚池の手前でテレビ局の中継車とすれ違った。そのあとからさらに車が数台走ってきた。いちいち細い道から下草の中によけたり、後退したりする気になれなかったので、そのつどいらいらとパッシングをして、相手をバックさせた。二十メートルほど先にスポーツフィッシング愛好会の敷地があり、そこで道は二股に分かれる。その道がどこに通じているかよく知らないが、そこを下れば、国道八号線に出るはずだ。中継車の運転手が腹を立てて、腕を振りあげているのが見えた。フェリツィタスはほくそえんだ。車の隊列が二十メートル後退するのをゆうゆうと待ち、それからウインカーをだしてアクセルを踏んだ。エンジンが悲鳴をあげた。砂利がはねて、車の下回りに当たった。細い道で重い車を操作するのはひと苦労だった。車輪がくぼみにはまって、フェリツィタスはこめかみを窓ガラスにしたたかに打ちつけ、左のフェンダーが養魚池を囲む錆びた金網をこすってしまった。本当ならそこで停車して、少し後退した方がいいのだが、リポーターたちの手前、引っ込みがつかず、そのままアクセルを踏んだ。

「ほら、行きなさいよ！」汗が吹きだした。「どうしたの、このポンコツ！」

ランドローバーが足を突っ張った馬のように急に動かなくなり、シートベルトをしていなかったら、シートから飛ばされていただろう。四輪駆動のおかげで車はエンジンのうなりをあげ、泥をはねとばしながらくぼみから道に戻った。

怒りに任せて、フェリツィタスはアクセルを踏んだ。ランドローバーが急発進して、カーブを疾走した。彼女は自分に腹を立てていた。どうして気を静かに保つことができないのだろう。細かいことに目くじらを立てて、ついつい悶着を起こしてしまう。なんでこうついてないんだ。こんな薄汚れた車で森を走るなんて。ついこのあいだまでポルシェ・ボクスターでゲーテ通りをさっそうと走り、駐車スペースを探す日々を過ごしていたのに。涙があふれた。森の道が涙でかすんだ。そのとき、道に人影があるのに気づいて、思いっきりブレーキを踏んだ。車輪がブロックして、車が濡れ落ち葉に覆われた砂利道をすべった。

森林愛好会ハウスに向かうあいだ、オリヴァーはマウラー司祭のことばかり考えた。どうしてあんなにあわてていたのだろう。すっかり気が動転していた。定年で主任司祭を辞して十五年が経つが、今でもルッペルツハインの人々と熱心に交流し、幼稚園を営み、難民家族の世話もし、住民の家を訪問し、たまに教会で典礼や告解の代行を務めることもあった。オリヴァーは、夕方にマウラー司祭を訪ね、自分になにか用があったのではないかと質問することにした。司祭館はオリヴァーの家から数分のところにある。

＊

国道八号線沿いの砂利道からケーニヒシュタイン消防団の消防車が出てきた。ハイデンフェルト検察官のBMWがそのあとにつづいた。検察官はすれ違いざま、あとで電話で話そうという仕草をした。報道関係者も事件現場から撤収していた。

オリヴァーは駐車場に車を止めて、パンの袋とコーヒーのトレーを持った。駐車場の向かいの道が交差したところで、百人隊が乗ってきたバスの前に集合していた。

オリヴァーは、鑑識のフォルクスワーゲンバスのそばで現場指揮官エーヴァルト・フリッチェと話しているピアとクレーガーを見つけた。

「朝食が欲しい者はいるか？」そうたずねて、オリヴァーはコーヒーのトレーとパンの包みをみんなに見せた。捜査官たちはパンに手を伸ばし、ピアはコーヒーだけ受け取った。

「森林愛好会会長には連絡が取れました？」ピアがたずねた。

「ああ、電話があった」オリヴァーはうなずいた。「キャンピングトレーラーはルッペルツハインに住むローゼマリー・ヘロルトの所有だ」

司祭の一件でローゼマリーを心配する気持ちがしばらく遠のいていたが、それがまた首をもたげた。

「じゃあ、被害者は持ち主じゃないね」クレーガーがパンを食べながらいった。「焼死体は男だと先生がいっている」

「そうか」オリヴァーはほっとした。これで元級友に母親の死を伝える必要はなくなった。だがすぐ別のことが脳裏をよぎった。遺体がエトガル本人だったらどうする。

「知り合いですか？」ピアがいぶかしげにオリヴァーを見た。

「ああ。昔のな」

オリヴァーがローゼマリーについて踏み込んだ説明をしなかったので、ピアは他にも不法侵入されたキャンピングトレーラーが見つかったことを伝えた。

「侵入者はしばらく滞在していたようです。これでフクロウ女の証言の信憑性が高くなりましたね」

「掌の跡と指紋を検出した」クレーガーが口をはさんだ。「それから毛髪、皮膚片、唾液と、DNA型鑑定のサンプルもふんだんにある」

「十八歳から三十歳のあいだの男性にほぼ間違いないです」ピアは話をつづけた。

「どうしてそんなことがわかるんだ？」オリヴァーはびっくりした。

「ボランティアでヤマネコ＝プロジェクトをすすめている人から、キャンプ場の下の草地に設置したトレイルカメラの映像を見せてもらったんです。画質はお世辞にもいいとはいえませんが、男なのは明白です」

「上出来だ」オリヴァーは納得してうなずいた。「森を捜索したのか？」

「まだです。捜索犬の邪魔をしたくなかったので」

「捜索犬は到着したのか？　ターリクは？」

「彼は捜索活動の実地訓練を受けています」そう答えると、ピアはニヤッとした。「彼とエーヴァルトの部下三人はベルジアン・シェパードのライラとヤマネコ＝プロジェクトの女性といっしょに山歩きの最中です」

「なんだ、なんだ」ヘニングの棘のある声に、ピアが振り返った。「警官たちはコーヒーを囲んでのんびりして、われわれを奴隷並みにこき使うとは！」

「遺体を独り占めできないからってぐちゃぐちゃいいなさんな」フォルクスワーゲンバスのスライドドアを開け放ったところに腰かけていたクレーガーがからかった。

「ぐちゃぐちゃいってはいない」ヘニングは胸を張っていった。「不満を表明しただけだ」

「コーヒーはまだある」クレーガーがいった。「だいぶ冷めて、まずいことこの上ないがな」

「かまわないさ」ヘニングはラテックスの手袋を脱ぐと、フォルクスワーゲンバスのスライドドアに引っかけてあるゴミ袋に放り込んで、トレーから紙コップを取った。

「大事なのはカフェインだ。そこをどいてくれ、鑑識の親分」

「どうぞどうぞ、死体愛好家さん」クレーガーはそう言い返して、少し脇にどいた。

ヘニングは一気にコーヒーを飲み干し、顔をしかめて二杯目に手を伸ばした。ピアは希少な昆虫でも見るような目で前夫を見つめた。

「ところであのインド人はどこだ？」ヘニングは空になった紙コップを他のコップに重ねた。

「インド人？」ピアは驚いてたずねた。

「だから新入りだよ」

「ターリクはシリア人よ」いっても無意味と思いつつ、ピアはいった。ヘニングは一度記憶したことは間違いでも、金輪際訂正しないからだ。「もっと正確にいうと、シリア系ドイツ人。彼に感心した？」

「ふん！　本の知識があるだけだ！」ヘニングは手を横に振った。「その程度ではだめだな」

「遺体のことでなにかわかったかい？」ふたりが口論をはじめそうだったので、オリヴァーがヘニングにたずねた。

「遺体はY染色体だった」ヘニングはメガネを取ると、ポケットからだしたハンカチでふいた。「大腿骨の長さから推察するに、かなり長身だったようだ。身長はすくなくとも一メートル八十五センチ。もっと大きかったかもしれない。パンはまだあるか？」

クレーガーは黙ってふたつ目の袋をヘニングに差しだした。ヘニングは豚赤身肉のミンチを塗ったプチパンを取った。

オリヴァーは元級友のエトガル・ヘロルトを思いだしていた。彼は父親が死んだあと、金属加工の工房を引き継いだ。最後に会ったのはいつだろう。エトガルの身長はどのくらいだっただろう。

彼の心の中で暗く醜い感情が大きくなった。

「それに被害者は生前、かなりがっしりしていたようだ」ヘニングはパンにかぶりつきながら話をつづけた。「遺体には灰がこびりついている。大量の皮下脂肪が燃えた証拠だ。被害者はうつ伏せだった。だから顔が炎から守られた。衣服、皮膚、脂肪組織、筋肉、腱、内臓の大半が焼失した。だが歯肉の一部と歯がすべて残っている」

「火事になったとき、まだ生きていたの?」ピアはたずねた。

「その可能性はある。目下、致命的な刺傷や銃傷を示唆するものは確認されていない」ヘニングはパンをかじりながら肩をすくめた。「頭蓋骨破裂が、熱に起因するか、殴打によるものかは、詳細に調べないと断定できない」ヘニングはクレーガーを肘で突いた。「肝心な報告はあんたに任せるよ」

「肝心な報告?」オリヴァーはあきれて法医学者と鑑識課課長を交互に見た。

「キャンピングトレーラーのドアは跡形もない」クレーガーがあとを引き取った。「だがドア錠とドア枠が見つかった。熱で変形していたが、錠のかかり方からドアが施錠されていたのは間違いない」

「夜中に人里離れた森のキャンプ場にいたら、わたしだって施錠する」ピアはいった。

「しかし施錠されていたのは内側からではなく外側からだ」クレーガーがもったいぶっていった。「だれかが男をキャンピングトレーラーに閉じ込めてから火をつけたんだ」

＊

捜索用に訓練されたベルジアン・シェパードのライラは餌皿の水をきれいに飲んで、トランスポートボックスに入った。ハアハア息をしながら尻尾を振っている。満足しているようだ。追跡は犬にとってわくわくする遊びだ。いつもおいしい褒美がもらえる。

オリヴァーとピアが指導員からライラが辿った経路を教えてもらっているあいだ、ターリクは駐車場の反対側でパウリーネ・ライヒェンバッハと話をしていた。パウリーネは自分のおんぼろ車のフェンダーにもたれかかって、小首をかしげながらターリクの話を聞いている。彼女は結んでいた髪をほどいていた。カールした赤銅色（しゃくどういろ）の髪が肩にかかっていた。ターリクはしきりに両手を動かし、微笑みながら話している。パウリーネはときどきうなずいてクスクス笑った。どちらがどちらに夢中なのか、ピアにはよくわからなかった。だがふたりの仕草を見るかぎり、話題がキャンピングトレーラーの焼死体でないことは明らかだった。

「ここをずっとすすみました」指導員は車から取ってきたライン＝マイン広域地図を広げて、蛍光グリーンのマニキュアを塗った爪で地図をなぞった。追跡した男はケーニヒシュタインからグラースヒュッテンに通じる国道八号線とケーニヒシュタインからルッペルツハインに通じる州道三三六九号線のあいだの森の中をジグザグに歩きまわった。俗に「すべり台」と呼ばれるルートに沿って、食堂の〈シュトルツェ・プレッツリ〉とドクター・ベートマンの給水塔のそばを通り、エルミュール通りの上部のラインハルト養魚場がある谷をケーニヒシュタインへと下ってからしばらくネポムク＝カーブに沿って歩き、数メートル先の林間駐車場に入って、また来た道を戻った。意図的かどうかはわからないが、帰り道では北西に向かい、スポーツフィッシング愛好会の養魚池のそばで国道八号線と森林愛好会ハウスをつなぐ砂利道に出た。

「ライラはここでにおいを失いました」指導員は地図の一点に指を当てた。明らかに悔しそうだ。「少し戻ってあたりを探ってみたのですが、やはりここでにおいが途切れていました」

「出血している人間にしてはかなりの距離を移動しているな」オリヴァーは眉間にしわを寄せた。

「出血していなくても、すごい距離ですよ」パウリーネ・ライヒェンバッハとのおしゃべりを終えたターリクがいった。パウリーネはトヨタ車に乗り込んでエンジンをかけ、彼に熱い視線を送りながら走り去った。

「人間が消えるわけがないですから、たぶんそこで車に乗ったんでしょう」ピアはそういって、心ここにあらずという様子のターリクを見た。「問題は、それがむりやりだったかどうかね。どう思う、ターリク？」

「えっ……なんですか？　聞いていませんでした」ターリクが口ごもった。

「たまたま通りかかった車を止めたか、むりやり停車させて乗り込んだか考えていたのよ」ピアはいい直した。

ターリクは眉間にしわを寄せて、気持ちを切り替えた。

「放火した犯人が男のあとを追っていた可能性もありますね」

「それはないでしょう。別のだれかね」ピアはライン＝マイン広域地図をたたんで、指導員に渡した。「手伝ってくれてありがとう」

「お役に立てず残念です」指導員は肩をすくめた。「いつもはこうじゃないんですが」

オリヴァー、ピア、ターリクの三人は、荷室を閉め、車に乗り込んで走り去る指導員を見送った。

「男はどこへ行ったんでしょうね？」ピアは下唇をいじりながら声にだして考えた。

「それより、なぜそいつはキャンピングトレーラーに忍び込んでいたかだな」オリヴァーも思案に暮れた。

「これからどうしますか？」ターリクがたずねた。

「ローゼマリー・ヘロルトを訪ねて、だれがキャンピングトレーラーのキーを持っているか訊いてみるほかない」オリヴァーはいった。「被害者の身元がわかるかもしれない」

オリヴァーの目が、泥のこびりついたターリクの靴にとまった。

「ターリク、賃借人の姉からもう一度話を聞いて、夜中になにを見たか記録してくれ」オリヴァーは、ターリクががっかりした表情を見せたことに気づかなかった。「そのあとホーフハイムに戻れ。カイが中心になって事件と鑑識のファイルをまとめることになっている。どうやるのか見ておくんだ」

「わかりました」ターリクはうなずいた。

「それから報道陣になにを訊かれても一切しゃべるなよ。いいな？」

「わかっています、ボス」

ピアは乗ってきた警察車両からリュックサックをだし、ターリクに車のキーを渡した。

「ところでライヒェンバッハはなんといってた？」ピアがさりげなくたずね、ターリクの頬が紅潮するのをおもしろそうに見た。

「いえ、たいしたことはなにも。でも彼女の電話番号を教えてもらったので、こちらも番号を伝えました。念のため」ターリクは肩をすくめた。「彼女はこの近辺の人をよく知っています。なにかの役に立つかと思いまして」

「なるほどね」ピアはニヤッとしてから、ボスにつづいて車に乗り込んだ。

＊

「どうしてローゼマリー・ヘロルトを知っているんですか？」ピアがたずねた。

オリヴァーは、彼女が昔、ボーデンシュタイン家で働いていたこと、彼女の息子エトガルとは基礎学校でいっしょだったことを明かした。ピアはすぐ事情を察した。

「息子が被害者かもしれないということですね？」

ロードキルの標識を通りすぎると、左側に魔の山（ツァウバーベルク）があらわれた。

「やめてくれ」オリヴァーはいった。「もちろんその可能性は排除できないがな」

ヘロルト工房はヴィーゼン通りの左側、ハルトマン精肉店の斜め前にあった。曾祖父が村の鍛冶屋（かじ）で、工房は十九世紀末に建てられた。よくある話で、子孫は資金があるときに増築や新築を繰り返し、この百年で斜面にある小さな敷地にはさまざまな建物が折り重なるように建ち並んだ。当然、使い勝手が悪く、火災予防条例に抵触する恐れがある。オリヴァーは路上駐車した。工房前のスペースはさまざまな資材であふれかえっていたからだ。階段の一部、窓格子、柵、へこみがあり、錆がつきはじめたガレージ用門扉、未使用のドアや窓をのせたパレット、くず鉄やガスボンベでいっぱいのボックス。白黒猫が一匹、積み重ねたパレットの上に寝そべり、資材ぎりぎりに止めた軽トラックのそばをすり抜けようとするオリヴァーとピアを半目を開けて見ていた。工房は平屋で、かつて厩舎だった建物はガレージになっていたが、車が工房前のスペースを通り抜けられなくなったので、今は資材置き場として使われていた。

工房からグラインダーの甲高い音がして、嵌め殺しの窓から火花が見えた。オリヴァーは少し開いているドアをノックした。

「開いてるよ！」中から男の声がした。工房に足を踏み入れるなり、オリヴァーは四十二年前に引き戻されたような感覚に襲われた。なにも変わっていない。変わったのは作業台に立って顔を上げた男だけだ。子どものとき、この工房は薄暗くだだっ広く思えたし、機械や工具も恐ろしかった。だが大人になった今ではごく普通に見える。少々古ぼけていて、ごみごみしているが、清潔だ。

「やあ、エトガル」オリヴァーは彼が無事なのを見てほっとした。

「オリヴァー！」エトガルは驚いてグラインダーを置いた。「どうした風の吹きまわしだい？窓格子の件で来たのか？」

エトガルは中背でがっしりしている。ふさふさの眉がまぶたにかかり、口髭が上唇を覆っていた。その目にはかすかに罪の意識が感じられた。

「いいや、公務で来た」ルッペルツハインの人間なら、せっつかなければエトガルがなかなか依頼を完成させないことを知っている。オリヴァーはおよそ二年半前、一階の窓格子を注文したことをすっかり忘れていた。「こちらは同僚のザンダー首席警部。じつは……」

グラインダーの耳をつんざくほど大きな音がすぐそばで響いた。エトガルは、イヤープロテクターと保護メガネをつけて手すりの部品にグラインダーをかけている若者の方を向いて顔をしかめた。

「おい！」エトガルがどなった。反応がない。エトガルは小さな金属片をつかんで投げた。それが肩に当たった若者は顔を上げ、イヤープロテクターをはずした。

「なんすか？」若い男はふてくされて、エトガルの方を向いた。「これを仕上げろといってたじゃないっすか！」

「ああ、仕上げろ。だが少し休憩する」エトガルがうなるようにいった。「外にある部品を亜鉛メッキにだすから積みあげておけ」

若者はぶつぶついいながら保護メガネを作業台に叩きつけ、ふくれっ面をして外に出ていった。

「今日は定刻で上がらせてもらいます」

「ここが気に入らないなら、やめたっていいんだぞ！」エトガルは若者に向かっていった。

ピアはエトガルの言い方が気に入らないようだったが、そんなそぶりは見せなかった。オリヴァーも表情を変えなかった。

「夜中に森林愛好会ハウスのそばのキャンプ場でキャンピングトレーラーが炎上した」オリヴァーはいった。「おふくろさんの所有だってわかってね」

それを聞いても、エトガルはたいして動じなかった。

「そうなのか？　あんなもん」エトガルはオリヴァーをうさんくさそうに見た。「俺になんの関係がある？」

「関係ないといいんだが」

沈黙。

エトガルはピアをちらっと見てから、オリヴァーに視線を戻した。

「それで、俺になんの用だ？」

「本当はおふくろさんと話がしたい。いるかい？」

「いない」ヘロルトは答えた。「二、三週間前からホスピスに入ってる。ガンさ。もうすぐくたばる」

「えっ？　知らなかった」これはオリヴァーにも予想外だった。ただしロージーが死の病に冒されているという事実とエトガルの無関心のどちらにショックを受けたのかわからなかった。

「おふくろさんはキャンピングトレーラーをだれかに貸していたのか？」気を取り直すと、オリヴァーはたずねた。

「さあな」

「クレメンスとゾーニャはどうだ？」

「ふたりがどうしたっていうんだ?」エトガルの顔が曇った。ラチェットをつかんで指でいじった。

「ふたりはキャンピングトレーラーのキーを持っているかな?」

「そんなこと知るか」エトガルはぶっきらぼうにいった。「ゾーニャは、用があるときにしか顔をださない。クレメンスの顔を最後に見たのはおやじの葬式のときだから十六年前だ。あいつは遺産目当てでやってきたのさ。あいつに相続分をやるために借金した。俺の金で贅沢三昧してるってことさ! それっきりなにもいってこない。別にどうだっていいがな」

この救いようのない人嫌いの中に昔の仲間を見いだすことはさして難しくなかった。エトガルは前々から、自分は損ばかりしてると愚痴っていた。大嫌いな父親とそっくりになったというのは皮肉としか思えない。

工房前のスペースでガタガタと物音がしても、エトガルは気にもしなかった。

「あのですね」ピアが口をはさんだ。「キャンピングトレーラーの火事で人がひとり亡くなっているんです。ですから、だれがキーを持っているか重要なんです。よく考えてください」

エトガルはピアを無表情に見つめてから苦笑したが、すぐにまた笑みを消した。

「俺は、なにも、知らない!」エトガルは顔を紅潮させ、ラチェットで掌を叩いた。「あのキャンピングトレーラーにはなんの興味もない。おふくろはあそこに入り浸ってた。静かに本を読んだり、考えごとをするのにひとりになりたいとかいってな! あそこで男といったいなにをしていたことか。村のみんなが噂していた。おやじが知ったら、墓の中でひっくり返るだろうぜ！」

父親のカール＝ハインツ・ヘロルトは何年もボーデンシュタイン家の鍛冶職人だった。オリヴァーはあの大きくて、がっしりした男をよく覚えている。短気で、酒が入るとひとりよがりになることが多かった。それでも腕のいい機械工で鍛冶職人だった。納期は正確で、出来上がりも申し分なく、しかもつきあいもよかった。彼はみんなから一目置かれると同時に恐れられていた。ローゼマリーにとってはいい暮らしではなかっただろう。夫が死んだあと、エトガルと口うるさい彼の妻から逃れるために森に引っ込んだのもよくわかる。

「入所しているのはどこのホスピスですか？」ピアがたずねた。

「〈夕焼け〉だよ。ホルナウにある」エトガルは苦笑いした。「話が聞きたいのなら急ぐんだな。もうじきあの世行きだ。天に昇るか、地獄に落ちるか知らねえがな」

＊

「吐き気のする奴ですね」ピアはかっかしていた。ルッペルツハインからケーニヒシュタインに向けて車を走らせていた。「余命いくばくもない自分の母親をあんなふうにいうなんて」

ふたりはエトガルの妹ゾーニャ・シュレックを訪ねたが、ベルを鳴らしてもだれも出なかった。しかたなく、オリヴァーは名刺にメモを書いて、郵便受けに入れた。

「やっぱりあいつはありえないです」ピアは首を横に振った。「わたしたちがいるのに、従業員にあんな物言いをするなんて！」

「古くからルッペルツハインにいる人間は変わり者ばかりでね」オリヴァーは認めた。

「あのエトガルは本当にボスの友人なんですか？」育ちのいいボスが子どものときに、あんながさつな人間とつき合っていたというのが、ピアには信じられなかった。

「友人はいいすぎかな。基礎学校の四年間いっしょだった。他の子たちと一種の秘密結社を作っていた」オリヴァーは思いだしながらいった。「本当に仲がよかったのはヴィーラント・カプタイナだけだ」

「林務官の？」

「ああ、そうだ」オリヴァーはうなずいた。「彼の両親は戦後、東プロイセンから逃れてきた。おやじさんはうちの厩番頭になり、おふくろさんはうちの家政婦だった」

この十年近く、ピアはボスといっしょに働き、ボスの両親と農場を知ったが、貴族の世界はあいかわらず古臭いしきたりや価値観や義務に縛られた、こっけいで時代錯誤なものに思えた。オリヴァーの両親と数年前に領地を引き継いだ弟のクヴェンティンはつましく勤勉だが、決して裕福ではない。厩舎と農場は採算がとれるかどうかぎりぎりの状態で、もし弟の妻が切り盛りしている古城レストランがうまくいっていなければ、ボスの一族は経済的に逼迫しているだろう。

「キャンピングトレーラーの死体はだれでしょうね？」ピアは声にだして考えた。

「ロージーに訊けばわかると思うんだが」いつものようにオリヴァーは阿吽の呼吸でピアの考えがわかった。

「もうひとりの息子はどうなんですか？　やはり知り合いですか？」

「クレメンスかい。もちろんだ。といっても、最後に会ったのは三十年前だけどな」オリヴァーはケーニヒシュタイン・クアバート前の赤信号で止まった。「さっき聞いただろう。他の家族とは絶縁状態さ。わたしたちより歳上だ。ゾーニャはエトガルよりずっと下だが」

車は環状交差点に向けて遅々としてすすまなかった。

「被害者か犯人がキーを持っていたはずです。すくなくともどちらかがローゼマリー・ヘロルトと接点があった」ピアは考えた。「玄関マットや植木鉢の下に隠しておくような軽率な真似をしていなければですけど。そんなことをしたら、だれでも入れることになります」

ふたりはしばらく物思いにふけった。

「今のところ」ピアはいった。「別のキャンピングトレーラーに忍び込んだ者が、ローゼマリー・ヘロルトのキャンピングトレーラーに放火して、怪我をしたように思えますね。もしかしたらだれかと争ったのかもしれません。あるいは、なにか欲しかったのかもしれません」

「じゃあ、賃借人の姉が走り去る音を聞いたという車を運転していたのはだれだ？」オリヴァーはたずねた。

「本当かどうか。ただの思い込みかもしれません。目撃者として当てにならないと思います」

「同感だ」オリヴァーはうなずいた。「それに車は放火事件と関係しているとはかぎらない。森の中を車で走る人は多い。ヤマネコの調査をしている人間だったかもしれない」

「かもしれません」ピアはうなずいた。「ターリクに裏を取らせましょう。ヤマネコ嬢と仲良くなったみたいですから」

オリヴァーは環状交差点の先の監視カメラが設置された地点を通り抜けてから速度を上げた。グーグルによれば、ホスピス〈夕焼け〉はマインブリック通りのケルクハイム修道院の真向かいにある。ふたりは国道五一九号線をケルクハイム方面に走った。ヨハニスヴァルトの森の入り口やアルテンハインへの分かれ道を過ぎ、数キロ先のケルクハイム中央墓地で国道から下りた。

「この先ですね！」ピアは地味な案内板を見つけて指差した。五百メートル先に次の案内板があって、左を指していた。その道を直進して運動公園を通りすぎた。並木に見え隠れするようにして、ホスピスがあった。オリヴァーは駐車場の遮断機の前で停車し、駐車券を抜いて、ピアに渡した。

「これを持っていてくれ。わたしはよくなくすので」遮断棒が上がると、オリヴァーはアクセルを踏んだ。

なにげない言葉だったが、ピアは突然、激しい喪失感に胸が痛くなった。オリヴァーとはこの十年近く数え切れないほどいっしょに出動してきた。いったい何度そういわれて駐車券や領収書などの立替払いの証明書を預かっただろう。ボスがこれから取るのはサバティカルでしかないのに、なんだかこのまま戻ってこないような気がする。今回がいっしょに捜査をする最後の事件になるかもしれない。バディの解消。そっちの方が、捜査十一課課長になるかもしれないということよりも、心に重くのしかかっていた。くだらないかもしれないが、急に見捨てられたような気がした。

「大丈夫か？」オリヴァーがたずねた。

「ええ、もちろん」気持ちを見透かされてはならない。ピアは泣きたい気分だったが、笑みをこしらえた。

＊

ホスピス〈夕焼け〉は感じのいい二階建ての建物で、できたばかりの花壇と芝生に囲まれ、そこここにロープや支柱で養生された低木が植えられていた。二、三年して、植物が育てば、じつに牧歌的なところになるだろう。オリヴァーとピアはロビーに足を踏み入れた。建物の内部は明るく、地中海風だ。フローリングに掃き出し窓。その窓から噴水のある大きな中庭が見える。いたるところに生花が飾られ、どこからともなくかすかに音楽が流れている。感じのいい郊外型ホテルのようだ。

ピアは、大好きな祖母が死ぬまで暮らした気の滅入るような老人ホームを思いだしながら、こういうところで死ねるならいいかもと思った。認知症になり、ろくになにもしてもらえぬまま死ぬまで寝たきり状態だった祖母のことを考えるとぞっとする。

ふたりは受付でローゼマリー・ヘロルトに面会を求めた。

「様子を見てきます」受付の看護師が応対した。四十代後半の二重顎(にじゅうあご)でそばかすのある栗色の髪の女だ。黄色い看護服につけた名札にはルツィア・ランデンベルガーと書いてあった。「寝ていることが多いのです。少しお待ちください」

「では、これを」オリヴァーは札入れから名刺をだすと、受付カウンターにあったボールペンをつかんで、名刺の裏に携帯の番号を書いた。「この名刺を渡してください」

「わかりました」看護師は歯を見せて微笑んだ。歯磨き粉の宣伝に使えそうな歯だった。

看護師は無遠慮に名刺を見た。「あら、警察の方?」

「ロージーのことは昔から知っています」オリヴァーはあわてて付け加えた。「古い知り合いです」

「ヘロルトさんは二、三日前から少し元気を取り戻していますが」看護師は心配そうだった。

「興奮するようなことは控えていただきたいのですけど」

「ちょっと訊きたいことがあるだけです」オリヴァーは人なつこい目つきをした。これで心を動かされない女はめったにいない。看護師はため息をついた。

「いいでしょう」彼女は看護服のポケットに名刺を入れた。「起きているか見てきます」

「ご親切いたみいります」

音がしないゴム底の靴をはいた看護師は廊下の奥に姿を消した。

「瀕死というわけではなさそうですね」ピアがいった。「やさしいエトガルがいったのは願望だったということでしょうか」

「ホスピスが受け入れるのは、医者が匙を投げ、快復の見込みがない患者だけだ」オリヴァーはいった。「だがロージーはまだここですてきな数週間を過ごせるようだ。よかった」

数分後、看護師が戻ってきた。

「ヘロルトさんは熟睡しています。出直していただけますか? きっと喜ぶでしょう」

「家族が見舞いにきていますか？」オリヴァーはたずねた。

「ええ！　息子さんが毎日のようにいらっしゃいます。隣人や古い友人の訪問もあります。ヘロルトさんはここでの暮らしを満喫しています」

「そうでしょうね」オリヴァーは微笑んだ。「ここはすばらしい」

「ありがとうございます」看護師は喜んだ。「入所したゲストが滞在中、できるだけ快適に暮らせるよう心がけています」

オリヴァーは行こうとしたが、ピアがもうひとつ質問をした。

「ヘロルトさんには息子さんがふたりいますが、面会に来るのはどちらでしょう？」

「長男のクレメンスさんです」そう答えると、看護師は微笑んだ。「年老いて病気になったとき、ああいう息子さんがいると救われます」

ピアは礼をいって、オリヴァーといっしょにホスピスをあとにした。ふたりは駐車場を横切り、車にすべりこんだ。オリヴァーがエンジンをかけると、iPhoneが鳴った。通話ボタンを押すと、カイの声がスピーカーから聞こえた。

「自動指紋識別データベースでヒットしました。指紋がエリーアス・レッシングという若者と一致。十九歳。麻薬法違反、不法侵入、万引、空き巣などの軽犯罪で何度も逮捕されています。強盗罪で三ヶ月間の少年刑務所送りを言い渡され、現在、保護観察中です。他にも少年刑で有罪になっていますが、許可がないと調書の閲覧はできません」

「ドラッグのために犯罪に手を染めた典型例のようですね」ピアがいった。「ジャンキーです。

たぶんキャンピングトレーラーに盗みに入って抵抗にあったんでしょう。犯人はそいつのようですね」

「現住所はわからないんだろうな?」オリヴァーはたずねた。

「ボス、そんな手抜かりをすると思ってるんですか」カイがむっとしたようだ。「エリーアス・レッシングの担当はフランクフルト市ボッケンハイム通りに住む保護観察司です。彼自身はこの三月に逮捕されたとき、ボッケンハイムの住所を申告しています。しかしそこはジャンキーが不法に占拠している空き家で……」

「じゃあ、その保護観察司と話してみなければならないな」

「最後までいわせてくれませんか。やるべきことはやってるんですから」カイが自慢げにいった。ピアがニヤリとした。

「すまない、カイ」

「エリーアス・レッシング」カイは話をつづけた。「出身はケルクハイム市ルッペルツハイン。住民票もそこです。両親のところです。両親はペーター・レッシングと妻のヘンリエッテ。ヘルレンシュトゥックハーグ通り四八番地」

オリヴァーはすぐには応答しなかった。ピアはボスの様子がおかしいことに気づいた。

「ありがとう、カイ」オリヴァーはいった。「ピアとわたしはキャンピングトレーラーの所有者と話すためにケルクハイムのホスピスを訪ねた。クレメンス・ヘロルトの住民登録を調べてくれないか」

「承知しました、ボス。では」

「レッシングを知っているんですね？」ピアはたずねた。

「ああ」

「どうして？」

「級友だった」

「なるほど。なんならターリクとわたしでエリーアスの両親に会いますけど」

「いいや、わたしたちでやろう。今すぐ」そう答えて、オリヴァーは市中心部へ右折した。

「ペーターに息子がいたとはな。娘がいて、うちのロザリーより少し若い」

ボスの気が乗らないとき、ピアはすぐそれとわかる。

「そのペーター・レッシングというのはどういう人物なんですか？」

「もう何年も会っていない」オリヴァーはあいまいな答え方をした。「仕事ではかなり成功している。今もそうかどうかわからないが、すくなくとも投資銀行頭取だった。外国暮らしが長い。たしかロンドンだったと思う」

「小さいときはどんな人物だったんですか？」

「わたしたちのグループのリーダーさ」オリヴァーは少しためらってから答えた。

「仲はよかったんですか？」

「いい質問だ」オリヴァーは口をへの字に曲げた。「敵にまわすよりも友人になった方が明らかによかった。なぜかわからないが、彼にとってわたしは重要だったらしい。わたしには都合がよかった」

奇妙な答えに、ピアは驚いた。

「わたしは彼が怖かった」オリヴァーはつづけた。「みんな、そうだった。とくにグループに入れてもらえなかった子はな。ペーターは……なんといったらいいか、相手を怖じけづかせるのが得意だった。それに……」

「それに？」

「いや、なんでもない」

「なんですか！　四十年前のことでしょ！」

オリヴァーはため息をついた。「エトガルとラルフと彼はクモの脚をよく引きちぎって遊んだ。カエルの腹が破裂するまで息を吹き込んだり、ハトをパチンコで打ち落としたり、そういうことばっかりしていた。ある日、ペーターは村に住むある老女の猫を殺した。さすがに大騒ぎになったが、ペーターはやっていないと言い張った。それでラルフが疑われ、それからエトガルとコンスタンティンに疑いの目が向けられた。だが結局、証拠がなかった」

「その猫を殺したのが彼だって、だれか知っていたんでしょう？」

「わたしたちはみんな知っていた」

「だれひとりなにもいわなかったんですか？」ピアが驚いてたずねた。

「ああ。口をひらけば、裏切者になってしまう。わたしはペーターの脅しが怖くてしかたがなかった」

「脅し？」

「その頃、わたしはマクシというキツネを飼っていた」オリヴァーは少し間を置いていった。「父が森で子ギツネを見つけて、わたしが牛乳で育てた。マクシはどこにでもついてきた。犬みたいに。もしわたしがばらしたら、マクシの喉をかっ切ると、ペーターに脅されたんだ」

「うわ。まるでマフィアじゃないですか」

「基本的に子どものグループなんてマフィアと変わりないさ」オリヴァーは道路を見ながら答えた。「命令するのは一番強い奴で、他のみんなはおとなしく命令に従うだけ。そしてマフィアと同じで、簡単には抜けられない」

「猫の事件が起きたとき、何歳だったんですか？」

「九歳か十歳」

ピアはなにもいわなかった。動物の虐待は暴力犯罪への深刻な徴候だ。そして動物をいじめる者が暴力の被害者であることもめずらしくない。

ケルクハイムとフィッシュバッハを抜けてルッペルツハインへと移動するあいだ、ふたりは押し黙った。オリヴァーは物思いにふけった。

今回の事件でボスの近しい人間が被疑者になったら、どうなるだろう。ピアはこれまで一瞬たりともオリヴァーのプロ意識を疑ったことがない。しかし昔の知り合いに先入観を持たずにいられるだろうか。

＊

レッシングの家は袋小路の奥に建っていた。銃眼のような縦長の細い窓をあしらった平らで灰色のコンクリート造りだ。家の四隅には防犯カメラと人感センサーがあり、まるで防空施設のようだ。通りの反対側に、ステッカーをべたべた貼りつけた錆だらけのトヨタ車が止まっている。パウリーネ・ライヒェンバッハの車だ。それを見て、ピアは驚いた。ここでなにをしているのだろう。

オリヴァーがベルを鳴らすとすぐ、男が玄関ドアをすごい勢いで開けた。だれかが来るのを待ち構えていたのか、男はオリヴァーたちを見て面食らった。顔の傷痕が赤くなっている。怒りか、それに近い激しい感情のせいらしい。

「オリヴァー！　これは懐かしい！」ペーター・レッシングは笑みを作った。

唐突に刑事が訪ねてきて、喜ぶ者などいない。だがレッシングに動じる気配はなかった。

「どういう風の吹きまわしだ？」

「やあ、ペーター」オリヴァーが答えた。「こっちは同僚のピア・ザンダー。あなたと奥さんに話がある」

ピアはレッシングに見られて、背中に鳥肌が立った。猫殺しの犯人はピアよりも頭ひとつ背が高い。やせているが、筋肉質だ。額が広く、鷲鼻（わしばな）が前に突きでて、顎が角張っている。髪は金髪というより白髪だ。短く切って、ジェルで固めている。髪が薄くなってピンクの頭皮が見えるところを隠すためだろう。

「お客さんですか？」トレイルカメラの映像を見たときのパウリーネ・ライヒェンバッハの反

応を思いだして、ピアは質問した。彼女の車がレッシング家の前に止まっているのは偶然ではないだろう。彼女はエリーアスに気づいたのだ。さっきはなぜ黙っていたのだろう。

「どうしてかね?」レッシングの異様な灰白色の瞳に疑いの色が浮かんだ。

ピアは道路の反対側に止まっている古いトヨタ車を指差した。

「ああ、そういうことか!」レッシングは笑って、首を横に振った。「パウリーネはあのポンコツをいつもあそこに止めるんだ。ライヒェンバッハ一家は向かいに住んでいる。ジモーネとローマンは覚えているだろう?」

その問いはオリヴァーに向けたものだった。オリヴァーがうなずいた。

「入りたまえ」レッシングは一歩横にどいた。オリヴァーたちは家に入った。外見からは想像できないほど広々としていた。

「両親の家はどうしたんだ?」オリヴァーがたずねた。「たしかここに建っていたはずだが」

「ああ」レッシングはうなずいた。「本当はあの家を改築するつもりだったんだが、壁が腐っていて、いろいろ不具合が見つかってね。母が死んでから空き家だった。解体して、古い基礎の上に新築した」

男たちふたりが話しているあいだ、ピアは興味津々に家の中を見まわした。家の内部はガラスと鉄筋コンクリートだらけで、壁には派手な色調の大きな絵が何枚もかけてあり、淡い照明に照らされていた。幅広い木製の階段がエントランスから下の階に延びている。下の階には床まである大きなパノラマウィンドウがあり、そこからのルッペルツハインとライン=マイン地方の眺望は息をのむほどすばらしかった。この家で暮らす人に結びつく品を探したが、見当たらなかった。家族写真を飾るサイドボードもなければ、個人的な調度品もない。ピアはショールームのようだと思った。すべてがスタイリッシュで高級だが、心が通っていない。

「どういう用件だね？」レッシングがたずねた。彼はジーンズをはき、Vネックのグレーのカシミヤセーターを着ているが、裸足だ。普段から人に命令することに慣れている人間らしい横柄な態度。今でもこの人は、リーダーなのだ。

「昨夜、ビルタールヘーエの森林愛好会ハウスに隣接するキャンプ場でキャンピングトレーラーが炎上した」オリヴァーがいった。「人がひとり死んだ」

「ほう」レッシングが眉をひそめた。

「別のキャンピングトレーラーに忍び込んだ者がいて、指紋が検出された。エリーアス・レッシングという若者の指紋と一致した。住民登録局へ照会したところ、この住所に登録されている」

「ああ、そのとおりだ」レッシングは眉間にしわを寄せた。「息子だよ。あいつはろくなことをしない」

「ろくなことをしないというのは、適切な表現ではないですね」ピアはいった。「複数の犯罪行為で有罪になり、禁錮刑を言い渡されています。今は保護観察中。それがなにを意味するかわかっていますよね？」

レッシングは傷のある顔に笑みを浮かべた。その方が感じよく見えるとでも思っているようだ。

「きみの同僚はなかなかいうね」レッシングは気の毒だとでもいうような目つきでオリヴァーを見た。ピアはむっとした。

「もちろんそれがなにを意味するかわかっている。息子はもう成人だ。わたしたちはあいつにとやかくいえない」

「エリーアスに最後に会ったか、接触を持ったのはいつかな？」オリヴァーは話題を変えた。

「息子を勘当した」レッシングは答えた。「家内が嘘をついていなければ、息子はうちに来ていない。わたしは二〇一三年九月十七日以降顔を見ていない」

「どうしてそんなに正確に覚えているのですか？」ピアはたずねた。

「その日に勘当したからさ。あいつにはうんざりだ。まったくいうことを聞かない」レッシングの表現は単刀直入で、感情の欠片もなかった。息子がどうなろうと、気にもならないのだろう。

「わたしたちは息子さんを捜しています。暴力犯罪に巻き込まれた重要な証人である可能性がありますので」ピアは眉ひとつ動かさず、レッシングの爬虫類のような硬い目を見返した。

「パウリーネ・ライヒェンバッハさんから息子さんのことを聞いたのではないですか？　だからそんなに腹を立てているのでしょう？」

「まさか」レッシングはつっけんどんに答えると、手すりのそばに立った。「ヘンリエッテ、ちょっと来てくれ！　お客だ」

階段の下に背の高い、ほっそりした女性があらわれた。なめらかな褐色の髪を後ろで結んでいる。髪には少し銀髪がまじっているし、目元や口元にしわがあるが、均整の取れた顔立ちを壊すことはなかった。ヘンリエッテ・レッシングは美人だった。

「殺人課の刑事さんたちだ」レッシングはいった。「うちの息子を捜しているそうだ」

「殺人課?」息をのんで訊き返すと、夫人は目を見ひらいた。ヘッドライトの光を浴びたシカの目のようだ。

「こんにちは、レッシング夫人」オリヴァーはピアと自分の身分を名乗ってからいった。「エリーアスさんの指紋が事件現場で採取されたのです。大至急、会う必要があります」

「わたし……息子がどこにいるか知りません」夫人は細い鎖で首から提げていた小さな銀の十字架をつかんだ。夫人は夫と目を合わせた。

「では二、三質問に答えていただけますか?」オリヴァーは声をやわらげていった。「ご家族に関わることですから、答える義務はありません。しかし答えていただけると助かります」

「ええ、もちろん。なにかお飲みになります? コーヒーか紅茶はいかがですか?」あわてているはずなのに、夫人はそんなそぶりを一切見せなかった。気が強い証だろうか。それとも考える時間が欲しいのだろうか。

「コーヒーをいただきます」オリヴァーは人なつこく微笑んだ。「ブラックで」

ピアは丁重に断った。ふたりは夫人について、大きな居間に下りた。とてもモダンなオープンキッチンとダイニングテーブルがあった。パノラマウィンドウの前にはキャットタワーが立ててあり、さっきボスから聞いた話がピアの脳裏をかすめた。

ピアとオリヴァーはガラス製のダイニングテーブルにつき、レッシング夫人もコーヒーを運んできて、椅子にすわった。夫は立ったまま夫人の後ろで腕組みをし、ピアたちと相対した。

オリヴァーがさっきの質問を繰り返した。

「エリーアスが関係しているというんですか？」夫人はネックレスの十字架をいじった。神経質になっている証拠だ。

「そうとはかぎりません。しかし、なにかを目撃した可能性があるのです」

「最近あいつと話をしたのか？」レッシングが夫人に向かってたずねた。顔に傷を負う前はどんな子どもだったのだろう。美青年だったのに、突然醜くなり、つらい思春期を過ごしたのだろうか。だが猫を殺したのはその前だ。つまりある程度の攻撃性がその頃からあったことになる。

「いいえ」そう答えて、夫人はオリヴァーを見た。「エリーアスは……問題を抱えているんです。ドラッグです。ずっと助けようとしてきました。でもあの子は、わたしたちの助けを望まなかったんです。住む家もなく路上で暮らしているかと思うと耐えられません。以前は車であちこちあの子を捜したものです」

「あいつは落伍者だ。意志薄弱で情緒不安定」レッシングは怒った顔をしていった。「あいつは小さい頃から軟弱で、壁にぶつかると逃げてばかりいた。サボったり、級友の持ち物を盗んだりした廉で三度も退学させられている。どこにいるかも告げず、何日も家に帰ってこないこともあった。姉や母親から金を盗んだうえ、わたしたちが週末、旅行に行っているあいだに、家の調度品を売り飛ばしたこともあった。それにはさすがに堪忍袋の緒が切れた。あいつがどうなろうと知ったこっちゃない」

ピアには、エリーアスがいいなりにならなかったといっているように聞こえた。夫人の反応から推して、夫の罵声（ばせい）を聞かされるのははじめてではないようだ。夫人は背中を椅子の背につけることなく、背筋を伸ばしてすわっていた。夫の厳しいひと言ひと言に、ムチで打たれたかのようにびくっとした。表面上は落ち着いているように見えるが、心の中では不安が渦巻いているのだ。この数年、この家でなにが起きていたか、手に取るようにわかった。エリーアスは弱さを見せることが許されない一家の問題児なのだ。

「レッシング夫人、エリーアスさんは今どこにいるでしょうね？」オリヴァーがたずねた。

「だれかエリーアスさんが頼りにしそうな人はいませんか？　友人の名前を教えていただけるとありがたい」

「パウリーネ・ライヒェンバッハさんはどうですか？」ピアがたずねた。「エリーアスは彼女と知り合いでしょう？」

ピアは、夫婦がさっと視線を交わしたのを見逃さなかった。

「もちろん知り合いだ」レッシングが夫人の代わりにすぐ答えた。「ライヒェンバッハ家はお向かいだ」

「エリーアスさんの携帯の番号をご存じですか？」オリヴァーは夫人が話すきっかけを作ろう

とした。

「iPhone はもう持っていない」答えたのは、またしても夫だった。「とっくに質に入っている」

オリヴァーは聞き流して、夫人にたずねた。

「エリーアスさんの保護観察司と連絡を取っていますか？」

「以前は連絡を取り合っていました……」夫人がいいかけると、また夫が口をだした。

「あんな奴。理想ばかり語る馬鹿女だ。息子にころっとだまされて、いいようにされている」

「息子さんと最後に話をしたのはいつですか、奥さん？」オリヴァーはかまわずていねいにたずねた。

「あの子は……数日前にメールを送ってきました。禁断療法を試みていると書いてありました」夫人は少したためらってから答え、おどおどしながら夫を見た。夫の反応を恐れているようだ。主人に蹴飛ばされるのではないかと怯えている犬にそっくりだ。顔に期待するような笑みを浮かべたが、すぐに消えた。夫人は唇を引き結んだ。目がうるんでいた。夫の方は、この知らせに驚いたかどうか、そぶりにも見せなかった。

「エリーアスは決して悪い子じゃありません」理解を乞うような言い方だ。「わたしたちのプレッシャーに耐えられなかったんです」

「いつまであいつをかばうんだ？」レッシングは気持ちを懸命に抑えながら妻にいった。「あいつはキャンピングトレーラーに火をつけて、人を死なせたかもしれないんだぞ」

息子の挫折に心を蝕まれ、レッシングはすっかり気分を害している。

「まさか！ 信じられないわ」そうささやくと、夫人は激しく首を横に振った。「エリーアスは生きものにひどいことなんて決してできないわ。一度たりともそんなことをしたことはないのよ！ クモや甲虫だって逃がすくらいなんだから……」

夫人は口をつぐんだ。涙がひと粒頬を伝い、顎からしたたり落ちた。そしてまたひと粒。自分に子どもがいたらヘンリエッテ・レッシングのような女にももっと理解を示せていただろうか。ピアがそう自問するのはこれがはじめてではなかった。親というのは、子どものことになると決まってなにかしら弁解するものだ。とくに母親の場合は。ごろつき、放火犯、強姦魔、殺人犯の母親に会ったことがあるが、母親たちは決まって自分の子がしたことを信じようとしない。

「エリーアスが送ってきたメールを拝見できますか？」オリヴァーは穏やかにいった。

「削除した」レッシングはいった。「そうだよな？」

夫人は手の甲で頬の涙をぬぐってうなずいた。ピアはもううんざりだと思った。

「どうして奥さんに答えさせないのですか？」ピアはレッシングに食ってかかった。「奥さんが気に染まないことをいうとでも思っているのですか？」

レッシングはピアをにらんだ。

「まさか。妻と話したらいい。ではごゆっくり、ええと、お名前は？」

「ザンダーです」

「あれ？　オペル動物園の園長と同じか」レッシングは驚いてみせた。しかしレッシングがさっきピアの名字に気づいたのは間違いない。

「ええ。わたしの夫です」

「なんと！　では、よろしく伝えてください。ご主人のことはよく知っている。うちの銀行は動物園の大きなプロジェクトに寄付をしてきた」レッシングは眉を吊りあげた。「これまではな」

ピアは耳を疑った。最後のひと言は露骨な脅迫だ。すくなくとも表面上そう聞こえる。ピアは首を傾げ、にこっと微笑んだ。

「あら、そうなんですか？　純粋な動物愛ですか、それとも若い頃に動物を虐待したことへの罪滅ぼしですか？　ところで、猫はどこですか？　飼っているのでしょう？」

レッシングの顔がこわばり、首が赤くなった。残酷で容赦のないなにかが彼の目に宿った。レッシングは状況や相手を百パーセントコントロールできないのが嫌いな性分なのだ。まさにそれが理由で息子のことも憎んでいるのかもしれない。

＊

レッシングの家を出ると、パウリーネのおんぼろトヨタ車はいなくなっていた。ピアは通りを渡ってライヒェンバッハ家のベルを鳴らした。だがだれも出なかった。

「さっきのは余計だったな」車に戻る途中、オリヴァーが渋い顔をしていった。「不必要に敵意を持たせてしまったじゃないか。きみにあのことを話したのがだれかすぐ気づくだろう」

「待ってください。わたしを脅迫したんですよ！」ピアも黙っていなかった。「あいつは絵に描いたような社会病質者です。息子が逃げだすのも無理はないです！」

「それでもあれはまずかった」オリヴァーはリモコンキーを押した。車のライトが点滅して解錠された。「あの話を君にしたのは失敗だった。きみに先入観を持たせてしまった」

「少しは持ったかもしれません」ピアも認めた。それから助手席にすべり込み、シートベルトを引いた。「でも、ああいう手合いは知っています。自分の息子がどうなろうとお構いなし。仮に息子が人を殺しても関係ないとうそぶくでしょう。外見を繕うことにしか興味がないんですよ。嘘つきです、ふたりとも！　わたしたちより先にパウリーネが来ていたに違いありません。彼女は映像を見てエリーアスと気づいたんです。そしてマミーはかわいい息子の居場所を知っていますね。賭けてもいいです。たぶんエリーアスは母親に連絡しています。怪我をして、行き場に困っているはずです。森の中で突然においが消えたのも、母親が迎えにいって、どこかに隠したとすれば説明がつきます」

「ちょっとそれは考えすぎだ！」オリヴァーは首を横に振った。「落ち着け」

ペーター・レッシングにどうしてこんなに腹が立つのか、ピアは自分でもわからなかった。この数年、捜査中にあいつのような胸糞悪い奴に何度も会ってきた。社会病質者とナルシスト。進化論に基づいて被造物の頂点に立っていると思い込んでいる連中だ。一見しただけでは少しも犯罪者には見えない人間、それも社会的に高い地位を与えられた奴。愛嬌があり、話し好きで、仕事も成功しているが、同時に虚言癖があり、人心操作に秀でていて、要求水準が異常に高い。ピア自身、そういう奴の被害者になったことがある。それ以来、そういう態度をとる奴がいると、どうしても過剰反応してしまうのだ。

ホーフハイムへ戻る途中、ピアはペーター・レッシングをグーグルで検索した。いかにもという経歴だ。イギリスとアメリカのエリート大学で経営学専攻、博士号取得。その後、ピアでも名前を知っているゴールドマン・サックス、リーマン・ブラザーズ、JPモルガン・チェースといったニューヨークとロンドンの国際投資銀行でキャリアを積んだ。

ショートメッセージが画面にポップアップされた。番号に覚えはなかったが、ピアはメッセージをタップした。

「見てください」ピアはつぶやいた。レッシング夫人に名刺を渡しておいた甲斐があった。「エリーアスはiPhoneを持っています」ピアはボスにいった。「レッシング夫人が電話番号を送ってきました。それに夫の態度を謝っています。……あら、あら。エリーアスにはニケというガールフレンドがいて、しかも妊娠中。そのガールフレンドと赤ん坊のために、ドラッグをやめ、人生をやり直すつもりのようです」

「ふうむ」オリヴァーがうなった。

ピアは情報をカイに送り、iPhoneの位置情報を取得するように頼んだ。移動中、オリヴァーはなにもいわなかった。ピアも話す気になれなかった。衝動的な行動がもしかしたらクリストフの不利に働くかもしれない。ピアは申し訳ない気がした。動物園は寄付に頼っている。とくに大口の定期的な寄付に。もしレッシングが将来、経済的援助を控えたらどうしよう。しかし仕事にそういう考えを差しはさんでいいものだろうか。自分の感情や都合を無視しないと、勘が鈍りそうだ。慮(おもんぱか)るのは、すでに悪に手を染める第一歩じゃないか。オリヴァーが車を刑事警察署の駐車場に入れたとき、ピアはさっきのことを今晩のうちにクリストフに話すことにした。

捜査十一課の会議室では、カイとターリクが新しい捜査のために準備をはじめていた。壁のホワイトボードはまだまっ白だ。カイは焼死体の写真数枚をホワイトボードの左隅にマグネットでとめ、その上に〝放火　森林愛好会　ケーニヒシュタイン〟と書いた。机にはノートパソコンと紙の束が置いてあった。ニンニクと揚げ油のにおいがする。朝、ヌッテラを塗ったトーストを一枚食べただけでなにも口にしていないピアは空腹を覚えた。

「ああ、お帰り」カイが口をもぐもぐさせながらいった。左手にアルミホイルに包んだドゥルム（ドネルケバブを具材にしたラップサンド）を持っている。ケム・アルトゥナイがコーヒーカップを片手に入ってきた。

これで捜査十一課のほぼ全員がそろった。

「ここはケバブの店みたいね」ピアはあいている椅子にリュックサックを投げ、二枚の窓を開けて、新鮮な空気を入れてから机の角に腰かけた。

「ザンダー夫人はご機嫌斜めのようで」ケムがいった。

「そんなことはないわよ」ピアは棘のある言い方をした。「カトリーンは？」

「病院。妊婦健診」ケムは机に向かってすわって足を組むと、まっ白なカフスボタンをいじった。整った顔立ちに、よく刈り込んだ髭（ひげ）と短く切った黒髪。刑事よりも俳優のようだ。「自分も捜査に参加できます。老人ホームの窓から墜落死した老人は明らかに自殺でした」

「賃借人の姉と話した？」ピアはターリクの方を向いた。

ターリクは油のついた指をキッチンペーパーでふき、口をもぐもぐさせながら答えた。

「留守でした。電話をくれるよう名刺に書いて、ドアに挿しておきました」

「パウリーネ・ライヒェンバッハの電話番号を知りたいんだけど」

「どうしてですか？」

「欲しいからよ」ピアはターリクをじろっとにらんだ。「理由を説明しないといけない？」

「いいえ、そんなことはないです」ターリクは小さくなって答えた。「すぐメールで送ります」

「燃えた車のメーカーが判明しました」そういって、カイはみんなを見た。「専門家によると、アウディらしいです。それからクレメンス・ヘロルトについて調べ、妹のゾーニャについても少しわかりました」

「聞こう」オリヴァーはドア口に寄りかかったまま、ジャケットのポケットに両手を入れ、着席しようとしなかった。

「クレメンス・ヘロルト、一九五三年生まれ、既婚、イドシュタイン＝ニーダーロート在住。風力発電の保守点検工で、仕事がら各地をまわっています。出張はヨーロッパ全域にわたり、二、三週間つづくこともあるようです」カイは記憶を思いだしながらいった。「最後の情報は奥さんのメヒティルトと電話で話して、教わりました」

「というと？」

「ヘロルトはもともと電気技師で、仲間と独立しましたが、その会社が倒産し、その後、職業訓練を受けてメカトロニクス技術者の資格を取得して、風力発電のスペシャリストになったそうです。稼ぎはかなりいいですが、出張が多いとのことです。でも最近は病気になった母親の世話に多くの時間を割いているそうです。携帯電話はつながりませんが、風車で作業中は電話を切るので、よくあることだと奥さんはいっていました」

「ゾーニャの方は？」オリヴァーがたずねた。

「一九七三年生まれ、ラルフ・エーラースと離婚したあと……」

「なんだって？」オリヴァーが体を起こした。

「えっ？」カイは面食らった。

「ゾーニャがラルフと結婚していたっていうのか？」オリヴァーがたずねた。眉間に縦じわが寄っていた。

「そのようですね」カイは中断させられて、思考の糸が切れたのか、メモを見た。「今は……ええと……ゾーニャ・シュレックです。ケルクハイム市ルッペルツハイン地区在住。理髪師で自分の店を持っています。午後三時十七分の時点で電話はつながらず、留守番電話でした」

「ラルフ」オリヴァーがつぶやいた。「なんともはや」

オリヴァーはなにもいわず会議室から出た。カイは驚いてピアと視線を交した。ケムとターリクはびっくりしてオリヴァーの方を見た。

「ボスはどうしたんだ?」カイがピアにたずねた。「報告はまだ終わっていないんだが」

「ローゼマリー・ヘロルトとその家族を個人的に知っているのよ」ピアもオリヴァーの妙な反応に啞然としながら同僚に説明した。

「いったいなにが起きたんだ?」ケムがたずねた。

ピアが森のキャンプ場で起きた昨夜のできごとをまとめ、エトガル・ヘロルトやレッシング夫妻に事情聴取したこととケルクハイムのホスピス訪問が空振りに終わったことを報告した。ユルゲン・ベヒトとクリスティアン・クレーガーが放火事件であることを突き止め、キャンピングトレーラーのドアが外から施錠されていたことは間違いないといったことで、殺人事件扱いになった。検察局はエリーアス・レッシングの指名手配に同意したが、逮捕状発付には至らなかった。

「エリーアス・レッシングのiPhoneは切られているので、位置情報が得られない」カイはいった。「プロバイダーに移動記録を提出するよう要請したが、時間がかかる」

「保護観察司と話して、エリーアスの恋人を見つけなくては」ピアはいった。「それからクレメンス・ヘロルトに事情聴取する必要がある。母親以外にだれがキャンピングトレーラーのキーを持っていたか知っているかもしれない」

「それはわたしがやる」ケムがいった。

「同行するかボスに確認してくれる?」ピアはたずねた。

「わかった」

「わたしはなにをしますか？」ターリクがたずねた。

「コピーさ」カイは紙の束を指差した。

「なんだ！」ターリクはがっかりした。

「まだまだひよっこだからな」カイはニヤッとした。

「わたしは警部であって、ひよっこではありません」そういって、ターリクは書類をつかんだ。

「警察大学を首席で卒業したんですけど」

ターリクはしぶしぶコピー機に向かった。

「ところで焼死体の解剖は明日の朝十時」カイがみんなに伝えた。「だれが担当する？」

「わたし」ピアは新入りに目配せした。「それからターリク」

ターリクとケムが会議室から出るのを待ち、ピアは立ちあがってドアを閉めた。

「わたし、うかつなことをしちゃった」そういって、ピアはペーター・レッシングとの一件をカイに話した。「ボスから聞いたレッシングの秘密を口にしたものだから、わたしのことを怒っているのよ」

「それはおもしろくないだろうな」カイはピアの肩を持ってはくれなかった。

「レッシングはわざと挑発したのよ」ピアは自己弁護した。「奥さんの証言に始終口をはさんだのに、ボスはそのままにした。なんというか……唯々諾々(いいだくだく)って感じで」

「唯々諾々？　うちのボスが？」

「それはいいすぎかもしれないけど」ピアはため息をついた。「へいこらしていたっていうか」

「なお悪い」カイはニヤニヤしながら首を横に振った。

「どうしたらいいかわからないのよ!」ピアは勢いよく立って窓辺に行った。

古い友情がオリヴァーの勘を鈍らせるかもしれない。そう心配していることを、どうやったらカイにわからせることができるだろう。「もういいわ」

「それより後任はだれかわかっているのか?」カイが話題を変えた。

「いいえ、あなたじゃないの?」今回がオリヴァーとふたりで捜査する最後の事件になるかもしれないという事実を、ピアはこの数時間考えないようにしていた。だが今また置き去りにされるような感覚がどっと押し寄せ、良心の呵責(かしゃく)を覚えた。なんであんな軽率な発言をしてしまったのだろう。

「きみじゃないかな」

「さあ、どうかしらね」ピアは椅子を引き寄せて、またすわった。「正直いって、やりたくないわ。ボスがいてくれた方がいい」

「また戻ってくるじゃないか。だけどスナイパー事件（既刊『生者と死者に告ぐ』）からボスは変わった。相当堪(こた)えたみたいだな」カイはメガネを取って、親指と人差し指で鼻の付け根をもんだ。「それに別の魅力的な選択肢があるわけだし。俺でもそうするだろう。俺たちの仕事は精神的にきついことが多いからね」

「それはわかる。それでも残念なのよね。一年後戻ってこないような気がして。そんなそぶりは見せないけど、ボスはやる気を失っている」

「だから一年間休むんだろう」カイはメガネでできた鼻のくぼみにすべり落ちたメガネをかけ直した。「ボスの決断にあまり思い悩まない方がいいぞ、ピア」

「悩んでなんかいないわ。ボスの決断は尊重する」ピアは頬杖をついた。今いったのは本心ではない。悶々としている気持ちを口にだしていわなくても、カイならわかるはずだ。だが勘違いする恐れもある。「ボスがだれになるのか気になってしかたがないのよ」

「ケムも候補になる」

「あなただって。一番の古株だもの」

「無理、無理！」カイは言下に否定して、義足をぽんと叩いた。「俺は障害者枠でここに置いてもらっているんだ。外向けの人事さ」

ピアはニヤリとした。

「それじゃ、ターリクといっしょに保護観察司に会ってくる」ピアは椅子から腰を上げ、リュックサックをつかんだ。「彼を連れていっても平気？」

「いいとも」カイはうなずいて、ノートパソコンを開けた。「そうだ、ピア」

「なに？」ピアはドアノブに手をかけて立ち止まった。

「テンポラ・ムタントゥール、エト・ノス・ムタムール・イン・イリス」

「教養をひけらかさなくてもいいでしょう」ピアはそっけなくいった。「ラテン語はからきしだめなんだけど」

「嘘だろう」カイはわざと目を丸くして見せた。「カトリックの女子校に通っていて、それかい」

「翻訳してくれるの、くれないの？」ピアはニヤリとした。

「時は移る。そしてその中でわたしたちも変わる」カイは訳してピアに目配せをした。

＊

ニーダーロートは幹線道路沿いに家が数軒建っているだけの小さな集落だ。道路が大きくカーブするところで、シュタインヒェン通りに左折した。

通りの左側に二軒、右側に三軒。それですべてだ。あとは子どもの遊び場しかない。その先に舗装された農道が畑と牧草地へ延びている。クレメンス・ヘロルトの家は左側の一番奥で、カーポート付きの建売住宅だ。明るい色の木造で、屋根にはソーラーパネルが取りつけてある。カーポートにはリューデスハイム・ナンバーの黄色いミニが止まっている。ニーダーロートはラインガウ・タウヌス郡になる。

「のどかなところですね」ケムがいった。彼とオリヴァーは子どもの遊び場に車を止めて、道路を横切った。「飛行機の騒音もなく、車の往来もほとんどなくて、空気が澄んでいる」

上り斜面になった放牧地で数頭の馬が草をはんでいる。集落のどこかで犬が吠えると、それにつられて他の犬も吠え、また静かになった。空を覆う雲が切れ、夕空にノスリが舞い、ときどき鳴き声をあげている。

オリヴァーがベルを押す前に玄関ドアが開いた。丸々とした四十代終わりの女があらわれた。顔がひどく酒焼けしている。

女は片手に財布を持ち、買い物袋を小脇に抱えていた。

「ヘロルト夫人？」オリヴァーはクレメンスの妻と面識があったか考えたが、顔に見覚えがない。

「そうですけど。どなた？」

「ホーフハイム刑事警察署のボーデンシュタインです」彼は身分証を呈示した。「こっちは同僚のケム・アルトゥナイ。ご主人と話がしたいのですが」

「夫は出張中です」メヒティルト・ヘロルトはいった。「さっき警察の方から電話がかかってきたときもそういいましたけど。わざわざ来ることはありませんのに」

「いつお帰りですか？」ケムがたずねた。

隣の庭との垣根を見ると、背の高い、花が終わりかけているヒマワリと真っ赤なメギのあいだから好奇心旺盛な初老の女の顔がのぞいていた。

「村じゅうに知れわたる前に、家に入ってください」ヘロルト夫人も隣人に気づいていった。ケムが開けた小さな門を抜け、オリヴァーとケムは秋咲きの花が咲いている手入れの行き届いた前庭を通った。

「きれいな庭ですね」オリヴァーはいった。「ご自分で？」

「ええ」ヘロルト夫人は心なしか誇らしげに微笑んだ。「緑の指という呼び方がありますけど、わたしはそれですね」

オリヴァーたちは薄暗い玄関に入った。家はリフォームの最中で、ペンキのにおいがした。

「食堂の壁の塗り替えをしているところなんです」ヘロルト夫人はそういうと、買い物袋をサイドボードに置いた。「夫は数ヶ月前から塗り替えるといっているのですが、なかなか手がつけられなくて。とくに母親が病気になってからは」

「ずいぶん気にかけているようですね」オリヴァーはいった。

「夫は時間ができるとすぐ母親を見舞いに行きます」夫人の声には非難めいた響きがないだろうか。瀕死の義母に嫉妬しているのかもしれない。

「お帰りはいつになりますか？」

「本当は昨日の夜帰宅するはずだったんです」夫人は答えた。「でも出先で仕事の依頼を受けて、帰りが一日延びることはよくあることです」

「ご主人の iPhone はまる一日電源が入っていませんね？」

「それもよくあることです」夫人は少しためらってからうなずいた。「風車で作業するときは、iPhone の電源を切りますから」

「ご主人と最後に電話で話をしたのはいつですか？」ケムがたずねた。

「昨夜、午後十時頃です」心配そうな目つきになった。「夕食をとってから、ホテルに入ったといっていました」

「どこのホテルでしょうか？」

「ザウアーラント州。メシェデの近くです。どうしてそんな質問をするんですか？　夫になにかあったんですか？」

「つまり今日はまだご主人と電話で話していないのですね?」ケムは夫人の質問には答えず質問をつづけた。

「ええ。別におかしいことはありません。結婚して三十年近くになりますから」夫人はわざと笑って見せた。だが不安なのはだれが見ても明らかだった。

「ヘロルトさん」今度はオリヴァーがいった。「昨夜、あなたの義理のお母さんのキャンピングトレーラーが炎上しました」

「それは警察の方から聞きました」

「炎上したとき、男性が中にいました。キャンピングトレーラーの横に車が止めてありましたが、そちらも燃えてしまいました。このキャンピングトレーラーのキーをだれが持っているか、どうしても確認したいのです。ご主人のお母さんはキャンピングトレーラーをだれかに貸していましたか?」

「それはないと思います。キャンピングトレーラーを母は大事にしていましたから。鍵を持っているのは、夫と夫の妹だけのはずです」夫人の顔が青くなった。それがなにを意味するか気づいたのだ。「母が病気になってから、夫はよくキャンピングトレーラーの様子を見にいっていました。もう一度夫に電話をかけてみます」

夫人は廊下のサイドボードから固定電話の子機を取って、オリヴァーをじっと見ながらリダイヤルボタンを押した。いやな予感を覚えているようだ。出張が多く、出先で連絡が取れるようにしなければならない者がまる一日電話の電源を切っているというのはおかしい。

「変だわ。理解できません」夫人は首を横に振った。手をふるわせながら子機を元に戻した。

「ご主人の車の車種は？」

「アウディA4。色はグレー。ナンバーはHB-VK 391、会社の車です」

クレメンス・ヘロルトがザウアーラントに出張しているというのは本当だろうか。それとも彼は妻に嘘をついたのだろうか。愛人がいて、森のキャンプ場で密会していたとか。あいにくそういうことはよく起きる。結婚がどんなに長くても関係ない。オリヴァーは身をもって体験している。

「ご主人が昨日宿泊したホテルの名前はなんといいますか？」ケムがていねいにたずねた。

「それからご主人の携帯の番号、会社と会社のスタッフの電話番号を教えてください。風力発電の保守はひとりでしているわけではないでしょう？」

「いっしょに組んでいるのはトーマス・ポルツィンという人です」夫人はささやいた。「どうしてそのことを思いつかなかったんでしょう。さっそく電話をかけてみます！」

「それはわたしたちに任せていただけますか」オリヴァーはいった。夫人から電話があったら、嘘をつくようにクレメンスから頼まれている可能性があるからだ。

「まさか……それじゃ……」夫人の目が不安の色に染まった。だが彼女は思っていることを口にすることができなかった。

「その可能性を排除できません」オリヴァーは真顔でいった。

「なんてこと！」夫人は喉に手を当ててふらっとよろめき、オリヴァーが助けようとするより先にサイドボードに手をついた。「大丈夫です」

「そばにいてくれる方はいませんか？」

オリヴァーは同情を覚えながらいった。

「ひとりでいるのはよくありません」

「ええ……息子に電話します」夫人は力なく答えた。「息子夫婦がヘフトリヒに住んでいます」

オリヴァーは、息子夫婦がやってくるまでヘロルト夫人につきそい、それからいとまを告げた。外は暗くなっていた。車に乗ってから、ケムが何個所か電話をかけた。表情を見れば、その内容が芳しくないのは一目瞭然だった。

「ヘロルトは昨夜ホテルに泊まっていません。もう一年以上、そのホテルを使っていないそうです。同僚が彼と最後に会ったのは先週の金曜日で、ヘロルトは病気の母親を看るため、二週間休暇を取ったといっています。浮気ではないようですね」

オリヴァーは首を横に振った。世界は嘘と偽りに満ちている。以前は平気だったが、今は心がかきむしられる。オリヴァーは家の方に視線を向けた。窓にヘロルト夫人の影が映った。日常と悲劇は紙一重だ。オリヴァーの予感が的中して、焼死体がクレメンスだったら最悪だ。いや、それだけではない。夫人は夫が誠実だったかどうか確かめる術を失う。嘘が明らかになれば、それまですばらしいと思えていたすべてに影が差すことになる。

＊

寒い。それに暗い。真っ暗だ。頭がずきずきする。口の中がからからだ。フェリツィタスは頭に触れてみた。額にたんこぶができている。なにがあったんだろう。それより、ここはどこ？　目を大きく見ひらいて、闇を見つめた。

まわりは死んだように静かだ。唯一聞こえるのは、自分の鼓動と息づかいだけ。体を起こそうとしたら、頭がなにか固いものに当たった。

「やだ」そうささやくと、フェリツィタスはまた仰向けに横たわった。そっと手を上に伸ばすと、壁に触れてさっと引っ込めた。「いや、やめて」

天井までの高さは腕の長さもないということだ。左右も固く冷たい壁だ。コンクリートかレンガらしい。鼓動が速くなり、パニックに襲われた。筋肉が痙攣(けいれん)し、汗が噴きだす。壁には切れ目がない。冷たく、つるつるしている。金属！　フェリツィタスは体の下に手を差し入れた。フリースのブランケット。そのときはじめてむっとするにおいに気づいた。犬のにおいだ。どこにいるのかわかって、全身がふるえた。金属製のボックス。妹の夫は、ランドローバーの荷室にのせないときはいつもガレージに置く。どうしてそんなところに入っているのだろう。閉じ込めたのはだれ？　そしてなぜ？

パニックで息が詰まり、動悸が激しくなった。若い頃、自宅の地下のサウナに閉じ込められてから、フェリツィタスは閉所恐怖症になった。それは妹のマヌエラがやったことで、しかもサウナのスイッチをオンにした。ふざけただけだったが、マヌエラは友だちから電話がかかってきて、姉のことを忘れてしまった。あれ以来、狭い場所が耐えられない。エレベータに乗らないし、小型車や試着室も敬遠していた。定期検診のＭＲＩでパニックを起こし、検診を中断したこともある。これは悪夢であって、すぐに目が覚めるのならいいのだが。

「だれか！」フェリツィタスは大きな声でいうと、深呼吸した。「だれかいないの？」

自分の声がくぐもって聞こえる。じっと耳をすます。なにも聞こえない。かすかな物音すらしなかった。目に絶望の涙があふれた。フェリツィタスはボックスの蓋に膝を当てて押してみた。金属の錠がはじけとぶかもと思ったのだ。だがいくら押しても、びくともしない。頑丈な金属は微動だにしなかった。なんとか抑え込んでいた不安が体の隅々まで染み渡った。閉じ込めた奴が死んだりしたらどうする。以前本で読んだことがある。まさにこういう状況に置かれ、監禁された男が空腹と喉の渇きで非業の死を遂げる。冷や汗が出た。フェリツィタスがどこにいるかだれも知らない。マヌエラとイェンスがオーストラリアから帰ってくるのは、十一月半ばだ。それまで彼女がいないことにだれも気づかないだろう。

＊

帰り道でタウヌス山地を走っていたとき、オリヴァーは今日一日で収集したさまざまな情報を頭の中で整理した。普段は被害者や、被害者の家族や、知り合いの情報を少しずつ聞きだし、疑わしい人物を割りだすまでひと苦労するものだ。名前や顔を新しく覚え、関係者の人間関係を把握して、整理する必要がある。ところが今回はまったく勝手が違う。みんな昔からよく知っていて、ひとりひとりの噂や秘密まで知っている。だから逆に、なかなか見通しが利かなかった。

ケーニヒシュタインの環状交差点を通りすぎたとき、オリヴァーのiPhoneが鳴った。知らない番号だ。もしかしたらローゼマリーが電話をかけてきたのかもしれない。

「刑事さん、ホスピス〈夕焼け〉のルツィア・ランデンベルガーです。ヘロルト夫人と話したいといって、今日おいでになりましたよね」

「ええ、そうです。夫人につないでいただけますか？」

「それが、あいにく」ランデンベルガーはためらった。「ヘロルトさんは今日の午後、突然……亡くなりました」

オリヴァーは体を起こした。

「なんですって？　具合がいいとおっしゃっていたじゃないですか！」

オリヴァーはケムの探るような目つきに気づいて、車を路肩に寄せるよう合図した。

「あなたにお電話することが正しいかどうかわかりません」ランデンベルガーは不安そうな声で答えた。「でもなにかおかしいと思いまして。ヘロルトさんは、あなたの名刺を見て、とっても喜んだんです。午後になったらすぐ電話をかけるといっていました。それから昼食をとって、少しテラスに出たんです。そして別のスタッフが先ほど様子を見にいったら、椅子の横に倒れて亡くなっていたんです」

ケムはウィンカーをだして、鉄道病院のそばのバス停車帯に車を寄せて止めた。

「家族には連絡しましたか？」オリヴァーはたずねた。

「いいえ、それは所長の役目ですので」ランデンベルガーは声をひそめた。「うちではゲストが亡くなることはよくあることです。そのためにこの施設に入所するわけですから。でもヘロルトさんは、まだそのような状況ではありませんでした」

その言葉を聞くなり、オリヴァーは背筋が寒くなった。ローゼマリーに最後に会ってからしばらく経つが、それが突然、昨日のことのように思われた。笑いのすくない人生だったが、それでも彼女はいつもやさしく、ほがらかだった。

「まだホスピスにいますか？」オリヴァーはたずねた。

「はい」

「医者は？」

「ヘロルトさんのホームドクターが来るところです」

「だれも遺体に触れないようにしてください。医者もだめです」オリヴァーは念を押した。

「十分で行きます」

＊

偶然すれ違っても、ローゼマリー・ヘロルトとは気づかなかっただろう。記憶の中のローゼマリーはグラマーだった。だが重い病が彼女の体を蝕んでいた。看護師のランデンベルガーは、遺体を部屋に運んでベッドに横たえようとするスタッフを止めることに成功した。おかげでオリヴァーが到着したとき、遺体は発見されたときのままだった。

ローゼマリーは一階の部屋に住んでいた。人目につかない小さなテラスが畑に向いていた。遠くにフランクフルトのきらきら輝く遠景が望める。遺体は椅子の横に倒れていた。彼女はその椅子にすわってタバコを吸っていたようだ。素焼きの灰皿には、テーブルに置いてある箱と同じ銘柄の吸い殻が三本残されていた。

「ゲストにはそれまでの習慣をつづけてもらっているのです」オリヴァーが驚いているのを見透かして、ランデンベルガーが説明した。「ほとんどの方がここには長くいません。そのあいだできるだけ気持ちよく過ごしてもらえるように心がけているんです」

ランデンベルガーと、ローゼマリーを発見したスタッフは、開け放ったテラスの戸口に立っていた。オリヴァーはラテックスの手袋をはめて、遺体の横にしゃがんだ。脈はない。皮膚はすでに冷たくなっている。ローゼマリーのがりがりにやせた体を少し横に向けると、彼女がかぶっていたかつらがすべって落ちた。うなじと首の側面に黒いしみがあった。

「見えるか？」オリヴァーはケムに声をかけた。死んで二十分から三十分で最初の死斑があらわれる。

「ええ。かなり進行していますね」

「死後硬直がはじまっている」オリヴァーは死体の口をあけて、舌の状態を確認しようとしたが、うまくいかなかった。

「死後二時間から四時間というところだ。懐中電灯はあるか？」

「ええ、あります」ケムがミニマグライトを渡した。オリヴァーはローゼマリーのまぶたを開けた。懐中電灯の光で恐れていたものが認められた。溢血点、いわゆる点状出血。窒息したときの所見だ。

「ここでなにをしているんですか？」テラスの戸口から女の声がした。「だれですか？」

オリヴァーはもう充分に検視した。体を起こして振り返った。白髪をショートカットにした、六十歳くらいのやせた女が、ランデンベルガーともうひとりのスタッフを押しのけて、テラスに出てきた。

「これはいったいどういうことですか？」女は鋭い声でたずねた。オリヴァーとケムは身分証を呈示した。

「刑事警察？　どうして？」

「ヘロルトさんの死に不審な点があるのです」オリヴァーはいった。「あなたがホームドクターですか？」

「ええ、レナーテ・バゼドウです」女性医師は愕然としていた。「不審な点というのは、どういう意味ですか？」

「喉を絞められたか、口をふさがれて殺害されたようなのです」

「なんですって？」バゼドウ医師は首を横に振った。

「ランデンベルガーさんから電話をもらいましたが、そのときにはなにもいっていませんでした。ヘロルトさんは病気が原因で亡くなったのだと思いました」

「残念ながら違います」

「それでは……わたしに死体検案をしろと？」

「その必要はありません」オリヴァーは愛想よく答えた。「法医学者を呼びました。でもあなたの電話番号をいただけますか。あとで訊きたいことがあるかもしれませんので」

「わかりました」医師はドクターバッグを開けて、名刺をだした。「ルッペルツハインの魔(ツァウバー)の山で開業しています。いつでも携帯に電話をください」

　そのとき大柄で金髪の女が部屋に入ってきた。黒いブランドものの四角いメガネをかけ、髪は実用的なショートカット。黒いスラックスをはき、黒いブラウスにピンクのブレザーを羽織っている。

「ライヒェンバッハ事務長です」ランデンベルガーが事務長を紹介した。刑事警察がいることをおもしろく思っていないはずだが、事務長はそういうそぶりを一切見せなかった。

「わたしがわからないようね」事務長がいった。機嫌を損ねたようでいながら、愉快そうでもある。「最後に会ったときより体重が二倍になっているものね」

　オリヴァーは女の顔を手がかりに記憶を辿ったが、思いだすことができなかった。

「ジモーネよ」事務長が助け船をだした。「今はライヒェンバッハ、旧姓オーレンシュレーガー。思いだした？」

　オリヴァーは思わず「なんてことだ」と口走りそうになって、あわてて口をつぐんだ。たしかにジモーネだ。だが記憶の中のジモーネと目の前の大柄な女の違いに本当にびっくりした。彼女はインカ・ハンゼンの親友で、夫共々オリヴァーとは基礎学校時代の級友だ。

「これは驚いた」オリヴァーはいった。「最後に会ったのはきみたちの結婚式だったか。いつだったろう？」

「一九八三年七月」ジモーネはオリヴァーの顔をじろじろ見つめた。「あなたはほとんど変わっていないわね」

「きみだって」オリヴァーがそう答えると、ジモーネが手を横に振った。

「あいかわらず口がうまいのね、フォン・ボーデンシュタインさん」それから彼女は本題に入った。「なんであなたがここにいるの？　これは偶然？　今日、あなたがロージーに面会を求めたと聞いていたけど」

「彼女のキャンピングトレーラーが夜中に炎上し、焼け跡から死体が見つかった」

「ああ、森林愛好会の火事ね。娘から聞いてる」ジモーネは眉間にしわを寄せた。「ロージーのキャンピングトレーラーだったのね」

「きみの娘？」

「ええ。末娘のパウリーネ。大学で生物学を専攻して、ヤマネコ＝プロジェクトに関わっている。ヴィーラントが電話をかけてきて、娘を誘ったのよ」

迷彩柄のズボンをはいた小太りの娘がオリヴァーの脳裏に浮かんだ。それからレッシング家の前に止まっていた錆だらけの車も。

「鑑識と法医学者が来ます」ケムがオリヴァーに耳打ちした。

「ロージーが殺されたって、本当なの？」ジモーネが声をひそめてたずねた。「重病で、もう長くはなかったんだけど」

「だれかが手助けしたようだ」オリヴァーは答えた。「家族には連絡したかい？」

「クレメンスには連絡がつかなくて、奥さんとは話せたけど、来られないといっていた。ゾーニャとエトガルはすぐに来るはずよ」

ジモーネは、入所者が死ぬことに慣れていた。しかし長年知っている者が殺害されたというのにまったく動じていないことに、オリヴァーは驚きを禁じえなかった。彼女が心配なのはホスピスの評判だけなのだ。この時間帯には多くの入所者が家族や友人の訪問を受けているので、刑事が来たことはすでに知られてしまった。ホスピス〈夕焼け〉で殺人事件が起きたというニュースは、またたくまに広まるだろう。できたばかりの施設にとっては、いい宣伝とはいえない。

オリヴァーは小さなテラスを見まわした。ここにはだれにも見とがめられず外から入り込める。敷地には垣根があるものの、お飾り程度の代物だ。たいして運動神経がなくても簡単に乗り越えられるだろう。しげみや木など身を隠す場所には事欠かないし、一階の部屋のテラスはプライバシー保護のために左右をフェンスで目隠しされている。

「防犯カメラの映像を見せてもらいたい」オリヴァーはいった。「建物の外壁と受付に設置されているのを見た」

「あいにくあれは見せかけなの」ジモーネは白状したが、こうした手抜きなどどうということでもないというようにすぐ攻勢に転じた。「責めないでちょうだいね。防犯カメラやコンピュータはうちの最優先事項ではないの。ここでこんな事件が起きるなんて、だれも想定していなかったのよ」

安全対策がなおざりにされるのはよくあることだ。犯人はそうした事情に通じていたのだろうか。防犯カメラが機能していなくて、難なくホスピスの敷地に忍び込めると知っていたとしたらどうする。

「この数週間にだれがロージーを訪問したかわかるか?」オリヴァーはたずねた。

「無理でしょうね。いちいち受付に寄る必要がないので」ジモーネは首を横に振った。不手際をわびるそぶりすら見せなかった。「ロージーにはたくさん訪問客がいたわ。先週だけでも、ルッペルツハインの村人の半数は来たんじゃないかしら。ロージーは機嫌がよかった」

ケムは遺体に薄い上掛けをかけた。早くも数人の野次馬がテラスを覗き込み、芝生の向こうでスマートフォンをだしていた。

「ロージーはいつからここに?」オリヴァーがたずねた。

「九月半ばよ」ジモーネは答えた。「体調がとても悪かった。化学療法が効かなかったの。キャンピングトレーラーにいたいといっていたけど、あの体調ではとても無理。ここに来てから元気を取り戻した。ガン患者の場合、よくあることよ。見せかけの快復。そこから一気」

「利用料はだれが支払っているんだ?」

「疾病金庫よ。どうして?」

「型どおりの質問さ」オリヴァーはジモーネの心配を取り払った。「ロージーのホームドクターとは知り合いかい?」

「ええ、長い付き合いになる。バゼドウ先生のクリニックはルッペルツハインにあって、多くの入所者のホームドクターを務めているわ」

ローゼマリーが死ぬと都合がいいのはだれだろう。彼女はそもそも死病に冒されていた。長くは生きられなかったはずだ。それでも待ちきれない何者かがいたのだ。ローゼマリーの死が殺人で、明日、キャンピングトレーラーの死体が息子のクレメンス・ヘロルトだと確定したら、ふたりの死で得をするのはだれかという疑問が生まれる。これが別々の事件だとは考えにくい。オリヴァーは長年、刑事を務めた経験から偶然を信じなかった。

＊

大変な状況だというのに、彼女は寝入ってしまった。目を覚まして最初の瞬間、脳はひどいいたずらをした。万事問題ないと彼女に思わせたのだ。数ヶ月ぶりに酒の助けを借りずに眠れたなんて、ブラックユーモアだと思った。だが自分が無力なことへの怒りはすぐ不安に取って代わられた。口の中がからからに乾いている。空腹だし、尿が漏れそうだ。時間の感覚はとっくにない。ボックスに空気穴があいていて、窒息しなかったのがせめてものなぐさめだ。どのくらい眠っただろう。外は明るいだろうか、暗いだろうか。閉じ込めたのはだれだろう。理由は？　わたしをどうするつもり？　このまま息の根を止める気だろうか。それともそのうちこのボックスからだして、わたしを辱(はずかし)め、拷問して殺すつもりだろうか。フェリツィタスの空想は正真正銘のホラーとなり、みるみるエスカレートしていった。ミステリなどあまり読まなければよかった。そうすれば心を病んだ異常者がどういうことをするか知らずにいられたのに！

先が読めないというのは、だれもフェリツィタスのことを気にしないと思い知らされるのと変わらないくらい悲惨なことだ。泡を食うのはベアーとロッキーくらいだろう。フェリツィタスがこのまま死ねば、犬は餌も飲み水ももらえなくなる。マヌエラとイェンスがオーストラリアから帰ってくる前に、犬は餓死するだろう。きっと妹はわたしよりも犬の死を悼む。フェリツィタスは苦々しい思いがした。ある日、腐乱死体が見つかる。葬儀にはだれも来ないだろう。来るとしたら、フェリツィタスの記事や言動で、キャリアを台無しにされたり、頭打ちにされたりした連中くらいだろう。〝なんでそんなに嫉妬して、悪意をむきだしにして口汚くののしったりするの？　どうしてそういう人間になっちゃったの？〟妹の言葉が耳の中で谺した。すべてを台無しにしたのは自分自身だ。気分屋のフェリツィタスを忍耐強く受け止め、一度も文句をいわない伴侶に恵まれたのに、一方的に出ていくと告げた。あのときの彼の失望した目を思いだすと胸が痛む。「後悔するぞ」シュテファンはそう言い残した。「あいつは調子がいいだけだ。おまえより二十歳も若い。おまえの金と人脈が目当てだ」

フェリツィタスは聞く耳を持たなかった。ザーシャにくびったけだった！　だが口座に金がなくなり、住まいも銀行の抵当に入ったと知ると、ザーシャは冷淡になり、お世辞もいわなくなった。

マヌエラとイェンスは、にっちもさっちも行かなくなったフェリツィタスが容赦ない債権者から身を隠すために転がり込んだことを知らない。フェリツィタスは背に腹は替えられず、闇金融から金を借りてしまったのだ。奴らの手に落ちたら、笑いごとではすまされない。

フェリツィタスは自分が破滅したことなど考えたくもなかったが、こんなところに監禁されてしまっては、他になにも思いつかない。

「ここからだして！」フェリツィタスはどなって、ボックスを蹴った。「助けて！　聞こえないの？　助けて！」

　フェリツィタスは叫んで暴れ、尿を漏らした。顔は涙でぐしゃぐしゃだ。それからじっと待ったが、なにも起きなかった。

聞こえるのは、自分の鼓動と、腹がグゥグゥ鳴る音だけだった。

二〇一四年十月十日（金曜日）

　フランクフルトへ向かう途中、ターリクはいつになく寡黙だった。ピアには好都合だった。昨晩、オリヴァーから電話があって、ローゼマリー・ヘロルトが殺害されたと知らされた。ケムとオリヴァーはホスピスの看護師から通報があって現地に向かった。オリヴァーはローゼマリーの遺体を法医学研究所に搬送することにしたが、なかなか思うようにいかなかった。エトガル・ヘロルトが猛反対し、ホスピスの評判を気にしたジモーネ・ライヒェンバッハ事務長もいい顔をしなかった。だがオリヴァーは四の五のいわせず遺体を搬送させ、検察局に連絡した。検察官と裁判官も自然死ではないというオリヴァーの意見に同意し、今朝、死体解剖されることになった。捜査十一課では複数の事件を同時に捜査することもすくなくないが、二日で二件の殺人事件というのは異常というほかない。カトリーンはもうじき産休を取る。オリヴァーももうすぐ長期休暇(サバティカル)に入る。ターリクはまだ経験不足。つまり人手が足りなくなるということだ。

パウリーネ・ライヒェンバッハは昨日、携帯に電話をかけても出ず、ピアのショートメッセージにようやく返事を寄こした。彼女はトレイルカメラに映った男を知らないと言い張った。なぜレッシングを訪ねたのかという問いに、レティツィア・レッシングとは友だちで、話があったと答えた。ピアには信じられなかったが、パウリーネが嘘をつく理由がわからなかった。ただ胃のあたりがもやもやするだけだった。

青い円盤に四角い建物を配したデザインのラディソン・ブル・ホテルのあたりで、渋滞に巻き込まれた。通勤ラッシュのピークだが、いつもより早く見本市会場を通過することができそうだ。ピアは、ペーター・レッシングと出会ったことを今晩かならずクリストフに話さなくてはと思った。昨日はクリストフの帰りが遅く、オリヴァーからの電話もあって、話しそこねたのだ。

「どうして捜査十一課にいるんですか？」ターリクが突然たずねた。

ピアはためらった。そうはっきり訊かれたのははじめてだ。気づいたらそうなっていたというのが本当だ。人生を一変させたトラウマを抱え、安穏(あんのん)として暮らせなくなったのを機に、大学を中退して警察の採用試験に応募した。なにかというと心理分析をする妹のキムは、この決断が安全への無意識の願望から来ているといった。警官になれば、もう無力感を味わわずにすむからだ。そうかもしれない。だがちゃんと考えたことはない。養成課程は楽しかった。それからヘニングに出会い、彼を通して殺人の世界を知った。

「難しい謎を解くのはわくわくするでしょう」ピアは答えた。「それに捜査十一課は昔から刑事警察の花形。みんな、殺人課刑事になりたがる。だから、なってみたいと食指が動いたのよ。そうしたらとんとん拍子でなっちゃった。思っていたのとはぜんぜん違ったけど。最初の同僚は救いようのないマッチョばかりで、やりづらかったのなんの。わたしは紅一点で、しかも法医学者の妻。そのうちうんざりして休職した」かならずしも事実ではないが、休職した本当の理由はまだだれにも話したことがなかった。「数年間は主婦だった。でも新しく作られたホーフハイムの捜査十一課に来ないかと誘われて、それに応じた」

「なるほど」ターリクはうなずいた。「でもよく耐えられますね。残虐な事件が多いし、遺族に対応する必要があるし、暴力の矢面に立つかもしれない」

「無関心になったり、すれてしまったりするのはまずいけど、距離の置き方を学べばなんとかなるわ。わたしは客観的でありつづけるために一定の距離を置くように心がけている。それに、この世の悪と闘うなんていう使命感はないわ。フラストレーションはたまるし、つらいのはたしかだけど、それでも刑事をやっているのは、殺人事件を解明することで亡くなった人の尊厳を少しは取り戻してあげられると思うからよ。それに、必然的に被害者になってしまう遺族は、犯人が罰を受ければ溜飲を下げられるでしょ。だからわたしは捜査十一課にいる。他へ行く気はまったくないわ」

「それでも関わった事件に心を揺さぶられることはありますか?」

「もちろんよ。犠牲者の身元が判明しなかったり、犠牲者が子どもだったりするとね。本当につらいわ。わたしにとって、適当なところに埋められたり、放置されたりして、捜す者のいない名もなき遺体ほど悲しいものはないわ。だからこの仕事についているといえるわね」

見本市会場を過ぎると、渋滞が解消した。なにごともなければ、解剖がはじまるまでに法医学研究所につけるだろう。

「あなたはどうなの？」ピアはたずねた。「どうして捜査十一課に入ったの？」

「大学生のとき、クラスの女の子が行方不明になったんです。わたしと同じ下宿に住んでいました」ターリクは答えた。「十八ヶ月後、遺体が見つかりました。乱暴されて絞め殺された上、バラバラ死体になっていました。家族は彼女がどうなったかわからないまま苦しみました。見ていられなかったです。それでも、事件が解明されるまであきらめませんでした。感銘を受けまして、それで警官になったんです」

「なるほど。殺人捜査官になるには、みんな、それなりの理由があるってことね」ピアはいった。ふたりは中央駅の前を通りすぎ、平和橋を渡ってザクセンハウゼンに入った。マイン川は日の光を受けて、銀行街の高層ビルとその輝きを競っていた。

「なんでボスは一年も休むんですかね？」

「わたしたちははっきりした動機があって、がんばっているけど、ひどい緊張も強いられる。リスクの高い職種なのよ」右側に大学病院が見えてきた。「多くの人がいつか我慢の限界に達する。ボスの場合がそうなんだと思う。この数年、骨身に染みる本当にひどい事件がつづいた」

「これっきりいなくなったら残念です」ターリクはいった。

「わたしもよ」ピアはため息をついた。「今までで一番のボスだもの」

「一年したら戻ってくると思います？」

「わからないわ、ターリク。本当にわからない」

*

「母さんにこんなひどいことをする人間がいるなんて、どうしても信じられません」ゾーニャ・シュレックはいまだに茫然としていた。サッカーチーム、アイントラハト・フランクフルトのロゴが入った縁の欠けたマグカップを握りしめ、目を赤く腫らしていた。「みんなに好かれていたのに！」

「俺だったら、一階は選ばなかったな」ゾーニャの夫デトレフは足を投げだすようにして椅子にすわり、腕組みをしていた。「ろくでもない奴はどこにでもいる。だれかが盗みに入ったとしても不思議はない」

「盗みではない」オリヴァーはいった。「腕時計はナイトテーブルにのっていたし、財布もサイドボードの上にあった」

三人は散らかったままのキッチンで食卓についていた。オリヴァーはコーヒーカップを目の前に置いていた。コーヒーがあまりにまずく、胃が荒れると思ってそのまま冷めるにまかせていた。白木の食卓にはコーヒーの輪がいくつもついていた。安物のようだ。角が欠けて、引き出しもゆがんで引っかかる。

「だれでも見とがめられずに出入りできる」

デトレフは払い捨てるように手を振った。「なんでも節約だ。長くいることはないから、だれも文句をいわない。手間が省けるから、家族は喜ぶ。ジモーネは大儲けだ！　金の鉱脈だって最近いっていた。ヘルレンシュトゥックハーグに御殿を構えられるわけさ」デトレフは息巻いた。「こういうことが起きるのははじめてじゃないんだろう、ゾーニャ？」

ネズミのようなむくんだ顔を紅潮させて怒っている。デトレフはすぐに息を吸った。昔はにきび顔の少年だったが、今は体つきががっしりしている。アザラシのような髭（ひげ）で口唇裂を隠している。その口のせいで、若い頃は女の子にもてなかった。アッシュブロンドの髪は禿（は）げあがり、花環状の頭髪と額（ひたい）の上に残った髪を全部剃っていた。デトレフ・シュレックはかつてクレメンス・ヘロルト、ヤーコプ・エーラース、レオナルド・ケラーといった連中とつるんでいた。といっても対等の仲間というより、連中の手下といった方がいい。両親が経営するガソリンスタンドでスクーターにこっそりガソリンを入れてもらえるから、連中は彼を仲間にしていたのだ。だが、父親にばれて、デトレフは青あざができるほど頬を殴られた。あのかわいかったゾーニャがなんでこんな奴といっしょになったんだろう。

「お母さんのキャンピングトレーラーの鍵を持っているのがだれか知っているかい？」デトレフが息をついた隙に、オリヴァーは質問した。

「キャンピングトレーラー。母さんはあそこにいるときが一番幸せだった」

ゾーニャの目がまたうるんだ。髪の毛を人差し指に巻いた。褐色（かっしょく）のマニキュアがはがれ、爪の甘皮が化膿（かのう）している。「鍵はクレメンスとわたしが持ってる。エトガルは欲しがらなかった」

「最近だれかキャンピングトレーラーを使っていなかったか？」

「それならクレメンスね。あそこは落ち着けるといって、よく足を運んでた。家族史を書いてるの。母さんの七十八歳の誕生日にあげるといって。でももう手遅れね」

「おまえ、そんなことを信じてたのか。家族史。笑っちまうよ！」デトレフは鼻で笑った。

「どうせどこかの女と遊んでたのさ。メヒティルトも馬鹿だからな！」

「やめてよ！」ゾーニャがいきなり金切り声をあげた。オリヴァーはびっくりしてコーヒーカップを倒しそうになった。「そんなはずないわ！」

「そのうちわかるさ！」デトレフはへそを曲げて立ちあがった。「さて、俺は工場に行く。おまえはうるさくてかなわない」

デトレフは顔を紅潮させて、キッチンから出ていった。少しして玄関ドアの閉まる音がした。

「ごめんなさい」ゾーニャはオリヴァーにいった。「いつもはあんなじゃないの。クレメンスを目の敵（かたき）にしてるのよ。なんでかわからないんだけど」

デトレフが嫌っているのは、殺された義理の兄だけではないようだ、とオリヴァーは思った。

「きみたちが結婚しているのを知らなかった」

「もう十七年になる。時間が経つのは速いわね。信じられない」ゾーニャはティッシュで洟（はな）をふいた。「若くて、いろんな夢があったのに、気づくと人生を半分過ぎている」

「前に結婚していなかったかい？」

「ええ」ゾーニャは笑った。だが楽しそうな響きは微塵もなかった。彼女の目が曇った。「若気の至り。村で一番の男を捕まえたと思ったんだけどね」

「なにがあったんだ？」オリヴァーはたずねた。ラルフ・エーラースのことをすっかり忘れていた。そして今、彼が気分屋だったことを思いだしていた。ラルフはいつ切れるかわからず、いったん切れると手に負えなかった。あいつがとんでもないことを思いついて、子どものグループがばらばらになりそうになることも珍しくなかったほどだ。俗物の両親にとって手に負えない存在だった彼はやがて、定職にもつかないぐうたらな男になった。彼が今なにをしていて、どこで暮らしているか、オリヴァーは知らなかった。

「別にたいしたことじゃないわ」ゾーニャはためらいがちに答えた。「イメージが違ったのよ。わたしは家族や子どもや家が欲しかった。でもラルフは空想好きで、突拍子もないことばかり考えていた。彼はアジアへ行くといいだしたの。世界一周だとかいって！　その資金をどうやって調達するかなんて考えてもいなかった。彼はわたしをみみっちいといった。たぶん彼のいうとおりだと思う。ここにあるものをかなぐり捨てていく勇気がなかった。母にはわたしが必要だったし」彼女の顔にもの悲しい笑みが浮かんだ。「だから安定した暮らしを選んだのよ。職業訓練、夫、家、三人の子ども、ヘアサロン。オーストリアやイタリアでのバカンス。でもあとになって、どっちがよかったか考えるとね……」

ゾーニャは再婚しても幸せではないのだ。あきらめきった姿を見るのは忍びなかった。

「ああ……母と最後にあんな会話をするなんて。しかも……もうごめんなさいもいえない」

若い頃のゾーニャは絵に描いたような美人だった。人生を謳歌するかわいい蝶。ハンサムなラルフと彼女はお似合いのカップルだったろう。だが四十一歳のゾーニャは使い古された雑布のように見える。口をへの字に曲げ、目の輝きも失われていた。

「おふくろさんと最後に話したのはいつだい?」オリヴァーはたずねた。

ゾーニャは黙ってしばらく前を見つめていたが、また悲しくなってしゃくりあげた。

「月曜。そう、月曜だった。店の定休日だから。髪を切るって母と約束していたの。といっても、もう髪の毛なんてなかったんだけど。母にかつらを買ってあげた。いつも美しくありたいといっていたから」

「最後になにを話したんだい?」オリヴァーはそっとそちらに話題を振った。

ゾーニャはいうべきか迷っていたが、口をひらいた。

「本当の父親は別にいるっていきなりいわれたの。青天の霹靂。とんでもないでしょ?」グリーンピース色の目がまた涙でうるんだ。「わたし、ショックだった。それから頭にきたの。ずっと黙っていたなんてひどすぎる」ゾーニャはそのときのことを思いだしたのか、腹立たしげに首を横に振った。「本当の父親はだれなのか訊いたけど、具合が悪くなったから、今度話すっていわれた。あきれるでしょ。末期ガンでホスピスにいたのよ。今度があるかどうか。面と向かってそういってやった。母がいつもわたしを離さなかったから、人生が台無しになったともね。今となっては後悔しかないわ!」

オリヴァーは同情して渋い顔をした。人間が死を前にして肩の荷を下ろしたくなり、突然隠していたことを明かすことがよくある。しかも相手の気持ちなど考えもせず。

「他にもなにかいったかい？」オリヴァーはたずねた。「なにか気にかかっていること、あるいはだれかを怖がっていたとか？」

「いいえ。そんな様子はなかった」ゾーニャは洟をかんでティッシュを丸め、ゴミ箱に投げた。だが狙いをはずした。「母がそのうちなにかしでかすんじゃなかって気が気じゃなかった。だから村を出る勇気がなかったの。母を見守らないといけないと思って。覚えてるかぎり、母はずっと鬱だった。一日起きてこないこともよくあった」

「そうだったのか？」陽気なローゼマリーしか知らなかったオリヴァーは面食らった。初耳だ。

「外では元気に振る舞っていたから。でも薬がなかったら、とっくの昔に首を吊っていたでしょうね。だからガンなんかになったのよ。良心の呵責が体を蝕んだってわけ」

「良心の呵責？」オリヴァーは浮気の話だろうと思った。「本当の父親がだれか結局いわなかったのか？」

「そのことは母にとってそれほど重要じゃなかったのよ」ゾーニャは苦々しげにいった。「母にはもっと別の秘密があったの。すべて自分が悪い。人を死なせてしまったといっていた」

＊

午前十時五分前。ピアたちはケネディ・アレー通りの法医学研究所にようやく到着した。幸い研究所内の駐車場に車を止められた。ヘニングは、遅刻するとへそを曲げる。ふたりは廊下を急いで歩き、ずらっと並ぶ扉を通りすぎた。医学の講義がおこなわれる講堂の扉は開け放ってあって、中に人気はなかった。最古参の助手ロニー・ベーメが解剖室のある地下から上がってきて、あいさつした。

「やあ、ピア」

「おはよう、ロニー。どっちからはじめるの？」

「先生たちは並行して作業するといっています」ロニーはターリクをちらっと見た。「あなたたちはふたりだから、問題なくはじめられます」

「検察官は？」

「まだです。来ないんじゃないですか」ロニーが先を歩いた。ピアはターリクを手招きして階段へ向かった。

「刑事訴訟法八十七条二項及び刑事手続及び過料手続に関する指針三十三条四項によって、検察官は死体解剖に立ち会う義務を負わなくなった。立ち会うかどうかは検察の裁量に任される」ターリクはそういいながら階段を下りた。

「たいしたものね、アインシュタイン」ピアはニヤリとして、給湯室の半開きのドアをノックして中に入った。ヘニングとドクター・フレデリック・レマーが流し台にもたれかかってコーヒーを飲んでいた。すでに手術着に着替えている。

「おはよう」ピアはあいさつした。「刑事警察は到着したわ」

「ああ、援軍を連れてきたか」ヘニングはメガネのフレームの上からターリク・オマリを見た。

「解剖ははじめてかい？」

「ええ。わくわくしています」ターリクは目を輝かせた。「先生が昨日いったように、理論だけの頭でっかちはだめですからね」

「そうだ」ヘニングはコーヒーを飲み干した。レマーがニヤッとした。解剖中に血の気が引いて吐きそうになり、ふらふらと解剖室から出ていく者が出ようものなら、ヘニングの恰好の餌食になる。研究所の人間ならだれもが知っていることだ。ヘニングはそういう憂き目にあった警官や検察官をいつまでもからかって楽しむ。だがターリクは新しい被害者にはなりそうになかった。

「準備できました。焼死体は第一解剖室、女性の死体は第二解剖室」ロニーが案内した。「はじめられます」

「ああ、ありがとう。ところでわれわれは焼死体の方を昨日のうちにレントゲン撮影しておいた」ヘニングがピアにいった。「興味深い発見があったよ」

「われわれ、われわれ！　これですからね！」ロニーがこぼした。「レントゲン撮影のとき、わたし以外にだれかいた覚えはないんですけど」

「人工股関節を確認した。身元確認に役立つはずだ」ヘニングはロニーのぼやきを歯牙にもかけず、われわれという言葉をまた使った。「それからわれわれは……まあとにかく自分の目で確かめてくれ」

ヘニングは第一解剖室へ足を向け、ピアとターリクはそのあとに従った。

キャンピングトレーラーの遺体はステンレスの解剖台に横たわっていた。筋肉と腱が熱で縮んだことで、典型的な拳闘家姿勢になっていた。ピアは、人間には見えない死体を目の当たりにして息をのんだ。かつて息をし、感情を持ち、笑ったり、将来を夢見たり、人を愛したりした大男は高熱によってものの数分で、組織の残骸と骨だけの無残な塊になりはてていた。死体はまばゆい蛍光灯に照らされて、解剖されるのを待っていた。男が放火の前に死んでいたか、火に巻かれて死んだか、もうすぐはっきりするだろう。

ピアは死体を見つめ、ポケットの中で拳を作った。男は人生の最後になにを考えただろう。熱を感じただろうか。逃げる術がないと気づき、死を覚悟しただろうか。それともその前に意識を失っていただろうか。死を覚悟するってどんな感じだろう。自分だったらそういう瞬間になにを思うだろう。だれのことを思うだろう。死ぬ前にやっておくべきことってなんだろう。ピアは歯を食いしばり、湧きあがる同情心にあらがった。車の中で距離を置く大切さを伝えたばかりだというのに。本当をいうと、年齢を重ねるごとに必要な距離が取れなくなっているのだ。

ヘニングの声が耳に入って、ピアは振り返った。

弱気になっている場合ではない。ターリクはうっとりしたまなざしで遺体を間近で観察している。卒倒しそうな気配は微塵もなかった。

「ここを見てくれ！」ヘニングはモニターの前に立った。レントゲン写真をライトボックスにかけるのはもうひと昔前のことだ。今ではレントゲン写真もデジタルだ。「左の写真は死後の歯型だ。そしてこれが、ケーニヒシュタインの歯科医が今朝メールで送ってきた死亡前のデンタルチャート」

ヘニングは下の前歯の変形部分と複数の歯冠と詰め物を指差した。もう間違いない。オリヴァーの勘が当たった。焼死したのはクレメンス・ヘロルトだ。

＊

「……五十七、五十八、五十九、六十」

一時間。それとも数え間違いだろうか。喉が渇いておかしくなりそうだ。何時だろう。どのくらいここにいるのだろう。小便を漏らしてしまい、猛獣の檻の中みたいに臭い。おまけに頭皮がかゆい。フェリツィタスはいつも服装に気を遣っていた。シュテファンは彼女の整頓癖を「軽度の強迫性障害」といってよくからかった。そういわれると、いつも過激に反応した。いつか発見されたとき、糞尿まみれの死体として記憶されるなんて運命の皮肉というほかない。警察の報告書にはなんて書かれるだろう。考えただけでぞっとする。だがしばらくのあいだとはいえ、気が紛れた。左足を動かそうとすると、しびれを感じた。

最後に記憶しているのは何曜日だろう。火曜日、違う、水曜日。それとも木曜日？キャンプ場で真夜中に火事があった。フェリツィタスはこめかみをもんだ。頭が割れそうに痛い。額のこぶは鶏卵のような大きさだ。それに背中と腰が硬い金属に当たって痛い。なにが起きたのだろう。

フェリツィタスは気持ちを落ち着け、意識を集中させた。夜中のエンジン音。爆発音。激しく吠える犬。小さな娘を連れた刑事。窓辺にかけたかぼちゃのランタンで笑われた。それから金髪の女刑事。さげすむような目つきをされた。ふざけんじゃない。そのあとシャワーを浴びた。髪を洗い、森の中の家にいたくない一心でバッグに荷物をまとめた。玄関のベルが鳴った。それから？　記憶が飛んでいる。おかしくなりそうだ。必死に考えたが、記憶の欠落は埋まらなかった。突然ガリガリという音がして、身をこわばらせた。心臓がばくばくした。助けを呼んだ方がよくないか。それとも逆効果だろうか。誘拐犯が殺しにきたらどうする。抵抗したくても武器がない！

「神様、お助けください！」フェリツィタスはパニックになってささやいた。「約束します。もし……」

また音がした。閂（かんぬき）をはずす音だ。そして光が射した。

「天におられるわたしたちの父よ、み名が聖とされますように」生きた心地がせず、何年ぶりかで必死に祈った。

きしむ音。

「み国が来ますように。み心がおこなわれますように」不安でどうかなりそうだ。

金属がこすれる音。

「地にもおこなわれますように」

神様がこのみじめな状況から救いだしてくれるなんて、期待する方がおかしい。今までずっと無視してきたじゃないか。だが、赦（ゆる）しを受けるのは罪人、背教者、放蕩（ほうとう）息子と決まっていないか？

「神様」フェリツィタスは必死にささやいた。「救ってくださるなら、なんでもします」

耳がつんざくような音がして、箱の蓋が開いた。まばゆい光が彼女の監獄に射し込んだ。目をしばたたく。死の恐怖に体が引きつった。拳銃の銃口が目に飛び込んできた。

*

オリヴァーは受話器を置くと、頬杖をつき、ため息を漏らした。キャンピングトレーラーで見つかった遺体は歯型からクレメンス・ヘロルトと断定された。人工股関節のシリアルナンバーが追加の証明になるだろう。そしてローゼマリー・ヘロルトはやはり窒息死していた。

これでこれまで仮説だったことが事実となった。ふたりが死んで得をするのはだれだ。今のところわかっているわずかばかりの情報から推理すれば、エトガルかゾーニャということになる。ふたりとも裕福とはいえない。遺産や保険金が目当てかもしれない。だがそんなに簡単なことだろうか。それより同一犯人のしわざだろうか。殺害方法が根本的に違う。

オリヴァーは、ゾーニャの線は消した。彼女に母親と兄を殺せるわけがない。だが夫のデトレフとエトガルなら可能性がある。ふたりが組んでやったのだろうか。ふたりともクレメンスを嫌っていた。それにエトガルは、母親の素行を恥じていた。だが動機として充分だろうか。オリヴァーは、知り合いが殺人を犯しても信じようとしない人にさんざん出会ってきた。そして今、彼までが同じ発想をしてしまっている。

昔のことが脳裏をよぎった。エトガル、ラルフ、ペーターをはじめとするグループの仲間と草地や畑や森を飛びまわった。よく遊び、喧嘩をし、殴り合ってはまた仲直りした。ひとたび、フィッシュバッハやエッペンハインのだれかと問題が起きると、それまでのいざこざなど忘れて一致団結した。オリヴァーの頭の中で秘密の扉がひらかれ、とっくに忘れたはずの記憶が蘇(よみがえ)った。もう何十年も思いだすことがなかったことなのに、「本拠地」にしていた森の中の崩れかけた小屋が脳裏に浮かんだ。仲間の戦利品を保管する場所で、たまり場になり、いろいろな計画を練ったものだ。

ある日、この隠れ家を年長の子たちが台無しにした。そこに女の子を連れ込み、タバコを吸い、酒を飲み、散らかし放題にしたのだ。クレメンスやヤーコプやデトレフたちは十五、六歳だったはずだ。クレメンスは当時、真っ赤なクライドラー・フローレットに乗っていて、それが自慢だった。年下のペーター、ラルフ、エトガルは嫌がらせを考えた。オートバイのブレーキを切ろうといいだしたのはだれだったろう。クレメンスたちのだれかが事故を起こして、死んだらいい気味だといって、連中はほくそ笑んでいた。そのことを思いだして、オリヴァーは背筋が凍った。ヤーコプとデトレフはオートバイに細工されていることに気づいたが、クレメンスは知らずに翌朝そのオートバイにまたがり、幹線道路にそのまま飛びだし、車と激突した。クレメンスは骨折し、頭を負傷して病院に運ばれ、オートバイは鉄くずになった。悪ふざけの域を超えていた。それでも、リーダー格の三人には反省する気配すらなかった。年長の者たちは、だれがやったか当たりをつけていたが、親や警察がいくらたずねても口を割らなかった。仲間内のことは他言しないという不文律があったからだ。

オリヴァーは考え込みながら、椅子の背にもたれかかり、頭の後ろで手を組んだ。窓から十月の青空が見えた。あれから四十五年。エトガルが兄をいくら嫌っていても、あんな残虐なやり方で殺すなんてことがあるだろうか。考えれば考えるほど、ずっと思いださないようにしていた記憶が蘇ってくる。子ども時代はどこへ行っても不安に覆われていた。五学年になり、別の学校へ通うようになってはじめてそこから解放された。自然に一匹狼となり、グループでの居心地も悪くなった。とくにペーターとエトガルには、危険を覚えさえしたものだ。だがグループから抜ける試みはうまくいかなかった。約束の場所に行かなかっただけで、連中は彼のところにあらわれた。農場の家畜小屋や納屋にやってきて、さげすむような冷たいまなざしを向け、隙を見てなにか悪さをしようとした。ぞっとする時代だった。生まれつき残酷な人間がいることを理解したのもあの頃だ。

なぜかわからなかったが、ただひとり心が許せたのはインカだった。といっても、彼女ははっきり彼の肩を持つことはなかったし、グループの嫌がらせを止めようとすることもなく、ただその青い目で彼を見つめるだけで、なにもいわなかった。

オリヴァーの屈託のない子ども時代を終わらせたのは猫殺し事件だ。ばらしたらマクシにひどいことをする、とペーターに脅(おど)された。あれが残虐さとテロに出会った最初だ。心配で眠れない夜がつづいた。連中なら平気でやるとわかっていたからだ。マクシのことが心配で、夜中、寝室に連れ込んで、いっしょにベッドで寝たこともあった。それでも結局、守ってやることはできなかった。

当時の子どもたちが今は大人になっている。家族を持ち、いろいろな集まりに参加し、仕事についている。だが人間の根幹にある人格はそうそう変わるものではない。その逆で、悪い面は年と共に強くなる傾向がある。

iPhoneの着信音で、オリヴァーは我に返った。

「もしもし、母さん」画面の電話番号を見て、オリヴァーはいった。

「もしもし、オリヴァー」母親は心配そうな声でいった。「ゴシップに関心があるとは思わないでほしいんだけど……ロージーが殺されたというのは本当なの？」

「だれから聞いたんだ？」

「レストランに野菜を納めている業者から、マリー＝ルイーゼがついさっき聞いたのよ」

古城レストランに出入りしているケルクハイムの業者がどこで聞きつけたか詮索してもはじまらない。鑑識があたりを検証し、法医学者が到着し、ローゼマリーの遺体が遺体搬送車で法医学研究所に運ばれるところを、昨日、ホスピスでたくさんの人が目撃している。

「ああ、本当だ」オリヴァーは答えた。

「なんて世の中かしら」母親は愕然としていった。

「ロージーはもう回復の見込みがないからあそこに入所させたとクレメンスから聞いて、見舞ったばかりなのに」

「いつどこでクレメンスから聞いたんだい？」オリヴァーはペンと紙を取って、メモを取る用意をした。「思いだせる？」

「ええ、もちろん。歳はとったけど、耄碌はしていないわ」

「すまない。そういう意味じゃないんだ」

「うちの農場の収穫祭のときだから、十月四日」

「クレメンスはだれかといっしょだった？」

「どうかしら。人が多かったから、よく覚えていないわ」

「ロージーを見舞ったのはいつだい？」

「二、三日後」

「つまり今週？」

「ええ、ちょっと待って。月曜の午後よ。あなたのお父さんがヘルスセンターでホームドクターの診察を受けることになっていたの。わたしは歩いて修道院まで登って、あとでお父さんにそこで拾ってもらった」

「ロージーはどんな感じだった？」

「体は弱っていたけど、頭はしっかりしていたわよ。いい天気だった。わたしはロージーを外に連れだした。タバコを吸いたいといったから」

「それから？」

「いろいろおしゃべりした。昔のこと。老人がおしゃべりすることなんてわかっているでしょう」

「もう少し詳しく教えてくれないか？」

「なにを知りたいの？」

「それがわかったら世話はない。もう先がなかったロージーをだれかが殺した。なぜその必要があったのか突き止めたいんだ」

「ロージーに不安がっている様子はなかったわね。その逆で、晴れ晴れしていたわよ。重荷が下ろせていい気分だ、これで平和のうちに死んでいけるといっていた……」

「重荷が下ろせた？」オリヴァーはゾーニャから聞いたことを思いだして、母親の言葉をさえぎり、メモを取った。「ロージーはそういったんだね？」

「ええ、たしかそうよ」

「ロージーが鬱だったことは知ってた？」

「ええ、知ってたわ。みんな知ってたと思う。いわなかっただけ。長年治療を受けていたわ」

「妙だな。いつでもしっかりしている印象があったけど」ローゼマリーがゾーニャにいった呪いについて訊いてみるべきか、オリヴァーは迷った。

「エトガルとクレメンスとゾーニャについてなにかいっていたかい？」オリヴァーは代わりにそうたずねた。

「いいえ。ロージーは、クレメンスが気にかけてくれるのがうれしいとしかいっていなかったわね。なんでそんなことが重要なの？」

オリヴァーは本当のことをいうことにした。

「クレメンスも死んだんだ。一昨夜、ロージーのキャンピングトレーラーが炎上したときに」

「なんてこと！　関係があるの？」

「偶然なんて信じないことにしている」

「あやしいのはエトガルね。いつも母親のあら探しをしていた。彼の父親と同じ」

母親から即座にそういう答えが返ってきたので、オリヴァーはびっくりした。

「なんでそう思うんだい？」

「二、三年前の教区祭でのことだけど、ロージーが誰かとつきあっているという噂があったのよ」母親は声をひそめた。「それで、わたしも耳にしているかって、ロージーに訊かれた。わたしは、興味ないって答えた。そしたらロージーが、かんかんに怒ったエトガルに、おまえのような魔女は石打ちの刑か火あぶりの刑にしなくちゃだめだといわれたってぼやいたの」

オリヴァーは耳を疑った。

「その噂には信憑性（しんぴょうせい）があるのか？」オリヴァーは興味を覚えてたずねた。

「可能性はあるわね」母親は控え目に答えた。

「ロージーって、ほら、いつも……その……陽気だったでしょう。ちやほやされるのが好きだった」

オリヴァーは、ロージーに恋人がいた事実をオブラートに包んでいるなと思った。

「ゾーニャの父親が別にいる可能性ってあると思う？」オリヴァーはふと思って、単刀直入に訊いた。彼の母親は当時の生き証人だ。

「ロージーが妊娠したとき、たしかにそんな噂が立ったわね」母親はためらいがちにいった。

「上の男の子たちはもう大きかったし、カール＝ハインツにはもうそんな甲斐性が……まあ、その……仲間内のくだらないおしゃべりよ。信憑性なんてないわ」

オリヴァーにはそれで充分だった。四十年ほど前にそういう噂が立ち、ローゼマリーは死ぬ直前、娘に告白した。ゾーニャの父親がだれか告げなかったのは間抜けな話だ。母親との話を終えたあと、オリヴァーはメモをしみじみ見つめながら、どこまでが村の噂で、どこからが本当の情報なのか思案に暮れた。

＊

なんともグロテスクな状況だ。若い男が目の前の椅子にすわり、目を大きく見ひらいて自分に銃口を向けながら、体をぶるぶるふるわせている。より多く怯えているのはどっちだ。フェリツィタスもふるえていたし、腰が抜けていたが、それでも簡単に拳銃を奪い取って、逃げだせそうだ。だがそうはしなかった。どこへ逃げればいいというのだろう。警察か。どうせ笑い飛ばされるのがおちだ。信じてはくれず、大げさに騒ぐヒステリー女と思われるだろう。いや、それではすまずに、顔写真が新聞にのって、ものの数時間で貸金業者の取立て人に追い立てられるかもしれない。だから、放心してすわったまま、空っぽの水のボトルを両手でまわしながら若者を見つめていた。こいつのせいで人生最悪の時を味わったのだ。こいつに飛びかかって、罵声(ばせい)を浴びせかけてもいいくらいだが、怒りも憎しみも湧かなかった。死ぬしかないと思い詰めた二十四時間のあいだに心が洗われたのだ。

「本当にごめん」若者がいった。「こんなつもりじゃなかったんだ。でも、あんたが意識を取り戻して、サツがどうとかいいだしたもんだから、パニックになっちゃって」

フェリツィタスは頭のたんこぶに触って、ため息をついた。若者には同情を覚えていた。

「縛ったりしたくなかったから、ガレージにあったボックスに入れたんだ。でもそんなに長く閉じ込めるつもりはなかった。カウチにすわって、これからのことを考えるつもりが、うとうとしちゃって……眠り込んでしまった」

若者は顔をしかめた。キッチンはたいして暖かくないのに、若者は汗をびっしょりかき、目が赤く、深く落ちくぼんでいる。顔立ちはいいが、今は腫れぼったくて、青ざめている。それでなくても血色が悪い。脂ぎったダークブロンドの髪は肩にかかるほど長い。力なく前髪を払うと、左のこめかみの傷にかさぶたができているのが見えた。

「警察ににらまれるようなことをしているの?」フェリツィタスがたずねた。

「長い話さ。今は居場所を知られたくない」

若者は拳銃をいじった。

「それをどこかに置いてくれない? 電話にとびついて、警察を呼んだりしないから」

フェリツィタスを信用したらしく、若者は拳銃を目の前の机に置いて、なにがあったか話した。

フェリツィタスは森の中で若者をひきそうになったという。ぎりぎりのところでハンドルを切り、車は木にぶつかった。フェリツィタスはドアのガラスに頭をしたたかに打ちつけて意識を失ったのだ。

「車に見覚えがあったから、あんたがどこから来たかわかった」

「あらそう？　どこだというの？」

「前にここの食堂でアルバイトしたことがあるんだ。だからキャンピングトレーラーに潜り込むって発想も浮かんだのさ」

「キャンピングトレーラーに？」この薄汚い若者がウェイターだったというのが信じられなかった。といっても、ここの食堂の客はそんなことに口うるさくはない。

「禁断療法をしてたんだ」若者はあっけらかんとしていった。とろんとしていた若者の目が一瞬きらっと光った。「彼女に赤ん坊ができたのさ」

「そうなの」

「だからドラッグをやめようとしてさ。この時期なら空き家になってるキャンピングトレーラーがあると思ってね、よさそうなのを探して忍び込んだ。ときどき外に出て新鮮な空気を吸った。ただし他のキャンピングトレーラーに寝泊まりしている奴がいたから、夜中にね。あんたのことも、二、三回見かけた。遠くから。犬を連れてただろう」

そうだ、マヌエラの犬！　犬のことをすっかり忘れていた。今どこにいるんだろう。

「そしたら夜中に爆発が起きてさ。まずいと思って外に出たんだ。そしていきなりあの変な奴と鉢合わせさ。あいつ、目を丸くした。俺も目を丸くして奴を見た。そしたら、奴は逃げだして、そのあとキャンピングトレーラーが吹っ飛んだんだ」若者はそこで黙って、こめかみを手で押した。

「怪我をしてるじゃない」そういった瞬間、フェリツィタスは思いだした。炎を背にした人影！　あれはこの若者だったのだろうか。

「なにかが頭に当たったんだ。ひどい出血だった。でも一番まずかったのは、奴に見られたことだよ。それで森に逃げ込んだ。この辺はよく知ってるからね」

アドレナリン。たぶんはじめは怪我に気づかず、そのまま血を流したんだろう。薬物離脱をしているのなら、顔色が悪いのもうなずける。

「本当はフランクフルトから出ちゃいけないんだ。だから保護観察中の遵守事項に違反したことになる」若者はしばらくして話をつづけた。「警察が俺を捜してるのは確実さ。そしてあの変な奴も。少しよくなるまで、ここにいるのが安全だと思ったんだ」

「呆れた人ね」フェリツィタスがいった。「それで、これからどうするの？」

「さあ」若者は肩をすくめた。「あんたが警察に通報したら逃げるしかない」

フェリツィタスは、若者の話を信じることにした。彼女が意識を失っているあいだに森に捨て、車を盗むことだってできたはずだ。

「あんたを匿ったら、わたしが追われる身になる」フェリツィタスはいった。

「ああ、そうだろうな」若者はがっくり肩を落としてうなずいた。だが警察に通報してなんになるだろう。マヌエラとイェンスが旅行中なのだから、同居人がいる方がいい。フェリツィタスは椅子から腰を上げ、鼻にしわを作った。イタチのように臭いし、ズボンが漏らした尿のせいでごわごわだ。

「こうしましょ」フェリツィタスは提案した。「わたしはシャワーを浴びて着替える。それから食事を作る。そのあと、これからどうしたらいいか相談する。どう？」

「わかった」若者はかすかに笑みを浮かべた。「サツにたれこまないってことだな。ありがとう」

若者はきれいな目をしている。褐色で、心がこもっている。若者らしい言葉遣いだが、言葉の端々から良家の出なのがわかる。みんなから見放され、行き場がないのだ。フェリツィタスと同じ境遇だ。

「いいのよ」フェリツィタスは答えた。「わたしも警察とは馬が合わないの。名前は？」

「エリーアスだ。おばさんは？」

「フェリツィタス」そういって、彼女は微笑んだ。「そう呼んでいいわよ」

*

「キャンピングトレーラーに火がまわったとき、クレメンス・ヘロルトはまだ生きていた可能性がある」ピアは午後の捜査会議で、二件の解剖結果について暫定的な報告をした。「母親のローゼマリー・ヘロルトは窒息死ないしは絞殺」

二十四時間のうちに二件の殺人事件が起き、ニコラ・エンゲル署長は緊急の捜査に関わっていない捜査官全員を招集した。二階の会議室に十四人の捜査官が詰めかけ、ピアの報告を聞いた。エンゲル署長はオリヴァーと事前に話し合うことなくこの決断を下した。もういないものと思っているな、とオリヴァーは気づいた。今回の事件が課長としての最後の仕事でなければ、文句をいっていただろう。しかし署長とはここ数年いざこざがつづいていたので、文句をいう気力がなかった。最近は後任人事でこじれている。

「クレメンス・ヘロルトは鈍器で頭を殴られている」ピアがいった。「炎の熱で頭蓋骨が破裂していたが、頭頂に外部から殴打された痕跡が特定された。凶器はおそらくハンマー。頭蓋の内側に頭蓋骨の穴と一致する骨片が見つかった。クモの巣状の骨折で典型的な鈍器による骨折」

ホワイトボードとコルクボードには、ふたつの事件現場と被害者の写真が貼ってある。集中的な捜索をしているのに行方の知れないエリーアス・レッシングの写真もあった。

「激しい爆発だったので被害者の状態は推し量りようがないが、キャンピングトレーラーのドアは外から施錠されていた。放火は犯行を隠蔽するためだったと思われる」ピアはいつものように報告をつづけた。ピアなら捜査十一課をうまく指揮できるだろう。オリヴァーはピアが後任になると思い込んでいたが、いまだに公表されていない。署長はオリヴァーへの遺恨からピアを無視しているのだろうか。オリヴァーのサバティカルを認めたくなかったエンゲル署長の、最後の意地ということか。

「クレメンス・ヘロルトの身長は一メートル九十センチ、体重はおよそ百十キロ。攻撃を受けたら、抵抗できるだけの身体能力を有していたが、あきらかに抵抗していない。犯人と顔見知りで、油断していたと思われる」

「その激しい爆発を誘引したのはなに?」署長はそれまで部屋の奥の窓枠に腕組みして寄りかかりながらじっと報告を聞いていた。

「ガスボンベの残骸を確保しています」クリスティアン・クレーガーがピアの代わりに答え、ホワイトボードのそばに立った。キャンピングトレーラーとカーサイド型テントの図を描いて、ガスボンベがあった場所にチェックを入れた。

「犯人はガスをカーサイド型テントとキャンピングトレーラーに漏出させ、導火線代わりにガソリンをこぼし、四十八・七メートル離れたところで着火しました」

「テントは完全には密閉できないと思いますけど」カトリーンが懸念を示した。「どういうふうにやったんですか？」

「犯人は計画的に手際よくやったんだろう」クレーガーは答えた。「おそらく被害者を殴り倒したあと、キャンピングトレーラーの中でキャンピング用ガスボンベの栓を開けた。それからカーサイド型テントのまわりに置いたガスボンベでも同じことをした。液化ガスの爆発限界は低い。わずかな量でも空気と混合して可燃性ガスになる。この液化ガス一リットルは気化すると二百六十リットルのガスになり、空気と混合されて一万二千四百リットルの引火性蒸気になる。今回の事件ではガスボンベ一本あたりの気化ガスは六千五十リットル。六本使われたので、六をかけると三万六千三百リットル」

「要点だけでいいわ、クレーガー」エンゲル署長はそういうと、わざと腕時計に視線を向けた。

「化学の授業じゃないんだから」

「それをいうなら物理学です」クレーガーは棘のある言い方をした。「空気と混合したプロパンガスの火炎温度はおよそ千八百二十五度、酸素と混合した場合はおよそ二千八百五十度。たとえば、火葬場の温度は九百度から千二百度」

「だから導火線代わりにガソリンを使ったわけ？」ピアはいった。「犯人はなにもかも燃やし尽くしたかったようね」

「ああ、地獄だったろう」クレーガーが認めた。「溶けた金属以外、ほとんどなにも確保できなかった……」

「ふたり目の被害者の方は？」

エンゲル署長に無視されて、クレーガーはじろっと署長をにらんだ。

「ローゼマリー・ヘロルトは頸部圧迫による窒息死です」

ピアはいくつかキーワードを書き込んだメモをひらいた。

「網膜、口腔内、歯肉、胸部に点状出血、頸部皮下脂肪、浅頸筋と喉頭関節に内出血。舌軟骨と甲状軟骨の骨折、喉頭の軟組織出血。また鼻孔と口腔中に繊維が発見されている。被害者は喉を絞められただけでなく、叫べないように鼻と口を覆われたと見られる。索痕あるいは扼痕は認められず、遺体に防御創もなかった。さらに被害者は死病に冒されていたことを付け加えておく」

「それなら、犯人はなぜわざわざ殺したりしたんですか？」だれかがたずねた。

ピアはオリヴァーをちらっと見た。ところが、オリヴァーはつづけるように合図した。

「まさしくそれが目下の問題よ」ピアはいった。「ローゼマリーとクレメンス・ヘロルトが死ぬことで得をするのはだれか。だれにも見とがめられずにふたりに接近できるのはだれか？

ふたりを殺害する手段と機会があるのはだれか？」ピアはホワイトボードの前に立って、カイが書いておいた人名のひとつを指先で叩いた。

「第一の被疑者はエトガル・ヘロルト、五十四歳、金属加工業者、ケルクハイム市ルッペルツハイン地区在住、被害者の息子であり、弟。母親が死ねば彼と妹が母親の遺産を相続する。金銭はいつも強い動機になる。さらにエトガル・ヘロルトは自分の工房にプロパンガスを保管していて、ガスボンベを運べる車を所有している。それから事情聴取した際、兄のことをかなり口汚くののしっていた」

ピアはまた間を置いて、オリヴァーを見た。彼は黙っていた。

「第一の被疑者といっても、彼を犯人と決めつけるのは早計ね」ピアは少し迷ってからつづけた。「これから彼のアリバイの裏を取り、ローゼマリー、クレメンスとエトガル・ヘロルトの経済状態を調べる。隣人、知人、親戚にも聞き込みをする必要がある。クレメンス・ヘロルトの人生最後の数時間を再現する必要もある。彼の行動記録、通話記録、インターネットでの活動を洗うことになる。さらに彼の私生活や仕事の付き合いも調べなくては。彼は二週間休暇を取っていたことを妻に知らせなかった。居場所も偽っていた。殺された理由が浮気であることも考慮するべきでしょう」

「エリーアス・レッシングの捜索も続行しますよね？」詐欺横領課の同僚がいった。

「当然よ」ピアはうなずいた。「重要な証人だから。保護観察司と話したところ、一週間前に彼から連絡があったのが最後で、そのとき違法薬物から離脱するつもりだといったらしい。保護観察の遵守事項に従えば、とっくに連絡を入れていなければならないけど、保護観察司はまだ彼を追いつめたくないといっている。保護観察司によると、エリーアス・レッシングは社会復帰の見込みがあるから、今のところ遵守事項違反を裁判所に伝えていないという」

「あきれるわね！」署長は首を横に振った。「洗脳されやすいお人好しは、そういう仕事には不向きよ。でも、そういうお人好しが犯罪を誘発しているのはこれがはじめてではないわ。レッシングが犯人である疑いは？」

「可能性は低いですが、現時点では犯人である可能性を排除することはできません」ピアは答えた。「ガスボンベとガソリンをキャンプ場まで運ぶには綿密な計画と対応できる車が必要になります。エリーアス・レッシングには無理でしょう。運転免許証も持っていませんし」

「免許証がないからといって、運転できないとはかぎらないでしょう」署長はいった。「それを無実の証拠にしようというの？」

「い……いいえ」ピアは腰が引けた。「もちろんそんなことはありません。事実をいったまでです」

ちょうどこのとき、オリヴァーはエンゲル署長とケム・アルトゥナイが視線を交わしたことに気づいた。署長はちらっと眉を上げた。ふたりのあいだに暗黙の了解があるようだ。どういうことだろう。ピアに都合の悪いことがなにか進行しているのだろうか。

「公開捜査に踏み切りますか？」ケムの質問はオリヴァーに向けられていた。だが、まだふたりのことが頭にあったオリヴァーはすぐには答えられなかった。

「どうなの、ボーデンシュタイン？」署長が勢いをつけて窓から離れ、挑むように彼を見た。全員がすぐに耳をそばだてた。署長が普段オリヴァーと呼んでいることは周知の事実だ。

「ふむ」オリヴァーは眉間にしわを寄せた。

公開捜査に踏み切れば大きな助力を得られるかもしれないが、同時に深刻な危険を伴う恐れもある。ただひとりの目撃者エリーアス・レッシングはいまだに発見できていない。写真と氏名がマスコミを通して広がれば、彼を発見するチャンスは格段に大きくなる。だが一方、身元が公にされなければ、クレメンス・ヘロルトを殺した犯人からも比較的安全だ。

「返事はもらえないのかしら？」署長はいらついているようだ。まったく容赦がない。オリヴァーに落度はないのに、なにかとつっかかってくる。オリヴァーにはそれが癪に障った。

「考えているところだ」オリヴァーはそう返事をした。部下の前でこきおろされるのはたまらない。

「では考えた結果をわたしの秘書に伝えてちょうだい。これから出かける用事があるの。暇じゃないのよ」

言葉によるびんたのあと、即座に退場。署長の得意技だ。こうすれば、勝者として舞台をあとにできる。たいていの部下は恥をかかされるのが怖くて、署長の前では萎縮してしまう。いいことではない。

オリヴァーにとって、署長の機嫌などもはやどうでもいいことだった。彼女のやり方にとにかくうんざりしていた。一歩横に動いて、オリヴァーは廊下に出ようとする署長の前に立ちはだかった。

「なに？」署長は彼の前で足を止めた。人を見あげるのを署長がひどく嫌っていることを、オリヴァーは承知していた。署長の目が怒りできらりと光った。

「わたしのオフィスにするか、そっちのにするかどっちだ？」オリヴァーはたずねた。その場にいた全員が息をのんだ。

「わたしのよ！」署長がいった。オリヴァーは脇にどいた。署長は音をたてて歩き、わざと大きくドアを開けた。

「これからどうするんですか？」署長の足音が聞こえなくなると、ケムが沈黙を破った。

「十分で戻る」オリヴァーはいった。「みんな、自分の仕事に戻ってくれ。今のところ、わたしのチームだけで充分だ」

＊

「頼んでもいないのに、捜査に口をだすというのはどういう了見だ？」オリヴァーは署長秘書の前を素どおりして、そのまま署長室に入った。

「なんの話かしら」デスクに陣取った署長は冷ややかに応じた。「あなたのそういう横柄な態度には……我慢がならない。ただじゃおかないわよ」

オリヴァーは聞き流した。

「相談もなく特捜班を立ちあげるんだな。きみはわたしの部下を初心者のように扱い、頭ごなしにしかりつけた。これはどういうことなのか聞かせてもらおう」

「すわったら？」署長はオリヴァーをじろっとにらんだ。

「立っている方がいい」

「お好きにどうぞ」

ふたりは、にらみ合った。相手が少しでも変な動きをしたら喉元にかみつこうとする二匹の猛犬のようだ。

「どうせ気持ちはすでにサバティカルなんでしょ」署長はいった。「会議中、ひと言も発言しなかった」

「笑わせるな！」オリヴァーはこの不当な非難に首を横に振るほかなかった。「狙いは他にあるんだろう。きみはピアをわたしの後任にしたくないんだ。わたしが彼女を推薦したから、いやがらせがしたい。そういうことだ」

「なにそれ？」

「わたしにだって目はついている」オリヴァーは肩をすくめた。「きみはうちのチームの別の奴に目をかけている。ちなみにケム・アルトゥナイだ」

あいつの方がピアより御しやすいからな、とオリヴァーは頭の中で付け加えた。

「後任は内部の人間から選ぶ。アルトゥナイも候補よ」署長は認めた。

ケムはいい警官だ。感情に走らないし、勘がよく、協調性もある。それに判断力があり、決断力もすぐれている。ケムの能力を疑うものではない。だが、あとから来た者に先を越されたら、ピアはどう思うだろう。

「いつ公表するんだ？」

「上から決裁が下りたら公表する。でもまだ下りていない」

署長はメガネをかけ、数枚の書類をたばねて、右角を正確にそろえて他の書類に重ねた。

「まだなにかあるの？」

「いいや、もうない」どうせまだなにかいうに決まっていると思いながら、オリヴァーはきびすを返した。

「そうだ、オリヴァー」

署長はやはりひと言いわずにいられなかった。

「なんだ？」オリヴァーは立ち止まって振り返った。

「警視総監から電話をもらったわ。あなた、警視総監に泣きついたそうね！」

「なんだって？　泣きついてなんかいない」その言葉に腹を立てて、オリヴァーは言い返した。

「他になんといえというの？」署長はきれいに整えた眉を吊りあげた。「もう仕事をつづける気力がないというふうに受けとったけど、最近流行りの燃えつき症候群というわけ？」

さげすみ、馬鹿にしたような言い方だった。

「一年間無給でサバティカルを受けたい理由を説明しただけだ。きみに訴えたときと同じようにな」

「他の人はともかく、わたしにはそんな言い訳は通じないわよ！」署長は鼻息荒くいった。

「どうして本当のことをいわないの？　お金持ちの義母から遺産をもらって、もう給料の心配をしなくてもいいわけでしょう。そのことをいわずに、なにくだらないことをいってるの！人事課もわかっている。わたしもね」

ねたみ、そねみというわけか！

「わたしが元義母から遺産を相続したなんて、ずいぶん変なことをいうな」オリヴァーは冷ややかに答えた。「彼女は今も元気だし、これからも当分かくしゃくとしているだろう。わたしは五十四歳で、三十年以上警官の職についてきた。娘のためにもう少し時間が欲しいし、この仕事に距離を置きたいだけだ。なのにどうしてそんな勘ぐりをするかな？　きみはわたしが申請することを承認したじゃないか！」

「承認するほかなかったでしょう」署長は眉間にしわを寄せ、唇をぎゅっと引き結んだ。「なんなのよ、オリヴァー」突然、署長の鉄壁の自制心が崩れ、感情があらわになった。「どうしてもうちょっと上をめざそうとしないの？　何年も前から、あなたの昇進が話題にのぼっているのよ。なのに気力がなくなったとかいって、せっかくのチャンスを棒に振るわけ？　人事記録に残るのよ！」

エンゲルが怒っているわけが、ようやくわかった。彼女は権力志向の人間だ。自分の思いどおりにならないのがなにより耐えられない。オリヴァーの出世のためになにか画策していたのだろう。もちろんそれは彼女の利益にもなることだ。それをオリヴァーが台無しにした。裏でこそやるのがいけないのだ。

「きみと同じ役職につく気がないことは先刻承知のはずだ」オリヴァーはいった。「わたしは捜査官だ。そしてそうありつづけたい。きみが好きな政治や裏工作に、わたしは向かない」
エンゲルはオリヴァーをじろっと見た。

「まあ、そういうことね」エンゲルはため息をついた。「わたしがあなたを評価していることはわかっているわよね。でも、あなたにはがっかりよ、オリヴァー。ふたつの事件を解決して一年休むのね。そして戻ってきて」驚いたことに、エンゲルが突然微笑んだ。「ヴィースバーデンの警察本部は捜査十一課の指揮を暫定的にだれかに任せるつもりよ」

＊

オリヴァーが会議室に戻ると、頭数が減っていた。ピア、ケム、カトリーン、カイの四人以外には、ターリク・オマリとクリスティアン・クレーガーがいるだけだった。オリヴァーの姿を見て、みんな、押し黙った。指揮者が登壇したときのオーケストラのようだ。だれかが窓を二枚開けていて、すがすがしい秋風が吹き込み、狭い部屋に十五人もの人間がひしめき合っていたのが嘘のようにむっとする空気は消え去っていた。

「さて」オリヴァーはいった。「ケムとわたしはこれからクレメンス・ヘロルトの妻を訪ねる。ピア、きみとターリクはエトガル・ヘロルトのアリバイを聞いて、裏を取ってくれ。クリスティアン、きみは部下を連れて同行し、家宅捜索してくれ。自宅、工房、敷地。ローゼマリー・ヘロルトの住居もだ」

「令状は？」

「請求する」オリヴァーは保証した。

「手配します」カイがいった。

「ヘロルトの近隣への聞き込みはどうします？」ケムがたずねた。

「必ずやらなければだめだ！」オリヴァーはうなずいた。「必要な人数を連れていけ。同じ通りに住んでいる全員に聞き込みしろ。水曜日の夜、だれかがなにかを目撃したかもしれない。クレメンスとエトガルの妹ゾーニャからも話を聞いてくれ。兄が死んだことをまだ知らない」

「わかりました」ピアはうなずいた。

「エリーアス・レッシングのiPhoneの移動記録はどうなっている？」

「すぐに入手できると思います」カイが答えた。「ちなみにヘロルト兄弟の携帯電話の移動記録も開示要請しています。銀行口座の問い合わせはカトリーンがやっています」

「よし。ところでエリーアスの保護観察司は彼の恋人についてなにか知っていたか？」

「ニケという名前だそうです。でもそれ以上は知らないといっています」ピアは答えた。「詳しく知っていそうな人に訊いて、なにかわかったら連絡をくれることになっています。ところで保護観察の遵守事項に違反したことを裁判所に報告したら、エリーアスは刑務所行きになると保護観察司は心配していました。それだけは避けたいとのことで、しばらく公開捜索しないでくれといわれました。彼が自分から連絡してくるチャンスを与えたいそうです」

「気持ちはわかるが、受け入れるのは無理だな」オリヴァーはペーター・レッシングが息子の保護観察司についていった言葉を思い返した。「マスコミには情報を流した。ラジオとテレビでエリーアス・レッシングを捜索中だというニュースを流してもらう。捜索している理由はあいまいにするようにした。他になにかあるか？」

「ああ、ひとつある」クレーガーが立ちあがった。「ホスピスの半径一キロ圏内を捜索した。ゴミひとつ、紙一枚、タバコの吸い殻一本疎かにしなかった。その際、捨てたばかりとみられる暗灰色のウールのマフラーを見つけた」

クレーガーはホワイトボードに貼ってあるホスピス周辺の航空写真の前に立ち、一点を指差した。「だいたい……このあたりだ。この小道は修道院から環状交差点までまっすぐ延びていて、そこに中央墓地の駐車場がある。問題のマフラーが凶器だった場合、犯人はこの駐車場に車を止め、牧草地を横切ってホスピスへ向かった可能性がある」

「つまり土地勘があって、ローゼマリー・ヘロルトが一階に住んでいると知っていたことになる」ケムが推理した。

「そのとおり」クレーガーはうなずいた。「マフラーは科学捜査研究所に送った。明日までに結果が出るだろう」

「ローゼマリー・ヘロルトがホスピスに入所したことはどのくらいの人間が知っていたんでしょうね？」ケムは疑問を口にした。

「かなり多いと思う。彼女はルッペルツハインではよく知られていた」母親と話したことを思いだしながらオリヴァーは答えた。「ニーダーロートからの帰りに賃借人の姉を訪ね、ホスピスにまわって職員に事情聴取してみる。では仕事にかかってくれ。五時にまたここに集合だ」

＊

ルッペルツハインへ行く途中、ピアには気になることがあった。ヘロルト夫人のところへ行くにあたって、オリヴァーはどうして自分ではなく、ケムを連れていったんだろう。昨日のことをまだ怒っているのだろうか。それとも、オリヴァーがいなくてもうまくやれるように慣れさせるつもりだろうか。彼ならピアを慮り、私利私欲を捨てて行動しても不思議はない。この十年で、オリヴァーはピアの人生の重要な一部になっていた。彼のいない職場で働くなんて想像もできない。だれと相談したらいいだろう。だれがオリヴァーの代わりになるだろう。彼はボスである以上に、気心の知れた仲間だ。いっしょに山あり谷ありの人生を歩み、困難な事件を解決し、危険な状況も乗り越えてきた。どんなに難しい時期でも互いに助け合った。プライベートなことを相談できる友人でもある。オリヴァーはピアがもっとも信頼を寄せる仲間だ。

ヘロルト工房では、なにごともなかったかのように作業がおこなわれていた。母親が殺された悲しみを仕事に打ち込んで忘れようとでもしているのだろうか。それとも、悲しみなど微塵も感じていないのだろうか。ピアとターリクが工房にあらわれても、エトガルは特段驚かなかった。

「来ると思ったよ」作業の手を休めることもせず、うなるようにいった。「なにしに来た？」

「うかがいたいことがあります」ピアはもっと奇妙な反応をする遺族を見たことがある。「場所を変えて話ができますか？」

エトガルは肩をすくめ、加工していた金属片を脇に置いた。従業員にいくつか指示をだしてから、ピアとターリクを連れて外に出た。白いつなぎを着たクレーガーたちを見て、エトガルが顔を曇らせた。

「これはどういうことだ？」エトガルは眉間にしわを寄せ、左右のふさふさの眉が一本につながった。初老の女がふたり道路の反対側から工房の空き地をじろじろ見ていることに気づいたようだ。ここのような小さな村では、どんなささいなことでもすぐ知れ渡ってしまう。

「あなたの敷地に対する捜索令状が出ています」そういって、ピアはいつもの告知をした。

「理由を聞かせてもらおうか？」エトガルがたずねた。

「一昨夜、キャンピングトレーラーの火事で亡くなったのがあなたのお兄さんクレメンスであると判明しました。しかも放火だったのは明らかです」

「俺がやったってのか？」エトガルは敵意をむきだしにした。

「ここでいってもいいのですか？」ピアはたずねた。道路の反対側にはさらに白髪の男と、エプロンをつけた太った女が増えた。

「エトガル！」太った女がいった。「なにかやらかしたの？」

エトガルは唇を引き結んで、払い捨てるような仕草をしてからうなるようにいった。

「こっちだ」

ピアとターリクは彼につづいて狭い外階段を上った。玄関は開いていた。ドアハンドルの内側と外側に引っかけるゴムのドアストッパーで、ドアは完全には閉まらないようになっていた。

「夜中は玄関ドアと門を施錠しますか？」ターリクがたずねた。

「玄関ドアはな」ヘロルトは外階段の途中にある玄関へ向かった。「しかし門は閉めない」

「工房は？ それなりに高価な機械や工具があるのでしょう？」

「全部、減価償却がすんでる」振り返ることなくそういうと、エトガルは事務所として使っている部屋にふたりを案内した。デスクは雑然としていて、年代もののモニターに占拠され、床にレーザープリンタが置いてあり、棚にはファイルがぎっしり並んでいた。

サイドボードにのっている書類トレーからは書類があふれ、カタログや見本帖がところ狭しと積んである。

「で、どういうことだ？」エトガルは窓を背にして立った。そこから工房の空き地が見えた。

「こちとら暇じゃないんだ」

金切鋸(かなきりのこ)の音が消えている。三人いた従業員は親方がいなくなったので休憩に入ったようだ。外に出てきてタバコを吸いだした。

「十月八日から九日にかけての夜はなにをしていましたか？」ピアは単刀直入に訊くことにした。こういう荒っぽい奴には大鉈(おおなた)をふるった方がいい。「そして昨日の午後はどこにいましたか？」

どういう状況かわかって、エトガルは気色ばんだ。

「そういうことかい！ 母親と兄貴が死んだ。そして俺に罪を着せようってんだな！ オリヴァーはどこだ？ おまえとそこの黒髪じゃ話にならん」

「わたしたちで我慢してもらいます。フォン・ボーデンシュタインはあなたの義理の姉を訪ねていますので」ピアは冷ややかに答えた。「それで、問題の時間はどこにいましたか？」

「夜中は普通眠ってる」エトガルは腹立たしげにいった。

「一昨日(おととい)も?」

「あたりまえだ!　妻が証人だ」

「奥さん以外に証人は?」

「あいにく家内は俺の恋人を泊めることに反対なんでね」

「恋人がいるんですか?」エトガルがこんな機転を利かすとは思わなかったピアは、味も素っ気もなく言い返した。「興味深いですね。ちなみに名前は?　住所は?」

「冗談だよ!」エトガルは苦虫をかみつぶしたような顔をした。

「ふざけないでください。これは殺人事件なんですよ」ピアは冷たくいった。「まじめに答えることをすすめます。昨日の午後どこにいましたか?」

「顧客を訪ねてた。注文品を納めて、取りつけた。従業員に確かめたらいい」

「そうします。従業員のだれがいっしょでしたか?」

「従業員はひとりも連れていかなかった」エトガルは不機嫌な顔をした。「レオにときどき手伝ってもらってる」

「レオ?」ターリクが訊き返した。「つづけてください。氏名と住所と携帯の番号を教えてください」

「レオナルド・ケラー」エトガルは渋々答えた。「この村に住んでいる。母親のところだ。ヴィーゼン通り」

「昨日の午後はどこでその作業をしたのですか？」ピアはたずねた。

「ケルクハイムだよ。ベートーヴェン通り一〇二番地。バルコニーの手すりを取りつけた」

ターリクはその情報をスマートフォンに打ち込んだ。

「ありがとう」ピアは微笑んだ。「ひとまずいいでしょう。では、お母さんの住居を拝見します」

「見てどうするんだ」エトガルは肩をすくめ、ふたりの脇をすり抜けて階段室に入り、三階に上がった。ガラスブロック、オリーブ色のプラスチックでできた階段の手すり、赤茶色のすりへった石のステップ。階段室は一九五〇年代で時間が止まったような感じだった。壁紙が黄ばんだ壁には、ヘロルト家の航空写真が額に入れて飾ってあった。きっと六十年前の写真だ。

エトガルは三階の左のドアを開けた。「どうぞ」

招き入れるような仕草をして、エトガルはざまを見ろという表情を見せた。

「ゆっくり見ていってくれ」

ピアは表情を変えずに中に入った。母親が暮らしていたというその部屋はがらがらだった。壁にははがした壁紙の切れ端が残っていて、むきだしの壁のあちこちに糊（のり）の跡が認められた。

「リフォームに手をつけるのがずいぶん早いですね」ピアは窓辺に立った。そこからは魔（ツァウバー）の山（ベルク）と森が見える。窓の下に大きなゴミコンテナーが三個あり、がれきや木切れやゴミが山と積まれていた。「お母さんの個人の持ち物はどこですか？」

「施設に持っていかなかったものは処分した」エトガルは廊下から返事をした。いい気味だと思っているようだ。ピアは彼をじろじろ見た。ローゼマリー・ヘロルトがホスピスに入所したのは二、三週間前だ。まだ死んでもいないのに、母親の生きた痕跡を抹消したというわけだ。ピアは不快な人間にたくさん会ってきたが、エトガル・ヘロルトは極めつきだ。ピアのスマートフォンが鳴った。クレーガーだ。ピアは別の部屋に入った。

「ガスボンベが七本足りない」クレーガーは前置きなしにいった。「従業員は、どこへやったのか知らないといっている。ヘロルトは関係している団体によくガスボンベを貸すらしい。だがその場合は受け渡し状がある。借主は保証金を五十ユーロ置いていくことになっている。工房のオフィスにそういう貸し出しを記載する帳簿があったが、最近貸しだしてはいない」

「ありがとう、クリスティアン」ピアは声をひそめて答えた。「わたしたちは今ローゼマリー・ヘロルトの住居にいる。あいにくきれいさっぱり片づけられている。家の裏手にゴミコンテナーが三つあるんだけど、彼女の持ち物がないか見てくれるかしら。それから、パトカーを寄こして。エトガル・ヘロルトを連行する」

「わかった」

ピアはスマートフォンをしまって、廊下に出た。

「ボスと個人的に話してもらった方がよさそうですね」そういうと、ピアは微笑んだ。

「最初からそうすればよかっただろう」エトガルはふんぞりかえった。「俺は工房にいる。あいつは俺がいるところを知っている」

「勘違いしていますね、ヘロルトさん。ホーフハイム刑事警察署に来てもらいます」

巡査がふたり家に入ってくるのを見て、にやけていたヘロルトの顔が凍りついた。

「村の人たちがひとしきり噂話ができるように、あなたにはパトカーに乗ってもらいます。後部座席に」

＊

オリヴァーは、人生がめちゃくちゃになったことを遺族に伝えにいくたび、ありとあらゆる反応に直面してきた。多くは泣きくずれたり、体をこわばらせたり、無意味な行動に出たりする。なかには耳にしたことを信じず、理解するのを拒むケースもある。オリヴァーは嘘つき呼ばわりされたこともあれば、泣き崩れた相手に抱きつかれたこともあるし、夫が自動車事故で死亡したと伝えたあと、妻から「どっきりカメラ」ではないかと勘ぐられたことすらある。

ケムとオリヴァーがクレメンス・ヘロルトの解剖結果を伝えたとき、メヒティルト・ヘロルトと息子は気丈に振る舞った。詳しい話を聞いて、ふたりとも絶句した。かなり前から二重生活をしていたと知って、ふたりの心の痛みと悲しみに怒りがまじった。メヒティルト・ヘロルトはこれからの人生を、夫が出張と偽って本当はなにをしていたのかわからず、悶々として暮らすことになるだろう。夫の言葉のどれが真実で、どれが嘘かわからなくなったし、夫の仕事仲間や友人は、夫が本当はなにをしていたか知っていたのかもしれない。

彼女は、夫のコンピュータと予定表を持ちだすことに反対せず、率先して地下室にある小さな仕事部屋を見せてくれた。

オリヴァーとケムはエトガル・ヘロルトの取り調べをするために署に戻ることにしたが、国道八号線を走っていたとき、森林愛好会ハウスに寄ることにした。オリヴァーは、ケムが捜査十一課課長の後任問題を話題にすると思っていたが、とうとうひと言も口にしなかった。もうとっくに決定していて、いまさらいう必要もないのかもしれない。

森林愛好会ハウスの駐車場に入ると、フェリツィタスがちょうど大きな買い物袋をふたつ車の荷室から下ろそうとしていた。昨日の早朝よりは血色がよく、においもましになっていた。

「昨日は、はしたないことをしてごめんなさい」フェリツィタスは苦笑いして、オリヴァーとケムを交互に見た。「少し気が動転していました」

「よくわかります」オリヴァーはうなずいた。「夜中に熟睡していたところを爆発で起こされたわけですから、たまらないですよね」

「普段はあんなにお酒を飲んだりしないんです。かぼちゃのランタンを人間だと勘違いするなんて」フェリツィタスは恥ずかしそうに笑った。

「気にしないでください」オリヴァーはフェリツィタスの豹変（ひょうへん）ぶりに驚いたが、悪い気はしなかった。タイトなジーンズ、ハイヒールのブーツ、ファーの襟（えり）がついたベージュのダウンジャケット、それに薄化粧。第一印象がもっとも重要なことはわかっているが、汚名をすすぐ機会を与えてもよさそうだ。

「あの火事でだれか亡くなったのでしょう？」

フェリツィタスは買い物袋のひとつからのぞいている新聞を指で叩いた。

「今日の地方版に大きく出てました」

「ええ、あいにくです。出火は放火でした。別のキャンピングトレーラーにいた若者が事件を目撃した可能性があり、捜しているところです」

「聞いています」フェリツィタスはうなずいた。「わたしになにか？」

「爆発が二度あったといっていましたね。それから車が走り去る音を聞き、そのあと炎の近くで人影を見たと」

「そうです」

「事件の経過を確かめるのは、捜査にとって非常に重要なのです」ケムがいった。「エンジン音を聞いたのは二度目の爆発の前ですか、あとですか？」

「前です」フェリツィタスは迷わず答えた。「最初の爆発で目を覚まして、窓辺に行きました。あいにく近眼なので、妹の双眼鏡を取りにいきました。そのとき車のエンジン音が聞こえたんです」

「人影を見たのはいつですか？」

「そのあとです。ちゃんと見たわけじゃありません。炎を背景にして人影が見えただけです」

「その人物が着ていた服とか、容姿はわかりましたか？」

「残念ながら見えませんでした」フェリツィタスは首を横に振った。「はじめは見間違いかと思ったんです。でも双眼鏡で人の姿がはっきり見えました。人影は森の方へ走っていきました」

「わかりました。ありがとう」ケムはうなずいて微笑んだ。「助かりました」

「あなたの車はどうかしたんですか？」オリヴァーがたずねた。

ランドローバー・ディフェンダーは古くて、あまり手入れをしていないが、左側のフェンダーのへこみは真新しかった。

「妹の車です」フェリツィタスは答えた。「自分のは修理にだしてあるんです。だから妹が旅行中、車を使わせてもらっています」

オリヴァーは車の内部を見て、運転席に黒いシミがついていることに気づいた。血だろうか？

「放火事件が起きる前になにか不審に思えることを目にしませんでしたか？」オリヴァーはたずねた。

「とくには」フェリツィタスは荷室からコーラとミネラルウォーターのケースをだして、バックドアをばたんと閉めた。「この時期、このあたりにはあまり人が来ませんから。ジョギングをする人とか、マウンテンバイクや馬に乗る人とかくらいで」

「運ぶのを手伝いましょうか？」ケムが微笑みながらいった。「ずいぶん買い込んだんですね」

「田舎に住んでいるのでしかたないです」フェリツィタスは微笑みかえした。「近くにスーパーマーケットがありませんから。ありがとう。でも自分で運べます」

フェリツィタスは車を施錠し、買い物袋をふたつ提げて、食堂の方へ歩いていった。

「行きますか？」ケムがたずねた。

「ちょっと待ってくれ」オリヴァーは、フェリツィタスの姿が家の向こうに消えるのを待って、

iPhoneのカメラ機能で車の内部とフェンダーのへこみを数枚撮影した。よく見ると、運転席側のドアのグリップにも血がついていた。すでに乾いていて、一見汚れのように見える。

「気をつけて。戻ってきます」ケムが注意を喚起した。オリヴァーはiPhoneをジャケットのポケットにすべり込ませた。

「まだなにか？」フェリツィタスがたずねた。

「いいえ、もう行きます」オリヴァーは答えた。「本当に荷物運びを手伝わなくてもいいんですか？」

フェリツィタスは首を傾げて、愉快そうにケムを見つめた。

「そんなにいうのなら、お願いしようかしら」フェリツィタスはコーラとミネラルウォーターのケースを顎でしゃくった。「食堂の前に置いてくださると、ありがたいわ」

ケムはコーラとミネラルウォーターのケースを抱えて、彼女のあとについていった。オリヴァーはそのすきに、いつも持ち歩いている唾液サンプル採取キットをだして、綿棒にグリップの血痕を採取した。フェリツィタス・モリーンの態度になにか違和感を覚える。人なつこい笑み、友好的な態度、とってつけたような陽気さ。なにかを隠している気がする。勘違いだろうか。それとも仕事柄疑り深くなっているだけか。カイに頼んで、素性を調べてもらった方がよさそうだ。いいや、その必要はない。彼女は目撃者で、率先して話してくれた。あやしむいわれはない。ただ胃のあたりがもやもやするだけだ。

*

八時半。ピアは高速道路と平行して走る舗装農道を白樺農場（ビルケンホーフ）に向けて走っていた。こんな日は例外だ。二件の殺人事件を記録的な速さで解決できるかもしれないなんて。エトガル・ヘロルトは一切供述しようとしないが、間接証拠がそろっている。クレーガーの部下がケルクハイム修道院の下の野道で見つけたマフラーはエトガルのものだった。これは本人が認めた。科学捜査研究所で、マフラーに付着していた唾液と皮膚片はDNA型がローゼマリー・ヘロルトのものと一致すると判定された。エトガルは、ガスボンベが七本消えていることについても、もう何年も使っていないマフラーが事件現場のそばの農道で見つかったことについても、納得のいく説明ができなかった。木曜日の午後のアリバイもかなりあやしい。市の臨時職員で、エトガルのところでときどきアルバイトをして小金を稼いでいるというレオナルド・ケラーは頭の回転が鈍（にぶ）く、嘘がつけるほどの機転は持ち合わせていなかった。事情聴取に一時間近くかかった。ケラーは呂律（ろれつ）がまわらず、質問を理解するのにかなり時間を要したからだ。結局、エトガルが前日の午後三時半頃、ベートーヴェン通りの客のところでケラーを降ろして、走り去ったことがわかった。一時間半後、エトガルはホームセンターで買い込んだものを持って戻ってきた。ホームセンターのレシートはあったが、裏を取る必要があった。買ったのはエトガルとはかぎらないからだ。水曜日から木曜日にかけての夜のアリバイも、家族は証人になれないので、信憑性が低い。

　ゴミコンテナーからはローゼマリー・ヘロルトの持ち物がごっそり見つかった。その中には使用期限切れの医薬品も大量にあった。ところがアルバム、写真など生きているうちにだんだん集まる、他人にはなんの意味もない個人的なものが見つからなかった。母親の記憶を根こそぎ廃棄するとは、なんて冷たい奴だろう。彼は母親をふしだらと思って恥じ、軽蔑していた。いやもしかしたら憎んでいたかもしれない。癪に障るキャンピングトレーラーを消し去り、ついでに虫の好かない兄まで亡き者にしたというのは当然の帰結だろうか。

だがまさにこの点に、ピアは引っかかっていた。エトガルは頭がまわる方ではないといっても、母親と兄を毛嫌いしていた以上、疑われることくらい考えつくはずだ。そんな状況で、自分に結びつく証拠を残したりするだろうか。これでは煌々と照明がともされた高速道路と同じだ。クレメンス・ヘロルト殺害は、綿密な計画と強い意気込みなしに実行できるものではない。計画のたて方も実行の仕方も、エトガルのやりそうなことではない。

白樺農場の門の前で、ピアはリモコンを操作した。門の左側の扉がひらいた。砂利が敷かれた進入路に入ると、クリストフのピックアップトラックの横に知らない車が止まっているのを見つけた。そのときキム・フライタークを夕食に招待していたことを思いだした。あまりの忙しさに、キムに電話をかけて、予定をキャンセルするのをすっかり失念していた。キムは長いあいだハンブルク近郊にあるオクセンツォル司法精神医療刑務所の副所長だった。ふたりは何年も音信不通だったが、二年前のクリスマスにヴィースバーデンにある両親の家で再会した。家族水入らずのパーティはお粗末だったが、それからキムとピアは連絡を取り合うようになった。キムはその後、ミュンヘンの司法精神科病院で教授職についたが、ニコラ・エンゲルのパートナーになってミュンヘンとフランクフルトを行き来していた。だが妹の車の横に停車したピアは降車しながら、キャンセルしなかったのは悪くないかもしれないと思い直した。キムは裁判所や検察局の鑑定人として活動し、連邦刑事局の事件分析課の顧問でもある。クワンティコのFBI行動分析課で数年働いた経験があり、事件と犯人のプロファイル作成を専門にする経験豊富な司法精神科医だ。今回の二件の事件について話して、意見を聞くのも悪くない。

玄関ドアを開けると、食欲をそそるニンニクとセージのにおいがピアの鼻を打ち、よだれが出た。玄関で靴を脱ぎ、緑色のクロックスにはき替えた。以前なら門が開いただけで、二匹の犬が籠から飛びだし、玄関で吠えまわったものだが、今は二匹とも歳をとって、耳が悪くなっている。鼻が灰色になった二匹は尻尾を振りながら歩いてきて、喜び方はすっかりおとなしくなっていた。ピアは二匹をなでてからキッチンに入った。クリストフとキムはピアの分の食事を残したまま食卓についていて、ピアを見て腰を上げた。

「遅くなってごめん」ピアは謝って、クリストフにキスをし、妹と抱擁した。「おいしそうなにおい！　今日はパンをひとつ食べただけなの。おなかがぺこぺこ」

「そう思ってた」クリストフは電子レンジに皿を置いて、スイッチを押した。

「旦那さんはあなたの分はとっておくといって、食べることにがんとして首を縦に振らなかったわ」キムはニヤッとして、また腰を下ろした。「さもなかったら、全部たいらげてた。そのくらいおいしかった。料理の腕は天才的ね！」

ピアは黄色い袋に入ったアルミのケースに気づいて、両手を洗いながらニヤニヤした。

「ほうれん草とリコッタチーズを詰めたトルテローニ、ニンニクとセージバターソース添え。

きみの好物だ」ニヤリとすると、クリストフは電子レンジから皿をだし、目配せをしてピアに差しだした。「それからサンセールワイン」

「ありがとう」ピアはナプキンを広げ、削ったパルメザンチーズを少しかけて、クリストフに投げキスをした。「あなたって最高！」

「ジュゼッペがよろしくといっていた。いつまた顔を見せてくれるんだと訊かれたよ」

「ジュゼッペ？」キムが姉とその夫の顔を交互に見て、言葉の意味に気づき、わざと怒った顔をした。「えっ、なに？　自分で料理したわけじゃなかったの？　あきれた！」

「だがお気に入りのイタリアンレストランに自分で買いにいった」クリストフはニヤッとして、キムのグラスにワインを注ごうとしたが、キムはグラスを手でふさいだ。

「ありがとう、一杯で充分」キムは断った。「車の運転があるから」

「それじゃ、おふたりさん、ゆっくりおしゃべりしてくれ」そういって、クリストフはワイングラスを手に取った。「わたしは講演原稿を書き終えなくてはいけない」

「ねえ、仕事絡(がら)みで質問していい？」ピアは妹にたずねた。「昨日、新しい事件があってね。それも一度に二件」

「いいわよ」キムはすぐ興味を示した。「話して」

ピアはさっそく二件の事件について話し、これまでにわかったことをかいつまんで伝えた。

「同一犯の犯行だと思うの」ピアはセージとニンニクの天にも昇るような香りに酔いしれながらいった。「もちろん犯行の手口はまったく違うけど」

「ふむ」キムは考え込んだ。「その機械工が犯人じゃない理由は？」

ピアはエトガル・ヘロルトの人物像について語り、キャンピングトレーラーに放火したとは思えない理由を説明した。

「今のところ間接証拠が彼の不利に働いている。アリバイもあいまいだし。それでも部分的には彼のいっていることを信じられる。ただし、もしかしたら共犯かもしれない」

「動機はどうなってる？」

「わかっていない。金絡みじゃないわ。ローゼマリー・ヘロルトが銀行に預金しているのはせいぜい五千ユーロ。生命保険には入っていない。家と工房は数年前に三人の子どもに生前贈与している。彼女が現在所有しているのは、古いキャンピングトレーラーだけだった」

「その人は死病にかかっていたのよね？」

「ええ。末期ガン。もうすぐ亡くなる人を犯人はなぜ絞殺したのか。それが謎なのよね」そういうと、ピアはちぎったパンで皿に残ったソースをすくった。

「一方の事件では被害者に触れていて、もう一方の事件では少し離れたところから殺害しているのは明らかな相違点ね。とくに絞殺は、犯人と被害者になんらかのつながりがあることを示唆する。自分の手で誰かの首を絞めるということは、相手の目を覗くことになる。かなりの気力が必要だし、見知らぬ人には抱かない怒りが潜んでいる」

「エトガル・ヘロルトに当てはまるわね」

「ヘロルトとはかぎらない。知り合い、昔からの友人、かつての仕事仲間」

「女性もありうる？」

「力のある女性ならね。被害者は弱っていた。たいして抵抗できなかったでしょう。殺人の九十パーセントは人間関係が原因よ。被害者と犯人は知り合い」

「知ってる」ピアもその統計は知っていた。「でも放火事件は完全に違うわよね。ガスボンベ、ガソリンを使った導火線。周到に計画されている」

「被害者は頭を殴られているのよね？」

「ええ、そのとおり」

「それにも力がいる」

「でも衝動的な犯行じゃない」

「放火の準備をしていたことを考えればそのとおりね。衝動的なところと計画的なところが混在している。たぶんキャンピングトレーラーを燃やすことが目的だったんじゃないかな。ところが段取りが狂った。たとえば、思いがけない人がそこにいたとか。計画が発覚し、失敗に終わるのを恐れたとか。でも、偶発的な事態に対応する準備をしていた。凶器になるものを携帯していたことがなによりの証拠よ。そしてとっさに計画を変更した」

「つまりクレメンス・ヘロルトを狙ったわけじゃないということ？」

「狙いはキャンピングトレーラーの破壊だったと思う」

「大量のガソリンとガスボンベを使うなんて、過剰じゃない？」

「違うわ。放火は被害者に向けたものじゃなかった。犯人はしかたなく人殺しをしたのよ。犯人の目的はキャンピングトレーラーとそこにあるものを確実に灰にすること」

「それならやっぱりエトガル・ヘロルトがあやしいわね」ピアはため息をついた。「彼は母親があそこでろくなことをしていないとルッペルツハインのみんなが知っているといっていた。男と密会していたんでしょうね。彼は母親がキャンピングトレーラーでやっていたことを毛嫌いしていた」

「キャンピングトレーラーを母親の汚点として破壊したくなる気持ちはよくわかる。だからって、兄を殴って、焼死させるというのはうなずけないわね」

「わたしだったら、犯人が被害者の周辺にいないか捜してみる。ヘロルト家をよく知っていて、ヘロルトの家と敷地に出入りしても目立たないだれか」

「いうは易し。ルッペルツハインに住んでいる男の半数が対象になるわ！」ピアは顔をしかめた。「エトガルは機械工で、いくつもの団体に所属している。母親はみんなに好かれていて、知り合いだらけだった」

「二件の殺人の動機は復讐とか嫉妬といったよくあるものとは違う。物欲でもない。姉さん、こんなことはいいたくないんだけど、なにかを清算しようとしているか、事情を知る者の口封じを目論んでいる男を捜すべきね。殺人が二件だけで終わったら、そっちの方が驚きだわ」

「シリアルキラーということ？」ピアはすでに一日中、そのことを気にしていたが、ますます気が気ではなくなった。

「違う」キムはきっぱり答えた。「シリアルキラーは自分の病的な空想を現実のものにするため殺人を犯す。その行為には一定の冷却期間があり、サディスティックな要素が含まれるけれども、今回の犯行にサディスティックな要素はない」

「ふむ」ピアは指でワイングラスをまわした。「それで、口封じってどういうこと？　なにについて口封じしたっていうの？」

「それがわかれば」キムは答えた。「犯人に迫れるでしょうね」

二〇一四年十月十一日（土曜日）

オリヴァーはその夜、数年ぶりに悪夢を見た。子ども時代によくうなされた夢だ。正体のわからないなにかに追われ、必死に逃げる夢。だが昔と同じで、追われているのは自分ではない。自分自身はそのだれかを守ろうとしている。だから状況はより過酷だった。いつものように最悪の事態になる直前に目が覚めた。汗をびっしょりかき、心臓がばくばくしていた。夢の中の恐ろしい光景にパニックを起こし、茫然（ぼうぜん）自失した状態から戻るのにしばらくかかった。ローゼマリーとクレメンスの殺害がきっかけでふたたび過去と対決することになり、心がかき乱された。だから、無意識がこんな夢を見せたんだ。不思議でもなんでもない。

朝の五時を少し過ぎていた。今更眠ってもしかたない。オリヴァーは一階に下りて、コーヒーをいれ、iPad を探した。iPad は居間のカウチにあった。タッチスクリーンにタップした小さな指の跡とカウチ用のテーブルのまわりにパンくずが落ちているのを見て、オリヴァーはゾフィアがiPadでゲームをしたなと思った。勝手にiPadをいじるなといってあるのに。昨日遅く帰宅したとき、ゾフィアはすでにベッドで眠っていた。

オリヴァーはコーヒーを飲みながらEメールをひらいた。コージマがようやく返事を寄こした。もちろん件名はなく、短いメッセージだった。撮影チームとトルコのガジアンテップにいて、テレビ局のためにトルコとシリアの国境地帯の映像を撮影していて来週末まで戻れない。それだけ。ゾフィアによろしく、のひと言もない。もちろんオリヴァーへのあいさつもなかった。コージマには以前から母親らしいところがなかった。白人女性が足を踏み入れたことのない土地や危険地域に入ることに命を賭けている。携帯電話とインターネットがなかった頃は、何週間も音沙汰がなく、ずいぶん気を揉んだものだ。

ピアからもメールがあった。昨夜、妹と今回の事件について話をしたといって、その結果をまとめて知らせてきたのだ。キム・フライタークは二年前、難しい事件の解決に協力してくれた。彼女の意見は傾聴に値するだろう。キムの意見を読んで、オリヴァーはうなじの産毛が逆立つのを感じた。エトガルに関しては情況証拠があるものの、昨日の取り調べで、犯人ではないようだという結論に達し、逃亡の恐れがないということで、家に帰した。

オリヴァーはピアのメールの最後の文章を読み直した。〝キムは、なにかを清算しようとしているか、事情を知る者の口封じを目論んでいる男を捜すべきで、殺人が二件だけで終わったら、そっちの方が驚きだといっている〟

事情を知る者。部外者にはささいなことでも、当事者は存在の危機と感じて殺人事件を起こしてしまうことはめずらしくない。ローゼマリーとクレメンスはどういう秘密を持っていたのだろう。ふたりが死ななければならないほどの秘密とは。しかも今になって。ローゼマリーは短ければ二、三日、長くても二、三週間もすれば墓に入るといわれていた。犯人が手をださなくても、病死するはずだった。犯人はローゼマリーとクレメンスを脅威に感じ、追い詰められ、殺人という解決法しか見つけられなかったということだろうか。クレメンスが母親のキャンピングトレーラーで家族史に取り組んでいることを知っていたのはだれだろう。

ピアの妹の見立てが正しく、二件の殺人が手始めでしかないとしたらどうする。動機がわからず、証拠がなければ、犯人を絞り込むのは困難だ。そもそもなにが起きているのか確かめる手立てもない。真実が全体像を見せることは決してない。パズルと同じで、真実は無数の断片になっている。しかも、どれをとっても似通って見える。キム・フライタークの推測によれば悠長にしていられないが、今はじっと耐え、科学捜査研究所の分析結果や電話会社や州刑事局のＩＴスペシャリストの情報を待つほかない。仮説を元に捜査の早い段階で被疑者をひとりに絞るのは危険だ。

オリヴァーは顎（あご）の無精髭（ぶしょうひげ）をなでながら考えを巡らした。それから午前十時の捜査会議招集を認めるメールをピアに送り、ピアの希望どおりキムの同席を了承した。そして捜査十一課の面々とニコラ・エンゲルとクリスティアン・クレーガーにもそのメールを転送した。うまくすれば、キムが犯人を絞り込む手助けになるかもしれない。とにかくさらなる殺人が起きる前に犯人の手がかりをつかむ必要がある。

ゾフィアが七時少し前に起きてきて、そのままテレビのスイッチを入れた。カロリーネは昨日もオリヴァーが夜九時に帰宅するまで待ってくれていた。泊まっていかないかなと期待したが、彼女はすぐ帰っていった。グレータがまたもや修学旅行で問題を起こし、カロリーネの前夫がミュンヘンまで娘を迎えにいったという。カロリーネはすべての予定をキャンセルして、グレータのところに駆けつけることになった。彼女の親の家を下見に来た客は購入に乗り気だったが、金額が折り合わなかったらしい。カロリーネが帰ると、オリヴァーはテレビをザッピングし、ワインを二杯飲んで、なんで自分を二の次にする女性にひかれるのだろうと考えた。コージマにとってオリヴァーはお荷物だったに違いない。彼女は人生の大半を彼のいないところで過ごし、彼を不安にさせた。アニカ・ゾマーフェルトによろめいたときも、彼女に利用されただけで、自尊心が高まる体験にはならなかった。インカの場合も愛情があったかどうかあやしい。三十年来の信頼をつなぎとめようという試みでしかなかった。カロリーネはどうだろう。

ふたりで過ごす週末はすばらしく、快適だ。だが楽しい時間のあとはかならずといっていいほど気落ちする。二、三週間前からオリヴァーは、カロリーネが距離を置いているような気がしていた。彼女の考えていることがよくわからず、話し合おうとしてもすぐはぐらかされる。グレータが悪夢を見た。グレータが馬場でいじめにあった。グレータが腹違いの弟と喧嘩した。グレータが学校をサボった。グレータがハシシを吸っているのを見つけた。一難去ってまた一難。娘の名を聞いただけで、気が重くなる。思春期の娘の問題はただの口実で、なにか別の理由があるのだろうか。だとしたら、なんだろう。距離を置く理由をたずねないのは間違いだろうか。もっと攻めの姿勢を取って、彼女がそれでも話をはぐらかすなら、別れようといってみるべきだろうか。それともこれからいっしょにいる時間が増えるといえば、なにかが変わるだろうか。

「ココアを作ってくれる、パパ？」ゾフィアがキッチンに入ってきた。

テレビは大音響だ。漫画のキャラクターの甲高い吹き替え音声と神経に障る音楽が交互に聞こえる。

「ああ、いいとも」オリヴァーはキッチンテーブルから腰を上げ、冷蔵庫から牛乳をだして、鍋を火にかけた。

「テレビを観ないのなら、消してくれないか？」

「もうすぐまた観るの。七ー四ー〇に『ビビー&ティナ』（ドイツの子ども向けアニメ）がはじまるんだ」

「それを観ている時間はないぞ」オリヴァーは娘をたしなめた。「八時にダーシーのところに送っていくことになってる」

ゾフィアは今日、女友だちのところに遊びにいって一泊することになっている。来週には、義母がイタリアから戻って、秋休みの残りのあいだ、ゾフィアの面倒を見てくれる。そのあとは、コージマがいつ帰ってくるのか様子見だ。

「昨日の夜、歳取った人が来た」ゾフィアは食パンを二枚トースターに挿しながらついでのようにいった。「十回もベルを鳴らした」

オリヴァーは耳をそばだてた。

「なんでカロリーネはドアを開けなかったんだ？」

「スーパーと郵便局に用事があるといって出かけてた」ゾフィアはコンロの横の引き出しからナイフをつまみだした。

「その人はなにをしにきたのかな？」オリヴァーは牛乳を入れた鍋を火から下ろし、ココアパウダーを入れてかきまわした。トースターがかちっと音をたててトーストを吐きだした。オリヴァーはトーストを作業台に置いた。

「わかんない。ドアを開けなかったから」ゾフィアはトーストにバターをぬった。「パパがいないときはドアを開けちゃだめっていったでしょ」

「そうだった。知っている人？」

「たぶん。教会の人」

オリヴァーは一昨日（おととい）、元主任司祭の様子を見にいくつもりだったことを思いだした。うっかり忘れていた！

「もしかしたら元主任司祭のマウラーさん？」

「そうだったかも」

「話はしたのかい？」

「インターホンで話しただけ」

「なにかいっていたかい？」

「パパに急ぎの用事があるっていってた」

「それだけ？」

「そうよ」ゾフィアは無邪気な顔をしてオリヴァーを見たが、信じられなかった。オリヴァーは急いでシャワーを浴びて、ゾフィアをダーシーのところに預けると、出勤前にマウラー司祭のところに寄ってみることにした。

＊

子どもが欲しいと思ったこともないし、若者の世話をする気もさらさらなかったが、驚いたことにフェリツィタスはうきうきしていた。その若者には傷つきやすいところがあった。怪我をしていなかったら、なかなかの美男子だろう。世話を焼いてやるつもりだ。薬局から包帯と解熱鎮痛薬のパラセタモールを買ってきて、エリーアスの頭の怪我を消毒して、包帯を巻いた。それから風呂の湯を張り、彼が湯につかっているあいだに濃厚なチキンスープをこしらえた。エリーアスはスープをぐびぐび飲んでから、シーツを新しくしたマヌエラとイェンスのベッドに倒れ込んだ。それから十二時間、彼はいまだに眠っている。若者は自分のことをほとんど語らなかったが、惚れ込んでいる娘のニケについてよくしゃべった。放火殺人の際に見かけた男のことはまったく眼中になく、約束どおりドラッグから離脱したとニケに伝えることしか頭になかった。だがそれが問題だった。エリーアスは自分の iPhone の電源を入れる勇気がなかった。警察が位置を特定してやってくるのではないかと心配なのだ。たしかにその可能性は高い。

フェリツィタスは、何年もドラッグをやっていた者が一朝一夕で離脱できるとは思わなかった。エリーアスは能天気だ。ニケと赤ん坊がいれば、これまでの最低の人生が一気に変わると期待している。それがどんなに甘い考えかいうのは忍びなかった。

フェリツィタスは階段を下りた。階段がミシミシいうのを聞きつけて、犬たちがあらわれた。うれしそうに尻尾を振っている。

「じゃあ、ひとまわりしようかしら」ベアーとロッキーに首輪をつけて、壁のフックからリードを取ると、フェリツィタスは玄関ドアの横に置いてあったゴム長靴をはいた。外の空気はひんやりしていてすがすがしかった。風が梢を揺らしている。モミの葉と湿った土のにおいがする。なによりすばらしいのは静寂だ。鳥がさえずり、キツツキが木を突く音が森の中で谺している。はるか頭上には十月の青空が広がり、飛行機雲を引きながら飛行機が飛んでいく。キャンプ場はいまだに立入禁止だが、フェリツィタスは紅白のテープをくぐって燃えた残骸のところまで行ってみた。ベアーとロッキーは草地を駆けまわり、ウサギを追いかけたり、離れたりしている。フェリツィタスはその様子をじっと見つめた。新鮮な空気に頭上の青空。生きているのはすばらしいと思った。今になってみれば、危険など少しもなかったのだが、閉じ込められていたときはそんなことは知るよしもなかった。不安、閉所恐怖症、わけがわからないというぞっとする状況が骨身にしみていた。

重い消防車のわだちが残る、ぐちゃぐちゃの草地を歩いて、キャンピングトレーラーの残骸の前に辿り着いた。灰と黒く焼けた骨組みを見て、フェリツィタスはぞっとした。ここで人がひとり死んだのだ。〝クレメンス・H、六十一歳、イドシュタイン在住〟と新聞には書いてあった。ここでなにをしていたのだろう。生きたまま炎に飲まれ悶え苦しむなんて、想像するだにぞっとする。その前に一酸化炭素を吸って意識を失うというが、それでもそんな死に方だけはしたくない。燃えた車の残骸はすでに撤去されていた。もちろん遺体も搬送された。今は静かでのどかだ。それでも森の中からなにか恐ろしいものがうかがっているような気がする。放射線のように、目には見えなくても死に至る危険が潜んでいる。

突然、脳裏に記憶が蘇った。これまでとくになんの意味も感じなかった記憶。およそ二週間前、買い物から帰ったときのことだ。太陽はすでに沈み、日が暮れていた。ちょうど森林愛好会の駐車場に曲がったとき、いきなり黒っぽいステーションワゴンがライトもつけず、キャンプ場の奥の道から走りでてきたのだ。ぎりぎりのところでその車に気づき、フェリツィタスは急ブレーキを踏んで、ハンドルを切った。ところがステーションワゴンを運転していた奴は謝りもせず、そのまま走り去った。ことなきを得たので、それっきり忘れていた。たいしたことではないと思ったからだ。しかし目の前の恐ろしい光景を目にした今、それは別の意味を持つことになる。頭の中でパズルのピースを組み合わせるうちに、心臓がドキドキしてきた。あの車が出てきた森の道はキャンプ場の裏手につづいている。焼けたキャンピングトレーラーとは柵で二、三メートル隔てられているだけだ。下見に来た殺人犯だったのだろうか。警察にいわなくてはいけないだろうか。だが思いすごしかもしれない。事件となんの関係もないかも。それに警察に伝えられることがなにかあるだろうか。車種も色もナンバープレートも覚えていない。運転していた奴の人相もいえない。

フェリツィタスは家に戻ることにした。犬はどこだろう。

「ベアー!」フェリツィタスはあたりを見まわした。「ロッキー!」

二匹とも気配がない!

「ロッキー! ベアー! 戻ってきなさい! 早く!」声が甲高くなった。

突然、森の中に敵意を感じた。キャンピングトレーラーは森の縁で様子をうかがうグロテスクな怪物のようだ。窓はフェリツィタスを黙って見ている目。柵の向こう側になにか気配を感じてはっとした。犬たちは金網にあいた穴を見つけて、向こう側に抜け出たに違いない。尻尾を振りながら、犬を連れて散歩をしている男のそばに寄っていこうとしている。

「ロッキー! ベアー!」フェリツィタスがそう叫んだとき、その男が犬たちになにか食べさせているのが見えた。どういうつもりだろう。不安と怒りが湧きあがった。

「ちょっと、あんた!」フェリツィタスは駆けだした。「なにをしてるの? すぐにやめなさい!」

ぶかぶかのゴム長靴でぬかるみを走るのは容易ではなかった。柵のところまで行ってみると、犬を連れた男はその場からいなくなっていた。ロッキーとベアーが頭を下げ、舌なめずりしながらやってきた。謝ってでもいるかのような上目遣いでフェリツィタスの足にすり寄った。

「知らない人から食べものをもらってはいけないって知ってるでしょう!」フェリツィタスはとりあえず怒ってみせてからあたりをうかがった。人影はどこにもなかった。

＊

司祭館は、古い教会が一九二〇年代に改築されたときに建てられた。教会自体は一九六七年に建て直されたが、道路の反対側にある古い司祭館はそのまま手を加えられることがなかった。主任司祭を引退したアーダルベルト・マウラーの後任者はみな、この小さなおんぼろの家に移ろうとしなかった。そこでもう五十年以上、マウラー司祭がこのブドウのツルがはびこったレンガ造りの家に住んでいる。オリヴァーは鍛鉄製の門を開け、玄関までの短いアプローチを辿った。狭いが、ていねいに刈られた芝生に落ち葉が積もっている。朝露に濡れた芝生の中に生えているごつごつしたリンゴの木に赤や緑の実がたわわに実り、外壁を覆うブドウの葉が燃えるような赤に色づいている。もう数週間して霜が降りれば、葉は落ちるだろう。

オリヴァーが玄関の横にある古風な呼び鈴を引くと、家の中でメロディアスな音が三回鳴った。マウラー司祭は昨日、なんの用で訪ねてきたのだろう。それが気になって、わざわざこんな早い時間に足を運んだ。司祭が来たことを、ゾフィアはなぜカロリーネに話さなかったのだろう。といっても、七歳の子にそういうことを期待する方が間違いか。その年頃の子は、一瞬一瞬を生きている。大人とはまったく違うものの見方をするものだ。ゾフィアにとって、インターホンで老人と話したことよりも、テレビの方がはるかに重要なはずだ。

オリヴァーはまた呼び鈴を鳴らした。ところが司祭館に人の気配はない。名刺をドアのすきまにはさもうとしたとき、門が開く音がして、オリヴァーは振り返った。だがマウラー司祭ではなく、司祭の妹イレーネ・フェッターだった。司祭館の家事手伝いをしていて、どんな天気でも毎日、古いオランダ製自転車でフィッシュバッハから通ってくる。司祭の妹はピンクのスニーカーをはき、型崩れしたグレーのカーディガンに黄色い蛍光色の反射ベストを羽織っていた。

「おはよう、フェッター夫人」オリヴァーはあいさつした。「ずいぶん早いのですね」

「早起きは三文の得というでしょう」司祭の妹は自転車を家の壁に立てかけると、荷台から籠を取り、家の鍵をだした。「司祭様はいないの?」

彼女は若い娘のように身のこなしが軽く、八十歳とはとても思えない。

「ええ」オリヴァーは答えた。「ところでわたしはオリヴァー・フォン……」

「知ってるわ」司祭の妹が愉快そうにいった。「レオノーラのところの長男でしょ! 昔、祭壇奉仕者になってくれた人を忘れるほど耄碌していると思うの?」

オリヴァーは驚いた。祭壇奉仕者だったのは四十年も前のことだ。司祭の妹は玄関のドアを開け、家に入った。彼女のスニーカーのゴム底が、すり減った床にこすれてキュッキュッと音がした。

「変ねえ。普通、司祭様はいつも内側から鍵をかけて、挿しておくんだけど」

司祭の妹が家に入って、兄を呼んだ。ところが返事がない。「アーダルベルト」という彼女の呼び声が変に聞こえた。いつもは「司祭様」と呼ぶからだ。オリヴァーはいやな予感を覚えた。司祭が家の中で転んで、意識を失っていたらどうしよう。あるいは死んでいるかも。高齢であることを考えれば、その可能性も否定できない。玄関は防虫剤としおれた花のにおいがした。ワードローブにはコート二着と黒っぽいジャケットと靴べらがかけてあり、帽子用の棚には古くさくなってだれもかぶらない帽子がいくつも置いてある。壁には日めくりカレンダーと銅製の十字架と小さな聖水の壺がかかっていた。

「留守ね」司祭の妹が戻ってきて、心配そうにワードローブと靴箱を覗いた。「兄の青いジャケットがない。それに茶色い靴も。なにかあったのでなければいいんだけど！」

「どういうことですか？」オリヴァーがたずねた。

「わたしたちはもう若くないわ。司祭様は最近、足下がおぼつかないし。パン屋の前でバスにひかれそうになったのよ。自分ではいわなかったけど、ジルヴィアが電話で教えてくれた」

司祭の妹はドアを開け、手を振ってオリヴァーを外にだした。「教会を見てみましょう。あっちにいるかもしれない」

オリヴァーは彼女について司祭館の庭を横切った。通りを渡って、教会前の広場に立った。右側に教会が運営する幼稚園があるが、土曜日は休みだ。その先にとんがり屋根の教会とコンクリートで作られた鐘楼(しょうろう)が見える。鐘楼はどちらかというと消防署の物見塔のようだ。

「ああ、パトリツィアがいる」司祭の妹がいった。

どうしてわかるのだろう、とオリヴァーは首を傾げた。それから壁に立てかけてある、ツタに半ば隠れた自転車に気づいた。

「気の毒だこと！　姉とおいを同時に失ったのに、働かなくてはならないなんて」

オリヴァーのきょとんとした目を見て、司祭の妹は教会まで二百メートル歩くあいだに古くからルッペルツハインにいる家族のつながりを説明した。ヤーコプ・エーラースと結婚したパトリツィアは、子だくさんのクロル家の九人いる兄弟姉妹の末っ子だ。ローゼマリーは姉で、駐在の警官クラウス・クロルは兄。オリヴァーは三分で、ヘロルト家、クロル家、エーラース家のつながりと、フィッシュバッハとルッペルツハインとエッペンハインの三教区が統合されたときから、パトリツィアが基本月給四百五十ユーロで幼稚園と司祭館の事務を取り仕切っていることを知った。

教会の表玄関がしまっていたので、司祭の妹は急に口数が減った。本当に心配になったようだ。

「だれかを訪ねているのかもしれないですね」オリヴァーは時計を見た。あと一時間で捜査会議がはじまる。

「まさか」司祭の妹は首を横に振った。「パトリツィアから教会の鍵を借りてくるわ」といって足早に姿を消した。

オリヴァーはため息をつくと、iPhoneをだして、到着が遅れそうだとメールでピアに伝えた。雲ひとつない青空に太陽が輝き、すばらしい秋の一日になりそうだ。午後はカロリーネと散歩をしてもいいかもしれない……。

「お待たせ」司祭の妹がパトリツィア・エーラースと連れだって、教会前の石畳を歩いてきた。オリヴァーがヤーコプの妻と顔を合わすのはひさしぶりだ。いまでも魅力的だ。パトリツィアはオリヴァーよりも少し年上で、たしか五十代終わりのはずだ。昔はショートカットだったが、今はボブカットで、きれいに顔を包み、上品な顔立ちを際立たせていた。きらきら輝く焦げ茶色の髪は地毛だろうか、染めたのだろうか。よくわからないが、とても似合っている。

「おはよう」パトリツィアがオリヴァーにあいさつした。「ひさしぶりね」

「どうも」オリヴァーは昔、彼女とどういう話し方をしていたか思いだせなかった。「お気の毒です」

「ありがとう」パトリツィアは重苦しくうなずいた。「みんな、呆然としている。かわいそうなロージーはもう長くなかったのに、あんな目にあうなんて！　苦しんだのでなければいいんだけど」

　彼女の目は乾いていた。外見上、喪に服しているのがわかるのは黒い服だけだ。しかし重苦しい空気が香水のようにまわりを包んでいる。司祭の妹はさっそく教会の正面ドアを開けた。三人は教会に足を踏み入れた。日の光が祭壇の窓から斜めに射し込んでいる。四角い堂内は天井が突き上がっていて、まるでテントの中のようだ。空気中には香のにおいが漂っていた。

「アーダルベルト？　アーダルベルト！」司祭の妹の声が教会の中で反響した。真ん中の通路をすすむ彼女のあとから、オリヴァーとパトリツィアはゆっくりとした足取りでつづいた。オリヴァーは突然、これはもうただごとではないと思った。

「待ってください！」司祭の妹が聖具室のドアレバーを握ったとき、オリヴァーは叫んだ。彼女はさっと手を引いた。目が不安の色に染まっている。彼女が脇にどくと、オリヴァーはドアレバーを肘で押し下げた。

「鍵がかかっていますね。鍵はありますか?」

「ええ」パトリツィアが司祭の妹の手から鍵束を取り、聖具室の鍵を探してオリヴァーに渡した。オリヴァーはドアを開けた。中の様子がふたりの女に見えないように、すぐに閉めるべきだった。オリヴァーの横で、パトリツィアが息をのみ、司祭の妹が甲高い悲鳴をあげた。オリヴァーは司祭にすがりつこうとした彼女の手首をかろうじてつかんで引き止めた。司祭の遺体は天井のフックに引っかけたロープにぶらさがり、足下には倒れた椅子があった。

「放して!」そう叫んで、司祭の妹は無我夢中でオリヴァーの手を振りほどこうとした。涙がしわだらけの頰を伝った。「アーダルベルト! 神様!」

オリヴァーは彼女を聖具室からそっと押しだした。彼女はあらがったが、そのうちしゃがみ込んだ。

「いっしょに幼稚園に行っていてください」オリヴァーはパトリツィアに頼んだ。身をこわばらせていたパトリツィアが我に返った。「なにもいじってはいけません。このことはしばらくだれにも話さないでください」

「え、ええ、もちろん」パトリツィアは呆然として口ごもり、すすり泣きながら自分にすがっている司祭の妹の腕を取ってなぐさめた。「イレーネにはわたしがついています」

「ありがとう」オリヴァーは司祭の遺体から目を離すことなくiPhoneをだした。マウラー司祭の顔は青紫色に変色している。舌が口からこぼれでていて、鼻と耳からは血が滴っていた。オリヴァーもふたりの女と同じように愕然とした。ただし遺体を目の当たりにしたからではない。司祭が自殺したという事実に衝撃を受けていたのだ。こんなことをするとは、よほど絶望していたに違いない。そして……昨日の夜、早い時間に自宅に戻っていれば、止めることができたかもしれない。

＊

「首つりは一年に五千件から六千件。ドイツでは一番多い自殺の方法です」ターリクがいった。「でも司法解剖されるケースはそのうち半数だけ。なぜなのですか？」

ヘニング・キルヒホフは検視を終え、堂内の一番前のベンチにすわって、死体検案書に記入していた。遺体搬送業者がふたり、重要な証拠を壊されるのではないかと気が気ではないクレーガーの監視の下、死後硬直した遺体を聖具室から運びだし、死体袋に入れようとしていた。神経の細い人には見せられない光景だ。

「なぜ、なぜ、なぜ」ヘニングは不機嫌そうにいった。「くだらないことを訊くな。金がないからに決まっている。法医学研究所はあちこちで閉所されたり、統合されたりしている。死者はロビー活動できないからな」

ピアは、ターリクが地雷を踏んだと思った。ドイツでは司法解剖されるケースがすくなすぎると、ヘニングは普段からいっている。そしてそう考えているのは彼だけではなかった。

「ドイツで司法解剖が義務づけられているのは、犯罪が疑われる場合だけなんだ」ヘニングがいった。「ホームドクター、いやそれどころか眼科医や整形外科医も、犯罪事件に関わる経験のないまま死体検案書を作成している。そういう状態がつづくかぎり、大量の殺人事件が闇に葬られる」

「ブレーメンは違いますよね」ターリクがいった。「暫定的に新たな検視制度が導入されて、死者の八十パーセントが法医学者の検視を受けています。しかも死因がわからない六歳以下の児童はかならず司法解剖されることになっています」

「よく知っているな」ヘニングは感心した様子でターリクを見た。

「このやり方でこれまでなら見すごされた不自然な死亡案件が一年あたりおよそ五十件発覚しています。ですから一考に値しますよね」

「死亡時刻は？」ヘニングが興に乗って司法解剖の必要性を力説しだす前に、ピアがたずねた。

「死斑がほとんど退色しない。死後硬直がピークに達している」ヘニングは答えた。「昨日の午後九時から午後十一時のあいだに死亡したようだ」

「やはり首吊り自殺ね」ピアが早々に答えをだした。

「だれがそういった？」ヘニングは死体検案書にサインをして、ピアに渡した。

「首にロープを巻いて、天井からぶら下がったのではないの？」ピアは皮肉まじりにいった。

「足下には蹴倒した椅子がある。教会の玄関は施錠されていた。聖具室のドアも施錠されていた。鍵束は司祭のズボンのポケットにあった」

「一見するとそう見える」ヘニングはメガネを取り、紙のマスクで悠然とふいた。「法医学者から見ると、その推理は疑わしいといわざるをえない」

結論をなかなかいわないところがヘニングらしい。ターリクという熱心な観客を見つけて、検視を授業仕立てでやるところも典型的だ。

「あいかわらずね」ピアは目をくりくりさせた。ヘニングのやり方は常人とは違う。演出にこだわるヘニングの講義は学生に人気だが、ピアはもう慣れっこになっていた。「じゃあ、ぜひとも、あなたのご高説でわたしたちの無知蒙昧に光を当ててちょうだい」

「すぐにそうするさ。どうかね、若いの？」ヘニングはターリクの方を向いて、メガネがきれいになったか光に当ててから、またかけた。「どうしてわたしは死体検案書の『自然死とみなせない』という項目にチェックを入れたと思う？」

「ええと……首つりが自然死ではないからですか？」ターリクは困惑してたずねた。

「原則的には正しい」ヘニングはうなずいて満足の笑みを浮かべた。それから立ちあがって、遺体のそばに行った。「犯行現場でかならず押さえなければいけないことを教えてやろう。きみたち、ちょっとやめてくれたまえ」

遺体搬送業者とその手伝いはそういわれて、あとずさった。

「きみは死体の顔の色をどう表現するかね？」ヘニングは若い警部にたずねた。

「ええと。青紫」

「そのとおりだ」ヘニングは遺体にかがみこんで、まぶたを下げた。「この小さな赤い斑点が見えるかね？」

「ええ」

「これはいわゆる点状出血だ。静脈の閉塞によって静脈の血流が阻害されたときに起きる。毛細血管に圧が加わり血管壁が断裂して粘膜出血に至る。この窒息による内出血は十五秒から二十秒で起こり、重度の点状出血の場合、顔の皮膚全体にそれがあらわれる。わかったかね？」

「はい」

「首吊りの場合のように頭部への血液供給が突然中断したとき、点状出血は起きない」ヘニングは目をきらっと光らせて、遺体の頸部を指差した。「それから首吊りの場合、ロープ痕が耳の後ろからうなじにかけて頸部の両側に斜めに残る。類似したロープ痕がたしかにあるが、実際はどう見えるかな？」

「ロープ痕は水平です」ターリクが興奮して答えた。「つまり、先に絞殺されたということですか？」

「先にという言葉は余分だ。この額の裂傷は被害者自身で負ったように見えるが、これも怪しむべき点だ」ヘニングはまた体を起こして、運んでいいと遺体搬送業者に合図した。「鼻と耳からの出血も絞殺を示唆している。さらに被害者の上腕と手首に皮下出血が認められ、顔面にもかすかな血腫が見られる。もちろん解剖してからでないと断定できないが、まあ他殺だろうな」

「どのくらい確実？」ピアがたずねた。

「公言しても差し支えないくらい確実だ」ヘニングはピアに目配せした。ふたりのあいだで交わされるいつもの冗談だ。

「ありがとう、ヘニング」

「どういたしまして」

ピアは背を向けると、教会の中央通路を歩いて、オリヴァーを捜した。

「ピア！」クレーガーが後ろから声をかけた。「ちょっと来てくれないか？」

ピアはしぶしぶきびすを返した。

「どうしたの？」

「来てくれ！」クレーガーが興奮している。なにか発見したのだ。ピアとターリクを聖具室に呼んで、祭服が吊るしてあるワードローブの横の椅子を指差した。「これが見えるか？」

「椅子だけど」ピアは気を悪くして答えた。「それはさっき見たじゃない」

「床だよ！」クレーガーが顔を輝かせている。

「探しものゲームなんてしている余裕はないんだけど」ピアはぶすっとしていった。

「血のついた靴跡だ！」クレーガーが勝ち誇った。「ルミノールはやはりすばらしい！」

クレーガーはドアを閉めて、明かりを消した。窓のない暗い部屋の床にうっすら青いシミが光った。

「被害者はこの部屋を這いまわって、血を流した」クレーガーの声が暗がりに響いた。「犯人は被害者を避け、椅子にすわった。ここの靴跡からわかる。遺体を吊るしたあと、犯人は血をふきとった。ここにこすった跡があるだろう。だがこの靴跡を見落とした」

ピアは突然、ここでなにが起きたのかわかった。犯人は衝動的ではない。用意周到だったのだ。司祭を殴ってからロープで首を絞め、犯行をごまかすために吊るした。犯人は急いでいなかった。窓のない小部屋から音が漏れることはないと確信していた。犯人には土地勘がある。そして顔見知りだったので、司祭は油断した。だが聖具室と表玄関の鍵はどうやって手に入れたのだろう。ピアは背筋が寒くなった。

「ありがとう。これで状況が一変した」

＊

ピアは遺体に一瞥をくれると、クレーガーの発見を早く伝えたくてボスを必死に捜した。オリヴァーは教会から少し離れたところにあるベンチで日を浴びていた。彼は足を組み、頭の後ろで両手を合わせて、目を閉じている。居眠りでもしているのかと思って、ピアは咳払いした。

「眠ってはいない」オリヴァーは目を開けた。「考えごとをしていた」

「なにについてですか？」

十月の太陽がじりじりと照りつけ、しかも風の当たらない場所だったので、フリースのジャケットを着ていたピアは汗ばんだ。

「マウラー司祭のことは物心ついたときから知っていた。はじめて聖体を拝領したのもあの人からだし、あの人の下で祭壇奉仕をした。コージマとわたしの結婚式を執りおこなって、子どもたちに洗礼を施したのも司祭だった」オリヴァーはいった。「彼はカトリックの司祭だ。カトリック教会は長いあいだ自殺を神への冒瀆とみなしていた。司祭がみずから命を絶つはずがない」

オリヴァーは組んでいた足を地面につけると、前かがみになって両手で顔をこすった。

「自殺じゃないです」ピアはジャケットのファスナーを少し押し下げ、額にかかった髪を吹いた。

「そうなのか？」オリヴァーはほっとして、ピアの方を向いた。ピアはヘニングとクレーガーから聞いたことを伝え、靴跡の件を最後に話した。

オリヴァーはあきらかにほっとしていた。だがそのあとピアと同じ結論に達した。

「だとすると他殺ということになる」

「ヘロルト家のふたりを殺した犯人と同一人物でしょうかね？」ピアはたずねた。

「三日で殺しが三件。きっと関連がある。犠牲者はすべてルッペルツハインの住人」オリヴァーは眉間にしわを寄せた。「きっと関連がある。わたしたちにそれが見えないだけだ。タバコはあるか？」

「禁煙して八十二日になるんですけど」スマートフォンのアプリのおかげで、タバコを何本吸わず、いくら節約したかわかった。

「ああ、そうだったな」オリヴァーは立ちあがって、背伸びした。「マウラー司祭は昨日の夜、わたしを訪ねてきた。なにか伝えたいことがあったようだ。あいにく、わたしはまだ帰宅していなかった。司祭は急ぎの用事だといったのに、ゾフィアが家に入れなかった」

「用件がなにかわかっているんですか？」

「知らない。それを訊きにきたんだが、手遅れだった」オリヴァーは肩を落とした。「八十五歳の司祭を殺害するなんて、いったいだれのしわざだ？」

「しかも自殺にみせかけるなんて」ピアが付け加えた。「でも法医学の知見はないようですね。

さもなければ、すぐにばれるとわかっていたはずです」

「犯人には、わたしたちが自殺だと結論づけたと思わせたほうがいいな」オリヴァーはいった。「そうすれば油断してミスを犯すかもしれない」

ピアはボスの緊張した顔を見つめた。心理学を学んでいなくても、一連の事件でオリヴァーが衝撃を受けていることは明白だった。三人の被害者全員を子どものときから知っていた。おまけにこの村に住んでいる。教会から自宅まで直線距離にして百五十メートルもない。もし平気でいられたら、そちらの方が異常だ。

「今回の事件はケムとわたしに任せてください、オリヴァー」ピアはそっといった。「三人とも知り合いですものね。つらいのはよくわかります」

「わたしが冷静じゃないというのか？」

「わかりません」ピアはオリヴァーを見た。「冷静ですか？」

オリヴァーは深呼吸し、一瞬息を止めてからゆっくり吐いた。

「ここに引っ越してから、ほとんどだれとも付き合いがなかった」オリヴァーはいった。「隣人とはゴミだしのときに顔を合わせるくらいだ。パン屋に寄ったときや、ゾフィアを学校に送っていったときにたまに会うのが関の山だ」

オリヴァーは間を置いた。

「だが実際には思った以上にみんなを知っている」オリヴァーは話をつづけた。「古い秘密や噂をわたしがたくさん知っていると、みんなわかっている。それが利点かどうか、わたしにはわからない。わたしを信用してくれる者も多いが、よそ者扱いする住人もいる。元々そうだった。貴族の称号、そしてわたしが領地で育ち、親よりも上の世代がわたしの先祖の下で日々の糧を得ていたという事実が、わたしへの不信を呼びさまさせるのだろう」

「その代わりボスには一目置いているでしょう」ピアはいった。「ボスと違ってわたしたち刑事にはなかなか口をひらいてくれません」

「冷静でいられると思うが、冷静じゃないと判断したら、そういってくれ。そうしたら捜査の指揮をきみに任す。それでどうだ？」

「わかりました」ピアはうなずいた。「司祭館に行って、マウラー司祭の妹さんと話してみましょう。司祭がなにか話していたかもしれません」

＊

「ふだんはどこに住んでるの？」フェリツィタスはたずねた。

「あっちこっち」エリーアスは食卓のコーナーベンチにすわって、料理をフォークで突いていた。スープ用のチキンの残りにアスパラガス、マッシュルーム、ケッパー、レモンを加え、ライスを添えたが、彼の口に合わなかったようだ。

「仕事は？」

「たまにね。以前は自宅に押し入って、金目のものを盗んでいた」

「両親はどうしてるの？」

「勘当されたよ」エリーアスは認めた。「問題ばかり起こしたからな。親にとっちゃ悪夢以外のなにものでもない。頼まれても、あの家には二度と住まない」苦々しげな声だった。「俺はだめ息子なのさ。姉貴のようにガリ勉じゃなかったからね」

「ふうん」

「なにをやってもろくなことにならなかった」エリーアスは肩をすくめた。「俺は間違ったことをした。わかってる。だから心を入れ替えるつもりなんだ。本気だ」

「刑務所に入ったことがあるの？」フェリツィタスは好奇心を抱いてたずねた。

「ああ」エリーアスはフォークをいじった。「数ヶ月ほど。今も保護観察中。サツに捕まったら、すぐにムショ行き。そして刑期を終えるまで塀の中さ」

「でも永遠に逃げつづけられないわよ！」

「ちくしょう。わかってるよ」エリーアスはため息をついた。「赤ん坊が生まれたら、サツに出頭するつもりさ」

　エリーアスは途方に暮れているようだった。フェリツィタスは同情した。若者は自分と同じような境遇だ。妹夫婦にここから追いだされれば、生活保護を受けるしかなくなる。文無しで、仕事もなく、疾病保険もない上、借金は毎日ふくれあがっている。返せる当てなどない。

　若者の話には眉をひそめたが、いっしょにいられるのがフェリツィタスにはうれしかった。森の中のこの家は最初から居心地が悪かった。昨日は死なずにすんだことを素直に喜んだが、そんなのまやかしだ。不安はさらに大きくなった。そこはかとない不安とは違う。命の危険を感じていた。だれかがこの外をうろつき、キャンピングトレーラーに放火して、人を殺したのだ。犯人は事件現場に戻ってくるといわないか？　犯人が本当に戻ってきて、エリーアスが犬を外にだすところを偶然見かけていたとしたらどうする？　警察がエリーアスを捜索しているということは、犯人にも名前がばれているかもしれない。

「キャンピングトレーラーに放火した男を本当に見たの？」

「なんとなく」

「なんとなくってなによ？」

「忍び込んだキャンピングトレーラーの前でタバコを吸っていたんだ。そのとき声がした。真夜中だった。男がふたり喧嘩していた。キャンピングトレーラーに男がひとりいることは知ってたから、だれと口喧嘩してるんだろうと思って、森の下草をかきわけて近くに行ったんだ」

エリーアスの目には落ち着きがなかった。本当の話だろうか、作り話だろうか？

「でも近くまで行ったら、急に静かになってさ」エリーアスは話をつづけた。「ひとりがキャンピングトレーラーのそばに止めてあった車へ行って、トランクからなにか取りだした。キャンピングトレーラーのドアは閉まっていた。もうひとりの姿はどこにもなかった。なんか変だと思って、iPhoneをだした。アンテナは一本も立たなかったけど、カメラ機能は使える」

「写真を撮ったの？」フェリツィタスは啞然としてたずねた。

「違う。動画だよ」

「なにが映ってるの？」

「さあね。電池切れ。充電ケーブルがない」

「そいつに見られた？」

エリーアスはためらった。人差し指でテーブルに円を描き、こめかみの絆創膏をかいた。

「どうかな。すぐに逃げたから」

「でもあなたの名前が新聞にのってる」フェリツィタスは背中に冷や汗をかいた。「あなたが捜索されていることはラジオでも流れているし、テレビやインターネットにもあなたの写真が公開されてる！　犯人にもあなたの素性がばれているはずよ！」

エリーアスは口をへの字に曲げて考え込んだ。

「まずいな」

「わたしを閉じ込めているあいだに外に出た？」

「まあね」エリーアスは下唇をかんだ。自分がどんな危険にさらされているかわかったようだ。

「たしかに外に出た。犬を外にだしたとき」

「最高」フェリツィタスは首を横に振って立ちあがった。「あなたの iPhone を取ってきて。どこかに対応する充電ケーブルがあるかもしれない。映像になにが映っているか確かめなくちゃ。もし犯人が映っていたら、警察に見せないと」

「だめだよ！　刑務所に戻るのはいやだ！　今はやだ！」

「あなたの赤ちゃんが父親のいない子として生まれてきてもいいわけ？」フェリツィタスはエリーアスに食ってかかった。「そいつは人を殺してるのよ！　目撃者を放っておくはずがない！」

「俺がここにいるって知らないはずだろ？」突然エリーアスはおどおどしだした。「さもなきゃとっくにあらわれてるさ」

「そうかもしれない」そう答えたが、フェリツィタスは確信が持てなかった。前に見かけた車に乗っていた奴が脳裏をかすめた。眠っているあいだに家に火をつけられたらおしまいだ。だが、どうすればいいかわからなかった。

＊

「だめよ！　ありえない！」司祭の妹イレーネ・フェッターは激しく首を横に振った。むち打ち症になるのではないかと心配になるほどだった。「とんでもないわ。兄が自殺したことにするですって？」

「落ち着いてください」ピアがなだめた。「犯人を捕まえたら、真実を公表します」

「でもそれじゃ、嘘をつくことになります！」

「嘘をつくわけじゃないです。捜査上の都合で嘘の情報を流すだけです。犯人が油断してミスを犯すように仕向けたいのです」

ふたりは幼稚園のミニキッチンにあるテーブルについていた。十五分前に到着したキムは流し台にもたれかかっていた。小部屋の四方の壁は子どもの絵で飾られていて、コルクボードには予定表やイベントのチラシやメモが貼ってあった。パトリツィア・エーラースはすでに帰宅していた。オリヴァーは幼稚園の鍵をあとで返しにいくと約束した。あいにく教会と聖具室に合鍵がいくつあるのかわからなかった。この三十年、錠は一度も交換されたことがなく、合鍵は必要に応じて作られていたからだ。鍵の管理は適当で鍵を持っている者の名簿もなかった。

鑑識チームは教会の捜索を終えると、手がかりを求めて司祭館を地下室から屋根裏まで調べた。ケムとターリクは、近所の人の記憶が新しいうちに聞き込みをした。夜中に偶然なにか見ても、変に思わなかった可能性がある。

「二、三週間後に真実を明らかにしたって手遅れです！」司祭の妹は息巻いた。「人は最初に聞いたことを記憶に刻み込んでしまうものです。捜査上の都合でも、兄に汚名を着せたくありません！」

彼女の泣きはらした目がぎらっと光った。オリヴァーも心の中では気持ちがわかった。家族の自殺は、遺族にとって外聞の悪いものだ。遺族が罪悪感に打ちひしがれるのを何度見たかしれない。

「犯人が捕まる保証はあるんですか？」司祭の妹は顎を突きだしてオリヴァーとピアを交互に見た。「犯人が逮捕されるまで、兄は霊安室に安置されるんですか？　自殺は神への冒瀆です。自殺者はカトリックの葬儀を受けられないのです」

「そんなことはありません」オリヴァーは彼女をなだめようとした。「昔はそうでしたが、今は……」

司祭の妹は掌（てのひら）で机を叩いた。

「話はおしまい！　兄が自殺したと公表されるのはごめんです！　わかりました？」

「ええ、わかりました」オリヴァーは譲歩した。「むちゃなお願いをして申し訳なかったです。

あなたに不快な思いをさせるつもりはありませんでした。元主任司祭の評判を落とすつもりもありません」

ピアは驚いてボスをちらっと見たが、なにもいわなかった。司祭の妹はグレーのカーディガンの袖からハンカチをだして洟をかんだ。それからがっくり肩を落として前を見つめた。冷蔵庫の作動音だけがやたらと大きく聞こえた。

「お茶をいれましょうか？」ピアが声をかけた。「それとも水にしますか？」

「けっこうです」司祭の妹は拒否した。「それから心理学者もいりません！」

ピアが心理学者として紹介したキムを、司祭の妹はじろっとにらみつけた。実際、ピアは医者を呼ぶか、信頼できる人に家まで送ってもらったほうがいいとすすめるつもりだった。司祭の妹はひどいショックを受け、現実を受け入れられないようだ。こういう悪夢のような体験はあとからじわじわ効いてくるものだ。

「いくつか質問があります」また司祭の妹が怒りだすのではないかとオリヴァーは恐る恐る話しかけた。「こんなときに訊くのはなんですが……」

「どうぞ」司祭の妹はハンカチをカーディガンの袖に戻し、ため息をついた。「テレビドラマの『事件現場』と『デリック』をさんざん見ていますから、わかっています」

「なるほど」オリヴァーは笑みをこしらえた。それが作り笑いなのをピアは知っていた。ボスの気持ちが手に取るようにわかった。八十五歳の元主任司祭が何者かによってひどい殺され方をした。しかも司祭はオリヴァーになにか緊急に話したいことがあったのだ。ただならないものを感じる。なにか深いわけがあるようだ。犯人はマウラー司祭を見張っていたのかもしれない。司祭がオリヴァーの家を訪ねたときも、あとをつけ、インターホンでゾフィアと話すところを見ていたかもしれない。ゾフィアにも危険が及ぶだろうか。

「アーダルベルトはこの二、三日ふさいでいました」質問されるよりも早く、司祭の妹がいった。彼女は窓から人気のない遊び場を見おろし、なにか考えながら親指で右手の結婚指輪をいじった。オリヴァーとピアは目を見交わした。暇ではなかったが、今はじっと待つほかない。

「ロージーに関係することだと思います」司祭の妹が沈黙を破った。

「ロージー？　ローゼマリー・ヘロルトですか？」ピアが驚いて訊き返した。

「ええ。兄は彼女に終油(しゅうゆ)の秘蹟を与えにいったんです。今は病者の塗油（司祭が病人の額と両手に聖油で十字架をしるし、罪からの解放と病の治癒を願う儀式）と呼ばれているものです。そのとき彼女がなにかいったらしく、帰ってきたとき、兄はすっかりふさいでいました」

「司祭はいつヘロルトさんを訪れたのですか？」

「日曜日だったと思います。そう、日曜日。スモモのケーキを焼きましたから。あれは……兄の好物だったんですよ。それなのにあの日は食欲がないといったんです。いつもは軽く三切れは食べてしまうのに」

「お兄さんがなんといったか思いだせますか？」司祭の妹が懐かしい思い出話をしそうだったので、ピアは先手を打った。「大事なことです」

「兄は告解の内容を決して他言しませんでした」

「それはそうでしょう。でもどういう話題で、それをどう思ったか少しくらい漏らしはしませんでしたか？」

司祭の妹はためらった。目が泳いだ。

「だれにもいわないと兄に約束したんです」

なにか知っているな、とピアはにらんだ。

「ヒントをくださるだけでもいいんです。お兄さんにあんなひどいことをして、しかも自殺に見せかけようとした犯人を捕まえたくないのですか？」

「もちろん捕まえたいです」司祭の妹の顔が曇った。しゃべりたいという欲求の方が兄との約束よりも強かった。これまでに何度も約束を破ったに違いない。

「兄はロージーの告解を聞いたんです。かなりショックを受けていました。昔からよく知っていたあの人がまさか、あんな……」

「……人を殺めたんですね？」オリヴァーがそういったので、ピアはびっくりした。

「どうして知っているんですか？」

「ロージーはゾーニャにも話しているんです」

「じゃあ、もう知っているんですね」司祭の妹はいったん肩をすくめてからまた肩を落とした。ほっとしているようだ。「兄ははっきりとは話してくれず、ロージーが昔行方不明になった少年になにがあったか知っていたとしか教えてくれませんでした」

「なんという少年ですか？」ピアは困惑してたずねながら。ボスの顔を見てぎょっとした。顔から血の気が引き、呆然として司祭の妹を見つめている。一瞬、死んだような沈黙に包まれた。

「外の空気を吸ってくる」オリヴァーが勢いよく立ったので椅子が倒れそうになった。

ピアとキムは呆気にとられてオリヴァーの背中を見た。三件の殺人事件は、口でいっている以上にオリヴァーの心を蝕んでいるようだ。ボスはローゼマリーの娘ゾーニャとの話をピアにしていなかった。元主任司祭がホスピスにいるローゼマリーを訪れていたことも知っていたのだろうか。ピアは捜査の指揮を引き継いだ方がよさそうだと思った。

「少年の名前はアルトゥール。行方不明になったのは一九七二年八月。見つからずじまいでした」司祭の妹の声はかすれていた。「あの日のことはよく覚えています。ひどい事件だったので。少年の両親は事件のあと二、三年はここに住んでいました。でも、耐えられなくなったのでしょう。出ていきました。それでも毎年行方不明になった日に戻ってきて、ポスターを持って黙々と昔の市庁舎前に立っていました」

四十二年。ピアは暗算が苦手だが、このくらいならすぐわかる。オリヴァーは今、五十四歳。当時は十一歳か十二歳だったはずだ。

「うちのボスはその消えた少年を知っていたんですか?」訊くまでもないことだった。オリヴァーの激しい反応を見ればおのずとわかる。

「もちろん」司祭の妹はうなずいて、ため息をついた。「アルトゥールはあの人の親友でしたから」

＊

エリーアスは気の毒な若者だ。一度も愛情を与えられず、認められることもなかった。居場所がなく、好意を寄せてくれる人にも恵まれないというのがどういうものか、フェリツィタスもよく知っている。だが彼女は大人で、自分からまわりを拒絶した。エリーアスは違う。親の期待に応えられなかったために見捨てられたのだ。そのせいで違法薬物に依存するようになった。しかし今は、ひとりで違法薬物から離脱し、人生をやり直そうとしている。たいしたものだ。できるだけのことをしてやりたいと思った。

昼食がすむと、エリーアスはカウチに寝転がって、テレビをつけた。フェリツィタスはキッチンを片づけると、妹のオフィスを覗いて、エリーアスの型の古いiPhoneに合う充電ケーブルがあるか探してみた。うまくすれば彼の信頼をかちとって、記録した映像を警察に提出するよう働きかけられるかもしれない。放火犯につけねらわれているとしたら、それはエリーアスで、自分ではない。フェリツィタスなら森で拾ったといって、彼のiPhoneを警察に届けられる。運がよければ、犯人がすぐ逮捕されて、悪夢が終わるかもしれない。

フェリツィタスは窓の外を見た。いい天気だ。ジョギングをする人、サイクリングをする人、散歩する人の姿がある。太陽が輝いている。いつもは陰鬱な森も今日はのどかだ。けれども、黄金色に輝く十月の美しさを味わう気分にはなれなかった。外が明るいうちは、まだ多少安心感を抱ける。今は昼前。暗くなるまでまだ七時間はある。それまでになにかいい手を考えなくては。エリーアスのiPhoneに適合する充電ケーブルは見つかった。ただ警察がどの時点でiPhoneの位置を特定できるのかよくわかっていない。充電された時点だろうか、それとも電源をオンにした時点だろうか。どっちだろう。

机に向かってすわり、窓の外を見つめていると、固定電話が鳴った。発信元非通知。フェリツィタスは一瞬ためらった。妹がオーストラリアの自然の中から文明世界に戻って、こっちの様子を聞くため電話をかけてきたのだとしたらどうしよう。それとも警察も非通知で電話をかけてくるものだろうか。フェリツィタスは受話器を取って、「もしもし」といった。電話の向こうでだれかの息づかいがする。それから切られた。心の中でずっとくすぶっていた不安が間欠泉のように噴きだした。警察のはずがない。間違い電話とも思えない。あいつだ。彼女とエリーアスがまだ家にいるか確かめるために、放火犯が電話をかけてきたのだ。逃げないと大変なことになりそうだ。フェリツィタスはそうひしひしと感じた。

*

ローゼマリー・ヘロルトは、昔行方不明になった少年になにがあったか知っているといった。そのひと言で、オリヴァーの心に築かれた四十二年という分厚い防壁が一気に崩れ去った。あの夏の記憶が蘇った。突然、すべてが昨日のことのようにはっきりと脳裏に浮かんだ。不安。良心の呵責(かしゃく)。心を蝕む罪の意識。おまえは彼のことを気にかけなかった！　責任はおまえにある！　だれもオリヴァーを非難しなかった。彼の両親も、そしてアルトゥールの両親も。しかし彼自身は、自分に責任があるとわかっていた。アルトゥールを家まで送っていかなかったあの晩に、事件は起きた。なにか恐ろしいこと、悪しきことが起きたのだ。

オリヴァーは両手で顔を覆った。さまざまな光景が脳裏に浮かぶ。一度決壊すると、洪水のように襲いかかるイメージはとどめようがなかった。

一九七二年の夏は暑かった。小川が干上がり、ボーデンシュタイン農場の防火貯水池の水位が下がるほどに。オリヴァーは刈り取った草と汗と湿った地面と樹脂や枯葉のにおいを思いだした。生温（なまぬる）いカプリソーネ、ドロミティアイス、バズーカジョーのチューインガム、貝殻ドロップ。紺碧（こんぺき）の空に舞うツバメ、夕暮れに聞こえるコウモリの鳴き声、黄色く実った小麦畑の上にもくもくと広がる灰色の入道雲、ひんやりとした森の中で聞こえる鳥のさえずり。冷たい水が肌にかかると針に刺されたようにびくっとしたものだ。それからイラクサとキイチゴのしげみ、柔らかい苔（こけ）の上に鈍（にぶ）く響く足音、馬にまとわりつくハエの群れ、キャンプファイヤー、焼いたじゃがいも、焼け焦げたソーセージ。

夏のあいだ、三人はいつもいっしょだった。ヴィーラント、アルトゥール、そしてオリヴァー。あの恐ろしい日まで。この夏が最後だと予感していたのだろうか。だからあんなにあくせくし、無茶なことばかりしたのだろうか。大人から禁じられていたのに、道路を越えて、反対側の森を探検した。人に馴（な）れたキツネのマクシがいつも三人の供をした。三人はレザーストッキング、アローヘッド、チンガチグック（ともにジェイムズ・フェニモア・クーパー『モヒカン族の最後』の登場人物）だった。ダクタリ、マイク、ジャック（一九六〇年代にアメリカで製作されたドラマ「ダクタリ」の登場人物。ドイツでは一九六九年からテレビ放送）、アパッチ族の勇者ヴィネトゥとその仲間オールド・シャターハンドとオールド・シュアハンド（ドイツの冒険小説作家カール・マイの作中に登場する人物）、あるいは警察から逃亡中のテロリストになったこともある。森に谺する明るい子どもの声が今でも聞こえるようだ。だが、ただ地面に寝そべって、木の間に見える空を眺めて過ごすこともあった。森の中の小道も石も倒木も洞穴もすべて知り尽くしていた。外の世界はまばゆいほど明るかったが、森は涼しく静かで謎に包まれていた。聞こえるのは虫の羽音、鳥のさえずり、下草の中で小動物がうごめく物音だけだった。

ペーターやラルフたちから解放されたのがよほどうれしかったのだろう。あの夏をあとあと美化しているだけだろうか。いや、間違いなくすばらしい日々だった。なんのくったくもなく夢中だった。それに神秘に包まれていた。ヴィーラントとアルトゥールとオリヴァーは日の出から日の入りまでいっしょに過ごした。それが突然、終わりを告げたのだ。あの夜いなくなったのはアルトゥールだけではない。マクシも消えた。オリヴァーは心の痛みを表にださなかったが、それから何週間もマクシを捜して森を彷徨(さまよ)い歩いた。だがマクシはもう戻ってこないとあきらめるほかなかった。マクシは野生の本能に目覚め、森に帰ったといって、両親はオリヴァーをなぐさめてくれた。毅然(きぜん)としていて偉いと誉めてもくれた。本当は悲しくて何夜もベッドの中で泣いたことを両親は知らない。オリヴァーは最愛の存在を失った。しかし、アルトゥールがいなくなったことよりもマクシを失ったことで心を痛めたことに、罪の意識を感じていた。

ヴィーラントはアルトゥールとマクシのことで想像力をたくましくした。きっとカザフスタンにいるおじいさん、おばあさんに会いたくなってあっちへ行ったんだよ。マクシを連れてさ、と。それとも人違いでドイツ赤軍のテロリストに誘拐されたのかもしれないね、と。

オリヴァーはまったく違う推理を働かせていた。だが、だれにもそのことをいわなかった。

ヴィーラントに打ち明けることもなかった。オリヴァーはその前に血の盟約を破っていた。それは万死に値する。きっと彼を罰するために、付き合いをやめた少年グループが、アルトゥールとマクシになにかしたのだ。

オリヴァーはシャツの袖をたくしあげ、左手首の少し上の小さな白い傷を見つめた。血の盟約は死ぬまでつづく、とペーターはオリヴァーの目を見据えながらいった。オリヴァーはその言葉を三回繰り返さなければならなかった。それからペーターは父親のところからくすねてきたメスでオリヴァーの腕を切った。思ったより傷が深くてごめん、と彼はいったが、あれはわざとだったに違いない。泣くところを見たかったのだろう。だがオリヴァーは泣かなかった。うめき声すら漏らさなかった。あとで母親に連れられて病院に行き、傷口を縫うことになった。そのくらいひどい出血だった。どうしてそんな深い傷を負ったのか、いくらたずねられても、オリヴァーは口を割らなかった。

あのときの儀式を思いだすと、今でも背筋が凍る。みんなして誓いの言葉を繰り返し、オリヴァーの手首からあふれる血をなめた。ペーター・レッシング、エトガル・ヘロルト、ラルフ・エーラース、アンドレアス・ハルトマン、ジモーネ・オーレンシュレーガー、ローマン・ライヒェンバッハ、コンスタンティン・ポコルニー。そしてインカ・ハンゼンもいた。

「これでおまえも仲間だ」ペーターはいった。そのときの彼の笑みを、オリヴァーはよく覚えている。「死ぬまで。裏切れば罰を受け、死ななければならない」

あの儀式は十歳のときだった。まだ子どもだった。だがあの日、死の恐怖を知った。

ヴィーラントとオリヴァーはいつしか二度とアルトゥールとマクシの名をまったく口にしなくなり、魔法にかかったようなあの夏を過ごした場所を避けるようになった。オリヴァーはそれでもなおマクシを忘れられず、無駄と知りつつ、いつかまた会える日を夢に見た。しかし、やがてあのぞっとする出来事も罪の意識も脳裏から消し去り、心の外に押しやり、犯人も動機も問うのをやめていた。だからかえってショックが大きかった。私服の刑事にいろいろ質問されたことは漠然と覚えているが、質問の内容までは思いだせない。刑事の口臭と充血した目に怯え、口を滑らせて死ぬことになるのではないかと戦々恐々とした。

目まぐるしく脳裏に浮かんでは消える万華鏡のような記憶の断片。その切り替わりがしだいに遅くなり、ちょうど抽選の風車盤のように止まって、矢印が一個所を指し示した。そして突然、ある認識に達した。クレメンスの遺体を発見してからずっと胸にわだかまっていたものだ。オリヴァーは感電したようにびくっとした。

ローゼマリーは四十二年間、恐ろしい秘密を胸の奥にしまってきて、死を目前にして心の重荷を取り払ったのだ。彼女がずっと鬱状態だったのもこれでうなずける。心の病は呪い、沈黙していることへの当然の報いだと思っていたのだろうか。彼女がマウラー司祭に告解したとき、息子のクレメンスもその場にいたという証言を昨日、ホスピスで得ている。彼女は犯人の名を告げたのだろうか。だとすれば、クレメンスはからずも真相を知ったために、死ぬことになったのかもしれない。司祭は木曜日、バスの前に飛びだしたとき、ひどく取り乱していた。なぜだ？　四十二年前に行方不明になった少年のこととは思えない！　もっとなにかあったはずだ。老司祭が恐怖を覚えるようななにかが。

オリヴァーは上着をつかんで、勢いよく立ちあがった。もうじっとしていられない。あの朝、マウラー司祭は話している途中で急に口をつぐんだように思えた。司祭はだれかを見たのだろうか。次の日、司祭はなんとしてもオリヴァーと話をしようとした。たった数日のあいだになにがあったのだろう。司祭はどこでなにをしていたのだろう。

オリヴァーは歩く速度を上げ、キムを連れて廊下の角を曲がってきたピアとあやうく鉢合わせしそうになった。

「ボス！」ピアは彼をしげしげ見つめた。「大丈夫ですか？」

「大丈夫だとも」そう答えて、オリヴァーは歩きつづけた。

「アルトゥールはボスの親友だったんですね！」ピアが背後からいった。「大丈夫とは思えませんけど」

オリヴァーは立ち止まって振り返った。

「ああ、親友だった。数十年ぶりに彼の名を聞いて、ショックだったのは確かだ。しかし……」

「捜査の指揮を替わるというのは、もう選択肢のひとつではないです。そうしなければだめです」ピアが彼の言葉をさえぎった。「今回の事件にボスは深く関わりすぎています。関係者が知り合いだらけじゃないですか」

ピアの言葉に、オリヴァーは驚いた。オリヴァーには荷が重いというのか。ピアは誤解している。あんなに激しい反応を見せたのだから無理もない。

「違うんだ！」オリヴァーはなだめるように両手を上げた。「きみは勘違いしている、ピア！アルトゥールは今回の事件の鍵だ。それがはっきりわかったんだ！　犯人は当時のことを知った人間を殺している。当時アルトゥールになにがあったのか突き止めなくては。そうすれば自ずと殺人犯の正体がわかる！」

「一九七二年当時も捜査がおこなわれたはずですよね」ピアはいった。「いまさらわたしたちになにがわかるというんですか？」

「アルトゥールが村の近くで殺されたことがはっきりしたからだ」オリヴァーは激しい口調でいった。

ピアとキムはさっと顔を見合わせた。

「まだなにもわかっていませんけど」ピアは首を横に振った。「第三者から不確かな情報を得ただけです。当時、友だちになにがあったか知りたい気持ちはわかります。でも、今回の事件と関わりがあるとは思えません」

「関係あるに決まっている！」オリヴァーは声を荒らげた。ピアの言い方に腹が立った。なんでわかってくれないのだろう。「ロージーは息子がいるところで当時の事情を知る者の名を司祭に告げたんだ！　司祭とクレメンスはそいつに会って話をしたかもしれない。そいつにプレッシャーを与えたせいで、ふたりは死ぬことになったかもしれないんだ！」

ピアはオリヴァーに疑いの目を向けた。

「ボスが冷静でないと判断したときはそういうようにいいましたね。今がそのときのようです。

捜査の指揮権をだれかに委ねて、この事件から距離を置くべきです。この村でボスの顔が利くのは重要なことです。でもボスはこの件にこだわりすぎです。旧友が犯人だと判明したら、ボスはどうしますか？」

オリヴァーはピアの妹の方を見た。キムはなにを考えているかそぶりも見せなかった。ピアのいうとおりだろうか。山のような情報を取捨選択して中立の立場でいることはたしかに難しい。昔の事件と今回の事件が錯綜し、重要な情報とそうでないものの区別がつかなくなる恐れもある。オリヴァーは渦中の人間なのだ。それでもこだわりすぎると非難されるいわれはない。あやしいと判断した者に目こぼしすることはないだろう。

「ピア、わたしは……」オリヴァーはいいかけて、考え直し、口をつぐんで肩をすくめた。「深呼吸しろ。落ち着け。きみのいうとおりかもしれない。だがそうではないかもしれない。わたしが捜査の指揮をしようとしまいとどうでもいい。だがひとつだけはっきりしていることがある。当時アルトゥールになにがあったか突き止める。わたしの勘では、これらの事件は関係している」

オリヴァーはピアとキムの横をすり抜けた。

「どこへ行くんですか？」ピアが声をかけた。

「もう一度、司祭の妹と話してみる」オリヴァーはその場から立ち去りながら答えた。「それからホスピスの職員全員から話を聞く。ロージーを訪問した人をひととおり知る必要がある。だがその前にゾフィアをローレンツに預ける。あの子はルッペルツハインにいない方がいい」

「なぜです？」

「情け容赦のない人殺しがうろついているんだぞ。そいつの逮捕に集中しなければ。わたしたちに目をつけられたと知れば、奴はわたしの娘になにをするかわからない」

「オリヴァー！　この事件はボスの問題ではないのよ！　考えすぎです！」

オリヴァーは振り返った。深呼吸して、口をへの字に曲げた。

「アルトゥール・ベルヤコフはわたしの親友だった。家族と共にソ連からやってきて、村の子どもたちから目の敵にされた。わたしは彼をかばった。彼が村の子どもたちを死ぬほど恐れていたので、毎晩、家に送り届けていた」

オリヴァーはいいよどんでから、また口をひらいた。

「ある日、うちに新しいテレビが来た。村で最初のカラーテレビだった。わたしはどうしても大好きな番組『ボナンザ』が観たかった。だから夕食に間に合うため、アルトゥールはひとりで帰宅したんだ。だが彼は家に帰りつかなかった」

オリヴァーはようやくピアの目を見た。

「アルトゥールが行方不明になった責任がなぜ自分にあると思っているか、これでわかっただろう？　わたしが守らなかったから、彼になにかひどいことが起きたんだ！」

「でもボスはわずか十一歳だったんでしょう」ピアが異議を唱えた。「人殺しからその少年を守ることなんてできなかったはずです」

「わたしは彼に責任があった。気にかけると彼の両親に約束したのに、それをしなかったんだ。

テレビを観たいがばかりに」

＊

ローレンツは一も二もなく、週末のあいだゾフィアを預かるといった。彼が歳の離れた妹のベビーシッターになるのは、これがはじめてではなかった。しかもルッペルツハインまでゾフィアを迎えにきてくれるという。ローレンツがゾフィアを連れていくと、オリヴァーはバルコニーに出て、人工ラタンを編んだデッキチェアに寝そべってタバコに火をつけた。タバコを吸うことは滅多にないが、今はニコチンが必要だった。バルコニーからの眺望は昼も夜もすばらしい。ライン＝マイン平野が眼下に広がり、フランクフルト空港まで遠望できる。晴れた日には、遠くオーデンヴァルトまで見えることもある。ここにすわり、もの思いに耽(ふけ)るのが好きだ。この家とまわりの静けさと丘陵の澄んだ空気がお気に入りだ。今までこの家と村が居心地よく感じていたのに、もはやそんな気分になれない。

「アルトゥール」オリヴァーは小声でいった。「きみはなにをされたんだ？」

基礎学校の四年が終わると、エトガル、ラルフ、コンスタンティン、ローマン、ジモーネ、アンドレアスは他のルッペルツハインの子と同じようにフィッシュバッハの学校に通った。オリヴァーとヴィーラントは高等中学校(ギムナジウム)に進学し、ペーターとインカはケーニヒシュタインのタウヌス校にすすんだ。ベルヤコフ一家がルッペルツハインに移り住んだのはそのすぐあとで、村人からイワンとさげすまれた。一家は遠い親戚のマイアーばあさんの家の二階に住んだ。オリヴァーは村の空気が一夜にして変わったのを覚えている。オリヴァーの友だちは、はじめかふたりに合わせて同じような態度を取っただけだったが、陰湿なことに変わりはなかった。他の子らアルトゥールに敵意をむきだしにした。とくにエトガルとペーターがひどかった。他の子は

ルトゥールは地獄のような毎日を過ごした。村の子どもたちから逃げることはできなかった。ア

小さな村だからしかたがない。ところがアルトゥールはどんなに困っても両親に助けを求めな

かった。両親も新しい暮らしに慣れようと必死なのを知っていたので、心配をかけたくなかっ

たのだ。あのとき両親に助けを求めていたら違う結果になっただろうか。

そんなことを考えながら、オリヴァーは心地よいデッキチェアでうたた寝した。十月の太陽

で体がぽかぽかした。しばらくしてiPhoneの着信音に寝込みを邪魔された。

「もしもし？」オリヴァーは朦朧としながら電話に出た。心臓がばくばくし、頬を伝ったよだ

れが乾いていた。

「今どこ？」エンゲル署長の声だった。「寝ていたの？」

「自宅だが」そう答えて、オリヴァーは体を起こした。太陽が西の山並みに傾き、森にかかろ

うとしていた。何時だろう。オリヴァーは、明るいうちに寝るのが嫌いだ。いつもバイオリズ

ムがおかしくなる。

「ザンダーがわたしのところに来て、あなたが捜査の指揮をするのは無理だといってるんだけ

ど」エンゲル署長はいった。「被害者を三人ともよく知っているため、当事者意識を持ちすぎ

ているといってる。どうなの？」

「別のだれかに指揮させた方がいいかもしれない」オリヴァーはおかしな夢の断片を振り払お

うとした。裸で池に泳ぎだす女。大人の女だ。少女ではない。白い肌、股間に茂る恥毛、大きな胸。ただの夢か、それとも深層心理から浮かびあがってきた記憶だろうか。乾燥した葦が風に揺れて音をたてている。放牧された雌牛が踏みしめてぐちゃぐちゃになった泥炭質の地面。真っ暗な夜空に満月になりかけのいびつな月が昇り、もやのかかった闇の中、農家が明るく光っていた。彼は恐れと不安に包まれていた。女はだれだ。どうしてこんな夢を見たのだろう。

「どういうこと？　いったいどうなっているの？」エンゲル署長が苛立たしげにたずねた。

「署に来られる？　午後七時に会議を招集したんだけど」

「もちろん行く」オリヴァーは立ちあがった。日を浴びて汗をかいていたのに、今は寒気を覚える。デッキチェアに鍵束がのっていた。ズボンのポケットからこぼれ落ちたようだ。幼稚園と教会の鍵だ。パトリツィアに返すことになっていた！

「事情はあとで説明して。あなたさえよければ、捜査の指揮はザンダーに任せるけど」エンゲル署長は念を押した。どうやらオリヴァーが抗議するものと思っていたようだ。だが、彼にはそれでよかった。そうすれば、アルトゥールの件に集中できる。

「ああ、それでかまわない」オリヴァーはバルコニーの引き戸を開けて、家に入った。その瞬間、ふたたびあることに気づいた。

「電話を切るぞ」オリヴァーは急いでいった。ぐずぐずしていたら夢の断片が記憶から抜け落ちる。通話を終了した。裸の女。クスクス笑う声。女はひとりじゃなかった。男がいっしょだった。オリヴァーは、ふたりがセックスするところを覗きみていたのだ。だれかがいっしょだった。アルトゥールか。違う。オリヴァーは懸命になって思いだそうとした。突然、夢の断片になにか意味があることに気づき、あわてて iPhone の連絡先をスクロールして、探していた番号をタップした。

＊

「死者は三人になった。しかも三人は親しい間柄で、そのうちふたりは親子よ」ピアはホワイトボードを指差した。そこに三人の被害者の名が書かれていた。ピアたち捜査官は捜査十一課の会議室からホーフハイム刑事警察署で一番広い一階の待機室に移った。前の署長ニーアホフがよく記者会見場に使った広間だ。だが最近は雑然としていることが多い。地下にある共用スペースの方が居心地がいいので、待機勤務中の者はたいていそちらを利用していた。しかし今はさまざまな捜査課から呼ばれた二十人以上の助っ人捜査官がピアの前にすわっている。殺人事件が三件もつづいたのだから、特捜班が立ちあげられるのは当然だ。

「水曜日から木曜日にかけての夜、六十一歳のクレメンス・ヘロルトが森林愛好会のキャンプ場で炎上したキャンピングトレーラーの中で死んだ」ピアはしっかりした口調でいった。「キャンピングトレーラーは、被害者の母で、ルッペルツハイン在住のローゼマリー・ヘロルトの所有だった。そのローゼマリー・ヘロルトが木曜日の午後、ケルクハイムのホスピス〈夕焼け〉で頸部圧迫により窒息死した」

「絞殺、窒息死？」だれかが口をはさんだ。「いったいどっちですか？」

「両方よ」ピアは答えた。「詳しいことはあとで説明する。今朝、八十五歳のアーダルベルト・マウラー元主任司祭の首つり死体がルッペルツハインのカトリック教会の聖具室で発見された。死因は絞殺で、首つりは自殺を偽装したものだった」

部屋は暖かかった。ピアは発言中、汗がこめかみから首筋へ流れ落ちるのを感じた。捜査の責任がすべて彼女の肩にかかるのははじめてだ。いい気はしない。厄介な試験を受けているような気分だ。オリヴァーも特捜班の一員だが、指揮権はピアにある。ミスは許されない。さもないと将来、捜査十一課課長になる芽は摘まれる。

ピアはじっと見つめる同僚たちの顔を見て、突然、自信をなくした。なんというプレッシャーだろう。なにかを見逃し、ミスをして、さらに人が死んだり、捜査の停滞を招いたりしたらどうする。

「三人目の犠牲者である元主任司祭は日曜日に二人目の犠牲者ローゼマリー・ヘロルトを訪問している。ホスピスのスタッフの証言で、司祭とローゼマリー・ヘロルトが会っていたとき、最初の被害者である息子のクレメンスが同席していたこともわかった」

「それはすでにわかっている」ケムがピアの言葉をさえぎった。「オリヴァーとわたしが昨日、介護士や事務長に事情聴取したとき、司祭が日曜日の午後ヘロルト夫人と息子といっしょにいたといっていた」

「あら、そう」ピアはいらついて言葉をのみ込み、苦いものを感じた。

オリヴァーが報告を忘れたのはわかる。しかしケムには、報告する時間があったはずだ。エンゲル署長が捜査の指揮を自分ではなくピアに任せたことが気に入らず、ピアにそれだけの力がないことを見せつけようというのだろうか。ケムには真意がつかみづらいところがある。ホーフハイム署に異動してきてかれこれ五年になるが、ピアやオリヴァーに対してどこまで義理堅いかいまひとつわからない。彼に出世欲があることだけは確かだ。課長になってもいい年齢だし、その力がある。

「どうしてわたしに報告がなかったの？」そうたずねて、ピアはいうべきではなかったとほぞをかんだ。

「昨日、報告書を書いた」ケムは答えた。「犯罪歴検索システムに報告書を上げておいた。読んでないのが悪い」

突然、会議室に緊張が走った。自制しないと、ピアは守勢に立たされそうだ。

「司祭の妹イレーネ・フェッターの証言によると、アーダルベルト・マウラーは他言しないように断って、ローゼマリー・ヘロルトが告解で一九七二年の夏、ある少年を殺したと……」

待て！　違う。司祭の妹はそうはいわなかった。汗が肩胛骨(けんこうこつ)のあいだを伝い落ちた。着ているパーカーの脇の下あたりがじめっと汗ばんだ。みんながピアを見つめて、つづきを待っている。土曜日の夜七時十五分。みんな、仕事を上がりたいのだ。ピアのくだらない話に付き合わされて、みんな、落ち着きをなくしている。くだらない話。ピアはなにをいおうとしていたのかわからなくなった。そのときドアが開いた。オリヴァーが入ってくるのを見て、ピアの膝(ひざ)から力が抜けた。安堵感と不安感がないまぜになった。オリヴァーはドアの横に立っていたクレーガーになにかささやいた。どうしてクレーガーはオリヴァーと話しているのだろう。今、指揮をとっているのはピアなのに！

「なにがいいたいんだ？」ケムはいらいらしながらたずねた。「なにか新しい事実が浮かんだのか、それともただの憶測かい？」

「そうだ、そうだ」だれかが同調した。

「さっさと事実だけいってくれ」他の捜査官がいった。

「これはなんのための会議だ？」

「サッカーの国際試合を見たいんだが」

ざわざわして、椅子を動かす音がした。ケムは挑発する気だろうか。ピアは自制心を失った。なんてことだろう。ピアはエンゲル署長に視線を向けた。ピアが破綻するところを見るため、署長が仕掛けたのだろうか。

「いいかげんにしろ！」オリヴァーの声がして、みんな、押し黙った。「今日からピアが指揮をとる。わたしのときのようにピアを支えてもらいたい。スタンドプレーやボイコットは許さない。殺人事件が三件だぞ。それに犯人はまだ犯行をつづける恐れがある。今日は長い一日だった。これ以上議論してもしかたがない。そうだろう、ピア？」

「そのとおりね」ピアは歯がみしながらいった。「家に帰ってサッカーでも観て。だけどお酒を飲んではだめよ。全員、いつでも出動できるように待機すること」

会議は終わった。椅子の脚がリノリウムの床をこする音がした。みんな、机や椅子のあいだをぬってドアへ向かった。ピアは自分の書類をまとめた。顔が真っ赤になっていた。エンゲル署長と視線が合うのを避けた。署長はきっとピアには無理だと思っているだろう。オリヴァーが口をはさんだことに感謝すべきだろうか、腹を立てるべきだろうか。結局、その場を仕切って、ピアの面子（メンツ）をつぶした。そのときケムがピアの視界に入った。そのとたん怒りが沸きあがった。

「ケム！」ピアはいきなり叫ぶと、椅子をかきわけた。彼は立ち止まり、褐色（かっしょく）の目でピアを見つめた。彼が落ち着きはらっているのを見て、ピアはますます腹が立った。

「さっきのはなに？」ピアは興奮して怒鳴った。

「なんのことかな？」ケムはびっくりした様子だった。

「あなたは重要な情報をわたしに伝えず、みんなの前で恥をかかせた！」ピアは彼を非難した。

「わたしが捜査の指揮を任されたことが気に入らないわけ？」

「隠しごとなんてしてない」ケムは眉を吊りあげた。「なんでいらついてるんだ？」

「いらついてなんかいない！　あなたは……」ピアは口をつぐんだ。衝動に走ったことに歯がみし、唇をかんだ。ケムのいうとおりだ。過敏になりすぎた。普段なら彼になにをいわれようと、笑っていなすか、軽口を叩いてすました。ケムは基本的にいつもひと言多い。これでは三件の殺人捜査を指揮する力がないといっているようなものだ。

「ご……ごめん」ピアは恥ずかしくなってつぶやいた。

「落ち着こう」ケムは彼女の肩を叩いた。「肩肘を張るなよ。やりたいようにすればいいさ」

ピアは自分の席に戻って、書類とリュックサックを手に取った。同席しようと思っているマウラー司祭の解剖は午後八時の予定だ。もう出ないといけない。オリヴァーがドアのところで待っていた。表情は落ち着いているが、目がらんらんと輝いている。

「いっしょに法医学研究所へ行きますか?」ピアはそうたずねたが、返事はわかっていた。ボスと組んで十年近くになる。夫婦同士と同じぐらいボスのことを知っている。これがいっしょに捜査する最後になるかもしれないと思って、胸がちくっと痛くなった。ボスに去ってほしくない。

「遠慮しておく。大至急会って話したい人間がいる」オリヴァーは声をひそめて説明した。「あとで電話してもいいかな?」

だから会議を早く切りあげたかったのだ。

「スタンドプレーはだめだって自分でいったばかりじゃないですか」ピアは首を傾げた。オリヴァーは付き合わないかと誘わなかった。もう相棒と思っていないのだろうか。

「たしかに。捜査中の事件についてはだめだ」オリヴァーの口にふっと笑みが浮かんだ。頭の中ではすでに別のことを考えている。「わたしは古い事件を追うつもりだと署長に断った。もちろんきみの了解を得た上でだが」

もしピアが裏で署長と示し合わせても、オリヴァーは黙って受け入れて、好きにさせてくれるだろうか。できることならオリヴァーを引きとめたかった。なにをするつもりか知りたい。だが今はまだそのときではないようだ。

「状況は逐一報告して」ピアはいった。

「そうする。あとで連絡する」

ピアは、足早に出口へ向かうオリヴァーを目で追った。強化ガラスの扉が開いて、彼は姿を消した。署長に事情を話したのだろうか、それとも密命でも帯びたのだろうか。嫌な予感がする。犯人がまた犯行に及ぶ恐れがある。犯人が秘密を隠すために三度も殺人に及んだという推理にオリヴァーがこだわりすぎたらどうなるだろう。

*

車のキーをまわす。空調が作動し、ヘッドライトがついた。だがエンジンはいやな音をたてて止まった。どうなってるんだろう。昨日はちゃんとエンジンがかかったのに！　フェリツィタスは何度もキーをまわし、アクセルを踏んだ。エンジンが首を絞められるような嫌な音をたてたが、そのうちうんともすんともいわなくなった。

「なんなのよ！」フェリツィタスはかっとなって叫び、両方の拳骨でハンドルを叩いた。「信じられない！」

すでに日が暮れている。とっくにここから離れているはずだった。当初の計画では、夜中はこのあたりを走りまわって、夜が明けたら森林愛好会ハウスに戻るつもりだった。殺人犯は日中、動かないと踏んでいたのだ。ところがポンコツがいうことを聞かないとは。

「どうしたの？」エリーアスが沈んだ声でたずねた。

「わからない。車のことはよくわからないのよ」フェリツィタスはしょげかえった。「あなたはどう？」

「わかるわけないだろ。免許証も持ってないくらいだ」

ドラッグと子作り以外にできることがあるのかと悪態をつきたくなった。だが皮肉をいうのは控えた。こんな奴でも、出ていかれたら困る。無言電話をかけてきた奴が今夜、ここにやってくるのは確実だ。フェリツィタスは膝に置いた拳銃に触った。突然、一九八〇年代に初恋の相手がレンタルビデオ屋から山のように借りてきたおぞましいホラー映画を思いだした。怖くて生きた心地がしなかったことを今でもよく覚えている。フェリツィタスは掌に汗をかいていた。映画の登場人物はどうして森の中のわびしい家に住んでいると相場が決まっているのだろう。さっさと明るく安全なところに逃げたらいいのにと思ったものだ。だが今、彼女自身がそういう状況に置かれている。

「警察を呼びましょう」といって、彼女は静けさを破った。

「だめだ！」エリーアスは即座にいった。「絶対にだめだ！」

フェリツィタスはまたキーをまわした。やはりうんともすんともいわない。

「殺人鬼があらわれて、わたしたちを殺すのを待つつもり？」

「奴の狙いは俺だ。あんたじゃない」エリーアスは小さな声でいった。「俺がいなくなれば、あんたは安全さ」

「どこへ行くつもり？」

「ニケに気をつけるようにいわないと！」エリーアスは絶望して拳を固めた。「携帯電話を貸してくれない？」

この二十四時間でその質問をすでに二十回は繰り返している。

「警察はあなたの彼女の電話も逆探知しているはずよ」フェリツィタスは怒鳴らないようにして、拳銃のグリップをつかんだ。そのとたん安心感が増した。

「非通知で電話をかければいいさ」

「エリーアス、警察に出頭して、自分がしたことをいうのよ。そしてやり直す。まだ十九なのに、もうじき父親になるのよ」

なんともいえない状況だ。ふたりとも、どこへ行くあてもない。ふたりを歓迎してくれるところはどこにもない。森の中のお粗末な家以外、選択肢などなかった。いくら逃げだしたくても、これじゃどこにも逃げられない。

「家に戻りましょう」フェリツィタスはいった。「外にいるより安全よ」

突然、ランドローバーの荷室にいる犬がうなり、吠えだした。

「奴か?」エリーアスは焦ってささやいた。

「わたしは千里眼じゃないわ。来て!」

フェリツィタスはドアを開けて車から降りた。拳銃を手に持ち、人差し指を引き金にかけた。ガレージの前に人の気配がした。なんてこと! 奴は外で待ち伏せていたのだ! 鼓動が速くなり、口の中が乾いた。車の中の犬が黙った。フェリツィタスは身をかがめ、ガレージの暗がりに立ち、車に体を押しつけた。腕を伸ばして拳銃を前に突きだす。テレビでよく見たように。足音がした。砂利がこすれる音もした。フェリツィタスは気が動転し、十メートルも離れていないところに人影が浮かんでいることに気づいて、引き金を引いた。

＊

ルッペルツハインの酒場〈緑の森〉には、ドイツ対ポーランドの国際試合を流せるテレビがないのに、人でごった返していた。それでも車はなんなく駐車できた。地元の常連は歩いてくるからだ。オリヴァーはドアを開けた。みんながいっせいに顔を向け、おしゃべりをやめた。タバコの煙が天井のあたりに漂い、霧のように見える。

「こんばんは」オリヴァーはていねいにあいさつしたが、ひそひそ声ときつい視線にさらされた。カウンターにすわっていた数人の男が肘を突きあった。顔見知りだが、名前に覚えはなかった。昔の友人はひとりもいない。トイレの入り口の横でダーツ遊びをしている若者が数人いる。ダーツの的は穴だらけだ。

オリヴァーが着くのが早すぎたため、ヴィーラントはまだいなかった。

「どうした風の吹きまわし?」足が悪くなってからビールの注ぎ口のそばに陣取っているおかみのアニタ・ケルンががらがら声でいった。

おかみはもう六十年以上この酒場をやっている。はじめは夫といっしょだったが、その後ひとりで切り盛りしてきた。もうすぐ九十歳になるおかみは関節炎のせいで動くのが億劫だが、毎日、二階の住居から急な階段を下りてきて、常連にビールやリンゴワインを注ぐ。

「本当だよな」太った禿げ頭の男が小さな目でオリヴァーをじろじろ見た。「酒場に来るひまがあるなら、犯人捜しをしてもらいたいもんだぜ」

同調する声がそこここであがった。

「警察の身辺警護があるのも悪くないわ」五十代半ばのでっぷりした、気難しい顔の女が大きな声で笑った。彼女は椅子から落ちないようにカウンターをつかんだ。「フォン・ボーデンシュタインさんじきじきに警護してもらえるとはね！」

おかみのがさつな笑い声が響き渡った。常連のひとりに背中をぽんと叩かれて、彼女はその手を払った。

オリヴァーは隅のテーブルに移るとおかみに合図した。おかみはうなずいて、席を移ることを認めた。

「リンゴワイン？」おかみが酒場に響き渡る声でオリヴァーにいった。

「ああ、辛口を頼む！」オリヴァーは返事した。ヘッセン州の地元の酒といえばリンゴワインだが、オリヴァーはあまり好きではない。それでもビールで喉をうるおす気分ではなかった。酒場は一九二〇年代から食事をださなくなり、一九六〇年代からなにひとつ変わっていなかった。すり減った床、傷だらけのカウンター、ネジで固定された回転椅子。そこにすわって酔っ払い、くだを巻く代々の客たち。オリヴァーは何度も視線を感じた。客がまたおしゃべりをはじめたが、前よりも声をひそめていた。話題は三件の殺人事件に決まっている。酒が入って、話に尾ひれがついているに違いない。このところ集落は騒然としている。死んだ三人は顔見知りだったからだ。

九時ちょうどにドアが開いて、入ってきたヴィーラント・カプタイナがオリヴァーのいるテーブルに向かった。すらっとした水色の瞳の猟犬ワイマラナーが林務官に従っていた。客たちはオリヴァーのときよりも親しげにあいさつした。客のあいだを通りながらヴィーラントも親しげにみんなの肩を叩いた。

「ビールをくれ、アニタ」ヴィーラントは注文してから上着を脱いで、オリヴァーの向かいにすわった。犬は彼の足下にすわった。「どうしてここで会おうなんていいだしたんだ？」

ルッペルツハインには酒が飲めるところが他にも二個所ある。〈緑の森〉よりも上等で、そっちなら食事もできる。

「深い考えはないさ」オリヴァーは酒場通いをする質ではない。すぐそばに住んでいるパトリツィア・エーラースに鍵を返す都合があったので〈緑の森〉を提案しただけだった。

「ひどいことになったな」林務官は顎をこすった。いつもより悲しげな目をしている。「噂は本当か？　司祭が首を吊ったって話だが」

「捜査中なのでいうわけにいかない」噂を肯定しなければ、司祭の妹の意に背いたことにはならないだろう。太った金髪娘がガムをクチャクチャさせながら気だるそうにリンゴワインを運んできた。

「それでなんの用だ？」ヴィーラントがたずねた。

オリヴァーは一瞬ためらってからいった。

「アルトゥールのことで話がしたい」

＊

「やめて！　気は確か？」暗闇から女の怒った声が聞こえた。「撃たないで！」

ほっとすると同時に、フェリツィタスの膝から力が抜けた。ぶるぶるふるえながら拳銃を下げた。恐れていた人殺しではないと気づいたからだ。足音が違う。女の子の足音。というより、若い女性の足音だ。

エリーアスも車から降りて、ガレージの照明をつけた。フェリツィタスは止めようとしたが間に合わなかった。天井のほこりをかぶった裸電球がともった。淡い光の中、真っ赤な巻き毛と目をむいた蒼白の顔がフェリツィタスの目に入った。

「どうしてここに？」そうたずねて、エリーアスが車の前に出てきた。

「えっ……知り合いなの？」フェリツィタスは面食(めんく)らった。

「ええ。あなたのことも知ってる。マヌエラのお姉さんでしょ？」赤毛の娘が答えた。

「そうだけど」フェリツィタスの気持ちが少し収まった。

「あなたは？」

「パウリーネ・ライヒェンバッハ。ヤマネコ＝プロジェクトで、最近よくこのあたりに来ているの」彼女はエリーアスの方を向いた。「水車小屋にあらわれないから、ここだと思った」

「だれかにそのことを話したか？」エリーアスは闇をうかがった。「おやじにいわれて来たのか？」

「まさか」パウリーネはそれからフェリツィタスをじろっとにらんだ。「なんで発砲したりしたのよ？　あやうく当たるところだった！」

「ごめんなさい」フェリツィタスは車にもたれかかった。「人違い……しちゃって」

「なんですって?」パウリーネはあきれたという顔をした。「あなたが思ってた人だったら撃ち殺したわけ?」

「あなたにはわからないことよ」フェリツィタスは答えた。パニックになったのが馬鹿みたいに思えた。考えすぎだったろうか。無言電話はただの間違いだったのかもしれない。

「あきれた!」パウリーネは首を横に振った。

「それよりどうして俺がここにいるって思ったんだ?」エリーアスがたずねた。「本当にだれにもいってないんだな?」

「いってないって! わたしがここに来たことは、だれも知らないわ。トレイルカメラにあなたが映っていることに気づいたのよ」パウリーネは答えた。「それから新聞に、キャンピングトレーラーに不法侵入した者がいるって書いてあって、あなたを目撃者として捜索しているというニュースもあった。それで勘を働かせたのよ」

エリーアスはパウリーネを見つめた。

「じゃあ、サツに俺をちくったのは、おまえなのか?」

「いってないわ! 誓う!」

「話すのなら、家の中にしない?」フェリツィタスはようやく冷静に考えられるようになった。アドレナリンが通常の濃度になり、理性が働くようになった。拳銃を旅行カバンの外ポケットにしまった。「外で話すこともないでしょう」

フェリツィタスは旅行カバンを後部座席から引っぱりだして、荷室を開けた。二匹の犬が飛び降りて、吠えながら闇に消えた。あっという間だった。なんてことだろう！

「ここになんの用さ？」エリーアスはパウリーネに食ってかかった。「俺のことをスパイしにきたのか？」

「そんなことしないわよ！　助けが必要だと思ったの。警察があなたを捜してるから」

「助けなんていらない。このとおりぴんぴんしてる！」

「あらそう？　そんなふうには見えないけど」

「とにかく家に入りましょう」フェリツィタスはふたりが喧嘩をはじめそうだったので声をかけた。ガレージの照明を消して犬を呼んだ。エリーアスとパウリーネはフェリツィタスをそこに残して家に向かった。ふたりの声が遠ざかった。フェリツィタスはエリーアスのことが腹立たしくなった。外を怖がっていることを知っているだろうに、気にもとめていない。

「ロッキー！　ベアー！」フェリツィタスは夜のしじまに向かって叫んだ。といっても、森は決して静かではなかった。暗闇で目が利かなくなる分、耳が鋭くなる。風が梢を吹き抜け、下草でなにかがガサゴソうごめいている。バキッと枯れ枝が折れる音がした。ハアハアと犬の息づかいが聞こえた。フェリツィタスはガレージのシャッターを下ろした。ガシャンとシャッターが閉まると、旅行カバンを肩にかけ、家に急いだ。二匹の犬はこのあたりをよく知っている。そのうち戻ってくるだろう。

＊

ヴィーラントは雷に打たれたかのように身を硬くし、絶句した。それから身を乗りだした。

「アルトゥールって、あのアルトゥールか？」彼は声をひそめた。

「ああ」オリヴァーはリンゴワインに口をつけた。

「まいったな！　すっかり忘れてた！　いつのことだっけ？」

「一九七二年八月」

ガムをクチャクチャかんでいるウェイトレスはヴィーラントにビールを差しだすと、ボールペンでコースターに一本線を引いた。ヴィーラントはうなずいて、ぐいっとビールをあおり、上唇についたビールの泡を手の甲でぬぐった。

「本当にびっくりした」

「今日そのことが話題になったとき、わたしもぎょっとしたよ」オリヴァーは幼なじみにいった。「一瞬にして昔に引き戻されたし、ずっとそのことを考えまいとしてきたことに気づかされた」

「それで、なにが知りたいんだ？」ヴィーラントはオリヴァーをじっと見つめた。「まさか昔語りがしたくて呼んだわけじゃないよな？」

オリヴァーはカウンターの方をちらっとうかがった。数人があわてて目を伏せた。店内は騒騒しかったので、話を聞かれる恐れはなさそうだ。

「これからいうことはだれにもいわないでくれ」

「わかった」

「三人の死者はアルトゥールの行方不明事件と関係があるらしい」オリヴァーはいった。「ロージーはあのときなにがあったか知っていたようなんだ。見舞いにいったゾーニャに、そう漏らしたという」

「嘘だろう」ヴィーラントは唖然とした。「どうして黙っていたんだ？」

「唖然とするだろう」オリヴァーはリンゴワインをひと口飲んでから、本題に入った。「夜中に防火貯水池で泳いでいる女を見かけたことがあるよな。覚えているか？」

ヴィーラントは眉間にしわを寄せてから、顔を明るくした。

「ああ、覚えてる。あれは肝試しのときだった。エトガルとラルフとペーターの三人とペストの十字架で落ち合うことになっていた。でもあの女を見たせいで行きそびれてしまった。女は素っ裸で、俺たち目が釘付けになった」

「そのあとどうした？　覚えているか？」

ヴィーラントはしばらくのあいだなにもいわなかった。何十年ぶりかであのときのことを思いだそうとしていた。

「ナラの木が生えている馬の放牧地で待ち合わせした」ヴィーラントはゆっくり話した。「約束の時間は十一時半。真夜中ちょうどにペストの十字架に行くつもりだった」ヴィーラントはたこだらけの手でビールグラスをまわした。「牛の放牧地の上の小道を抜けて、防火貯水池のそばを通ることにした。そこにあのふたりがいた。男と女、そうだったよな？」

オリヴァーは黙ってうなずいた。

「月夜でよく見えた」ヴィーラントがつづけた。「はじめは、ふたりがなにをしているのかわからなかった」

「セックスをしてた。桟橋で」

「いいや、積み上げた薪の裏だった。男の方はズボンをひかがみまで下ろしていて、むきだしの尻がおかしくてクスクス笑ったじゃないか」ヴィーラントのしわだらけの顔に笑みが浮かんだ。「そばを通り抜けたら見つかってしまいそうで、俺たちはセックスが終わるまで葦のしげみの中に隠れていた。女は裸のまま池に入った。男はあたりを気にしていたけど、女はケラケラ笑った」

オリヴァーは胃のあたりがもやもやした。細かい点はともかく、今のところ自分の記憶とヴィーラントの記憶は一致している。

「それから男に見つかった。薪を振りあげて追いかけてきた」ヴィーラントはオリヴァーを見た。「俺は森に向かって駆けあがり、おまえは別の方向に逃げた。あんなに怖かったことはない。殺されるかと思った」

その言葉を聞いて、オリヴァーはやはりと思った。子ども時代に何度も見て、昨夜また蘇ったあの悪夢はこのときの記憶に基づいていたのだ。ニコラ・エンゲルの電話で起こされたときに見ていた裸の女の夢もこのときの記憶からきていた。同時に味わった死ぬほどの恐怖でこの部分を脳内から消し去り、ずっと必死で逃げる夢ばかり見てきたのだ。

「あやうく捕まるところだった」オリヴァーはグラスを飲み干した。「怖くて小便を漏らしたよ」

ヴィーラントは微笑んだ。

「あれはいい教訓になった。あのあと、夜中に窓からこっそり抜けだすのをやめたからな」ヴィーラントはオリヴァーを見た。「女はロージーだった。そうだよな？」

「そう思う」

ふたりはしばらく押し黙った。

「アルトゥールはどうなったと思う？」ヴィーラントがたずねた。

「わからない」オリヴァーはため息をついた。「そのことを考えるのをやめていた」

「ロージーがよく浮気相手とああやって密会していたとしたらどうだろう？　その相手が薪で少年の頭をかち割ったとか」

オリヴァーは、母親が男との密会に使っていたといって、エトガルがキャンピングトレーラーを毛嫌いしていたことを思いだした。

「密会をつづけていたのは間違いない。ゾーニャの本当の父親は自分の夫じゃない、とロージーは死ぬ前にゾーニャに明かしている」

ヴィーラントはオリヴァーのいいたいことをすぐに理解した。

「ゾーニャはうちの嫁と同じ一九七三年生まれだ」

「アルトゥールが行方不明になったのは一九七二年八月十七日」オリヴァーがつづけていった。「あの日に限って帰りに付き合わなかった。うちにカラーテレビが来て、クヴェンティンと

『ボナンザ』を観たかったんだ」

「『ボナンザ』の放送はいつも午後六時二十分からだった。今でも覚えている。八月だからその時間ならまだ明るい」ヴィーラントは想像を働かせた。「いくらロージーでも明るいうちから浮気相手と会ったりしなかっただろう」

「そうだな」オリヴァーはがっかりした。彼の推理はシャボン玉のようにはじけて消えた。道理が合わない。

「しかしアルトゥールは帰り道で他のだれかに出会ったのかもしれない。たとえばエトガル。あいつはアルトゥールを目の敵にしていた。きみがアルトゥールと俺とばかり付き合っていたのをおもしろく思っていなかった」

オリヴァーの心に暗く醜い感情が育ち、大きくなった。無関係に思えたことがつながった。人を死なせてしまった、とロージーはいったという。それなら、自分が手を下したことにはならない。

「エトガルがアルトゥールを殺してしまったら、ロージーは母親として息子を守ろうとしただろう」ヴィーラントは声をひそめた。獲物のにおいを嗅ぎつけた猟犬のように目をらんらんと輝かせた。

オリヴァーもその可能性を考えて、ゆっくりうなずいた。当時、警察がだれに事情聴取したか確認する必要がある。村の子どもたちにも聞き込みをしたのだろうか。

「ヴィーラント、感謝する」そういって、オリヴァーは旧友の手を握った。「参考になった。

あの晩なにがあったのかかならず突き止める。約束する」

＊

パウリーネは、警察に出頭した方がいいとエリーアスを説得した。フェリツィタスはそのあいだに家の防備をかためた。窓のよろい戸を片っ端から閉め、ドアがすべて施錠してあるか確かめた。犬は二匹とも戻ってきて、今は籠に入ってうたた寝している。それでも内心のふるえは収まらなかった。フェリツィタスはワインの栓を抜いて、立てつづけに二杯飲んだ。

十五分前から三人はキッチンテーブルを囲んで、これからのことを相談していた。フェリツィタスは、エリーアスがiPhoneで放火犯を撮影したが、電源を入れて確かめる勇気がないことをパウリーネに話した。パウリーネには分別があるようなので、フェリツィタスはほっと安堵した。彼女の両親はエリーアスの両親の隣人なので、エリーアスが抱えている事情を知っているという。パウリーネは、エリーアスを助けるためにここへ来たといっている。殺人事件が三件も起きて怯えている、ルッペルツハインの村人のこともなんとかしたいのだ。だがパウリーネは本当にそう思って行動しているのだろうか。自分が目立ちたいと思っていないだろうか。フェリツィタスは自分がエリーアスに負けず劣らず懐疑的なことに気づいた。パウリーネはどうしてこんな遅い時間にやってきたのだろう。日中に顔をだしてもよかったはずだ。ただお節介なだけだろうか。それとも他になにかあるのだろうか。ワインを四杯飲んで酔いがまわり、緊張が解けた。

「俺をニケのところまで乗せていってくれないか。だめかい？」エリーアスはパウリーネにいった。さっきから繰り返しそういっている。「ニケとちょっとだけ話がしたいんだ!」

フェリツィタスはパウリーネとちらっと視線を交わし、ため息をついた。

「気は確か?」パウリーネはエリーアスに向かって腹立たしげにいった。「何度いったらわかるの? 警察があなたを捜してるのよ! ニケのところにもとっくに来てるはずよ。親の家で待ち伏せしてるに決まってる。それに、あなたを匿(かくま)ったこの人も罰せられるのよ!」

「この人ってなによ」フェリツィタスはむっとして、ボトルに残っていたワインをグラスにあけた。もう呂律(ろれつ)がまわらない。「わたしにも名前はあるんですからね!」

「ごめんなさい」パウリーネは肩をすくめて、フェリツィタスをじろっと見た。「もうぐでんぐでんじゃない」

「あんたには関係ないでしょ」フェリツィタスはとげとげしく答えた。

「そうね、あなたの問題だもの」

パウリーネは携帯電話に視線を向けた。

「俺に協力してくれないのなら、なんで来たんだよ?」エリーアスは小さな子どものように口をとがらせた。

「あなたを助けたいの」気持ちを込めてそういうと、パウリーネは彼の両手をつかんだ。「知ってる人が三人も死んでるのよ! マウラー司祭は教会で首を吊ったって話だけど、そんなの信じられない! 司祭も殺されたのよ! わかる?」

「俺になんの関係があるんだ?」

「警察の役に立つことを本当に目撃したのなら、教えるべきだわ!」

エリーアスの iPhone は、汚れた皿のあいだに置いてあった。パウリーネも電源を入れる勇気がなかった。

フェリツィタスはもう一本ワインを取りに立ちあがった。酒がまわっていたため、食卓に手をついた。

「無理だ」エリーアスは腕組みをしながらいった。「刑務所に入れられちまう。離脱したばかりだっていうのに、あそこはドラッグが蔓延してる。中央駅の比じゃない」

「でも隠れていたら、どんどんまずいことになるわよ」パウリーネは答えた。「そうだ。あなたの iPhone をあたしが預かる。あたしが警察に持っていく。そうすれば、あなたの捜索をやめるかも。話をつけられるかもしれない」

エリーアスは下唇をかんで考え込み、それからゆっくりうなずいた。

「わかった。ついでにニケのところに寄って、俺の手紙を渡してくれるかい?」

パウリーネは椅子の背にもたれかかって、目を丸くしてため息をついた。

「まったくもう。わかったわよ。あなたの大事なニケのところにも寄る。手紙を書きなさい。でも、急いで。これから誕生パーティに行くんだから」

「恩に着るよ! きみは最高だ」エリーアスは幸せそうに顔を輝かせた。「すぐに書く!」

エリーアスは椅子から勢いよく立ってキッチンから出た。

「あの子のことしか頭にないんだから」パウリーネは首を横に振った。「それだけの価値があればいいんだけど」

「でもその子のために薬物離脱をやり遂げたんでしょ」フェリツィタスはあくびをした。キッチンは暑いくらいだ。目に涙がたまった。フェリツィタスにいわせれば、エリーアスは救いようのないわからず屋だ。「ねえ、本当にこれから森を抜けて帰るつもり？」

「もちろんよ」パウリーネは屈託なくいった。「あたしは年じゅう森をうろついている。夜中でもね」

「でもこのあたりを、人殺しが徘徊してるかもしれないのよ。泊まっていきなさいよ。寝るところはあるから」

「平気」パウリーネは首を横に振った。「気づかってくれるのはありがたいけど、まだ行くところがあるの。自分のベッドで寝る方がいいし」

「好きにして」フェリツィタスは食卓につっぷしそうなのを懸命に堪えながらいった。そのくらい眠たくなっていた。「エリーアスの両親てどうなってるの？　本当にそんなにひどい親なの？」

「まあね。世間体ばかり気にして、子どもは優等生でないと我慢ならないのよ」パウリーネはさげすむように答えた。「エリーアスはそういうタイプじゃなかったの。学校では落ちこぼれだった。そしてマリファナにはまった。もちろん両親はやめさせようとした。当然よね。だけどエリーアスったら、親が留守のあいだに家にあったものを片っ端から持ちだして、売り飛ばしたの。母親の車まで」パウリーネは息をはずませた。「それで父親に勘当された。もう無茶苦茶。本当をいうとエリーアスは……」

パウリーネはそこで口をつぐんだ。エリーアスがキッチンに入ってきたからだ。彼はたたんだ紙とiPhoneをパウリーネに渡した。

「よろしく頼む」エリーアスは小声でいった。「ありがとうな」

「それであなたの心の人はどこに住んでるわけ？」パウリーネはからかい半分にいいながら立ちあがった。

「住所は紙に書いてある」エリーアスは微笑んだ。「赤ん坊が生まれたら代母になってくれ」

「それって、おんぶに抱っこじゃない」パウリーネもニヤッとした。「毎年その子の誕生日を思いだせっていうのね」

エリーアスは彼女を抱きしめ、犬といっしょに玄関まで見送った。

＊

アーダルベルト・マウラー司祭の解剖結果は、ヘニングの読みどおり絞殺だった。体温や死斑や死後硬直から、ヘニングとレマーは、死亡時刻を金曜日の午後十時半頃だと割りだした。被害者の上腕と手首に皮下出血が見られ、司祭の首にロープを巻きつけるときに犯人が司祭をつかんだことが判明した。司祭の上半身にまたがったようだ。肋骨（ろっこつ）が二本折れていたのはそのためだ。司祭は必死に抵抗したとみられる。入れ歯がはずれて、折れていた。右眉の上の裂傷から出血していて、犯人はその血を踏んで靴跡を残した。他殺に間違いなかった。

法医学研究所から署に戻る途中、ピアはクレーガーに電話をかけた。クレーガーから、犯行に使われたロープが普及品で、どこのDIYショップでも買えるし、ネットでも注文できると聞いてがっかりした。それに、聖具室で採取した指紋はおそらく犯人のものではなく、靴跡以外に手がかりはないという。司祭館でも、司祭の最後の数日の行動を裏付けるものはなにひとつ見つからなかった。予定を書き込んだカレンダーもなければ、メモも残されていなかった。妹のイレーネ・フェッターも、司祭は予定をつねに頭に入れていたと証言した。

ピアが自分の部屋に戻ったのは夜の十時だった。ほとんどの者は帰宅し、ターリクとカイだけがピアとカイで使っている部屋に残っていた。窓の外は漆黒の闇だった。ピアはふたりに解剖結果とオリヴァーがその日の午後いったことを報告した。

「その古い事件が三件の殺人事件に関係しているなんて、信じるのか?」カイはチョコクッキーを口に入れてから、菓子の箱をピアに差しだした。

「ありがとう」ピアはカイの外見が変わったことにいまだに慣れることができなかった。ピアの知っているカイは、肩にかかる長髪を後ろで結び、変なロゴの入った洗いざらしのTシャツとか、ネルシャツをボタンも留めずに着て、すり切れたジーンズをはき、丸いニッケルメガネをかけていた。ところが二週間前からショートカットにして、新品のブランドジーンズをはき、シャツのボタンをしっかり留めて、しかも裾をジーンズに入れてあらわれて、みんなを唖然とさせた。「恋人募集中」オリヴァーはニヤニヤしながらいった。それ以来、ピアはカイがイメージチェンジした理由を探っているが、いまだに謎は解けなかった。

「ボスは確信しているのよね」ピアは控え目に答え、スマートフォンのメールをチェックした。

オリヴァーからはまだなにも連絡がない。「ローゼマリー・ヘロルトが一九七二年に起きた少年行方不明事件に関わったか、事情を知っているということを」

「ボスがローゼマリーの娘ゾーニャから聞いたことを報告にまとめているけど、もう読んだかい？」カイは口をもぐもぐさせながらたずねた。

カイは事件簿を整理する担当だ。記憶力が抜群で、整理整頓が得意だから適任といえるし、身体障害で外での捜査活動に従事できないため、率先してこの仕事を引き受けている。

「まだ読めていない」そう答えると、ピアはまずいと思った。捜査の指揮をとる者として最新情報をつねに把握していることは義務ではないだろうか。ピアはちらっとふたりの様子をうかがったが、カイとターリクは気にしていないようだ。

「待ってくれ」カイはまたクッキーをボリボリ食べながら、犯罪歴検索システムのファイルをひらいた。「ゾーニャ・シュレックとその夫デトレフ……えーと……ゾーニャの母親が月曜、人を死なせてしまったことと、本当の父親がローゼマリーの死んだ夫ではないことをゾーニャに明かした」

「なるほど」ピアは眉間にしわを寄せた。「人を死なせてしまったことを、ローゼマリー・ヘロルトは司祭以外にも話したのね」

彼女自身が例の子を殺したということだろうか。だがそれなら「人を殺した」というはずじゃないか。

「いいかい、ここだ」カイはいった。「ゾーニャの証言によると、クレメンス・ヘロルトはよく母親のキャンピングトレーラーにこもって、家族史を書いていたらしい」

「家族史？」ピアはターリクの方を見た。ターリクはクレメンス・ヘロルトのコンピュータから秘密を引きだしたところだ。

「それらしいものを見つけた？」

「このコンピュータには保存されていません」ターリクは答えた。「データの大半は仕事絡みです。作業報告書、レポート、技術上のメモ」

「予定表はどう？」

「成果なし」カイはいった。「それより興味深いのは、ヘロルトがクラウドに保存していたデータさ。ターリクがコンピュータに保存してあったドロップボックスのパスワードを見つけた」

「本当に一種の年代記をまとめていたんです。それも何年も前から」ターリクはモニターから視線をそらすことなく、すごい勢いでキーボードを打った。「でも家族史というよりも、ルッペルツハイン村にまつわる秘密が中心でした。めちゃくちゃたくさんの人にインタビューして、古い写真やオリジナルの資料をスキャンしていました。ヘロルトはノートパソコンで作業していたみたいです。でもそのノートパソコンはキャンピングトレーラーといっしょに燃えてしまいました」

「秘密っていうのは？」ピアはたずねた。

「大昔の犯罪です」ターリクは答えた。「薪泥棒、魔女の火刑、一八八九年に起きた日雇い労働者の謎の殺人事件などなど。あいにくクラウドにはキーワードしか保存してなくて。くわしい情報はノートパソコンにあったようです」

「写真は？　分類されているの？」

「ええ。年代順に」ターリクは作業を中断することなくうなずいた。「ヘロルトはテラバイトの容量いっぱいに使っている。どれだけJPEG画像が保存されていることか」

ピアには想像もつかなかったが、それでもうなずいた。

「一九七一年と一九七二年の写真に興味がある」ピアはいった。

「ヘロルトのドロップボックスへのアクセス権を送ります。すべてをダウンロードしてメールで転送したりしたらサーバーがパンクしますよ」

しばらくのあいだキーボードを打つ音以外聞こえなかった。

「エリーアス・レッシングのiPhoneはあれっきり電源が入っていないわね」ピアは静けさを破った。「どういうこと？」

「電源を入れれば、俺たちが位置を特定できるって知っているお利口さんか」カイが答えた。

「電源を入れられる状態にないということだろうな」

「どっちだと思う？」

「死んでますね」ターリクはいった。

「お利口さんと見た」カイがいった。椅子を少し引いて、両手を後頭部に持っていった。「きみはどう思う？」

「彼の保護観察司にはあれっきり連絡がないという」ピアは答えた。「エリーアスがどこにいるか訊いてまわったそうだけど、先週の金曜日からだれも彼を見かけていない。どこかに隠れているわね。もしかしたら本気で禁断療法に取り組んでいるのかも。両親ともう一度話してみた？」

「ああ。でも親はなにも知らないようだ。母親は恋人の名前が〈ニケ〉ということしか知らなかった。だが名前だけじゃどうしようもない」

ピアはEメールの受信箱を開け、ターリクのメールを見つけると、クレメンス・ヘロルトのドロップボックスへのリンクをひらいた。「写真 一九七二年」というファイルだけでも相当の写真データが入っている。写真を収集してスキャンするのにかなり時間をかけたはずだ。ざっと目を通すだけでも時間がかかりそうだ。写っている人の顔の確認はオリヴァーに頼むほかないだろう。ピアは写真をクリックした。ほとんどの写真の解像度が低い。だが一枚の写真に目がとまった。ユニフォームを着た子どもの一団が写っている。タイトルは「サッカートーナメント・ユースE（U11、10に相当）、一九七二年五月」。その写真を拡大した。真ん中に金髪のかわいらしい少年が立っている。ボールを腕にかかえて、カメラの方をにこにこ見ている。ピアは他の子どもの顔を眺めた。後ろの列にいるやせた褐色の髪の少年が十一歳のオリヴァーだろうか。当時サッカーをやっていたのか。今度訊いてみることにした。オリヴァーなら、他の子がだれかわかるだろう。

ピアはモニターをしげしげと見つめた。目が疲れて、集中力が途切れた。クレメンス・ヘロルトが家族史ではなく、村の年代記をまとめていたのなら、きっといろんな人にインタビューしたはずだ。彼は、はからずもパンドラの匣を開けてしまったのだろうか。死んだ母親を足しげく見舞っていたのも、詳しい話が聞けたからかもしれない。母親のキャンピングトレーラーにいたのも、古い罪の証拠を探すためで、母親には内緒だったのではないだろうか。しかしなぜ、村の古い話に興味を持ったのだろう。

クレメンスはなにか知っていた。犯人は秘密を知っている人間を殺しているのだ。アルトゥール少年が行方不明になった夜になにがあったか知っているのはだれだろう？　背筋が寒くなった。三件の殺人事件の動機がオリヴァーのいうとおりアルトゥールの行方不明事件で、キムの勘が当たっているなら、殺人犯はまだ自分のミッションを終えていないことになる。

＊

ヴィーラント・カプタイナとの話よりも、アニタ・ケルンから聞いたことの方に心をかき乱された。オリヴァーは車に乗り込み、エンジンをかけたとき、鍵束のことを思いだした。ふたたび車から降りると、酒場の前を通って庭師小路に入った。パトリツィアと夫のヤーコプ・エーラースが住んでいる家は、すぐそこにあった。レンガ造りの平屋は親の家の裏手に建ててあった。子どもの頃、入ってはいけないといわれていた古い納屋が建っていたところだ。その平屋には明かりがともっていた。だがオリヴァーは玄関の前でためらった。夜中の十一時二十分にベルを鳴らしてもいいだろうか。鍵束を郵便受けに入れて帰るべきかもしれない。背後で石畳をこする爪の音とかすれた息づかいがしたかと思うと、大型犬がうなり声をあげて飛びかかってきた。オリヴァーはよろめき、あやうくアジサイのしげみに尻餅をつきそうになったが、かろうじて家の外壁に手をついて転ばずにすんだ。

「バルー、やめろ！　こっちに戻れ！」鋭い男の声に、オリヴァーは救われた。犬はオリヴァーから離れた。闇の中から人影が浮かんだ。玄関のガラスから漏れる明かりに照らされたその人影はヤーコプ・エーラースだった。

「やあ、オリヴァー！」ヤーコプが驚いて叫んだ。「ここでなにをしてるんだ？」

「やあ、ヤーコプ」オリヴァーはまだ恐怖で体がこわばっていた。「パトリツィアに教会の鍵を返そうと思ってね」

「バルーの奴め、騒ぎすぎだ。すまなかった。大丈夫か？」

　犬は尻尾を振りながら立ち、おとなしくしている。

「ああ、大丈夫だ」オリヴァーはズボンのポケットから鍵をだして、ヤーコプに渡した。「パトリツィアによろしく」

「ちょっと寄っていけよ」ヤーコプは玄関ドアを開けた。「一杯やろう。気分が落ち着く」

　まあ、いいだろう。ゾフィアは安全だし、土曜の夜だ。仕事は終わっている。それに犬に飛びかかられて、びっくりした。

「気の毒だったな」

「ああ、まったくひどい話さ」ヤーコプは首を横に振った。ジャケットを脱いでワードローブにかけると、汚れた靴を脱いで、室内ばきにはきかえた。彼はオリヴァーの視線に気づいた。

「ハンノキ新地に道路を通す工事がはじまって、犬の散歩道はぐしゃぐしゃさ。畑を散歩した方がまだましだ」ヤーコプはふっと微笑んだが、すぐに真顔になった。「村のみんながショックを受けている。自警団を作ろうという話まで出ているんだ。申し訳ないが、ここではだれも警察を信用していない」

「わかるよ」

「司祭は自殺じゃないって本当かい……殺されたって話を聞いたが？」

「司法解剖ではっきりするはずだ」オリヴァーはあいまいに答えた。「今のところ自殺に見える」

車がアプローチに入って、ガレージの前に止まった。犬がうれしそうに吠えて走った。

「女主人様のお帰り。わたしは用ずみだ」首を横に振りながら、ヤーコプが犬の方を見た。車のドアが閉まった。舗装されたアプローチでヒールの音がして、パトリツィアが家に入ってきた。朝と同じ喪服を身につけている。すっかり疲労困憊(こんぱい)しているようだ。

「オリヴァー！」驚いたまなざしが不安なまなざしに変わった。「やだ、またなにか起きたんじゃないでしょうね」

「違う、違う。鍵を返しにきただけさ」

「ああ、よかった」パトリツィアはため息をついて、ハンドバッグをワードローブの横のサイドボードに置いた。「ひどい一日だった。今までゾーニャのところにいたの。メヒティルトも来ていた。クレメンスがキャンピングトレーラーで女と会っていたんじゃないかとデトレフからいわれて、我を忘れていたわ。まったく悪夢よ」

彼女の言葉は夫に向けたものだったが、オリヴァーにもシュレック家の空気がどんなものか容易に想像できた。そういえば、ゾーニャはしばらくヤーコプの弟ラルフと結婚していた。

「ご両親は今も表の家に住んでいるのかい？」

「母がね」ヤーコプはガラス戸棚から陶製の細い瓶を取り、栓を抜いて、三つのグラスに注いだ。「父親は二年前からケーニヒシュタインの介護老人ホームにいる。八十九歳で、重度の認知症だ」

「それは気の毒に」オリヴァーはいった。

ヤーコプとラルフの父親のヨーゼフ・エーラースは四十年以上にわたってルッペルツハイン基礎学校の校長を務め、同時に村に一軒だけの貯蓄銀行の支店を切り盛りしてきた。いわば村の顔役だ。エーラース校長がいつも古風な仕草で帽子を上げて、伯爵夫人である自分にぺこぺこしているのがおかしいとオリヴァーの母親がいっていた。

「昔、納屋にあったものはどうしたんだい？」

「ほとんど廃棄した」ヤーコプはグラスをオリヴァーに渡した。

「古いトラクターはクルト・フィッシャーが買い取った。二束三文でね。そして完璧に修復した。今でもあのおんぼろに乗って、干し草作りをしている。それから古い車が数台あったが、そっちはラルフが引き取った。あいつ、デトレフと組んでその車を新品同然に直して転売した。家具を古物商に売った以外はたいして金にならなかった」

「ラルフはどうしてる?」オリヴァーは酒のにおいをかいだ。「この村に住んでいるのか?」

「ああ。しばらくアジアにいたが、二、三年前に舞い戻ってきて、ハーゼンミューレの古い水車小屋を買って住んでいる」ヤーコプは皮肉っぽく答えた。「あいつはあの廃屋(はいおく)の修復を計画している。だがわたしの知るかぎり、すすんでいないはずだ。計画をたてることにかけて、弟は世界選手権に出られる。ただいつも計画倒れに終わる」

パトリツィアが居間に入ってきて、グラスを手に取った。

「ロージーに!」ヤーコプはそういうと、グラスを上げた。「心優しい人だった。もうこの世にいないなんて、さみしいかぎりだ」

「わたしも」パトリツィアが涙ぐんで夫にもたれかかると、彼が彼女の肩に手をまわした。

「姉妹の中でロージーはいつでも一番愛らしかった」

「わたしも彼女が好きだった」オリヴァーもうなずいた。だが本当はなにも知らなかった、と頭の中で付け加えた。

度数の高い酒が食道を下りていき、胃がぽっと温かくなった。オリヴァーはヤーコプとパトリツィアを見つめた。ふたりはいまだに仲むつまじい。ヤーコプは今でも恰好がいい。年齢のわりにやせている。昔はハンサムで通っていて、村一番の美人と結婚しても、だれも驚かなかった。六十歳はじめになり、今は父親にそっくりだ。とがった鼻、シルバーグレーの髪、彫りの深い目、ふさふさの眉毛。顔は少しも老けて見えない。

オリヴァーたちは二杯、三杯と酒を飲んだ。オリヴァーは、遅くなるが心配はいらないとカロリーネにメールを送った。ピアのメールとワッツアップ（メッセンジャーアプリ）のメッセージはあとで確認することにした。車は〈緑の森〉の駐車場に止めておいて、明日取りにいけばいい。

＊

「イレーネは、ロージーとクレメンスが殺されたのは昔行方不明になった少年と関係があるといってる」パトリツィアは牧師の妹の話を話題にして、空になったグラスを指でまわした。悲しい気持ちを隠そうとしなかった。しかしオリヴァーが今朝気づいた悲しみは、殺された姉に向けられたものだけではなかったようだ。はるかに大きく深い。

「少年てだれだい？」酒を注ごうとしていたヤーコプが驚いて手を止めた。

「ほら、移民の子がいたでしょ」パトリツィアはオリヴァーを見た。切羽詰まって、探りを入れているようだ。オリヴァーとピアが口を酸っぱくして頼んだが、結局、司祭の妹はしゃべってしまうだろうと、オリヴァーは思っていた。

「捜査中なので話せない。今のところはっきりした手がかりはないんだ。同一犯人かどうかもわからない」

「村の人はみんな心配している」パトリツィアがいった。

「わたしだって心配さ」オリヴァーはいった。

「なにか手伝いが必要なときはいってくれ」ヤーコプは酒を注ぎ、ゲップをしそうになって堪えた。「ここの人間ならみんな知っているからな」

ヤーコプはうまくしゃべれなくなっていた。パトリツィアも呂律がまわらなくなった。

「ありがとう。覚えておく」オリヴァーはうなずいた。「今は注意を払い、目ざとくしていることが大事だ」

「変ね。もう何年も忘れていたのに、突然、あの子の行方不明事件を思いだすなんて」パトリツィアがいきなりいった。椅子の角にすわって背筋を伸ばし、両手を膝にはさんでいた。「村全体が蜂の巣を突いたようだったわね。わたしのお腹にはニクラスがいた。わたしの両親の家はあの子の家族と二軒しか離れていなかった。覚えてる、ヤーコプ？　両親を見るのが忍びなかった。心配で気が気じゃないって感じだった」

「よく覚えていないな」ヤーコプがいった。「あの頃は兵役に服していて、二週間に一度週末に家に帰ってくるだけだったから」

「警察は村じゅうを捜しまわった。そのうちどこかであの子が見つかるんじゃないかと思っていた。かわいい子だった。礼儀正しくて」パトリツィアは緊張した声色で話した。「そのあと数年はずっとそう思っていた」

パトリツィアはなにか知っているのだろうか。年齢を考えたら、いろいろ覚えているはずだ。しかしそのことを質問するタイミングではない。彼女は混乱し、憔悴している。無理もない。家族が殺されたら、トラウマになるのが当然だ。しかも家族をふたりも殺された。そして彼女は今朝、司祭の遺体を発見したときにも居合わせた。

ヤーコプは同情するようにうなって、あくびをかみ殺した。

「あれ、捜査しなおした方がいいかもしれないわね」パトリツィアは身を乗りだして酒瓶をつかむと、自分と夫のグラスに酒を注いだ。オリヴァーは断った。「捜査方法もあのときとはぜんぜん違うでしょ」

「いくら捜査方法が新しくなっても、事件現場がわからず、遺体が見つからなくてはどうにもならない」オリヴァーは答えた。

「あの子の両親て、まだ生きているのかしら?」パトリツィアはオリヴァーがいったことには踏み込まず、これだけはいわずにいられないとでもいうようにつづけた。「お母さんが今でも目に浮かぶ。サナトリウムで厨房の手伝いをしていたのよね。人懐こくって、寡黙だった。そのうちルッペルツハインから出ていった。でも毎年、行方不明になった日になると、息子の写真がのっているポスターを両手に持って旧市庁舎前のバス停に立っていたっけ」

　パトリツィアは怖気をふるい、酒を飲み干した。

「よく耐えられたものね。子どもがどうなったかわからないなんて最悪。親をなんていってなぐさめるものなの?」

「なぐさめようがない」オリヴァーは認めた。「自分に子どもがいるから、身につまされる」

オリヴァーは、アルテンハインで起きた少女ふたりの行方不明事件を思いだした(既刊『白雪姫には死んでもらう』)。遺体が見つかったときは、行方不明になってから十年以上も経っていた。ひとつの家族はやり直せたが、もうひとつの家族はばらばらになり、あれからどうなったかわからない。

「親は絶望し、自分を責め、しだいに気力と希望を失う。それを間近で見るのはつらい」

「子どもがどうなったか知ることなく死んでいく親も多い」ヤーコプがいった。まぶたが重くなったのか、何度も目をつむった。「一九九六年にケルクハイムのペットショップの前で行方不明になった少女のときもそうだった。母親は死んでしまった。母親も娘も個人的に知っていた」

オリヴァーにも、誰のことかわかっていた。アニカ・ザイデル事件は迷宮入りしていた。十八年経ってもなにもわかっていない。もう真夜中になる。帰る潮時だ。ヤーコプが軽くゲップをしてうなだれると、いびきをかきはじめた。

「そろそろお暇する」オリヴァーはパトリツィアにそういうと、椅子から腰を上げた。「長い一日だった」

パトリツィアも腰を上げた。少しふらっとしてはにかんだ。「空きっ腹に飲みすぎたわ」

パトリツィアはオリヴァーを玄関へ伴った。ヤーコプのいびきが開けっぱなしの居間のドアを通して聞こえた。

「外で一本タバコを吸うことにする」パトリツィアはワードローブからブルゾンをだして、玄関ドアを開けた。犬がすぐ籠から出て、ついてきた。

秋の澄んだ冷気の中、オリヴァーは頭よりも足下で酔いを感じた。パトリツィアはタバコをくわえて火をつけた。何度かタバコの煙を吸うと、突然オリヴァーの腕に手を置いた。

「あなた、姉をよく知っていたわよね」パトリツィアがささやいた。「姉が子どもを殺したなんてありうると思う？　人は見かけによらないというけど」

「信じがたいさ」オリヴァーは認めた。「しかし残念ながら、まさかと思うような人にたくさん会ってきた」

「どうしてエトガルを釈放したの？」パトリツィアは聞かれていないか心配そうにあたりを見まわした。「村人の多くは彼があやしいと思ってる。彼はクレメンスを憎んでた」

「事情聴取しただけで、逮捕したわけじゃない」オリヴァーは訂正した。「彼にはアリバイがある」

アルトゥールが帰り道でだれかに出くわしたのかもしれない、と、ヴィーラントはさっきいっていた。本当にそうだったのだろうか。

「怖いわ」パトリツィアはオリヴァーを放し、家の外壁にもたれかかった。タバコを持つ手がふるえていた。

「はじめにわたしの姉、それから甥。今度は司祭！　次がわたしたちだったらどうする？　ヤーコプか、わたし。息子たちとその家族だったら？　しかも犯人がこの村の人だなんて。よく知っていて、毎日会っている人かもしれないのよね」

「犯人がルッペルツハイン出身で、今でも住んでる可能性はある」オリヴァーはいった。

「なんてこと」パトリツィアはタバコを踏み消し、靴の先で下水溝に蹴り込んだ。「もうだれも信じられないわ」

「問題は被害者と犯人の接点だ」オリヴァーはいった。「今はマウラー司祭が日曜日にだれと話をしたか突き止めようとしている。ロージーが告解で司祭にアルトゥールのことを漏らしたのなら、司祭が共犯者のところへ行って、告白するよう迫ったおそれがある」

「共犯者？」パトリツィアの目が不安の色に染まった。

「アルトゥールになにがあったかロージーは知っていたんだと思う」オリヴァーは話をつづけた。「彼女が口をつぐんでいたのは、その共犯者を守るためだったはずだ。そしてそのことで苦しんだ。うつ病になるほど」

「だけど……司祭は日頃、いろんな人を訪問してまわっているわよ」パトリツィアが口ごもった。「訪ねる人は決まっていて、週に一度、わたしの義母も訪ねていた」

「わたしがいっているのはそれじゃない。普段と違う訪問だ」

「訊いてみましょうか？」パトリツィアはためらいがちにいった。

「それは助かる。だけど、気をつけてくれ」iPhoneが振動したが、オリヴァーは無視した。「アルトゥールの母親が当時、この村を呪ったって知っていたかい？ アニタがそういっていた」

パトリツィアは二本目のタバコに火をつけようとしたが、手がふるえて、重いストームライターをしっかり持てなかった。オリヴァーは彼女からそのライターを受け取って火をつけた。

「ええ」パトリツィアはささやいた。「警察に要請されて〈緑の森〉で住民集会が持たれたときよ。あのときは……ぞっとした。あの人が事件について発言するのを聞いたのははじめてだった。いつも寡黙だったから。でもあのとき……ああ、神様！ あの人は我を忘れていた。気の毒でしかたなかった。でもそのあと、ぞっとすることを口走った」

「なんといったか覚えているかい？」オリヴァーはたずねた。アニタ・ケルンもそのことを話題にしたが、アルトゥールの母親がなんと叫んだか覚えていなかった。

「息子にひどいことをした奴を呪ってやるといったわ」パトリツィアは怖気をふるって、十字を切った。「息子を手にかけた奴は罰として病気や不幸や悲惨な死に見舞われるがいい。真相が明かされるまで家族や子々孫々も呪われるがいい。実際そのあと……村人は事故死したり、病死したりした」

この四十二年間に、異常なことがあっただろうか、とオリヴァーは考えた。思い当たる節はない。だが多くの人がどんなに迷信深いか知っている。死亡事故があると、それが不自然でなくても、いろいろと尾ひれをつけたくなるものなのだ。

「さて、帰るとする」オリヴァーはいった。「今日は長い一日だった」

「ええ。ひどい一日だった」パトリツィアは神経質にタバコを吸った。「犯人がすぐ見つかるといいわね。もうだれにも死んでほしくない」

二〇一四年十月十二日（日曜日）

電話をかけてきたのはピアだと思ったが、ケルクハイムの市外局番の固定電話だった。オリヴァーはこんな時間にかけ直してもいいものか少し考えた。だが、かかってきたのは午後十一時四十六分。驚いたことに司祭の妹イレーネ・フェッターだ。呼び出し音が二度鳴る前に司祭の妹は受話器を取った。オリヴァーはその足で彼女を訪ねた。司祭から聞いたことを全部は話していなかったことが判明した。司祭はさんざん迷った末、告解で聞いた秘密をオリヴァーに伝える決心をしたという。司祭の妹は、司祭がオリヴァーになにを話そうとしていたかまでは知らなかった。やはり妹の口がそこまで堅いと思っていなかったのだ。

司祭がゾフィアと話し、オリヴァーに話そうとしていたことを口にした可能性はあるだろうか。もし殺人犯がマウラー司祭をオリヴァーの家までつけていたとしたらどうだろう。

これまで内心の不安をなんとか制御していたが、急に気が気ではなくなった。ゾフィアがローレンツのところにいることを知っている者がいるだろうか。インカが知っているかもしれない。あとはカロリーネと自分以外だれも知らないはずだ。

「あの子は安全だ！」オリヴァーは自分にいい聞かせたが、胸騒ぎを鎮めることはできなかった。いつもと状況が違う。今回は自分も当事者だ。余命いくばくもない女性を絞殺し、年老いた司祭を殺して、吊るすこともいとわぬ人殺しだ。七歳の子が知っているかもしれないと思ったら、迷いはしないだろう。

〝子どもは森に埋められている〟司祭の妹はそういっていた。ルッペルツハインを囲む森は広い。あまりにあいまいなヒントだ。それでも四十二年前に起きた犯罪についての最初の手がかりではある。彼女の家の前には今、パトカーが常駐している。オリヴァーは、彼女が次の被害者になることを恐れたのだ。

夜は空気が澄んでいて、からっとしていた。高速道路はがらがらだ。オリヴァーはアクセルを踏んだ。ライトアップされたフランクフルトの高層ビル街が右に見えるが、一瞥もくれなかった。二十五分後、バート・フィルベルのグローナウ地区に到着した。オリヴァーは車から降り、少し迷ってから、門のベルを鳴らした。二、三分して、木組みの家の中で人の気配がした。二階の窓が開き、ローレンツが顔をだした。

「だれだ？」彼は眠そうな声でたずねた。

「わたしだ！」オリヴァーは小声でいった。

「ちょっと待って」

窓が閉まって、しばらくすると玄関ドアがきしむ音をたて、足音が近づいてきた。ローレンツが緑色に塗った大きな門の横の小さな扉を開けた。ローレンツとトルディスは二、三年前、あばら屋と化した農家を買い取って、自分たちで改修した。まだ完成してはいないが、母屋と納屋と数棟の家畜小屋からなるその小さな農場はじつにすてきなたたずまいを見せている。ローレンツはショートパンツをはき、Tシャツの上からフリースのジャケットを着ているだけだった。しかも小さい頃のように裸足(はだし)だ。オリヴァーは彼のあとから栗石を敷き詰めた中庭を横切って、母屋に入った。

「こんな夜中に起こしてしまってすまない」オリヴァーは声をひそめていった。「電話をかけたんだが、通じなかった」

「夜中は携帯電話の音量を小さくしているんだ」ローレンツはあくびをして目をこすった。

「どうしたの？」

「こんばんは」トルディスが階段を下りてきた。ローレンツと同じように薄着で、寝ぼけている。しばらく前から金髪をボブカットにしているが、今はぼさぼさだ。彼女は階段の一番下のステップで足を止め、胸元で腕を組んだ。

オリヴァーは、ゾフィアを二、三日預かってくれと頼んだとき、ローレンツに事情を明かさなかった。だがこうなっては本当のことをいうほかない。この数日起こったことと、一刻も早くゾフィアと話したい理由をふたりにかいつまんで説明した。

「なんだよ、それ」ローレンツが不満を漏らした。「そのいかれた殺人鬼がうちに来たらどうするんだ」

「ゾフィアがここにいることはだれも知らない」オリヴァーは息子をなだめた。「それにゾフィアがなにか重要なことを知っているか訊いてみないとわからない」

「たまんないな」ローレンツは首を横に振った。「父さんも母さんと変わらないじゃないか。はじめはたわいもない話が、とんでもない結末をもたらす。コーヒーを飲まずにいられない」

ローレンツは背を向けると、キッチンに姿を消した。

「まったく」トルディスがニヤッとした。「あなたの息子は冒険が嫌いだから」

「よくわかる。わたしもそうだ」

「そうね、あれは父親譲りだわ」トルディスは腰を上げ、二階を指差した。「客室がどこかご存じよね」

「ああ」オリヴァーは息子の妻に苦手意識があった。十年ほど前、捜査中に知り合ったとき、インカ・ハンゼンの娘とは知らぬまま、彼女に言い寄られた。それから少しして、トルディスはローレンツと付き合い、オリヴァーの家に出入りするようになった。はじめのうちオリヴァーはなんとも思わなかった。彼女がオリヴァーを変な目で見ている、とせいぜいコージマにからかわれたくらいのものだった。だがふたりが結婚する前の大晦日、トルディスがいきなりオリヴァーにキスをしようとした。あれ以来、トルディスがいると居心地が悪くなり、距離を置くようにしていた。今もトルディスは、階段にすきまを作らず、挑発するようにオリヴァーの目を見つめている。

「通してくれるかな?」オリヴァーは冷ややかにいった。トルディスは脇にどいたが、わざと肩を触れ合わせた。

客室は狭い廊下の一番奥にあった。ゾフィアはぐっすり眠っていた。たくさんのぬいぐるみに囲まれている。服とおもちゃが散らばっているその小部屋に常夜灯がともっていた。オリヴァーはベッドに腰を下ろし、ゾフィアの肩に触れた。

「ゾフィア、父さんだよ」

ゾフィアが寝返りを打って、上を向いた。

「起きるのいや。すてきな夢を見てたの」

「すぐまた眠っていいよ」オリヴァーは微笑んで、ゾフィアの温かい頬に触れた。「ひとつだけ訊きたいことがあるんだ」

「なあに」

「昨日の晩、テレビを見ていたとき、ベルが鳴ったね」

「うん、鳴ったよ」

「マウラー司祭だった。学校で宗教の授業をしている。そうだね？」

「そうよ」ゾフィアが片目を開けてからもう片方も開け、寝ぼけ眼でオリヴァーを見た。髪がぼさぼさで、頬が赤かった。

「司祭と話をしたかい？」オリヴァーは娘を起こして聞き取りをすることに、あまりいい気がしなかった。

「かもしれない」

「思いだせないかな」

「いけないことをした？」

「そんなことはない。大事なことなんだ。司祭がおまえになにを話したか知りたい」

「しつこくベルが鳴ったの。テレビがよく聞こえないくらい」一生懸命考えているらしく、ゾフィアは鼻にしわを作った。「そのうち、気になったの。小包の配達かもしれないでしょう。よく遅い時間に来るじゃない」

「そうだね」オリヴァーはうなずいて微笑んだ。「家に入れたのかい？」

ゾフィアは居心地悪そうにした。

「うん。知ってる人だったから。入れちゃいけないのは知らない人でしょ？」

自信なさそうにいった。

「そうだ。司祭は知らない人じゃない」

「パパと話したがってた。急いでるっていってた。パパの帰りを待っていったけど、あたし、『ミッキーマウス・クラブハウス』を最後まで観たかったの」ゾフィアはため息をついた。「いけなかった？」

「いけなくないさ」

「司祭様に今度会ったら、ごめんなさいをする」ゾフィアはそういって、あくびをした。まぶたが閉じそうだ。

「なんでパパに会いたがっているか理由をいったかい？」

「ううん。でも、電話がほしいっていってた」

オリヴァーはゾフィアを見下ろした。

「司祭は他にもなにかいったかい？」

「ううん」ゾフィアはオリヴァーの目を真っ直ぐ見つめた。だがそれから鼻にしわを作って、目をそらした。「メモをもらったかも」

「メモ？」オリヴァーの体がかっと熱くなった。娘の肩をつかんで揺すりたくなったが、自制した。「そのメモは今どこにあるのかな？」

「知らない」

「どんな紙だった？　思いだしてくれ。頼む。とても大事なことなんだ」

「よく覚えてない」ゾフィアは懸命に考えたが、目をそらした。「オリーヴ色だったかも」

「オリーヴ色？」

「うん。それから少し赤かった。ちょっと白いところもあった」

なんだそりゃ。

「あたしのこと、怒ってる？　だからここにいないといけないの？」

「いいや、怒ってはいないよ」

怒ってはいない。意気消沈しているだけだ。ゾフィアがカロリーネかオリヴァーにちゃんと話してくれさえすれば、司祭は死なずにすんだかもしれない。しかし、ゾフィアにはくだらないテレビ番組の方が大事だったのだ。そう考えた瞬間、オリヴァーはかっと頭に血がのぼった。自分だってテレビ番組に夢中で、約束を破ったじゃないか。「ボナンザ」のつづきが、アルトゥールとマクシの命取りとなった。オリヴァーは自分を恥じ、七歳の娘を責める権利はないと思った。

「でもいいかい、本当のことをいうのは大事だぞ」オリヴァーは娘の頰をなで、額にかかった髪を払った。「なにか間違いを犯したときは、とくにそうだ。だれかに言伝を頼まれたら、ちゃんと伝えないといけない。その人はおまえを信頼したんだ。いいね？」

ゾフィアはうなずいた。

「ごめんなさい」

「もういい」

「今日はここに泊まるの、パパ？」

「いいや、家に戻らなくてはならない」オリヴァーは身をかがめて、娘の柔らかい頬にキスをした。ゾフィアはオリヴァーの首に小さな腕をまわした。

「大好きよ、パパ」

「父さんもだ」

「よかった」ゾフィアはピアとクリストフからもらったお気に入りのゾウのぬいぐるみを抱いた。「タモもパパが好きよ。タモにもおやすみなさいっていってくれる?」

「おやすみ、ゾフィア。おやすみ、タモ」そういって、オリヴァーは娘に毛布をかけた。「ふたりとも、ぐっすりお眠り」

オリヴァーは、ゾフィアが寝入るのを見守った。ふいにものすごい疲労感に襲われた。ゾフィアは昨日の朝、なんのためらいもなく嘘をついた。真に迫っていた。嘘をつくことは人間の性(さが)だ。自分がやったことを否定し、ごまかし、人のせいにする。不快な状況に置かれたときの本能のなせる業だ。仕事柄、嘘をさんざん聞かされるオリヴァーだが、今度ばかりは悲しかった。自分の娘が七歳ですでに立派な嘘つきになっている。自分のせいだろうか。嘘をつかないと罰せられるという気持ちをゾフィアに抱かせてしまったのだろうか。

足を踏みしめるたびに廊下がミシミシいった。オリヴァーが階段のところまで戻ると、ローレンツはキッチンテーブルに向かってすわっていた。トルディスは流し台に寄りかかって、コーヒーのマグカップを両手で持っていた。オリヴァーは彼女の顔をちらっと見た。彼女の口元がゆがんでいることにはじめて気づいた。朝の三時だ。若い者には酷な時間といえるが、トルディスの表情は時間とは関係なかった。トルディスとローレンツのあいだになにかある。といっても、オリヴァーが口をだすことではない。

「それで？」ローレンツがたずねた。「夜中の尋問に成果はあった？」

「ああ」オリヴァーは息子の不機嫌な物言いを無視した。

トルディスがコーヒーポットを持ちあげたが、オリヴァーは首を横に振った。

「それじゃ、失礼する」オリヴァーは一刻も早く帰りたかった。必要とあれば、家じゅうのゴミ箱やゴミ容器を漁って、緑色のメモを探さなくては。メモはどこかにあるはずだ。「ゾフィアを預かってくれて感謝する。邪魔して悪かった」

＊

空き地には霧がかかっていた。ピアは砂利が敷かれた駐車場に入ると、自分の四輪駆動車をオリヴァーが使っている警察車両の横に止め、ドアを開けて降車した。ボスは腕組みをしながら自分の車のフェンダーにもたれかかって、霧がたなびく闇の中にうっすら見える牧草地をじっと凝視（ぎょうし）していた。ボス以外だれもいなかったので、ピアは驚いた。留守番電話に記録されていたオリヴァーの声は切羽詰まっていた。だから出動要請があったか、新たに遺体が発見されたかしたのだと思っていた。

「ボス」ピアはいった。

「やあ、来てくれてありがとう」

オリヴァーは髭（ひげ）も剃らず、寝不足のように見える。ピアよりも夜更かししたようだ。こんなに憔悴しているボスを見るのは、結婚生活が破綻したとき以来だ。オリヴァーはあまり感情を表にださない。プライベートな問題をひとりで抱え込むところがある。だが今回は少し違うようだ。落ち込んでいるようには見えないし、目が鋭くいつになく緊張している。なにかを待っているようだ。

「どうしたんですか？」ピアは両手をジーンズのポケットに突っ込んだ。「ここでなにをしようというんですか？」

じめっとした霧の冷気に、ピアはぶるっとふるえた。オリヴァーはピザ屋の広告を黙ってピアに差しだした。

「これは？」

「マウラー司祭がわたしに残したメッセージだ。金曜日の夜、わたしが留守だったので、司祭がゾフィアに預けたんだ」

「メガネがないと読めません」ピアはメニューの脇に書かれた走り書きを読み取ろうとした。

「アルトゥールの遺体は森の中のうちの古い墓地にあるらしいと書いてある」オリヴァーは唇を引き結んでピアを見た。平静を装う鉄壁の表情にほんの一瞬、感情が見え隠れした。

「司祭はおそらくロージーから聞いて、わたしに伝えようとしたんだ。間抜けなことに、ゾフィアはそのことをわたしにいうのを忘れた」

「じゃあ、どうしてこれを？」

「司祭の妹が昨夜、電話をかけてきた。黙っていたことで、心が咎めたんだろう。そこで息子のところへ行って、ゾフィアを起こした。あの子は司祭からメモを預かったことを認めた。わたしは家じゅうを引っかきまわして、古紙の中からこの広告を見つけだした。オリーヴ色に赤と白」

「なんですって？」

「なににメモが書いてあるのか訊いたとき、ゾフィアがいった色さ」

「たいした観察力ですね」ピアはいったん微笑んだが、すぐ真剣な表情に戻った。「それで、これからなにをするんですか？」

「ヴィーラントとわたしの弟にも声をかけた。確かめたいと思っている。付き合ってくれないか」

　ピアはそれには答えなかった。

「アルトゥールがずっとそばにいて、そのことを知っている人間がいたなんて、考えただけでぞっとする」オリヴァーはしばらくして話をつづけた。「彼の両親がどんなに苦しもうが、そいつらにはどうでもいいことだったんだ。本当にそうなのか確かめたい」

「わかります」ピアはいった。にわかには信じられないが、オリヴァーの気持ちはよくわかった。オリヴァーを見て、心が痛んだ。罪の意識を背負いつづけるのは、たいへんな重荷だ。冷静に考えたら、彼に罪はない。だがそれはどうでもいいことだ。本人が罪の意識を感じるのだからどうしようもない。白黒つけなければだめだ。さもないと、彼は役に立たない。助けが必要だというのに。

「ロージーとクレメンスと司祭を殺害した奴は、アルトゥールを殺した犯人でもある。昨日の夜、ヴィーラントと意見を交換して、推理した」

オリヴァーは、証拠がないのにアルトゥールが殺されたと固く信じているようだった。ピアは異論を唱えなかった。

「聞きましょう」

「アルトゥールは夕方、家に帰ることにした。そのとき村の子どもたちに遭遇した可能性がある。喧嘩になって、大変なことが起きてしまった。すぐにそういう状況になることは、きみもよく知っているだろう。エトガルとペーターはアルトゥールを目の敵(かたき)にしていて、やたらとちょっかいをだしていた。エトガルがアルトゥールをうっかり殺してしまったのかもしれない。彼は家に駆けかえって両親に話した。両親が遺体を隠した。ロージーはずっとうつ病だった。もしかしたらこのことを苦にしたせいかも。死の床でついにそのことを告解した。クレメンスがその場にいた。司祭も知っていた。司祭は犯人を改心させようとして話をしたのかもしれない。犯人は秘密がばれるのを恐れ、司祭を殺したんだ」

「だとすると、だれが犯人なんでしょうか？」

「それはわからない」オリヴァーは肩をすくめた。「もしかしたら複数いるかもしれない」

「みんな、ずっと口をつぐんでいたというんですか？」

「全員が口をつぐむようにだれかが圧力をかけていたんだ。猫のときと同じさ。そのうち、秘密は口にしてはいけないタブーになった」

ピアはオリヴァーから聞いたマフィアまがいの子どものグループが脳裏に浮かんだ。それでも確信が持てなかった。

「直感に頼りすぎるのが危険なことは重々承知している」オリヴァーがいった。「事実を無視するわけにはいかない」

ピアはうなずいた。それはオリヴァーの口癖だ。

「しかし今回はすべてが符合する！」オリヴァーが語気強くいった。「キャンピングトレーラーを吹き飛ばしたガスボンベはきっとエトガルの工房のものだ。ホスピスの近くで発見された凶器のマフラーも、彼のものだ」

ピアもオリヴァーの意見に沿って考えた。

「ボスが正しいとして、自分のマフラーで母親を絞め殺したりするでしょうか？　ガスボンベだって、出処を突き止められると容易に想像できたはずですよ！」

オリヴァーは少し考えた。

「エトガルは切羽詰まっていたんだ。ロージー殺害は衝動的にやったのかもしれない。だが他の殺人は計画的だった」

「アルトゥールが行方不明になったとき、エトガルは十一歳でした」ピアはにわかには信じがたかった。「彼が当時、母親に助けられて事件をうやむやにしたとして、たとえそれが明るみに出たとしても、おとがめはないでしょう。彼は当時、未成年だったのですから。やはり彼が犯人だとは思えません」

「一九七二年の事件簿がいる。できれば今日のうちに」

「オリヴァー、そんなことにかかずらっている暇なんて、わたしたちには……」ピアはオリヴァーの表情を見て口をつぐんだ。

「この線で調べさせてくれ。一連の事件はみんなつながっている。第六感がそうささやくんだ」

「いつも勘を働かすのは、わたしですけど」ピアは眉を吊りあげて、かすかに微笑んだ。オリヴァーに許可を求められたことが、奇妙に思えた。ふたりが役柄を交換したような感じだ。

「事件簿をできるだけ早く閲覧できるよう手配します」ピアの方が折れた。

「感謝する」オリヴァーは微笑むつもりが、少し顔をしかめ、それからうなずいた。

「わかりました」ピアは無性にタバコが吸いたくなって、ジャケットのポケットに手を入れてから、禁煙していることを思いだした。「スタンドプレーはしませんよね？」

「ああ、そんなことはしない。今日のこれがすんだら、なんでも協力する。約束する」

「わたしはこれからなにをしたらいいんですか？　ボスだったら、このあとどうします？」

オリヴァーはしばらくのあいだ答えなかった。質問に気づかなかったのかとピアが思ったとき、オリヴァーは答えた。

「マスメディアはいつも荒唐無稽なことを思いつく。いつまでも放っておくわけにはいかない。キムは公表可能な犯人のプロファイルを作成してくれるかな？」

「たぶん。必要なら手伝うといってくれています」今置かれている状況には不慣れで、責任の重さをひしひし感じていたピアは少し肩の荷が軽くなった。オリヴァーはピアをひとりにしないだろう。「わたしのメールを確認したかどうかわからないので、いっておきますが、エリーアス・レッシングのガールフレンドの母親が昨晩、署に連絡をしてきました。昼前に娘を伴ってくることになっています」

「わかった」

車が近づいてきた。オリヴァーは体を起こして、腕時計をちらっと見た。少しして林務官ヴィーラント・カプタイナの緑色のジープがそばに止まった。時を同じくして、クヴェンティン・フォン・ボーデンシュタインもピックアップトラックに乗って屋敷の方からやってきた。捜索チームは顔をそろえた。朝六時、四人は森に入った。

*

バールとツルハシとショベルを担いで、オリヴァーたち四人は森の中の古い墓地に向かった。そこに最後に埋葬されたのは、およそ百年前、第一次世界大戦で戦死した先祖だ。そこにかつて建っていた小さな礼拝堂は戦後、周辺の村人によって石切場代わりにされ、今は基礎しか残っていない。墓地はとっくの昔にそのオーラを失っていた。残っているのは草に覆われ、過去という霧の中に消えた先祖の思い出だけだ。

ヴィーラントが飼っている牝のワイマラナーが軽やかな足取りで主人の横を歩いている。樹齢百年を数えるナラの太い幹のあいだに若木やブラックベリーが生い茂り、でこぼこした岩場のせいで歩くのが大変だった。早朝の薄明かりの中、四人は期待に胸をふくらませ、目覚めっつある森の中を黙ってすすんだ。まるで狩りをしているような気分だ。腐った落ち葉で足下は柔らかく、ときどき靴に踏まれた枯れ枝がボキッと音をたてた。秋色に染まったナラの葉が放つ乾いたにおいがあたりにたちこめていて、オリヴァーは子ども時代に引き戻された。

ボーデンシュタイン伯爵家の墓地を最後に訪ねたのは何十年も前だ。そこまでの道のりはもっと短かったと記憶していたが、ちょっとした強行軍になった。ところどころ急な勾配を登った。タウヌスの森は南米の原始林やロッキー山脈とは比ぶべくもないが、それでも広くて深い。方角がわからなくなる恐れがあった。ヴィーラントの道案内がなかったら、墓地を見つけるのに難儀したことだろう。

「着いたぞ!」ヴィーラントが低めの声でいった。「あの大きなシャクナゲの向こうだ」

苔とツル植物に覆われた二本の石柱のあいだに、錆びついた両開きの鉄の門があった。かつて墓を囲んでいた柵は何者かによって持ち去られていた。

「この先に昔は礼拝堂があった」ヴィーラントは少し上の方を指差した。そこはすでに森にのみ込まれていた。「今は基礎部分しか残っていない。ここから道がつづいている。以前はこの道に砂利が敷かれていた」

小さなマリア礼拝堂は十六世紀、領主シュトルベルク＝ケーニヒシュタイン伯爵によってこの丘のてっぺんに建立された。聖マリアの祭日にはいつもそこで典礼が営まれたという。ボーデンシュタイン伯爵家の墓地が作られたのはそれよりもはるかにあとのことで、一八五〇年から一九一六年までのあいだにオリヴァーの先祖が九人葬られた。

蝶番(ちょうつがい)が完全に錆びつき、鉄門がびくともしなかったので、四人は下草と大きなシャクナゲのあいだに道を切りひらいた。かしいだ墓石と苔むした墓標板を見て、オリヴァーの動悸が激しくなった。思いだしたくない過去への旅だったからだ。

「天使が乗っている墓石が一番好きだったな」クヴェンティンが静けさを破った。「なんか切なくなる」

オリヴァーは九基の墓をさっと見まわした。枯れ葉に覆われ、草の中に立つかしいだ墓石。遠くを見つめる大理石の天使像に目がとまった。百年を超える厳しい冬と暑い夏の跡がその顔にはっきりと刻まれ、鼻が折れていた。

本当だろうか。本当に、オリヴァーの心の重しになってきた謎を解く鍵がここにあるのだろうか。犯人はアルトゥールの骸(むくろ)を車のトランクに入れて、墓地の門まで運んだのだろうか。それとも暗い森の中をつまずきながら歩いて運んだのだろうか。死んだ子どもを腕に抱くなんて、「魔王」の父親のようじゃないか。焦っていたに違いない。パニックに陥(おちい)っていただろうし、だれかに見られるのではないかと気が気ではなかっただろう。じっくり考える余裕などなかったはずだ。遺体を早くどこかに埋める必要があった。ローゼマリーは、アルトゥールをどこに隠したらいいか共犯者にアドバイスしたのだろうか。あるいは彼女もいっしょだったのだろうか。古い墓標板の下に友だちの遺体があるという確信が一瞬揺らいだ。昔から好きだった人に失望することになるかと思うと、気力が萎(な)える。ローゼマリーはこんなとんでもないことをして、四十二年間も黙っていたというのか。だが迷いは襲ってきたときと同じようにすぐ消え去った。ここでなにが明らかになろうと、気をしっかり持つのだ。

「どこからはじめる？」クヴェンティンがふわふわした森の地面にツルハシを下ろした。

「共犯者の気持ちになってみよう」オリヴァーは考えながらいった。「犯人は短時間でいろいろな決断をしなければならなかった。それを考慮する必要がある」

「共犯者は急いでいた。でもなにも考えなかったわけじゃない」ピアがいった。「さもなければ、遺体を適当なところに放置したでしょう」

「本当にここにあるのか？」クヴェンティンがいった。「兄さんの勘だけだからな！」

「やみくもに墓を掘り返してもだめだ。少し考えさせてくれ」オリヴァーが答えた。「共犯者が適当な墓を掘ったはずはない。それではパニックになっている証になる。パニックになっていても、それを見せまいとしただろう。ロージーにはな」

「どの墓にするか決めたのはロージーかもしれない」ヴィーラントがいった。オリヴァーはうなずいた。そうだ、もちろんローゼマリーが決めたはずだ！　息子を守るために犯罪をもみ消したとしても、彼女も母親だ。死んだ子にふさわしい墓を与えたいと思ったはずだ。墓地に遺棄することを思いついたのは彼女だ。さもなければ、遺体をやぶの中や小川に投げ捨ててもよかった。どこを捜せばいいかわかった。

「天使の墓だ」オリヴァーはいった。

「それだ、兄さん」クヴェンティンはうなずいて、剪定バサミを作業ズボンのポケットからだし、絡み合った太いツタを切った。数分後、墓標板があらわれると、バールをつかんだ。

「待った！」オリヴァーは弟を止めた。墓石の横にしゃがむと、指先で墓標板の上と縁をなぞった。地元産の荒削りな珪岩でできていて、苔と地衣に覆われている。突然、指を止めた。「よく見えない。スクレーパーをくれ！」

「ここになにかある！　すきまだ！」オリヴァーは緊張して声がざらついていた。

ヴィーラントがスクレーパーとワイヤブラシを持ってきた。ふたりでそっと土と苔を取り除いた。重い墓標板は縁石からはずれて、十センチほど地面から盛り上がっていた。右側にだれかがいじった跡があった。オリヴァーはiPhoneでそこを撮影し、それから弟に場所をあけた。クヴェンティンは墓標板と縁石のあいだにバールを挿し込んだ。しかし墓標板は簡単には持ちあがらなかった。クヴェンティンとヴィーラントは黙々と試行錯誤し、ときどき罵声を吐いた。ようやくうまくいった！　ヴィーラントとオリヴァーが墓標板を脇にどかした。石のこすれる音がして、ワラジムシがわらわらと逃げだした。死んだような静寂。まわりの森までが息をのんだようだった。

「嘘だろう」クヴェンティンがつぶやいた。

「神様」ヴィーラントが十字を切った。

オリヴァーはため息をついた。もろくなった骨が黒い土の中から白くのぞいている。安堵感と戦慄と深い悲しみに彼の心はかき乱された。四十二年が経ち、組織はきれいになくなっている。だが一見して、遺骨はすべてそろっているようだ。ちょうどそのとき太陽が霧を切り裂いて、黄金色の秋の日射しが森の地面をまだらに照らし、薄暗かった森を光と影の絵画に変貌させた。骨のあいだでなにかが日の光を反射した。ズボンが泥だらけになるのもかまわず、オリヴァーは墓にかがみ込んだ。その光っているものがなにかわかって涙が目にあふれた。ヴィーラントも気づいていた。

「で、どうなんだ？」クヴェンティンは興味津々にたずねた。

「アルトゥールだ」オリヴァーは声を押し殺して答えた。「本当に見つけた。こんなに歳月が過ぎてから」

「なんでそうはっきりいえるんですか？」ピアがたずねた。

「ミッキーマウスの腕時計」ヴィーラントが答えた。「十一歳の誕生日にもらって自慢していた。アルトゥールはいつもこの腕時計をつけていた」

オリヴァーは墓の前にひざまずくと、縁石に両手をついた。なにかおかしい。人間の遺骨を見るのははじめてではない。骨が多すぎると思った。ピアが少し離れて、電話で話す声が聞こえた。ピアは鑑識に連絡を取り、今はヘニングと話している。彼は法人類学者なので適任だ。ヴィーラントは立ちあがって、クヴェンティンとひそひそ話している。そのとき、小さな錆びた金具のついた黒い首輪が褐色(かっしょく)の細い骨のあいだに見えた。オリヴァーは一瞬、心臓が止まるかと思った。ふるえる手を伸ばし、大きな眼孔のある小さくて細長い頭蓋骨を持ちあげた。

「ヴィーラント」オリヴァーは小声でいった。

「なんだ？」林務官がオリヴァーの隣にしゃがんだ。

「これはなんだと思う？」オリヴァーはささやいた。

「これは……キツネの頭蓋骨」ヴィーラントがゆっくり答えた。

　ふたりは顔を見合わせた。

「まさか……」ヴィーラントが愕然として口をつぐんだ。

「革の首輪の残骸だ」オリヴァーはかすれた声でいった。「見つけたのはアルトゥールだけではないようだ」

　マクシ。胸に鋭い痛みを覚えた。心の奥底の癒えることのない古傷がぱっくり口を開けたような感覚だ。あれは最悪の日々だった。深い悲しみを胸にしまって、けっして口にはしなかった。いったら耐えられなくなると思ったし、行方不明になった人間よりも動物がいなくなったことを悲しむなんて、だれにも理解してもらえるはずがないからだ。

＊

　目が覚めた。ナイトテーブルに置いた携帯電話の着信音が鳴ったからだ。よろい戸のすきまから淡い早朝の光が射し込み、ほこりだらけの木の床に縞模様を作っている。フェリツィタスはうめいた。舌がざらざらで、頭が割れそうだ。またしても飲みすぎた。昨日の夜、どうやって階段を上がって、寝室に入ったのか覚えていない。だがベッドに寝ていた。もちろん服は全部着たままだ。

　少しずつ記憶が戻った。車のエンジンがかからなかった。闇の中に浮かんだ人影。自分が発砲したときの銃声！

「なんてこと」そうつぶやいて、フェリツィタスは寝返りを打った。

フェリツィタスはパウリーネに携帯の番号を教えた。警察にエリーアスのiPhoneを届け、ニケのところに寄ったら、パウリーネは連絡をくれることになっていた。フェリツィタスはメガネと携帯電話を手探りして見つけ、パスコードを打ち込んだ。パウリーネからのメッセージはない。広告メールすらなかった。銀行からのEメールに目がとまった。短い文面に目を通して、胃がもやもやした。いい収入があり、経営コンサルタントと結婚していた頃は、銀行の担当者からクリスマスにシャンパンと食べ物を詰め合わせた籠をもらっていた。その同じ人間が昨日、預金封鎖すると味も素っ気もない通告を送ってきたのだ。

フェリツィタスはメガネを取って天井を見つめた。二日酔いで目がまわる。もはやなんの展望もない。家族がいない。金がない。仕事がない。住むところもない。しぶしぶ泊めてもらっている身だ。いつまでもいられないし、いる気もない。妹の夫に婆あ呼ばわりされてはなおさらだ。今までの人生は気に入っていたが、もう完全に終わりだ。新聞社や芸術文化の業界に敵を作りすぎた。そっち方面に助けを求めるのは無理だ。かといって友だちもいない。

フェリツィタスは上掛けを払いのけ、ベッドから這いだすと、ドアのところへ行った。鍵がかかってる！　そのとき、自分で鍵を閉めたことを思いだした。エリーアスの性格ならフェリツィタスの携帯電話を奪って、ニケに電話をかけるかもしれないと思ったからだ。念のため拳銃とコードレス電話も自分の部屋に持ってはいった。

フェリツィタスは鍵を開けると、裸足のまま浴室に行き、便器に腰かけた。こんな状況に陥ったのはだれの責任でもない。自分の愚かさが招いたことだ。残り少ない気力と楽観主義を銀行からのメールが完膚なきまで打ち砕いた。自己責任。もう人生に終止符を打った方がいいかもしれない。

階段がミシッと鳴った。それから浴室に近づいてくる足音。

「エリーアスなの?」フェリツィタスはたずねた。寝室に鍵をかけ忘れた。エリーアスがまさかこんなに早く起きると思わなかったのだ。そのとき、浴室の鍵が閉まる音がした。

「なにするの!」フェリツィタスはあわてて股間をふいて、下着をはいた。

フェリツィタスはドアノブを揺すった。エリーアスが外から鍵をかけた。ありえない!

「エリーアス!」かっとなって叫んだ。「すぐにドアを開けなさい! どういうつもり?」

「ごめんよ」ドアの向こうで彼の声がした。「だしてあげるさ。あとでね」

足音が遠ざかっていく。フェリツィタスは両手の拳でドアを叩き、彼を呼んだ。それからあきらめた。なんて奴だ! 彼を信用していたのに。エリーアスは階段で、フェリツィタスが寝室から出てくるのをうかがっていて、まんまと携帯電話をせしめたのだ。あいつの頭にはくだらない携帯電話とろくでもないニケしかない。フェリツィタスは閉じたトイレの蓋に腰を下ろして、すすり泣いた。

*

霧は晴れていた。十月が一番すばらしい面を見せていた。タウヌス山地の森は秋色に染まり、その上の空はみごとな藍色だ。キムは駐車場に車を止め、牧草地を横切ってピアのところへやってきた。ピアは森の縁に紅白の立入禁止テープを張らせ、巡査たちを見張りにつかせていた。

ボーデンシュタイン農場からルッペルツハインへとつづくのどかな谷には遊歩道や畑や果樹園があり、家族連れや、ジョギング、ハイキング、サイクリングを楽しむ人に人気だ。これだけよく晴れた秋の日なら、数時間もすればこのあたりは人でいっぱいになる。早い時間なのにすでに数人の野次馬が規制線のそばに立っている。ここでなにかあったと噂になるのも、時間の問題だ。クレーガーの鑑識チームは十五分前に到着し、一分遅れてヘニングも、長いあいだ忘れられていたボーデンシュタイン伯爵家の墓地をいばら姫の眠りから起こすためにやってきた。十二対三か、とヘニングがぼそっといった。

ニコラ・エンゲルとつきあいはじめてから、キムはモダンな服を着るようになっていた。今日は白いステッチが入ったスリムなブルージーンズにロングブーツ、青と赤で配色したハーフコートという出で立ちだ。若い頃からピアは妹の白い肌とすらっとした容姿に悔しい思いをしていた。ピア自身はついぞ人に気に入られようと努力したことがなかった。スリムで完璧なキムと並んだら、どうやったってみすぼらしく見えたからだ。出来損ないだと家族みんなから思われていた。おばも祖母も寄ってたかってピアをけなし、なにかというとキムと比較した。ピアの肩をもってくれたのは、父親だけだった。〝太っているのは小さいうちだけだ。そのうちやせて、きれいな女の子になれるさ。それに大きくなれば、がりがりにやせているより、グラマーな方がもてるんだぞ〟といって。

「来てくれてありがとう」ピアは妹にあいさつした。早朝だというのに、キムは元気いっぱいだ。

「当然のことよ」キムは規制線をくぐった。「なにがあったの？」

「白骨死体を発見したの」ピアは答えた。「オリヴァーは昔行方不明になった少年の遺骨だといっている」

森の中をすすみながら、ピアは妹に最新の状況を説明した。今では、オリヴァーの勘が当ったと考えていた。それでもエトガル・ヘロルトが犯人とは思えなかった。

墓地に着くと、ピアは錆びた門の前の岩にすわっているボスを見つけた。ボスは膝に肘をつき、両手で顔を覆っている。彼の弟とヴィーラントはその横に立って、鑑識と法医学者の作業を黙って見守っていた。ピアがそばにすわったことに気づいて、オリヴァーは顔を上げた。顔に疲れをにじませている。この二十四時間で何歳も老けてしまったように見える。だが意気消沈してはいなかった。深呼吸して一瞬息を止め、それからまた吐きだした。

「見つかってよかった」オリヴァーはいった。声が裏返ったのが気に入らないのか、首を横に振った。「やった奴を見つけて、責任を取らせる」

「きっと見つけます」ピアもいった。「今でも生きていれば」

「生きているさ。わかってる」オリヴァーは立ちあがると、墓地の方へ行った。ピアとキムは彼のあとから膝まであるシダややぶをかき分けた。

クレーガーの部下が白骨死体の発見状況を記録していた。静かな森の中でカメラのシャッター音だけがやたら大きく聞こえた。つなぎを着た鑑識官がふたり蓋をあけた墓の上に目印の糸を縦横に張っている。重い石のプレートは脇にどかしてあった。ヘニングの助手を務める法人類学の学生が小さなハケで骨についた土を払っていた。遺骨のまわりの土をふるいにかけて見つかった証拠品がすでに地面に並べてある。

　ピアはひらいた墓に視線を向けた。遺骨を見てぞくっとした。褐色の頭蓋骨。歯のついた下顎。肩胛骨。鎖骨。胸骨。肋骨。脊椎。腕骨。手根骨。オリヴァーがいっていた腕時計。ピアは息をのんだ。暴力犯罪の被害者となった子どもを見ると、たとえその子がすでに死んでいても頭に血が上る。人間の遺体を目にするときまって、その骸に入っていた命になにが起きたのか、そして息を引き取ったとき、不滅だとされている魂はどうなるのだろうと考えてしまう。

「彼はわずか十一歳だった」オリヴァーは消え入るような声でいった。「生きていたら、わたしと同じ五十四歳になっていた。元気でいい奴だった。将来があったのに、だれかがおとなになる機会を奪った」

　ヘニングが体を起こした。

「弔辞は終わりか？」ヘニングは不機嫌そうにオリヴァーにいった。「きみが個人的に事件に巻き込まれていることはわかった。だがわたしたちは集中しなければならない。きみの泣き言など聞きたくない」

　ふだんオリヴァーはヘニングの社会性のなさと厚顔無恥な毒舌を平然と聞き流しているが、今回は黙っていなかった。

「誤解しているな、ヘニング」

　オリヴァーの鋭い言葉に、ヘニングは口をつぐんだ。

「ただ事件に巻き込まれただけじゃない。白骨化した少年は親友だった。彼は四十二年前に行方不明になった。彼と最後に会ったのはわたしだ。だからこの案件はきわめて個人的な問題なんだ。わかるか？」

ピアは元夫を知っていたので息をのんだ。その場にいる全員が、これはただではすまないというように首を引っ込め、知らんぷりを決め込んだ。クレーガーだけがニヤニヤしていた。ピアは、ヘニングが腹を立て、すべてを投げだして帰ってしまうのではないかと心配になった。彼はのみ込むより、吐きだす方が圧倒的に得意だからだ。ところが驚いたことに、ヘニングは譲歩して、オリヴァーの肩にさっと手を置いた。

「すまなかった。わたしは本当にろくでなしだ」

オリヴァーはうなずいて、彼の詫びを受け入れた。

「なにかわかった？」ピアはヘニングにたずねた。

「ああ」ヘニングは専門家然としていった。「墓標板と地面のあいだにおよそ五十センチのすきまがあった。百年前にここに埋められた棺(ひつぎ)が沈んで、すきまができたんだ。遺体に土をかぶせなかった結果、墓穴は通気がよく、遺体の腐敗がすすんだものの、気候の影響や動物から守られた。だから骨の位置はここに死体が横たえられたときのままだと考えていい。死体を無造作に墓穴に投げ込んだわけではない。この子は仰向けに寝かされ、両手を腹の上で重ねられていた。腕と手の骨の位置からわかる」

「キツネの遺骸は？」ピアがたずねた。

「同じときにこの墓穴に埋められたようだ」ヘニングはいった。

「少年はていねいに葬られていた」ピアは声にだして考えた。「墓。天使。そして両手を合わせている」

「どうやら罪滅ぼしがしたかったみたいね」キムが指摘した。「FBIでは〈アンドゥーイング〉というわ。犯人が後悔している徴候を指す」

ローゼマリー・ヘロルトは実行犯ないしは共犯者ということだろうか。

「死因は？」ピアはたずねた。

「それはまだわからない」ヘニングが答えた。「見たところ、頭蓋骨は無事なようだ。だがもっと仔細(しさい)に検分しなければ。遺骨はこれだけ長い時間が経ったというのに驚くほど良好な状態だ」

「衣服を身につけていたの？」

「ベルトのバックルとリベットから推測して、ジーンズをはいていたようだ。繊維(せんい)はおよそ五年で朽(く)ちる。化学繊維が朽ちるにはもっと長くかかるが、これだけ時間が経ってしまっては、なにも残っているわけがない」

「性犯罪は排除できそうね？」ピアはヘニングにじろっとにらまれた。

「そういうことは訊かないでくれ。結論をだすのはきみたちだ。わたしは法医学的な事実を伝えるだけだ」

*

「あの子がどうなったのかずっと気になっていたわ」レオノーラ・フォン・ボーデンシュタイン伯爵夫人は、息子たちがもたらした知らせに衝撃を受けていた。「それにしても、だれかに殺されて、うちの墓地に埋められていたなんて！」

オリヴァーたちは母屋の台所にあるぴかぴかに磨かれたオークのテーブルを囲んで、クヴェンティンがいれたあまりに濃すぎるコーヒーを飲んでいる。オリヴァーは窓辺に立って外を見ていた。

「本当に信じられない」オリヴァーの父親も愕然としていた。「骨が人間のものというのは確かかい？　動物がもぐり込んで死んだということはないのかね」

「その動物がミッキーマウスの腕時計をつけ、ジーンズをはいていたなんてことがあるかな」クヴェンティンがむきになっていった。

「もちろん検査結果待ちだ」弟が怒りっぽいことを知っているオリヴァーはそういってなだめた。「だがアルトゥールなのは間違いない」

「そしてマクシ」クヴェンティンはそういって、コーヒーをひと口飲んだ。「キツネの骨はどうやって墓に紛れ込んだんだろう？」

「マクシ？」母親がコーヒーカップに伸ばしていた手を下ろした。「おまえがミルクを与えて育てたあの子ギツネ？」

ピアはボスをちらっと見た。ボスの顎の筋肉が痙攣している。ボスがまいっているのは、アルトゥールの遺骨が発見されたせいだけではないと気づいた。

「おそらく」オリヴァーはうなずいた。

「あの晩、アルトゥールについていったんだな」ヴィーラントはいった。「マクシはいつも俺たちといっしょだった」

「そのキツネはなんなの？」キムが興味を抱いてたずねた。全員がオリヴァーを見た。オリヴァーは顔をこわばらせて、窓の外を見たままなにもいわなかった。ゼンマイのまわる音がして、古い箱時計が音階の違う九つの音で時を打った。

「前年に死にかけていた子ギツネを、わたしが森で見つけたんだ」フォン・ボーデンシュタイン伯爵はしばらくして答えた。

「二匹は弱っていて死んだが、三匹目は、オリヴァーが育てた。本当は自然に返すべきだったが、もうそれは考えられないことだった」

「あのキツネは自分が犬だと思っていたのよね」オリヴァーの母親が思いだしながらいった。

「犬たちと暖炉の前に寝っ転がって、洗濯室でいっしょに餌を食べた」

「マクシは本当にかわいかった」ヴィーラントは懐かしそうな顔をしながらコーヒーを飲んだ。

「いつも俺たちについてきて、片時も離れなかった。防火貯水池に泳ぎにいったときなんか、いっしょに水に飛び込んだし、ものを投げると、ちゃんと取ってきた」

「近在の者はみな、あのキツネを知っていた」オリヴァーの父親がいった。「二、三回、新聞記者が来て、キツネのことを記事にした。記事はまだどこかにある」

「あなたのベッドに寝たこともあったわね」母親がオリヴァーにいって微笑んだ。「だめだといったのに」

「子どもたちでキツネにリードをつけて散歩に連れまわしたこともあったな」父親はピアとキムの方を向いた。「首輪をつけることには反対だったが……」

「墓地への道はどこに通じていたんだい?」オリヴァーは父親の言葉をさえぎった。「当時は車が通れたのか?」

「ああ、もちろん」父親は少し迷ってからうなずいた。「道は元々二本あった。ここから墓地へまっすぐ通じる道が一本。もう一本の道は国道四五五号線へ延びる林道から分かれる。しかし礼拝堂はもう存在しないし、墓地も使われなくなって久しく、森にのみ込まれてしまった」

「一九七二年の時点ではどうだった?」

両親は顔を見合わせた。

「まだ車で入れたはずだ」父親がいった。「ボーデンシュタイン伯爵家の墓地の文化財保護を申請して、文化財保護局の調査を見越して墓石を立て直した。いつだったか覚えているか、レオノーラ?」

「一九七二年六月」オリヴァーの母親が迷わず答えた。「よく覚えている。鑑定人が来た日、テロリストのウルリケ・マインホフが逮捕されて、みんな、胸をなでおろしたから」

オリヴァーもかすかに覚えていた。テロリストの養母がエッペンハインに住んでいたため、警察の特殊部隊が何ヶ月も周辺の森を捜索した。養母のところで暮らす双子の娘に会いにくるとにらんだからだ。しかし当てははずれ、マインホフは一九七二年六月十五日、ハノーファーの近くで逮捕された。

「本当にロージーがなにかしたと思うの？」母親はオリヴァーの方を向いた。「あの人が子どもにひどいことをするなんて想像もつかないわ」

「それにひとりであの重い墓標板を持ちあげられるかな？」父親が口をはさんだ。

「彼女はひとりじゃなかった」オリヴァーはいった。「アルトゥールを殺した犯人といっしょだったんじゃないのかな。それに遺体を森の墓地に埋めようと考えたのは彼女だと思う」

「苔むした墓標板に跡が残っていてもいいはずだ」クヴェンティンがいった。

「当時は墓標板に苔は生えていなかったわ」母親はいった。「全部きれいにしたばかりだったから」

「しかし文化財保護局が申請を却下してからは、だれも見向きもしなくなった」父親が付け加えた。「わたしももう十年は足を運んでいない」

「文化財保護の申請が却下されたことを、ロージーは知っていたのか？」オリヴァーが母親にたずねた。

「ええ、知っていたと思う」母親はためらいがちに答えた。「鍛冶職人だった彼女の夫が柵を作った。それからロージーの兄のひとりが石工で、墓石の整備をした」

オリヴァーは、ちらっと眉を吊りあげたヴィーラントと目が合った。エトガルの両親は墓地の状態を知っていた。待望の文化財保護の申請が却下されたから、もうだれもやってくることはないとわかっていた。

「警察が古い墓地を捜索しなかったなんて妙だな?」

クヴェンティンは立ちあがって、流し台にカップを置いた。

「捜索はたしかルッペルツハイン周辺を集中しておこなった」父親は思いだしながらいった。

「だが墓地はうちの敷地のはずれで、登記簿上はフィッシュバッハ村だった」

「あのときはルッペルツハインの住人全員が事情聴取されたわね」母親がさらにいった。「サナトリウムの入院患者やスタッフも。そのあとレオの事件があった。ほら、アネマリー・ケラーの息子。おまえも知っているでしょう、オリヴァー?」

「ああ、ケラーさんは知ってる」オリヴァーは答えた。「もちろんレオも。彼はサッカーチームSVルッペルツハインのトレーナーだった」

ピアは、しゃべり方がたどたどしい男に会ったことを思いだした。

「エトガル・ヘロルトのところでアルバイトをしているあのレオナルド・ケラーですか? ヘロルトの木曜日の午後のアリバイを証明した人でしょ?」

「ああ」オリヴァーはいった。

「なんというか……軽度の知的障害がある印象を受けました」

「でも昔はああではなかったのよ。レオはハルトマン精肉店で徒弟として働いていた。好青年だった」オリヴァーの母親はため息をついた。「事情はよく知らないのだけど、容疑をかけられて、彼の小屋でアルトゥールの服が見つかった」

「だがそれはずっとあとだ」父親がいった。

「なんのあと？」オリヴァーはたずねた。

「なんらかの理由で警察は彼に事情聴取しようとしたのよ。でもその前に精肉店にあったネイルガンで自分の頭を撃ってね。何ヶ月も昏睡状態がつづいた。そのあと別人のようになってしまった。今は市庁舎で働いている。臨時職員として。あの一件があってから彼は少しおかしくなったのよね」

「知らなかった」オリヴァーは唖然として眉間にしわを寄せた。「事故にあったとばかり思っていた！」

ヴィーラントとクヴェンティンも驚いていた。

「子どもに話せることじゃなかったもの」母親は認めた。「レオが犯人かもしれないとわかって、村は騒然となった。彼は少年サッカーのトレーナーで、みんな、子どもの世話を彼に任せていたから」

「だけど、そんなのありえない！」オリヴァーは唖然として首を横に振りながら、台所を歩きまわった。「わたしたちはレオの小屋によく遊びにいった。彼が変なことをした記憶は一切ない。昔の事件簿が早くほしい。大至急、当時の捜査に目を通さなければ」

「警察も村の住人も、レオが自殺未遂を起こしたのは自白と同じだと考えた。みんな、彼がアルトゥールになにかしたと思った」母親はいった。「レオの両親はあのあと村八分になった。だれもふたりの店で買わなくなって、ふたりは店をたたみ、父親は酒に溺れた。悲惨だったわ」

「レオの両親はどうしてルッペルツハインにとどまったんでしょう？　どこかに移り住んだらよかったのに」ピアはいった。

「そうしようとしたわよ」オリヴァーの母親は答えた。「ヴィーゼン通りの自宅と店を売りにだしたけど、だれも欲しがらなかった。畑と草地にも買い手がつかなかった。だから村にとどまるしかなかったの」

「ひどい話！」ピアは強い口調でいった。「いわれのない疑いをかけられて、よく耐えてこられたわね」

オリヴァーの父親が咳払いした。

「結局、証拠不充分だった。しかし捜査が打ち切られたあとも、みんな、レオがアルトゥールを虐待して殺し、どこかに埋めたと確信していた」

「そこまでレオがやったと確信していたのなら、どうしてそのまま放置したんですか？」ピアはたずねた。

台所がしんと静まりかえった。オリヴァーは立ち止まって両親を見つめた。両親はいいあぐねていた。

「そんなことにだれも興味がなかったのさ」オリヴァーは怒りを抑えながらいった。声がふるえていた。「いなくなったのが嫌われ者のロシア人の少年で、地元の人間じゃなかったからさ。それが真相だ」

＊

オリヴァーとヴィーラントは大きなマロニエの下に立った。明るい日の光を浴びて、黄金色に輝いている。ピアはキムとクヴェンティンのふたりと連れだって、農場を歩いた。太陽の光が射し、クモの巣が宙を舞っていた。農場の奥の厩舎（きゅうしゃ）が騒がしい。馬にブラシをかけ、鞍（くら）をつけている。若い女性の一団が遠乗りの準備をしているのだ。なにが起きようが、日々の暮らしは滞（とどこお）りなくつづく。ヴィーラントが別れを告げ、車の方へ歩いていった。オリヴァーの弟も厩舎の方に去っていった。

「レオナルド・ケラーと話してみませんか？」ピアがボスに話しかけた。

「いいや」オリヴァーは首を横に振った。「もうちょっと待とう。当時、彼にどういう嫌疑がかけられたか確認してからの方がいい。取り調べをしたら、すぐ噂になる。みんな、昔の話を思いだし、魔女狩りをはじめる。そうなったらまずい」

「理論的には当時の犯人が今回の犯人だということ？」キムがたずねた。

「理論的にはね」オリヴァーは歩きだした。ピアとキムはあとにつづいた。「彼は当時、十九歳だった。そしてアルトゥールは彼をよく知っていた。だが、なんでレオがアルトゥールを殺す必要があったんだ？」

「事故だったとか」ピアがいった。

「じゃあ、ロージーはどう絡む？」オリヴァーは反論した。

「そういう関係だったのかも。年齢からすれば、レオナルド・ケラーがゾーニャ・シュレックの父親でも不思議はないです。ＤＮＡ鑑定をすれば、すぐにわかるでしょう」

「ふむ」

「レオの小屋はどこですか？」ピアはたずねた。

「シェーンヴィーゼンホールから少し下ったところだ」オリヴァーは答えた。

「アルトゥールは当時午後六時半頃、家路についた」ピアは考えながらいった。「レオの小屋は遠回りになりますね。もしかしたら彼のところに立ち寄って、あいさつしようとしたとか。運悪く、そのときレオは既婚女性の訪問を受けていた。いちゃついているところを見られ、ふたりはばれるのを恐れて、アルトゥールを殺した」

「それはヴィーラントとわたしも考えた」オリヴァーは認めた。「だが八月は遅くまで明るい。ロージーが明るいうちから浮気相手に会ったりするとは思えない。仮にアルトゥールがロージーとレオに出くわしたとしても、ロージーたちを殺した犯人はだれだ？　レオには無理だ」

オリヴァーたちは車を止めていた駐車場へ向かって道路を歩いた。突然、クレメンス・ヘロルトのコンピュータで見つかった写真のことがピアの脳裏をよぎった。犯人プロファイルを作成するなら州刑事局の事件分析官に協力を仰いだほうがいいとキムがいいだしたが、それをさえぎって、ピアはいった。

「オリヴァー、写真を見てもらわないと」

「写真？」オリヴァーは立ち止まってピアを見た。

「クレメンス・ヘロルトは家族史ではなく、村の年代記をまとめていたんです。昔の犯罪に興味があったようですね。彼はたくさんの古い写真を集めて、カタログ化していました。顔を見てもだれなのかさっぱりわからなくて、ボスならわかるんじゃないでしょうか」

「それが手がかりになるというのか？」オリヴァーはたずねた。

車が二台、古城レストランと厩舎に通じる細い道を走ってきた。オリヴァーたちは脇にどいて、車を通した。

「ボスの勘が当たってると思うからです」ピアは、自分の非を認めるのが苦手な人間ではなかった。「今回の一連の事件がアルトゥールの行方不明事件と関係しているというボスの意見を昨日は飛躍しすぎだと思いましたが、今は考えを改めました。とにかく、この線で追及する必要がありますね」

オリヴァーはピアを見た。ボスが涙をこぼしそうだと気づいて衝撃を受けた。オリヴァーはいつものごとくそれ以上感情を顔にださなかったが、マクシが話題になったときの彼の反応を見逃さなかった。

「すぐに署に戻って、写真を見てみよう」オリヴァーはぶっきらぼうにいって背を向け、林間駐車場の方へ道を上った。

＊

すべてなくなっていた。なけなしの金を入れた財布、無効になったクレジットカード、免許証、身分証明書、とっくに手放してしまったポルシェ・ボクスターの車両証。あの恩知らずのジャンキーはもちろん彼女のスマートフォンとノートパソコンも持ち去った。おまけに拳銃とランドローバー・ディフェンダーまで。フェリツィタスは呆然としてベッドにすわり込み、エリーアスが枕の上に置いていった置き手紙を読み返した。

閉じ込めたりして本当にごめん。どうしてもニケと話す必要があるんだ。どうかわかってくれ。スマートフォンとノートパソコンを借りるけど、ちゃんと返す。頼むからサツには通報しないでくれ！　あとですべて説明する。犬も連れていくけど、心配はいらない。車も返す。ガソリンは減ってしまうけど。じゃあ！☺

呆れてものがいえない。失望も加わって、はらわたが煮えくりかえった。置き手紙にスマイルマークを添えるなんて、ふざけてる。フェリツィタスは人差し指を吸った。浴室から抜けだす際に、爪をはがしてしまった。痛くてしかたがない。フェリツィタスがどうなろうとエリーアスにはどうでもいいんだ。あいつには自分のことしかない！　あんな奴を信用するなんて、とんだ大馬鹿者だ。あいつをあわれに思い、母親のような感情まで抱き、世話をして、食べさせてやった。内心浮き浮きした。それなのに、こうもあっさり罠にかけ、大事なものを盗んでいくとは。薬物依存者がやりそうなことだ。堪忍袋（かんにんぶくろ）の緒が切れた。服を着て、警察に行くほかない。

だけど、それからどうする。フェリツィタスは五十代半ばで、無職。望む仕事なんて金輪際見つからないだろう。掃除婦やレジ打ちもつとまらないだろう。銀行口座は空っぽで、借金の取り立て屋に追われている。かつて友人だった者たちも背を向けた。こっちから難癖つけたのがいけなかったのだが。そのうえ両親はあの世に行き、妹が住む場所を与えてくれたのも自分の都合だ。その妹は今、地球の裏側にいる。フェリツィタスの身を案じる人などひとりもいない。歓迎してくれる場所もない。

いまさら警察にエリーアスのことを通報しても無意味だ。そのあとどこへ行けというのだろう。ホームレス用の宿泊施設か。もう生きる気もしなければ、気力も失っていた。これまで彼女を駆り立てていた怒りも消えてしまった。答えは決まっていた。貧困の中、ひとりでひっそり生きるなんてごめんだ。

＊

ピアはエリーアス・レッシングのガールフレンドとその母親のことをすっかり失念していた。署に戻り、手荷物検査所を抜けたところで当直の警部から声をかけられた。ピアの部屋の前でふたりが待っているという。

「しまった！」ピアの腹が盛大に鳴った。朝食もまだだ。だが後回しにするほかない。階段を一段飛ばしで駆けあがった。二階に着く直前、あやうくターリクと鉢合わせしそうになった。彼もスマートフォンを耳と肩ではさみながら息せき切って駆けおりてきた。

「ターリク！」ピアは驚いていった。「どうしてここに？」

「カイに電話で呼びだされたんです」ターリクはスマートフォンをすぐジーンズの尻のポケットにしまった。「少年の白骨死体を発見したんでしょう？」

「まあね」ピアは彼を探るように見た。「どうしたの？」

「なんでもないです。なぜですか？」ターリクは目をしばたたきながら答えた。

「時間があるなら、エリーアス・レッシングのガールフレンドに事情聴取するから付き合って」

「いいですよ」

ピアは最後の数段を上った。ターリクは後ろからついてきた。ピアは防火扉を開けた。

「口をひらかないかもしれないから、そのときはあなたに任せる。ヤマネコ＝プロジェクトの彼女を見事に籠絡したものね」

ターリクの顔が真っ赤になったので、ピアはおかしくてならなかった。ひと目惚れしたのはパウリーネの方だろうか、それとも彼の方だろうか。

「彼女から連絡は？」ピアはたずねた。

「ないです。ちゃんとした連絡は」

「どういう意味？」

「いえ、一度だけ……」捜査十一課の廊下に曲がったので、ターリクは口をつぐんだ。ハーフアーラント夫人とその娘がプラスチック製の椅子から腰を上げた。どぎつい緑色なうえに、すわり心地が悪い。ふたりはおどおどしながら、どこかわくわくしているようにも見える。はじめて刑事警察と関わりを持った人がよく見せる表情だ。

「連絡をくださったうえ、ご足労いただき感謝します」ピアはターリクと自分の身分を伝えてからいった。「待たせてしまってすみませんでした」

「問題ありません。わたしたちのために時間を作ってくださりありがとうございます」ビアンカ・ハーファーラントは四十代半ばか終わりくらい、スレンダーな体形で、髪型を完璧に決め、高そうな服を身につけていた。ピアの元同僚フランク・ベーンケが昔「タウヌストルテ・デラックス」と皮肉っていたタイプの女性だ。この手の女性は銀行頭取や弁護士や企業コンサルタントである夫の名刺や高級車のキーをこれ見よがしにテーブルに置くが、ハーファーラント夫人にはそういう高慢ちきなところは見受けられなかった。夫人は深刻そうにしていた。無理もない。未来の義理の息子が薬物依存の犯罪者とあっては、夜も眠れないだろう。

「こんにちは、ニケさん」ピアは愛想よく微笑んで、娘に手を差しだした。ニケは母親と同じヘーゼルナッツ色の目をしていて、頬が張り、褐色の髪がふさふさで、つやつやしている。顔立ちは幼く、化粧をしていない。おどおどした大きな目には紫色の半月のような翳(かげ)りがあった。体つきはきゃしゃで、弱々しげだ。そして見るからに……妊娠していた。

「こんにちは」ニケは小声でいった。

ピアはふたりを部屋に通して、来客用の椅子をすすめた。ターリクは立ったままだったが、ピアは自分のデスクに向かってすわると、引き出しからボイスレコーダーをだし、録音すると断った。それから日時と氏名を吹き込み、ニケの方を向いた。

「あなたはエリーアス・レッシングのガールフレンドということですが、婚約している場合、証言する必要は……」

「うちの娘はその若者と無関係です」ハーファーラント夫人が口をはさんだ。「夫とわたしは、その若者が娘に無理強いしたか、ドラッグをのませたと考えています。訴えるべきか思案中です。ニケはまだ未成年ですから」

夫人は娘の腕に手を置いた。娘は自分のものだといわんばかりの剣幕だ。だが、ニケはその手をぞんざいに払いのけた。ピアはふたりをじっと観察した。この子も親の干渉に嫌気がさし、親の期待とは正反対の人生を選んだのだ。ニケ・ハーファーラントの日常が手に取るようにわかる。すべてがお膳立てされ、朝から晩までがんじがらめ。両親は娘の教育に金と時間を注ぎ込み、先々までしっかりレールを敷いている。しかし娘の気持ちを一度でもたずねたことがあるだろうか。

「わたしどもは、ニケがあの若者と会っていたなんてまったく知らなかったんです。どこで知り合って、どうしてこんなことになったのか、いまだに教えてくれないんです」母親は汚らわしいものでも指すようにニケの腹部に手を向けた。「おわかりと思いますが、事実を知らされて、わたしどもはショックを受けました。十七歳になったばかりなんですよ。娘の人生は台無しです。お説教をしていただけませんか」

娘が同席しているのに、母親は平気でそういってのけた。娘がどんな圧迫を受けているか火を見るよりも明らかだ。娘は目を泣きはらし、爪をかんで深爪になっていた。

「はっきりさせておきたいのですが」ピアはいった。「ニケさんは被疑者としてここにいるわけではありません。あくまでも参考人です。だれにも非難されることはありません。お嬢さんの教育を問題にしているわけではありません」ピアは娘の方を向いた。「ニケさん、なにが起きているかご存じですか？」

娘はおずおずとうなずいたが、視線を合わせようとはしなかった。

「わたしたちはエリーアスさんを捜しています。事件現場のそばで彼の指紋が採取されたからです。といっても、彼が犯罪に関わっていると考えているわけではありません。彼が事件を目撃した可能性があるので捜しているのです」ピアはおだやかにいった。「最後に彼に会うなり、話をするなりしたのがいつか、教えてくれるとありがたいのですが」

ニケはなんの反応も見せなかった。代わりに母親が激しく反応した。これではどうにもならない。ピアも十七だったことがあるから、母親がいるかぎりニケが口をひらかないことがよくわかった。

「ニケさんとだけお話ししたいのですが」ピアはいった。「そのあいだ廊下で待っていていただけますか」

「冗談じゃありません！」母親がいきりたった。「うちの娘は未成年なんですよ。娘にはわたしが……」

「ママ、お願い！」ニケが母親を見ずに言葉をさえぎった。「あたしはもう赤ん坊じゃないわ」

「わたしのいるところで答えるんです。さもなければ、答えてはいけません」母親は娘を無視して、また娘の腕に手を置いた。ニケが体をこわばらせたが、母親は気づきもしなかった。

ピアは少女に同情を覚えた。娘によかれと思って過干渉になる、こういう母親を持つと大変だろう。こういう親は、自分の子どもがチェスの駒でないことをついつい忘れてしまいがちだ。子どもにも人格があり、やりたいことがあり、命令されたり、干渉されたりするのを嫌うというのに。エリーアスもこのニケと変わらぬ境遇だ。彼の母親がそう認めていた。

ニケの母親はしぶしぶ外で待つことにした。

「これでいい？」ドアが閉まって、母親がいなくなると、ピアは少女にたずねた。

「ええ」

「なにか飲みたい？」

「いいです」少女は顔をしかめた。「すぐにトイレに行きたくなってしまうから」

「予定日までどのくらい？」

「二週間」ニケは胎児を守るように両手を腹部に当てた。口元をゆるめたが、笑みはすぐに消えた。「うちの親は、生まれたらすぐ赤ちゃんを養子にだすといってます。大学入学資格試験を受けたら、アメリカに留学するようにいわれていて、子連れでは難しいですから。うちの親は、計画どおりにいかないのが嫌いなんです。あたしを部屋に閉じ込めて、携帯電話の通話記録をチェックするんです。本当に最低！」

ニケは吐き捨てるようにいった。

「あなたはどうしたいの？」ピアはたずねた。

「あたし……わかりません」ニケははじめて顔を上げ、ピアを見た。

「学校には行っているの？」

「はい」ニケは顎を突きだした。声には、うんざりだという響きがあった。「でもそのうち両親は根負けしたんです。あたしが自殺するとでも思ったんでしょうね。でもあたしのことを心配したからじゃありません。世間体を気にしたんです。ああもう！」

ニケは息巻いた。

「エリーアスさんとはどこで知り合ったの？」ピアはたずねた。

「フランクフルトのクラブです。一年くらい前。友だちといっしょにこっそり行ったんです。親にいったら絶対に許してくれませんから。出会うなり……ときめいてしまって。なんていうか……ひと目惚れでした」

ニケはおずおずと微笑んだ。目が輝いていた。

「彼も……同じ境遇でした」ニケは肩をすくめた。声がさっきよりもしっかりしていた。「彼も親からプレッシャーを受けていたんです。すべて、お膳立てされて、レールが敷かれている。いつもいうとおりにしないといけない。だれよりも優れていて、成果をあげなくちゃいけない。さもないとしかられる。彼の父親はうちの親でも真っ青なほどひどくて、エリーアスは耐えられなかったんです」

「両親が心配するのも少しはわかるわ」ピアはいった。「エリーアスは何年も違法薬物に依存していて、犯罪に手を染め、何度も有罪になっている」

「知ってます！　本人にその気はなかったんです」ニケの頬が紅潮した。「ドラッグはやめるといってます。彼ならやりとげると信じてます」

「ふうむ」ピアは目の前にすわっている若い娘をじっと見つめた。親に守られた箱入り娘。エリーアスの問題がどれだけ深刻かわかっていない。薬物依存がどういうもので、そこから離脱するのがどれほど難しいか、わかっているのだろうか。彼女にとっては初恋だ。エリーアスのことしか眼中にないのだろう。彼を守ろうとするだろうか。それを愛情とはき違えて彼のために嘘をつき、にっちもさっちもいかなくなるのではないだろうか。

「どうして彼のことを親に話さなかったの？　いつかばれることはわかっていたでしょう？」

「一ヶ月前までうまく隠してました」ニケは答えた。「うちの両親はいかれてるんです。あたしを思いどおりにしたいんです。アメリカで法学を修め、すごい仕事について、大金を稼ぐ。そして大成功した男を夫に迎え、一等地に家を構え、子どもをふたり育てる。そんなのごめんです！　あたしは心理学を専攻して、なにか意味のあることがしたいんです。でも……両親を悲しませたくはありません。よかれと思ってしてるんですから」

ニケは両手を見つめた。突然、彼女の頰を涙が伝った。なぜ泣くのだろう。夢に見た王子さまが薬漬けのカエルに変身したからだろうか。それとも彼が好きだとはいえ、両親と真正面からぶつかりたくないからだろうか。

「あの、あたし、もう会わないって彼にいったんです。そしたら、彼は絶望しちゃって」ニケはピアを見ずに、そう打ち明けた。「あたしがいなければ、生きている意味がないっていったんです。あたしのためにドラッグをやめ、大学入学資格試験を受けるっていいました。そう約束したんです。彼にとって本当に大事な人間はあたししかいないっていうんです」ニケはおずニケがおずと微笑んだ。「かわいいでしょう?」

かわいいなんてとんでもない。有無をいわさぬ精神的脅迫だ。ピアにも経験がある。この救いようのない関係から自力で抜けだすのはほぼ無理だ。

「両親があまりうるさくいうものだから……彼に脅(おど)されているって嘘をついたんです」ニケはしゃくりあげた。「なんだか彼を裏切ったみたいな気がします。聖書の中のペテロみたいに。彼とあたしは、当分会わないことにしたんです。母は携帯の番号を替えて、新しいEメールアドレスを設定しました。フェイスブックとインスタグラムのアカウントまで消せっていわれたんです」

「それでも彼と連絡を取り合っているのよね?」

「まあ」ニケはしぶしぶうなずいた。

「最後に話したのはいつ?」

「二、三週間前です」ニケはうなだれた。「二度と会わないっていったのはそのときです。彼から最後に届いたのは、ショートメッセージでした。先週の木曜日です。しばらく身を隠すって書いてありました。どういう意味なのかわかりませんでした」

ニケは顔を上げた。絶望していた。

「大至急エリーアスさんと話したいんだけど」ピアは真顔でいった。「彼はひどい事件に巻き込まれたようなの」

ニケが目を丸くした。

「水曜日から木曜日にかけての夜、ケーニヒシュタインとグラースヒュッテンのあいだの森のキャンプ場で人が死んだの」ピアはいった。「焼け死んだのよ。キャンピングトレーラーの中で原形をとどめないほどに。今のところ殺されたことがわかっている。これは殺人事件なの」

ニケは膝に両手をはさんで、じっと聞いていた。眉間にしわが寄った。母親と仕草がそっくりだ。

「エリーアスさんは別のキャンピングトレーラーにもぐり込んでいたらしいの。もちろん不法侵入」ピアは話をつづけた。「怪我をしたらしく、血痕が見つかっている。森に逃げ込んだんだけど、数キロ先で行方がわからなくなった」

「まさか彼が人殺しを？」ニケの目が不安の色に染まった。

「いいえ」ピアはそういいはしたが、確信はなかった。今のところ、だれがなにをしたかはっきりしていない。「でもエリーアスさんは犯人を見たかもしれない。それから犯人に見られた可能性もある。だとすると、エリーアスさんは今、危険にさらされているのよ」

ニケは眉間にしわを寄せて考えた。

「彼が今どこにいるか知ってる、ニケさん？」ピアはたずねた。

「いいえ」ニケは首を横に振ったが、ほんの一瞬、彼女の目があらぬ方を向いた。

「本当に？」ピアは腕組みして、カイが作業台にしている、かつてフランク・ベーンケが使っていたデスクにもたれかかった。

「エリーアスは、刑務所に入ったらだめなんです！」ニケがいきなり声を荒らげた。「あそこじゃドラッグから離脱することなんてできません！　だから彼はそのキャンプ場で禁断療法をすることにしたんです。あそこなら人も少ないし、店もない。えーと、その、酒や薬が買える店がね。それから携帯電話もつながらない。彼は本気なんです！　どうか信じて！」

「信じる」ピアは娘を安心させることにした。「でもエリーアスさんの氏名を報道陣に隠しておけなかったの。至急捜す必要があったから。それに、犯人が新聞で彼の名前を知ったら、わたしたちよりも先に見つけだそうとするでしょう。殺人犯は目撃者を好まないから」

ニケはカーディガンのほつれた毛糸をつまんで下唇をかんだ。蒼い顔をしている。分別を持つべきか、彼に忠誠を尽くすべきか、心が揺れているようだ。

「協力して、ニケさん」ピアは頼んだ。「エリーアスさんが信用しているのはあなただけだと思うの。出頭するよう説得してくれないかしら」

「ど……どうすればいいんですか？」

ピアは母親を部屋に呼んだ。母親はぎこちなく椅子にすわり、娘と視線を合わせようとしなかった。ピアはターリクといっしょに、ニケに協力してもらってエリーアスをおびきだす計画を練った。母親は黙っていた。失望し、納得していないのが、表情からはっきり読み取れた。

「彼を罠にかけろっていうんですか？」ニケがたずねた。

「罠にかけるわけではないわ」ピアは答えた。「キャンピングトレーラーに放火した犯人が捕まるまで保護するのよ」

「でもそのあと、彼を刑務所に入れるんでしょう？」

「ニケ！　あの若者は……」母親が口をだした。

「ママは黙ってて」ニケは母親に食ってかかり、それから涙をぬぐってピアの方を向いた。ニケが一瞬、希望に満ちた顔をした。ピアにはその理由がわからなかった。これでまたエリーアスと話ができると喜んでいるのだろうか。

「やります」ニケがきっぱりといった。「いうとおりにしますけど、条件があります」

「なに？」

「彼にひどいことをしないでください。約束してくれますか？」

＊

人生にあれほど期待したのに、もはや未練はなかった。だから今日ここで終わりにしてもいい。睡眠薬は確実ではない。死に損ねて、障害者になるリスクが高すぎる。車や列車の前に飛び込むのもいただけない。この方法を取った自殺者のエゴイズムにさんざん腹を立てた経験がある。フロントガラスに激突して完熟トマトみたいに弾けたら、罪のない運転手にとって一生トラウマになるだろう。それに、自分のバラバラ死体が線路脇や道端に落ちている空き瓶や使用ずみのコンドームといった、吐き気のするゴミにまみれるのもごめんだ。フェリツィタスはそのままの姿で、できれば品よく死にたい、そういう姿で発見されたいと思っていた。気がかりなのはそのことだけだ。しばらく発見されず、旅行から戻った妹夫婦に発見されることになったらどうだろう。三週間後では、すさまじいことになっていそうだ。腐って、はらわたにも、肉にも、脳みそにもウジがわいているはずだ。だめだ。腐臭を放つ腐乱死体になってバスタブからこそぎ取られ、プラスチック容器に収まるのもいやだ。そうなふうに自分の死を記憶されるなんて。それに全裸で死にたくはない。お気に入りの白い服を着て、湯を張ったバスタブに横たわり、リストカットして湯がゆっくり血に染まるのを見ながら、苦痛もなく心臓が止まるのを待つのがいい。戻ったエリーアスが見つけて、衝撃を受けるだろう。フェリツィタスは苦笑いした。犬はエリーアスが連れだしているから、心配はない。

しかし命を絶つ前に、もう一度新鮮な空気を吸いたい。それと、イェンスのワインセラーにある最高の一本をいただこう。フェリツィタスは地下室からシャンパンを取ってきて、栓を抜き、グラスに注ぐと、玄関から出て、木のベンチにすわった。ルイナール・ロゼの気泡がグラスの中で立ちのぼる。ぐいっとひと口飲んで天を仰ぎ、深呼吸した。日の光が顔に当たってぽかぽかする。音もなく飛行機が空を横切っていく。日射しがなにか金属に反射したのか、一瞬きらりと光って、木立の奥に消えた。日の光のいたずらだろう。秋のにおいがする。朽ちた落ち葉と死のにおい。

「家を持っていなくて清々する」フェリツィタスはそうつぶやいて、ひっそりとした森を眺めた。前からこの鬱蒼(うっそう)とした暗い森に気が滅入っていた。秋になって、ますます気が滅入る。

「ひとりぼっちなのも、これで気にならなくなる」

今日は死ぬのにいい日だと思った。

＊

人脈はないより、あった方がいい。オリヴァーは、フランクフルト検察局とコネがあるヘニング・キルヒホフを利用して、公式のルートよりもはるかに早く、日曜日の午後にはアーカイブで四十二年前の事件簿を閲覧した。一九七二年のアルトゥール・ベルヤコフ行方不明事件の捜索記録を読んで、そのあまりのずさんさに愕然とした。通読するのもひと苦労だった。

遺体が発見されず、事件現場も判明しなかったため、当初、暴力犯罪として扱われなかった。したがって捜索活動もおざなりだった。一九七〇年代のはじめ、警察の対応は今とはまったく違っていた。フランクフルト刑事警察署がこの田舎の事件に介入するまで五日もかかっている。調書に書かれていたのは、啞然とすることばかりだった。アルトゥールの両親は一九七二年八月十八日の早朝、ケーニヒシュタイン警察署に息子の行方不明者届をだした。警察は事態を深刻に受けとめなかった。〝家出しただけだろう。そのうち帰ってくる〟と両親をなぐさめたらしい。行方不明者届を受理した担当官は、届出書類にそうしたためていた。アルトゥールの両親と当時十三歳だった姉のヴァレンティナは何度も事情聴取された。それでもなんの手がかりも得られず、十一歳の少年が姿をあらわさなかったため、少年の友だちにも事情聴取をした。

記録を読んでいて、オリヴァーはけげんに思った。自分が受けた事情聴取の日付が一九七二年八月二十四日になっていたからだ。アルトゥールが行方不明になってから七日が過ぎている。警察は当時まだ青年心理学に注目していなかった。オリヴァーは質問と彼の応答を読んで啞然とし、何度も首を横に振った。児童や若者は大人と同等には扱えない。同じ方法で事情聴取するのも問題だ。感情的にも知性的にもまだ未熟なので、大人とはまったく違う反応をする。オリヴァー自身、アルトゥールに最後に会ったのがいつかという質問に正確に答え、当たり障りのない遊び場のことは正直に教えていたが、それ以外は嘘をつき、口をつぐんでいた。十一歳の子どもの気持ちになれば、理由は自ずとわかる。良心の呵責、罪悪感、罰せられることへの不安だ。ヴィーラントとアルトゥールと彼の三人は、行ってはいけないといわれていた場所を頻繁に訪ねていた。ケーニヒシュタインに通じる道路を横切って、ラントグラーベンやアイヒコップフの古い弾薬貯蔵庫や、シュロスボルン谷の水車小屋に遊びにいっていたが、警察にそのことをいうわけがない。ヴィーラントも同じような返答をしていた。事情聴取された他の子もみな、なにも知らないといっていた。

オリヴァーはケーニヒシュタインの警官とその後介入した刑事がだれに事情聴取したかメモを取った。すくなくともていねいな対応をしている。ルッペルツハインの住民のほぼ全員が事情聴取されていた。しかし問題の日にアルトゥールを見かけた者はひとりとしていなかった。まだ日が落ちていなかったというのに。一九七二年にはまだ、民族差別撤廃という言葉など存在しなかった。事情聴取を受けた人の多くが、敵愾心をあらわにしていた。考えられないことだ。今なら犯行に手を染めた疑いをかけられるだろう。しかし当時の捜査官は疑いを差しはさまなかったようだ。

「ロシア人」のアルトゥールがよそ者扱いされていたことが捜査に影響したのだろうか。村の少年とみなされていたら、もっと徹底した捜索がおこなわれたのだろうか。すくなくとも村人の対応は違い、連帯感も生まれただろう。八月二十六日におこなわれた警察による捜索活動では、ルッペルツハインの村人も五十二人参加していた。添付された名簿からわかる。だが参加したのは好奇心からに違いない。アルトゥールとその家族はよそ者だった。アルトゥールの両親を気の毒に思っている住民はごくわずかだ、と指揮に当たった警部がメモに書き残していた。住民からこれといった手がかりが得られなかったため、サナトリウムのスタッフと入院患者にも事情聴取がおこなわれた。だが成果はなかった。八月三十一日、レオナルド・ケラーが自殺未遂をした。警察に匿名(とくめい)の密告電話があり、捜査対象になった矢先だった。

当時捜査の指揮をとったコンラート・ギンスベルクは二〇〇九年に亡くなっていたが、カイがギンスベルクの部下の名前と電話番号を突き止めた。オリヴァーは、事件簿の表紙に貼ったカイの黄色い付箋(ふせん)をはがし、受話器を取って、そこに記された番号に電話をかけた。ダルムシュタットの市外局番だ。呼び出し音が三回鳴り、ベネディクト・ラート元首席警部が電話口に出て、今日会ってくれることになった。

*

電話をかけてもボスが出なかったので、ピアはターリクを連れて、エリーアスの両親を訪ねることにした。ニケとその母親と話をして、エリーアス・レッシングのイメージが変わったのだ。彼がいったいどういう人物なのか、突き止める必要を感じていた。

「このあいだ会ったとき、レッシング夫妻がなにか隠していると思った」ピアはいった。魔の山(ツァウバーベルク)のところを左折して、ルッペルツハインに入ったときだ。「正直いうと、今回の一連の殺人事件にエリーアスがなにか関わっている気がする」

「そうしたらボスの説と矛盾しますね」ターリクは答えた。

ピアがハーファーラント家の母娘と話し、オリヴァーがフランクフルト検察局のアーカイブで一九七二年の事件簿を閲覧しているあいだに、キムとカイが三件の事件で判明している事実をすべて模造紙に書きつけて待機室の壁に貼りつけた。それぞれの事件の類似点と相違点、そして犯行前後に犯人が下したとみなせる決断について細かく検討した。といってもまだ明確な犯人プロファイルにはほど遠い。アルトゥールが当時、本当に殺害されたかどうかがまだ特定されていないからだ。それでもアルトゥールの死と今回起きた殺人事件のあいだのつながりを示唆する事実がいくつかあった。ところがピアはまた、そのことに疑いを覚えたのだ。

「わかってる」ピアは唇を引き結んだ。「でも、他の可能性を排除することに、あまりいい気がしないの。想定した物語に符合するよう事実をねじ曲げてしまう危険があるでしょう」

ピアはレッシング邸の前でブレーキを踏んだ。ガレージに通じるアプローチにはダークグリーンのミニ・コンバーチブルしか止まっていなかった。ピアは、母親がひとりで在宅しているかもしれないと期待した。

玄関のベルを鳴らした。そしてもう一度。ピアとターリクが目的を果たせず立ち去ろうとしたとき、ドアが開いた。

「なんですか?」若い女がうさんくさそうにピアたちを見た。ピアは身分証を呈示した。

「弟の件ですね」女が勘を働かせた。

「ええ、そうです」ピアはうなずいて、パウリーネ・ライヒェンバッハの言葉を思いだした。

「パウリーネさんのお友だちのレティツィアさん?」

「そうですけど」

「お母さんに質問があるんです。いつ帰ってくるでしょうか？」

「さあ、わかりません」レティツィアは肩をすくめた。「母はテニスクラブに行っています。今日はクラブ選手権があるもので。わたしでよければ、お相手しますけど」

「それでもいいですが」ピアは答えた。

「わかってます。血縁である場合、質問に答えなくていいんでしょう」レティツィアがピアの言葉をさえぎった。「あいつについて知っていることは喜んでなんでも話します。入ってください」

レティツィアは一歩さがって、手招きした。母親とそっくりの仕草だ。それから彼女は自分とほとんど歳が変わらないターリクを頭のてっぺんから足のつま先までねめまわした。

ピアは、事前の連絡をせずに訪ねてかえってよかったと思った。ターリクとピアはレティツィアの案内で階段を下り、キッチンを抜けてテラスに出た。斜面に広がる庭は室内と同様に手入れが行きとどいていた。瑞々しい芝生、ていねいに刈り込まれた植え込み、楕円形の池に枝を垂らすヤナギ。夕日が池の葦(あし)とスイレンと大きなコイの白い背中を朱に染めていた。

「うわあ！」ターリクは驚いてあたりを見まわした。「楽園のようですね！」

「どんな楽園も見慣れれば飽きます」レティツィアはチーク材のガーデン用ソファにすわった。

「どうぞすわってください」

テーブルに本が一冊のっていて、しおりがのぞいている。その横には灰皿があった。ターリクはその本を覗き込んで、本のタイトルを見た。

『東フリースラントの炎』おもしろいですか？」

「まあまあです」レティツィアは答えた。

「それならたいていの本よりましってことですね」

「あなたのお歳は、レティツィアさん？」ピアはたずねた。

レティツィアが笑って、タバコの箱をつかんだ。

「あまりおしゃれな口火の切り方ではありませんね！」レティツィアは顔をしかめた。「二十六です」

「ご両親と暮らしているのですか？」ピアはエリーアスの姉の第一印象をつかみたかった。そのためにはどうでもいい質問をするのが一番いい。正直に答えるはずだからだ。こうすれば、もっと重要な質問で表情や態度を変えたとき、嘘をいっているかどうか即座にわかる。

「いいえ、五年前に家を出て、今はハンブルクの大学に通って、週末だけ帰ってくることにしているんです。それがなにか？」

「最近エリーアスさんに会ったか、話をされたかしましたか？」

「いいえ。もう二年は会っていません」レティツィアは顔立ちが母親似だが、薄い灰色の瞳は父親と同じで、あいにく肌の粗さも父親譲りだった。化粧はしていない。つやのある暗褐色の髪はふたつに分けて結んでいる。子どもっぽい髪型で、似合わない。レティツィアには女の子らしいところがまるでなかった。

「それで、なにが知りたいんですか？」レティツィアはタバコをくわえて火をつけた。

「エリーアスさんが好きではないんですね？」ピアはたずねた。

「ええ」レティツィアの表情が硬くなった。眉と口元に深いしわが寄った。彼女は鼻から煙を吐いた。「嫌いです」

「なぜですか？」

レティツィアは足を引いて、肘をつき、親指の爪で上唇をなでた。

「エリーアスには辛酸をなめさせられたからです。あいつのせいで、うちは一度としてまともな家族だったことがないんです。あいつはやりたい放題して、わたしはいつも配慮するようにいわれつづけました」

「というと？」ピアはたずねた。

「弟は頭がおかしいんです。小さい頃からそうでした。落ち着きがなくて、父は厳しく矯正しようとしました。母は同情して甘やかしたんです。そしていつしか子育てを放棄しました。やっても無駄だと観念して」レティツィアは鼻で笑い、首を横に振ってタバコを吸った。「いかれた弟が悪さをしたり、絶叫したりするせいで、女友だちを家に呼ぶこともできなかったら、あなたはどうします？　配慮しろ。弟のことはそっとしておけ。どうしようもないのだから。そういわれつづけたんです！　お気に入りの人形やテディベアを何度もずたずたにされて、それでも弟に腹を立ててはいけないなんて、十一歳の娘にいって、納得させられますか！」

レティツィアはため息をついた。

「このくそったれな村では、みんな、うちの陰口を叩いていました。エリーアスが人前で切れると、みんな、理解を示し、同情するけど、陰では嘲笑っていたんです。うちの両親のことをね。いくらお金があっても、しつけのいい子を買えはしない。そんな警句がありますけど、気休めにもならないですね。わたしは恥ずかしくてなりませんでした。母が気の毒でした。円満な家庭を作ろうと必死でしたが、どうにもならなかったんです。ひとりでも同調しない奴がいれば、無理ですからね。わたしは勉強でも、スポーツでも、だれにも負けまいとしました。そして実際そうなりました。そうやって、うちのドラマを相殺しようとしたんです。もちろんガリ勉とあだ名されました。でも、わたしは親に心配をかけまいとしたんです。エリーアスだけでも、手に余っていましたから」

レティツィアはピアを見た。知らず知らずのうちに、彼女の灰色の目が同情を哀願していた。自制心を働かせる人がもっとも傷つきやすいというのは、よくあることだ。レティツィアは貧乏くじを引いたのだ。そしてそこから生まれる劣等感を憎悪していた。

「うちの家族は外面がいいだけです」レティツィアは大きく体を動かした。「家、庭、車、仕事、妻、子ども。両親が愛し合っていたのなんて、はるか昔のことです。今はお互い反吐が出ると思っているでしょう。それもエリーアスのせいです。あいつが家庭を破壊するのを黙って見ていたと両親は罪のなすり合いをしてます。それでも離婚は世間体が悪いから、仲むつまじいふりをしてるんです。一番いいのはここからいなくなることです。できるだけ遠くに。わたしはそれを実践しました」

「エリーアスさんは医者の診断を受けたことがありますか？」ターリクがたずねた。

レティツィアは無表情なまま彼を見つめ、それから肩をすくめた。「さあ」

ピアはレティツィアを観察した。投げやりな態度を取っているが、心の中では抑圧した感情の火山が胎動している。外見だけで人を判断するのは禁物だ。第一印象とまるで違ったりすることもある。だがレティツィアほどなんでもあけすけにいう人は珍しい。たいていは自分を恥じて、自分が挫折者だと見られるのを嫌がるものだ。そして自分を偽り、他人を欺く。

「弟さんは暴力をふるったことがありますか？」ピアはたずねた。

「ええ。何度も」レティツィアはタバコをくわえ、カーディガンを脱いだ。上腕に長さ三十センチほどの傷痕があった。タバコの煙が目にしみたのか、彼女は目をしばたたいた。「弟が六歳のときです」

「なにがあったんですか？」

「この家の改築中でした。夕方、両親と建築家に連れられてここへ来たことがあるんです。そのとき弟が後ろから忍び寄って、わたしを窓から突き落としたんです。地下室への階段を支える支柱が腕を貫きました。それに足と肩と骨盤を骨折しました」

「それでエリーアスさんは？」ピアはたずねた。

「傷ひとつ負いませんでした」レティツィアがせせら笑った。「わたしは、もう大きいのだから気をつけなくてはだめだ、と父に怒られました」

若いうちにこんな仕打ちを受けるとは。ピアは同情を覚えた。両親は難しい子にかまけて、他の子にまで手がまわらなかった。レティツィアは犠牲になったということらしい。

「エリーアスさんがやっていたドラッグはなんですか?」ターリクがたずねた。

「やってない方を訊いた方が早いです」そういうと、レティツィアはタバコの吸い殻を陶製のカップに落とした。ジュッと火が消える音がした。「シンナーからはじまって、マリファナ、エクスタシー、LSD、メス」

レティツィアはターリクを興味津々に見た。といっても、彼がいったこととは関係がなかった。

「パウリーネが話していた警官、あなたですね」レティツィアは口をへの字に曲げて、眉を吊りあげた。

「そうですか?」ターリクはクールに振る舞った。「それはうれしいです。パウリーネさんはなかなかいない娘さんだ」

「娘?」レティツィアはニヤッとした。「あなたとあまり歳は変わらないと思いますけど。もっとも……民族が違うと、なかなか年齢がわからないものです」

「弟さんは今どこにいると思いますか?」ピアはようやく訊きたかったことを話題にした。エリーアスには粗暴なところがある。両親はそのことを知っていたのに黙っていたとは無責任きわまりない。本当に体面を気にしているだけだろうか。それとも、まだなにかあるのだろうか。

「弟さんの友だちはご存じですか? 彼が連絡を入れそうな人ですが」

「弟がつるんでいる連中なんてひとりも知りません」そう答えて、レティツィアはもう一本タバコをくわえた。「わたしだったら森を捜しますけど」

「森？」ピアは訊き返した。「ちょっと漠然としていますね。このあたりにはいっぱい森があります。正確にはどこですか？」

「さあ」レティツィアはタバコを吸った。「正確に教えてもらったことはないので。いつも森に行くとだけいってました。そして何日も帰ってこなかったんです」

＊

十月の日曜日。その日は夏の名残が味わえるすてきな一日になった。かつてサナトリウムだった魔の山（ツァウバーベルク）のレストラン〈メルリン〉の店内は午後の遅い時間になってもがらがらだった。客はみな、日除けのあるテラスでコーヒーを飲みながらすばらしい景色を楽しんでいた。オリヴァーもテラス席でレストランのオーナーと話をした。インド人のバンディ・アローラはオーナーになってもう十年以上になる。ルッペルツハインの複雑な人間関係について、村人以上に詳しかった。オリヴァーはオーナーと仲がよかった。以前は家族でよく食事に来た。最近はひとりで来ることが多く、たまにカロリーネを誘った。赤ワイン一杯とパスタを注文して、ゾフィアの世話についてコージマと話し合いを持ったことも何度かある。

ルッペルツハインの村人のほとんどはこのレストランを敬遠していて、使うのは誕生会や結婚式といった特別なときだけだ。だからゾーニャ・シュレックが水曜の午後、葬儀後の会食のためにこのレストランを貸し切りにしたと聞いても、オリヴァーは驚かなかった。水曜日の午後二時にローゼマリーとクレメンス母子の合同葬儀がおこなわれる。おそらくここは人でごったがえすだろう。それに、このおしゃべり好きでいつも上機嫌なオーナーはすでに今朝の遺骨発見のニュースを知っていた。オリヴァーにとってはかえって都合がいい。犯人がローゼマリーとクレメンスと司祭を殺害したのは、まさにこのことを隠すためだ。知れ渡ってしまえば、ゾフィアを沈黙させる理由はなくなる。

オリヴァーは物思いにふけりながら、村の家並みに視線を向けた。そこには、四十二年前になにがあったかよく知っている者がいるのだ。あとは、それがだれか突き止めるだけだ。数日中に記者会見がひらかれ、犯人のプロファイルと森で発見された遺骨について詳細が発表されるだろう。

「……本当にひさしぶりですね」バンディの声がオリヴァーの耳に入った。「そういえば、馬専門クリニックの経営権を譲渡したって知ってました？」

「すまない。だれの話だい？」

「警部が前に付き合っていたインカ・ハンゼンですよ」バンディは大きな目をして微笑んだ。「クリニックをいっしょにやっている獣医に経営権を売ったそうです。自宅もね。引き渡しは一月一日だそうです」

「本当に？」オリヴァーは驚いて眉を吊りあげた。「初耳だ」

嘘ではないだろう。そういうニュースを仕入れる速さにかけて、バンディはジルヴィア・ポコルニーにひけをとらない。ローレンツとトルディスがなにもいわなかったことが不思議だ。オリヴァーには黙っているように、とでもインカにいわれているのだろうか。

「以前はよく警部と食べにきてくれたじゃないですか。二年ぶりかな」バンディがいった。

「他の人もめったに顔を見ない。だから目についたのかもしれませんね」

「目についたって、なにが？」

オリヴァーもさすがに聞き耳を立てた。バンディはすばらしい記憶力の持ち主で、そこからたいてい正しい結論を導きだす。不思議なことに、先祖代々受け継がれてきた村人のあだ名にまで精通していた。ここで生まれ育たなければ、だれのことかわかるわけがない情報だ。それを知らないよそ者には、村のだれが話題になっているかもまずわからないはずだが、バンディには問題なかった。

「一番奥のテーブルで、激しく議論していましたよ」

「だれが？」オリヴァーは時計を見た。ベネディクト・ラートはすでに待ち合わせの時間に十分遅れている。

「インカ、ジモーネ、ローマンとラルフ・エーラース。それからアンディ・ハルトマンとパン屋。ふだんはぜんぜん来ないんですがね。遅れてペーターも来ました」

グループのメンバーのほとんどだ！　偶然だろうか？

「いつだ？」

「金曜日の午後八時頃」

「ペーターがあらわれたのは？」

「九時半頃」

「いつ帰ったか覚えているか？」

「ペーター？　長くはいませんでした。ビールを一杯飲んで帰りました」

ピアがペーター・レッシングをうさんくさいといっていたことが、オリヴァーの脳裏をよぎった。嫌な予感がした。ピアの直感はよく当たる。マウラー司祭は、金曜日の午後十時半頃死んだ。ビールを注文して飲み干すまでおよそ十五分間。教会と聖具室の鍵は簡単に手に入るだろう。午後十時にレストランを出れば、ペーターには司祭を襲って殺す時間が充分にある。子どものときはよくいっしょに遊んだが、それっきり疎遠になっている。彼のなにを知っているだろう。答えはしごく簡単だ。まったく知らない。

ウェイターがコードレス電話を手にしてテーブルにやってきた、バンディは、失礼するといって店内に消えた。ベネディクト・ラートはまだあらわれない。オリヴァーはその時間を使って、ピアに短いメッセージを送ることにした。

七人の旧友がわざわざここで落ち合って、話し合いをした。話題はなんだったのだろう。インカは昔の友だちとあまり付き合っていない。オリヴァーはそのことをよく知っていた。きっとのっぴきならない理由があったに違いない。気になる。今日は日曜日、インカは家にいないだろう。明日、彼女を訪ねて、そのことを訊くことにした。

＊

ルッペルツハイン・テニスクラブはシェーンヴィーゼンホールと運動場より少し上の果樹園に囲まれた斜面にあった。ピアとターリクが着いたとき、クラブ選手権は終わっていて、クラブハウスの小さな駐車場には車が数台しかなかった。太陽はタウヌスの山並みの向こうに沈み、なだらかな斜面と谷が黄金色の夕日を浴びていた。駐車場の向こうの牧草地では黒毛の牛の群れが散って草をはんでいる。そよ風が牛糞のにおいを運んでくる。そこに甘く熟したリンゴとバーベキューのにおいがまじって、いかにも晩夏という雰囲気だ。ライン＝マイン平野は靄に沈んでいた。

「いいところですね」そういって、ターリクはあたりを見まわした。「じつに牧歌的だ」

「だまされてはだめよ」ピアはそっけなく答えた。「すてきなのは見た目だけ」

ピアはテニスクラブの門を開けた。数人の子どもがジャングルジムの上ではしゃぎ、女の子がふたり、ブランコで競い合っている。砂場では、小さな男の子が三人で城を作っている。クラブハウスの前の広場では、人々が簡易テーブルを囲み、バーベキューの煙が立ちのぼっていた。何度も笑い声があがり、のんびりした気分に包まれている。この近くでたてつづけに三人が死んだことなど、話題にも上らないようだ。

だれもピアとターリクのことを気にかけなかった。

「あそこ」ピアはいった。ヘンリエッテ・レッシングは愉快に談笑している人々の中にいた。彼女の横にはテニスウエアを着た白髪の男がいて、日焼けした腕を彼女の肩にまわし、なにか話を披露していた。

「それで隣にいるのは？」ターリクがたずねた。

「夫ではないわね」ピアは答えた。

白髪の男がなにか冗談を飛ばしたらしく、みんなが笑った。男はレッシング夫人の肩から腕を離し、今度は左側の女の腰に腕をまわした。

別の男がスパークリングワインをみんなに注ぎ、隣のテーブルで数人の女が顔を寄せ合って、なにやらさかんにしゃべっていた。

レッシング夫人の目がピアの目と合った。夫人は目を大きく見ひらいた。笑うのをやめ、右側にすわっている女になにかいって、立ちあがった。

「ステーキが焼けたぞ！」バーベキューコンロのそばに立っている男が叫んだ。「欲しい人はいないか？」

数人が笑いさざめきながら皿を持ってバーベキューのところに殺到した。レッシング夫人がピアとターリクのところへやってきた。テニスウェアはスカート丈が短く、形のいい脚がよく見える。トップスはクラブのエンブレムがプリントされた青いパーカーだった。

「ここに来ることはないでしょう」夫人は敵意をむきだしにした。ピアはびっくりした。夫人に抱いていた同情心が消えた。「わたしがここにいるってどうしてわかったんですか？」

はじめのうち、だれもよそ者のふたりに気づかなかったが、今は肘を突きあい、好奇の目を向けている。

「お嬢さんから聞きました」ピアは答えた。「本当はあなたと話がしたかったのです。しかしお嬢さんの話もたいへん参考になりました」

「どういうふうにですか？」夫人は落ち着き払っているふりをしたが、おどおどした目つきが彼女の心の内を明かしていた。

夫人の息は酒臭かった。

「息子さんが過去にたびたび暴力をふるったことをおっしゃいませんでしたね。なぜですか？」ピアは質問で返した。

「大きな声をださないで！」夫人はちらっと後ろを見た。「聞こえてしまうでしょ」

「なんですか、それ！」ピアはむっとして首を横に振った。「なにを隠そうというのですか？息子さんが捜索されていることは、みんな知っていることじゃないですか！」

「エリーアスはハエも殺さない子です！」夫人は言い張った。

「本当ですか？　息子さんはお姉さんを窓から突き落として、重傷を負わせたそうですね」

「昔のことです。あれは事故です」

「レッシング夫人、いいですか！」ピアはきつい口調でいった。「息子さんは粗暴なところがあり、違法薬物に依存しています。強盗の罪で前科もあります。わたしたちから見たら、スイッチの入った時限爆弾なのです。木曜日に彼から電話がありましたか？　あなたが車で森に行って、彼を拾って、どこかに匿っているのではないですか？」

「そんなことはしていません！」夫人は激しく首を横に振った。「エリーアスが今どこにいるか、わたしは知りません。あの子が心配なんです。信じてください。夫はあの子に厳しすぎました。あんな子になったのも、すべてそのせいです」

「そんな単純なことではないと思いますよ。あなたにも責任があるはずですね。しかし、それはどうでもいいことです。わたしたちは息子さんから話を聞きたいのです。殺人事件を目撃していますからね。犯人はその後もふたりを殺しているんです」

夫人はピアの視線に長くは耐えられなかった。唇を引き結び、耳たぶをつまんだ。

「殺人犯は、息子さんに見られたことを知っています。新聞報道で名前も知ったはずです。わたしたちが見つける前に、殺そうとするでしょう。どんな危険が迫っているかわからないのですか？　よく目をつむって、知らんぷりができますね。それでも母親ですか？」

「良心の呵責に訴えるのはやめてください！」夫人が食ってかかった。「子どもが道を踏みはずしたから、わたしには生きるのをやめろというのですか？」

「道を踏みはずした？」ピアは唖然として首を横に振った。「息子さんは違法薬物に依存した前科者ですよ。しかも保護観察の遵守事項に違反し、暴力沙汰を起こす恐れがある」

「いいかげんにしてください」ヘンリエッテはささやいた。「なんでわたしが責められなくてはいけないんですか？」

「あなたは見て見ぬふりをしている。そのことで罰を受けるでしょう」ピアは容赦なくいった。こういうふうに人に圧力をかけるのは気がすすまないが、夫人がすすんで協力してくれないかぎり、ピアには他に方法がなかった。「あなたは今回もそうしています！　息子さんが協力してくれれば、犯人がさらなる犯行に及ぶ前に逮捕できるかもしれないのです。でも、そのためには警察に出頭してもらう必要があります。息子さんと連絡が取れるなら、協力してください。それとも、他の人がどうなろうとかまわないのですか？　あなたはそんなに卑怯なのですか？」

「関係ないでしょう」夫人は声を荒らげた。目に涙が浮かんでいる。夫人は腕組みした。泣きだすまいと必死で堪えているようだ。「あなた、お子さんは？　自分の子が不幸になるのをただ手をこまねいて見ているしかないのがどういうことかわかります？」

「わかりますとも」ピアより先に、ターリクがいった。

「あなたが？」レッシング夫人は苦笑した。「あなたは、子どもを持つには若すぎると思いますけど！」

「兄が薬物依存症でした」ターリクは手を伸ばし、夫人の肘にやさしく触れた。彼が夫人をベンチに連れていってすわらせ、手を取ったのを見て、ピアは目を疑った。「どうか信じてください。そういう状況に置かれた家族がどんなにつらい思いをするか、わたしにはわかります。あなたも罪悪感に苛まれているのでしょうね！　わたしの両親は何年ものあいだ、兄をこの悪魔の呪縛から救いだそうとしました。今度こそ離脱できると何度確信したかしれません。でも結局、元の木阿弥となり、兄は犯罪に手を染めました」

「ご両親はすくなくとも助け合ったのでしょう」夫人はしゃくりあげ、手で口を覆った。「夫は……エリーアスに金を与えるな、必ず自分に相談しろといったんです。わたしが息子になにか買い与えたりしないように、クレジットカードの明細書や預金通帳までチェックしているんです！　でもせめて電話料金くらいは払えるようにと、お金を捻出して、保護観察司に預けています。それが息子と連絡を取り合う唯一の方法なので」

「わたしの父も母の意に添うことはありませんでした」ターリクは気持ちを込めていった。「シリアでは女性に発言権などありません。兄は家族の名誉を傷つけたのです。母は兄の名前を口にすることも許されませんでした！　しかしある日、恐ろしいことが起きたのです。母は父のいいつけを無視して、警察に電話をかけたのです。心臓が張り裂ける思いだったでしょう。しかし、母がそうしたことで、兄の命は救われました」

夫人は目を丸くして、催眠術にでもかかったかのようにターリクを見つめた。

「なにがあったんですか？」

「兄は人をふたり射殺し、スーパーマーケットに立てこもって人質を取ったんです」

「なんてこと！」夫人が叫んだ。「お兄さんは何歳だったんですか？」

「十九」そう答えると、ターリクはため息をついた。「母にとってもつらいことでした。そういうことになった責任は自分にあるといって、途中であきらめた自分を責めました」

夫人はよくわかるというようにうなずいた。

「今は絶え間ない不安と心配から解放されていますが、罪の意識が消えず、セラピーを受けています」

「それで……お兄さんは今どうしているのですか？」夫人は少し迷ってからたずねた。

「六年前、薬物依存から離脱しました。しかしまだ刑務所暮らしがつづきます」

夫人は表情を和ませ、頬の涙をぬぐった。

「どうか誤解しないでください」ターリクは話をつづけ、夫人の手を放した。「あなたを非難するつもりはないのです。息子さんによかれと思った。守りたかっただけなのでしょう」

「ええ、そうです」夫人は声をひそめていった。

「わたしの母もそうでした。しかしもっと早く行動した方がよかったと思います。だからお願いです、レッシング夫人。これ以上待つのをやめて、エリーアスさんを見つける手伝いをしてください」ターリクは必死に頼んだ。「お嬢さんの話では、息子さんは森が好きだそうですね。どのあたりによくいるかご存じですか？」

夫人はうなだれた。

「居場所は教えてもらっていません」夫人は小声で答えた。「でもあの子と話があるときは、あるアドレスにメッセージを残します。そのあとあの子から電話がかかってきたり、どこかで会ったりしています」

「わたしたちが息子さんと話す手はずを整えてくれませんか？」ターリクがたずねた。

「あの子を罠にかけろというんですか？」

「罠じゃありません」穏やかにそういうと、ターリクは褐色の目でやさしく夫人を見つめた。「同僚がさっきいったように、息子さんは命の危険にさらされているんです。わたしたちのところなら安全です。殺人犯を逮捕するまでです。それに警察に協力すれば、検察と裁判所も情状酌量して、執行猶予を取り消さないでしょう。また普通の生活に戻れるかもしれません」

沈黙が訪れた。レッシング夫人は考えた。パーカーのファスナーを指で神経質にいじっている。クラブハウス前の遊び場にいた子どもたちは姿を消していた。テニスクラブの熱心なメンバーしか残っていない。グラスを運び、ベンチとテーブルを片づけ、ゴミを集めている。

「息子に連絡してみます」夫人はそういって、唇を引き結んだ。

「よかった」ターリクは微笑んで夫人に名刺を渡した。「息子さんから連絡があったら、知らせてください。いつでもけっこうです。いいですね？」

*

「ここがこんなに美しいとは、すっかり忘れていましたよ」元首席警部のベネディクト・ラートは谷とその先に広がる平野を眺めた。「この建物は当時まだサナトリウムでした。わたしたちはここに関わっている全員に事情聴取しました。院長から掃除婦まで。そして患者にも」

がりがりにやせていて、ふさふさの銀髪、日焼けした、角ばった顔立ち。ダルムシュタット刑事警察署の元捜査二十三課課長は六十代とは到底思えなかった。彼はおばあちゃんのトルテ（トルテローニ・アラ・）ローニ（ノンナ）と白ワインのソーダ割りを注文した。オリヴァーはグリルした山羊（やぎ）のチーズ入りサラダにした。

「調書はすべて目を通しました。本格的な捜査がなかなかはじまらなかったことに驚いています」ウェイターが注文を取ったあと、オリヴァーはそう切りだした。アルトゥールの友だちだったことはいわなかったのに、ラートはすばらしい記憶力があることを証明した。

「あなたはあの子の親友でしたよね？」

「ええ、そうです」

「あの子の遺体が見つかったと聞いて、胸のつかえがおりましたよ」ラートは正直にいった。

「わたしたちはだれしも未解決事件に遭遇するものです。わたしの場合、あの事件がそれです」ラートはため息をついて首を横に振った。「わたしはまだ若かった。二十四になったばかりでした。捜査に夢中になるばかりで、本当はここでなにが起きているかなかなか気づけませんでした」

若いウェイターが温めたパンを入れた籠をテーブルに置いた。

「どういう意味ですか？」オリヴァーがたずねた。

「刑事警察署になかなか捜査を任されなかったのには、事情があったらしいのです」

「おっしゃっていることがわからないのですが」オリヴァーは眉間にしわを寄せた。

「ケーニヒシュタイン警察署の署長が村で発言権のあった人物の親戚だからだとささやかれていました。そしてその署長は、自分たちだけで事件を解決できると考えていたのです。フランクフルト刑事警察署は必要ない、と」

「まさか、そんな！」オリヴァーは啞然とした。だがそれなら、事件簿に書いてあったこともうなずける。

オリヴァーはその署長の名を思いだそうとしたが、だめだった。事件簿は自分の部屋に置いてきたので、あとでカイに調べてもらうことにした。

「もちろん公（おおやけ）にそんなことをいう者はいませんでしたし、報告書にも書かれていません。しかしみんな知っていたことです」ラートはニンニクとオリーブオイルのにおいが鼻をくすぐるパンをひと切れ口に入れた。「村人がどうして非協力的で口が重いのか、わたしにはわかりませんでした。行方不明になった少年が村の出ではなかったとはいえ、わたしには村の一員だと思えました。それなのに、みんな、なんとなく……無関心でした」

「アルトゥールの家族は移民で、ルッペルツハインに移ってきたばかりでした」

「それは知っていました。しかしはじめのうち、それが関係しているとは思いもしませんでした。両親はドイツ語が堪能でした。娘さんも。礼儀正しい人たちで、驚くほど教養がありました。わたしははじめて村社会に触れたのです。都会育ちで、職場もずっと都会でした。だから、小さな村で子どもになにかあれば、みんなが協力すると素朴に思っていたのです。しかし実際はその逆でした」

「あなたのボスはなんといっていましたか？」

「ギンスベルクは昔ながらの警官でした。心理学など眼中になく、みんな、嘘をついていると思っていましたね。基本的に疑り深い人でしたから。あの人は人を慮(おもんぱか)るところがまったくなく、両親を何時間も心ない言葉で尋問しました」ラートはふっと笑った。わたしのことは駆けだしだと思って、だれもまともに相手にしてくれませんでした」ラートはふっと笑った。ただし愉快そうな笑いではなかった。「年上の同僚がいましたが、ナチ党員だったといってはばからない人でした。彼は少年の両親を下等人種扱いして、ぞんざいな口の利き方をしました。とんでもないことです！ その経父親はロシアで教師をしていたといってましたね。奥さんは医者。しかしこっちでは、その経歴に見合う仕事につけなかった」ラートはそこで口をつぐみ、なにか思い返しているようだった。顔に同情するような表情が浮かんだ。「絶望しているのに、それをそぶりにも見せまいとするあの夫婦の姿が今でもよく目に浮かびます。ふたりは気をしっかり持とうとしていただけなのに、うちのボスは、冷たい奴らだと思っていました」

「捜索犬を動員するまで十日もかかっていますね」オリヴァーはいった。ラートの話は事件簿で読んだことと一致する。オリヴァーはふたたび深い悲しみに包まれた。かわいそうなアルトゥール。いったいきみになにがあったんだ。

「そのとおり。わたしがしつこく要求しなかったら、動員しなかったでしょう」

「事件簿にあったあなたのメモを読みました」

「犬を動員するのがあまりに遅すぎました。何度も嵐があったあとです。犬は痕跡を見つけることができませんでした」

ウェイターはサラダとパスタを給仕した。オリヴァーとラートはお互いにどうぞといって、食事をはじめた。

「しかし被疑者がいましたね」オリヴァーはようやく核心をついた。「そのひとりは今もルッペルツハインにいます」

「レオナルド・ケラーのことですね」ラートはうなずいた。「彼は当時、十九で、アルトゥールの父親と同じように精肉店で働いていました。彼がネイルガンで自殺未遂をする直前まで、わたしたちは彼に目星をつけていませんでした」

「それは事件簿を読んでわかりました」オリヴァーはいった。

「その前に、サナトリウムの患者の証言で、別の被疑者が浮かんでいたんです」ラートは白ワインのソーダ割りをひと口飲んだ。「日雇いの農場労働者が行方不明の少年といっしょにいるところを見たという証言を得たのです。かわいそうに、その男はまともにしゃべることもできず、最初の取り調べから矛盾だらけでした。男は小児性愛者だと訴えられ、本人も小さな少年が好きだと認めました。これでうちのボスは押さえが利かなくなったのです。すでにたいへんなプレッシャーを受けていましたし、警視総監、世論、メディアが早い解決を求めていたから。男は激しい取り調べを受けました。何時間も誘導尋問をし、気を失うまで怒鳴りつけたのです。結局、男は拘置所で命を絶ちました。そしてその後、なにひとつ真実でないことが判明しました。ギンスベルクにはとんだ汚点になりました」

「それは事件簿に載っていないですね」オリヴァーはいった。

「そりゃそうです」ラートは失笑した。「そのあとケラーの件が浮上しましたからね。ケラーの小屋で、少年の衣服が発見されたのです。ケーニヒシュタイン警察署に女の声で匿名の電話があって、彼が捜査線上に浮かんだのです。電話をかけてきた女は少年が行方不明になった夜、ケラーがサナトリウムの下の森から出てきて、牧草地を駆けていったといいました」

「通報したのはだれだったのですか？」

「わからずじまいでした。名乗りませんでしたから。ギンスベルクはこの通報に食いつき、ケラーを被疑者としてメディアに発表しました。彼は反論できませんでした。昏睡状態にありましたから。自殺未遂が罪の自白とみなされました」

「レオの小屋には昔よく行きました。わたしたちのサッカーチームのトレーナーで、みんなから好かれていました」オリヴァーはナイフとフォークを置いた。食欲がなくなった。「わたしたちとサッカーをして、カットの仕方を教えてくれたりしました。それからコミックを見せてくれたり、音楽を聴かせてくれたり、彼の父親が戦争から持ち帰った古い拳銃で遊ばせてくれたこともあります。しかし迫ってくることはなかったです。小さな子たちから感心されるのがうれしかっただけだと思いますね」

「事情聴取した子どもたちからも、ケラーについて否定的な証言は得られませんでした。しかしギンスベルクは、少年のTシャツだけで彼に小児性愛癖があると断定したのです。ケラーはもっとも有力な被疑者になりました。ところが数ヶ月後、昏睡状態から目覚めたケラーは記憶喪失になっていました。頭にあれだけの怪我をしたのですから、無理もないです」

「わたしたち子どもは、彼が事故にあったと聞かされていました。何年も姿が見えませんでした。彼がルッペルツハインに戻って、母親のところに住むようになったのは、わたしが大人になりかけた頃でした。彼は今もそこに住んで、市の臨時職員として働いています」

「彼は話したり、食べたり、走ったりするためにリハビリを受けていましたからね」ラートは答えた。「何度か取り調べをしました。しかし自殺未遂前になにがあったか、なにひとつ思いだせませんでした」

「起訴されたんですか？」

「いいえ。証拠不充分でした。通報者からはあれっきり連絡がありませんでした。そのあと他にも事件が起きて、アルトゥール事件は忘れ去られたのです。だれもこの件を気にかける者はいませんでした。捜査官も暗礁に乗りあげた事件なんかで株を下げたくないですからね」ラートは最後のパスタにソースをからめた。「しかしわたしはあの事件を片時も忘れたことがありません。少年の両親はいい人たちでした。だれも非難せず、うるさく問い合わせてくることもありませんでした。けれども村人にとっては嫌な存在だったようですね。あれほどの敵意を、わたしは見たことがありません」

「今から振り返ると、当時なにが起きたと思いますか？」オリヴァーはたずねた。

「あの少年は間が悪いときに、間が悪い場所に居合わせてしまったんでしょうね」ラートは少し考えてから答えた。「なにかひどいことが起きて、その事実が葬り去られたのですよ。そしてそれをしたのは、よそ者ではない。村のだれかです。サナトリウムの患者はひとり残らず事情聴取しましたが、みんな、アリバイがあるか、健康上の理由で外出できる状態にありませんでした。村人はなにか知っているのに、口をつぐんでいるように思えてならなかったですね」

「村人がなにか隠していたというのですか？」オリヴァーはたずねた。

「かもしれないし、巻き込まれたくなかっただけかもしれません。のどかな日常の裏でなにが起きていたかなんて、だれにもわかりませんよ。とにかく、わたしたちは暗礁に乗りあげたのです」

＊

「あなたのお兄さんが人をふたり殺して収監されているなんて知らなかったわ」ピアはいまだにショックを受けていた。警察車両でオリヴァーが待つ魔の山(ツァウバーベルク)へとルッペルツハインを走っているところだった。

「そんなことしてませんし」ターリクはこともなげにそう答えて、スマートフォンになにか打ち込んだ。「兄はベーブリンゲン郡の貯蓄銀行で顧客向けアドバイザーをしています。地方リーグのサッカーチームに入っていて、いやになるほど健康志向の強い人間です」

「えっ？」ピアは啞然として横目でちらっとターリクを見た。

「じつをいうと、さっきのは作り話です」ターリクはふっと笑みをこぼして肩をすくめた。

「目的のためなら手段を選ぶな。犯罪捜査官たるもの、腕のいい俳優たるべし。警察学校の先生にそういわれたんです」

「たしかにあなたは腕がいいわ。真に迫ってた。わたしまで信じちゃったもの！」

「レッシング夫人もね」ターリクは満足の笑みを浮かべた。「そういえば、今しがたカイからメールがありました。今のところエリーアスからニケに連絡はないそうです。でも州刑事局のIT専門家が逆探知の用意をしました」

　ホーフハイム刑事警察署の被害者支援要員メルレ・グルンバッハがハーファーラント家にいた。表向きは警護、だが主目的はニケを見張るためだった。

　ピアは、ニケを信用していいものか自信がなかった。ニケは親が怖くて、協力を承諾したが、本心ではエリーアスに警告しようとしているように思えてならなかった。

　ピアはウィンカーをだし、魔の山（ツァウバーベルク）の駐車場に曲がった。新聞やテレビで殺人事件の報道があったというのに、外出を控える者はいないようだ。駐車場はいっぱいだった。ひどい事件に人はすぐ惹かれるようだ。暴力的な殺人事件やおぞましい交通事故死に興味津々な人たちを見て、ピアは何度もあきれた。日頃体験できないことを覗き見したいという衝動が満たされるのだろう。オリヴァーの警察車両の後ろに車を止め、階段を上がると、厨房の排気口から流れてくるおいしそうなにおいがピアの鼻をくすぐった。そういえば今日はほとんどなにも食べていない。キッチンの窓の横にあるバーテーブルで、ボスがインド人店主のバンディといっしょにタバコを吸っていた。

「ああ、やっと来てくれたか」オリヴァーはピアとターリクにあいさつした。

「おふたりのピザはすぐに焼きあがります」バンディがバーテーブルの横の小窓を叩いて、その奥に見えるコックに合図した。

「ピザ？」ピアはたずねた。

「腹ぺこだろうと思ってね」オリヴァーはピアに目配せをして、タバコを灰皿でもみ消した。

「ツナとアンチョビ、ほうれん草とニンニクをトッピングにするよう頼んでおいた」

トッピングを聞いただけで、ピアはパヴロフの犬状態になり、胃が鳴った。よだれが出そうで、気をつけなければならないほどだった。

「なにか飲み物を持ってきましょう」バンディはいった。「コーラ・ライトでいいですか？」

「いいわね。大でお願い」ピアは微笑んだ。

「わたしにも」ターリクがいった。

太陽が沈み、肌寒くなっていたが、レストランの正面に延びる細長いテラスの席はほとんど埋まっていた。オリヴァーはふたりを唯一空いている席に案内した。ふたりがすわると、オリヴァーはナプキンの横にiPhoneを置いた。ピザが出てくるまでの合間に、ピアとターリクはエリーアスの姉と母親から聞いた話をし、オリヴァーはベネディクト・ラートから聞いたことと事件簿の中身について話した。

「エリーアスの姉は、弟がどこか森の中にひそんでいるはずだといっています。以前から森にこもって何日も戻ってこなかったといいますから、隠れ家でもあるのでしょう」ピアは熱が逃げるよう八等分されたピザをフォークで離した。「ボスはこのあたりの森に詳しいでしょう。どこにひそんでいると思います?」

「そうだな」オリヴァーは少し考えた。「いろんな可能性がある。森林作業員や釣り人や自然保護活動家が使う小屋がたくさんある。めったに使われない小屋ばかりだ。それにアイヒコップフの鉱山跡、ラントグラーベンとアッツェルベルクのバーベキュー小屋、ジルバーバッハ谷の廃屋(はいおく)になった水車小屋。エッペンハインへ通じる道沿いには元林務官屋敷もある。もちろん自分で仮小屋を作ったり、テントを張ったりすることもできる」

「なんとしてもエリーアスを見つけなくては」ピアはピザをひと切れつまんだ。「百人隊と捜索犬の出動を要請して、森をしらみつぶしに捜させた方がよさそうですね」

「彼を捜しているのは、目撃者だからじゃないのか?」オリヴァーがいった。

「ええ、ひとまずそうですけど」ピアは答えた。

オリヴァーのiPhoneが鳴った。メッセージ着信の知らせが画面に浮かんだ。タッチスクリーンをタップして、にんまりした。

「わたしの義母からだ。ローレンツのところからゾフィアを引き取ってくれたそうだ。写真を数枚送ってくれた」

「ボスの義母がワッツアップを？　メッセージは手漉きの紙にしか書かず、それを召使いに届けさせるものとばかり思っていました」ピアはターリクが驚いていることに気づいて、世が世ならガブリエラ・フォン・ロートキルヒ伯爵夫人はイタリア女王になっていたと付け加えた。

「そんな馬鹿な」オリヴァーは愉快そうに首を横に振った。「いったいどうしてそうなるんだ？」

「だってドイツ最後の皇帝と面識があったんでしょう」ピアはピザをかじって、思わず顔がほころんだ。「そのくらいのことがあっても不思議じゃないでしょう」

「長女のロザリーがニューヨークで働くようになってから、義母は最新の通信手段にかなり通じているんだ」オリヴァーはターリクの方を向いた。「ふたりはワッツアップで年中連絡を取り合っている。ガブリエラは家族間のチャットルームも立ちあげた」

「高齢の方がそういうことに臆さないというのはクールですね」ターリクは口をもぐもぐさせながらいった。彼とピアはしばらく黙ってピザに舌鼓を打った。オリヴァーはそんなふたりをじっと見ていた。

「金曜日の晩、わたしの級友だった連中がここに集まっていた」オリヴァーが突然いった。

「インカ、ライヒェンバッハ夫妻、パン屋のポコルニー、肉屋のハルトマン、ラルフ・エーラース。バンディの話では、少し離れたテーブルを囲んで、なにか話し合っていたらしい。ペーター・レッシングも遅れてやってきて、ビールを一杯飲んでいったという」

「ここでよく会っているのかもしれませんよ」ピアは油のついた指をナプキンでぬぐい、口をふいた。

「いいや、それはない。だからバンディは気づいたんだ。インカは、二年前わたしと来たのが最後だ。連中に話を聞く必要がある」

「レストランで会うことは禁止されていませんよ」ピアはコーラをひと口飲んで、食後にニコチンが欲しくなる衝動を抑えた。オリヴァーは、三件の殺人事件がアルトゥールの死と関係していると確信しているようだ。他の可能性をもう一顧だにしない。彼らしくないことだ。いつもなら犯人や動機を決めつけることに慎重なのに。

「なにを話していたか突き止めなくては」オリヴァーはいった。

「秘密があるならたぶん口を割らないでしょうね」ピアは答えた。レストランの窓からテラスに漏れだす淡い光の中、ピアはボスがげっそりやつれていることに気づいた。ピアもへとへとに疲れていた。

「そのことについては明日話し合いましょう」ピアはそういって、あくびをした。「集中して考えられる状態ではない。疲れていると、馬鹿なことや、手抜きをしたときよりも、ミスにつながりやすい。「今日はわたしたちにとって長い一日でした。わたしたちが倒れたら、みんな、迷惑します」

「それってふつうはわたしのセリフじゃないか？」オリヴァーの唇に力のない笑みが浮かんだ。

「だが、きみのいうとおりだ。本当にきつい一日だった」

それに、ふたりとも待機の人員に入っていた。夜中になにか起きれば、寝床から叩き起こされる。

＊

バスタブの縁をつかんで体を起こし、蛇口を開けた。いつものようにまず茶色く濁った水が流れだし、それから少しずつきれいに澄んだ水になった。日を浴びながらシャンパンを一本飲み干し、エリーアスが居間に残していったタバコを全部吸った。しばらく禁煙していたというのに。だが、もうどうでもいい。二、三時間もすれば死ぬのだから。フェリツィタスはバスタブの排水口をゴム栓で閉め、お気に入りのバスソルトの残りを全部湯に注いだ。そのバスソルトは昔を偲ばせる最後の品だ。髪を上げて、一番きれいな下着と、ワードローブに大事にしまっていた白いドレスを身につけていた。そのドレスは女友だちの結婚式に着たものだ。といっても、その女友だちが「おまけの花嫁」とかいってからかったから、絶交してやった。馬鹿女。

食堂の厨房で、フェリツィタスは包丁立てにあった包丁を順に取りだし、親指でよくといであるか確かめた。もうすぐこの苦しいだけの人生からおさらばだ。するどい包丁が皮膚を切り裂くところを想像して、うれしくなった。若い頃もカミソリの刃でよく手首を切ったものだ。もちろん静脈を切っても大事に至らない個所だ。鋭い痛みとあふれでる血の滴を見るだけで満足だった。心の中の苦しみや怒りはそれでしばらく消え去る。それはだれにも秘密だった。友

そう

だちにもいわなかった。もちろん妹にも。妹がこの秘密を知ったのはずっとあとのことだ。そして、それを「引っかき傷」と呼び、少女ならだれでもやっていることだとうそぶいた。フェリツィタスは、そのとき底なしに失望したことを思いだした。唯一無二のはずだった秘密はあれっきりオーラを失った。体についたたくさんの小さな傷痕を恥じ、そういう「引っかき傷」を繰り返す少女を憎んだ。

自分の死を奪われたくない。それだけは自分のものだ。皮膚を切り、にじみでる血を見ながら平和のうちに意識を失いたかった。この世でやりたいことはもうそれだけだ。遺書を書くのはやめておいた。だれに宛てて書けというんだ。フェリツィタスが死を選んだ理由など、だれが知りたがるだろう。彼女の死に腹を立てるのは債権者くらいのものだ。借金は二十八万ユーロになる。フェリツィタスは苦笑いした。台所でワインのボトルを開け、グラスをだすと、浴室に向かった。包丁をバスタブの縁にかけたタオルの上に置く。蛇口を閉める。突然エンジン音が聞こえた。フェリツィタスは顔を上げて耳をそばだてた。エリーアスだろうか？　なんて間が悪いんだろう！　静かに死ぬこともできないなんて。屋外の照明がついて、また消えた。静かになった。エンジン音も消えた。

「さよならする時間」そうつぶやいて、フェリツィタスは室内履きを脱いで、バスタブに入った。湯は熱かった。とても熱かった。皮膚がひりひりする。沸騰する鍋に放りこまれたロブスターの気分だ。ワインをひと口飲む。タオルをうなじにかけて、包丁を取る。左腕を湯からだす。斜めに一気に切り裂く。動脈が切断される。そうすれば……フェリツィタスははっとした。

玄関で物音がした。冷たい空気が流れて、軽く開けておいた浴室のドアが動いた。廊下で足音がする。フェリツィタスは手を湯につけ、包丁を太ももの下に隠した。なんてこと！

＊

〝あとで会える？　グレータは一週間シュタルンベルク湖に行く。だから静かな時間が過ごせるわ！☺〟

カロリーネが午後九時十一分にそうメールしてきていた。左折するのをやめて、そのままケルクハイムに直進したくなったが、オリヴァーは誘惑に負けなかった。なにか決定的なことを見逃したような気がしてならなかった。疲れ切っていたが、ベネディクト・ラートと話したあとずっと脳裏から消えない疑問がある。その答えを見つけないかぎり、一睡もできそうになかった。

フィッシュバッハの信号で止まったとき、オリヴァーは返信した。〝いいねえ！　遅くなってもいいかい？〟

〝いつでもどうぞ〟とカロリーネが答えた。キスマークの絵文字入りで。

オリヴァーは微笑んだ。信号が赤信号から夜間モードに替わり、点滅した。午後十時になったのだ。オリヴァーは国道四五五号線に左折した。

人間は自分が見たいものしか見ない傾向がある。だからいかなる真実も、動かぬ証拠がないかぎり、主観的な意見でしかない。だがそうした動かぬ証拠となる事実でさえ、不完全だったり、コンテクストから引きはがされたりすれば、全体像をゆがめうる。オリヴァーは古い事件簿を研究することで、行間を読み、欠落しているものを見極める術(すべ)を獲得していた。犯人の行動や判断を予測するプロファイラーと同じで、捜査官の考え方や働き方がつぶさにわかった。事件簿には小説や映画と違って、はっきりとした筋立てはないが、解釈のぶれがほとんど起きにくいほど厳格なきまりがある。ところがアルトゥール・ベルヤコフの事件簿の場合はスイスチーズ並みに穴だらけだ。つじつまが合わない点ばかりが目立つ。わざとなのか、それとも能力不足だったからなのか、どちらだろう。

今日ベネディクト・ラートから聞いた話の大半が事件簿に記載されていない。鑑定結果、取調調書、目撃証言が欠落し、重要な事実に言及がない。なぜだろう。だれかが事件簿をいじったのだろうか。誤った結論を導きだし、事件が未解決になったことで、コンラート・ギンスベルクは責任を問われるのを嫌ったのだろうか。さまざまな個所で重要な点が見過ごされている。あきらかな手抜きだ。理由はただひとつ、あの事件は警察にとって最優先事項ではなかった。アルトゥールの家族には、彼らを大事に思い、支援してくれる者がいなかったのだ。

オリヴァーは森を抜け、両親のところへ車を走らせた。狭くてカーブが多い道で、多くの車とすれ違った。たぶん古城レストランの客だろう。この道を数え切れないほど通った。アルトゥールとマクシがこんな近くで眠っているとも知らずに。今朝、骸を発見したときは自制心を失いそうになった。なにが起きたか考えるな。さもないと感情を制御できなくなり、衆人の前で泣き叫んでしまいそうだ。絶対にそんな自分を見せてはだめだ。

おしゃれな造りの二枚扉の門は大きく開け放ってあった。オリヴァーはそのまま車を中庭に乗り入れ、マロニエの下に駐車して車から降りた。両親の住まいには明かりがついていた。玄関の外灯もまだともっている。オリヴァーは三段ある外階段を上がって、重たいドアをノックした。呼び鈴がないからだ。しばらくして父親が玄関を開けた。

「ああ、おまえか」父親はいった。「入りなさい」

「長居はしない」そう答えると、オリヴァーは廊下に足を踏み入れた。よく知っているワックスのにおいがした。「いくつか質問があるんだ。たぶん父さんたちなら答えられると思う」

「かまわないさ」父親は微笑んだ。「おまえの母さんはまた『ダウントン・アビー』を観ている。わたしは古い写真をひっくり返していた」

オリヴァーは父親のあとから広いサロンに入った。テレビでは母親が気に入っているドラマのオープニング映像が流れ、大きなダイニングテーブルにはアルバムとばらばらになった写真の山がのっていて、その横にルーペがあった。

「そのまま観ていていいよ、母さん」オリヴァーはそういったが、母親はリモコンで音声を消した。

「DVDだから、あとでまた観られるわ」母親は答えた。「紅茶はいかが？　冷蔵庫に食事の残りもあるけど」

「いや、いい。食べてきたから」オリヴァーは写真の山に好奇の目を向けた。父親はふたたびすわってルーペを手に取り、一枚の写真を覗き込んだ。

「一九七二年にケーニヒシュタイン警察署長だったのがだれか覚えているかい？」オリヴァー

がたずねた。

「ライムント・フィッシャーじゃなかったかしら」母親は答えた。「そうよね、ハインリヒ？」

「そうだと思う」オリヴァーの父親がいった。

「まだ生きているかな？」

「いいえ」母親は首を横に振った。「悲惨な事故にあったのよ。自分のトラクターにひかれたの」

「ルッペルツハインに親戚か姻戚関係のだれかがいなかったかな？」署長が死んだと知って、オリヴァーはがっかりした。これだけ時が経っているのだから、ひとりやふたり、草葉の陰から見守る身になっていてもしかたがないだろう。

「ライムント・フィッシャーはゲルリンデのお兄さんよ」母親が答えた。「ゲルリンデ・レッシングはうちのホームドクターの奥さん。覚えているでしょう。子どもたちにいつもお菓子をくれるから、あなたたち、大好きだったじゃない」

「ああ、覚えてる」オリヴァーの胃がもやもやした。

レッシング。またその名が話題になった。ヴィーラントの推理が脳裏に蘇（よみがえ）った。ペーターがアルトゥールの行方不明事件に関わっていたから、彼のおじである署長は刑事警察の介入を遅らせたのだろうか。

「これを見てくれ、オリヴァー！」父親は顔を上げて微笑んだ。「これを探していたんだ！おまえたち子どもとキツネの写真だよ」

「ああ」そういうことになるのは覚悟していたが、オリヴァーはボディブローをくらったような衝撃を受けた。

「お父さんは半日、屋根裏をひっくり返して、古い写真を探していたの」母親がいった。「さっきから思い出に浸ってばかり」

「クレメンスが欲しいといってきたとき、見つけられなくてかえってよかった」父親がテーブルの方からいった。「さもなかったら永遠に失われていた」

「クレメンスが村の年代記を書いているのを知っていたの？」オリヴァーは思ったより鋭い口調になった。「なんでいわなかったんだ？」

「おまえが興味を持つなんて知るわけがなかろう」父親がむっとして答えた。「クレメンスが写真を借りにきたのは、何ヶ月も前だし」

「わかったよ」オリヴァーは父親をなだめた。「非難しているわけじゃないんだ。ところで、オリジナルは燃えてしまったかもしれないが、写真のスキャンデータがある」

「スキャンがなにか知らないが、写真が戻ってきた方がうれしかった」父親はうなるようにいった。

「クレメンスが欲しがったのはどういう写真だったんだ？　特定の時期や出来事だったのか？」

「この近辺の歴史的な写真だ。だが村人の集合写真や祭りの写真も欲しがっていたな。仮装行列、初聖体の儀式、結婚式、棟上げ式、収穫祭。ようはなんでもかんでも」

母親もテーブルについて、父親が脇に置いた写真の束をめくった。

「あら、これを見て、オリヴァー！　これ、いいじゃない」母親は一枚の写真をオリヴァーの鼻先につきつけた。オリヴァーはその写真を見て、思わず息をのんだ。少し黄ばんだ四角いカラー写真で、白い枠がついている。写っていたのは、椅子にすわっている十歳のオリヴァーで、マクシが毛皮の襟巻(えりま)きのように肩にのっていた。オリヴァーは胸がちくっとした。

「ああ、本当だ」そういうと、オリヴァーはすぐにその写真を脇に置いた。

「あら、これも見て！　テレーザとクヴェンティンとあなたが三匹の子ギツネと写ってる。マクシとミディとミニだったわね。ほら、こっちにおすわりなさいよ」

オリヴァーは退散した方がいいかもしれないと思ったが、気を取り直して母親の隣にすわった。写真を一枚目にするだけで充分だった。一気に子ども時代に逆戻りした。メガネをジャケットの内ポケットからだしてかけた。

「昔はこんなにたくさん写真を撮ったんだね。ぜんぜん覚えていなかった」

「わたしたちではない。おまえの大おばさまのエリーザベトが写真好きだったんだ」そういうと、父親は顔を上げることなく、一枚の写真を差しだした。「これはいつの写真かな？」

頬の赤い子どもたちが飲みものとケーキを並べたテーブルを囲んでいる。オリヴァーはリンガーTシャツを着て、マクシを膝にのせている。椅子の肘掛けにアルトゥールが腰かけて、マクシの頭をなでていた。

「クヴェンティンの六歳の誕生日だ」オリヴァーは答えた。

アルトゥールとマクシが行方不明になる直前だ、とオリヴァーは頭の中で付け加えた。そしてアルバムを一冊手に取って、ぺらぺらめくった。人、馬、犬、猫、子どもたち、そしてキツネ。キツネはボーデンシュタイン家のマスコットだった。人に馴れたキツネのマクシに関する新聞記事の切り抜きもあった。オリヴァーたちが参加した馬術トーナメントの記事もていねいに貼りつけてあった。一九七二年六月にあったサッカートーナメントの写真も何枚かあった。オリヴァーは少年たちの顔を見た。ゴールキーパーはコンスタンティン。そしてアンディ、ローマン、エトガル、ラルフ、クラウス、オリヴァー。ボールを小脇に抱えて前面に写っているのはアルトゥールだ。笑える状況ではなかったのに、彼だけがにこにこしている。テレーザが三人の女友だちと写っている写真に目がとまった。

「これはアルトゥールの姉」オリヴァーはテレーザと腕組みしている脚の長い金髪の少女を指差した。「他のふたりはだれかな?」

「お下げ髪の小柄な子は肉屋の娘フランツィスカ・ハルトマンね」母親はじっと写真を見つめた。「あの子、自動車事故で死んだのよね。自転車でフィッシュバッハに行く途中。ひいた人はわからずじまい。もうひとりは……ええと……クラウディア。どうなったか知らないわ」

オリヴァーは写真をめくりながら、両親の話を聞いた。天に召された人もずいぶん話題になった。村じゅうが俎上にのり、貴重な情報が手に入った。クレメンス・ヘロルトのドロップボックスにあったという数百枚の写真に目を通し、そこに写っている人物を特定するなら、両親が適任かもしれない。人をこきつかいおってと文句をいいつつ、きっと楽しむだろう。そのときある写真のことがオリヴァーの脳裏をかすめた。

「たしかわたしのアルバムもなかったかな?」オリヴァーは両親の会話に割って入った。父親はちょうど一九四四年の冬にロシアかフランスで戦死したというヘルベルト・ヒルツェという人物の話をしていた。「どこにあるかな?」

「屋根裏だ」父親が答えた。「おまえの私物を入れたボール箱がそこにある」

台所の箱時計が十一時を打った。オリヴァーは、カロリーネを訪ねるつもりだったことを思いだした。

「どのへんに置いてあるんだい?」オリヴァーは立ちあがって、メガネを取った。

「階段を上がって右側の緑色の棚だ。かなり上の方だ。いっしょに行こうか?」

「いや、いい。自分で見てくる」オリヴァーは両親を見つめた。ふたりはテーブルに向かってすわり、思い出にふけっている。父親はもう八十歳を超え、母親も七十六歳だ。ふたりとも弱々しく見えるが、いまだに頭はしっかりしている。ふたりの頭が若々しいのは、しょっちゅうそうやって言い合いをしているからだろうか。突然、両親が愛おしくなった。子どもの頃は、両親にもっとやさしくしてほしいと願ったものだ。もっとはっきりと愛情を感じたかった。だがその後、これが両親なんだと受け入れてしまった。おっとりすまして人を寄せつけず、感情を表にださない。そういう態度を取るのも悪くないと徐々に納得した。オリヴァーたち子どもに干渉したことは一度もなく、それでいて必要なときは当然のように助けてくれた。今日もそうだ。マクシの写真を目にし、新聞記事を読んだことで、ずっと心の片隅に押し込んでいた悪夢が、子ども時代のすばらしい思い出に変わった。これで喉を絞められるような思いをせずに、マクシのことを懐かしむことができる。写真は心を癒やす。

「ふたりとも、おやすみ」オリヴァーは母親の頬にキスをし、父親の肩を抱いた。「楽しい夜を過ごしてくれ」

「おまえもな、オリヴァー」父親はうなずいた。「ボール箱を見つけたら、屋根裏の照明を消して、しっかり戸締まりするんだぞ」

「わかってるさ、父さん」オリヴァーは微笑んだ。両親はやはり両親だ。「ちゃんとやっておくよ」

二〇一四年十月十三日（月曜日）

「ニケ？　俺だよ。エリだ！」

「エリ！　今……どこにいるの？」

返事がない。

「元気なの？」

「元気さ。ずっと連絡しなくて、ごめん。だけど……いろいろあって」

「心配してたのよ。警察があなたを捜してる。あなたの写真がテレビでも流れてる」

「知ってる。俺はなにもしてない。誓うよ。だけど、あいつらは信用できない。保護観察中だから、すぐ刑務所に逆戻りだ。赤ん坊が生まれるっていうのに、刑務所に入るなんてごめんだ」

「だけど刑事さんが、あなたを保護するといってる。放火した奴から」

「口ではそういうのさ。あやしいもんだ。きみにはわからないことさ。だけど、そんなことはどうだっていい。そのうちほとぼりが冷める。きみの声が聞けてうれしいよ」

「あたしもよ」

「この二週間、タバコもドラッグもやってない」

「本当？　すごいじゃない」

「きみの方は？　きみと赤ん坊の具合は？　大丈夫なのか？」

「ええ。もちろん。四六時中、おなかを蹴るの」

「ああ、ニケ。会えなくてさみしい。きみと赤ん坊のことばかり考えてる」

「あたしも、あなたのことばかり思ってる。いつ……会える？」

「きみが会いたいなら、いつでも。車があるんだ。きみのところに寄って……」間。「いや、会いたいのはやまやまだけど、やめておこう。そこに警察が張り込んでるんだろう。のこのこ姿をあらわすような間抜けだと思ってんのかね」

間。

「手紙は届いたか？」

「いいえ、届いてないけど」

間。

「どうかしたか？　俺のせいで親にしぼられた？」

「それはもちろん」

「なんてこった。ごめんよ」

「気にしないで」

ふたたび間。

「ニケ、もう切らないと。また連絡する。じゃあ、また」

「エリ、待って！　じつは……もしもし。エリーアス？　もしもし」

通話が切れた。ハーファーラント家の居間は一瞬、沈黙に包まれた。ニケは母親とメルレ・グルンバッハにはさまれてすわっていた。顔から血の気が引き、両手でスマートフォンを握りしめていた。

「彼と待ち合わせの約束をすることができませんでした」ニケはしょげかえっていた。「すぐ切ってしまいました」

「二十八・四秒」ピアといっしょにやってきた技術者がいった。「逆探知されるのを恐れているようですね」

「あたしの言葉を信じていないようでした」ニケはおどおどしていた。

「いいえ、あなたはうまくやったわ」ピアは彼女をなぐさめた。「追い詰められている感じはなかったわね」

エリーアスから電話がかかってきたというメルレの知らせで四時五十七分に深い眠りから起こされた。ピアはまだ頭が朦朧（もうろう）としていた。ニケの両親も同じような状態で、寝不足のようだ。

「コーヒーをいれましょうか？」父親がたずねた。無精髭（ぶしょうひげ）が生え、目が赤い。髪の毛もぼさぼさだ。父親の白いバスローブの胸ポケットにはホテルのロゴが入っていた。ホテルで買ったのか、それとも失敬したのか、どちらだろう。

「それはありがたいです！」ピアとメルレと技術者が異口同音にいった。ハーファーラントはキッチンに姿を消した。しばらくして磁器が触れ合う音が聞こえ、コーヒーメーカーの作動音につづいて、いれたてのコーヒーの香りが漂ってきた。

「車はどうしたのかな？」ニケがたずねた。

いい質問だ。ピアもそのことが気になっていた。車があるということは、エリーアス・レッシングは神出鬼没ということになる。だが隠れ家にひそんでいるのでなければ、捕まえやすくなるだろう。

「どうしたのでしょうね」ピアは掃き出し窓の前に立って、夜が白みはじめた静かな通りを見た。男がひとりジョギングをしている。その横を犬が二匹いっしょに走っている。通りの反対側では褐色（かっしょく）の髪の女がベビーカーを押していた。だがベビーカーには新聞が入れてあり、郵便受けに配達していた。ハーファーラントの家はバート・ゾーデンでも人気のある地区の小さな敷地に建っていた。このあたりでは住宅用の敷地が少なく、昔の屋敷跡が切り売りされ、二、三棟の住宅が建てられる。車の駐車スペースを確保するため、たいていは地下駐車場が作られていた。だがそれでも狭い通りは左右とも駐車した車でいっぱいだ。近所付き合いはどうなっているのだろう。見慣れない車は目立つだろうか。エリーアスがいずれあらわれる、とピアは確信していた。

「これからどうしますか？」メルレ・グルンバッハがピアの横に立った。そばかすがあり、若く見えるメルレの顔に不安の色が浮かんでいた。「ニケに危険が及ぶと思いますか？」

「わからない」ピアは声をひそめて答えた。「エリーアスがニケになにかするとは思わないけど、絶対とはいえない。彼はなにをするかわからない。いずれここにあらわれると思う。そして人を三人殺した奴が彼を追っているはず。エリーアスはともかく、犯人は危険よ」

「エリーアスをおびき寄せるために、ニケを誘拐するとでも？」

「たとえば」ピアはうなずいて、居間を見まわした。掃き出し窓。家は斜面に建っている。畑に面した側からなら双眼鏡でどの部屋もうかがうことができる。「ブラインドを下ろして、家にいてもらった方がいいわね」

「ニケをもっと安全なところに移してはどうでしょう？　臨月ですし」

「正直いって、あの子を囮にしたくない」ピアは認めた。「エリーアスが捕まるまで、彼女を預かってくれる親戚がいないか相談してみて」

ニケの父親が盆を持って戻ってきた。ピアたちはコーヒーカップを手にした。ハーファーラント夫人は娘の肩を抱きながら、不安そうに夫と視線を交わした。緊張した沈黙の中、スマートフォンが鳴った。全員がぎくっとした。ピアは自分のスマートフォンだと気づくまで数秒かかった。

「もしもし?」

「起こしてしまいましたか?」当直の声だった。

「いいえ、どうしたの?」ピアはいやな気がした。この時間の電話がいい知らせのわけがない。

「重傷者が発見されました」予感は的中した。「現場はルッペルツハインの馬場。救急医と巡査がすでに現場にいます」

「わたしも行く。ちょっと待って」ピアはコーヒーカップを盆に置いて、廊下に出た。「エリーアス・レッシングの捜索を強化して。車で移動しているようなの。ケーニヒシュタイン、ケルクハイム、バート・ゾーデンの市内とその周辺で検問して。できれば今すぐ。それからバート・ゾーデン市エグモント通りのハーファーラント家にパトカーをよこして。エリーアス・レッシングはここへ向かっていると思われるから」

*

救助ヘリが馬場の上の森の縁に広がる牧草地に着陸していた。馬場の前を通って谷につづく細い野道に救急車、救急医の車、パトカーが見え、その後ろにホーフハイム刑事警察署のシルバーのオペルも駐車してある。ピアは自分の車をオペルの後ろに止めて車から降りた。

ターリクがピアに気づいて、やってきた。

「ピア、パウリーネです」彼が口ごもった。「彼女を発見した男性が、彼女のことを知っていたんです」

ピアは冷たい手で心臓をわしづかみにされたような気がした。

「パウリーネ・ライヒェンバッハ？　なにがあったの？」

「意識不明です」ターリクが答えた。「救急医が容体を安定させようとしています。そうすれば、ヘリコプターで病院に搬送できるのですが」

「第一発見者は？」

「あそこの犬を連れた白髪の男です」ターリクは牧草地の上を走る道路に立っている集団を指差した。背後に馬場が見える。城塞のようにいかつく、人を寄せ付けない雰囲気がある。「救急医の車の前に止まっている黒いメルセデス・ベンツは発見者のものです。毎朝、あそこに車を止めて、犬と散歩しているそうです」

「他の人は？」

「ふたりは馬場の人間です。他の人はたまたま通りかかった通行人です」

「全員に事情聴取したの？」

「はい。しかしだれひとりなにも気づかなかったといっています」ターリクは唇をかんだ。

「救急医の話では、容体は思わしくないそうです。パウリーネは頭に重傷を負っています」

「来て」ピアはいった。「救急医の話を聞きましょう」

「できません」ターリクはためらった。「彼女を見るなんて」

「気をしっかり持って！」

ピアは意を決して身を翻し、馬場と防風林のあいだにある狭い牧草地へと駆けだした。朝露に濡れた牧草地に霧がかかっている。花嫁のヴェールのようだ。最初の日射しが霧を照らし、きらきら輝いた。しかしピアに夜明けの美しさを味わう余裕はなかった。脈を打つたび、アドレナリンが血管に流し込まれる。状況はわかっていたが、娘の怪我がそれほど重いものでないことを祈った。救急車のドアが開いていて、救急医ふたりと女性救急隊員がストレッチャーを囲んでいた。

「やあ、キルヒホフ刑事」顔見知りの救急医があいさつした。

「おはようございます」もう二年前からキルヒホフを名乗っていないが、今そのことをいうのは場違いだ。「具合はどうですか？」

「かなり厳しいです。人工呼吸を施しています。体温がひどく下がっています」

「助かりそう？」

「なんともいえません。頭蓋骨骨折です。他にも複数の骨折が認められます。ひどい暴行を受けていますね」

「なんてことだ」ターリクが愕然としてささやいた。すすり泣くような声を漏らすと、彼は後ろを向いて両手で口をふさいだ。

「ありがとう」ピアはいった。パウリーネ・ライヒェンバッハは数日前ヤマネコ＝プロジェクトのことを夢中になって話していた。ターリクと仲よさそうに笑っていた彼女を思いだして、ピアは深い悲しみに包まれた。パウリーネは、まさか自分がこんな目にあうなんて思ってもいなかっただろう。人生はこれから。願望や夢を抱き、それを実現する機会に恵まれるかもしれないのに、永遠にその機会を奪われるのだろうか。しかし、なぜだろう。だれがやったんだ。こんな仕打ちを受けるなんて、パウリーネはなにをしたのだろう。犯人はどこで彼女を待ち伏せしたのだろう。ふたりは待ち合わせしていたのだろうか。やったのは、クレメンスたちを殺した奴だろうか。怒りの炎がピアの中で燃えさかった。愕然として立ち尽くしている場合ではない。パウリーネはまだ生きている。どんなに可能性が低くても、まだ生き延びられるかもしれない。

＊

「毎日こういうふうに朝を迎えられるといいな」彼女の顔にかかった髪をやさしく払うと、彼女の体を引き寄せた。彼女の柔らかい肌に触れ、右足が彼の腰にのり、額が彼の首元にくっついた。彼女を腕に抱き、快楽の余韻に浸りながら、彼女の熱い鼓動が静まるのを感じる。幸福だ。

「あなたさえよければ、かまわないわ」オリヴァーはカロリーネの声を聞いた。微笑んでいる。

「うわあ」オリヴァーは彼女のこめかみにキスをした。今まで難しいと思っていたことが、いとも簡単に実現するなんて。〝いっしょに暮らしましょう〟のひと言で、引っ込み思案だった彼女との距離が一気に縮まった。

「いっしょに暮らしましょう」

「本気かい？」

「ええ」カロリーネは頭を少し動かして、彼を見た。「愛してる。時間を無駄にしたくない。完璧を求めていては、機会を逃してしまうでしょう」

彼女の言葉がオリヴァーの心を揺さぶった。うれしくて息が詰まりそうだ。いつかいっしょになれるといいなと思っていたが、本当にそうなる機会は巡ってこないとあきらめかけていた。こういう気持ちになることは減り、あまり話をしなくなり、気持ちが離れつつあった。誤解され、相手を傷つけてしまうのではないかという不安からだ。そういう心の空洞が生まれると、なにげない日常の会話もしづらくなる。

終わりのはじまりだ、とオリヴァーは思っていた。それが急展開した。

「わたしも愛してる」オリヴァーは感動してささやいた。「きみの申し出はすごくうれしい。いつ決心したんだい？」

「夜中」カロリーネは答えた。

「夜中？」

「ええ」カロリーネは真剣な面持ちでうなずいて、人差し指で彼の顔をなぞった。「あなたがはじめて心の扉をひらいてくれたって思ったの。今までわたしたちが話すことって、わたしのことばかりで、あなたのことはまったく話題にならなかった。あなたはわたしのことをたくさん知っている。でもわたしは昨日まで、あなたのことを少しも知らなかった。あなたは本当の自分を一度も見せてくれなかった。でも昨夜、はじめて自分をさらけだした。それがうれしいの」

オリヴァーは絶句した。彼女がいったことに感動し、衝撃を受けた。今まで女性とうまくいかなかったのは、心をひらく覚悟がなかったからなのか。コージマもニコラもインカも本心では彼に関心を寄せていないと感じて、なにもかも自分で抱え込んだのがいけなかったのか。

オリヴァーはカロリーネをしっかり抱いて、深いため息をついた。彼女のやさしさを感じ、感謝の気持ちに満たされた。

彼女の家の玄関に立ったのは真夜中になろうとする時間だった。子ども時代の思い出が詰まったボール箱を抱えたオリヴァーは、そこになにが待っているかわからずにいた。だがいっしょに見てみようとカロリーネにすすめられて迷うのをやめた。ふたりはダイニングテーブルについて、ボール箱を開け、ミュスカデの栓を抜いた。オリヴァーは子ども時代の写真を貼ったアルバムをカロリーネに見せた。コージマには一度も見せたことがないものだ。そしてマクシの話をした。

「はじめて大きな愛情を注いだ相手だったのね」カロリーネはいった。

「まあね」オリヴァーは少し恥ずかしくなりながらいった。「マクシがいなくなったとき、心が折れた」

「わたしの初恋は馬よ。持ち馬ではなかったけれど、世話をさせてもらえたの。わたしは十二歳だった。その馬が売られていったとき、はじめて別れの悲しみを味わった。死にそうなほど」

オリヴァーはキツネをどんなに大事に思っていたか自然に話せるようになった。それまで自分のものなどひとつも持ったことがなかった。家は裕福ではなく、衣服やおもちゃも親戚からのお下がりだった。馬場にいる馬も他人のものだったし、猫や犬やニワトリは家族のものだった。そんなときに、小さな野生動物が思わず彼の人生に紛れ込んだのだ。影のようにいつもあとについてきて、信頼と無条件の愛を彼に捧げてくれた。マクシは頑固で、オリヴァーとヴィーラントとアルトゥールからしか餌をもらおうとしなかった。

「あいつとアルトゥールがいなくなったとき、苦しみを表にださなかった」オリヴァーはいった。「たぶん両親の厳しいしつけのせいだと思う。あれから、失望させられ、傷つけられるのが怖くて、なかなか人と親しくなれなかった」

アルトゥールのこと、グループのこと、幼い頃の不安のこと。オリヴァーはカロリーネにすべて話した。彼女はじっと話を聞いていた。ひと言ひと言を口にするたび、オリヴァーの心は軽くなり、悩みも苦しみも消え、良心の呵責もなくなった。ふたりはボール箱の中身をすべてだして、かび臭いアルバムをめくり、オリヴァーの両親が大事にとっておきながら、その存在すら忘れていた小さな思い出の写真を見ていった。当時はあんなに大事だと思ったことが、愉快なことも、くだらないことも、悲しいことも、なにもかもそこにあった。

「だれにも話さなかったことばかりだ」オリヴァーは自分でも驚いていた。

「それで？」カロリーネがたずねた。「難しかった？」

「いいや。きみになら平気で話せる。きみが興味を持ってくれているから」

オリヴァーは迷わず、心の奥底にある扉を開けた。それでも破局は訪れなかった。彼が愛し、信頼した人とすべてを分かち合えたことで、心が軽くなった。長いあいだ秘密にしていたことが、話すことで魔力を失った。彼の心にすまう魔物は恐れるに足らなくなった。未明の三時までふたりは話をした。カロリーネは、オリヴァーが過去と和解する機会を作ってくれたのだ。古傷がついに癒やされた。

＊

ターリクは二、三メートル離れたところにある柵に寄りかかり、一番上の横板に腕をかけて物思いに耽っていた。あまりにせつなそうなので、ピアは彼を腕に抱いて、なぐさめたくなったほどだ。だがそうはしなかった。警官はそういうことをするものではない。

「あれから彼女と話をしたの？」ピアはたずねた。ターリクは赤く泣きはらした目でピアを見つめた。

「ずいぶん冷たいんですね」ターリクは非難めいた口調でいった。「わたしたちは彼女を知っている。その彼女が……死ぬかもしれないんですよ！」

ピアは、自分がこういうひどい事件にも動じない人間だと印象づけてしまったことを後悔した。心の中はまったく違う。こういう態度を取るのは純粋に自分を守るためなのだ。

「このあいだ法医学研究所へ向かう途中に話したでしょ」ピアは小声でいった。「わたしたちの仕事に感情を差しはさむことはできないのよ。パウリーネにあんなことをした人間を捜しだすのがわたしたちの役目。そのためには冷静な頭が必要でしょ。時間を戻すことはできないけど、被害者の無念を晴らしてやらないと」

「彼女を被害者と呼ばないでください！」ターリクが怒鳴った。手で目をこすり、親指と人差し指で鼻の付け根をもんだ。「お願いです！　彼女はパウリーネっていうんです」

ピアは彼の顔をじっと見つめた。被害者は個人的な知り合いであるうえ、好きな相手だった。彼はこれまで以上に大きな葛藤と無力感と対峙している。これは彼にとってはじめての殺人捜査だ。ルーティンワークに逃げる術を持っていない。キャリアを積むあいだにだれもが体験する試練に早々と遭遇するとは。仕事をつづけられるかどうかがこれで決まる。ターリクは乗り越えられるだろうか、それとも断念するだろうか。こういうことに耐えられる鎧を、だれもが心に持っているわけではない。

「ターリク」

「わかってます。プロらしくないですよね。報告書にそう書いていいです」ターリクはそういうと、ジーンズのポケットに両手を入れた。

「あなたのように将来性のある若い同僚をそう簡単にクビにするわけがないでしょ」ピアはわざときつい口調でいった。「あなたはわたしたちの捜査課に加わった。もう仲間よ。今日みたいな最低の日はこれからもある。でも、こういうことをするくそったれを捕まえられる瞬間もあることを忘れないで」

ターリクはかすかに口元をゆるめた。

「ほら、あきらめちゃだめ。パウリーネは若くて強い。彼女ならきっと助かるわ」

「でも、もし……」ターリクは言葉を途切れさせ、小さな子どものように洟をすすった。パウリーネに恋をしているのだ。それなのに、こんなことになった。なんとも残酷な話だ。「彼女からメールがありました」

ターリクはズボンのポケットからスマートフォンをだし、タップしてから、ピアに渡した。

〝あなたたちが興味を持つものを手に入れた。直接あなたに渡したい〟

送信時間は土曜日の午後十時三分。ターリクは日曜日にメールに気づいて返信した。だがワッツアップのメッセージによると、彼の返信はグレーのまま未読だった。三十時間が経っている。彼女はどこかで襲われ、怪我をしてずっと横たわっていたということになる。

「あなたに渡したかったものってなにかしら？」ピアは首を傾げた。

「わかりません」ターリクは深呼吸した。少し気を取り直したようだ。「あなたたちと書いているから、警察のことですね。個人的なことではないです」

「そうね」ピアは相槌を打つと、スマートフォンをだしてオリヴァーに電話をかけた。「カイに彼女の電話の位置確認を頼みましょう。わたしたちは彼女の車を捜すのよ」

「わかりました」ターリクは行動できることを喜んでいた。これでくよくよ悩まずにすむ。彼は歩きだすと、振り返った。「ありがとう、ピア」

「いいのよ」ピアはうなずいた。「だれだって、はじめてはあるんだから。うまくやれる保証はないけど、うまく付き合う方法はそのうち覚えるものよ」

＊

オリヴァーがシャワーを浴びて、階段を下りると、カロリーネはキッチンにいた。グレーのジョギングパンツをはき、寝間着代わりの緑色のTシャツを着て、クロックスをはいている。そしてダークブロンドの髪はうなじのあたりで結んでいた。キッチンのカウンターでは、湯気を立てたコーヒーカップが彼を待っていた。

「もう一度、おはよう」オリヴァーは彼女を抱いた。カロリーネも彼の腰に腕をまわして、もたれかかった。

シャワーを浴びているあいだ、オリヴァーはさっきカロリーネがいったことを反芻した。いっしょに暮らす、いっしょに生きる。愛する人がいる家に帰る。ルッペルツハインの家に住んでおよそ四年になるが、あそこを去ってもつらくはないだろう。

「あなたのiPhoneが鳴っていたわよ」カロリーネはいった。「二、三回」

「なにかあったかな」オリヴァーは彼女の鼻頭にキスをして、昨夜、ダイニングテーブルに置きっぱなしにしたiPhoneを手に取った。発信者非通知の電話が三件、ショートメッセージが二通。

〝ルッペルツハインで重傷の女性。行けますか？　ピアとターリクはすでに現場にいます〟カイが七時三十八分にショートメッセージを送ってきていた。

オリヴァーの背筋が凍った。またしてもルッペルツハイン！　村人はただでも神経質になっているのに、これでまたどうなるかわからなくなった。

〝重傷を負ったパウリーネ・ライヒェンバッハがルッペルツハインの馬場で発見されました。来られますか？〟ピアのショートメッセージは八時十二分に受信している。二分前だ。

「ちくしょう」オリヴァーはつぶやいた。偶然のはずがない！　パウリーネはピアとターリクにトレイルカメラの映像を見せた女性だ。森のことを知っている。犯人と遭遇したのだろうか。オリヴァーの両手がふるえた。

「なにかあったの？」カロリーネがオリヴァーの表情に気づいて、心配そうにたずねた。

「ああ。ルッペルツハインに行かなくては。重傷を負った女性が発見された。両親はわたしの知り合いだ」

「やだ！　なんてこと」

オリヴァーはコーヒーをひと口飲むと、片手でピアに返信した。〝これから行く。十分で着く〟オリヴァーが遺体や重い傷害事件の被害者が発見されて呼びだされたとき、カロリーネはいままでなにもいったことがなかった。母親が殺されたときの記憶が蘇るのだろう。オリヴァーは突然、良心の呵責を覚えた。こんな美しい一日がはじまろうとしているのに、影がさした。オリヴァーはいつになく、死と暴力の沼に首までつかっている自分を感じた。

「行かなくては。すまない」オリヴァーはiPhoneをしまった。「あとで電話する」

「わかった」

「ありがとう」

「わたしこそ、ありがとう」口元に笑みを浮かべたが、彼女の緑色の目は真剣そのものだった。それからオリヴァーを抱いて、彼のうなじをさすり、もう一度しっかり抱きしめた。「あなたなら、きっと解決できるわ、オリヴァー。そしてもしあなたが望むなら、これがあなたの最後の事件になる、あなたはもうこれ以上、警官をつづける必要がない」

*

「ふつうは上のハンノキ新地まで犬と散歩するんです」白髪の男は血の気が失せ、声が嗄れていた。ショックを受けている。無理もない。怪我をしていた娘とその両親をよく知っているからだ。「しかし上は今、重機で掘り返されているので、今はここへ来ているんです」

ピアはすぐこの男をテニスクラブで見かけたことに気づいた。昨日、ヘンリエッテ・レッシングの横にすわってよくしゃべっていた男だ。ハンサムで人生を謳歌し、なにごともほどほどにというタイプだ。氏名を聞いて、ピアの記憶と結びついた。教会の聖具室でオリヴァーが死んだ司祭を見つけたときにいっしょだったパトリツィアの夫ヤーコプ・エーラース。そして今度は、死体と間違えるほどの重傷者を自分が発見することになるとは。この人もオリヴァーの級友だろうか。ピアはオリヴァーの報告書に書かれていたことを思いだそうとした。それから気がついた。彼の妻パトリツィア・エーラースはローゼマリー・ヘロルトの妹じゃないか。

「車を止めて、散歩をはじめたのは何時ですか？」ピアはたずねた。

「六時十五分前です」ヤーコプは答えた。「八時には出勤するので、早い時間に散歩します。ケルクハイム市庁舎で働いています」

「わかりました。あなたはどこを歩きましたか？」

「ここから運動場まで、それからシェーンヴィーゼンホールの裏手の道を下って、動物病院の前を通り、ボーデンシュタイン農場の方に向かいました。そして森の手前で馬場の脇を通る坂道を上りました。犬がパウリーネを見つけたんです。暗かったので、わたしひとりだったら、気づかなかったでしょう」

ヤーコプは両手で顔をぬぐった。息が浅かった。そして突然、目に涙をにじませた。

「わたしは……懐中電灯でそっちを照らしたんです。そして……彼女が見えたんです。パウリーネ。なんてことだ！　死んでいると思いました！」声が裏返り、彼はしゃくりあげた。「昔から両親のことを知っています。パウリーネはわたしの弟が名付け親になっているんです。だれがこんなひどいことを」

ヤーコプはベストのポケットに手を入れ、くしゃくしゃになったティッシュをだして洟をかんだ。

「パウリーネさんを見つけたあと、あなたはどうしましたか？」ピアは念のためたずねた。

「だれかがわたしの横に立ったんです。ジョギングをしている人でした。その人がそばに来るまで気づきませんでした」ヤーコプは気をしっかり持とうとしている。「その人が携帯電話を持っていて、すぐ一一〇番通報をしてくれたんです。いや、一一二番でしたっけ」

「その人はどこにいますか？」

「あそこにいます。馬場の人たちといっしょにいる青いジャケットの人です」

「散歩中にだれかと会いましたか？」ピアはつづけて質問した。「運動場に行く途中とか、馬場のあたりで。あるいは、なにか気になることはありませんでしたか？　ゆっくり考えてください」

パウリーネはしばらくのあいだ牧草地に横たわっていたはずだ、と救急医はいっていた。彼女の髪も衣服も露に濡れていたからだ。ヤーコプ・エーラースが犯人を見た可能性は低そうだ。

「いいえ」ヤーコプは眉間にしわを寄せてから首を横に振った。「まだ真っ暗でしたし。この時期にこんなに早く出歩く人はめったにいません。気になることはなにもありませんでした」

ヤーコプは少し落ち着いた。頬の血色もよくなった。無意識に犬の頭をなでていた。

「まだ真っ暗だったはずなのに、よく見えましたね」ピアはたずねた。

「ヘッドライトをつけていたんです」ヤーコプは首にかけてあるバンドを指にかけてみせた。「それに懐中電灯も持っていましたし。犬にもLEDの照明つき首輪をつけていました」

「闇の中、こんなところをひとりで歩いて、よく平気でしたね。殺人事件が起きたばかりなのに?」

「どういう意味ですか?」ヤーコプは困惑気味にたずねた。

「いいえね。最近、殺人事件がつづいています。しかも、あなたとも親しい方たちでしょう」

「ええ、たしかに」ヤーコプはゆっくり相槌を打った。はじめてそのことに思い至ったという表情をした。「そのことはぜんぜん頭にありませんでした。犬を連れていましたし。それに……だれがわたしを殺すというのですか?」

人間の脳がそういう嫌なことを忘れられることに、いつも驚かされる。パウリーネもそうだったのだろうか。自分は死なないとたかをくくっていたのだろうか。実際、多くの若者がそう考えがちだ。彼女は自分にも危険が及ぶと思わなかったのだろうか。彼女を襲ったのは、三人を殺害した犯人だろうか、それともこの襲撃事件はまったく別物だろうか。

そのときボスに目がとまった。ふたりの巡査と話をしている。ほっとすると同時に、この件からボスを遠ざけたいという欲求を覚えた。

「もうひとつ質問があります、エーラースさん」ピアはそばに立っているヤーコプの方を向いた。「昨日、テニスクラブでレッシング夫人と話していましたね。夫人は息子さんのことをなにかいっていましたか？」

「昨日？　テニスクラブで？」ヤーコプは眉を吊りあげた。突然、目が鋭くなった。「さあ……どうでしたでしょうね」

「なんといっていましたか？」あいまいな答えは肯定したも同然だ。

「息子さんを心配していただけですよ。警察が捜索しているのに、あの若者は……」エーラースは言葉を途切れさせ、ピアから視線をそらした。

「あの若者は、なんですか？」ピアがたたみかけるようにたずねた。

「いいかげんなことは申しあげられません」ヤーコプは見るからにいやそうに答えた。「ちゃんと聞いていなかったかもしれませんし」

「いいですか、エーラースさん。人が三人死んで、若い女性が半死半生の目にあったんですよ。その女性も助かるかどうかわからない状態です。四人とも、あなたはよく知っている、あるいは知っていたわけですよね。クレメンス・ヘロルトがキャンピングトレーラーで焼死した夜、エリーアスは近くにいたんです。彼とパウリーネ・ライヒェンバッハは知り合いです。もしなにか役に立ちそうなことを知っているか、耳にしているのなら、黙っているのはよくありませんよ」

「なんだというんですか！　あの若者がなにかしたと考えているんですか？」ヤーコプは愕然として首を横に振った。

「わかりません。話してください」

ヤーコプは深呼吸して、一瞬、息を止めると、大きく吐きだした。指が神経質にリードをいじっている。ショックを受けている人間を質問攻めにすることに、ピアはいつもいい気がしなかった。しかしこういうときなら、妄想が入り込む余地が少ない。

「ヘンリエッテは心配しているんです」ヤーコプはいった。「エリーアスはなにをするかわからないところがあります。追いつめられ、なにか馬鹿なことをするのではないかと恐れているんです」

ピアは、彼の顔を見て、先をつづけるのを待った。話はまだ終わりではないはずだ。急にあと少しで謎が解けるような気がした。もうひと押しすれば、ヤーコプは口をひらくのではないだろうか。彼は村で一目置かれている。村ではみんな知り合いで、血のつながりがあるか、姻戚関係にある。ヤーコプはきっといろんな村の秘密を知っているはずだ。彼からそれを引きだせれば、ドミノ崩しが起きるかもしれない。彼の良心と責任感に訴える必要がある。

「エーラースさん、あなたは村の人に顔が利きますね」ピアは身を乗りだして、じっと彼を見つめた。「あなたはみんなを知っている。これ以上、事件が起きる前に協力してください。お願いです」

ヤーコプはピアを見つめた。顎の筋肉に力を入れ、唇を引き結んだ。なにか考えている。それからため息をつき、片手でうなじをなでた。

「じつは……」ヤーコプはいいかけてすぐにまた黙った。ちらっと横を見て、背筋を伸ばした。それまでベンチのそばに横たわっていた犬が跳ね起きた。

「ヤーコプ」オリヴァーがピアの背後でいった。

「やあ、オリヴァー」ヤーコプの顔が安堵の表情に変わった。ピアはがっかりした。獲物を取り逃がした。二度とない機会というものがある。今がまさにそれだった。

*

九時少し前。パウリーネの容体が安定したので、救助ヘリで傷害保険協会病院に搬送されることになった。オリヴァーとターリクとピアは、ヘリコプターが離陸するのを見守った。ヘリコプターは回転翼をまわしてまっすぐ上昇していき、それから向きを変えて、樹冠の向こうに消えた。パウリーネの両親にはオリヴァーが連絡をした。すでに病院へ向かっているという。救急医と救急隊員は装備を片づけて走り去った。彼らはパウリーネの命を救うために最善を尽くした。あとは助かることを祈るほかない。

クレーガーと部下たちが到着した。みんな、白いつなぎを着て、淡々と作業をはじめた。森の縁にある馬場に通じる細い舗装道路の上方に電気柵があり、その向こうに馬が二頭いて、耳を立ててこっちを興味津々に見ている。こんなに騒々しいことなどこのあたりではめったにないことなのだ。

「あなたたちが人間の言葉をしゃべれたらいいのに」ピアは馬に向かってそういってから、同僚たちの方を見た。「なにがあったのか考えなくては。パウリーネはどうしてこの牧草地に放置されたのかしら？　ここになにか意味があるのか、ただの偶然か」

早朝のピンクに染まった光の中、オリヴァーの髪の毛がいつもより灰色に見えた。ピアは、彼の目の下に隈(くま)ができていることに気づいた。疲れているようだ。だからヤーコプ・エーラースの事情聴取を邪魔したことを非難するのは控えた。

「なんで彼女が襲われたんだ？」オリヴァーがたずねた。

「なにかを知っていたからです」ターリクが答えた。「わたしたちが興味を持つなにかをわたしに渡すとメールしてきていました」

「そのメールを送ってきたのはいつだ？」

「土曜日の夜です。しかし日曜の朝に気づいて返信しましたが、彼女から返事はありませんでした」

「彼女は木曜日、おそらくレッシング家にいました」ピアはいった。「わたしたちが訪ねる直前。トレイルカメラの映像に映っているのがエリーアスだと彼女が気づいていたのは間違いないです。彼女はこの件に関わって、まずいものを見てしまったんでしょう」

「だがそれならどうしてまだ息があるんだ？」オリヴァーはあたりを見まわした。「犯人が土曜日の夜、彼女を襲ったのなら、殺す時間が丸一日あったことになる」

「知り合いだったから、殺せなかったのではないですか」ピアはいった。「放っておけば、どのみち死ぬと思ったのかもしれません」

「ペーター・レッシングを念頭に置いているんだな？」

「ええ。あるいはエリーアス。彼はニケ・ハーファーラントに電話をかけてきて、車があるといっていました」

「パウリーネの車？」

「かもしれません」

「だけど、なんでですか？」ターリクがたずねた。「エリーアスや父親に都合の悪いことを、どうしてパウリーネが知りうるんですか？」

「それは難しい問題ね」ピアは答えた。「とにかく彼女の携帯電話を見つけなくては。そしてエリーアスも。彼がなにか知っているような気がするんです」

馬場の人間はなにひとつ見聞きしていなかった。オリヴァーとターリクとピアの三人は車で運動場まで戻ると、そこに車を止めて、五叉路に立った。ここからテニスコート、森の縁、魔の山(ツァウバーベルク)へと通じる上りの道がある。ピアはテニスコートを囲む高い金網と緑色の防風ネットを見た。ターリクと彼女がそこでレッシング夫人と話をしてからまだ十三時間も経っていない。もう一本の道はルッペルツハイン・スポーツクラブの運動場の脇を通って馬場と森へつづいている。運動場とシェーンヴィーゼンホールのあいだを抜ける三本目の舗装道路は模型飛行場まで下っていける。その道はちょうど二キロ先で二本の野道に枝分かれする。ホールの下を通り、大きくカーブしてルッペルツハインに通じる四本目の道を行くと、下水処理場とインカ・ハンゼンの馬専門クリニックに着く。そのあいだには、このあたりの典型的な果樹園や黒スグリのしげみや林がある。どこも見通しが利かない。土地勘のある者には都合のいい立地だ。夜中はとくにそうだ。

「ヘロルト家のふたりと司祭を殺害した犯人がアルトゥールも殺しているとキムはいっています」ピアは立ち止まった。「わたしもそう思います。しかしアルトゥールがどういうふうに死んだかはっきりするまでは、五十代半ばになる当時子どもだっただれかに殺されたと断定したくありません」

「というと？」オリヴァーはピアを見つめた。

「わかりません」ピアはため息をついた。「なにか腑に落ちないのですが、証明することができません。アルトゥールとキツネを埋めたのは大人だったはずです。だとすれば、年齢は五十代半ばではなく、六十代のはずです」

「たとえばレオナルド・ケラー」オリヴァーはいった。

「ええ、たとえば」ピアはうなずいた。「彼がロージーの愛人だった可能性は考えましたね。カイが今、住民の取捨選択をしています。住民登録局のデータから、当時だれがルッペルツハインに住んでいたかわかります。しかしルッペルツハインにこだわりすぎてはまずいでしょう。犯人はシュナイトハイン、エッペンハイン、フィッシュバッハ、ケーニヒシュタインに住んでいた可能性もあります。でも悲観する必要はないと思います。パウリーネへの犯行で、村人の重い口がひらくかもしれませんから。村人が生け贄を探し、リンチにかけることのないよう気をつけなくては」

「きみのいうとおりだ」オリヴァーは口をへの字に曲げた。「これからどうする?」

「大至急、記者会見をひらかなくては」そう答えると、ピアは馬場に通じる道に貼られた立入禁止テープの方を顎でしゃくった。すでに近在の野次馬や報道関係者が集まっていた。「パウリーネへの犯行にマスコミが関心を寄せています。彼女が助からなかったら、さらに見出しを飾ることになるでしょう」

ピアは顎をこすった。

「住民に警告を発して、レオナルド・ケラーや、アルトゥールを嫌っていたボスの元級友から話を聞かなくては。まだ山ほどやることがありますよ」

「クレメンスが集めていた写真を両親に見せようと思っている。ふたりなら、写真に写っている人物を特定できる」オリヴァーが提案した。

「わかりました。プリントアウトさせ、おふたりに届けるようカイにいっておきます」

「それからインカとも話をしなくては」

「どうしてですか?」

オリヴァーは一瞬ためらってから、ジャケットの内ポケットに手を入れ、写真をだしてピアに渡した。写真はモノクロで、少し黄ばんでいた。子どもたちを写したスナップ写真だ。人になついたキツネと遊んでいて、子どもたちは撮影されたことに気づいていない。

「いつ撮ったものですか？」ピアはたずねた。

「どういう機会に撮ったのか覚えがない。しかし一九七二年の初夏のはずだ。これがヴィーラントとわたしだ。これはジモーネ、インカ、アルトゥール。この写真に覚えがあって、両親の家の屋根裏で探しだしてきた」

ピアは写真をじっと見つめた。金髪のアルトゥールがキツネと遊んでいる。キツネは彼の膝の上で腹ばいになり、前脚で彼の手にじゃれついている。ふたりの女の子がそれを見ている。

「もう一枚ある」オリヴァーがもう一枚写真をだした。「数秒後に撮影したものだと思う」

写真を撮った人は前面にいる子どもたちにピントを合わせていたが、背景もしっかり写り込んでいた。褐色の髪の少女が横を向き、画面の端に写っているなにかを見ている。アルトゥールは地面から立って、別の方向を見ていた。金髪の少女が足でキツネを蹴り、キツネはそっちを向き、歯をむいていた。だれも気づかないような一瞬。だが写真はそういう一瞬を切り取り、嘘をつかない。

「この子は嫉妬していたように見えますね」ピアは驚いていった。

「わたしもそういう印象を持っている」オリヴァーはうなずいた。「そのことについてインカと話したいんだ」

＊

傷害保険協会病院は、高速道路六六一号線からそう遠くないフランクフルト市ザックバッハ地区のフリートベルク街道にあった。パウリーネ・ライヒェンバッハを乗せた救助ヘリは本館の屋上に着陸した。ピアから現場付近で聞き込みをするようにいわれたとき、ターリクは不服そうだったが、結局、ピアの判断を受け入れた。ピアは彼の代わりにケムを同行した。パウリーネが生命を維持しており、記憶が鮮明なうちに彼女の両親からいろいろ聞いておかなくてはならない。パウリーネの家族とは病院の待合室で会うことにして、なにかあったら知らせるよう病院側に頼んだ。

「そっとしておいてください！　話すことなんてありません！」ピアとケムが待合室で身分を告げると、ホワイトブロンドの髪をショートカットにしたジモーネ・ライヒェンバッハがいった。黒縁メガネの分厚いレンズを通して見える彼女の目には怒りと不安が宿っていた。「娘は生死の境をさまよっているんです！　くだらない質問に答える余裕などありません！」

「お気持ちはわかります、ライヒェンバッハ夫人」ピアはいった。「質問をして負担をかけることは申し訳ないと思います。しかしだれがお嬢さんにこんなことをしたのか突き止めたいのです」

「そうなんですか？　ヘロルト家のふたりと司祭さまを殺した犯人だってまだ突き止めていないじゃないですか！」夫人は吐き捨てるようにいった。「あっちを先に処理したらどうですか？」

「お嬢さんを殺そうとしたのは同一人物だとにらんでいます」

「なんですって？」夫人は身をこわばらせた。「だれがやったのかわかっているんですか？」

「いいえ、それはまだわかっていません。でもどうやらパウリーネさんはそれを突き止めたようなんです。ですから犯人は、お嬢さんを口封じしようとしたのです」

パウリーネの母親の丸顔から血の気が引いた。指で引きだしたティッシュが途中で破けた。夫は窓辺に立ち、顔をこわばらせて駐車場を見下ろしている。二十代後半になるパウリーネの姉のブリッタと兄のコリンは待合室の反対側にすわって、呆然としていた。

「パウリーネさんと最後に話したのはいつですか？」ケムがたずねた。

「土曜日です」夫人は答えた。「電話が。いいえ、立ち寄りました。ホスピスに来たんです。わたし……ホスピス〈夕焼け〉の事務長をしています。ご存じですよね」

ケムはうなずいた。

「会員制卸（おろし）スーパー、セルグロスの顧客カードを借りにきたんです。ローニャとあの子で大学の友だちのパーティに必要な買い物をしたいといって」

「ローニャ？」

「パウリーネの親友です。ローニャ・カプタイナ。林務官の娘。ふたりは幼稚園のときから友だちなんです」

「どんな様子でしたか？　そわそわしていたとか、怯えていたとか」

「いいえ」夫人は激しく首を横に振った。「いつもどおりでした。パウリーネは……あの子は勇気があります。怖がったりしません」

「パウリーネさんはいっしょに暮らしているんですか？」ピアはたずねた。

「いいえ、一年前に家を出ました。大学の近くのカルバッハ地区で大学の友人と共同生活しています。専攻は生物学です。だ……だからなんにも心配していませんでした。あの子には自分の生活があって、二、三日連絡を寄こさないこともあったんです」ちぎれたティッシュがひらひらと床に落ちた。「パウリーネは日頃なにをしているかあまり話してくれませんでした」「母さんたちが興味を持たなかったからよ」長女がはじめて口をひらいた。「母さんたちは自分のことしか考えていないもの！」

「嘘をいわないで！」夫人が言い返した。だが口調は受け身で、罪の意識を感じているようだった。

「嘘なもんですか！」長女のブリッタの外見はパウリーネとまるで違い、がりがりにやせていて、上唇が薄く、話すたびに歯肉が見えた。グレーのビジネススーツに身を包み、ひっつめ髪にしているせいか、実際より年齢が上に見えた。「ふたりとも、パウリーネのことをなにも知らないじゃない！」

「あなたは知っているというの？」夫人が皮肉な言い方をした。「笑わせないで！　あなたは家族のことなんてどうでもいいんでしょ！」

「母さんたちのことはあきらめたからよ」ブリッタが言い返した。「わたしたち三人ともね。どうせ聞く耳を持たず、わたしたちがなにをしようと関心もない。だから話すだけ無駄！」ブリッタは身を乗りだした。首に赤いシミが浮かんでいた。「パウリーネとわたしはよく電話で話してる。少なくとも週に一度。もっと多いこともある。それによく待ち合わせをしてる。あの子がエリーアスのことを心配して、救いの手を差し伸べようとしていたことも知ってる。でも、彼がどこにいるか、だれも教える気がなかったか、教えることができなかった。エリーアスの両親は口を閉ざし、エリーアスは水車小屋にも姿を見せなかった。

「妹さんと最後に話したのはいつですか？」母と娘がつかみ合いの喧嘩をはじめる前にピアはたずねた。

「先週です」ブリッタは答えた。「エリーアスがだれかを殺したらしくて、警察が捜索しているといっていました。パウリーネはあいにくかなりナイーヴで、どんな人間にもいい面があるって信じているんです。善人なんかじゃないというのに」

「たとえばどんな人を？」

「たとえばエリーアスとそのいかれた家族です」ブリッタは吐き捨てるようにいった。「あそこの家族は全員壊れています！　でもパウリーネはどんな人でも肩を持ち、見捨てられた人や挫折した人に同情するんです」

声がふるえ、涙が頬を伝った。

「パウリーネはだれよりも広い、無私の心の持ち主です」ブリッタはささやいた。「妹の理想主義とバイタリティには頭が下がります。わたしやあの子を知っているみんなにとって……希望の星なんです。もし……死ぬようなことになったら……」

ブリッタはしゃくりあげ、両手で顔を覆った。両親は動かなかった。父親は振り返ろうともしなかった。弟がブリッタの肩に腕をまわした。彼女はもたれかかった。ここにもまた健全というにはほど遠い家族がいる、とピアはげんなりした。パウリーネの両親にアルトゥールのことで話を聞くつもりだったが、やめることにした。今はそのタイミングではない。ブリッタの言葉を聞いて、思ったとおりだとわかった。ひとまずそれで充分だ。パウリーネは危険な真実に触れてしまったのだ。

＊

ピアとケムが待合室から出ると、廊下を歩いてくる六十歳くらいのすらっとした白髪の女がいた。

「ここでなにをしてるんだ？」ケムがささやいた。

「だれ？」ピアがたずねた。

「ローゼマリー・ヘロルトのホームドクター。ホスピスで遺体を発見したときに出会った」

「わたしも顔は知ってる」ピアは氏名を覚えるのが苦手だが、一度見た顔は決して忘れない。昨日テニスクラブでヤーコプ・エーラースの左隣にすわっていた女性だ。ヤーコプはヘンリエッテ・レッシングを抱いた後、その人の腰に腕をまわした。「では、なぜここにいるのか訊いてみましょう」

ピアは身分証をだし、医師の行く手をさえぎった。

「すみません。少し話せますか？」

医師はピアの顔をちらっと見てから、目の前に突きだされた身分証に目を落とした。

「いいですけど。なんでしょうか？」

「昨日、テニスクラブにいませんでしたか？」ピアはたずねた。

「ええ、いました」彼女は眉を吊りあげた。「それがなにか？」

テニスコートで長い時間を過ごし、日差しを浴びていると見え、皮膚がひどく日焼けして固くこわばり、皮膚科的には救いようのない状態だった。

「ローゼマリー・ヘロルトのホームドクターでしたね。バゼドウ先生で間違いありませんか？」ケムがいった。「木曜日の夜、ホスピスで会いましたね」

「ああ」バゼドウがさらに顔をしかめた。

「なぜここに？」

「わたしはライヒェンバッハ家のホームドクターで、家族ぐるみのお付き合いをしていますので」水色の瞳に疑いの色が浮かんだ。「パウリーネが怪我をしたと電話をもらったんです。ですからやってきたんです。両親に付き添おうと思いまして」

「なるほど。あなたに電話をかけたのはどなたですか？」

「パトリツィア・エーラースです」バゼドウは微笑んだ。「小さな村ですから、なにか起きるとすぐみんなに伝わるんです。しかも、いい知らせよりも悪い知らせの方が早いです」

「ライヒェンバッハ家のホームドクターになって長いのですか？」

「ええ。レッシング先生のクリニックを引き継ぎました。ちょうど三十年になります」

「それは長いですね。それならルッペルツハインの村人をみんなご存じなんでしょうね？」

「それはもう」苦笑いした。「いろいろ苦労もしました。はじめは女だからというだけで敬遠されましたから」

「わかります」ピアは微笑んだ。「警官の場合も似たようなものです。昔、巡査だったとき、『本当』の警官はいつ来るんだなんていわれたものです。悔しい思いをしました」

「同じですね」医師は微笑んだ。氷が割れた。

「あなたの前にいたという先生はレッシング家の親戚ですか？　ライヒェンバッハ家の隣人の？」

「レッシング先生はペーターの父親でした」

「あなたには医師としての守秘義務があり、患者について話せないことはわかっています。それでも訊きますが、エリーアスさんのことはご存じですね？」

「もちろん」バセドウは眉間にしわを寄せた。「なぜそんなことを訊くのですか？」

「パウリーネさんもエリーアスさんのことをよく知っています。彼のことを心配して、救いの手を差し伸べようとしていた、とパウリーネさんのお姉さんから聞きました。パウリーネさんが襲われたことにエリーアスさんが関わっているのではないかと考えているのです」

「なぜそんなふうに考えているのですか？」日焼けした医師の皮膚が心なしか白くなった。

「木曜日に森林愛好会ハウスに行ったとき、パウリーネさんからトレイルカメラの映像を見せてもらいました。そこに男が映っていたんです。鮮明ではありませんでしたが、パウリーネさんはその男がエリーアスだと気づいたとにらんでいます。パウリーネさんはその日のうちにエリーアスさんの両親を訪ねたと思われます。ところが、彼女もペーター・レッシングさんも、そのことを否定しました。なぜだったのでしょうね？　パウリーネさんはなにを知っていたのでしょう？　レッシングさんとはどういう話をしたのでしょう？　パウリーネさんを口封じしようとしたのはだれなのでしょう？　警察に通報されると思ったエリーアスさんでしょうか？　息子を守ろうとした父親でしょうか？　あるいは父親は自分の身を守ろうとしたのでしょうか？」

「どういう意味ですか？」医師はピアをじっと見つめた。

「土曜日の夜、パウリーネさんからうちの同僚にメールが送られてきました。そこにはわたしたちが興味を持つなにかを持っている。直接手渡したいと書いてありました。しかし同僚が返信しても応答がなかったのです。レティツィア・レッシングさんの話では、エリーアスさんは暴力をふるう傾向があるそうですね。十数年前にレティツィアさんを改築中の家の窓から突き落として、重傷を負わせたそうではないですか」

医師の目が曇った。なにか気がかりなようだ。

「あなたがいいたいことはわかります。たしかに多くをお話しするわけにはいきません。ただひとつ、レッシング家の人の話は話半分に聞いた方がいいといっておきましょう」

「ほう」

医師は自分の時計を見た。

「午後一時にわたしのクリニックに来てくれますか？　魔の山（ツァウバーベルク）をご存じですね」

「ええ、知っています」ピアは答えた。

「できればひとりで来てください」バゼドウは声をひそめ、ケムをちらっと見た。「他意があるわけではありません。受診しにきたように見えた方がいいので」そういうと、医師はライヒェンバッハ家の人々がいる待合室に入っていった。

「今のわかった?」ピアはケムにたずねた。

「いや、今のところまだ。しかしなにか不安を抱いているようだ。患者が次々に殺されているわけだから、いい気がしないのは当然だろう」

*

「凶器が見つかった。被害者が倒れていたところから二、三メートル離れたしげみの中だ」クレーガーの声が刑事警察署一階の待機室のテーブルに置いた電話のスピーカーから聞こえた。

「バールだ。被害者の血痕と毛髪が付着していた。指紋が採取できたので、至急分析して、自動指紋識別データベースにかけたところ、ヒットした」

「当ててみましょうか」ピアはいった。「エリーアス・レッシングの指紋でしょう」

「いいや、指紋の主はラルフ・エーラースだ」

なんということだ。エリーアスがパウリーネを襲った、とピアはほとんど確信していた。論理的に考えればそれが妥当だし、エリーアスが電話でニケにいっていた車の件も説明がつく。

「ラルフ・エーラース?」オリヴァーが驚いて顔を上げた。

「どうしてその人物の指紋がデータベースに登録されていたわけ?」ピアはたずねた。

「それはわからない」クレーガーが答えた。

「俺が調べよう」隣のテーブルで聞いていたカイがいった。

ピアは病院でライヒェンバッハ家の人々と話をし、バゼドウ医師にも会ったことをオリヴァーに報告した。あまり情報は得られなかったが、パウリーネの親友の氏名と、パウリーネが大学の近くのカルバッハ地区に住んでいることが判明した。

「バゼドウ医師は守秘義務に違反してでもレッシング家についてなにか話したいようですね」

ピアは医師が口にした警告を念頭に置いていった。

「あの家族はどこかおかしいです。なにか隠していますね。それがなんなのか気になってしかたがありません」

「そういえば、言い忘れていたが、ペーター・レッシングのおじは一九七二年、ケーニヒシュタイン警察署の署長だった。彼は刑事警察に連絡するのを五日間も逡巡した。残念ながら事情を聞くことはできない。一年後、事故死した」

ピアはこれまで俎上にのせた名前と、姻戚関係を整理しようとしたが、うまくできなかった。

「ラルフ・エーラースというのはいったいだれですか？」ピアはオリヴァーにたずねた。「その人もボスの昔の級友ですか？」

「ああ。今朝パウリーネを発見したヤーコプの弟だ。エーラース家の厄介者。ちなみにロージーの娘ゾーニャと結婚した。だがゾーニャはすぐに離婚した」

ピアは、ゾーニャ・シュレックがエーラース家の人間と結婚して離婚したと聞いたときに、オリヴァーが奇妙な反応をしたのを思いだした。ピアはそのことを話題にした。

「わたしはそのことを知らなかったんだ」オリヴァーは答えた。「かなり……驚いた」

「なぜ？」

「ラルフは……なんといったらいいかな」オリヴァーは首を横に振った。「子どもの頃、彼は不気味だった。なにをするかまったく予測がつかなくて、それがいつ終わるかもわからなかったんだ」

「もう少し詳しくいってくれませんか？」ピアはじれったくなった。昔の話になると、ボスはいきなり話に精度を欠き、あいまいな物言いをする。

「わたしはラルフを恐れていた。彼もそのことを知っていた。親友のように振る舞う日があったかと思うと、次の日にはわたしを突き放しておもしろがった。大人とはうまくやっていた。だれも彼がひどいことをするとは思っていなかった。いい子のふりをしていたから」

「ちょっといいですか」カイが話をさえぎった。「エリーアス・レッシングが契約している携帯事業者がようやく対応して、端末の移動状況のレポートを送ってきました。この数週間、二本のアンテナのあいだにひんぱんにとどまっています。座標を見たところ、エッペンハイン、ルッペルツハイン、シュロスボルンを囲む三角形の地域です。地図によればもっぱら森の中。しかし建物もあります。古い水車小屋です」

「それなら知っている」オリヴァーがいった。「これであいつがどこにいるかわかった。なるほどな」

「なるほど？」ピアはたずねた。

「ハーゼンミューレの水車小屋だ。持ち主はラルフ・エーラース」

「パウリーネの姉も、水車小屋がどうとかいっていなかったかな?」ケムが口をはさんだ。

「そうだわ!」ピアはそのことを思いだそうとした。「たしかエリーアスは水車小屋にも姿を見せなかったとか」

「ラルフ・エーラースにはかなりの数の前科がありますね」カイがいった。「重い傷害罪が複数回。麻薬法違反。不法侵入。器物損壊。詐欺。贓物罪(ぞうぶつざい)。傷害罪で一年間収監されていました。パウリーネは彼とはずいぶん親しいようですね。彼女のフェイスブック、インスタグラム、ツイッターを見てみました。SNSによく書き込みをしていて、自然保護関連の自前のブログも運営しています。男といっしょの写真も大量にアップロードされていますね。年配の男性が好きなようです。とくにラルフ・エーラース」

「ラルフはわたしと同じ歳だ」オリヴァーは不快感をあらわにした。「彼女はせいぜい二十五だろう」

「年齢のわりに恰好がいいですね」カイはモニター上の写真をスクロールしながらいった。

「ロマンスグレーというよりパトロンのおじさまといったところですね」

「はいはい」オリヴァーはふてくされた。「わたしと同じ歳なのを忘れるな」

「そろそろ行動しましょう」そういうと、ピアは壁の時計を見た。二時間後にバゼドウ医師を訪ねることになっている。「まずボスの旧友を訪問しましょう」

*

「もっとゆっくり走れ」オリヴァーは助手席からいった。「どこかこのあたりで左折する。ああ、あそこだ！」

ピアはウィンカーをだして、砂利が敷かれた森の道に曲がった。パトカーを一台引き連れて、穴だらけで、落ち葉が降り積もった下り坂を走った。森を抜ければ、ジルバーバッハ谷に出る。道を曲がると崩れかけた建物が数棟見えてきた。ぼろぼろの木の門が蝶番にかろうじて引っかかっている。敷地を囲む塀の残骸は二本の円柱だけだ。ピアは停車した。

「本当にここなんですか？」ピアはたずねた。「人が住んでいるようには見えませんけど」

「あれがハーゼンミューレの水車小屋だ」オリヴァーはいった。「かつて森の縁に建っていたが、それも昔のことだ。何十年も廃屋のままで森にのみ込まれた」

「一晩泊まるだけでもいやですね」ピアはいった。「ぞっとする」

「ヤーコプから聞いたが、ラルフが水車小屋を買って、手直ししているらしい」オリヴァーは答えた。「だが、あまりすすんでいないようだ」

シュロスボルンには他にも道路沿いの魅力あるロケーションに水車小屋が二棟建っている。どちらも数年前に改修され、人気を博している。目の前の水車小屋はその二棟よりも立派で大きかったが、そういう幸運に恵まれなかった。盛夏でも谷にはほとんど日が射さず、うっそうとした針葉樹のせいで、ただでもぼろぼろになった母屋と水車小屋と納屋は恐ろしげな雰囲気を漂わせている。

かなり古い型のダークブルーのボルボが荷室のハッチをあけたまま家の前に止まっていた。オリヴァーとピアは、そしてふたりの巡査がそれぞれの車から降り、敷地に足を踏み入れてあたりを見まわした。修復に手を付けているようだが、建築主は途中で飽きてしまったか、資金難に陥ったかしたようだ。中庭には砂や砂利や廃材が山をなしているが、どれも雑草に覆われている。足場の部材があちこちに転がっていて、敷石が木製のパレットにのせてあるが、すでに苔むしている。セメントの袋のあいだに置かれたミキサーも錆びついていて、ひどいありさまだ。ゴミは落ち葉に覆われ腐っていた。

「こんなにひどい工事現場を見るのはひさしぶりだわ」ピアはさげすむようにいった。「こんなゴミためでよく暮らせるわね」

「きっとドブネズミがいる」オリヴァーは顔をしかめた。

「でしょうね」ドブネズミ嫌いのボスをよくからかっているピアはそういって、ボルボに視線を向けた。「とにかく犬は飼っているようですね。しかも数頭」

後部座席は倒してあり、荷室には犬の毛がびっしりついた毛布が広げてあった。

「猫がいてくれた方がよかった。ドブネズミは嫌いだ」オリヴァーは車のそばで立ち止まり、ドブネズミがゴミの山から顔をだしたらすぐ逃げ込めるように車のドアグリップをつかんでいた。

「大げさな」ピアはいった。「ラルフおじさまがいるかどうか見てみましょう」

ピアは玄関ドアへ歩いていった。造花で作ったリースで飾ってある。このゴミためを少しは居心地よくしようと無駄なあがきをしたようだ。数足の靴とゴム長靴が外階段にまとめて置いてあり、その手前にゴミ袋が山と積まれていた。オリヴァーは地面を見ながら、ピアのあとにつづいた。

「ゴミの分別はしているようね」ピアはあざけった。

呼び鈴がないので、ピアは緑のペンキがはげかかった木の扉をノックした。返事はない。

「ふたりはここで待機していてくれ」オリヴァーはふたりの巡査に指示した。「わたしたちは家をひとまわりしてみる」

家の壁から延びたひさしの下に三十数本のガスボンベが並んでいた。ほとんどがおんぼろで、錆びているが、まだ真新しくてぴかぴかしているものもあった。その横に二十リットルのガソリン用メタルキャニスターもあった。

「見ましたか？」ピアは小声でいった。

「ああ」オリヴァーは、iPhoneで証拠写真を撮って、カイに送った。

家の裏手に空き地があった。だが中庭と同じように散らかっていた。コンクリートが割れて、雑草や木の根っこがその亀裂から顔をのぞかせている。廃屋となった水車小屋にはもう水車がついていない。隣接する大きな納屋の二枚扉は閉まっている。納屋の壁際にある金網製のボックスにガスボンベがあった。そしてガソリン用メタルキャニスターもある。背の高いトウヒの陰になり、空き地は薄暗かった。小川のせせらぎと発電機の作動音が聞こえた。

突然、荒々しい吠え声がして、オリヴァーはびくっとした。二匹のピット・ブル・テリアと被毛が赤っぽい灰色で、耳がとがっていて、瞳が水色の犬が二匹。だがさいわい、裏手のふたつある頑丈な犬小屋に入っていた。吠えたのはピット・ブル・テリアで、他の二匹はじっと立っていた。

納屋の横の扉が開いて、男が出てきた。三十年ぶりだが、オリヴァーは相手がすぐわかった。ブロンドの髪はシルバーグレーになっていた。年齢に似合わない最近流行の髭(ひげ)を生やしている以外、ラルフ・エーラースはほとんど変わっていなかった。

「おい、こら！」彼の言葉でピット・ブル・テリアはすぐおとなしくなり、犬小屋の中で尻尾を振りながらはねた。「お客にはもっと愛想よくしろ！」

「ひゃあ！」ピアはびっくりした。「リチャード・ギアみたい！」

「いいや。ラルフ・エーラースだ」オリヴァーはそっけなく答えた。

男が驚いて振り返った。

「ここは私有地だ！」と無愛想にいった。「うせろ。さもないと、犬をけしかけるぞ！」

「やあ、ラルフ」オリヴァーはいった。「ごあいさつだな」

男が目をすがめた。

「オリヴァーか？」男が近づいてきた。肩まであるシルバーグレーの髪、日焼けした顔、目のまわりの笑いじわ。ブリーチしたジーンズと、ぴったりした白いTシャツを身につけていて、体がしまっているのがよくわかった。ラルフ・エーラースはじつに精悍(せいかん)だ。髪がシルバーグレーであることを除けば、五十代半ばにはとても見えない。パウリーネのような若い娘がひかれるのもよくわかる。

「なんと、オリヴァー・フォン・ボーデンシュタイン！」ラルフが叫んだ。喜んでいるというより、びっくりしているようだ。「本当にひさしぶりだ！」

オリヴァーは人なつこいあいさつには答えず、ピアを紹介した。

「こんにちは、エーラースさん」ピアは身分証を呈示したが、ラルフは見ようともしなかった。

「家に入ろう。知らない人間がいると、犬が興奮する」

ラルフは笑みを浮かべたが、そわそわしているのは隠しようがなかった。

「このたくさんのガスボンベはなにに使うんですか？」ピアがたずねた。

「ガスボンベ？」ラルフは少し戸惑ってから微笑んだ。「ああ、それか！　俺のじゃない。納屋を借りている連中のものさ」

「どういう連中だ？」オリヴァーはたずねた。「なにをしている？」

「トルコ人さ。金払いがよくてな」ラルフは答えた。「トルコのお菓子を作るといっていた。刑事の世話になるようなことかね？」

保健所なら衛生上問題だというだろう。だがそんなことはどうでもいい。四件の事件を解明しなければならないのだ。

「最近、人が三人殺されたことは耳にしていますね」ピアがいった。

「ああ、こんな奥深い谷にまで聞こえてきた」ラルフはいまだに微笑んでいた。「俺とどういう関係があるんだ？」

「今朝、ルッペルツハインで重傷の若い娘が発見されました」ピアがいった。「凶器からあなたの指紋が採取されました」

「はあ?」ラルフはオリヴァーをちらっと見た。「冗談だよな?」

「いいえ」

「ほう。で、だれに重傷を負わせたっていうんだ?」ラルフの笑みが固まった。目に怒りの色が浮かんだ。

「パウリーネ・ライヒェンバッハです」

「なんだって?」ラルフが目を丸くして、微笑むのをやめた。愕然としている。「パウリーネ? なんてことだ! だけど……あいつは最近ここに来た。あいつは……」

「あいつは、なんですか?」ピアは鋭い口調でたずねた。

「パウリーネ!」ラルフは本当に衝撃を受けたようだ。「容体は? なにがあったんだ?」

友人として心配しているのだろうか。それとも、被害者を殺しきれなかった犯人のあせりだろうか。オリヴァーは彼を見つめた。彼の反応は本心か演技か、どちらだろう。彼は小さい頃から演技がうまく、「無邪気」を装ってきた。

「そのあたりをぜひあなたからうかがいたいです」ピアがいった。

「俺からなにを聞きたいっていうんだ?」ラルフは一瞬きょとんとしてピアを見つめた。それから気色ばんだ。心配する気持ちが怒りに変わった。「どういう了見だ? 俺がパウリーネを傷つけるはずがないだろう」

「意見の食い違いでもあったのかもしれません。あなたの若い愛人が、あなたのいうとおりにしなかったとか」

「パウリーネと関係を持っただと！」ラルフは首を横に振った。「セックスはしたさ。ここではみんな、互いに愛し合う」

「だれがだれを愛するというんですか？　みんなとは、だれですか？　あなたと、あなたのことをすごい人だと錯覚した若い人たちですか？」

「あんたにはわからないことさ」

「そうですね。あなたのお相手が未成年でなければ、興味はありません。土曜日の午後七時から真夜中にかけてどこにいましたか？」

「本気か？」

「そう思ってけっこうです。あなたの指紋が凶器についていたのですから」ピアは淡々といった。「あなたの前科リストから察するに、暴力をふるう傾向があるようですね。パウリーネ・ライヒェンバッハを襲い、重傷を負わせた疑いであなたを緊急逮捕します。彼女が持ちこたえなかったら、殺人罪に変わります」

「オリヴァー！」ラルフは救いを求めるようにオリヴァーの方を向いた。手を合わせ、わかってくれとでもいうように卑屈な笑みを浮かべた。「本気じゃないよな！　俺はパウリーネの名付け親だ！　あの子の初洗礼に立ち会った！　あいつに手を上げるわけがないじゃないか！　俺はたしかに前科者だ。だけどあれは若気のいたりだった。考えなしだったんだ！　俺はいつも思いつきで行動する。それが俺の問題だった！　あとになっていつも悔やんだものさ。だけどもう何年も法に触れることはしていない！」彼は目をむき、口から泡を飛ばした。「俺は変わったんだ、オリヴァー。本当だ！」

オリヴァーは信じたくなったが、ラルフの目を見て、計算ずくだと気づいた。小さい頃からなにも変わっていない。社会のきまりを守らず、やりたい放題やって、その結果に責任を取らない奴なのだ。

「オリヴァー、頼む。幼なじみじゃないか！」ラルフは切羽詰まると、昔から歯の浮くような言葉を発する。「俺たち、友だちだっただろう！　俺がそんなことを絶対にしないことはわかってるはずだ」

「すまない」オリヴァーはいった。

といっても、実際には気の毒だと思わなかった。むしろ、ざまを見ろと思っている自分を恥ずかしく感じたほどだ。とっくに忘れたはずの記憶が鮮明に蘇った。〝これでおまえも仲間だ。死ぬまで。裏切れば罰を受け、死ななければならない〟ラルフとペーターにそのことをことあるごとに思いださせられ、どれだけ眠れない夜を過ごしたことか。オリヴァーがグループから離れ、アルトゥールと付き合ったことは、あのふたりからすると裏切り以外のなにものでもなかった。そして罰せられた。突然、あることが脳裏をかすめ、鳥肌が立った。だが今はまだ、そのことをラルフにたずねるタイミングではない。

ふたりの巡査も裏の空き地にやってきた。ピアはラルフに彼の権利を告知した。古い友情に訴えても無駄だとラルフも観念した。そんな友情などはじめからなかったことは彼自身がよく知っていることだ。追い詰められると、彼はいつも防衛機制を働かせ、攻勢に出る。

「パウリーネをやった奴を知ってると思う」手錠をかけられたとき、彼はいった。

「応援がいりますね」ピアがオリヴァーにいった。「カイがたった今、逮捕令状と捜索令状をスマートフォンに送ってきました」

「捜索？　なにを捜すっていうんだ？」ラルフが口をはさんだ。「おとなしくついていくし、知っていることはなんでも話す」

　はじめて怯えた声になった。だがパウリーネ・ライヒェンバッハとは関係ないようだ。

「来なさい」巡査のひとりがラルフにいった。

「いや、待ってくれ！」ラルフは立ち止まった。「俺の犬はどうなる？」

「わたしたちで世話します」ピアはいった。「名前は？」

「メーデーとフィオーナ」ラルフは答えた。パニックになっている。「いいか、俺は……」

「他の犬は？」

「知らない。エリーアスが連れてきたようだ」

　さっきお客にはもっと愛想よくしろといったのが、お客とはオリヴァーたちのことではなく、その知らない二頭の犬のことだったのだ。ピアはオリヴァーを見た。

「エリーアス？」オリヴァーが声をかけた。「ペーターの息子か？」

「ああ」ラルフがうなずいた。「よくここに来る。この数年、家が耐えられなくなるとな」

エリーアスのiPhoneの移動記録を見れば、それが嘘でないとわかる。そしてレティツィア・レッシングがピアとターリクに話したとおりだ。心の平安が欲しいとき、エリーアスは森に何日もこもるのだ。

「いつここに来た？」オリヴァーはたずねた。

ラルフはオリヴァーから目をそらさずに考えた。うなじの凝りをほぐすように首をまわした。彼は無表情になっていた。

「エリーアスが最後にここに来たのはいつ？」ピアが重ねてたずねた。

「さあねえ。好きなときにやってきて、また去っていく。俺にはあいさつもなしさ」ラルフは肩をすくめた。「パウリーネに訊いてくれ。彼女はあいつを捜しまわっていた。見つけたんじゃないかな」

*

ラルフ・エーラースを逮捕したあと、ピアは約束の午後一時ぎりぎりにバゼドウ医師のクリニックを訪ねた。四十代半ばのごつい感じの医療助手が応対した。銅色にそめたボブカットで、肉づきのいいうなじにトライバルタトゥーをしている。彼女はドアストッパーをはずして、ピアを見ることもなく「もう休憩時間です。三時に来てください」とつっけんどんにいった。

「予約してあるんですが」そう答えると、ピアはドアが閉まる前につかんだ。

「ちょっと待って」医療助手がいった。「そんなはずがないわ！」

「いいのよ、ペトラ」バゼドウ医師がドアロにあらわれた。「もうひとり患者がいることを言い忘れていたわ」

「マーヴィンを学校に迎えにいかなくちゃならないんですけど」医療助手は昼休みがなくなるのを恐れてか、ピアをじろっとにらんだ。

「休憩をとって」医師はいった。「ひとりで大丈夫だから」

医療助手が階段を下りていくのを待って、医師はドアを閉め、ピアを診察室に案内した。

「どうぞ、すわってください」

「ありがとう」ピアは患者用の椅子にすわった。「パウリーネの具合はどうですか？」

「手術はうまくいきました」そう答えて、医師はデスクに向かってすわった。「不幸中の幸いでした。頭蓋骨が骨折してなかったら、脳腫脹を起こしていたでしょう。今は人工的昏睡状態になっています。しかしまだ命の危機を脱したわけではありません」

バゼドウはメガネの縁越しにピアを見た。窓から斜めに射し込む日差しの中、金色に光るほこりが舞っている。一瞬、静寂に包まれた。

「それで、お話は？」ピアは静寂を破った。

バゼドウがピアを見つめた。左右の眉がくっつきそうになるくらい強く眉間にしわを作った。

「わたしは勇気をださなければいけないときに、何度も目をそむけてきました。結果が怖かったのです。でも、よく知る人が三人も殺害され、人生がこれからという若い人まで生死の境をさまよっている。もう見て見ぬふりはできません」

メガネのツルを指でしきりにいじっている。バゼドウ医師はそわそわしていた。

「この集落で暮らす人のほとんどがわたしの患者です。多くは三十年来の患者です」とりとめもなくいった。「名前も病名も知っています。そして親戚関係も。でもしばしばここの人たちのことをぜんぜんわからないと思うことがあります。古くから根づいている人たちから見たら、わたしも新参者なのです。子どもの頃からここに住んでいても、この垣根は越えられないでしょう。わたしの両親は石切場跡の新しい住宅地に家を建てた最初の世代です。大学に進学したとき、村を離れ、最初はベルリンで職につき、それからフランクフルトに移りました。医者の仲間のほとんどはキャリアを築くことに夢中でしたが、わたしは田舎の開業医になりたいと思っていました。ですからレッシング先生がクリニックを継ぐ者を探していると母親から聞いて、ルッペルツハインに戻ってきたのです」

　医師はため息をついた。

「レッシング一族は何世代にもわたってここで暮らしています。レッシング先生は尊敬を集めていました。そして男でした。ところがわたしは若くて、とくに取り柄のない女。だれも診察を受けにきませんでした。路上で会えば微笑むくせに、わたしが食い詰めるままにしたのです。そしてこっそりレッシング先生に診てもらっていました。診療しているのは彼でしたが、じつは奥さんが背後で手綱を引いていたのです。クリニックに戻るようレッシング夫妻を説得しなかったら、半年で廃業していたでしょう」

「レッシング先生はなぜあなたにクリニックを譲ったんですか？　そんなに歳を取っていたんですか？」ピアは計算が得意ではないが、ペーター・レッシングがオリヴァーと同い年なら、その父親は一九八四年に年金受給者になるとは思えない。

「いいえ、病気だったのです。パーキンソン病」医師は答えた。少し間を置いてまたしゃべりだすと、彼女の口調はさっきと打って変わって落ち着いていた。「二年後、心筋梗塞(しんきんこうそく)で急死しました。六十歳になったばかりでした。葬儀には村じゅうの人が参列しました。しかし、とても世話になったといっておきながら、だれも涙を流しませんでした。みんな、猫をかぶって、本音では彼が死んだことを喜んでいたのです。それまで、みんながレッシング先生を好いていると思っていたのですが、その逆で実際には憎んでいたのです」

「なぜですか?」

「あの方は村ではじめて大学に進学し、博士号を取得したことを誇りにしていたのです。みんなが平伏するのが気に入っていて、笑いながら、痛いところを容赦なくついていました。ひどい人間でした。そして奥さんは輪をかけてひどい人でした。諍(いさか)いの種をまくことしか考えていませんでした。ふたりは恐れられていたのです。家族からも」

ピアは耳をそばだてた。ペーター・レッシングについて、オリヴァーも同じことをいっていなかっただろうか?

「人間は基本的にやさしくないという苦い教訓になりました」医師がいった。「それまでわたしはナイーブで、人間は善良だと固く信じていたのです。しかし親しげな仮面の裏には、卑劣で身勝手な暗い奈落が口を開けていることがあるのです。わたしはいやというほどそういう奈落を見て、もうこれ以上暗然とすることはないと思っても、やはり煮え湯を飲まされました。

会わないに越したことはない人というのがいるものです。そういう人はろくなことをしません」

彼女の顔に暗い影がかかった。ほんの一瞬、古い心の痛みに顔をゆがめた。いやがらせや仲間はずれから、今もまだ心が癒えていないのだ。

「だれのことをいっているんですか？」ピアはゆっくりとたずねた。

「わたしの妹です」

医師は目をそらすことなくいった。ピアはびっくりした。

「妹は不幸にもペーター・レッシングに恋をしてしまったのです。みんなが、よせといったのに。彼は妹をゴミ扱いしました。ことあるごとにさげすみ、人前で笑いものにしたのです。妹はまもなく抜け殻と化しました。それからペーターはヘンリエッテと知り合い、彼流の残酷なやり方で妹に引導を渡し、クローンベルクの古城ホテルで盛大な結婚式をあげたのです。妹はペーターのせいで精神を病み、うつ病になったうえ、アルコール依存症になって自殺しました。三十六歳でした」

医師は口をつぐんだ。腕組みをしながら下唇をかんだ。ピアは彼女の話を一瞬たりとも疑わなかった。自分の妻に対するペーター・レッシングの冷酷さが脳裏をかすめた。おまけに彼は十歳頃に猫を殺している。

「エリーアスはだれかを殺すと思いますか？」ピアはたずねた。

「否定できればいいのですが、それはできません」医師は深いため息をついて、回転椅子にもたれかかった。「追いつめられると、なにをするかわかりません。エリーアスはさんざん馬鹿なことをしてきました。しかし意図して人に危害を加えたことはありません。彼は情緒不安定なだけです」

ピアはバゼドウのまなざしに、患者を心配する医者という以上のなにかを感じた。なんだろう。エリーアスのことを気にかけている。なにか特別なつながりでもあるのだろうか。

「エリーアスの姉から聞いたのですが、六歳のとき改築中の家の窓から彼女を突き落としたそうですね。そして彼は暴力に走りやすいとか」

「突き落とした件をわたしは信じていません」医師は答えた。「反証することはできませんが。エリーアスは子どもの頃、読み書きが苦手で、ものごとになかなか集中できなかったのです。両親はそれが気に入らず、彼に基礎学校の補習を受けさせました。プレッシャーをかけられたせいで、彼には異常行動が目立つようになりました。両親は小児科医を信じず、彼をわたしのところに連れてきて、統合失調症だと主張しました。十四歳くらいの頃です。しかし統合失調症の症状は認められなかったので、わたしはその前にかかっていた小児科医と意見交換しました。レッシング夫妻が彼を精神科病院にまで入れようとして、その必要はないと診断されたことを知りました。わたしが小児科医と同じ診断をすると、夫妻はかんかんに怒って、わたしをののしり、そんなばかげたことをエリーアスに絶対いうなと要求したのです。〝エリーアスは精神病。以上〟というわけです」彼女は腹を立てているというより、不服のようだった。「それからは口を挟むのをやめました。ペーター・レッシングは人を萎縮させる物言いに長けていますので」

「彼はわたしにも脅しをかけました」ピアはいった。「彼はコントロールフリークです。家族や周囲の人を支配しないと気がすまないのでしょう」

医師は複雑なまなざしをした。同感だというのだろうか、それとも驚いているのだろうか。

「ペーターとヘンリエッテが親としての面目を守るためだけに息子を精神科病院に入れようとしていると知って、唖然としてしまいました。実際、あの子をいろんな病院に入院させ、必要もないのに薬漬けにしたのです。エリーアスに本当に欠けていたのは、愛情と理解と忍耐でした。その代わりにあの子は、過保護と過剰な要求の犠牲者になったのです。その結果、自分を否定してしまい、馬鹿なまねばかりして、繰り返し家出をし、違法薬物に依存したのです。悲劇です。わたしにはなにもできませんでした。わたしにいわせれば、病気なのは姉の方です。レティツィアは根っからの嘘つきで、人を思いどおりに操るのです。非常に知性があり、目的のためならなんでもします」

「父親と同じですか」ピアはペーター・レッシングを毛嫌いしていることを隠さなかった。

「それで、エリーアスは病気なんですか、そうじゃないんですか？」

「わたしの見立てでは病気ではありません。ただプレッシャーに弱く、彼にできる唯一の方法で逃げているだけなのです」医師は肩をすくめた。

「どうしてわたしに話してくれたのですか？」

医師は身を乗りだして、ピアを怖くなるほどじっと見つめた。彼女は身をこわばらせ、息づかいが速くなった。なにかを知っていて、不安を覚えているのだ。

「少年の遺骨が見つかってから、村は騒然となっています。当時なにが起きたか、あなたがどこまでご存じか知りません。わたしは十五歳でした。しかし当時の村の雰囲気をよく覚えていますし、噂も……」

クリニックの玄関で物音がしたので、バゼドウ医師は口をつぐんだ。ドアがカチャッと閉まり、ミシミシと床が鳴った。彼女は人差し指を口に当ててから立ちあがった。仕草が一瞬で医者に戻った。

「念のため肩のレントゲンを撮った方がいいですね」彼女はピアにいった。声は普通で、落ち着いていた。「レントゲン技師への指示書を書きましょう。あら、どうしたの、ペトラ？」

「戻ったことを伝えておこうと思いまして」医療助手が興味津々に診察室を覗き込んだ。

「ああ、ありがとう」バゼドウは医療助手にうなずいた。「訪問診療のカルテをだしておいて。ロース夫人とボルネマン氏のラボの分析結果が欲しいわ」

バゼドウは医療助手を信用していないのだ。おそらくだれも信用していないのだろう。良心の呵責に苛(さいな)まれているがゆえの代償だ。

「わかりました、先生」医療助手は診察室をもう一度ちらっと見てからドアを閉めた。

「なにを恐れているんですか？」ピアはたずねた。しかしバゼドウは答えず、急いでデスクの引き出しを開けて、分厚い黄ばんだ封筒をだし、ピアの前に置いた。

「レッシング先生のオフィスで見つけたものです」バゼドウは声をひそめていった。「デスクの下に画鋲で留めてあったのです。中を覗いてみましたが、わたしにはなんのことかわからず、忘れていました。ロージーが殺害されて、思いだしたのです。レッシング先生がなぜこれを保管していたのかわかりませんが、役に立つかもしれません」

「ありがとう」ピアは答えた。「信頼してくださったことを感謝します」

「なにかわからないことがあったら連絡をください。わたしの電話番号はご存じですよね」医師はさっと手を差しだし、診察室から出た。玄関のドアがバタンと閉まった。ピアの心臓が早鐘を打った。封筒を急いでリュックサックにしまった。数十年にわたる嘘と秘密への道案内となるものをようやくつかんだと実感していた。

*

ピアは急いで階段を駆けおりた。カイが何度も電話をかけてきていた。だがかけなおす前に、ハーファーラント家に電話をかけ、エリーアスから連絡があったか確認した。連絡はなかった。午後二時になろうとしていた。封筒の中身が気になるが、署に戻るまで我慢することにした。オリヴァーが電話に出なかったので、留守番電話にメッセージを残した。いい天気だというのに、レストラン〈メルリン〉のテラスに客はいなかった。駐車場には車が三台しか止まっていなかった。報道陣は下の村で網を張っている、とだれかがさっきオリヴァーに話していた。連中が酒場の〈緑の森〉に陣取ったおかげで、向かいにあるポコルニーのパン屋は記録的な売りあげだという。

こんな上の方まで、スクープを追い求める記者が迷い込んでくることはない。ふと思って、ピアはレストランへの階段を駆けあがった。店内にも客の姿はなかった。パウリーネが襲われたというニュースが広まってから、みんな、家に閉じこもるようになり、村は麻痺していた。

「いらっしゃい、ピア！」オーナーのバンディが電話を脇に置いて、玄関の横のくぼみにあるテーブルから立ちあがった。顔色が悪い。見るからにまいっている。

「今日の最初のお客さまです。そして最後のお客さまになるでしょう。なにか食べますか？」

「ええ」カロリーなんて気にしていられない。「ピザをお願い。トッピングは……」

「……ツナ、ケッパー、アンチョビでしょ」ピアの好物を熟知しているバンディがいった。

「それからコーラ・ライト」

「そのとおり」ピアはふっと微笑んでテーブルに向かってすわった。バンディは厨房に消えた。いい機会だったので、カイに電話をかけた。胃がキュルキュル鳴った。

「ピア、警視総監じきじきのお出ましだ」カイは盗み聞きされるのを恐れてでもいるかのように声をひそめていった。「署長といっしょに待機室にいて、きみが戻るのを待っている」

「ありがとう、カイ。すぐに食事をすませて、そっちへ行く」圧力がかかったのだ。警視総監は写真とイントラネットでの通達でしか知らない。この十年、警視総監がホーフハイム刑事警察署に顔を見せたことなど一度もない。なぜ来たのだろう。オリヴァーの後任を決める前に、ピアが今回の事件をどう差配するか見にきたということだろうか。成果をたずねられたとき、どう答えたらいいだろう。「ボスとケムからなにか聞いてる？」

「ボスはラルフ・エーラースを取り調べるのに、取調専門官の同席を求めている。そうそう、ハーゼンミュールの納屋で大麻の小規模プラントが見つかった。照明機器、暖房機器、灌水施設などなど。クリスティアンたちがすでに現場についている。麻薬捜査課の連中も出動した」

「なるほど、エーラースがガスボンベとガソリンをなにに使っていたかこれでわかったわ」ピアは首を横に振った。「納屋をトルコ人に貸していて、そのトルコ人たちはそこでお菓子を作っているとかいってたけど」

「ジョイントをスイーツだというなら、まんざら嘘でもない」カイは愉快そうにいった。「じゃあまた」

バンディが厨房から戻ってきて、コーラ・ライトをテーブルに置いた。

「世も末ですね」そういうと、バンディはピアと向かい合わせにすわった。「パウリーネは小さい頃から知っています。大学に進学する前、しばらくのあいだ、うちでウェイトレスをしてました。だれがこんなひどいことをしたんでしょうね？」

「きっとすぐに突き止められるわ」ピアはコーラ・ライトに何度か口をつけ、村人よりもルッペルツハインの事情に通じているバンディを見た。「彼女に最後に会ったのはいつ？」

「そんな前ではないです」バンディは眉間にしわを寄せてそういうと、ぱっと顔を明るくした。「土曜日でしたかね。エッシュボルンのセルグロスの駐車場。若い人数人といっしょにすごい量の買い物をしていました」

ジモーネ・ライヒェンバッハがいっていたことと符合する。

「いっしょにいた人に知り合いはいた？」

「顔見知りという程度ですけど。自然保護協会のメンバーですね。パウリーネは仲間を連れてよくここに来るんです。あいにく名前までは知りません。あ、いや、ひとり知っています。ヴィーラントのお嬢さんがいました」

「林務官の？」

「そうです」

「何時かわかる？」

「昼に店を開ける前でした。牛ヒレを買いに行っていたんです。配送業者が忘れたものですから。十二時より前でした」

「ありがとう。助かったわ」

ふたりは一瞬黙った。厨房からかすかに騒ぐ声が聞こえた。ハエが窓ガラスにぶつかった。

「妻の話では今日、幼稚園が早い時間に休園したそうです」バンディは元気なくいった。「親はみな、子どもを引き取りにいかなければならなかったとか。わたしも店を閉めなければならなさそうです。どうせだれも食べにきませんし」

「村の人はどんな話をしてます？」ピアはたずねた。「いろいろ耳にしているのでしょう？」

「みんな怯えています」バンディは首を傾げながらいった。「次は自分じゃないかって戦々恐恐としているんですよ」

「あなたは？　怖くないの？」

バンディは躊躇（ちゅうちょ）してから肩をすくめた。

「ええ、まあ、怖いです。わたしが多くの人について詳しいことは、みんなが知っています。わたしがなにか知っていると犯人が考えるかもしれません。そんなことはないんですけどね」

バンディは少し身を乗りだして声をひそめた。「あなたがここから出ていくのをだれかが見れば、それで充分です。わかりますよね？」

「そうね」ピアはうなずいた。疑心暗鬼はまたたくまに危険な妄想へと変わる。不安が怒りに変わって、生け贄のヤギを捜しはじめるまで、どのくらい猶予があるだろう。

「家族を友人のところに行かせるつもりです」バンディはいった。「一件落着するまで」

ピザが出てきた。ピアは包んでもらって、代金を支払うと、レストランから出た。家族を遠くへやろうと考えているのは、バンディだけではないだろう。村じゅうの人が泡を食っている。無理もない。今回の犯罪は酒や嫉妬のせいで起きる衝動的な犯行ではない。衝動的なら、いっとき騒然としても、すぐに日常に戻れる。だが今回の犯人は、綿密に計画していて、老人や若者を手にかけることもいとわない。そしてそいつは村人の中にいる。

＊

警視総監を待たせていることはわかっていたが、ピアは寄り道をした。林務官の娘ローニャ・カプタイナからどうしても話を聞きたかったのだ。ボーデンシュタイン家から近い森の中にある林務官屋敷の前に、たくさんの車が止まっていた。ピアは報道陣の中に顔見知りを見つけた。

「明日記者会見するわ！」殺到する報道陣からパウリーネの容体と捜査の進捗状況をたずねら

れたピアはそう答えると、玄関ドアにまっすぐ歩いていった。ドアが少し開くと、ピアは紫色に染めたショートカットのきゃしゃな女性に身分証を呈示して、中に通してもらった。

「もう何時間も前からここを取り囲んでいるんです」マデライネ・カプタイナ夫人が泣きそうな声でいった。「ローニャがパウリーネと友だちだって、どうしてわかったんでしょう？」

「ジャーナリストもフェイスブックをやっていますからね」ピアは答えた。「だれがだれと友だちかなんてすぐに突き止められます。お嬢さんと話したいのですが、いらっしゃいますか？」

「ええ、キッチンにいます。どうぞ」夫人はうなずいた。「ついでにフェイスブックやなにやかやをやめるようにいってやってください。なんでもすぐ投稿するので、しょっちゅう口論になっているんです。わたしはとんでもなく軽率なことだと思うんです。どこでなにをしているか、だれにでもわかってしまうなんて！」

ローニャはキッチンテーブルでノートパソコンに向かっていた。思ったとおり、フェイスブック、インスタグラム、ツイッターを通して友だちに起きたことを世界じゅうに発信していた。

「わけがわかりません」パウリーネと最後に話したのがいつか、ピアがたずねると、ローニャはすぐに泣きだした。「ショックです！　でもみんな、やさしいコメントをくれています。見てください！　パウリーネの快復を祈るですって！　なぐさめられます」

ローニャは洟をすすって、ピアにも画面が見えるようにノートパソコンをまわした。パウリーネ・ライヒェンバッハのフェイスブックのページが画面にあった。

「思いつきでインターネットに書き込みをされると、捜査に支障があるのですが」ピアはターリクにいってパウリーネのページを当面閉鎖するよう頼むことにした。

ローニャは幼稚園の頃からパウリーネと知り合いで、ショック状態なのを押してピアの質問に答えてくれた。ふたりは土曜日、たしかに友だちの誕生パーティのためにセルグロスで買い物をした。パーティはその夜、友人の両親がギンハイムに持っている馬場でひらくことになっていた。ところが九時半には来るといっていたのに、パウリーネはあらわれなかった。ローニャはワッツアップでメッセージを送ったが、パウリーネからはなしのつぶてだった。十一時になってもまだ顔を見せなかったので、ローニャは何度もパウリーネの携帯に電話をかけた。はじめは留守番電話になったが、その後、まったくつながらなくなったという。ローニャはパウリーネと交わしたワッツアップのチャットをピアに見せた。

〝森での用事をすませたら行くね〟というメッセージのあとに、パウリーネは絵文字を加えていた。

「森での用事がなにか、わたしにはさっぱりわかりません」ローニャはコーナーベンチに置いていたティッシュを取って洟をふいた。「でもなんというか、パウリーネらしいです。彼女は人が困っていると助けずにいられない性分なんです。タウヌスのマザー・テレサって冗談で呼んでます」

パウリーネとラルフの関係を質問すると、ローニャがしどろもどろになったので、ピアは席を立って、ドアを閉めた。

「ハーゼンミューレはどうなっているの?」ピアはローニャにたずねた。「ヒッピーのコロニーかなにか? みんなでドラッグを吸って、だれかがシタールを演奏し、ラルフおじさんはハイになった弟子をつまみ食いする偉大な師というわけ?」

ローニャは顔を紅潮させた。

「みんな、なんでラルフのことをそう悪くいうんですか?」ローニャはむっとしていった。「なにも悪くないです。行き場を失うと、彼のところに泊めてもらえるんです。ハーゼンミューレではいつもおもしろいことが起きているんです」

「ラルフはパウリーネと関係を持っていたの?」

「ええ、そう思います。でも本気ではなかったです。パウリーネはラルフをなぐさめてたんです」

「なぐさめていた?」ピアはあきれて訊き返した。

「ええ、まあ。ラルフは孤独でしたから」ローニャは肩をすくめた。「パウリーネはやさしい子なんです」

ピアは首を横に振った。パウリーネの本音を知ったら、ラルフ・エーラースは自尊心を傷つけられるだろう。パウリーネは大麻の栽培とは一切関係がなかった。ドラッグを嫌悪していたという。ローニャはすすり泣きながらもピアの質問に素直に答えていたが、エリーアス・レッシングのことが話題になると、急に口が重くなった。

「道を横切るカエルを見つけるとパウリーネはすぐ急ブレーキを踏むんです」ローニャはいっ

た。「きっとエリーアスはそういうカエルなんだと思います」

ピアは話してくれたことに礼をいってから、ソーシャルメディアでの書き込みには注意するよう念を押して、別れを告げた。

ピアが車に戻ると、スマートフォンにメールが着信した。ヘニングがアルトゥール・ベルヤコフの白骨死体に関する解剖所見を送ってきたのだ。赤信号で止まったとき、添付されていたデータをひらいて、内容にざっと目を通し、ヘニングに電話をかけることにした。ヘニングはすぐに出た。

「死戦期ってどういう意味？」ピアはあいさつもなしにたずねた。

「知っているはずだ」ヘニングが棘のある声で答えた。

「死戦期負傷というのは、個人が死に至るとほぼ同時に、つまり死の直前、最中、直後に負傷したことを意味する」ヘニングは医学用語をしろうとにもわかる言葉で言い直した。「遺骨の保存状態は非常によかった。死体が墓に葬られたあと一切動かされなかったからだろう。被害者には複数骨折が認められる。しかし骨の癒合といった骨組織の生体反応は確認できなかった。つまり複数骨折は死亡する直前に生じたことになる。おそらく同時に起きたことではなく、原因が異なる。右手首の骨折と尺骨と橈骨の横骨折、および踵骨と右足首の骨折は高所からの落下を示唆する。こうした骨折は着地の衝撃を防ごうとしたときによく起きる。他方、左右大腿骨のほぼ同一個所の粉砕骨折は車にひかれたことを示唆する」

「車にひかれた？」ピアは頭痛がして、指関節で右のこめかみをもんだ。「じゃあ、事故死？」

「ピア！」ヘニングがいった。「車でひいたのが作為的かどうか、わたしには判断できない」

ピアはしばらくなにもいわず、今聞いたことを頭の中で整理した。アルトゥールが殺害されたのではないとしたらどうだろう。死に方がどういうものだったかで、なにか違いが出るだろうか。

「当時なにが起きたか、わたしの意見が聞きたいか？　あくまで憶測だが」ヘニングがいった。

「ええ、もちろん」ヘニングが推理をするのは珍しいことだ。だが法医学者の視点から事件がどう見えるのか知るのも悪くない。ピアは助手席に置いたリュックサックを開けて、アスピリン錠剤を探した。

「被害者の少年は負傷して、まともに動ける状態ではなかった」ヘニングは咳払いした。「こういう推測を立てるのはわたしらしくないことだが、おそらく少年は道路に出て、助けてもらおうとしたんだ。ところが、ひかれてしまった。なにがさごそやっているんだ？　聞く気はないのか？」

「もちろん聞いてる。頭痛薬を探してるだけ」

「もっと水分を摂取した方がいい」

「わかったわ、パパ」ピアは頭痛薬のケースを見つけて、錠剤を一錠取りだしながら、片方の目で通りを見た。「ちょっと寝不足なの」

「だから仕事選びは慎重にといったじゃないか」ヘニングはそっけなく答えた。ピアは錠剤をそのままのみ込んだ。

「動物の骨はあきらかにウルペス・ウルペスのものだ。アカギツネの学名だよ。骨格の分析を専門家にも見せたが、頸椎骨折で一致した。おそらくそれが死因だ。キツネには他にも肋骨骨折と頭蓋骨骨折が認められた」

オリヴァーが見せてくれた写真がピアの脳裏をよぎった。あれはインカ・ハンゼンがキツネを蹴ったシーンだろうか、それとも、キツネがかみついたので、身を守った瞬間だろうか。ヘニングに礼をいって、ピアは通話を終了させた。もしかしたら真相は思った以上に陳腐なのかもしれない。ローゼマリー・ヘロルトはうっかり少年を車でひいてしまい、少年が息をしていないことに気づいてパニックになり、遺体を隠したのだろう。もしかしたら飲酒運転をしていて、警察に届け出るわけにいかなかったのかもしれない。そもそもアルトゥールは死んでいたのだろうか。両足をひかれただけなら、絶対に死ぬとはかぎらない。だがローゼマリーひとりであの重い墓標板を持ちあげることができるだろうか。夫に連絡して、手伝ってもらったのだろうか。それとも、他のだれかに手伝ってもらったのか。それならどうして死んだキツネまで墓に埋めたのだろう。四十年以上も経っているのに、三人も殺害してその真相を闇に葬ろうとする人間がいる。だれだろう。つじつまが合わない。あるいはまだなにかあるのだろうか。ピアはため息をついた。三件の殺人事件と傷害事件は関連するとみられるが、そうではないのだろうか。憶測と秘密が絡み合って、見通すことが困難だ。どうやったらこのもつれ合った謎を解くことができるだろう。新たな犠牲者を生むようなミスだけは犯すわけにいかない。

＊

なにがどうなっているのかわからない。パウリーネはなぜニケのところに行かなかったんだ。あんなに約束したのに。すくなくとも今朝、短いあいだだったが、ニケと話すことができた。話し方がいつもと違った。よそよそしかった。それになにかおかしい。エリーアスは車でバート・ゾーデンまで行き、犬を連れて、彼女の自宅の前をジョギングした。彼女をひと目見られないかと期待したが、窓辺に立っていたのは知らない女だった。それに彼女の家の進入路にヴィースバーデン・ナンバーの目立たない車が二台止まっていた。サツの車に違いない！ 窓辺の女もサツだった！ 女は通りを見たが、俺に気づかなかった。髪を切り、メガネをかけていたのだから、わからなくて当然だ。とにかくサツは俺がニケのところにあらわれるとにらんでいる。やはり奴らはニケの携帯電話を逆探知している。間違いない！ ニケがサツに協力して、俺をおびきだそうとしていると知って、いったんはがっかりしたが、その気持ちはすぐに消えた。きっとサツと親に無理強いされているんだ。それにしてもわからないのは、パウリーネがなぜ約束どおりに手紙を届けなかったかということだ。iPhoneはどうなったんだろう。サツに届けるといっていた。あんなに信じていたのに。ハーゼンミューレに犬を置いてから、あたりを車で何時間も走らせてパウリーネを捜したが、見つからなかった。彼女は親の家にも、アパートにもいなかった。しかも携帯電話の電源が切られている。

最後の希望はラルフだった。彼はなんでも知っている。ルッペルツハインからシュロスボルンに向けて森を抜け、ウインカーをだして、ハーゼンミューレの方に曲がろうとしたとき、対向車線をパトカーが二台走ってきて、森の道に入っていった。心臓がひっくり返りそうになった。パニックにならないように気を取り直して、アクセルペダルを踏んだ。ハーゼンミューレへ逮捕に向かったのだろうか。ラルフが通報したんだろうか。これからどこへ行ったらいいだろう。残された最後の隠れ家は森林愛好会ハウスだ。フェリツィタスはかんかんに怒っているだろう。当然だ。だが首根っこを引っこ抜くほどのことはしないだろう。話し相手がいて、森にひとりでこもらずにすむのはありがたい。あの女もみじめな奴だ。エリーアスは車で国道八号線をグラースヒュッテン方面に走り、十分後、森林愛好会ハウスに通じる道に辿り着いた。フェリツィタスにどう言い訳するか頭の中で考えた。好きなだけ文句をいわせて、小さくなればいい。いつもうまくいく。やさしい言葉をかければ、熱したフライパンにのせたバターみたいにとろけるに決まってる。ディフェンダーをガレージに入れると、リュックサックをつかんで家に向かった。驚いたことに、玄関ドアが少しあいている。フェリツィタスは二階の浴室から抜けだしたようだ。今になって良心の呵責に苛まれた。予定以上に帰りが遅くなってしまった。

「戻ったよ！」エリーアスは叫んだ。

二階には人の気配がなかった。彼はリュックサックを床に置いて、台所を覗いた。コルクが刺さったままのコルク抜きがキッチンテーブルにのっていた。やはり浴室から出ることができたようだ。良心の呵責がすこし和らいだ。たぶん酔っ払ってベッドにひっくり返っているのだろう。尿意を覚え、浴室のドアを開けて、ズボンのファスナーをひらいた。肘でスイッチを押して身をこわばらせた。一瞬、心臓が止まった。目にしたものを、脳が受けつけなかった。音がした。うめき声だ。自分の口から出たと気づくまで数秒かかった。心臓がドクドクいって、冷や汗が噴きだした。胃酸が食道を這いあがった。

「ちくしょう！」エリーアスは口に手を当て、よろよろと廊下に出た。なんとか家の外に出ると、頭に血が上って、目の前に星が飛ぶまで胃の中のものを吐いた。彼はすすり泣きながら地面に這いつくばり、顔じゅうを涙で濡らした。「フェリツィタスが死んでる！　あんなに大量の血を見るのははじめてだ！　警察は俺が犯人だと決めつけるだろう。間違いない！　森林愛好会ハウスのいたるところに指紋がついている。着ていた服も脱ぎ捨ててある。ここからすぐに消えなくちゃ。だけど、どこへ行ったらいいんだ」

＊

「早く署長室へ行ってください」ピアが署の手荷物検査所に足を踏み入れると、当直の警部がいった。「寄り道はだめだと署長がいってます」

「わかったわ」解錠音がして、ガラス扉が開いた。ピアはまっすぐ階段へ向かった。だがリュックサックの中に入れた封筒のことを思いだし、きびすを返して自分の部屋に入った。机はきれいに片づいていて、カイだけが残っていた。

「やっと戻ったか！」カイがコンピュータから顔を上げた。「うちの天使(エンゲル)がすぐ来るようにいってたぞ……」

「わかってる。今行くところ」ピアは封筒をだして、カイに差しだした。「なにが入っているか知らないんだけど。ルッペルツハインのホームドクターから渡されたの。ちょっと覗いてみて。ただのゴミかもしれないけど、重要なものの可能性もある」

「見てみる」カイはうなずいた。「犯人のプロファイルももうすぐできあがる。それと、ジャンニ・ロンバルディが来ている。きみが戻るのを待ってエーラースを取り調べるといってる」

ピアはうなずくと、急いで廊下に出て、二階に上がった。学校時代に校長に呼びだされたときと同じように、頭の中がまっ白になった。妹と署長の関係は有利に働くどころかその逆で、署長は私的な集まりでも表の顔を崩さず、親しい口を利くことなど決してなかった。ピア自身も望んでいない。それにしても、なんの用だろう。いまだに捜査が暗中模索で、進展がないことを叱責するつもりだろうか。なにを忘れ、見落としただろうか。署長室の控え室の前で、ピアは深呼吸すると、ノックをして中に入った。署長の秘書が通るように手で合図した。エンゲル署長はデスクに向かってすわり、スマートフォンの画面でなにか読んでいたが、ピアが入室するとすぐスマートフォンを置いた。

「ようやく来たのね」署長はいつものように化粧も身だしなみも完璧だったが、目を見れば、昨夜はあまり眠っていないことがわかる。「どうぞすわって。捜査はどうなっている?」

「ええと……」ピアは自分が間抜けな気がした。「今朝また事件が起きました」

「まあ、いいわ」署長は手を横に振った。「警視総監がいるところで報告して」

ピアはため息をつき、親指と人差し指で鼻の付け根をもんでから目を上げた。

「捜査中にこういうことをするのは気がすすまないのよね」署長がいった。「集中が切れるでしょう。でも警視総監が是が非でもというので」

ピアの掌が汗ばみ、頭痛がしてきた。

〝これでおしまいだ。捜査の指揮権を剝奪されて、ケムがオリヴァーの後釜になるのだろう〟

ピアは落ち込んだ。

「なんの話かはわかるわね」署長は淡々といった。「みんな、話題にしている」

「はい」ピアは笑みを作ってみせた。もううんざりだ。頑張ったが、お偉方の眼鏡にかなわなかったのだ。署にはすでにニコラ・エンゲルという女ボスがいる。捜査十一課課長まで女にするいわれはない。それに署長は身びいきをする性格ではなく、ケムに軍配を上げている。ピアはオリヴァーの後任になることにこだわっていなかったが、少しだけ心が動いていた。失望感が広がった。二、三回、捜査十一課の指揮を代行したことがあるのに、こういう結果になるとは。面目丸潰れだ。

「フォン・ボーデンシュタインの休暇中の代行者をだれにするか決裁が下ったわ」署長はいった。「警視総監がじきじきに通達した。あなたに捜査十一課の指揮を任せる。おめでとう」

「えっ？」ピアは署長を見つめた。胸の鼓動が高鳴り、思わず口をあけてしまった。

「わたしはあなたを推挙した。オリヴァーの代わりはあなたが一番いいと思っているからよ。では、事件を解決して。がっかりさせないでね」

「は、はい……もちろんです」ピアは口ごもった。思わぬ展開に泡を食ってしまった。「ありがとうございます」

「礼はいらないわ。あなたは優秀な刑事よ！　当然のことでしょう」署長は微笑んだ。「警視総監をこれ以上待たせてはいけないわ。またあとで」

ピアは放心状態で階段を下りた。

捜査十一課課長。どうしよう。〝あなたは優秀な刑事よ！〟なんだが自分がペテン師のような気がした。自分に務まるだろうか。新しい職務と共にいやおうなく生じる変化に恐れを抱いた。同僚たちははたして上司として受け入れるだろうか。自分にみんなを引っ張るだけの力があるだろうか。

＊

「大丈夫？」

ピアはびっくりして振り返った。カトリーンがトイレから出てきて、心配そうにピアを見ていた。

「顔が真っ青よ」

「ピザをあわてて食べたのがいけなかったみたい」ピアは嘘をついた自分に腹を立てた。警視総監と署長に信頼されたことを喜ぶべきだし、胸を張るべきだ。自分を疑ってどうする！　ケムならシャンパンで祝杯をあげ、すぐに新しい名刺を作らせるだろう。

ピアとカトリーンは待機室に入った。キムが机について、MacBookを覗き込んでいる。ケムとターリクも戻っている。オリヴァーもいて、警視総監と話している。他に警視総監づきの女性広報官と、ピアが養成課程を受けたときの担当官だった白髪で大柄なジャンニ・ロンバルディもいた。彼は有名な取調専門官だ。彼が書いた専門書は基本図書になっていて、警察大学校の講師も務めている。ピアは、カイが資料を広げている机にまっすぐ向かい、そばに来るようにターリクに合図した。

「大丈夫？」ピアはターリクにたずねた。

「ええ、大丈夫です」

「パウリーネのフェイスブックは閉鎖した？」

「はい。正式な要請はせず……」

「やめて！　あなたがやったことが違法なら、わたしは知らない方がいい」ピアはそれからカイの方を向いた。「犯人のプロファイルを報告してもらいたいんだけど」

「オーケー」カイはうなずいた。

「封筒の中身はなんだった？」ピアがたずねた。

「古いカルテだった。どういうことだろう？」

「わたしにもわからないわ」ピアはボスの方を見た。

ピアはバゼドウ医師とローニャ・カプタイナから聞いた話をなんとしてもオリヴァーに伝えたいと思った。ラルフ・エーラースは取調室にいる。アルトゥール・ベルヤコフの暫定（ざんてい）的な解剖所見についても検討する必要があるし、これからの戦術について部下に説明しなければならない。「ここでの会議を早くすませる。捜査十一課のみんなとクリスティアンとキムとロンバルディには二階の会議室に集まってもらう」

「わかった、ボス」

ピアはびくっとしてカイに鋭い視線を向けた。もうみんな知っていることなのだろうか。だが、とくに深い意味はないのか、カイはすぐにまた古いカルテにかがみ込んだ。ピアはスマートフォンをチェックしてからオリヴァーのところへ行き、ジャンニ・ロンバルディにあいさつし、ぶすっとしている署の広報官シュテファン・シュミカラに会釈した。シュテファンはここ数日、電話が鳴り止まず、疲れ切っていた。

「会えてうれしいよ、ザンダー首席警部」警視総監が彼女に手を差しだした。褐色の鋭い目つき、しっかりと握手してきた警視総監の手は乾いていた。「記者会見の仕方について話していた。ヴィースバーデンの警察本部でやるのがいいと思っている。設備が整っているし、準備も支障がない、そうだね、フェルカーくん?」

「もちろんです」女性広報官がそういった。シュミカラがぶすっとしているのはこのせいか、とピアは思った。

「ありがとうございます」ピアは答えた。「しかし記者会見は、ルッペルツハインのシェーンヴィーゼンホールでやろうと思っています。一般にも公開します」

そのときピアは、オリヴァーと目が合い、ボスも同意見であることがわかった。

「どうでしょうか?」フェルカー広報官は懐疑的だった。「村は今、大騒ぎのはずですよ」

「だからです」そういって、ピアはオリヴァーを見た。

「いいと思う」オリヴァーは答えた。「パウリーネ・ライヒェンバッハが襲われたことで、これまで以上に住民の協力が欠かせない。それにルッペルツハインの住民に警告する必要もある。

犯人はルッペルツハイン在住の可能性が高く、地元と密接な関係を持っている」

「また四十二年前の事件のこと？」エンゲル署長が話し合いに加わって、懐疑的に思っていることを隠そうともしなかった。「起きたばかりの三件の殺人事件と一件の傷害事件を解明することが急務なんだけど」

ピアはボスを見た。いらついている。ボスが口を開けて答えようとしたので、ピアはボスの腕に触れた。

「犯人の動機がアルトゥール・ベルヤコフの死と関係がある可能性は高いと思います」ピアはいった。「今のところ証拠はありません。法医学研究所と科学捜査研究所からの検査結果待ちです。住民はその関係に気づかないか、間違った仲間意識から犯人を守ろうとして口をつぐんでいると思われます。ルッペルツハインでの記者会見でそのことを住民にわからせるのです。今のところ村はショック状態です。幼稚園は休園し、レストランも閉店しています。みんな、不安を覚えているはずで、それを利用しない手はないです」

「正体が明かされるのを恐れて、犯人がまた犯行に及んだらどうするの？」エンゲル署長は納得していなかった。「その責任は取れるの、ザンダー？」

「とっくに犯行に及んでいるじゃないか」オリヴァーがピアの代わりに答えた。「五日で三人が殺され、ひとりが半死半生の目にあっている。これを他になんと呼ぶんだ？」

だれも発言しなかった。全員が席についた。沈黙を破ったのは警視総監だった。ピアに捜査の現状を報告するように求めた。

「現状は次のとおりです」ピアは説明をはじめた。「今朝、重傷を負ったパウリーネ・ライヒェンバッハがルッペルツハインから少し離れた放牧地で発見されました。手術は成功しましたが、目下のところ、人工的昏睡状態になっていて、予断を許しません。パウリーネ・ライヒェンバッハは自然保護協会がすすめているヤマネコ＝プロジェクトのボランティアで、木曜日に彼女からトレイルカメラに映った人物を見せてもらいました。キャンピングトレーラー放火事件後、森の中を歩きまわったこの人物はルッペルツハイン出身のエリーアス・レッシング、十九歳でした。彼のことは目下捜索中です。パウリーネ・ライヒェンバッハもルッペルツハイン出身で、凶器であるバールの発見により緊急逮捕したラルフ・エーラースが代父です。なおバールからは彼の指紋が検出されています。取り調べは今日じゅうにおこないます」

ピアは自分をじっと見つめる面々を見た。だれも質問しなかった。

「エーラースの指紋が証拠になるかどうかにはまだ疑問の余地がありますが、勾留する充分な根拠になります。ローゼマリー・ヘロルト殺人事件では、現場近くでエトガル・ヘロルトのマフラーが見つかっています。クレメンス・ヘロルトはハンマーで殴打されていますが、このハンマーもエトガル・ヘロルトのものであることがわかっています。またキャンピングトレーラーに放火するのに利用したガスボンベはエトガル・ヘロルトかラルフ・エーラースが所有していたものである可能性があります」

「だれかが捜査を攪乱しようとしているのでは？」警視総監がたずねた。

「その可能性はあります。その点からも、犯人が計算高いことがわかるでしょう。犯人はエトガル・ヘロルトの敷地や工房、あるいはラルフ・エーラースの住居にたやすく入り込める人物でしょう。しかも顔が知られているから、目立たない。エトガル・ヘロルト自身は被疑者のリストから消えています。彼には一応のアリバイがあるからです」

「明日もそんなに詳しく発表するのですか?」女性広報官が気がかりだというようにたずねた。

「もちろん捜査の戦術上さしつかえのないことしか発表しません」ピアはてきぱきと答えた。「しかし住民に協力を求めるなら、数人の氏名と住所に言及するほかないでしょう。いずれにせよそれぞれの事件における犯人プロファイルは公表します。カイ・オスターマン、ターリク・オマリ、キム・フライタークの三人が作成にあたっています。カイ、報告をお願い」

カイはうなずいてノートパソコンをひらいた。

「わたしたちはまず犯罪学的観点から検討しました。その際、一九七二年の事件簿に目を通し、アルトゥール・ベルヤコフ事件も考慮しました。個々の犯行過程を分析しましたが、性的あるいはサディスティックな要素は認められませんでした」

ピアの目がキムの目と合った。妹はピアに目配せをした。ピアはニヤッとした。エンゲル署長はピアの人事についてキムに話していたようだ。

「どんな犯罪にも起因と動機があります」カイは話をつづけた。「最初の三人が殺されることになったのがローゼマリー・ヘロルトの言動に起因することは確実でしょう。動機を特定するのは少し難しいです。アルトゥール・ベルヤコフの死について犯人はなぜ知られたくないのかという疑問がまずあります。知られることによって、犯人が失うものはなんなのか?」

「しかし今回の一連の殺人事件がアルトゥール・ベルヤコフと関係ない可能性もあるでしょう」署長は異議を唱えた。「四十二年前に起きたことを隠すために、三人も殺すなんて」

「殺人罪に時効がないことを知っているからです」カイが答えた。「ですからアルトゥールが殺害され、ローゼマリー・ヘロルトがそのことを知っていたか、その死に関わっていたことを前提にしています。死を目前にして、ローゼマリー・ヘロルトは司祭にそのことを明かしました。犯人を知った司祭はその人物と話をしたのでしょう。そのため犯人は危機感を覚え、口封じするほかなくなったのです。パウリーネ・ライヒェンバッハはエリーアス・レッシングからなにか聞いて、犯人に襲われた可能性がありますが、まだわかりません」

「あなたのいうとおりだとして、どうしてキャンピングトレーラーに放火したのかしら?」署長はたずねた。

「ローゼマリー・ヘロルトがなにか証拠を持っていると思ったのでしょう。日記かなにか」

「すると、クレメンス・ヘロルトはたまたま犠牲者になったということ?」

「いいえ。彼も秘密を知っていたかもしれません。おそらくマウラー司祭と同じミスを犯して、犯人に話しかけてしまったのでしょう」

「ところで司祭ですが」キムが発言した。「犯人がやり方を変えた理由についても検討しました。犯人が自殺に見せかけたのは、マフラーやガスボンベの場合と同じで、捜査の攪乱を狙ったものだという結論に達しました。ですからわたしたちがまんまとだまされ、自殺だと思っているように見せかけた方がいいでしょう」

「犯人の行動には憎悪や嫉妬といった感情も見られません」カイはいった。「犯人は知的で、合理的に行動し、計算高いです。手口は毎回異なりますが、常に緻密(ちみつ)に計画し、偶然には一切頼っていません。必要なものを準備し、地の利を活かしています。たとえばローゼマリー・ヘロルトの場合、絞殺というもっとも目につかない方法を選んでいます。犯人が被害者を個人的に知っていたとはかぎりませんが、人目につきたくないと思っていたことは確実です。犯人はその場にあったものを凶器にしていません。つまり複雑な計画を練り、実行する力があるということです。しかも予想外の出来事に対応する柔軟性もあります。また捜査を攪乱するため凶器をわざと事件現場付近に置いていきながら、DNAの痕跡は残していません。犯人には一切のためらいがなく、暴力をふるうこともいといません。極めて危険な人物です」

「その情報でどうやって犯人を絞り込めるの?」署長がたずねた。「あなたたちのプロファイルに該当する人は数百人になるわよ」

オリヴァーのiPhoneが鳴った。画面をちらっと見て、部屋から出た。

「そうでもないです」カイが答えた。「女性が排除できます。犯人のプロファイルは男性ですので。女性の殺し方は男性と違います。たとえ力のある女性でも、司祭が首を吊ったように見せかけるのは無理です。それから一九七二年の時点で十歳以下の人も除外できます。また犯人の現在の年齢は七十歳以上ではないでしょう。高齢者ではキャンピングトレーラーにあのような形で放火するのは困難だと思われます。それに犯人はルッペルツハイン在住のはずです」

「なぜだね?」警視総監がたずねた。

「土地勘があるからです。ルッペルツハインを自由に歩きまわれるのは、みんなと顔見知りで、目立たないからです。ケルクハイム、ケーニヒシュタイン、グラースヒュッテンの住民登録データを調べ、五十代はじめから七十代はじめの男性で、一九七二年に周辺に住んでいた人物を抽出しています。そのあと今言及した条件で絞り込みます」

「ふうむ」ピアは眉間にしわを寄せた。「だけど、犯人に別の動機があるかもしれないわね。守りたいのが自分ではなく、親の評判とか家族を守ることにあったら、犯人は想定より若いかもしれない」

「ええ、そうですね」カイも認めた。「その点も考慮しました。共犯者がいる可能性も否定できません。別のだれかが立てた計画を代行するだれかがいる場合です」

「そうなると犯人の可能性がある人物がたくさん出てくるわね」署長がいった。「それじゃ一歩も先にすすめないでしょう」

「わたしが書いた『人間は怪物』の一節を引用したいですね」キムは微笑んだ。「プロファイルは信憑性(しんぴょうせい)の高い推測を出ない。階段の手すりくらいにはなるが、玄関の鍵にはならない」

*

「カロリーネから電話があった」オリヴァーは待機室のドアの前でいった。「アルトゥールの姉ヴァレンティナ・ベルヤコフを見つけたそうだ。インターネットに感謝だな。ニューヨークの国連本部で通訳をしている。アルトゥールの遺体が発見されたと聞いて、一番早い便でフランクフルトに飛ぶそうだ」

警視総監はピアに昇進祝いの言葉を述べ、捜査に必要な支援はなんでもするといって帰っていった。ピアはなかなか集中できなかった。捜査十一課課長！　今後すべての事件に責任を持つことになる。オリヴァーに相談することもできない。やれるだろうか。そもそもそうしたいのだろうか。

「おい、どうしたんだい？」エンゲル署長がいなくなると、カイがたずねた。「警視総監がやさしくなかったか？」

「そんなことはないわ」ピアは心ここにあらずという様子で微笑んだ。「さっきのプロファイル、とてもよかった。いい仕事だったわ」

「ありがとう」カイはわざとクールに肩をすくめた。誉められるのが苦手なのだ。

「他になにか？」

「エリーアス・レッシングとパウリーネ・ライヒェンバッハの車を懸命に捜索している」カイは二階に向かいながらピアに報告した。「ルッペルツハインの周辺に検問所を設けている。今のところ検問を通らずに村に出入りすることはできない」

ふたりは捜査十一課がある二階に上がって、会議室の机を囲んだ。今のところ村民への聞き込みにこれといった成果はない。夜中になにか見聞きした者はひとりもいなかった。だがひとつだけはっきりしたことがある。パウリーネ・ライヒェンバッハは別の場所で襲われ、馬場に置き去りにされたのだ。ピアはバゼドウ医師、バンディ・アローラ、ローニャ・カプタイナと話して得た情報を報告した。

「ロンバルディとわたしは、これからラルフ・エーラースを取り調べる」ピアはいった。「カトリーン、ケム、あなたたちは傷害保険協会病院へ行き、パウリーネ・ライヒェンバッハを個室に移し、常時警護するよう手配して。親と医師と看護師以外だれも彼女の病室に入れないように。まだ生きていると犯人に知られたら、危険が及ぶ恐れがある。ターリク、カイ、あなたたちはバゼドウ医師からもらったカルテに目を通し、キムといっしょに犯人プロファイルの作成をつづけて。シュテファン、あなたは明日の記者会見の準備をお願い。必要な情報はカイからもらって。ボスはもう一度ルッペルツハインに行ってくれますか」

全員がうなずいて解散した。

「ヘニングの所見は読みました？」ピアはボスにたずねた。「先にボスとわたしに送ってもらったんです」

「ああ」オリヴァーの顔に暗い影がさした。「もっとはっきりすると期待したが、やはりこれだけ歳月が経っていては不可能だった。むしろ謎が増えた」

「アルトゥールがどこかから落下した事実。彼の遺体が死んだキツネといっしょに埋葬されたこと。それ以外はすべて、想像の域を出ません。正確な死亡時刻も、彼が行方不明になった日もはっきりしていないんです」

「一九七二年八月十七日になにが起きたのかどうやって突き止めたらいいんだ？」オリヴァーが顔をしかめた。「あの過去がすべての鍵だ」

「ボスの旧友の取り調べをしましょう。ひどいやり方だとは思いますが、パウリーネへの暴行があの事件と関係しているとわかれば、ライヒェンバッハは協力すると思います」

「わかった」オリヴァーはうなずいた。「わたしが取り調べをすればいいのか？」

「ええ。インカ・ハンゼンからはじめてください。そしてレオナルド・ケラーが重要です。ロンバルディとわたしはラルフ・エーラースを締めあげます」

「ペーター・レッシングは？」オリヴァーがたずねた。

「ロンバルディに任せましょう」ピアはいった。「レナーテ・バゼドウから聞いたレッシング家の情報に従えば、彼にも嫌疑がかかります」

「なぜだ？」

「プロファイルを考えてください。犯人は知性があり、躊躇がないです。ルッペルツハインで目立ちません。ペーター・レッシングはスポーツマンで、体を鍛えています。人を押さえ込むのは造作もないでしょう。彼は時間が自由になるので、だれにも怪しまれず、この周辺を車で走りまわれます。小さい頃から傍若無人で、他の子に守秘と連帯を強いていました。彼は子どものとき動物を虐待し、殺しています。それは暴力犯罪に発展するもっとも重要な徴候のひとつです。もっと聞きたいですか？」

「アルトゥールが行方不明になったとき、ペーターは十一だった」

「ええ、そこですよ、悩ましいのは。でもペーター・レッシングとエトガル・ヘロルトが共謀し、エトガルの母親が息子を守るためにアルトゥールの骸（むくろ）を隠した可能性があります。レッシングはそれで得をし、今は真相が明らかになるのを阻止しようとしている」

「そしてエトガルを被疑者に仕立てようとしたというのか？」オリヴァーは首を横に振った。

「いいや、ペーターが犯人とは思えない。それでも当時なにがあったか知っているのは確かだろう。他の連中も」

＊

パウリーネ・ライヒェンバッハが襲われたというニュースはルッペルツハインで野火のように広がった。村じゅうが騒然となった。規制線で囲まれた現場の前にぬいぐるみや花が捧げられ、若い人たちがロウソクをともした。年配の住民もヴィーゼン通りにやってきた。数人で固まったり、ひとりでたたずみ、暗然としたり、呆然としたりしている。正確なことはだれも知らない。しかし、パウリーネが瀕死の状態であることは知っていた。悪がクモの巣のように村を包んでいた。これまでどんなひどいことが起きても無関心だった人々の心に猜疑心と不安という毒がまわったのだ。噂が飛び交い、さまざまな憶測が口の端に上った。殺人者がよそ者だと考える者はほとんどいなかった。つまり住民のだれかが犯人なのだ。そのせいで空気が変わった。互いに敵意をあらわにし、ちょっと火花が散るだけで、状況は取り返しのつかないほどエスカレートしそうだ。

ドイツじゅうのマスメディアがタウヌスの村に殺到した。ぐずぐずしていると、すぐにマイクを向けられる。関心の中心に置かれたことに、多くの村人が沸き立った。そしてパウリーネ・ライヒェンバッハがルッペルツハインでどんなに愛されていたか、明日の新聞やインターネットで読むことになるだろう。そのじつ、質問された人の九割はそれまで名前も知らなかったはずだ。新聞記者たちは自分の記事に引用できるコメントを求め、うまい見出しがつけられればそれでいいのだ。

いまだにルッペルツハイン村の住民に聞き込みをしている警官たちの姿があった。通りという通りを歩き、片っ端からベルを鳴らした。一軒たりとも遺漏なく。

オリヴァーはいろいろ考え込んでいて、どうやってホーフハイムからルッペルツハインへ来たか思いだせなかった。馬専門クリニックへ向かう途中、通りかかった自宅が自分の家のように思えなかった。奇妙なことに、いつもより激しく心がふたつに引き裂かれるのを感じた。一方では警官だ。私情をまじえず、冷静に観察し、情報と事実のピースを集めてパズルを解く。その一方でオリヴァー・フォン・ボーデンシュタインというひとりの人間でもある。情にほだされ、怒りにふるえ、自分がしなければならないことが必要なこと、正しいことなのか疑っている。普段ならこのふたつの顔を難なく使いこなせるのだが、今回は異なるふたつの人格のように背を向け合ってしまった。ジモーネとローマン・ライヒェンバッハの苦しみになんの感慨も覚えないのはなぜだろう。どうしてこんなに人ごとに思えるのだろう。内心ではどうでもいいと思っている。そのとき自分が最愛の人を失うこともあると気づき、激しいショックを受けた。毒ガスのように彼の中でぶくぶく浮かんでくるこのあさましい感情をどう呼んだらいいか考えた。邪心、優越感？　いや、それでは足りない……いい気味だと思っているのだろうか。

オリヴァーは右折して細いアスファルトの道に曲がった。道は庭や馬の放牧地のあいだを抜けて馬専門クリニックのある谷に通じている。村を覆う空気とは対照的にここは活況を呈していた。四本脚の患者とその所有者があちこちから集まってくるからだ。村で起きていることは話題になるだろう。だがそれで二の足を踏む人はいないようだ。ここではこれまでどおり人生がつづいている。

オリヴァーはインカの家の前の通りに車を止めた。この数年よく駐車したところだ。事務棟の前を通って中庭に入った。馬が順に診察を受けている。駐車場にはスロープを下ろした馬運車やトレーラーをつないだ車が止まっている。馬のオーナーたちは三々五々、馬の診察を待っている。

オリヴァーはインカがいるかたずねた。ところが、だれもクリニックでインカを見ていないという。四輪駆動車は彼女がよく使う勝手口の前に止まっていた。荷室のハッチが開いている。ドアも開いている。ちょうど車に辿り着いたとき、インカがキッチンから出てきた。両手に旅行カバンを提げている。

「やあ、インカ」オリヴァーはいった。

インカはオリヴァーを見るなり、はっとして旅行カバンを下ろしたが、すぐに拾い上げて車に積んだ。

「なにしに来たの?」インカはあきらかにオリヴァーの訪問を喜んでいなかった。オリヴァーも歓迎されるとは思っていなかった。ふたりの関係は終わりを告げ、誤解にもとづいていたもろい友情も壊れてしまった。オリヴァーは大きくひらかれた勝手口に視線を向けた。トランク二個と折り畳み式コンテナーがいくつもキッチンテーブルの横にあった。

「旅行か？」オリヴァーがたずねた。

「獣医学会の国際会議……ウィーン」インカは神経質に微笑んだ。「急いでるの。なにか用？」

オリヴァーは、インカの顔色が悪いことに気づいた。目にあせりの色がにじんでいる。インカは会議に出席するわけじゃない。逃げるつもりだ。

「訊きたいことがある」

「今？　ただでも出発が遅れているんだけど」

「おしゃべりをしに来たわけじゃない。警官として来たんだ。時間はかからない。なんなら刑事警察署に同行してもらってもいいが」

「どうしてもというなら」インカはトランクをひとつ車に引きずっていった。体をこわばらせて、身構えている。「質問して」

どうやってはじめたらいいのだろう。〈メルリン〉で旧友に会った理由をたずねるか。だめだ。それではオーナーに迷惑がかかる。オリヴァーはまどろっこしいことはやめることにした。

「昨日の早朝、森で遺骨が発見された。検査の結果、アルトゥール・ベルヤコフの遺体だと判明した。彼を覚えているよね。彼は……」

「いい加減にして」インカが口をはさんだ。「ジモーネとローマンの娘が生死の境を彷徨(さまよ)っているんでしょ。そして三人も殺されているのよ！　昔の話なんかよりそっちの方が大事なんじゃないの」

インカは家に戻ろうとしたが、オリヴァーは立ちはだかった。

「自分のしていることはわかっている。アルトゥールを殺して埋めただれかが、ロージーたち三人を殺害したとにらんでいる。おそらくパウリーネを殺そうとしたのもそいつだ」

インカは顔面蒼白になって、唇を引き結んだ。

「わたしになんの関係があるの？　わたしには関わりのないことよ。なにも知らない」

インカはオリヴァーを押しのけ、折り畳み式コンテナーのひとつをつかんだ。折り畳み式コンテナーの中身がオリヴァーの目にとまった。額に入った写真、書籍、新聞紙にくるんだ什器。会議で使うものとは思えない。

「アルトゥールの遺骨が森の中の古い墓地で見つかった。キツネのマクシがいっしょに横たわっていた。マクシのことは覚えているよな？」

インカが一瞬身をこわばらせた。

「マクシも、アルトゥールが行方不明になった日にいなくなった。心配で頭がおかしくなりそうだった。アルトゥールは一九七二年八月十七日の夜、わたしと別れたあと帰宅しなかった。わたしは彼のことを気にかけると彼の両親に約束したんだ。彼になにかあったのは自分の責任だと今までずっと自分を責めてきた。わたしの責任！　彼をひとりで帰すべきじゃなかった！」

インカは車の荷室に折り畳み式コンテナーをぞんざいに積み込んだ。

「わたしのことは放っておいて！」インカがどなった。

インカの目には憎しみが宿っていた。だがそこには驚愕と不安もあった。人生を蝕んできたデーモンと向き合うときが来たのだ。インカはそう自覚していた。

「なにから逃げようとしているんだ?」オリヴァーはたずねた。「学会に出るための荷物には見えないな。引っ越しのようだ。きみは馬専門クリニックと家を共同経営者のミヒャとゲオルクに売って、ここから姿を消すつもりだな。なぜだ?」

「あなたには関係ないでしょ」

ふたりはにらみあい、インカが目を伏せた。

「当時なにがあったんだ?」オリヴァーは詰め寄った。「インカ、きみは知っている。そうだな?」

「ほっといて!」インカは泣きそうな声で彼にいった。「わたしの人生からいなくなって!」

「そうはいかない。これは殺人事件だ。金曜日の夜、ジモーネやローマンたちと〈メルリン〉で会ったのはなぜだ? なにを話し合ったんだ? きみたちはなにをしたんだ?」

「なんなのよ」インカは彼を見ずにささやいた。「わたしがどれだけ苦しんだかわかる? 四十年以上、すべてを忘れようと、なにもなかったふりをしてきた。そうでもしなければ耐えられなかったからよ」

オリヴァーは一瞬絶句した。こめかみの血管がドクドクいって、ろくに考えることもできなかった。

「きみが苦しんだ?」オリヴァーはあきれて訊き返した。「きみが? どういうことだ?」

「あなたには……わからないことよ」インカは目をそらした。

インカがマクシを蹴飛ばしている写真が脳裏をよぎった。嫉妬? それとも羨望?

「ああ、本当にわからない」オリヴァーは苦々しく答えた。インカとふたりでいっしょに体験したことがすべて、みじめったらしい彼女の言葉で灰燼に帰した。付き合っているあいだも、彼女は恐ろしい真相を知りつつ、口をつぐんでいたのだ。オリヴァーは深く傷ついた。

「わたし……もう行かないと」インカは口ごもった。またしても逃げるのだ。都合が悪くなると、いつも逃げだす。オリヴァーは運転席のドアを開けて、キーを抜いた。

「どこにも行かせない」心の中に嵐が吹き荒れていたが、オリヴァーはできるだけ静かにいった。「一九七二年八月十七日のアルトゥール・ベルヤコフ殺害に関わった疑いで緊急逮捕する」

「なんですって？」インカは目を丸くした。

「きみには黙秘権と弁護士を呼ぶ権利がある。自分の不利になることはいう必要がない」

「本気でいってるの？」声を押し殺し、目つきは追い詰められた動物のようだった。

「もちろんだ」オリヴァーは冷たくいい放った。かつて彼女に対して抱いた好ましい感情がことごとく消え去った。若い頃に憧れの的だった美しいインカの面影はなかった。五十代半ばのがりがりにやせた女。やつれた顔、疲れた目。見知らぬ女。嘘で塗り固められた女だ。本音を決して見せず、嘘をつきとおした女。すべてをのみ込む怒りの業火がオリヴァーの中で燃えさかった。

節度をなくし、後悔するような言動をしてしまう前に、オリヴァーは背を向けて少し離れた。インカはドアの前にしゃがんで、ヒステリックにすすり泣いた。それでもオリヴァーの心は揺れなかった。指がひどくふるえ、iPhoneのパスコードを打ち込む動作を三度もやり直した。

「オリヴァー、どうしたの？」ピアの声が耳に入った。「インカ・ハンゼンには会えたの？」

「ああ。今会っている。インカ・ハンゼンの逮捕状がいる。アルトゥール・ベルヤコフ殺害の共犯だ。パトカーを馬専門クリニックによこしてくれ。わたしは他にも行くところがある」

声を途切れさせて、話すのをやめた。〝すまない、アルトゥール。守ってやれなくてごめん。だがきみの命を奪った奴を見つけて、報いを受けさせてやる〟

＊

「ボスが前の彼女を緊急逮捕した？」ケムが啞然として首を横に振った。「頭は大丈夫か」

「大丈夫よ！」ピアは言い返した。

「捜査からはずした方が、ボスのためだ。どつぼにはまってる」

「たしかに猫の手も借りたい状況だものね」その点はケムのいうとおりだと思いつつ、ピアは答えた。ボスのことが心配だった。数年前、父親の親友が射殺され、自分の家族が犯人の標的になったときでも、これほどかんしゃくを起こさなかった。

ピアは刑事に復帰してオリヴァーとはじめて組んだときからインカ・ハンゼンを知っている。あのときは、彼女の共同経営者である獣医の妻が殺害された。ピアは彼女に親しみを感じたことが一度もなかった。インカは変な人だ。打ち解けず、人を寄せつけないところがあり、本心を見せない。ボスが彼女のなににひかれたのか、ピアには正直わからなかった。それにしても、いったいなにがあったんだろう。インカがアルトゥール・ベルヤコフ殺害に関わったとみなすなんて。

「逮捕状を取るようカイにいっておく」ケムは病院から戻ってきたばかりだった。パウリーネの容体に変化はなかった。警護に都合のよい病室へ彼女を移し、警官をひとりドアの前に二十四時間態勢で張りつかせた。

「ありがとう」

オリヴァーから電話がかかってきたとき、ピアはラルフ・エーラースの取り調べを終えたところだった。パウリーネ・ライヒェンバッハの代父であるラルフは、はじめのうち弁護士の同席を求めず、協力的だったが、突然、態度を豹変させた。女性弁護士が急遽呼ばれたが、ジャンニ・ロンバルディを見て観念した。依頼人をしゃべらすことにかけては右に出るものがいないと弁護士たちのあいだで有名なのだ。取り調べは明日に延期され、ラルフは留置場で一夜を過ごすことになった。明日、勾留するのにバールから検出された彼の指紋で充分かどうか捜査判事が判断することになっている。

待機室へ向かう途中、ピアは飲みものの自動販売機の前で足を止め、コカ・コーラ・ゼロを選んだ。ジャンニ・ロンバルディはスプライトにした。小さな取調室の息苦しい空気のせいで喉が渇いた。

「彼はパウリーネの殺害未遂と無関係だといっていますが、信じますか？」ピアは取調専門官にたずねた。「見たところ、本当にショックを受けているようですし、血縁ではないものの、被害者の代父です」

「彼は旧友の娘と性的関係を持った」ロンバルディがいった。「ふたりとも成人だから法的には問題ないが、道徳的にはかなりまずいだろう。だがそのようなことはどうでもいい。彼は正義や法を歯牙にもかけない人物だ。相手の目を見ながら平気で嘘をつく。だから犬を心配していることを除けば、今のところなにも信じられない」

「だとしたらパウリーネを殺そうとした理由は？　もしなにか隠す必要があるのなら、唾液のサンプル採取にあんなに協力的ではなかったのでは？」

「エーラースは直情的だ」ロンバルディはスプライトを飲み干して、自動販売機の横の空き瓶ケースに入れた。「自分の思いどおりになるかぎりは、人なつこく、やさしい。しかしだれかが反抗したら最後、激高する。とくに酒を飲んだとき。最初の妻はうまく逃げだしたが、ふたり目の妻はひどくなぐられて、何度も病院で治療を受けている」

「しかし訴えはだしませんでした」ピアはそれを残念に思いながらうなずいた。家庭内暴力に走る夫を訴える女性はめったにいない。身を守る勇気がでないまま命を落とす女性もすくなくない。

「パウリーネは彼の頭に血がのぼるようなことをしたのかもしれない」ロンバルディは考えをめぐらした。「あいつはかっとして、バールで彼女の頭をなぐった」

「切れやすい人間のしそうなことですね。しかし、どうして凶器をそばに残していったんでしょう？　バールを持ち去って、草むらにでも投げ捨ててもよさそうなのに。そこがわからないです」

「そうだな。彼の論理では、あれは犯罪ではなく、気晴らし程度のことだったのだろう。大麻の不法栽培、麻薬密売、傷害、詐欺。根拠や弁解を自分なりに見つける。エーラースは、自由を剝奪される危険を察知するくらいには利口だが、分別がなく、後悔することもない」ロンバルディは肩をすくめた。

ピアは頭の中でもう一度取り調べを反芻した。突然、オリヴァーの推理を疑う気持ちが霧散し、トンネルの向こうに光を見た気がした。ただの可能性に信憑性が増した。

「ラルフ・エーラースはパウリーネ殺人未遂と関係ないですね」ピアは興奮していたが、平静を装いながらいった。「だから弁護士を呼ばなかったんです！　アリバイはないけれど、自分が無実だとわかっていたんです。考えてみてください。彼が弁護士を要求したのは、あなたがなにを質問したときか」

ロンバルディは目を細めてピアを見つめ、うなずいた。

「たしかに」ロンバルディは納得して微笑んだ。「アルトゥール・ベルヤコフのことをたずねたとき、彼ははじめて不安そうな表情を見せた。どういうわけだ？」

捜査に直接関わらない外部の専門家を被疑者の取り調べに呼ぶことはめずらしいことではない。ロンバルディはオリヴァーから質問項目のリストをもらい、知っておいた方がいい背景の説明を受けていた。

「オリヴァーの読みが当たっていました」ピアはiPhoneをだした。すぐボスに連絡を取る必要がある。「当時、子どもの結社があったんです。オリヴァーも入っていました。アルトゥールの一家がルッペルツハインに来たとき、オリヴァーはその子と仲良くし、他の子たちが嫉妬しました。他の子たちはアルトゥールを仲間はずれにしました。相当憎んでいたようです。ボスは、その子たちがアルトゥール行方不明事件に関係しているとにらんでいますが、わたしは懐疑的でした。子どもたちは当時十一、二歳でしたから」

「ジョン・ヴェナブレスとロバート・トンプソンは一九九三年、ジェイムズ・バルガーを誘拐し、拷問して殺したとき十歳だった」ロンバルディがいった。「そしてドイツでも、子どもが子どもを殺す事件があとを絶たない」

そうだ！　子どもたちはアルトゥールとキツネに嫉妬し、親が自分の子どもを守るためアルトゥールとキツネの遺体を埋めた！　ところがローゼマリー・ヘロルトが悔い改めて、そのことを司祭に明かしたため、今回の一連の事件が起きたのだ。殺人に時効がないからだ。もちろん犯人が子どもたちであれば、刑事責任は問われないから、大人になった今でも裁かれることはない。だが確実にメディアの恰好の標的になる。報道されれば、評判はがた落ちし、自分の人生も家族も崩壊する。一連の殺人と殺人未遂の動機はオリヴァーがいっていたように、四十二年前の犯罪行為を隠すことだ。

「これからどうする？」ロンバルディがたずねた。

「全員に出頭要請します」ピアは答えた。「だれかが口を割るでしょう。そうすれば、全員が白状します」

＊

もうどこへ行ったらいいのかわからない。ルッペルツハインに通じる道には警察の検問が設けられていた。だからディフェンダーはラントグラーベン駐車場に止め、暗くなるのを待って、徒歩で移動した。ニケのところへ行くことはできない。フェリツィタスは死んでいた。ハーゼンミューレの水車小屋ではサツが罠を張っていた。パウリーネにもなにかあったらしい。ラジオでいっていた。彼はバゼドウ医師を訪ねようと思った。だがフェリツィタスは彼を匿っただけで、犯人に殺されたわけだから、医師を危険にさらすことになるかもしれない。父親のことは憎くてしかたなかったが、自分を助けられるのは父親しかいない。玄関のベルを鳴らすのはやめた。防犯カメラのモニターで彼に気づき、すぐに警察を呼ぶかもしれない。別の抜け道がある。そこからならこっそり庭に入り、家に辿り着ける。二、三分後、コイのいる池の奥のやぶをくぐりぬけた。運がいい！　姉がテラスにすわって、タバコを吸っている。スマートフォンを見つめていて、あたりを気にしていない。

「レティツィア？」母親の声だ。「紅茶をいれたわよ」

エリーアスはしげみの中にかがみ込んだ。ベルトに挿した拳銃のグリップがあばら骨に当たった。

母親がテラスに出てきた。ここからは迅速にやらなくては。意を決して立ちあがり、芝生を横切った。

「エリーアス！」母親は幽霊でも見るような目で彼を見つめた。

「やあ」そういうと、彼は立ち止まった。汗が噴きだし、体じゅうがふるえ、掌がぬれていた。

「なんの用？」レティツィアは敵意をむきだしにしてたずねた。「あんたは勘当されているのよ。警察が捜してる。ここに来て、あんたのことを訊いていったわよ」

「パウリーネになにがあった?」エリーアスはたずねた。緊張しすぎて声がざらついていた。

母親とレティツィアは顔を見合わせた。

「昏睡状態よ」レティツィアが答えた。「殺されそうになるなんてね。ろくでなしと関わるのがいけないのよ」

レティツィアは肩をすくめ、舌打ちした。

さまざまな考えが脳内を駆けめぐった。パウリーネはiPhoneを持っていた。手紙も持っていた。手紙にはニケの住所が書いてある!

「警察を呼んだ方がいいわ」レティツィアが母親にいうのが聞こえた。彼女はスマートフォンを持ちあげた。

エリーアスは腹が立って頭がくらくらした。こいつらに苦しめられ、突き放され、駆り立てられてきた。人生を台無しにされたのだ。エリーアスは姉の方に足を一歩だし、スマートフォンを姉の手から払った。スマートフォンはバシャッと音をたてて池に落ちた。

「なにするのよ」レティツィアはかっとして弟の胸をついた。目がガラスか氷のようだ。

「エリーアス、お願い。出ていって!」母親が口をはさんだ。心配そうな声だった。「お金がいるなら、あげるから」

「金なんているもんか」エリーアスはレティツィアから目をそむけることなく叫んだ。

「お願い。エリーアス。あなたのお姉さんには手をださないで。さ……さもないと警察を呼ぶ。

でもそんなことはしたくない」

「姉には手をだすなってのか？」エリーアスは信じられないというように母親を見た。「なにか勘違いしてないか？」

頭の中でスイッチが切り替わったかのように、なにもかもはっきりした。両親はこれまでレティツィアの言い分を信じてきた。あいつがどんなに卑劣な魔女かわかっていない。

突然目の前に奈落が口を開けた。母親がまたしてもエリーアスを見捨てたのだ。これまでと同じ。毎度のことだ。さげすまれ、ののしられるのはもううんざりだ。出来損ないで、なにもかもぶちこわしてしまったという感覚にこれ以上耐えられない。せっかく変わろうと決心し、ドラッグから離脱したというのに、なにもかもおかしくなった！　母親と姉の顔が熱い怒りというベールの向こうでにじんで見えた。頭の中で声がした。〝おまえには拳銃がある。撃ち殺してしまえ。清々するぞ〟

＊

「ピア！」待機室に入ってきた彼女に気づいて、ターリクが顔を上げ、あわてて手招きした。

「なんか変なんです！　ちょっと見てくれませんか」

「どうしたの？」

「例のカルテは完全じゃありませんでした。ものによって断片的で、古いものです」

「四十二年前の？」ピアはいった。

「そうです」ターリクは目を輝かせてニヤッとした。「以下の者のカルテです。ペーター・レッシング、ラルフ・エーラース、クラウス・クロル、ローマン・ライヒェンバッハ、カール＝ハインツ・ヘロルト、インカ・ハンゼン、レオナルド・ケラー」

カイとキムとターリクの三人がデスクを四つ合わせて、カルテをすべて並べた。最初にわかったことをホワイトボードにメモした。

「全員怪我をしている」カイがいった。「創傷、打撲傷、捻挫。一見すると他愛もないことだが、全員が……」

「……一九七二年八月十七日に怪我をした」

「そうなんだ」

「カール＝ハインツ・ヘロルトはエトガルとクレメンスの父親」ピアはいった。「どんな怪我をしてる？」

「右手に打撲傷」カイは答えた。「指を一本、切断」

「重い墓標板を持ちあげたときにやったんでしょう」ターリクがいった。

「インカ・ハンゼンは？」ピアがたずねた。

「犬にかまれて、感染した」カイはいった。「治療が長引き、敗血症を発症した」

「犬ではなく、キツネにかまれたからよ」ピアはつづけた。

ピアは心の中で歓声を上げた。待ちに待った突破口だ！　バゼドウ医師のおかげで捜査が正しい方向に向かっている。

「全員、ハンス＝ペーター・レッシングの治療を受けている。子どもたちのしたことがわかったとき、親たちはすべて内緒にすることにしたんだ。レッシングは警察の手に渡らないようにカルテを隠した」

「同時に義理の兄ライムント・フィッシャーがケーニヒシュタイン警察署署長として子どもたちの怪我が治るまでフランクフルト刑事警察署の介入を遅らせた」オリヴァーが発言した。彼はいつのまにか待機室に入っていた。

「戻ったんですね！」ピアはほっとして叫んだ。「ボスの推理が正しかったと証明できそうです！　当時関わった人全員、遅くとも明日、記者会見のあと取り調べます。ひとりくらい口を割るでしょう」

「なんで医者はカルテを暖炉で燃やしてしまわなかったんでしょう」ターリクが口をひらいた。「友人を守ろうとしたのに、カルテをとっておいた。矛盾します」

「そんなことはない」オリヴァーは苦笑いした。「連中はだれも友だちじゃなかった。同じ村に住んでいて、起こった事件によって一種の運命共同体になったんだ。レッシング医師は村人を脅迫するために証拠をとっておいた。簡単なことだ。そしておそらくこの切り札を一度ならず行使した」

「最低ですね」ターリクは反吐が出るとでもいうようにいった。

「そんなことはない」オリヴァーは答えた。「それが人間という存在なんだ。人間が卑劣なのを感謝するべきだ。これで、取っかかりが得られた」

「もうひとつ気になることがある」カイがいった。「レオナルド・ケラーのカルテはすべて封筒にあった。自殺未遂後に治療に当たった病院とリハビリセンターの報告書も入っていた。ホームドクターに送られてくることになっていたからだ。アルトゥールに関する事件簿でケラーが自殺しようとして使ったネイルガンの写真を発見した。どうも引っかかる」

「どうして?」ピアはたずねた。

「インターネットでネイルガンがどういうものか調べてみました」ターリクが夢中になっていった。「ネイルガンは大型の電動ドライバーのようなものです。ガスや火薬を使って食肉獣の頭部にクギを打ち込みます。食肉獣に必要以上の苦痛を与えないため二十世紀のはじめに発明されました。つまりネイルガンは昔から使われていました。タイプにはいろいろあります。クギが食肉獣の頭部を貫通するタイプ。脳内まで侵入しないように先端を平らにしたクギを打つタイプもあります。レオナルド・ケラーが使ったネイルガンは、平らなクギを打つタイプでした。問題は次です!」

ターリクは大げさに間を置いて、みんなが注目しているのを確かめた。

「クギは発射薬で射出されるんです。この発射薬はブタ用とかウシ用とか色別でわかるようになっています。証拠写真を仔細に見て、ケラーがブタ、子ウシ、ヒツジに使用する最も威力が弱い緑色の発射薬を使ったことがわかりました。なぜそうしたのかが問題です」

「レオナルド・ケラーは精肉店から適当なネイルガンを持ちだしたんでしょ」ピアはいった。

「違います」ターリクは激しく首を横に振った。「彼はハルトマン精肉店で働いていたからネイルガンに詳しかったはずです。確実に死ぬつもりなら青か赤の発射薬を使ったでしょう。飛び降り自殺するつもりなら、マインタワーを選ぶ。二階建ての家では足を骨折するだけで終わるかもしれませんし、運が悪ければ残りの人生、車椅子の世話になる恐れもあります」

「しかしネイルガンのことをよく知らず、おまけに時間の余裕がなく、焦っていただれかなら、きみがいったような行動を取った可能性はあるだろうな、ピア」カイが付け加えた。「そいつが精肉店に忍び込んで、ネイルガンを持ちだした」

ピアにも、カイたちがいいたいことがわかった。

「ケラーがネイルガンで自分を撃つなら、食肉獣のときと同じように額を狙ったはず」キムがさらにいった。「後頭部を狙うのは難しいでしょうね」

「コンピュータシミュレーションを作成するようクリスティアンに頼んだ」カイは満足そうにいった。「レオナルド・ケラーの身長と射入口の位置、ネイルガンの大きさと重さから犯人の身長を割りだした」

ピアは今聞いたことを頭の中で反芻し、オリヴァーと視線を交わした。

「うわあ」ピアは感心していった。「やったじゃない」

「自殺未遂じゃない。殺人未遂です！」ターリクは勝ち誇った笑みを浮かべた。「当時はそのことに思い至らなかったんです」

「面倒な事件を収束させるために、どうしても犯人が必要だったんだ」オリヴァーは暗い面持ちでいった。

「そしてお上品な医師は真相に気づいて、ケラーの診療報告書を脅迫する材料に使ったんでしょう」ターリクが結論づけた。「遅ればせですが、わたしたちは感謝すべきですね」

*

レオナルド・ケラーが自殺未遂ではなく、殺されかけたのだとすると、状況は一変する。待機室の壁の大きな壁掛け時計が八時十分を指していた。その場にいた捜査官はみな、残業を覚悟した。キムとターリクは犯人のプロファイルを作成するためにキムが書き込んだメモの束を片づけた。はじめからやり直しだ。

　子ども時代の友人やその親に注目する必要が生じた。オリヴァーはターリク・オマリとカイ・オスターマンに氏名と姻戚関係を教えつつ、隣の机でジャンニ・ロンバルディといっしょにインカ・ハンゼンの取り調べの準備をしているピアの話に耳を傾けた。すべきこと、考えるべきことが山積みだった。なによりもレオナルド・ケラーをだれがなぜ襲ったのか解明する必要がある。アルトゥールが行方不明になってから二週間も経ち、フランクフルトの刑事が捜査を引き継いでから、彼は襲われた。レオナルド・ケラーはなにを知っていたのだろう。彼の知っていることが危険だと判断したのはだれだろう。それに、なぜこんなに時間が経ってから襲ったのだろう。あるいは、ケラーはなにも知らず、ただ罪を着せるために選ばれたのだろうか。そのせいで彼の家族まで破滅させられた。自分の罪を逃れるために人間がどんなことをするか、オリヴァーたちはいやというほど見てきた。

　オリヴァーのiPhoneが鳴った。カロリーネだ。失礼といって、彼は立ちあがり、外に出た。

「ヴァレンティナはフランクフルト行きの夜の便に乗ったそうよ」カロリーネがオリヴァーに

いった。「到着は早朝の六時二十分。わたしのところに泊めるといっておいた。それでいいでしょう?」

「もちろんだ。きみさえよければ」

「いいわ」カロリーネは短い間を置いた。「あなたの方は?」

「インカを逮捕した」

そのことを口にだしていったとき、自分のしたことの恐ろしさを実感した。これまで自分の行動には自信があった。カイとターリクが突き止めたことを前提にすれば必然的だといえる。だがここへ来て迷いが生じた。インカが無関係だったらどうする。インカは家族の一員、息子の義母だ。そのことを配慮すべきだったろうか。

「もし間違いだったらどうしよう」オリヴァーはため息をついた。「完全に読み間違えたかもしれない」

「可能性があることは全部確かめるほかないでしょう」カロリーネが答えた。「無関係だったら、謝って釈放すればいいのよ。でも、あなたは正しいと思う」

「どうして?」オリヴァーは驚いてたずねた。

「うまくいえないけど、そう感じる。インカには二、三回しか会ったことがない。でもなにか感じるの……なんというか……本心を見せず、なにか隠しているって」

本心を見せない。たしかにそうだ。長年、友情を結び、二年間交際していたというのに、彼女はとうとうオリヴァーに心をひらかなかった。見えない境界線があり、越えさせてくれなかった。ふたりの会話はいつも当たり障りのないことばかりで、オリヴァーと家族のことばかり。インカ自身のことが話題になることは一度もなかった。そして都合が悪いとすぐ話題をそらすし、気に染まないと、口をつぐむか、その場から去ってしまう。どうしてそういう態度を取るのかわからず、オリヴァーはよく頭を悩ませた。ゾフィアのせいだろうか、それとも自分のせいか。腹を割って話そうとしたが、うまくいかなかった。

「これで事件が解決すればいいんだが」オリヴァーはため息をついた。「きみと旅行がしたい。きみとふたりの娘を連れて、どこでもいい、どこか遠くに行きたい」

「付き合う」カロリーネの笑みが見えるようだった。「それからうちに引っ越してきて。美しい小さな農家を買うかどうかゆっくり考えましょう」

オリヴァーは彼女のところへ行きたい衝動に駆られた。だが、それはできない相談だ。明日の記者会見の準備をしなければ。ピアを見捨てるわけにいかない。

「そうしよう」そう答えると、オリヴァーも微笑んだ。「今日は遅くなりそうだ。真夜中まで手が離せないかもしれない」

「平気よ。仕事が終わったらメッセージをちょうだい。うちに寄れなければ、明日、記者会見場で会いましょう」

「わかった。きみに会いたいよ」

「わたしもよ。愛してる」

「わたしも愛してる」カロリーネが待っていてくれると思うと、オリヴァーの心が軽くなった。

今夜だけではない。うまくいけば、これから一生。もう迷いはない。カロリーネは彼を理解してくれた。今感じているみじめな気持ちもわかってくれるだろう。そういう気持ちを抱く自分をオリヴァーは恥じていたが、その気持ちに駆り立てられなければ、自分の過去の暗部と永遠に訣別（けつべつ）する力は得られない。

心を鬼にし、心の均衡をすこしだけ取り戻して、署の建物に戻ろうとしたとき、暗色系の大型乗用車がオリヴァーの横に止まった。運転席のパワーウインドウが下がった。

「やあ、オリヴァー」フローリアン・クラージングがいった。「妹から電話があって、ここへ来るようにいわれた。インカを逮捕したんだって？」

クラージングはドイツでも有名な刑事事件専門の弁護士で、インカと馬専門クリニックを共同経営している獣医の妻アナ・レーナ・ケルストナーの兄だ。オリヴァーとは長年の知己で、ふたりのあいだには友情も芽生えていた。

「やあ、フローリアン。きみがインカの弁護人になるのか？」

「まだ本人と話していないが、おそらくそうなるだろう」クラージングは真面目な顔でそう答えると、車を近くの駐車スペースに入れ、エンジンを止めて車から降りた。

「どういうことなんだ？　罪状は？　例の連続殺人事件と関係があるのか？」

クラージングがそう察するのも当然だ。メディアではこの数日、相次ぐ殺人事件と警察の捜査に進展がないことが話題の中心だからだ。それでも、アルトゥール行方不明事件と関連がありそうだということまではまだ嗅ぎつけていない。だからオリヴァーは弁護士にそのことを教えた。署の玄関へ歩きながら、オリヴァーはなぜインカを緊急逮捕したかクラージングにかいつまんで説明した。

「捜査判事は絶対に勾留を認めないぞ」話を聞き終わると、クラージングはいった。

「ああ、わかっている」オリヴァーはうなずいた。警備に当たっている巡査が彼を見て、玄関の解錠ボタンを押した。「正直にいえば、当時なにが起きたかインカが話してくれることを期待している。彼女はなにか知っている。そしてそれは、わたしたちにとってきわめて重要なんだ」

「インカと話せるかな？」クラージングがたずねた。

「もちろん。だが捜査の指揮は同僚のピア・ザンダーがとっている。きみが来ていることを伝えておく」

クラージングは時計に視線を向け、それからオリヴァーを見た。「インカは強情だぞ。わたしが説得すれば、きみと話すかもしれない。彼女が拒んだ場合、どうなる？」

「二十四時間は拘束できる。だが逃亡と証拠隠滅の恐れがあると捜査判事が確信すれば、しばらく勾留される」

「その恐れはないだろう」

「それはどうかな」オリヴァーは弁護士を見つめた。「わたしは彼女が車に荷物を積み込んでいるところに出くわした。逃走するところだった。馬専門クリニックの経営権を渡したことはすでに耳に入っているんじゃないか」

クラージングは答える代わりに肩をすくめた。

「その主張と、彼女が昨日、オンラインでアメリカ合衆国にESTA（エスタ）申請（アメリカにビザなしで渡航する際に必要なインターネットによる事前申請制度）を行った事実を鑑（かんが）みれば、捜査判事は逃亡の恐れがあると判断するだろう」

*

三人とも聖ニコラウスと従者ループレヒト（ドイツの風習で聖ニコラウスの日（十二月六日）に聖ニコラウスと共にあらわれ、悪い子供を懲らしめる存在）を前にして怯える子どものようだった。彼は三人の腕を背中にまわして縛り、足もくるぶしでテーピングして、声をあげないように銀色のガムテープで口をふさいだ。レティツィアだけはガムテープで頭をぐるぐる巻きにした。解放されるとき、ものすごい痛みに苦しむだろう。姉がしてきたことへのささやかな仕返しだ。三人が助け合うことができないと確認してから、彼は上階に上がってしっかりシャワーを浴び、髭をそった。それからきれいな服を着て、旅行カバンに必要なものを詰め込んだ。こんなに気分がいいのは数年ぶりだ。パンを二枚食べ、目玉焼きを二個こしらえた。それからまた地下の暖房設備室に下りた。ドアの密閉度が高いのは、自分のつらい体験からよく知っている。だから口のガムテープが万一はがれても大丈夫だとわかっていた。いくら声を張りあげても、通りまで聞こえるはずがない。

三人の前に置いたスツールにすわると、彼は話しはじめた。じっくり聞かせてやる。三人にはもう彼をどなりつけることも、見捨てることも、閉じ込めることもできない。これで王手をかけた！　レティツィアが彼を利用したこと、そう、ろくでもない目的のために彼を悪用し、彼が身を守る術もないまま何年も過ごしてきたこと。それを話すと、両親は愕然とした。なぜ何度も家出したかも説明した。なにが起きているのかだれかがたずねてくれると期待したからだった。だがそれは徒労に終わった。そんな中、ひとりだけ信じられる人があらわれた。バゼドウ医師だ。ところが、父親は彼女を無能だとそしって、口出しさせなかった。不安に駆られたせいで。

「俺は禁断療法をして、ほぼ二週間ドラッグをやっていない」彼はいった。「それから妄想型統合失調症についても調べた。おまえらが俺に押しつけた病名だ。説明してやろうか？　インターネットでいくつか興味深い理論を見つけた」

彼は拳銃をまず父親に向けた。父親は犬のおもちゃみたいにこくこくうなずいた。それから彼は母親に銃口を向けた。

「一九七〇年代のはじめに提唱された環境理論によると、精神病は家族のせいで生じるそうだ。統合失調症の人間は両親の一方が自己像や自分の目標を発展させる可能性を奪ったときによく発症するという研究がある」彼は冷ややかに微笑んだ。「よく考えてみたら、統合失調症を生む家族に完璧に符合するのがだれかはっきりわかった。おやじとおふくろだ。子どもを思いどおりしようとするだけで、子どもの欲求や感情にまったく理解がない。表面上は抑圧せず、やさしいそぶりをするが、そのじつ子どもを支配した。子どもにはその方がとんでもないストレスになるんだよ。どうだ、心当たりがあるんじゃないか？」

彼は立ちあがって、レティツィアを蹴った。

「だけど、俺をおかしくしたのはおまえらじゃない。こいつだ」彼は姉の口からガムテープをはがすと、拳銃の銃口を姉の胸にねじこんだ。「落下事故の真相を話せよ！　ほら、いえ！　だれも邪魔しない！」

「わたし……なんのことか」レティツィアはすすり泣いた。彼は引き金を引いた。耳をつんざく銃声が轟いた。反動は思いのほか大きかった。壁の漆喰がぽろぽろ落ちた。

「次は膝を撃つ」彼はにくたらしい姉に向かってがなった。「早く話せ！」

＊

インカ・ハンゼンは弁護士の接見を拒否した。クラージング弁護士はしぶしぶ帰っていった。インカは表情を変えることなく自分の権利についての告知を聞き、取り調べの音声を記録し、映像に残すというピアの説明にもただうなずいただけだった。インカは三十分にわたって嘘をつきつづけた。そうすれば解放されると期待していたようだ。

「どこへ行く予定だったのですか？」ピアはたずねた。

「会議よ。ウィーン」

「調べたところ、獣医学会などひらかれないようですが」

「じつは……娘と……南フランスへバカンスに行くつもりだったの」

「そうですか。南フランスのどこへ行く予定だったのですか？」

「……アルル」

「ふうむ。それならホテルを予約しているのでしょうね？」

「いいえ。行ってから探すつもりだった。好きなだけ滞在しようと思って」

「では、なぜ昨日アメリカ合衆国にESTA申請をだしたのですか?」

「国際会議に招かれているからよ」

まあよく次から次へと嘘をつくものだ。ピアはため息をついた。もううんざりだった。

「オリヴァーが育てたキツネのマクシを覚えていますか?」ピアは話題を変えた。

「ええ」インカはけげんな顔つきでピアを見た。

「好きでしたか?」

「動物はみんな好きよ」

「ふむ」ピアはオリヴァーから受けとった写真の拡大画像をインカの目の前に置いた。「これを見ると、マクシを好いていたようには思えないのですが」

インカの額に小さな玉の汗が浮かんだ。

「マクシを憎んでいたんじゃありませんか?」ピアはたずねた。「キツネに夢中なオリヴァーが許せず、キツネに嫉妬した。そして、昔からの遊び仲間よりもロシアから来た少年を優先したことにも腹が立った。そうですね?」

インカは返事をせず、ピアの後ろの一点をじっと見つめた。

「ドクター・ハンゼン」ピアは語気強くいった。「少年がひとり死んだんです。十二歳でした。あなたにも娘さんがいますね。アルトゥールの家族は四十二年間も真相を知らされず生きなければならなかった。あなたは平気なのですか?」

ピアは解剖台に解剖学的にきれいに並べられ、まばゆい照明に照らされたアルトゥールの遺骨を写した写真を差しだした。

「これを見てください！」

インカは表情を変えなかった。ピアがよく知っている顔つきだ。ミスが一切許されない試験でも受けているかのように集中している。友情や母親としての感情に訴えても埒が明かない。もっと強烈な一撃を放つ潮時だ。

ロンバルディが自分のメモを見た。ふたりは事前にオリヴァーからアドバイスを受けていた。

「なにを恐れているのですか、ドクター・ハンゼン？　だれかに脅されているのですか？　流行っている動物病院を突然手放して、ルッペルツハインから出ていこうとしたのは、それが理由ですか？」同情のこもったロンバルディの声に、インカははっとして首を横に振った。すわる位置を変え、耳たぶをつまんだ。彼女の視線が繰り返しマジックミラーの方に泳いだ。その奥ではオリヴァーが椅子にすわり、取り調べの行方を見守っていた。

「だれのことを恐れているのですか？」ロンバルディがしつこくたずねた。「なにを使ってあなたを脅迫しているのですか？」

「だれも恐れてはいないわ」インカは首を横に振った。だがそれが嘘であることは、体の動きでわかった。「なんでそういう質問ばかりするの？」

「ペーター・レッシングはどうですか？」ピアがそうたずねると、インカがびくっとした。大当たり！　ピアはそこをついた。「彼とその仲間が動物をいじめて殺したことを覚えていますか？　カエル、モルモット、ウサギ、猫。あなたもいっしょにやったんですか？　楽しかったですか？　断末魔の悲鳴を聞くのはおもしろかったですか？　生殺与奪の権を握るのは快感でしたか？」

容赦のない言い方。相手のもっとも敏感なところをついて、必死で隠そうとしている秘密を暴くこういうやり方が、ピアはあまり好きではなかった。

「いいえ、記憶にないわ」インカは一切の協力を拒んだ。「なんの話？」

「一九七二年八月十七日のことです。あなたは十一歳でしたね。あなたがよく知る同い年の少年がその日、行方不明になりました」

「あなたに協力することはできないわ」インカは答えた。「記憶にないから」

「アルトゥールは生きていれば、あなたと同じ年齢になっていたでしょう。彼になにがあったか考えたことがあるのではないですか？」

「あるいは考える必要がなかったのでしょうか？」ロンバルディがたずねた。「なにが起きたか知っていたから」

返事はなかった。

「昨日、アルトゥールとマクシの遺骨が見つかったことを知って、驚いたのではないですか？」

「あなたのお嬢さんが行方不明になり、どうなったかわからなかったら、どんな気持ちがするか考えてみてください」

ピアとロンバルディは視線を交わした。質問のひとつひとつがナイフのひと突きとなってインカの心を突き刺している。インカの目が泳ぎ、両手に拳を作っているのは間違いない。しかしそれでもインカは白状しなかった。ピアとロンバルディがいくら質問しても、彼女の答えはステレオタイプのように変わりがなかった。

「なんの話かしら。記憶にないわ」

ピアとロンバルディはさっと顔を見合わせた。なにをそんなに恐れているのだろう。あるいは、だれを恐れているのだろう。

「なにか飲みますか？」ロンバルディがたずねた。「水を一杯持ってきましょう。休憩を取ってもいいです」

「いいえ、なにもいらないわ。家に帰して」インカはいった。「わたしをここに拘束する権利はない。横暴よ」

「二十四時間は拘束することができます」ピアはいった。「そして実行します。明日、捜査判事が、あなたをさらに勾留するかどうか判断します。これだけ嘘をつきましたから、釈放されて家に帰れる見込みはまずないでしょう」

インカにも、ようやくどれだけ深刻な状況かわかったようだ。

「わたしになにをいわせたいの？」攻撃的な物言いは影をひそめた。「あなたのボスは個人的動機からわたしを逮捕したのよ。わたしに復讐したいんでしょ！　オリヴァーはそこの鏡の向こうにすわって、あなたがわたしをやり込めるところを見て楽しんでいるんじゃないの？」

ついに感情をあらわにした。ピアが待っていたものだ。インカは追い詰められ、反撃に転じた。インカが恐れていた点に近づいた。

「あなたをやり込めようとしている者などひとりもいませんよ」ピアは首を横に振った。「アルトゥールが消えた夜なにがあったか知りたいだけです」

「覚えていないといったでしょ！」

「信じられません」

「では思いだすお手伝いをしましょう」ロンバルディが少し身を乗りだした。「一九七二年八月十七日の午後、シュナイトハインでサッカーのトーナメントがありました。夏の選手権大会です。SVルッペルツハインのユースD（U13とU12に相当）は惨敗しました」

サッカーに言及されると、インカは思わず口元をふるわせた。こんなに年月が経ってからあのどうでもいいような出来事を思いだす者がいるとは予想だにしていなかったのだ。

「サッカーの試合に負け、あなたたちは森を抜けて帰路につきましたね。そのときなにがあったのですか？　あなたもいっしょだったのでしょう？　アルトゥールは偶然あなたたちと出会ったのではないですか？」

「記憶にないわ」インカの顔は石でできた仮面のようだった。息づかいが速くなり、汗が顎から膝に滴（したた）った。

「嘘をついていますね」ピアは落ち着きはらっていった。

「ついてないわ」インカは自分の両手に目を落とした。

「そうでしょうか」ピアは攻撃の手を緩めなかった。「ひどく怯えていますね。びくびくしている。この件を知りすぎたため、三人が殺害されています。次はあなたか、あなたのお嬢さんかもしれない！　あなたたちはなにかひどいことをして、黙っていようと誓いあったのでしょう。四十二年間、あなたは知らないふりをしてきた。けれども、とうとう過去があなたに追いついたのです。明日、あなたの古い友人たちに事情聴取する予定です。ひとりずつ順番に。ラルフ・エーラースはすでに取調室にいます。今日逮捕しました。それに、娘さんが昏睡状態から目覚めないかもしれないと知ったら、ライヒェンバッハ夫妻も黙っていないでしょう」

「わたしはなにもしてないわ！」インカは声を荒らげた。金切り声になっていた。

「でも事情を知っていますね。あなたはその場にいたのですから」ピアはいった。「事件当時、あなたは未成年でしたから罪に問われません。けれども三件の殺人事件と一件の殺人未遂事件と関連づけられて、あなたの名前に傷がつくでしょう。一度でも名前に泥がつけば、それを消すことはできません。なにをしようと、一生ついてまわります」

沈黙。

ピアの言葉が効いたらしく、インカはこれ以上嘘をついても無駄だと観念したようだ。ぎゅっと目をつむり、こみあげる涙をこらえた。

ロンバルディは机に置いてある写真をさらにめくってみせた。クレメンス・ヘロルトのぞっとする焼死体。骨と皮だけになり、唇が紫色のローゼマリー・ヘロルト。顔が腫れあがり、鼻と耳から流れ出た乾いた血痕が残るマウラー司祭。生気をなくしたうつろな瞳。光沢紙にプリントされた悪夢だ。

「ここに並べた写真を見てください」ロンバルディがいった。

「あなたの親友のお嬢さんは死ぬほど殴られ、ゴミのように草地に捨てられたんです。それも、あなたの家から直線距離で五百メートルと離れていないところに！」ピアはいった。「なにも感じないのですか？」

「それは、感じるわよ」インカは小声でいった。

「金曜日に古い友人たちと会いましたね。なにを話したのですか？　みんなで、記憶にありませんと口裏を合わせることにしたんですか？」

インカは腕組みをした。体のふるえをおさえようとしたのだろうが、無理だった。

「ここにある写真をもう一度見たまえ！」ロンバルディがいきなりどなったので、インカはびくっとした。「あなたたちがなにをしたかよく見なさい。四人とも、あなたがよく知っている人だ。生きたまま焼かれたり、首を絞められたり、半死半生の目にあったりしている。生きたまま燃されるのがどういうことかわかるかね？　意識があるまま喉を絞められるというのはどうかな？　バールで頬骨を砕かれたとき、パウリーネさんがなにを考えたか想像できるか？」

インカの目は写真に釘付けになった。ピアは、インカのかたくなな心が砕けたと思った。彼女の顔から血の気が引き、目に涙がたまった。がっくり肩を落とすと、顔の前で両手を合わせ、泣きはじめた。それが後悔のためか、切なくなってのことか判然としなかったが、ピアにはどうでもよかった。

「ドクター・ハンゼン」ピアは食い下がった。「当時なにがあったんですか？　話してください！」

「いやです！」インカがすすり泣いた。「あなたの前では話せません」

「わかりました」ピアは立ちあがった。「外に出ていましょう」

ピアは取調室から出て、隣の観察室に入ると、黙ってオリヴァーの横にすわった。ロンバルディは情に篤い聞き手を演じ、インカの心をひらいた。

「アルトゥールがすべてをおかしくしたんです！」インカは苦しそうにすすり泣いた。

「それまでわたしは幸せでした。でもあいつがあらわれて、すべてが変わってしまったんです。わたしたち……ただ警告するつもりだったんです！　死ねばいいなんて思いませんでした。ただ……いなくなってほしかったんです。前のようになったらいいのにって思っていたんです」

「具体的にはなにがあったんですか？」

「サッカーの試合がありました」インカは泣きべそをかいた少女のような声をだした。「試合に惨敗して、トレーナーにしかられました。罰として男の子たちは帰りのバスに乗せてもらえませんでした。ジモーネとわたしも、男の子たちに付き合って歩くことにしたんです。その日は暑くて、ひどくむしむししていました。夕立になりそうでした。むしゃくしゃしていたペーターとエトガルが防火貯水池で泳ごうといいだしました……そしたら、そこにアルトゥールがいたんです」インカはまたしゃくりあげた。「アルトゥールは桟橋にすわって……マクシと遊んでいました」

ピアはボスをちらっと見た。オリヴァーの顔が石のようにこわばっていた。前屈みになって膝に肘をつき、マジックミラーの向こうに見えるインカを見つめている。かつてオリヴァーが愛した女性だ。どんな気持ちだろう。

「マクシというのは？」ロンバルディがたずねた。

「キツネです。オリヴァーが飼っていた人に馴れたキツネ」そう答えると、インカは両手で頬の涙をぬぐった。「アルトゥールがわたしたちを見て逃げたので、追いかけました。ちょっとふざけただけでした。なにもする気はありませんでした。ちょっと脅かすだけで充分だったんです。彼は普段ひとりでいることがありませんでした。オリヴァーがいつも付き添っていたんです」苦々しげな声だった。インカは顔から両手を離すと、咳払いして、早く終わらせたいとでもいうように早口になった。「アルトゥールにうまく逃げられたため、ペーターとエトガルとラルフが腹を立てました。でも、それから彼を見つけました。木に登っていたんです。男の子たちは彼が下りてくるのを待つことにしました。でも、ジモーネは家に帰らなくてはなりませんでした。だから……ジモーネとわたしは、みんなと別れました。わたしが知っているのはそこまでです。アルトゥールが家に帰らなかったと知ったのは翌日です。ペーターはグループを招集しました。わたしたちは隠れ家に集まりました。ペーターは、アルトゥールに会ったことをだれにもいわないとわたしたちに誓わせ、いったら親の命はないといいました。なにかひどいことが起きたことはわかりましたが、男の子たちはジモーネとわたしになにも話してくれませんでした」

「その誓いをあなたたちは守ったんですね？」ロンバルディがたずねた。

「そう思います。ええ」インカはうなずいて、顔にかかった髪を払った。自供してほっとしたのか、さっきよりも落ち着いていた。そして背筋を伸ばした。

ロンバルディはなにもいわず、インカを見つめた。一分が過ぎ、さらにまた一分が経った。

沈黙は相手を不安にさせる最良の方法だ。なにもいわずにいられるのはごく少数の人だけだ。

「どうしてなにもいわないんですか？」効果が出た。インカは今話したことで充分押しとおせると思っていたのだ。

ロンバルディは答えなかった。両手を合わせ、人差し指を口と鼻のところに持っていって、インカをじっと見つめた。インカは腰をもぞもぞさせ、髪を耳に引っかけた。彼女の目が泳いでいる。しだいに落ち着きをなくした。足を組んだかと思うと、また元に戻した。

沈黙は三分になった。三分間の沈黙。

そして四分。

「なんなんですか？」インカが我慢できずにいった。「なにかいったらどうですか。他に訊きたいことがないのなら帰してください」

「話のつづきを待っているんですよ」ロンバルディがいった。

「つづき？　他になにをいえというんですか？　あらいざらい話しましたけど」

「いいえ、そんなことはないでしょう」

「そうですか？　なにを話してないというんですか？」声の調子が変わり、金切り声になった。

「怯えて黙っていたわけじゃないですね」ピアはオリヴァーにいった。「共犯です」

「あなたはマクシにかまれましたね。どうしてですか？」ロンバルディがたずねた。

「なんですか、それ？」インカはわざと目を丸くして驚いたふりをした。笑い声が少しだけ大きすぎた。

「右手の傷。それはそのときかまれたものですね？」

「いいえ」インカは膝のあいだに手を差し入れた。

「これは犬にかまれたんです」

「一九七二年、その傷がもとで敗血症になりましたね」

ロンバルディはカルテのコピーを呈示した。「あなたは八月十八日から二週間、レッシング医師の治療を受けています」

インカの顔から血の気が引いた。彼女はつばをのみ込んだ。ぎょっとしている。

「どうですか？」

「マクシ……」そうつぶやくと、インカが目に涙をためた。「ええ、かまれました。ただなでようとしただけなのに」

「キツネの首を折ったのはあなたですか？」

「違います！」インカは声を荒らげた。「わたしじゃありません！　男の子たちがアルトゥールを脅したんです。木から下りてこなければ、マクシを殺すって」

「それで？」

オリヴァーはいきなり腰を上げた。

「家に帰る。もう耐えられない」

二〇一四年十月十四日（火曜日）

真夜中を少し過ぎていた。オリヴァーはルッペルツハイン村の標識を通りすぎると、自分の家がある道に右折した。いっそのことこのままカロリーネのところへ行きたかった。しかし、ゾフィアの着替えとおもちゃを持っていくと義母に約束していた。インカの供述は衝撃だった。自分があの恐ろしい事件の引き金だったとは。みんな、彼が背を向けたことに腹を立て、その怒りをアルトゥールにぶつけていたのだ。

インカは自分が被害者だと思っている。加害者だなどと露ほども思っていない。嘘をついて言い逃れようとし、自分の行いを理解してくれと必死に願うインカの姿。見るに堪えなかった。彼女の口からはとうとう悔いる言葉がひと言も出なかった。こんなに長い年月、ずっと隠していたなんて。よく黙っていられたものだ。オリヴァーのまなざしに毎日どうやって耐えていたのだろう。二年以上付き合った。食卓とベッドと人生を分かち合った。事情を知っている連中はどう思っていたのだろう。屈辱だ！　なにも知らず、信じやすいオリヴァーを、〝ははは、オリヴァーの奴、なにも知らないで！〟と密かに嘲笑っていたのだろうか。腹立たしいにもほどがある。

若い頃、彼はインカにあこがれていた。オリヴァーの落馬事故のあと、彼女が馬房でイングヴァール・ルーラントといちゃついているのを見かけてしまったときはひどく落ち込んだ。ハンブルク大学に進学したのも、彼女を忘れるためだった。それから数十年後、イングヴァールとは本気ではなく、ずっとオリヴァーに恋をしていたと彼女から告白された。オリヴァーはすぐに信じた。だがあれは本当だったのだろうか。彼女が口にしたことはすべて嘘じゃなかったのか。障害馬術選手になる夢を叶えていたら、オリヴァーはどんな人生を送っただろう。インカを妻に迎えていただろうか。そのうえで、彼女がずっと嘘をついていたと知ったら、どれほど失望しただろう。考えたくもない！

オリヴァーは疲労困憊(こんぱい)していたが、頭が冴え、報復したいという衝動に駆られた。アルトゥールの母親が発した呪いの言葉が脳裏に蘇(よみがえ)った。〝息子を手にかけた奴は罰として病気や不幸や悲惨な死に見舞われるがいい。真相が明かされるまで家族や子々孫々も呪われるがいい〟オリヴァーは迷信深くないが、ローゼマリー・ヘロルトは病に冒され、ひどい死に方をした。インカも過去の影に怯え、幸せを感じたことなど一度もなかったはずだ。

オリヴァーは進入路で駐車して、車から降りた。バルコニーの下の人感センサーが働いて外灯がともったとき、闇の中で待ち伏せていた人影に気づいた。まったくの不意打ちだった。激しく体当たりされ、オリヴァーは体勢を崩して転倒した。

＊

体は疲れ切っていたが、頭の回転が止まる兆(きざ)しはなかった。現在と過去の事件についてもっと精査し、接点を見つけ、偽りや間違った手がかりをより分ける時間がもっとあればいいのに！　インカ・ハンゼンの供述は得られたが、いまだにパズルにはまるはずの未知のピースが多すぎる。なにかが引っかかる。なにかが欠けていて、ピースがぴったりはまらない。

　ピアは闇の中、静かに寝息をたてている夫の隣に横たわったが、眠ることができなかった。寝室の天井に映る目覚まし時計の赤い数字が何度も目にとまった。ピアはインカの供述についてクリストフに話した。インカはオペル動物園と契約している獣医だったので、クリストフは何年も前から知っていた。ピアと同じように衝撃を受けた。

　真夜中の零時四十九分。

　ピアは目を閉じて、不幸な偶然の連鎖ともいえるインカ・ハンゼンの話を反芻（はんすう）した。話は納得がいくし、ヘニングがアルトゥールの遺骨から特定したこととも符合する。キツネの無事を優先したアルトゥールは木から下りようとして落下し、大怪我をしたが、それでもキツネの命を救うことはできなかった。子どもたちが怒りにまかせてキツネの首を折ったからだ。そのあとインカ・ハンゼンとジモーネ・ライヒェンバッハだけ家に帰ったという。他の子たちはどうしたのだろう。アルトゥールを殺したか、森に置き去りにしたかしたのだろう。刑法上は、救護義務を怠ったことになる。当時彼らは未成年で罪に問われないとはいえ、残りの人生、罪悪感に苛（さいな）まれたはず。当然の報いだ。

　アルトゥールとマクシはどういういきさつで墓地に埋められたのだろう。インカ・ハンゼンの供述が本当なら、だれも家でこのことを話さなかったはずだ。どうしてローゼマリー・ヘロルトは事件の真相を知っていたのだろう。子どものだれかが誓いを破って話したのだろうか。

　きっとそうに違いない。さもなければ、ペーター・レッシングの父親がカルテを証拠として隠し持つはずがない。だがはじめから知っていたのなら、どうしてカルテを残したりしたのだろう。もしかしたら疑いを覚え、村人の首根っこを押さえるいい機会だと判断したのだろうか。それとも、あとでだれかから教えられたのだろうか。いや、まったく違うかもしれない。自分の息子が関わっていることを知って、証拠を闇に葬（ほうむ）ることにしたのかもしれない。

　午前一時三十六分。

　午前一時五十五分。

　当時の、村人の人間関係がどうなっていたか突き止める必要がある。一九七二年に集落ではだれとだれがいがみ合っていたのだろう。レッシングがカルテを手元に置いていたのには理由があるはずだ。なにか目的があった。なんだろう。

＊

「この悪党！」トルディスが悪態をついた。顔が怒りで引きつっている。「わたしの母を逮捕するなんて、どういう了見よ」

　オリヴァーは、立ちあがって服の汚れを払った。トルディスがなにかいってくるだろうと覚悟はしていたが、まさか夜中に襲いかかって、怒りをぶちまけるとは思っていなかった。

「返事をしなさいよ」トルディスがつっかかった。「母が別れたから、その復讐ってこと？どうなのよ？」

「第一に、彼女は正式に逮捕されたのではなく、身柄を拘束されているだけだ。第二に……」

「へりくつはよしてよ」トルディスがオリヴァーの言葉をさえぎった。「逮捕も拘束も同じことでしょ！」

「……第二に、わたしの方から別れたんだ」オリヴァーはいいかけたことを最後までいった。心臓の鼓動が多少平常に戻った。「帰ってくれ。さもないと、不法侵入で訴える」

「母と話をさせて。今すぐ！」

「それは無理だ」

「あなたは弁護士を追い返した！　母はそのことであなたを訴えるでしょうね！」

通りの向かいの家に明かりがつき、ブラインドが上がった。

「クラージングが来て、インカと話した」オリヴァーは自制心を保つのに苦労した。いわれのない非難を浴びせられるのには我慢がならなかったのだ。「弁護士を追い返したのはインカだ」

「嘘よ！」トルディスは息巻いた。「いつ釈放するの？」

「すぐには無理だ。インカは自供した。それをフローリアンに聞かれたくなくて追い返したんだろう。彼女はそのことを死ぬほど恥じている」

「自供？」トルディスは鼻で笑った。「母がなにを自供したっていうの？」

彼女の皮肉っぽい言い方に、オリヴァーは神経を逆なでされた。

「仲間といっしょにひとりの少年を死に追いやったことだ」オリヴァーは言葉に衣着（きぬき）せず答えた。

「ありえない」そうはいったが、トルディスの自信は揺らいでいた。「母を陥れるためにでっちあげたんでしょ！」

「そんなことをするものか。ちなみにインカたちが死に追いやったのは、わたしの親友だった」

トルディスが愕然としたのを見て、オリヴァーは悪意のこもった満足感に心が満たされた。この数日、失望がつづいたせいで、自分でもいやなほど底意地の悪い性格になっていた。

「事件は四十二年前に遡る。だが殺人罪に時効はない」

トルディスは顔面蒼白になった。顎の筋肉がふるえている。ふたたび殴りかかろうというのか、両手に拳を作った。いつものかわいらしさは微塵もなかった。

「信じるもんですか。母が憎くて、陥れたに決まってる」

「憎んでなどいない。軽蔑はしているがね。きみの母親が嘘つきの天才で、いやなことには口をつぐみ、なにかといいわけすることは、きみが一番よく知っているんじゃないか。それとも、きみの父親がだれか教えてもらえたのか？」オリヴァーは彼女を傷つけるためにわざとさげすむようにいった。それがトルディスの泣きどころであることは知っていた。「なんで黙っているのか、訊いたことはないのかい？」

トルディスは涙を流しそうになった。オリヴァーは卑劣で残酷な自分を自覚した。インカへの怒りを娘にぶつけたのだ。トルディスにはなんの罪もないのに。トルディスの涙を見て、怒りが消えた。

「いうべきじゃなかった」オリヴァーは歯がみしていった。「すまない」

「本当のことだからしかたないわ」トルディスは悲しそうな顔をした。オリヴァーは胸が痛んだ。

「きみを傷つけるつもりはなかった」オリヴァーは小声でいった。「きみの母親から聞かされたことに失望し、その気持ちをきみにぶつけてしまった。よくないことをした。許してくれ」

トルディスは一瞬オリヴァーを見つめた。下唇がふるえ、自制心を失って泣きだした。そのままオリヴァーの腕の中に飛び込んで大泣きした。オリヴァーはこんなに泣き崩れた人を見たことがない。トルディスをしっかり抱きしめ、背中をさすりながら、ゾフィアにいうみたいになぐさめの言葉をかけた。

「ごめんなさい」トルディスはすすり泣くのをやめた。「お父さんがあなたのようだったらいいなとずっと思っていたの。そのあなたが義父になったのに、ひどい態度を取っちゃった」

「怒っちゃいないさ」オリヴァーはさっきよりも激しく泣く彼女を外階段に連れていき、並んで腰かけた。オリヴァーがジャケットからポケットティッシュをだすと、トルディスはそれを取って、肩をふるわせながら洟をかんだ。

「わたしの父親がだれかどうして秘密にするのかしら」声がかすれていた。「ローレンツとわたしはそのことで始終喧嘩をしている」

「父親がだれかわからないから?」オリヴァーは驚いてたずねた。

「そのせいで、わたしが子どもを欲しがらないから」トルディスはまたすすり泣き、自分の上半身に腕をまわした。「わたしの中にどんな遺伝子があるのかわからないでしょ！　父親がだれか教えてくれないのには理由があるはず。もしかしたら異常者に襲われたのかもしれないし！」

彼女の言葉にこめられた苦悩と絶望に気づき、オリヴァーの中でインカへの怒りが再燃した。彼女はトルディスの心を荒廃させたのだ。真実を告げず、ただのエゴイズムと気の弱さから自分の娘に苦渋をなめさせている。

「おいで」オリヴァーはトルディスにいった。「家に入ろう。ここにいたら風邪を引く。今夜はうちに泊まると、ローレンツにメールを送って、安心させた方がいい」

「やさしいのね。あんなひどいことをいったのに」トルディスはまた悲しみに包まれた。「ごめんなさい」

「謝らなくていい。わたしだってひどいことをいってしまった」オリヴァーは彼女の手を取って助け起こし、彼女の肩に腕をまわして玄関まで伴った。

「さあ、元気をだすんだ。コニャックを一杯、いや、二杯飲もうじゃないか」

＊

三時四十分。まだ夜が白む前の漆黒の闇の中、オリヴァーは何度もレッシング家のベルを鳴らした。ところが家の中に人の気配がない。通りに面した他の家もまだ暗いが、レッシングの家ほど暗闇に包まれてはいなかった。他の家では表札の照明がつき、防犯カメラの赤い光がともっていた。だがレッシングの家は闇の中にしんと静まりかえっていた。

「なんか変ですね。車が二台止まっているのに、まったく反応がないなんて」ピアがいった。

「レッシングの携帯電話は電源が切られています」

ピアはオリヴァーの電話で深い眠りから起こされたが、文句ひとついわずここへやってきた。非常事態には特別な対応が求められることを、ふたりとも知っていた。

三十分後、ピアが魔の山（ツァウバーベルク）の駐車場に着くと、オリヴァーは巡査たちと待っていた。レッシングの家までの短い移動のあいだにトルディスと話したことをピアに伝え、どうして至急ペーター・レッシングと話したいか説明した。レッシングの父親が当時やったことの動機が、欠けているパズルのピースになりうると考えたからだ。ピアも同じ結論に達していた。

「どうしますか？」巡査のひとりがたずねた。

「庭に入って、状況を把握して」ピアがきっぱりといった。「わたしたちはもう一度正面でベルを鳴らしてみる」

ふたりの巡査は闇に紛（まぎ）れて消えた。ふたりの足音が聞こえなくなると、静寂が訪れた。近くの森を吹き抜ける風の音がザワザワと聞こえるだけだ。あたりはまだ乾いているが、雨のにおいがする。ピアは何度もあくびをした。まぶたがくっつきそうだったが、頭はフル回転していた。

「インカがトルディスに父親のことを黙っていたなんて」夜の静けさの中、ピアはいった。

「なにか恐ろしいことを隠すためだったとしてもひどいです。昨日の取り調べでペーター・レッシングのことを話題にしたら、不安を覚えたようでした。でも、四十二年前の約束を破ったことで彼に恐れを抱くとは思えません」

「というと？」

「もしかしてインカは彼の父親となにかあったのではないでしょうか。幼友達の父親と関係を持つことほどバツが悪いことがありますか？　ペーターの母親がそのことを知って、それが明るみに出ることを恐れたのかもしれません。村人の首根っこを押さえるためにカルテを保管していたのが母親だったらどうでしょうね？　レッシング家を牛耳っていたのは母親だった、とバゼドウ医師がいっていました」

「それはおもしろい推理だ。しかしペーターの父親がそんな危ない橋を渡るとは思えない」オリヴァーは懐疑的だった。「そんなことをしたら、弱みをつかまれることになる。あの人に限ってそんな馬鹿なまねはしなかったさ」

巡査のひとりが戻ってきて、テラスのガラス戸がほんの少し開いていると報告した。

「よし。入ってみよう」オリヴァーは決断した。「いやな予感がする」

「待ってください！　防弾チョッキをつけましょう」ピアは警察車両のトランクを開け、防弾チョッキを二着だして、ボスに一着を渡した。ふたりは懐中電灯を手にして出直した。最初の雨粒がオリヴァーの顔に当たった。彼は垣根を越え、巡査のあとからしげみをかきわけた。ピアはオリヴァーにつづいた。芝生に立つと、ふたりは拳銃をだした。だれひとりなにもいわなかった。

「あれ！」ピアはチーク材のテーブルを指差した。そこに盆にのせたカップが二客とティーポット、砂糖、ミルクポットが並んでいる。「ここで紅茶を飲もうとしていたふたりが、なにものかに不意をつかれたように見えますね」

真っ暗な家に最初に足を踏み入れたのはオリヴァーだった。死んだように静かだ。人感センサーも反応しない。警報装置が切ってあり、冷蔵庫の作動音もしない。天井の火災報知器も点滅しなかった。

「だれかがブレーカーを落としたな」オリヴァーはいった。オリヴァーたちはゆっくり家の中を見た。ひと部屋ひと部屋確かめてみる。神経が切れそうだった。ピアは玄関を開けて、通りで待機していた巡査ふたりを中に入れ、それからは六人で大きな家をしらみつぶしに見てまわった。寝室のベッドに人の姿はなく、使われた形跡もない。地下室にブレーカーがあった。主幹ブレーカーが切られていた。オリヴァーがブレーカーを入れると、家中の明かりがともり、キッチンで冷蔵庫の作動音がした。ブレーカーのカバーに黄色いメモ用紙が貼ってあった。

〝地下の暖房設備室を見て驚くがいい〟と書いてあった。オリヴァーとピアはさっと顔を見合わせた。赤く塗られた鉄扉の向こうでなにが待っているのだろう。

「わたしは地下の暖房設備室が苦手です」ピアはささやいた。

「ここは暖かいと思うが」オリヴァーは、数年前に被疑者の家を訪ねて、ピアといっしょに地下の凍てつく暖房設備室に閉じ込められたことを思いだした。

巡査のひとりが鍵穴に挿さっていた鍵をまわした。鼻が曲がりそうな異臭が漏れだした。レッシング夫妻はコンクリートの床にしゃがんでいた。ガムテープで口をふさがれ、手足を縛られている。まばゆい明かりに目をしばたたかせた。ふたりはすっかり放心しているが、怪我はしていないようだ。血の海を覚悟していたオリヴァーはほっと胸をなで下ろし、拳銃をホルスターに戻すと、レッシング夫人の傍らにかがんで、ガムテープを口からはがした。

「怪我はないですか？」そうたずねて、オリヴァーは手足のいましめを解いた。尿の臭いは耐えられないほどだった。ふたりは長時間のあいだここにすわらされていたようだ。

「大丈夫です」夫人は舌先で唇をなめた。「のどがからからなだけです」

夫は身じろぎせず、壁によりかかったまま、うつろな目をしていた。

「エリーアスさんに閉じ込められたのですか？」ピアは夫人にたずねた。

「ええ。でも、わたしたちにはなにもしませんでした」夫人は泣きだした。「恥ずかしいです。死んだ方がましです」

「お嬢さんはどこですか？　お嬢さんの車がガレージの前に止まっていました。ダークグリーンのミニはお嬢さんの車ですね？」

「エリーアスが……連れていきました」夫人はしゃくりあげた。すっかり取り乱していた。

「息子を見つけだしてくれ」ペーター・レッシングはよろよろと立ちあがり、腫れた手首をもんだ。「あいつはなにも悪くない」

彼はすっかり脱力しているように見えた。先週の木曜日に会ったときから何歳も老けたようだ、とピアは思った。夫妻はショック状態だ。さもなければ、もう少し娘の心配をするはずだ。

「いっていることがわかりません」ピアはいった。「なにがあったんですか？」

「エリーアスは拳銃を持っていた」そういうと、レッシングはオリヴァーに伴われて暖房設備室から出た。なぜか夫人のことを一度も見ようとしない。〝両親が愛し合っていたのなんて、はるか昔のことです。今はお互い反吐が出ると思っているでしょう〟とレティツィアはいっていた。ピアはレッシング夫人を助け起こした。

「わたしたちはなにも知らなかったんです」口ごもりながらそういうと、夫人は反射的に自分のネックレスの飾りをつかんだ。「本当に気づいていなかったんです。信じてください。ひどい過ちを犯してしまいました！」

「まず落ち着いて、なにがあったか話してください」ピアには予想がついたが、夫人は混乱しているので、脈絡のある話が聞けるかどうか疑わしかった。それでも事情聴取してみるほかない。「どうしてエリーアスさんがお嬢さんになにかすると思うんですか？」

「わ……わたしにも気持ちがわかるからです」夫人はささやいた。「なんて恐ろしい。わたしたち……テラスにいたんです。そのとき、エリーアスが突然あらわれて。レティツィアはあの子にひどい物言いをしたんです。エリーアスは娘の携帯電話を池にはたき落として、わたしたちをここに閉じ込めました。帰ってきた夫も閉じ込めました。それから……話しだしたんです……いつもそうでした。エリーアスが精神病だとわたしたちに思い込ませたのはレティツィアだったんです！　レティツィアがひどい怪我をしたことがありましたが、実際には不注意で落ちたんです！　エリーアスは突き飛ばしたりしていなかったんです！　わたしたちはエリーアスが嘘をついていると思いました。そして精神病質者だと。でも実際には姉が仕組んだんです！　なのに夫はあの子のことをいつまでも……ああ、どうしたらいいの？」

　夫人は手を口に当てた。今にも過呼吸になりそうだ。夫人の衣服から立ちのぼる臭気で、ピアは胃がひっくり返るかと思った。だが、エリーアスが武器を携行していることをなんとしても特別捜査班に周知しなければならない。

「ご主人がなにをしたというんですか？」ピアは質問をつづけた。

「主人は……エリーアスがなにか悪さをするたび、この暖房設備室に閉じ込めて、明かりを消したんです」夫人は涙で頬を濡らした。

「あなたは見て見ぬふりをしたんですか？」ピアは唖然としてたずねた。

「夫は息子を改心させ、なにがよくて、なにが悪いかわからせようとしたんです。エリーアスには仕置きが必要だとわたしたちは信じていました。夫の父親も小さい頃折檻したそうです。だから害にはならないと考えたんです！」

　ピアは耳を疑った。

「お願いです！　あの子を捜してください！」夫人はピアの手をつかんだ。「あの子が一生悔いるようなことをしでかしそうで心配なんです！」

「五日前からエリーアスさんを捜しています」ピアは鋭い口調で答えた。「はじめから正直に話してくれていれば、とっくにエリーアスさんと話ができ、こんなことは起こらずにすんだはずです！」

「わたしが悪かったんです。わたしたちはエリーアスにたくさんひどいことをしてしまいました。償うことはできないでしょう」夫人はピアの手を放し、拝む仕草をしてひざまずいた。

「レティツィアはガレージに掘った穴にいるはずです。エリーアスが子どものとき、よく閉じ込められたところです」

*

地下の暖房設備室の壁に突き刺さっていた弾丸で、エリーアスの拳銃が本物かモデルガンかという問題はすぐに答えが出た。ピアは排出された薬莢が洗面台の下に転がっているのを見つけた。

「九ミリ」暗澹としてそういうと、ピアは薬莢と弾丸を保存袋に入れた。

エリーアスはその小さな部屋で、自分の言葉に重みをつけるため一度だけ発砲していた。相手を脅すために拳銃を振りまわすのと、実際に引き金を引くのは別物だ。エリーアスは一線を越えたのだ。この先も追い詰められたら拳銃を使う可能性があるということだ。エリーアスは極端に感情を高ぶらせている。母親の黒いBMW X5を盗み、実弾を装塡した拳銃を携行している。ピアはこの新しい情報を通信指令センターに伝えてから、一階に上がった。巡査たちがガレージに掘った穴にいるレティツィア・レッシングを発見していた。手足を縛られ、強力ガムテープで口と目をふさがれていた。驚いたことに、レティツィアは少しも衝撃を受けていなかった。自分が置かれたみじめな状況にひどく腹を立てていた。三十分後、ピアはレティツィアと向かい合わせにすわった。彼女は湯気を上げるコーヒーのカップを両手でつつんで飲んだ。

「なにがあったか話してください」ピアはレティッツィアにたずねた。

「弟が庭に入ってきて、母とわたしを拳銃で脅したんです」そういって、レティッツィアはコーヒーに息を吹きかけた。「わたしたちを地下室に閉じ込めて、手足を縛りました。それから父を待ち伏せたんです。あいつ、手配写真とはまるで違っていました。髪を短くして、メガネをかけていました」

「エリーアスさんはあなたになにをしようとしたのですか？」

「さあ」レティッツィアは肩をすくめた。「拳銃を振りまわして、警察に電話をかけようとしたわたしから携帯電話を奪って、池に投げすてたんです」

「でも、彼にはここへ来る理由があったはずですよね」

「あったとしても、わたしたちには明かしませんでした」

「弟さんは危険を冒しました。集落のいたるところに警官がいますからね。村の出入り口では検問もしています。あなたを地下室に連れていったとき、なにかいったはずです」

「あいつがしようとしたことなんて、知るわけないでしょ！」レティッツィアは断言した。「あいつは拳銃でわたしを狙ったのよ。死ぬほど怖かったわ！　長いあいだ暗い地下室にすわらされて、それからさっきの穴に放り込まれたのよ！」

　突然、目がうるみ、両手がふるえた。今さらながらに衝撃を覚えたのだろうか。それとも演技？　バゼドウ医師の言葉がピアの脳裏に浮かんだ。〝レティッツィアは根っからの嘘つきで、人を思いどおりに操るのです。非常に知性があり、目的のためならなんでもします〟

「弟は完全にいかれてた！」レティツィアはすすり泣き、拳を唇に押しつけた。目に暗い影がさし、同情を誘う目つきをした。「あいつは精神病で、おまけに拳銃を持ってる。警察の身辺警護を求める！　やっぱりあいつがパウリーネを……」

「いいかげんにして！　嘘をつくのはやめなさい！」ピアはびっくりして振り返った。後ろにレッシング夫人が立っていた。のっぺりした顔が怒りで白くなっている。「荷物をまとめて、この家から出ていきなさい、この嘘つき！」

「だけど母さん！　なんであいつの馬鹿げた言い分を信じるのよ。わたしに仕返しがしたくてしゃべったってわかんないの」レティツィアはすがるように両手を上げ、ぽろぽろ涙を流した。

「あいつはわたしに嫉妬して作り話を並べたてたのよ」

「やはりエリーアスさんはなにかいったんですね」ピアはこの一家にうんざりしていた。「さっきは、エリーアスさんがなぜここに来たのかわからないといっていませんでした？」

「そうはいってないわ」レティツィアはそういって、涙をぬぐった。かすかに笑みまで浮かべた。彼女こそ社会病質者だ。ふたたび優位に立って、このやっかいな状況からうまく抜けだせるとたかをくくっている。「最後までいわせてくれなかったんじゃない」

堪忍袋(かんにんぶくろ)の緒が切れた。ピアはほぼ一週間まともに眠っていない。三件の殺人事件とパウリーネ・ライヒェンバッハ暴行事件を解明しなければならない。無駄な時間を過ごす気はなかった。

「もう充分です」ピアは鋭い声でいった。「レッシング夫人、これからあなたに質問します。

簡潔で正確な返答をお願いします。自責の言葉も余計な形容詞もいりません。さもなければ署に任意同行してもらいます。わかりましたか？」

「はい」

「では、エリーアスさんがここにあらわれたのはなぜですか？」

「言い方に気をつけて、母さん！」レティツィアが口をはさんだ。

「黙ってなさい！」ピアはレティツィアにぴしゃりといった。

「エリーアスは何年にもわたる姉の仕打ちを話してくれました」夫人はいった。「夫もわたしも、まったく知らなかったのです。わたしたちはあの子が精神病だと思って何人もの医者に診せました。精神病としか思えなかったものですから」

「弟は……」レティツィアがまた口をひらいた。ピアはダイニングテーブルに向かってすわり、成り行きを見守っていた巡査のひとりを手招きした。

「この人をホーフハイムに連れていって。あっちで事情聴取する。ロンバルディに、出勤したら対応するように言付けて」

巡査はうなずいた。やることができて喜んでいた。

「なによ、それ？」レティツィアがいきり立った。「どうかしてんじゃないの、この女デカは」

「警告しましたよ」ピアは冷ややかにいった。

「来なさい」巡査がレティツィアに手を伸ばした。

「触るな！」レティツィアがどなった。「そんな汚い手で触ったら、訴えてやるから！」

「レティツィア！」母親がどなった。

「これで刑法百八十五条の侮辱行為は四度目です。高くつきますよ」ピアは微笑んだ。レティツィアがかんかんに怒るのは目に見えていた。そしてそうなった。レティツィアはピアと母親とふたりの巡査を口汚くののしり、家から出るのを拒んだ。すると居間にすわり、両手で顔を覆っていたペーター・レッシングが立ちあがって、オープンキッチンのコーナーにやってきた。あっと思ったときには手を振りあげて、パチンとレティツィアを平手打ちした。レティツィアは倒れそうになった。

「よくも長年だましつづけたな」レッシングは押し殺した声でいった。「家から出ていけ。うちの敷居をふたたびまたげると思うな」

「泣きを見ても知らないから」レティツィアは憎しみを込めて歯がみし、父親の足下に唾を吐いた。それから背を向けると、顎を上げ、ふたりの巡査に伴われて玄関へと階段を上がった。

＊

ペーター・レッシングはシャワーを浴び、朝食用カウンターのハイチェアにすわった。目の前にコーヒーを注いだカップがあったが、手を触れようとしなかった。オリヴァーも片手にコーヒーを持って花崗岩（かこうがん）の作業台にもたれかかった。押し黙っているふたりのところに、ピアがやってきた。

「息子さんは奥さんのX5を盗みました」ピアはレッシングに伝えた。

「あの車にはGPS発信機が装着されている。盗難除けだ。前に車を盗まれたことがあったか

〝だれが信じるものですか。奥さんを監視するために決まってる〟とピアは思った。

「どうかエリーアスを頼む」レッシングは力なくいった。

「なにも保証できません」ピアは答えた。この男には虫唾が走るが、ぐっと気持ちを押し殺した。うかつなことをいってはいけない。「息子さんが検問に引っかかって発砲したら、困ったことになりますね」

レッシングはため息をついた。昨夜の一件で彼は変わっていた。傲慢なそぶりは影をひそめ、夜が白んで少しずつ輪郭が見えてきた庭をじっと見つめていた。

「ひどい夜だったことはわかっていますが」ピアはいった。「それでもいくつか質問しなければなりません。いいですか？」

「ああ。いいとも」

ピアはレッシングに彼の権利を告知し、型どおりに事情聴取を録音する許可を取ると、スマートフォンの録音アプリを起動して、レッシングの横のカウンターに置いた。

「この数日つづいている殺人事件のことです。被害者はあなたがよくご存じの方たちですね？」

「ああ、そうだ」レッシングが答えた。

彼が否定しなかったので、ピアは肩すかしを食らった。彼の返事は簡潔だった。言葉を濁したり、いい逃れたりしようとはしなかった。

「ご両親との関係はどうでしたか？」ピアはたずねた。

「どうしてそんなことを訊くんだ？」レッシングがはじめてピアの目を見た。

「厳しかったですか？……それとも放任主義でしたか？」

「かなり厳しかった」

「あなたが動物を虐待したと知ったとき、ご両親はどういう反応をしましたか？」

驚いたことにレッシングはうっすら笑みを浮かべた。

「いいかね。オリヴァーがわたしのことをどういったか知らない。たしかに猫を殺したことがある。今でもそのことを恥じている。あれは一種の……肝試しだった。わたしは十歳で、罰を受けた」

「しゃべったら制裁を加えると友だちを脅したのではないですか？」

「ああ、脅した」

「ではどうして発覚したのですか？　仲間のだれかが漏らしたのですか？」

「違う。自分で白状した」レッシングは片手で顔をぬぐった。「悪夢を見たんだ。寝小便もするようになった。様子がおかしいと気づいた両親に問い詰められた。そういうときは絶対に手を緩めない。しかたなく白状した」

抵抗したり、いい逃れしたりすると思っていたピアは、オリヴァーをちらっと見た。レッシングの話には信憑性がある。オリヴァーは軽くうなずいて、つづけるよう促した。

「その肝試しを要求したのはだれですか？」ピアはたずねた。

わずかなためらい。

「覚えていない」

嘘だ。絶対に覚えている。だがピアは問い詰めるのをやめた。

「先週の金曜日の午後十時から午後十一時のあいだどこにいましたか？」

「うちにいた」

「先週の水曜日深夜から木曜日の未明にかけては？」

「仕事でエアフルトにいた」

「ホテルの領収書くらいありますよね？」

「いいや。だがガソリンスタンドの領収書ならある。車で家まで帰った。夜中に車を走らせるのが好きでね。高速道路はすいていて、静かに考えることができる。真夜中に帰宅した」

「先週の土曜日の午後八時から真夜中は？」

「自宅にいた。ワインを飲んで、早めにベッドに入った」

レッシングはアリバイを考えることもしなかった。殺人が何時に行われたか知らないのだろうか。それとも率直なのは無実である証だろうか。

「一九七二年八月十七日、あなたは右手に創傷を負いましたね」ピアはいきなり話題を変えた。

「どうして怪我をしたんですか？」

それまで質問に少しも関心を寄せなかったレッシングだが、首から顔へとかすかに赤みがさした。こめかみの血管がドクドクいっている。レッシングは背筋を伸ばした。

「そんなことがあったとしても、もう記憶にない」

それが嘘であることは、彼の態度、無意識の反応から明らかだ。

「四十年以上前のことだ」

「思いだす手助けをしましょう。八月十七日の午後、あなたが所属していたチームはＦＣシュナイトハインとのサッカーの試合で〇対六の惨敗を喫しました」

「わたしはサッカーを十五年プレーした」レッシングは用心しだした。「五歳のときからだ。すべての試合を覚えていると思うかね？」

「たしかに、それはないでしょうね」ピアは微笑んだ。レッシングは少しだけ緊張を解いた。

「でもあの試合は忘れられないのではないですか。試合のあとあなたたちはボーデンシュタイン農場の防火貯水池でアルトゥール・ベルヤコフと出会ったはずです」

レッシングの顔の傷が紅潮した。

「否定してもだめです。昨日インカ・ハンゼンとラルフ・エーラースに話を聞きました。金曜日の夜、〈メルリン〉に集まって、昔の誓いを確認しあったかもしれませんが、ふたりは昨日その誓いを破りました」

レッシングは顔を上げると、また窓の外を見つめた。喉仏がひくついている。動揺を隠そうとしている。

カウンターに置いていたピアのスマートフォンが鳴りだした。

「スイスの精神科医カール・グスタフ・ユングがいっています。〝健全な人間は他の人間を虐待しない。通常、虐待された人間がふたたび別の人間を虐待する〟あなたが虐待に及んだのにには理由があるのです。あなたのお父さんは、許せないことをしたあなたに屈辱を与え、地下室に閉じ込めましたね。あなたのお母さんはおそらく黙って見ていたのでしょう。ちょうど、あなたがエリーアスさんを地下の暖房設備室に閉じ込めたときに見て見ぬふりをしたあなたの奥さんのように。あなたがこれほど多くのひどいことを引き起こしていなければ、お気の毒にと思うところです」

「わたしが犯した過ちを全部、親のせいにするのは単純すぎるだろう」レッシングはピアを見た。顔からは血の気が引き、目がうつろだった。「たしかに子どもに理解のあるやさしい親ではなかった。父はかんしゃく持ちで、手が早かった。それは耐えられた。母のやり方の方が悪質だった。理解のあるふりをして監視していたんだからな。母にはなにひとつ隠すことができなかった。すべて知るまで根掘り葉掘り質問をして、罰を下した。それもとんでもなく厳しい、屈辱的な罰をな」

レッシングは片手で顔をぬぐった。

「わたしは母からどう見られていたかまったくわからなかった。母には愛憎相半ばする気持ちを抱いていた。どうやっても母の期待には応えられないと思い、そのせいでわたしはいつも機嫌が悪かった。しかしわたしの怒りは母や父ではなく、自分よりも立場の弱い連中に向けられた。自分の子どもたちにはもっといい父親であろうとしたが、見事に失敗して、親の過ちを繰り返していた」

「お母さんが亡くなったあとでルッペルツハインに戻ったのも、そうした事情からですか？」

「そうだ」

「なんで戻ってきたんですか？　あなたなら、どこでも家を構えることができたでしょう」

「わたしにもわからない」レッシングは肩をすくめた。

「わかっているはずです。お母さんが亡くなったあと、秘密を隠しとおさなければならないと思ったんでしょう。インカ・ハンゼンがルッペルツハインに戻ったことを知ってからはなおさら」

インカの名が出るなり、レッシングはかすかにびくっとした。ピアは大当たりだと気づいた。

「猫を殺せとあなたに要求したのはインカ・ハンゼンだったんですね？」

ピアはオリヴァーの悄然(しょうぜん)としたまなざしに気づいた。

「そうだ」レッシングは小声でいった。

「アルトゥールを追いかけまわそうといったのもインカ・ハンゼンですね？」

「ああ」レッシングはささやく声になり、カウンターに肘(ひじ)をついて両手で顔を覆った。

「インカ・ハンゼンはなぜあなたを従えることができたんですか？」ピアはたずねた。

しばらく苦渋に満ちた沈黙がつづいた。ピアはじっと待った。ドアが開く音がしたので、ピアはヘンリエッテ・レッシングを近づけないよう、オリヴァーに目で合図した。妻がいるところでは、レッシングは証言しない恐れがある。

「インカ・ハンゼンは十歳の少年であるあなたの秘密をなにか握っていたんですね？」

「インカの母親はわたしの母の友人だった」レッシングがかすれた声でいった。「わたしは……問題を抱えていたんだ。だれも知らないことだった。ところが、インカはわたしの母の話を耳にして、そのことを知ってしまった。彼女はみんなにばらすと脅迫した。わたしは恥ずかしくて死にそうだった。インカを憎らしく思ったが、抵抗することはできなかった」

「なにが問題だったんですか？」

レッシングがごくんと唾をのんで、目を閉じた。

「包茎」

とんでもない秘密が明かされると思って身構えていたピアは、あまりの陳腐さに一瞬開いた口がふさがらなかった。レッシングは目を開けて、唖然としているピアに気づいた。

「ああ、滑稽だろう。今となっては自分でも信じられない。しかしあの頃のわたしには恥ずかしくてならないことだった。インカはわたしをいいなりにして、食い物にした。あいつはありとあらゆることを知っていた。わたしだけではない。あいつの母親は、今なら情報通とでも呼べる人だったんだ」

レッシングは自白して肩の荷が下りたかのようにほっと息を吐いた。

「家族でルッペルツハインに戻ってきたのは、わたしが親の家を相続して、そこが恰好の立地だったからだ」レッシングは話をつづけた。「うちが移り住んだあと、インカも戻ってきた。わたしは家を売って、他へ移ろうと思ったが、ヘンリエッテが理解を示すわけがなかった。昔の恥ずかしい話をすればなんとかなったかもしれないが、それはできなかった」

「その代わりにすべてをなかったことにしたんですね」

「ああ。インカのことはときどき遠目に見かけただけだ。彼女はわたしたちと距離を置いた。おかげで気が楽だった」

「しかしあなたたちが秘密にしていたアルトゥールの事件が蒸し返され、突然、過去と向き合わなくてはならなくなったんですね」

レッシングはピアをじっと見た。

「金曜日の夜、〈メルリン〉で古い友人たちと会いましたね。なぜですか？　なにを話し合ったのですか？」

「ジモーネの発案で集まった。ロージーが殺されて、オリヴァーが捜査を指揮するらしいと彼女が話したんだ。ロージーのキャンピングトレーラーが燃えたことは知っていたし、わたしはすでにオリヴァーとあなたの訪問を受けていた」

「つづけてください」

レッシングは深呼吸して、一瞬息を止め、また吐きだした。

「オリヴァーに質問されても、絶対にアルトゥールの件を話さないことにしようと決めた」

「どうしてアルトゥールの件が三件の殺人事件に関係していると思ったんですか？」ピアはたずねた。

「なぜなら……」レッシングはオリヴァーをちらっと見た。「あのことがささいな偶然でいつか発覚するのではないかと恐れていたからさ」

「罪というのは恐ろしい重荷です、レッシングさん。償った方が楽なんですよ」

レッシングは目をつむった。昨夜、すべてが水泡に帰したことを実感したはずだ。エリーアスから聞かされたことは、レッシングにとって人生の破産宣告に等しい。被害者のつもりが、加害者になっていたのだ。償いようがないほどの失態だ。

「意外な展開になることはよくあるし、破局に至ることもあります。あなたたちがサッカーの試合からの帰途、アルトゥールと出会ったことはわかっています。彼を追いかけまわしましたね。あなたたちは九人でしたから、アルトゥールにあらがう術はなかった。しかたなく木に登った。しかしあなたたちはそれでも飽き足らず、キツネを殺した。あなたたちがアルトゥールを殺害したとは考えていません。怪我をしたアルトゥールは道路に出たところで、ローゼマリー・ヘロルトの車にひかれたのでしょう。あなたのお父さんはそのことを知っていた。何年にもわたって」

レッシングは身をこわばらせた。目をむき、顔から血の気が失せた。

「あなたのお父さんがローゼマリー・ヘロルトとその夫といっしょに、アルトゥールの遺体とキツネの遺骸を森の中の墓地に埋めたのではないかと考えています。あなたのおじであるケーニヒシュタイン警察署署長は何日にもわたって刑事警察の介入を阻止しましたね。あなたの両親は当時なにが起きたか知っていたのでしょう。そこで村に箝口令を敷いた。あなたのお父さんはあなたたちが森で負った怪我を治療したときのカルテをすべて隠して、警察の目に触れないようにし、それを使って他の親たちを何年にもわたって脅迫していたのでしょうね」

「まさか」レッシングはささやいた。

「いいえ。そういうことだったと思います。あなたたちはあなたの親によって、アルトゥールを死なせたと意図的に思い込まされたんです。だから今まであなたは自分が人殺しだと思っていた」

レッシングはがっくり肩を落とした。彼の中でなにかが崩壊するのが手に取るようにわかった。

「この村にはすべての秘密を知っていて、それが明るみに出るのをなにがなんでも阻止しようとしている人物がひとりいるのです。ローゼマリーは息子と司祭にそれがだれか明かしたのでしょう。だから三人は死ななければならなかったのです。あなたの息子さんがキャンピングトレーラーに放火した犯人を目撃してしまったのは運命の皮肉としかいいようがないですね。エリーアスさんは犯人にとって危険な存在です。保護する前にエリーアスさんが犯人の手に落ちれば、殺されるでしょう」

「なんてことだ」レッシングは腕に顔を伏せた。愕然としているのは本心らしい。ごまかす力はもう残っていない。ピアはすかさずいった。

「あとふたつ質問があります、レッシングさん。あなたのお母さんはどんなふうに亡くなったのですか？」

「階段から落ちた。大腿骨頸部骨折。手術を受けたが、死んでしまった」

「インカ・ハンゼンとは性的関係を持っていましたか？」

レッシングは顔を上げた。

「関係というほどのものではなかった」レッシングの目が憎しみできらっと光った。「一度だけセックスをした」

「それはいつですか？」

「ジモーネとローマンの結婚パーティのときだ。あいつは絶望していた。オリヴァーが彼女を連れてきて、インカを無視したからだ」レッシングは苦笑した。「わたしは彼女をなぐさめ、セックスをした。成り行きさ。あいつらしい。いつも軽挙妄動に走ってばかりいる。わたしたちは森に入った。ロマンチックだった。あのことを除いて。あいつは、そのことを忘れていた。そのときあいつがかつてからかった問題がもう解消されていることを証明した」

「それは一九八三年夏ではないですか？」

「ああ」レッシングはうなずいた。「その直後、インカはアメリカに行った。そして、妊娠したと手紙を書いてきた。わたしは、嘘をつくなと返事した。アメリカへ飛んでいきもした。一九八四年一月だ。あいつは腹が大きくなっていて、わたしを見て喜んだ。わたしがあいつと結婚すると確信していたんだ。わたしがどんな苦渋をなめさせられたか忘れたかのように！　あいつを憎んでいたわたしは、あいつと子どもの面倒を見るのはごめんだといって背を向けた。復讐を果たしたわけさ。あいつはそのあと何年も手紙を書いてよこした。わたしは開封もせず捨てた。わたしにとって、インカはもう終わった存在だったんだ」

「どうしてあなたに養育費を要求しなかったんでしょう？」

「自尊心が許さなかったんだろう」レッシングは吐き捨てるようにいった。「出生証明書にわたしの氏名を記入することもしなかった」

＊

「ソドムとゴモラ（『旧約聖書』に出てくる都市。道徳的退廃によって、神に全滅させられた）」レッシングの家を去るとき、ピアは首を横に振りながらいった。「あきれてものがいえません」

「わたしもだ」オリヴァーは沈んだ声で答えた。「気持ちの整理が必要だ」

ペーター・レッシングは署でもう一度証言し、署名するため、パトカーに乗り込んだ。

スマートフォンがまた鳴って、ピアはいらいらしながら電話に出た。

「すみません」すぐに女性の声がした。

「どなた？」ピアはつっけんどんにたずねた。電話で名を告げずに話をする人が嫌いだったのだ。

「メルレです。ニケが消えました！　母親が部屋を見にいったら、もぬけの殻だったんです」

「なんてこと！」ピアは声を荒らげた。「なんでそんなことに？」

「わたしだって、睡眠が必要です」メルレはへそを曲げた。「十七の女の子の部屋で仮眠するなんて無理です！」

「エリーアス・レッシングは武器を所持している」ピアはメルレの不平を聞き流した。「そして母親のX５を盗んだ」

「最低」

「ニケはメッセージを残した?」

「いいえ、なにも。しかし別のEメールアドレスを持っていたようです。iPadがあることを、両親はわたしたちに伝えていなかったんです。防犯カメラを確認したところ、三時五十八分に地下室から抜けだしていました。リュックサックを肩にかけて。ニケはふたつの顔を持っていたようですね」

「そうらしいわね」黒雲が低く垂れ込め、霧雨が降っていた。ピアは首を引っ込めて車のまわりを歩きまわった。オリヴァーが助手席のドアを開けたので、ピアは車にすべり込んだ。「メルレ、そこにいてもしかたないわ。家に帰って眠ってちょうだい」

「どうしたんだ?」オリヴァーがエンジンをかけながらたずねた。

「ニケが逃げたんです。わたしたちに協力する気なんてなかったんですよ。今頃、エリーアスといっしょでしょう。これで、捕まえるのが難しくなりました。いまいましいったらない」

「どうかな。娘が彼といっしょなら、娘の携帯電話で連絡が取れるじゃないか」

「持ってでたかどうか」

「エリーアスは彼女に電話をかけてきたんだろう。エリーアスの電話番号はわかっているじゃないか」

「いいえ。非通知でした」

「ふたりはどうやって連絡を取り合ったんだ?」

「Eメールです。ニケは四時になる少し前に地下室から両親の家を抜けだしました。」リュックサックを持って」

「どこかに向かったはずだ」オリヴァーはローベルト＝コッホ通りに曲がって、ピアの車が止めてある魔の山（ツァウバーベルク）へ向かう坂道を上った。「ふたりが安全だと思うところ。エリーアスは、自分が手配されていて、いたるところに検問が敷かれているのを知っている」

ピアのiPhoneがまた鳴った。スポーツフィッシング愛好会の池で車が発見され、消防団とドイツライフセービング協会が車を吊りあげるため、クレーン車で現地に向かっているという。

「スポーツフィッシング愛好会の池はどこですか？　知ってます？」ピアはボスにたずねた。「池に車が沈んでいるのが発見されたそうです」

「国道八号線沿いの森の中だ。森林愛好会ハウスへ行く道の途中だ」そう答えて、オリヴァーはレストラン〈メルリン〉のテラスの下の駐車場に止めてあるピアの車の横で停車した。「フェリツィタス・モリーンのランドローバー・ディフェンダーから採取した血液のＤＮＡはどうなった？」

「さあ」ピアは、ボスのいいたいことがわかった。「エリーアスが乗っていたのはパウリーネの車ではなくて、ランドローバーだったというんですか？」

「その可能性がある。どうしてパウリーネの車を使っていると思ったんだ？」

「パウリーネがエリーアスに会うつもりだったらしいです。パウリーネの親友ローニャからの話からそう推測できます」

「エリーアスを木曜日から捜索していたのに見つけられなかった」オリヴァーは乾いたフロン

トガラスをガリガリこするワイパーを停止させた。「あいつはずっと森林愛好会ハウスにいたのかもしれない。ランドローバー・ディフェンダーに付着していた血が彼のものなら、賃借人の姉が森で彼を拾って、匿(かくま)っていたことになる」

「エリーアスはラルフ・エーラースのところの犬小屋に犬を置いていきました！」ピアは目から鱗(うろこ)が落ちた。「森林愛好会ハウスに犬がいたのを覚えています。木曜日の朝に駆けつけたとき、吠(ほ)え声を聞きました」

「だがなんで連れていったんだ？」

ピアとオリヴァーは顔を見合わせた。

「こうしましょう」ピアはきっぱりといった。「記者会見までまだ四時間あります。ケムとわたしはスポーツフィッシング愛好会の池と森林愛好会ハウスへ行ってみます。記者会見のあと、サッカーの試合に行った者たちを署に連行します。インカ・ハンゼンとペーター・レッシング、そしてラルフ・エーラースから聞いたことを、彼らにぶつけてみるんです。個別ではなく、全員いっしょに。売り言葉に買い言葉でなにをいいだすか見物(みもの)です」

「わかった」オリヴァーはうなずいた。「レオナルド・ケラーはどうする？　彼のことも拘束したい。彼の安全のためにも。記者会見で彼の名が出たら、住民がなにを考えるかわからない」

「彼を入れられるほど留置場がありますかね？」ピアは顔をしかめてドアを開け、ケムに連絡するため iPhone をだした。

「なんとかする」オリヴァーはいった。「そうだ、ピア……」

「なんですか？」車から降りかけていたピアは、動きを止めてオリヴァーを見た。

「すばらしい采配だ」オリヴァーが大真面目にいった。「本当だ。きみをわたしの後任にしなかったら、よほどの間抜けということになる」

「ありがとう」クリストフにしか伝えていなかったことをここで口にするのはためらわれたが、ピアはオリヴァーにいうことにした。「あなたがいてくれる方がうれしいのはわかってるでしょ。でも……決裁が下ったと昨日、エンゲル署長からいわれました」

「そうなのか？　それで？」

「ボスの後継者になりました」

「それはすばらしいじゃないか！」オリヴァーは微笑んだ。「おめでとう！　うれしいよ！　署長はわたしの薦めを無視するんじゃないかと気が気じゃなかった」

「相当悩んだようですね」ピアは笑みを作ろうとしたが、うまくいかなかった。「でも結局わたしを選んだんです」

「他に選択肢はなかったさ。きみは敏腕刑事だ。みんなが知っていることだ」

「ありがとう」ピアは車から降りたが、もう一度、車にかがみこんだ。「一年して捜査十一課が恋しくなったら、喜んでデスクを返します」

＊

クレーンがパウリーネ・ライヒェンバッハの錆びついたトヨタ車を少しずつ池から引きあげ

るのを見ながら、ピアはケムにいった。

「トランクルームに遺体があったらいやだわ」

泥水が開いている窓からあふれだし、銀色に輝く死んだ魚が水面を叩いた。穴のあいたタンクからガソリンが池に流れだし、池の魚を全滅させたのだ。エンジンオイルが水面に浮いている。霧雨の中、年配の男が五人、小さな池の畔に立って両手をフィッシングベストのポケットに入れ、暗い面持ちでクレーンの作業を見守っていた。色あせた野球帽をかぶった小太りの男がケーニヒシュタイン警察署の巡査と消防団の現場指揮官相手に二十分前から興奮してしゃべっている。男の嘆き節は救急車のエンジン音に負けないくらい大きかった。

「車は今朝までなかったそうだ」ケムがいった。彼はまっすぐルッペルツハインにやってきた。途中でピアから、夜中になにがあったか報告を受けていた。「森林愛好会ハウスへ行って、モリーンに話を聞こう」

ジェントルマンらしく、彼はピアのために傘をさしていた。本人はチャコールグレーのエレガントなレインコートを着て、同系色のゴム長靴をはいていた。まるで野外撮影中のモデルのようだ。

「やあ！　あんたら、刑事さん？」小太りの男が、巡査や消防団員では埒があかないと思ったのか、ピアたちのところにずんずん歩いてきた。男はふたりの前で立ち止まると、腰に手を当てて、うさんくさそうにケムを見た。「あんた、外国人だろう」

「みんな、つきつめれば外国人ですよ」ケムはていねいに答えた。「家族はトルコ出身です」

「そうかい。ドイツ語がうまいじゃないか」

男は肩をすくめ、ケムが難聴ででもあるかのように声を大きくした。「俺のいってることがわかるかい？」

「ええ、なんとか」ケムはこの状況が滑稽に思えたようだ。「でも、ゆっくりと話してください。ヘッセン訛(なまり)は苦手で」

男には皮肉がわからなかった。

「俺はヴェルナー・コール。スポーツフィッシング愛好会〈トクヒ一九七四タウヌスルー〉の会長だ」

男はわざわざトクヒといった。ピアはニヤニヤしそうになるのを堪(こら)えた。

「一九七四てのは創立した年だ。わかっか？」

「ええ、まあ、ヴェルナー・コールさん」ケムは真面目に応対した。「それでトクヒというのは？」

ピアはケムの脇腹を肘で突(つつ)いた。ふざけている暇はない。

「特定非営利活動法人の略だよ！」ヴェルナー・コールは大きくうなずいた。「昔は二十八人の会員がいて、今でも十二人が活動してる。それにしても、ひどい奴がいるもんだ。五万ユーロ相当の魚が死んじまった！」コールは自分の言葉に説得力をもたせようとしてか、腕を振りまわした。

「マス、テンチ（ヨーロッパに生息するコイの一種）、コイ。来期のために育てていた若魚だった！　全滅だよ、ちくしょう！　見てのとおり柵も斜面もくずれて、池も台無しだ。こういうことははじめてじゃないが、こんなにひどいのははじめてだ」

「あなたが会長なら、うちのボスと直接話してください」ケムはピアの方を顎でしゃくった。

「わたしはただの同行者なので」

「はあ？　なんだって？」コールはレンズが汚れた遠近両用メガネをとおしてピアをさげすむように見つめた。「ボスは女なのか？」彼は釣り仲間の方を向いて手を上げた。「外国人と女をよこしやがった。今どきの刑事警察はどうなってんだ？　ドイツもおしまいだ」

ピアは自分の視野の狭さを棚に上げる偏狭な人間をよく知っている。こういう輩（やから）は意外と権威に弱い。ピアは身分証を呈示し、拳銃が見えるようにわざとジャケットを払った。

「ホーフハイム刑事警察署殺人課のザンダー首席警部です」ピアはきびきびといった。「お気持ちはわかります。あなたの不穏当な発言には耳をふさぎましょう、コールさん」

「殺人課？」コールの丸顔が真っ赤になった。

「その車は犯罪の被害者になった若い女性の持ち物です。この周辺が事件現場になった可能性があります。みなさんには、しばらく立ち入らないようお願いします」

「どういうわけだ？」コールはあわてた。「そいつはなんで養魚池に車を突っ込んだりしたんだい？」

「彼女がやったのではありません」ピアは苛立った。あまりの間抜けさに、ケムが背を向けて笑った。

「ケーニヒシュタインのヤンキーじゃないのか？」

「そのようです。先週の木曜日、キャンピングトレーラー火災で男性が亡くなったことをご存じないのですか？」

「家内と一週間ハルツ地方でバカンスをしてたからな」コールは頭をかいて、困った様子で釣り仲間の方を向いた。思いがけなかったようだ。

そのときピアはあることを思いついた。

「みなさん、ちょっとこちらへ来てください」ピアが手招きすると、男たちがおずおずと近づいてきた。「熱心な釣り人なら、ここにはよく来られますよね？」

みんな、そろってうなずいた。

「先週の木曜日、ここでなにか気づいたことはないですか？」

五人の男たちは黙って顔を見合わせた。

「向こうの森で騒ぎがあった」ひとりがいった。「火事になった」

ご名答。

「クルティと俺は大きい方の池のフィルターを掃除してた」別の男が口をひらいた。「唇裂があり、顔面がよく痙攣した。「テレビ局の車が何台も来たっけな。でも、四輪駆動車に乗った女が反対側からやってきて、にっちもさっちもいかなくなった。その四輪駆動車は急にそっちの道に曲がって、池を囲む金網をこすった」

ピアは聞き耳を立てた。

「その人を前にも見たことがありますか？」

「ああ。マヌエラの姉貴だな。森林愛好会ハウスに住んでる。しょうもない女さ。すれ違っても、あいさつひとつしねえんだから」

白髪頭の仲間たちが、そうだ、そうだとつぶやいた。

「いつのことですか？」ピアは質問をつづけた。

「いつだったかな。十時頃だ。だよな、クルティ？」

「ああ」名前を呼ばれた男が口数少なく答えた。

「戻ってきたところを見ました？」

クルティと唇裂の男は首を横に振った。

「ええと……二、三時間してからかな」

「あんなに長く森でなにをしてたのかなって思った」

「では二、三時間後に引き返してきたんですね」ピアは辛抱強く整理した。「森林愛好会ハウスに戻ったのですか？」

「そうさ。だけど……あの金髪魔女は、助手席にすわってた」

クルティが口をはさんだ。

「だれか他の奴が運転してた」

エリーアス・レッシングだろうか。捜索犬が途中でにおいを見つけられなくなった理由にはなる。ピアは礼をいうと、今の目撃証言をあとで文書にしたいといった。それからケムとピアは、パウリーネ・ライヒェンバッハの車をのせたレッカー車のところへ行った。

＊

「トクヒ」ピアは首を横に振りながらラテックスの手袋をはめた。それからレッカー車に上って、トヨタ車の運転席のドアを開け、内に視線を向けた。ケムはトランクルームを見た。

「死体はないな。すくなくとも人間の死体はない」

ケムは死んだ魚を数匹、道の反対側の下草に投げすてた。ピアは車内にかがみこんだ。むっとするにおいがする。ピアがグローブボックスを開けると、そこからも水が流れだした。なにもかも泥だらけで、判別がつかない。クレーガーの部下たちに任せるほかなさそうだ。側面の収納に片手を入れてみると、指先になにか触った。

「見つけた」ピアはいった。

「こっちもだ。いろいろある」ケムが後ろで叫んだ。「なによりもノートパソコン。これをどうする？」

「なにもしない。技術者に見てもらう」ピアはiPhoneを証拠物件保存袋に入れて、レッカー車から飛び降りた。ここでなにがあったのだろう。トレイルカメラの動画でエリーアスに気づいたパウリーネは、森林愛好会ハウスに行って、警察に出頭するようエリーアスを説得した。そしてエリーアスは彼女が裏切ると思ってかっとして殴り、証拠を隠滅するためパウリーネの車を養魚池に沈め、意識不明のパウリーネをフクロウ女のランドローバーでルッペルツハインに運んだということだろうか。だがそのあいだパウリーネはどこにいたのだろう。土曜日の夜遅く姿を消し、月曜日の朝、重傷を負って発見されている。

「エリーアスが自暴自棄になっている恐れがあるわね」ピアは車のところへ歩いていきながらいった。「だれも信じられない状態でしょう」

「その上、臨月になっている恋人を連れている」ケムは心配そうにいって、ピアのために助手席のドアを開けた。

エリーアスはなぜラルフ・エーラースのところに犬を連れていったのだろう。それになぜパウリーネを殺さなかったのだろう。死んだと思い込んだのだろうか。

ケムは道にあいた深い穴を避けるため、アクセルを踏んでハンドルを切った。暗い森が明るくなった。食堂と母屋が樹間に見えてきた。

「ガレージは空っぽね」その前を通ったとき、ピアはいった。「ランドローバーがない。最悪！　エリーアスは本当にあの車で動いていたようね。そうと知らず、わたしたちはトヨタ車を捜索していた！」

駐車場でケーニヒシュタイン署の巡査ふたりが待っていた。ケムとピアは車から降りて、あたりを見まわした。森は静かだ。鳥のさえずりも聞こえない。大きな空き地にこぬか雨が降り、キャンピングトレーラーのあたりに人の気配はない。

「母屋のまわりをちょっと見てまわりました」巡査がいった。「留守のようです」

「わかった。入ってみましょう」ピアはうなずいた。「わたしたちは玄関から入る。あなたたちはガレージの裏口からお願い。だれか逃げようとするかもしれないから」

ピアたちは二手に分かれた。ピアとケムは平屋の食堂に隣接する母屋に近づいた。玄関のドアがわずかに開いている。ふたりは顔を見合わせ、拳銃を抜いた。車のトランクに防弾チョッキがある。ピアはためらった。責任は彼女にある。家に入る前に防弾ベストをつけた方がいいだろうか。オリヴァーならどうするだろう。

「いいか?」ケムはささやいた。

ピアはうなずいて、引き金に指をかけた。ケムが足でドアを押し開け、家に入った。ピアもつづいた。生暖かい空気に包まれた。指先がドクドクいった。甘い腐敗臭がする。

「なんてことだ!(アマン・アラヒム)」ケムが顔をしかめた。「遅すぎたな!」

ピアは激しい吐き気に耐えた。ふたりは拳銃を構えると、狭くて暗い廊下をすすみ、順にドアを開けて、すべての部屋を覗いてみた。板張りの天井が黒々としていて、実際よりも天井が低く、部屋が狭く感じた。壁も板張りで、安ものの複製画がいっぱいかかっている。小さなオフィスに人はいなかった。ダブルベッドの片方が使われていない寝室にも人影はなかった。キッチンもきれいに片付いている。廊下の一番奥のドアは浴室だ。腐臭がきつくなった。

「ここだ」ケムは声を絞りだした。「うわっ」

バスタブには半分ほど水が張ってあり、その水が赤茶色に染まっていて、その中にフェリツィタス・モリーンの遺体があった。どこからどう見ても、美しいとはいえない姿だった。衣装を身につけている。もとは白かったのだろうが、血の混じった水でピンクに染まっていた。バスタブの縁(ふち)には血糊(ちのり)がこびりついていて、床に割れたワインの瓶の破片が転がり、赤ワインが半分入ったグラスがバスタブの横の椅子にのっていた。ケムが遺体を覗き込んだ。

「喉を切られている」ケムは淡々といった。「これなら長く苦しむことはなかっただろう」

ピアはフェリツィタス・モリーンにあまり好意を覚えていなかったが、こんな死に方はひどすぎると思った。

「なんで衣服を身につけたままバスタブに入っているのかしら？」

「犯人に羽交い締めにされてバスタブに押し込まれたんだ。風呂に湯を張って、ワインを飲みながら熱い湯につかるつもりだったのだろう。しかしその前に襲われた」

「ふうむ。そのようね。わたしがカイに電話する」

ピアは拳銃をしまってスマートフォンをだすと、逃げるように外に出た。新鮮な空気を胸いっぱいに吸ってから、カイに電話をかけ、電報並みの簡潔な言葉で状況を説明した。

「こっちにもニュースがある」カイがいった。「科学捜査研究所がパウリーネ・ライヒェンバッハの衣服から犬の毛を検出した」

「なるほどね」ピアは答えた。エリーアスは、よく犬を乗せて運んでいるランドローバーの荷室に意識不明のパウリーネを乗せたのだ。

「そうそう、ランドローバーに付着していた血痕はエリーアス・レッシングのものだった」

やはり。パズルがしだいにできあがってきた。

「盗まれたレッシング夫人のX5はバート・ゾーデンにあることがわかった」カイは話をつづけた。「ただし見つかったのはGPS発信機だけだった」

エリーアスが装置をはずしていたから位置の特定ができなかったのだ。ピアは通話を終えてまた家に入った。ケムがちょうど階段を下りてきた。

「これが二階の寝室のベッドの脇に置いてあった」そういって、ケムは証拠物件保存袋に入れたメモをピアに渡した。乱暴な走り書きで、判読しづらかった。

〝閉じ込めたりして本当にごめん。どうしてもニケと話す必要があるんだ。どうかわかってくれ。スマートフォンとノートパソコンを借りるけど、ちゃんと返す。頼むからサツには通報しないでくれ！　あとですべて説明する。犬は連れていくけど、心配はいらない。車も返す。ガソリンは減ってしまうけど。じゃあ！☺〟

ピアは顔を上げた。「これはエリーアスが書いたものね」

「彼がモリーンを殺したとは思えないな」ケムがいった。「帰ってくるつもりだったようだ」

「帰ってきたのかもしれない。モリーンが腹を立てて喧嘩になり、エリーアスが彼女の喉を切って、バスタブに突き入れたのかも」

「それからエリーアスは逃げだしたが、あせっていて玄関を閉め忘れた。たしかにそうかもしれない」

ふたりは現場の痕跡を壊さないように家の外に出た。

「モリーンはエリーアスをここに匿った」ケムは怒った顔をしていった。「あいつを匿うため、金曜日に嘘をついた。そして匿ってくれた感謝の代わりに、あいつはモリーンの息の根を止めた」

「率先して匿ったわけではないかも。彼はモリーンを脅したのかもしれない。パウリーネがあらわれたことで、歯車がおかしくなった」ピアはエリーアスの父親のことを考えた。ペーター・レッシングは、子どもに対して自分の親と同じ過ちを犯したと認めた。ユングの引用は大当たりだったのだ。児童虐待というと、身体への暴力や性的虐待を連想しがちだが、精神的な暴力の方がはるかに残酷で、長く尾を引く傾向がある。親は自分の子どもに絶大な権力を有している。大人になってからも。子どもにはなす術がない。どんなにひどい虐待を受けても、子どもは親を守ろうとする。何世代にもわたって成功し、尊敬に値すると思われてきた崩壊家族には、どれほどのエネルギーが蓄積されているのだろう。エリーアスはいわれのない苦痛に対する復讐をしているのだろうか。彼がしたことは救いを求める絶望的な叫びなのだろうか。動機がなんであろうと、彼の邪魔をする者が危険にさらされることに変わりはない。

*

オリヴァーはケルクハイムの市庁舎前広場を横切った。市庁舎は一九七〇年代に建てられた実用一点張りの建物で、ガーゲルンリング通りに面し公会堂の斜め前にある。ケムと彼女がフェリツィタス・モリーンの遺体を森林愛好会ハウスのバスタブで発見したという一報を受けたばかりだ。普通、遺体発見の一報を受けるとアドレナリンが激しく分泌されるのだが、なにも感じず、またかと思っただけだった。この数日、あきれることが連続して、感覚が麻痺していた。自衛のために大脳辺縁系がシャットアウトしてしまったらしく、残された脳の部位が怒りや失望といった感情に左右されずに異常なほどフル回転しっぱなしだ。オリヴァーはターリク・オマリの番号に電話をかけた。

三十分前に訪ねたケラー夫人によると、レオがいつものように六時半、スクーターに乗って仕事に出かけたという。もちろん夫人はオリヴァーが息子と話したいといっている理由を知りたがった。村でどんな騒ぎが起きているか知っていて、昔の事件が蒸し返されたら、またレオにどんな嫌疑がかかるかわかったものではないと心配しているのだ。オリヴァーも同じ恐れを抱いているので、レオの安全のためにも刑事警察署に連れていきたいと夫人にいった。夫人かららレオの携帯の番号をもらったが、連絡がつかなかった。市庁舎の一階にある墓地管理課に電話をかけると、愛想のいい女性職員が、レオは午前中、中央墓地で働いていて、基本的に知らない番号の電話に出ないといった。レオはうまく話せないので、しかたないという。応対した女性職員は、すぐに電話をかけ、斎場で待つように伝えると約束してくれた。

「もしもし、ボス？」オリヴァーがあきらめかけたとき、ターリクが電話に出た。「もうすぐルッペルツハインに着きます」

「その前にケルクハイム中央墓地に寄って、レオナルド・ケラーをケルクハイム署に連れていってくれ。署には伝えてある。レオナルド・ケラーは斎場で待っている。彼の身の安全のための措置で、母親もわかっているといってくれ。記者会見が終わったら、わたしが迎えにいって、事情を説明する」

「わかりました」ターリクはうなずいた。「そのあとは？」

「ルッペルツハインに来てくれ。六人をうちの署に搬送（はんそう）するための車を用意してもらいたい。

ロンバルディにも待機するよう伝えてくれ。インカ・ハンゼン、ラルフ・エーラース、ペーター・レッシングの三人もかならず同席させるように」

「了解です。それじゃ、あとで」

ターリクは捜査十一課にとって大当たりだった。指示を二度繰り返す必要がなく、嫌な顔ひとつせず、なんでもそつなくこなす。フランク・ベーンケとアンドレアス・ハッセが絶えず仕事の分配に不平を鳴らしていた頃はひどかった。口論が絶えず、職場の雰囲気もよくなかった。ピアが自分のあとを継いでくれることになってうれしい。ケム・アルトゥナイとターリク・オマリは有能だ。ピアに先を越されても、ケムは立ち直るだろう。

ケルクハイムの踏切で一時停止し、それからふたたびフィッシュバッハを抜けてルッペルツハインへ向かった。カロリーネは空港でヴァレンティナ・ベルヤコフを出迎え、シェーンヴィーゼンホールに向かっていた。オリヴァーはそこでふたりと落ち合う予定だ。自分の家族に敵意をむきだしにした村に何年も経って戻ってくるというのは、どんな感じだろう。彼女の弟を気にかけていれば、あの悲劇は起きなかったと責任を問われたらどうする。アルトゥールの姉との再会がどういうものになるか、オリヴァーはこれまで考える暇がなかった。突然、不安がよぎった。

ルッペルツハインは、まさに民族大移動の様相を呈していた。オーバー・デン・ビルケン通りからヴィーゼン通りに曲がると、歩くような速度でしか車をすすめられなくなった。シェーンヴィーゼンホールの周辺はさながら地獄のようだ。ありとあらゆるテレビ局のボックスカーが道沿いに駐車している。マスコミの関心の高さは想像以上だった。来訪者はみな警察による徹底的な持ち物検査を受けたあとシェーンヴィーゼンホールに入った。数年前エールハルテンで市民集会をしたときはパニックになり、死者ひとりと多数の重傷者をだした。その反省から今回は人数制限をしていた。オリヴァーは規制線のところで手招きされ、ホール裏手の駐車場に向かった。だがすでに満車だったので、適当な車の後ろに駐車した。馬場に通じる道は立入禁止が解かれていたので、パウリーネが発見された場所を多くの人が見にいっていた。カメラクルーは運動場のフェンスのそばに積みあげられた花やぬいぐるみやロウソクの山を撮影していた。レオナルド・ケラーが市の同僚と二、三日おきに片づけているが、なくなる様子はなかった。

冷たい風が吹いて、雨雲を追い払い、小さな駐車場を囲む樹木の枝を揺らした。色づいた葉がカサカサ音をたてて舞い落ち、濡れて輝く石畳の上で躍っていた。立派なイチョウが十月の日差しを浴びて黄金色の葉を輝かせている。ホールに入る前に、オリヴァーは深呼吸した。もうすぐ殺人や死者のことを考えずにすむ日々を満喫できるのだ。突然、捜査十一課最後の日が待ち遠しくなった。

＊

シェーンヴィーゼンホールの厨房で、ピアはローゼンタール検察官とキムとニコラ・エンゲル署長の三人と打ち合わせをした。カイ、ケム、シュテファン・シュミカラ、そして警察本部の広報官もピアの話に耳を傾けていた。オリヴァーは見まわした。カロリーネとヴァレンティナはどこだろう。

「ようやく来ましたね！」ピアは途中で話を切りあげると、みんなをそこに残して、オリヴァーのところに駆けてきた。ピアは疲れ切っている。みんな、疲れた顔をしている。何日も夜通し働いているのに、いまだに有力な手がかりがなかった。

「どうやらエリーアスは二、三日、フェリツィタス・モリーンのところで寝泊まりしていたようです」ピアは声をひそめていった。「彼の置き手紙を見つけました。モリーンを閉じ込めたことを謝り、ニケのところへどうしても行く必要があると訴えていました。モリーンの犬をハーゼンミューレに連れていき、ランドローバー・ディフェンダーに乗って行動していました。エリーアスはよくハーゼンミューレを訪ねていましたから、バールを持ちだすのは簡単だったでしょう」

「モリーンは死んでどのくらいになる？」

「死んだのはおそらく日曜日の夜だとヘニングはいっています。暖房がすべてつけてあり、モリーンはバスタブに浸かっていました。おそらく湯に浸かっていたでしょうから、死亡時刻の正確な特定は困難だそうです」

「ふむ」遺体がどういう状態か想像のついたオリヴァーは、ピアの代わりをしたいとは思わなかった。「エリーアスはなぜモリーンを殺し、パウリーネを半死半生（はんしはんしょう）の目にあわせたのだろう？」

「彼が犯人なら、かっとしてやってしまったに違いありません。パウリーネは警察に出頭するよう彼を説得したのでしょう。エリーアスは証拠を隠滅するため、彼女の車を養魚池に沈めたんです。彼が携行している武器はモリーンの妹の夫が所有していたものです。クレーガーが森林愛好会ハウスで銃器所持許可証と弾薬を見つけました」ピアは少し間を置いて下唇をかんだ。緊張のあまり顔が青白い。「閉じ込められて逆上したモリーンに文句をいわれて、エリーアスは切れたんでしょう」

「とにかくエリーアスは武器を持ち、使用することも躊躇(ちゅうちょ)しない。しかもニケ・ハーファーラントを連れている。無実だったら出頭したはずだ。これまで彼が運転できないとみていたが、間違いだったな。運転免許証を持っていないだけだ」

「父親と組んでいたらどうしますか？　ふたりだったら、ガスボンベとガソリンをハーゼンミューレから運びだすことも容易です。なくなっていても、目立たないでしょう。エリーアスには多数の前科があります。捜査を攪乱(かくらん)するためにエトガル・ヘロルトのマフラーを手に入れた可能性もあります。レッシングは息子を操り、エリーアスは父親の歓心を買おうとしてやったのではないでしょうか。たとえ発覚しても、レッシングは息子のせいにできます。息子なら少年裁判所で裁かれることになります。レッシング自身はそうはいきません」

その場にいたみんなが口をつぐんだ。ピアとオリヴァーを興味津々に見て、ふたりの話に耳を傾けていた。

「みなさん、あと二十分ではじめます」シュテファン・シュミカラがいった。「記者会見の内容はぼちぼち一致を見ましたか？」

オリヴァーは広報官を無視した。

「レッシングが嘘をいったとは思えない。自分が親にされたことを自分の子にしてしまったと落ち込んでいた。それに彼とその仲間がアルトゥールを死なせていないと知ったとき、愕然としていた。なんでいまさら四人の人間を手にかけなくちゃならないんだ？」

「レッシングは臭いものに蓋をしようとしたんです」ピアは早口でいった。興奮して目をぎらぎらさせている。「今朝、一九七二年に怪我したことを話題にしたとき焦っていました！　彼の父親が残した書類をバゼドウ医師が持っていたことを知らなかったんです。そもそもどこにあるのかだれも知らなかったんです。脅迫された人たちは、レッシングが持っていると思っていたのかもしれません」

オリヴァーの直感はピアの推理に与しなかった。複雑に絡み合った間違った推理の中で正しい筋道を見つけようと懸命に考えた。

「それはどうでもいいことでしょう」エンゲル署長が口をはさんだ。「当時の犯罪行為は時効になっているし、犯人が未成年で裁くことができないんだから」

「例のカルテが証拠になります」ピアはいい返した。

「なんのための証拠？　子どもたちが怪我をしたというだけでしょ。たわいもないことだったかもしれない」署長は悪魔の代弁者を演じ、ファイルをちゃんと見ていたことを証明した。

「カール＝ハインツ・ヘロルトはたしか機械工だった。指をなくしたのは仕事柄よくわかる。それにレッシングとインカ・ハンゼンの自供もある。違うの？」

「自供はあいにく本当のことではありません」ピアは首を横に振った。

「では本当の自供を手に入れて」

「少々合理的に考えすぎな気がする」黙って議論を聞いていたキムが口をはさんだ。「みんな、村の秘密を守ろうとしている。でもそこには古くからの敵意も存在している。問題は権力と威信。真実が明るみに出て、村のヒエラルキーが揺らぐのを恐れているのよ。だから人々の分別ではなく、良心に訴えた方がいい。心をこじ開けなければ、口をひらかせるのは無理ね」

ドアが開いた。喧噪が大きくなり、また静かになった。

「それならわたしが話をしましょう」

全員が、声のした方を向いた。カロリーネを見て、オリヴァーの心がはずんだ。それからその横に立っている女性が目にとまった。ヴァレンティナ。アルトゥールの姉。金髪をお下げにした脚の長いかわいい子が、今はほっそりした魅力的な女性になっていた。あまりの美しさに、オリヴァーは一瞬、息をのんだ。金髪は白くなっていた。瞳は昔と同じで青く生き生きしていたが、悲しみをたたえていた。

「アルトゥールの姉であるわたしが語りかければ、感情に訴えかけられると思うんです」温かく、メロディアスな声を聞いて、オリヴァーはすぐベルヤコフ家で味わった楽しい夕べを思いだした。彼女の母親の声にそっくりだ。そしてアルトゥールと同じ目。だがそれを思いだしても心に痛みを覚えず、癒やされるのを感じた。

「ヴァレンティナ！」そういって、オリヴァーは微笑んだ。「少しも変わっていませんね！」

「わたしも、あなたがすぐにわかりました」ヴァレンティナも微笑んだ。彼女のドイツ語はよどみがなく、まったく訛を感じさせなかった。

ふたりはお互いの老けた顔に昔の名残を求めてしげしげと見つめ合った。「昔のお父さんとそっくりです！」オリヴァーがヴァレンティナを最後に見たのは十七歳か十八歳のときだ。大学入学資格試験を受けたあと、彼女は奨学金をもらってイギリスの大学に進学した。それっきり会っていなかった。

「来てくれてありがとう」オリヴァーはヴァレンティナが差しだした両手を握った。

「あなたがあきらめなかったことに、わたしも感謝します」ヴァレンティナは答えた。オリヴァーを怒ってはいないようだ。彼が弟を守れなかったことを根に持ってはいなかった。「アルトゥールがついに見つかったことを母に伝えました。とても喜んでいました」

「そうですか！」オリヴァーは驚いていた。「お母さんがご存命とは知りませんでした！」

「今、八十六歳です。父が亡くなったあと、ロングアイランドにある我が家に移ってきました」ヴァレンティナは微笑んだが、悲しげだった。「あいにく認知症です。症状がよくなることはもうめったにありません」

ふたりは手を離し、オリヴァーはヴァレンティナに同僚を紹介した。

「報道陣に向かって少し話していただけると本当に助かります」ピアはいった。「お願いしてもいいですか？」

「もちろんです」ヴァレンティナはうなずいた。「当時なにが起きたのか突き止めるためならなんでもします」

オリヴァーは突然、記者会見がどういう展開になるかわかった。キムのいうとおりだ。これまで判明したことや推理したことはなんの役割も担わない。今ここで、口をひらかせることが大事なのだ。

＊

ターリクはどこだろう。とっくに来ていないといけないのに！　オリヴァーはホールの扉のすきまから様子をうかがった。演壇の前に報道陣が陣取っている。ピア、ローゼンタール検察官、ヴァレンティナ・ベルヤコフとニコラ・エンゲルが机に向かってすわり、その前にマイクが林立していた。カメラとマイクを持った報道陣の背後にルッペルツハインの村人がざっと半数は集まっている。聴衆の中に知った顔がちらほら見える。若い人の姿もある、きっとパウリーネ・ライヒェンバッハの友だちだ。ヴィーラントが妻と娘を連れてきている。バンディもいる。ゾーニャ・シュレックと夫のデトレフ。イレーネ・フェッター。ヤーコプ・エーラースもパトリツィアと母親のふたりといっしょだ。ポコルニー夫妻、ハルトマン夫妻、クラウス・クロル、バゼドウ医師、ホスピス〈夕焼け〉のルツィア・ランデンベルガーもいる。オリヴァーの両親もクヴェンティンとマリー＝ルイーゼといっしょに来ていた。一連の殺人事件が人々を動かしたのだ。だがライヒェンバッハ夫妻の姿はない。入院中の娘のそばに付き添っているのだろう。気持ちはわかる。エトガル・ヘロルトとヘンリエッテ・レッシングがいないのも、驚くに当たらない。

人々をここへと駆りたてたのは不安かもしれないし、興味本位と好奇心によるかもしれない。

だがそんなことはどうでもいい。みんなに少しでも多く情報が伝われば、それだけ目撃者がパウリーネを巡ってなにか話す気になるかもしれない。真相を解明するまであと少しだ。だれかがきっと沈黙を破る。

オリヴァーが厨房から出ても、だれも意識しなかった。みんな、口火を切ったエンゲル署長の言葉にじっと耳を傾けている。ケムは演壇に背を向けて立ち、聴衆に視線を向けている。まるでサッカーの審判のようだ。

「オリヴァー!」そばを通ると、父親が手を差しだした。オリヴァーは立ち止まってしゃがんだ。

「なんだい?」

「うちに届けられた写真だよ」そうささやくと、父親は椅子の下から袋をだした。「おまえたちがなにを探しているのか知らないが、写真に写っている人の名前を裏に書いておいた。役に立つといいのだが」

「すばらしい。ありがとう」

「署長の横にすわっている女の人はだれ?」母親が身を乗りだして、オリヴァーを探るように見つめた。

「ヴァレンティナ・ベルヤコフだよ」オリヴァーは袋を肩にかけた。「わざわざニューヨークから駆けつけてくれた」

ピアが発言する番になった。殺人事件について詳しく報告してから、パウリーネについても触れた。机の横に電子ホワイトボードがあって、カイがノートパソコンで操作した。生前の被害者の写真とエリーアス・レッシングの人相写真が映しだされ、パウリーネの笑顔があらわれると、聴衆からため息が漏れた。

「今朝、森林愛好会ハウスで女性の遺体を発見しました」ピアはいった。「五人目の被害者だと見ています。犯人には土地勘があります。みなさんが日頃から見慣れていて、目立たない人物なのです。ですから、事件が起きた時間に事件現場の近くで偶然なにか見なかったか考えてみてください」

ピアは再度、事件現場と日時を数えあげた。ホールの中がしんと静まりかえった。オリヴァーはクラウス・クロル、コンスタンティン・ポコルニー、アンディ・ハルトマンの三人に注目した。ピアは打ち合わせどおり犯人を追い詰める作戦に出た。二十歳から七十歳の男全員に遺伝子テストを実施すると告げた。これはキム・フライタークのアイデアで、犯人をさらに追い込むことになるはずだ。

「犯行の動機は何十年も前にルッペルツハインで起きたある犯罪行為を隠すためだと考えています」ピアの声は冷静だった。いよいよこの記者会見の核心部分だ。電子ホワイトボードにマクシを抱いたアルトゥールの写真が浮かんだ。カメラに向かって笑っている。にこにこしていて、なんの屈託もない。

「一九七二年八月十七日に行方不明になったアルトゥール・ベルヤコフの遺体が日曜日に発見されました。遺体はキツネのマクシと共に、ある貴族の家族墓地に葬られていました。年配の方なら覚えていることでしょう。刑事警察が捜査をし、事情聴取したはずです。ふたりの人物が間違って嫌疑をかけられ、捜査ミスと誤った疑惑のせいで、ふたつの家族が崩壊しました。当時なにがあったのか真実を知っている方がこの中にいると思っています。十一歳の少年はなぜどうして死んだのか、わたしたちや遺族に話せる方です。これ以上犠牲者をださないためにその方たちが話す勇気と力を示すことを期待します」

ピアは口をつぐんだ。報道関係者が質問を浴びせた。

「一連の殺人事件が古い事件と関係しているということですが、どうしてそういう判断をしたのですか？」だれかが叫んだ。

「証拠があるからです」ピアは答えた。

「具体的には？」

「捜査上の都合で今はこれ以上いえません。ふたりの人物から自供を得ているとだけいっておきます」

ほんの少しのあいだホールが沈黙に包まれた。クラウス・クロル、アンディ・ハルトマン、コンスタンティン・ポコルニーの三人は身じろぎしなかった。年配の住民なら、だれのことをいっているか察しがつくだろう。だれもまわりを見ようとせず、凍りついたようにじっとすわっている。不用意に動いて、視線を泳がせたりしたら疑われるとでも思っているようだ。集落全体が良心の呵責（かしゃく）に苛まれている証だ。

「のちほど質疑応答の時間を設けます」ピアは報道陣にいった。ホワイトボードにアルトゥールの遺骨の写真が浮かび、聴衆が息をのんだ。すぐにまたマクシを膝にのせて微笑んでいるアルトゥールの写真に替わった。ピアは法医学的鑑定の結果を簡潔に報告した。アルトゥールは高所からの落下時に骨折。また大腿骨の粉砕骨折から車にひかれたことがわかる。四十二年前にはなかった情報だ。みんな、考えろ。思いだせ！

「今日、アルトゥールのお姉さんがいらしています」ピアはいった。「ニューヨーク在住で、四十二年を経て弟さんの遺体が発見されたと知って駆けつけてくれました。どうぞ、ベルヤコフさん」

ホールにひそひそ声が広がった。ヴァレンティナがスタンドからマイクを取って立ちあがると、また静かになった。彼女は机の前に出てくると、演壇ぎりぎりまですすみでて、しばらくじっと立ったまま、目の前にすわっている人たちを見た。喪服に身を包んだ美しい女性。とっくに忘れたと思っていた過去と今をつなぐ存在。フラッシュの嵐が沸き起こった。だれひとり、予想だにしなかったことだ。あらゆるメディアでトップ記事になるだろう。

「四十三年前」ヴァレンティナは澄み切った声で話しはじめた。「わたしの家族はソ連邦からドイツへ移住しました。ドイツ語を話し、気持ちはドイツ人でした。先祖は十八世紀によりよき暮らしを求めてロシアへ移住しました。しかし第二次世界大戦後、ドイツ系の人々はすべてスターリンによってシベリアやカザフスタンに移送されました。父の両親はドイツ系の名ベルガーをベルヤコフに替えましたが、役に立ちませんでした。戦後二十五年が経ってもドイツ系住民はひどい抑圧と差別に苦しめられ、機会均等など夢のまた夢でした。わたしが十二歳のとき、わたしたちはドイツへの移住が認められ、帰化証明書とドイツのパスポートを手に入れました。わたしたちがルッペルツハインに移り住んだのは、ここに遠縁の親戚がいたからです。わたしたちはドイツ人になれると思っていました。しかしものの見事に否定されました。それどころか、憎悪の対象になったのです。ソ連邦で、わたしたちは『ファシスト』とさげすまれ、ここでは『薄汚いロシア人』とののしられたのです。弟のアルトゥールとわたしにとってはショックでした。どうしてどこへ行っても敵意をむきだしにされるのかわかりませんでした。わたしたちはなにも悪いことをしていませんでした。両親はだれもしたがらない仕事につきました。アルトゥールは絶えず怯えながら暮らしました。村の子どもたちが目の敵(かたき)にし、暴力をふるったからです。でも弟は家ではなにもいいませんでした。親を心配させたくなかったからです。アルトゥールはいい子でした。利発で、才能があり、賢い子でした。高等中学校(ギムナジウム)を卒業して、脳外科医か宇宙飛行士になるのが夢でした。しかし夢を叶えることはできませんでした」

ヴァレンティナはいったん話すのをやめ、深呼吸した。彼女の声は落ち着いていた。大げさなところも、問い詰める様子も、しんらつさもなかった。不当な運命に耐えた勇気だけが伝わった。悲しみのオーラに包まれた美しい女性。すべてを語り、古傷を覆うかさぶたを引きはがすのはつらいだろうに、そんなそぶりは微塵も見せなかった。カメラが一斉に彼女に向けられた。

「一九七二年八月十七日の夜、弟は会うべきでない人に会ってしまったのです。それっきり家に帰ってきませんでした。わたしたちの人生は一変しました。弟になにがあったのかわからないまま四十二年間生きてきたのです。わたしの両親は心が折れました。わたしは相手が人であろうと動物であろうと二度と心を開かない決意をしました。被害者はアルトゥールだけではありません。わたしの両親も被害者でした。そしてわたしも。アルトゥールを殺した犯人はいまだに殺人をつづけています。おそらくみなさんが知っている人です。犯人はここで暮らしています。なにか知っているのなら、どうか口をひらいてください！　あのときを思い返し、勇気を持って警察に出向いてください！　お願いです！　これ以上、人が死んで、苦しむ家族をださないで欲しいのです。大人になることを楽しみにしながら、それが叶わなかったアルトゥールに代わって、ご静聴感謝いたします。殺されていなければ、弟は今、五十四歳です」

みんなが衝撃を受けているのが手に取るようにわかった。女性が数人、目頭をふいた。オリヴァーは自分が息をのんでいたことに気づいた。そのくらいヴァレンティナの言葉に心を揺さぶられたのだ。彼女は机にマイクを置いて、壇上から去った。報道陣が演壇に殺到し、思い思いに質問した。収拾がつかなくなり、広報官は肩をすくめた。

〝すばらしい〟オリヴァーは感動した。期待どおりだ。これでなにかが動くと確信した。

*

オリヴァーはひと足先にシェーンヴィーゼンホールを出た。ピアからは、昔の級友の事情聴取はピアとロンバルディに任せてくれといわれている。オリヴァーがいると証言が得られない恐れがあるとピアは危惧(きぐ)しているのだ。そこでオリヴァーはホールの前の小さな広場の端に立って、ホールから出てくる人々を観察した。口数がすくなく、しんみりしている人もいれば、興奮してさかんに議論している人もいる。だがオリヴァーに気づくと、みんな、おどおどした目つきになり、うつ向いた。だれも彼と言葉を交わそうとしない。記者会見で心をかきまわされたようだ。これでだれか口をひらくといいのだが。

オリヴァーは警官の職について長い。キャリアのはじめに抱いていた理想主義を徐々に失ったが、それでもまだ、この世には良心を持つ人の方が多いはずだと信じていた。だが、本当にそうだろうか。人々の顔を見れば、フラストレーションが溜まっているのがわかる。大方の人にとって、この集落でなにがあったかなどどうでもいいことなのだ。残念だが、それが真実だ。中には、隣人を密告して、それが間違いとわかれば、村八分になると不安に思う者もいるだろう。そう思う人のことをあながち悪くはいえない。

オリヴァーはシェーンヴィーゼンホールをまわり込んで車のところへ行った。ターリクが七回も電話をかけてきていた。オリヴァーは折り返し電話をかけた。

「うまくいったか？」

「だめでした！　ケラーは斎場にいませんでした。墓地を見てまわって、ケラーの仕事仲間にも訊いてみましたが、だれも居場所を知らないといっていました。逃げたのではないでしょうか」

「体が不自由で、スクーターにしか乗れないんだぞ」オリヴァーは腹立たしい気持ちのままいった。「遠くへは行けないはずだ」

「どうしたらいいでしょうか？」

「ルッペルツハインに来るんだ。ヴィーゼン通りにあるケラーの母親の家で落ち合おう」

オリヴァーは通話を終えると、ふと立ち止まった。アンディ・ハルトマン、コンスタンティン・ポコルニー、クラウス・クロルの三人が顔をこわばらせて警察の人員輸送車に乗りこむのが見えたからだ。人員輸送車が駐車場を離れると、オリヴァーはシェーンヴィーゼンホールの裏口から厨房に入った。カロリーネがオリヴァーの方を向いて、様子がおかしいことに気づいた。

「ヴァレンティナさんの面倒はわたしが見る」カロリーネがいった。「わたしに任せて」

「ありがとう」オリヴァーは微笑み、それからピアを捜した。彼女はキムといっしょに演壇にいて、報道陣がヴァレンティナを解放するのを待っていた。

「レオナルド・ケラーが消えた」オリヴァーはいった。「ターリクとふたりでこれから母親のところへ行く。不安を覚えて、家に帰ったのかもしれない」

「わかりました」ピアは眉間にしわを寄せた。「モリーンのランドローバー・ディフェンダーが近くの森の駐車場で発見されました」

「エリーアスは車をそこに止めて、歩いて両親の家に向かったんだろう。それから母親のBMWに乗り換えた。だがいつまでも隠れていることはできない。給油する必要がある。そうすれば捕まえられる」

「ニケのことが心配です。ニケを人質に取ったらどうしましょう？」

「それはないだろう」そうはいったものの、オリヴァーにも確信はなかった。エリーアスは時限爆弾だ。「ふたりと赤ん坊にとってもっと危険なのは、彼を追っている殺人犯だ」

「傷害保険協会病院にいるライヒェンバッハ夫妻を署に連れてこさせます。真実が明らかになるとき、九人全員が雁首(がんくび)をそろえている方がいいでしょう。自白しないかぎり帰しません。朝までかかっても」

ピアはあとに引かないつもりだ。同時に、心配もしている。彼女なら決着するまで手を緩めないだろう。血をたぎらせる情け容赦ない狩りの喜びを彼も知っていた。疲れも忘れ、思いがけない力を発揮する。刑事にとってそれは、忍耐力や根性や総合判断の才と同じように欠かせないものだ。月を追うごとにオリヴァーはベストコンディションからかけ離れつつある。今回のいまいましい事件で最後の気力まで吸い取られそうだ。彼を突き動かしているのはまったく違う動機だ。プロにあるまじきことだが、報復への強い欲求だ。

＊

「まずいな」エリーアスはハンドルを平手で叩いた。「給油しなくちゃ」

朝からガソリンメーターの燃料残量警告灯が点灯していた。走れてもせいぜい六十キロ。なにもかも思うようにいかない。フランスにある両親の別荘まで走るのは無理だ。警察はトラック料金収受システム（ドイツの高速道路で二〇〇五年からトラックを対象に実施されているGPSを利用した課金システム）で自動的に車のナンバーを確認できる、とニケがいっていた。それが本当かどうか知らないが、危険は冒せない。それにガソリンスタンドには必ず防犯カメラがある。給油機に車をつければ、映像が記録される。どうしたらいいだろう。どこで夜を明かせばいいんだ。エリーアスは他の車のナンバープレートを盗んで交換することも考えたが、ニケに反対された。今の状況をニケはどう思っているんだろう。バカンスとでも思っているのか。エリーアスの神経が切れそうだった。ニケに四六時中泣き言をいわれては、状況が好転するわけがない。はじめは思いがけない自由に感激したニケだが、ラジオの道路交通情報で三十分ごとに警察が捜索していると放送されて、一気にうれしさは消し飛んでしまった。

〝警察は複数の殺人事件の参考人として十九歳のエリーアス・レッシングを捜索しています。この人物は黒いBMW X5に乗っています。ナンバーはMTK-HB 129。身長は一メートル七十八センチで痩身、ダークブロンドの短髪。現在はメガネをかけている可能性あり。十七歳で妊娠九ヶ月のニケ・ハーファーラントが同行中。エリーアス・レッシングは武器を携行し危険。発見しても近寄らず、最寄りの警察署に通報してください〟

ニケは、殺人事件というのがなんなのか知りたがった。エリーアスはしかたなくフェリツィタスがバスタブで死んでいるのを発見したことを打ち明けた。むろん自分はやっていないと誓ったが、彼女の目には疑いの色が浮かんでいた。そしてその疑心の奥に不安の色も。

クライナー・フェルトベルクの林間駐車場は閑散としていた。うってつけだが、危険でもある。車が一台だけでは目についてしまうからだ。しかし選択肢はもうあまりない。ガソリンがないし、ねぐらもない始末だ。

「警察からのお知らせです」ふたたびスピーカーからアナウンスが聞こえた。エリーアスはラジオを消した。

「エリ」ニケが声をふるわせながらささやいた。「お願い。よく考えて」

「もう百回は説明したじゃないか」エリーアスは声を荒らげた。「刑務所に入る気はない！」

「でもどうするの？　一生隠れているわけにはいかないわ！」

そのとおりだ。それが厄介なところだ。これから一生逃げまわるなんて無理な相談だ。三日間だって難しいだろう。神経がもつはずない。

なんでキャンピングトレーラーにとどまらなかったんだろう。どうして覗いたりしたんだ。好奇心を抱いてうろついたりしなければよかった。キャンピングトレーラーに放火した奴に見られてしまい、くそったれのラジオが放送したせいで名前がばれてしまった。さもなければ、こんな最低な状況にはならなかったはずだ！

「女刑事はやさしかったわよ」ニケがおずおずといった。「あの人にすべて説明すれば、なんとかなるわよ」

なんてナイーヴなんだ。なんとかなるわけがない！　エリーアスはフェリツィタスからいろいろ盗み、無免許で車を走らせ、家族を拳銃で脅して地下室に閉じ込めた。そのうえフェリツィタスを殺したと疑われている！　エリーアスはハンドルに頭を乗せた。急に力が抜けた。これ以上、不安に苛まれるのはいやだ。警察はどうして犯人を逮捕しないんだ。そうすればすべてが解決して、ニケといっしょの新しい人生をはじめられるというのに。そしてもうすぐ生まれてくるエリーアスとニケの赤ん坊もいっしょだ。

「日が暮れたらどうするの？」ニケがたずねた。「ここは森の中じゃない」

「このあたりは詳しい」エリーアスはうつろな声で答えた。

「心配するなよ。俺がついてる」

「わかってる」

膝に彼女の手が乗った。エリーアスは彼女の手をつかんだ。ニケが信頼してくれている。今のところは。観念するほかない。さもないと、ふたりの仲は永遠に壊れてしまう。

「わかったよ」エリーアスはいった。「明日の朝、警察に出頭しよう」

「本当？」

エリーアスはニケを見た。ニケはにこにこしていた。その目に希望の光がともっていた。

「ああ、本当さ」エリーアスは微笑んで見せてから、エンジンをかけた。「どこで夜を明かすか決めた」

＊

ターリクはアネマリー・ケラーの家の門の前で待っていた。三階建ての家の一階はかつて食料品店だったが、もう四十年以上前から閉まっていた。日に焼けて色あせたブラインドが床まで下ろしてあり、ガラス扉には「閉店中」という黄ばんだ札がかかっている。オリヴァーはそのとき、別の村で起きた事件のことを思いだした。そこでも村の共同体は被疑者の親を村八分にすることで、ある家族を崩壊させた。

ターリクはベルを押した。しばらくして二階の窓が開き、ケラー夫人が身を乗りだした。

「また来たのかい」うんざりしているようだ。「レオは帰ってないよ」

「あなたに話があります」オリヴァーは動じずにいった。「レオがいなくなったんです。心配ケラー夫人は数秒間じっとオリヴァーを見つめた。　獲物を狙うオオタカのようだ。それから夫人はなにもいわず窓を閉めた。

「どうしますか?」ターリクがたずねた。「あの人は足が悪い」

「待つんだ」オリヴァーは答えた。

「話をする気はなさそうに見えましたけど」ターリクは懐疑的だった。

「そんなことはない。待つんだ」

数分が経った。門の向こうの中庭で物音がした。解錠する音がして、門が少しだけ開いた。ターリクをちらっと見てから、ケラー夫人は入るように手招きし、ふたりを通したあと、また門を閉めた。人造石を敷き詰めた四角い中庭はきれいに掃き清めてあった。継ぎ目には雑草が一本も生えていない。裏手の小さな菜園も手入れが行き届いていて、花壇には最後の秋咲きの花が咲いていた。建物からは道路に向かって平屋が張りだしている。昔は厩舎(きゅうしゃ)だったようだ。

「レオは無実だよ」夫人がいった。「当時も嫌疑をかけられたようなことはしていない!」

「わたしたちもそう思っています」オリヴァーは答えた。「それでも数日、うちで保護したいのです。レオがどこにいるかわからないと心配で」

「また昔とおなじことが繰り返されるんじゃないかとあの子はびくびくしている」夫人は歩行器の取っ手をしっかり握った。老人斑(はん)がうかんだ色白の皮膚に動脈が透けて見えた。「あたしもさ。レオはいい子だよ。あたしを見捨てなかった。簡単なことじゃなかった。ここから出ていった方が楽だったはずさ。だけどあたしを置き去りにしたくなかった。当時なにがあったか思いだせなくて、そのことがあの子を苦しめている」夫人の声が途切れ途切れになり、うつろな青い目がうるんだ。「これまでうちがどんな仕打ちを受けたか、あんたも知ってるだろう！　だれもうちに買いにこなくなった。うちの前を通りたくないがために、みんな、わざわざ道路の反対側に渡った！　そしてレオがあの小さな少年に悪さをしたってひどい噂が立った！　あの子は少年サッカーのトレーナーだった。嬉々としてやっていた。自殺するしか方法がなかったのさ！」

　ケラー夫人はしゃくりあげると同時に顔をしかめた。古傷がいまだにうずくのだろう。そして真相がわからないことに苦しんできたのだ。

「ケラーさん、レオを保護したいんです」オリヴァーは前かがみになって、夫人の手に自分の手を重ねた。「あれは自殺未遂でなかったことが判明したんです。だれかがレオをネイルガンで殺そうとしたんです」

「えっ？」夫人は驚きの表情を浮かべた。「だ……だけど……みんな、自殺未遂だっていってたじゃないの！　警察も医者も！　村のみんなもそういっていた。見つかったとき、あの子はネイルガンを握ってたんだ」

「だれかがレオを襲い、自殺に見せかけたんです」オリヴァーはいった。「証拠があります」

　新事実は夫人の理解を超えていた。片手を胸に押しつけ、歩行器を壁際のベンチのところに押していき、おっくうそうにそこに腰かけた。洟をかむと、ティッシュをそのまま落とし、目を中庭に泳がせた。

「わけがわからないね」夫人はかすれた声でいった。「刑事警察は専門家だろう。間違えたなんて！ 罠にかけようってんじゃないだろうね？」

夫人は疑り深い目つきでオリヴァーをうかがった。夫人がどんな気持ちで人生を送ってきたかひしひしとわかった。夫人も亡き夫も昔は気前がよかった。店に行くと、子どもはかならずボンボンがもらえた。先立つものがない客にはつけにして、しかも取り立てることがなかった。それなのに、村人は一家に感謝することなく、夫を酒浸りにさせ、店を潰した。夫人が疑うのは当然だ。

「いいえ、ケラー夫人。レオは無実です」オリヴァーは保証した。「自殺未遂でなかったことははっきりしています。だれかが捜査を攪乱するために、レオに罪を着せたのです」

「なんてことだい」夫人はつぶやいた。涙がひと粒、しわだらけの頬を伝った。そしてまたひと粒。「あたしはこれからどうしたらいいのさ？ ああ、ハインツが生きていたらよかったのに！ だけど、あたしはひとりぼっちだ。あたしにはレオしかいない」

「そうですね」オリヴァーは我慢強く話しかけた。「それで、レオは今どこにいるでしょうか？ 話さなければなりません」

ケラー夫人はまた洟をかみ、頬の涙をぬぐって体を起こした。不安におどおどしていた目の色が変わった。

「レオが自殺未遂をしたなんて信じられなかったんだ。あの子のことは知ってるからね」夫人の声の調子が変わっていた。「レオにそういうことをした奴が、ロージーたち三人を殺したんだね？」

「そうにらんでいます」

「そして村の人間なんだね？」突然、夫人の目がぎらっと光った。オリヴァーの中で警鐘が鳴った。

「そう考えています」

「そうかい」夫人は中庭を見つめながら歯ぎしりした。「今朝、あんたが来たあと、レオに電話をかけたんだ。一件落着するまで身を隠した方がいいってね」

「いったいどうして？」

「だれも信じられないからさ」夫人は苦笑いした。「警察もね」

*

「気持ちはよくわかる」ふたたび通りに立ったオリヴァーはターリクにいった。「当時、警察はレオに先入観を持ち、たしかな証拠もないまま彼に犯人のレッテルを貼った。捜査を早く打ち切りたかったからだ。それ以来、レオがアルトゥールを虐待して殺し、遺体をどこかに捨てたと、みんなが思っていた。わたしたちが真犯人を見つけても、失った歳月は戻ってこない」

「彼が犯人ではなかったのは確実だと思うんですか？」ターリクがたずねた。「ローゼマリー・ヘロルトと密会していたのは彼かもしれませんよ。森から出てくるところを目撃されたわけでしょう。その人が嘘をいう理由がわかりません」

「もちろんその疑問は残る。しかし動かぬ証拠がないかぎり、犯人扱いをしてはならない」

オリヴァーはジャケットのポケットに手を入れ、村の上にそびえる魔の山(ツァウバーベルク)をしみじみ見あげた。太陽が沈み、日が陰った。秋の澄み切った空にうっすら三日月が昇っている。レオはどこに身を隠すだろう。信頼できる友人はいるだろうか。

「小屋だ」オリヴァーは自分にいい聞かせるようにいうと、車に向かった。「ついてきてくれ」

ふたりはそれぞれの車に乗ってヴィーゼン通りをシェーンヴィーゼンホールまで行き、駐車場に止めると、運動場前の細い坂道を下った。模型飛行場とボーデンシュタイン農場に通じる野道だ。左側に錆びついた有刺鉄線と高い生け垣に囲まれた私有地がある。あまり手入れされていない。

「一九六〇、七〇年代にフランクフルト市民がここの農地を購入して、違法な別荘を建てた」オリヴァーは説明した。「みんな、生長が早いモミの若木を植えた。持ち主が高齢になると、ちゃんと手入れをしなくなり、こういうことになってしまった」

モミの木や黒スグリのしげみが生長し、下草が生い茂り、暗く深い森になっていた。よく見ると、あちこちに半ば崩れかけた小屋が建っている。例外は一個所だけだ。そこはケラー夫人のところの中庭と同じで、よく手入れされていた。

「レオの小屋だ」そういって、オリヴァーは金網の門を軽く揺すった。門には自転車用のワイヤーロックがかけてあった。「子どもの頃、ここによく来た。当時はまだ木が生えていなかった。芝生でよくサッカーをしたものさ」

「どうやって中に入るんですか？」ターリクはたずねた。

「柵を越える」オリヴァーは片足を上げて、靴先を柵にひっかけた。

「不法侵入になります、ボス」

「なんだって？　そういうことをいうかな」オリヴァーは門を乗り越えた。「ほら、早く来たまえ」

「不法侵入の教唆(きょうさ)に当たります」ターリクは肩をすくめた。「報告書に書かないと」

小屋の小窓は真っ暗だ。レオナルド・ケラーのスクーターも見当たらない。小屋のまわりを歩いたが、モミの葉がびっしり落ちていて、足音はほとんど聞こえなかった。木の下はすでに自分の手も見えないほどの暗闇だった。

「不在ですね」ターリクがいった。「それでも踏み込むんですか？」

「もちろんだ」そう答えて、オリヴァーは玄関ドアまで行った。ドアの鍵はかかっていなかった。レオは門にワイヤーロックをかけていれば大丈夫だと思っているようだ。オリヴァーは小屋に入って、照明のスイッチを押した。天井の照明がともった。屋内は空き家のにおいがした。家具はほとんどなく、どこもほこりをかぶっている。タイル張りの床のあちこちにネズミの糞(ふん)が落ちていた。

「住んでいないように見えますね」ターリクがいった。「しかし最近だれかがいたようです」

「なんでそう思うんだ？」

「床のほこりに靴跡がついています」ターリクは床を指差した。「ほら、あそこ！　だれかが

「なるほど」オリヴァーは納得していった。「何枚か写真を撮っておいてくれ」

小屋の中を歩いた跡です」

靴跡を消さないように気をつけながらその跡を追うと、台所に辿り着いた。そこは給湯室くらいの小ささで、コンロとオーブンと吊り戸棚と冷蔵庫があった。それからテーブルがひとつに椅子が二脚。壁には二〇一一年のカレンダーがかかっていて、三月のままだった。流し台は乾燥していた。オリヴァーは冷蔵庫を開けてみた。電源が切ってあり、扉が少し開けてあった。すぐに典型的な血のにおいが鼻を打った。中にはマスタードの小袋数個と缶ビールが二本あるだけだった。冷凍室にビニール袋があった。オリヴァーの鼓動が速くなった。ジャケットのポケットからだしたラテックスの手袋をひと組はめると、そのビニール袋を取りだした。それほど重くはない。オリヴァーは袋の中を覗き込んだ。切り取った身体の一部ではない。布でなにかを巻いてある。そっと布を取りだして、広げてみた。刃に血糊のついた包丁が目にとまり、気持ちが沈んだ。二十分前、ケラー夫人の話を信じて、レオの無実を確信したばかりなのに。

こんなものが見つかるとは！

「ボス、すべて……」ターリクは台所に入って口をつぐんだ。「それは？」

「血がしみたTシャツ」オリヴァーは答えた。「それから包丁。ビニール袋に入れて、冷凍室に入っていた」

「うわ」ターリクはそれしかいわなかった。

「わたしの勘違いだったようだ」オリヴァーは落ち込んでいった。

ピアのいうとおりだった。個人的な思いが強すぎて、客観的な目を曇らせ、復讐心から読みを誤ったようだ。

「鑑識を呼んでくれ。それからケラーの住居の捜索令状がいる」オリヴァーはため息をついた。「それに指名手配しなければ」

＊

「車の中で少し待っていてくれ」彼はニケにいった。「大丈夫か見てくる」

「いやよ。あたしもいっしょに行く！」ニケが彼の腕をつかんだ。「森の中にひとりで残るなんていや。怖いもの」

エリーアスは少しためらってから、肩をすくめた。彼は静かな森の中にいると心が安まる。だが彼と違って、夜中の森を怖がる人が多い。そのことをついつい忘れてしまう。

「わかった」エリーアスはいった。

納屋の裏のうっそうとしたモミの木のあいだに黒いBMWを止めた。ここならあまり目につかないだろう。ふたりは車から降りた。ニケは彼の手を握った。

「ここはどこ？」ニケがささやいた。

「友だちがここに住んでいる」エリーアスは答えた。

「こんなところに？　森の中よ」

「ああ。古い水車小屋があるんだ」

警察はなんの用でここに来たのだろう。パウリーネのことでだろうか。ふたりは枝を垂らしたモミの木の下をかがんで歩き、小さな門に辿り着いた。その先に水車小屋がある。枯れ枝を踏んで、何度もボキッと音をたてた。フクロウが頭上すれすれに飛んでいき、ニケが悲鳴をあげて、エリーアスにしがみついた。

「今のはなに？」

「フクロウさ」

「怖いわ！」

「怖がることはない。俺がついてる」

エリーアスは顔を上げて耳をすました。小川のせせらぎだけがかすかに聞こえる。発電機の音がしないということは、警察が納屋の大麻栽培を発見し、押収したのだろう。

エリーアスは門を開けようとしたが、びくともしなかった。

「前にまわろう」そういって、エリーアスはニケを引き寄せた。目が闇に慣れたし、ここなら知り尽くしている。なんなく草むらを歩くことができた。ニケは何度もつまずいて、エリーアスが支えていなければ倒れそうになった。突然、彼女が苦しそうにうめいて立ち尽くした。ニケは彼を離して、両手で腹部を押さえている。

「どうした？」エリーアスは心配になってたずねた。

「痛いのよ」ニケがささやいた。「ちょっと横にならないと。トイレに行きたくなっちゃった」

「すぐに行けるさ。そのためにここへ来たんだ。ほら、あと二、三メートルだ」

エリーアスはまたニケの手をつかんで引っぱった。ふたりは進入路に辿り着いた。中庭にラルフの古いボルボが荷室のハッチを開けたまま止まっていた。犬の気配がなく、家の中は真っ暗だった。様子が変だ。

「留守のようだ」エリーアスは小声でいった。

「これからどうするの？」ニケの声はふるえていた。今にも泣きそうだ。エリーアスだけなら車の中か、森の中で一夜を過ごしても平気だ。だがニケには到底無理だ。いやな予感を覚えていたが、そのことよりもニケと赤ん坊を心配する気持ちの方が強かった。

「鍵のありかを知ってる」エリーアスは答えた。「今夜はここで過ごそう」

「いいの？　勝手に人の家に入るなんて！」

「ラルフは友だちだ。怒りはしないさ」エリーアスはかがんで、枯れたアジサイの鉢植えを持ちあげた。手探りして鍵を見つけ、ドアを開けた。ふたりは家に入った。ドアを閉めて施錠すると、エリーアスは数日ぶりにほっとした。ここなら安全だ。警察はすぐには戻ってこないだろう。

エリーアスはサイドボードの横のスタンドランプを点灯させた。淡い光がともった。それからニケにトイレの場所を教えた。

「ひとまずカウチに横になりなよ」エリーアスは彼女の顔をやさしくなでた。ニケは彼にもたれかかった。

「さっきからよく蹴っているのよ」そうささやくと、ニケはエリーアスの手をとって自分の腹部に当てた。「わかる？」

「ああ！」エリーアスは目頭が熱くなった。

息子！　自分の子だ！　もうすぐ生まれる。息をする。ふたりの子だ！

ニケは彼に微笑みかけた。とても美しい。彼女がそばにいる。他のことはもうどうだってい い。今後のことはあとで考えればいい。当分は安全だ。ひと息つける。エリーアスはニケの肩を抱き、居間に案内し、そこで身をこわばらせた。エリーアスの血が凍りついた。目の前の暗がりに男が立って、ふたりに銃口を向けていた。エリーアスは、ニケをここに連れてきたのは一生の不覚だと気づいた。

＊

刑事警察署の地下の窓のない会議室にある丸い机に集められた者たちは押し黙っていた。天井が低く、実際よりも狭く感じる。その場にいる者たちの顔がまばゆい蛍光灯で不健康な緑色に見える。だれひとり口をひらかなかった。なぜここにいるのか、全員が知っていた。過去が追いついたのだ。まさか真実の時間がやってこようとは。男たちはいつもの習慣でペーター・レッシングを盗み見た。しかしリーダーだった彼はじっとすわったまま、重ねた自分の手を見ているだけだった。殺人犯は彼だろうか。それとも命の危険にさらされている息子のことを思っているだけだろうか。あるいは妻のことか。この苦境からどうやったら抜けだせるか知恵を絞っているのかもしれない。

ピアはそこにいる面々を順に見た。全員がそろった。リーダーと腰巾着。レッシングの横にはクラウス・クロルがすわっている。ローゼマリー・ヘロルトとパトリツィア・エーラースの兄弟で、消防団団長、果樹園協会会長、スポーツクラブの名誉会長の肩書きを持つ駐在所の警官で、ルッペルツハイン最後の兼業農家でもある。大柄で温厚な性格。褐色(かっしょく)の髪はふさふさで、少し白髪がまじっている。今はそわそわしていて、腰をもぞもぞさせ、大きな手と長い脚を持て余している。彼にとって大事な評判や権威が風前の灯(ともしび)となっている。彼が殺人に及んでいたらどうだろう。彼ならエトガル・ヘロルトの工房に入り込んでも、見とがめる者はいないだろう。彼はルッペルツハインの一部だ。だから人目につかない。

ピアはアンドレアス・ハルトマンに視線を移した。彼の場合も同じだ。彼の精肉店兼住居は、ヘロルトの工房の向かいにある。彼も失うものが多い。レオナルド・ケラーが子ども殺しの犯人とみなされたあと、一家が村八分になり、崩壊したことをまだ覚えているだろうか。当時起こったことが明るみに出れば、彼にも同じことが起きる。オリヴァーの話によれば、ハルトマンは短気だという。すぐに虫の居所が悪くなり、いつまでも根に持つタイプだ。なにをするかわからない性格だが、用意周到な殺人犯からはほど遠いし、それほど頭がまわらない。同じことはパン屋のコンスタンティン・ポコルニーにもいえる。体の大きさとのろさを考えると犯人とは考えられない。

ピアは壁の時計を見てから、ジャンニ・ロンバルディと視線を交わした。オリヴァーはどうしたのだろう。彼が到着する前にはじめてもかまわないだろうか。ピアはここで決着をつけたいと考えていた。

ハルトマンはしきりにガムをかんでいる。ズボンのポケットに両手を突っ込み、足を投げだしている。自信のあるそぶりをしているつもりだろうが、無駄なあがきだ。目をきょろきょろさせているところを見れば、コンスタンティン、エトガル、クラウスと本音は同じなのがわかる。

ドアをノックする音がした。ドアの横のスツールにすわっていた巡査が立ちあがって、ドアを開けた。全員がそちらに顔を向けた。

「やあ、みんな」ラルフ・エーラースはニヤニヤしながらロンバルディが指し示した席についた。「また会えてうれしいよ。昔に戻ったみたいじゃないか」

だれも返事をしなかった。彼についた女性弁護士はピアの狙いを聞いてはじめは猛反対したが、ここで協力した方が有利に働くと判断しなおした。エーラース自身は犬が無事かどうかだけが心配で、大麻の不法栽培で裁かれる身であることなどなんとも思っていなかった。他の連中と違って、この状況をむしろ楽しんでいるように見える。

インカ・ハンゼンは顔から血の気が引き、目に隈(くま)ができていた。彼女は目を上げることなく席についた。留置場で一夜を過ごすと、閉じ込められることに慣れていない人間は変わるものだ。突然隔離された無力感と孤独感はだれでも骨身にしみる。昨夜、インカ・ハンゼンは心が折れ、放心していた。

最後にパウリーネの両親であるライヒェンバッハ夫妻がやってきて、黙ってすわった。目を真っ赤に泣きはらし、苦悩と不安を体から発散させている。他のみんなのあいだにとまどいが広がり、ラルフ・エーラース以外のだれもふたりを見ようとしなかった。

「さて」ピアが口をひらいた。ピアはペーター・レッシングの背後に立ち、ロンバルディはその真向かいに位置取っていた。部屋は息苦しい。飲みものの用意はない。なにものっていない机があるだけだった。ピアには、楽しい雰囲気を作る気などさらさらなかった。「なぜここにいるか、みなさんはご存じですね」

「なぜですか？」ジモーネ・ライヒェンバッハが食ってかかった。「抗議します。いきなり重体の娘の枕元から引き離して、ここへ連行してくるなんて言語道断です！」

「お嬢さんの事件を解明しようとしているのですが」ピアは冷ややかに答えた。「当時なにがあったか、みなさんはご存じですね。わたしたちも知っています。みなさんからぜひ聞きたいのです……」

「どうして魔女裁判みたいなまねをするんですか？」ジモーネが怒りにまかせて口をはさんだ。「わたしの子は昏睡状態なんですよ。殺人事件を解明するといって、昔の話を持ちだすんですか！」彼女は勢いよく椅子を引き、立ちあがってみんなを見た。「みんな、なんで黙っているのよ？　わたしたちは子どもだった。十一歳か十二歳。悲しい事故だった。それだけのことでしょ！」

ローマン・ライヒェンバッハが妻の手をつかもうとしたが、ジモーネはうるさくつきまとう虫かなにかのように振りはらった。

「五日も経っているのに、エリーアスを捕まえられずにいるじゃない！」ジモーネは声を荒らげて、ペーター・レッシングを指差した。「ヘンリエッテとあなたは精神病者を野放しにした！　あいつがどういう奴か、村のみんなが知ってる！　あいつがうちの子を襲ったとわかったら、わたしがこの手で引き裂いてやる！」

ロンバルディはピアをうかがった。だがピアは軽く首を横に振った。まだ口をはさんではいけない。

「エリーアスがパウリーネになにかするとは思えないな」ラルフ・エーラースが口をひらいた。「あいつのことは知っている。俺のところによく来ていた。パウリーネもだ。おまえらの子どもはみんな俺のところに入り浸っている。みんな、おまえらに文句たらたらだ。ぜんぜん話を聞いてくれないといって、絶望してる！　仕事の成功と名声、おまえらが後生大事にしているのはそれだ！」

「他人の子どもをつかまえてクールなおじさんを演じるのは簡単だからな」ローマンはうなるようにいった。「きさまのようなろくでなしとは付き合うなってパウリーネにいってあった」

「でも嬉々として来ていたぜ」ラルフはニヤリとし、侮辱に冷淡に応じた。「おまえらの子どもは、俺のところが気に入ってた。俺はちゃんと話を聞くし、連中を尊重してるからな」

「おまえが若者の模範になるものか。ふざけるな」アンドレアス・ハルトマンが皮肉たっぷりにいった。「なにもしていないただの風来坊じゃないか！」

「うらやましがってるのが見え見えだぞ」ラルフの目がうれしそうに光った。「アリみたいに働き、朝から晩まで稼ぐことにやっきになってるおまえらなんかよりよっぽどましな人生を送ってきたよ。金持ちじゃないが、不自由はしてない。その分、世界じゅうを見てきた」

「刑務所もな」クラウス・クロルがまぜっかえした。

「なかなかの経験だったさ」ラルフは肩をすくめた。

「女たちの世話になってるくせに、はっ！」コンスタンティン・ポコルニーがささやいた。

「いいご身分だ」

「おまえの世話をしてくれる女はいるのかい？」ラルフが応えた。「自分の姿を見てみろよ！ジルヴィアもよく俺のところに来るぞ。ジョイントを吸って、おまえとのつまらない人生を嘆いてる」

「そんな馬鹿な！」ポコルニーが顔を紅潮させた。「くだらないことをいうな！」

「くだらないことなんていってない」ラルフは挑発するのを楽しんでいる。椅子の背にもたれかかって腹の上で指を組んだ。「すわれよ、ジモーネ。パンクしたトラックみたいに立っていられると落ち着かない」

「俺の家内になれなれしくするな！」ローマン・ライヒェンバッハがどなった。「いまだになにをしても許されると思ってるのか？」

「ああ、思ってる」ラルフはニヤリとした。「おまえらみたいにお客さまは神様でございなんていう必要がないし、口うるさい女にがみがみいわれることもない。おい、エトガル、おまえはコニーのおしゃべりにうんざりして、何度も首を絞めたいと思ったんじゃないか？」

「あんたのおふくろさんは穴があったら入りたがってる。あんたのせいでね」ジモーネは口からつばを飛ばした。「あんたの兄貴とパトリツィアがいなかったら、おふくろさんは途方に暮れてるだろうね」

「そう、おふくろにはふたりがいる。だから俺が心配する必要はない。親孝行なんてくだらない」

「ぜんぜん変わっていないな！」ローマンが吐き捨てるようにいった。「あいかわらず自分勝手な野郎だ」

「そしておまえは、あいかわらず卑怯者だ！」ラルフがいい返した。「ジモーネの後ろに隠れてるのかい。昔は母親の後ろに隠れていたもんな！」

口喧嘩が熱を帯びた。リスクはあるが、ピアは口をはさまなかった。今のところインカ・ハンゼンとペーター・レッシングが当時のことを自供しているが、詳しいことはまだわかっていない。他の連中が口をつぐみ、ふたりの自供を否定すれば、自供は無効になる。みんなが警官やマイクやカメラがあることを忘れるほど激高してしゃべりだすまで、ピアはじっと待った。そしてそのとおりになった。嫌悪感と悪意でいっぱいの墓穴がいきなり口を開けた。はじめはラルフ・エーラースばかりやり玉に挙がったが、そのうち全員がお互いをけなしはじめた。口をださなかったのはペーター・レッシングとインカ・ハンゼンと寡黙なクラウス・クロルだけだった。

「キツネの首をひねったのはだれだね？」ロンバルディがいきなりたずねた。全員が一斉に息をのんだ。

「こいつだ！」アンドレアス・ハルトマン、エトガル・ヘロルト、太っちょのパン屋ポコルニーの三人が咄嗟にクラウス・クロルを指差した。部屋は静寂に包まれた。ピンが落ちる音でも聞こえただろう。ラルフ・エーラースが気のない様子で拍手した。

「馬鹿だな。おつむの足りない奴もいたもんだ」

「そうなの、クロル？」ピアが問いただした。「キツネを殺したのはあなた？」

「ああ、そうだ」クロルが答えた。「俺が首をひねった」視線をインカ・ハンゼンに向け、憎しみで顔を引きつらせている。何年も溜め込んでいた激しい感情だ。「そいつはキツネを憎んでいた。そして自分でできないから、俺に命令したんだ」

「それから？」ピアはたずねた。そのときスマートフォンが振動した。ピアはスマートフォンをだして、オリヴァーが送ってきたメーセージを読んだ。

「キツネが死んだとき、俺は走って家に戻った」クロルが答えた。「そのときアルトゥールはまだ生きていた。あいつを見捨てたのは確かだ。だけどみんな、あいつが嫌いだった」

「あなたはアルトゥールの目の前でキツネを殺したんですね。アルトゥールがあとでそのことをしゃべると思わなかったのですか？」ロンバルディは首を横に振った。「信じがたいですね」

「だけど、そうだったんだ」クロルは肩をすくめた。「マクシがかわいそうになって、すごく後悔した。あれからあのキツネのことを考えなかった日は一日としてない。二、三回森に入って、死骸を探しもした。せめて土に埋めてやろうと思って」肉厚の唇がゆがんで、苦笑いになった。「だけど、アルトゥールがオリヴァーにしゃべるかどうかなんてどうでもよかったんだ。重要なのはインカだった。利用されたと気づいたのはずっとあとのことだ。そのときはもう手遅れだった」

＊

オリヴァーはレオナルド・ケラーの住居をぼんやり見まわした。奥に細長い建物だ。元は厩だった。これまでの捜査がすべて大間違いだったと気づいて、愕然としていた。寄せ木細工の床、趣味のいい家具、モダンなキッチン、書斎の壁の三面には天井まで届く本棚があった。デスクにはコンピュータとメモ用紙の束とプリントアウトした紙がのっていた。寝室のベッドの横には本があり、その上にメガネがのっていた。トマス・ピンチョンの『ブリーディング・エッジ』。脳に障害を持った市庁舎の臨時雇いが読む本ではない。

オリヴァーはケルクハイムに住んでいた頃、レオがスクーターに乗っている姿や、市の作業員たちと花の植え替えや、木の伐採、除雪、ゴミの収集といった雑用をしているところを遠目に見たことがあった。オレンジ色の作業着を着た彼の姿は町の風物詩だった。オリヴァーは大人になってから彼をアルトゥールの行方不明事件と結びつけて考えたことなど一度もなかったし、ハンサムでスポーツが得意な若者だったレオが障害を負い、社会のアウトサイダーになったのは、事情がわからなかったものの、ひどい悲劇だとしか思っていなかった。だが今、それが一変した。

当時なにがあったんだろう。なぜネイルガンで襲われたりしたんだ。しかもいかにもしろうとくさい。やったのはだれだろう。そしてレオナルド・ケラーの正体はなんだ？

「ボス？」ケムがドア口にあらわれた。森林愛好会ハウスから直行して、クレーガーの鑑識チームを連れてきていた。ケラー夫人ははじめドアを解錠するのを拒んだ。こじあけるとオリヴァーにいわれて鍵を渡した。その前に三階のふた間を見て、そこにもレオが暮らしていた痕跡がないのを確かめていた。

「どうした?」オリヴァーは振り返った。

「ちょっと見つけたものがあります。見にきてください」

オリヴァーはケムについて手前の部屋に入った。屋根裏の物置に通じる吊り梯子(ばしご)が下ろしてあった。オリヴァーはケムのあとから急な梯子を上った。厩舎の屋根裏は直立するのが難しかった。天窓の下に古い安楽椅子があり、ホワイトボードに囲まれていた。そこには異なる色のペンでたくさんの氏名が書き込まれていた。氏名のいくつかは線で結ばれ、消し線が入っているものや、丸で囲まれているものがある。オリヴァーはアルトゥール・ベルヤコフという太字で書かれた名前に目が釘(くぎ)付けになった。

それから線で消された氏名を見て、背筋が寒くなった。

~~ライムント・フィッシャー~~　一九七三年没
~~フランツィスカ・ハルトマン~~　一九七八年没
~~ハインツ・ケラー~~　一九八一年没
~~ハンス＝ペーター・レッシング~~　一九八六年没
~~カール＝ハインツ・ヘロルト~~　一九九八年没

~~ゲルリンデ・レッシング~~　二〇〇一年没
~~ヘリベルト・ハンゼン~~　二〇〇一年没
~~ローゼマリー・ヘロルト~~　二〇一四年没
~~クレメンス・ヘロルト~~　二〇一四年没
~~アーダルベルト・マウラー~~　二〇一四年没

「シリアルキラーの殺人リストみたいですね」ケムが彼の横に立っていった。「しかもきわめて計画的で、用意周到なシリアルキラー」

これはおかしい。レオは脳に重度の障害がある。何ヶ月も昏睡状態だった。こんなことができるはずがない。そうじゃないのか。

「これがなにを意味するかわかるか？」クレーガーがたずねた。オリヴァーはホワイトボードに震撼しつつも魅了されていた。レオナルド・ケラーに会ったときのことを必死に思い返した。鈍い動き。心許ないしゃべり方。うつろなまなざし。口元からこぼれるよだれ。あの男と、ここにあるものを結びつけることができない。ありえないことだ。

「いいや、わたしにもわからない」オリヴァーは答えた。「わたしたちはすっかりだまされていたようだ。四十年以上も」

＊

「さあ、罪のなすりあいはやめましょう」ピアは力強くいった。「落ち着いてください。協力してくれれば、五分で終わります」

オリヴァーから届いた簡潔なメールで、取り調べは突然、重要でなくなった。だがここでやめるわけにいかない。最後までやるほかなかった。

ピアは腕組みして机をまわり込み、とっくに友人ではなくなっている九人の顔を見た。

「ここにいるみなさんは、四十二年間、子どもを死なせてしまったと信じて生きてきました。みなさんもそのとき子どもでした。わたしたちの社会通念では道徳的に非難される反社会的な行為、つまり今風の言葉でいえば、気に入らない子をいじめの対象にしたわけです。一九七二年八月十七日の夜に起きたことで、みなさんはすでに罰せられています。みなさんはずっと良心の呵責に苛まれてきたでしょう。だれひとり、あの日に起きたことを忘れられなかったはずですから」

ポコルニーとハルトマンとライヒェンバッハ夫妻は希望のまなざしをピアに向けた。だが残りの五人は目を合わせなかった。

「みなさんはなにがあったかだれにも話さないことにしようと誓いましたね。子どもでも、いけないことをしたことはわかっていたわけです。アルトゥールを森に置き去りにせず、助けを呼んでいたら、彼の命は助かったかもしれません。みなさんは、アルトゥールがもっとひどい目にあうとわかっていて見捨てたのです。なぜそうしたのか。罰を受けるのが怖かったのでしょう。あるいはアルトゥールがどうなろうと関係ないと思いましたか？　動機はなんであれ、みなさんひとりひとりが向き合うべきことです。わたしたちにはどうでもいい。みなさんのうちのだれかが約束した沈黙を破ったのでしょうね。そうして親が事件を知りました。森で怪我したことを問い詰められたのかもしれませんし、心が痛んでしゃべらずにいられなかったのかもしれませんね。そんなところでしょう。みなさんの親は事件を知って、行動に出、関係者全員にとって取り返しのつかない結果をもたらしたのです」

ピアはジモーネ・ライヒェンバッハの後ろに立って、エトガル・ヘロルトを見つめた。ピアがこれからしようとしていることに証拠はない。山勘だった。

「ヘロルトさん」ピアはエトガルに声をかけた。「親に打ち明けたのはあなたではないですか？」

全員がエトガルを見つめた。彼はびくっとして顔を上げ、紅潮させた。

「馬鹿いうな！　話すくらいなら、舌をかみ切った！　信じてくれ。本当だ！」

ピアはほっとした。期待どおりの返答だった。

「信じましょう、ヘロルトさん。では、みなさんがアルトゥールを置き去りにしたあとどうなったか、わたしの考えるところを申しあげましょう。あなたのお母さんローゼマリーはあの夜、あなたのお父さんに内緒でだれかと逢瀬を楽しんでいたのです。人にはいえないことをしていたわけです。アルトゥールは重傷を負いながらも、助かりたい一心で道路か林間駐車場まで行ったのです。死んだキツネを森に残しておきたくなかったので、抱えていったのでしょう。そして事故かどうかはわかりませんが、車にひかれました。おそらくあなたのお母さんの車です、ヘロルトさん。浮気の現場をアルトゥールに見られてしまったあなたのお母さんと謎の不倫相手はパニックになり、発覚することを恐れてアルトゥールを隠すことにしたのです。もしかしたらアルトゥールはすでに死んでいたかもしれませんが、ふたりが彼を殺して、マクシの死骸と共に使われなくなった古いボーデンシュタイン家の墓地に埋めた可能性もあります」

「なんてこと」そうささやいて、ジモーネ・ライヒェンバッハが口に手を当てた。他の者も愕然とした。みんな、アルトゥールを死なせてしまったとずっと思い込んでいたが、ようやく他のだれかが殺したという事実に気づいたのだ。だが状況が好転することはなかった。助けられたのに、そうしなかったのだから。

「そのあと、次のようなことが起きました」ピアは話をつづけた。「当時ルッペルツハインの開業医だったレッシング医師が事件について知りました。だれからどうやって聞きだしたかはわかりません。しかしレッシング医師はローゼマリー・ヘロルトと浮気相手とあなたたち子どもに害が及ばないように手をまわしたのです。義兄でケーニヒシュタイン警察署の署長だったライムント・フィッシャーが刑事警察の介入を遅らせました。レッシング医師はみなさんの怪我のカルテを隠しました。自分の都合だったかどうかは定かではありませんが、刑事警察は意図的に捜査妨害されたわけです。はじめは、なにごともなかったのでしょうが、レッシング医師はその後、関係した人たちを脅迫しました。カルテを処分せず、保管していたのです。彼は権力を欲していました。そしてこの一件以降、それが実現した。レッシング医師はあなたたちの親の首根っこをつかんだのです」

ピアは、部屋の空気が変わったことに気づいた。

「レッシング医師はそうやってルッペルツハイン村で絶大な力を手に入れたのです。彼は前から影響力がありましたが、多くの人の頭が上がらなくなったので、村を思いどおりにできるようになったのです。しかし頭が上がらない状況を喜ぶ人はいません。レッシング医師は力を手に入れましたが、愛されはしませんでした。医師が亡くなったとき、だれも涙を流さなかったというじゃないですか。そして父親と同じように、ペーター・レッシングさんも今日まであなたたちの首根っこをつかんでいました。みなさんの結社でリーダーでしたね。みなさんは、レッシングさんのいうとおりにしました。しかしレッシングさんに要求されて黙っていた秘密はもうありません。あなたたちがアルトゥールを殺さなかったことはわかっています」

全員の視線がエリーアスの父親に向けられた。不安と怯えが憎しみと軽蔑に変わった。

「あの夜起きたことを思いだしてください」ピアはいった。「長い間に忘れたり、思いだすまいとしたりしてきたなにかに気づくかもしれません。氏名。噂。憶測。ローゼマリー・ヘロルトがあの夜だれと会っていたか判明すれば、そのことをなんとしても隠そうとしている人間がわかります。それが四人を殺害し、パウリーネを半死半生の目にあわせた犯人なのです」

ジモーネ・ライヒェンバッハがしゃくりあげた。

「もうずっと昔のことです」クラウス・クロルがいった。「ロージーがだれかと不倫していたとして、そいつもとっくに死んでるんじゃないですか?」

「当時、二十代のはじめなら、今、六十代でしょう」ピアは答えた。「仮に死んでいたとしても、その息子が父親の評判を傷つけまいとしてやっているのかもしれません」

一瞬、静寂に包まれた。

「あの夜、おふくろは帰ってこなかった」エトガル・ヘロルトが口をひらいた。ピアを除く全員が驚いた。エトガルは机に肘をつき、両手で顔を覆った。そしてかすれた声で話をつづけた。

「おやじはかんかんに怒った。だけど出かけることができなかった。おふくろが車に乗っていったからだ。おやじはいつものように酔っ払って、俺に八つ当たりした。兄貴には手をださなかった。一度殴り返されていたからだ。おやじがぐでんぐでんになって眠ったあと、兄貴と俺はおふくろを捜しにでた。その夜はひどい嵐になったから、事故でも起こしたんじゃないかと心配だったんだ。途中でサッカーチームのトレーナーのレオに出会った。レオは俺の兄貴の友だちだった。あのときあいつは頭に血が上っていた。サッカーの試合で惨敗したことをまだ怒っているのかと思った。そのときいくつか知らない言葉を耳にした。たとえば尻軽。俺はそれがどういう意味なのか兄貴にたずねた。だけど兄貴は教えてくれなかった」

エトガルは顔を上げて、ピアを見た。人生を台無しにしたことがわかって絶望しているような表情だった。粗野な顔から血の気が引いていた。そこにいるのは、親の家を包む無慈悲と暴力と嘘偽りから自衛しようとしてひねくれてしまったか弱い十一歳の少年だった。ピアは突然この男があわれに思えた。「あの夜からずっとアルトゥールになにがあったか気になっていた。なにひとつ忘れたことはない。あれからなにもかも変わってしまった。おふくろとおやじはどなり合い、殴り合うようになった。俺は自分が悪いんだと思った」

エトガルが一度も顔を上げないペーター・レッシングに視線を向けた。

「全部おまえのせいだ！」エトガルが突然爆発した。「おまえが、戻るなといった！　コンスタンティンとローマンが農場へ助けを求めにいこうとしたとき、止めたのはおまえだ！　おまえが、だれにもいうなといった！　そもそも、おまえが審判に抗議してレッドカードを食らったのが悪いんだ！　だから試合に負けて、歩いて帰る羽目に陥った。だからアルトゥールを見つけたとき、おまえは腹の虫がおさまらず、あいつに襲いかかった！」エトガルは勢いよく立った。椅子が倒れた。「俺たちみんなが口裏をあわせられるように、おまえが作り話をこしらえたっていえよ！」

ペーター・レッシングが顔を上げ、うつろな目でエトガルを見つめた。これだけなじられれば、レッシングが我を忘れて怒りだしても不思議はない。だがどんな言葉にも心を揺さぶられないようだった。

「おまえら、もう本当のことをいえよ！」じっとすわっているみんなに向かって、エトガルが叫んだ。「もう嘘をついたってしょうがないだろう！」

「エトガルのいうとおりだが、それがすべてじゃない」ラルフ・エーラースがいった。「たしかに助けを呼ぶなといったのはペーターだった。俺たちと同じで、アルトゥールが好きじゃなかったからな。だけど、だれよりもアルトゥールに嫉妬していたのはインカだった。あいつが親友になってから、オリヴァーが俺たちと遊ばなくなったからさ」

「そうなんですか？」ピアはみんなにたずねた。

ためらい。うしろめたい気持ち。だれもインカ・ハンゼンを見なかった。インカはじっとすわったまま、自分の手を見つめていた。

「ああ、そうだ」太っちょのパン屋が認めた。「俺たちを本当に仕切っていたのはインカだった。だから、ペーターはインカを嫌っていた」

他のみんなもうなずいた。

「ペーターの話では、わたしたちはアルトゥールに会わなかったことになっていた」ローマン・ライヒェンバッハがいった。「わたしたちはシュナイトハインからまっすぐ家に帰ったといった」

沈黙。

「本当はなにがあったんですか？」ロンバルディがたずねた。「それをいったらお引き取りくださってもけっこうです」

もう最後までいうほかなかった。ローゼマリーたち四人を殺した犯人がこの事情聴取で判明しないことははっきりしていたが、洪水のように押し寄せる記憶が有力な手がかりとなる名前を洗いだす可能性はある。

「俺たちはアルトゥールを追いまわした。あいつはリスのようにするすると木に登った」エトガル・ヘロルトが沈黙を破った。「俺たちの中にあんなにうまく木登りができる奴はいなかった。だから木を囲んで、あいつが下りてくるのを待った。インカはキツネを捕まえようとしてかまれた。そのあとクラウスがマクシを捕まえると、首をひねってしまえとインカがいったんだ。アルトゥールは、下りるからやめてくれと木の上から叫んだ。だけど手遅れだった。アルトゥールは足をすべらせ、木から落ちた。ジモーネ、クラウス、アンディの三人は逃げていった。それからローマンとコンスタンティンも。最後に残ったのはラルフ、ペーター、インカ、そして俺だった。インカは気が触れたみたいだった。ラルフと俺が引き離すまでアルトゥールを蹴った。雷が鳴り、稲光が走った。嵐になる前に家に帰れないんじゃないかと不安になった」ヘロルトの声がふるえた。無精髭(ぶしょうひげ)の生えた頬を涙が伝った。「アルトゥールは、あいつは……助けてくれって叫んでいた。俺は……一度だけ振り返った。あの光景は死ぬまで忘れられないだろう。アルトゥール……あいつは……死んだキツネを抱いて……泣いていた……」涙がとめどなく流れた。「あの日から自分の顔を鏡に映して見ることができない。卑怯者の自分が恥ずかしい。後悔している。本当だ。四十二年間、毎日」

*

エトガル・ヘロルトが口火を切ると、他の者も我先に語りだした。長年のくびきがはずれた反動なのは明らかだ。ただし、インカ・ハンゼンを除いて。彼女は一切口を利かなかった。ペーター・レッシングがインカに脅迫されていたことを昔の仲間にしゃべったときも、反応はなかった。ピアはラルフ・エーラース以外の全員を帰した。ラルフにはまだ、草むらにあったバールに彼の指紋とパウリーネの血痕が付着していたわけを説明してもらわなければならない。

ピアは書類を片づけた。オリヴァーに取り調べの結果を伝えるため急いでルッペルツハインに行く必要があった。さっきから後頭部にもやもやが残っていた。なにか見落としているような気がする。ローゼマリー・ヘロルトが密会したのはペーター・レッシングの父親ではない。

犯人の片割れが彼だったら、証拠を保管せず、隠滅したはずだ。レッシング医師はカルテで脅迫することができると気づいた。村で権力争いをしている相手がいたのではないか。あるいは誰かに恩を売る必要があったとか、発覚すれば非常に多くのものを失う人がいたとか。そのだれかというのが子どもたちの父親だったのではないだろうか。

ピアは階段を上っていたとき、ふたたびC・G・ユングのことが脳裏に浮かんだ。ユングの共時性の原理は、因果的連関が認められないのに、結びついているとしかみなせない相関関係の事象を指す。ピアははっとした。証言を聞いた今ならわかる。当時の事件はまさにそれなのだ。怪我をしたアルトゥールを置き去りにした子どもたちは、ローゼマリー・ヘロルトと謎の人物のふたりと一切関係がなかった。前後して起こり、あとでつながりがあるとみなされたまったく異なるふたつの事件だったのだ。子どもたちはだれひとり、森で起きたことを親に話さなかったのだろう。大人たちは勝手に自分たちで結論を引きだし、意図的だったかどうかは定かでないが、アルトゥールを殺したと子どもたちに信じ込ませてしまったのだ。そして子どもたちのあいだにくすぶっていた罪悪感とレッシング医師の権力欲によってさらなる悲劇が生まれた。

だがレオナルド・ケラーは一連の出来事にどう絡むのだろう。ローゼマリーと密会した共犯者が彼なら、彼女の息子に面と向かって、おまえの母親は尻軽だなどといったりしないだろう。レオナルド・ケラーはなにかを目撃したのだ。それもきわめて運命的ななにかを。それをだれかに話したのだろうか。彼に知られたことで、だれかが危機感を抱いたのだろうか。それに行方不明事件から何日も経って襲われたのはなぜだろう。

ピアは階段の残りを駆けあがり、特捜班本部に改造した待機室にもう一度顔をだした。記者会見の反響が気になったからだ。ピアは捜査官たちをさっと見まわした。遅い時間なのに、みんな熱心に取り組んでいる。家に帰ろうなどとは思いも寄らないようだ。壁のテレビが音を消してついていた。記者会見のシーンがあらゆるニュース番組で流されていた。夜九時にはユーチューブにアップされた記者会見の動画の視聴回数が三百万回に達し、コメント欄にはヴァレンティナ・ベルヤコフと一連の事件の被害者の親族に同情する声が寄せられ、警察はきびしく糾弾された。なぜ犯人を逮捕できないのか。殺人犯ひとり捕まえるのがそんなに難しいのか。人々にこらえ性がない責任の一端はアメリカのテレビドラマ「CSI：科学捜査班」にある。あのドラマでは、プロファイラー、ラボの分析官などが最新技術を駆使して数時間から数日で困難な事件を解決に導く。そのせいで視聴者はいくつかのデータをコンピュータに入力すれば、犯人や被害者の写真や履歴、現住所、銀行口座のデータや通話記録、滞在場所などが瞬時にわかると思っている。だが実際にはそうしたことを調べるのはとても骨が折れるし、書類の山や膨大なデータと格闘しなければならない。しかも絶対に見落としは許されない。

「いつものことですけど、役に立たない手がかりの山ができあがってます」カトリーン・ファヒンガーが回転式の椅子をまわして、ヘッドセットをはずした。「興味深い電話は二件だけです」

カトリーンは四人の同僚と共に新しく導入したホットラインに対応していた。眉間にしわを寄せながら、彼女は通報リストをめくった。通報記録はすべて手がかりに数えられ、通し番号が割り振られる。「通報四十七。アンティエ・オルテンシュタインという人物によると、一九七〇から八〇年代、ローゼマリー・ヘロルトがケーニヒシュタインのゲオルク＝ピングラー通りにある〈スイート・プシーキャット〉というバーによく来ていたそうです。通報者は当時、その店のウェイトレスでした」

「それは興味深いわね」ピアはいった。「署に来てくれるかしら？」

「だめです」カトリーンは首を横に振った。「フレンスブルクに住んでいるので。住所と電話番号はメモしてあります。それから通報百十一。クラウディア・エラーホルストは以前ルッペルツハインに住んでいて、ヴァレンティナ・ベルヤコフの友人だったそうです。明日、署に来てくれます。もっと早く話を聞きたい場合に備えて、携帯の番号を控えました」

少し期待外れだった。だが時間が経てば経つほど、役に立つ情報が得られる機会はすくなくなるものだ。

「科学捜査研究所から最新情報がある」ノートパソコンから顔を上げずに、カイがいった。「パウリーネ・ライヒェンバッハの服に付着していた犬の毛は長くて黒く、カールしていた」

「ではラルフ・エーラースのピットブルではないわね」ピアはカイの話から結論をだした。エリーアスがハーゼンミューレの犬小屋に置いていった犬でもない」

「それからパウリーネの車にあったiPhoneとノートパソコンは修復不能だそうだ。長時間水没していたので」カイは顔を上げると、頭の後ろに手をまわし、背筋を伸ばした。「しかしまだいろいろ試してくれている。エリーアスとニケの所在についてはまったく情報がない。影も形もない始末だ」

「ハーファーラント家に電話をかけてみて。ニケの親友とか、おばとか、親しい人がいないか訊いてみてくれない？　別荘を持っていないかも」

「もう真夜中だが」カイはためらった。

「ベッドに入っているとは思えないけど」ピアはそういって、ホワイトボードに貼ってあるエリーアスの手配写真に目をとめた。森林愛好会ハウスでは彼の指紋が大量に見つかっている。フェリツィタス・モリーンを殺した犯人が彼であることを疑う者はいないだろう。だけどあのやせぎすで神経質な若者にそんな残虐なことができるだろうか。たいへんな力と憎悪がなくては、包丁で人間の首を頸椎まで切り裂くのは無理だ。

あいつはどこに隠れているのだろう。足下に火がついているし、いずれ給油しなければならない。そのリスクを冒すだろうか。ピアはひそかに、ガソリンスタンドで彼を見たという目撃情報が届くのを期待していた。だがその一方で、だれも英雄気取りにならないことを祈っていた。エリーアスを追い詰めたら、拳銃を使う恐れがある。彼にはどんな可能性が残されているだろう。信用するとしたらだれだろう。フェリツィタス・モリーンは死んだ。パウリーネは意識不明。ラルフ・エーラースは留置場にいる。ピアははっとした。エーラースが〝エリーアスがパウリーネになにかするとは思えないな。あいつのことは知っている。俺のところによく来ていた〟といっていなかったか。

「待って!」ピアは、ハーファーラント夫人に電話をかけようとしていたカイにいった。

「エリーアスとニケがどこにいるかわかった!」

「どこだっていうんだ?」

「ラルフ・エーラースの水車小屋よ!」ピアはスマートフォンをだし、ボスの短縮ダイヤルをタップした。「よく顔をだしていた! フェリツィタス・モリーンの犬もあそこに置いていったくらいよ。なんでもっと早く気がつかなかったんだろう」

二〇一四年十月十五日(水曜日)

夜中の一時、ピアはルッペルツハインとシュロスボルンのあいだの森にあるラントグラーベン駐車場に着いた。すでに特別出動コマンド(SEK)が待機していた。黒い制服を着たコマンド隊員たちはヘルメットをかぶって装備を点検していた。オリヴァーとスキンヘッドの大男が、コマンド隊員が使用している黒い電動自動車のボンネットに広げた地図を覗き込んでいた。現場指揮官ヨアヒム・〝ジョー〟・シェーファーはあきれるばかりのマッチョだが、こうした作戦にはおあつらえ向きの人間だ。ピアは彼と何度か組んだことがあるし、警察学校で二度ほど彼の指導を受けたこともある。最後にいっしょに捜査をおこなったのは五年ほど前になる。そのときは武器を持ち、ふたりの人質をとった若者に対処した。幸い作戦は血を見ずに完了した。

「久しぶりね、ジョー」ピアは特別出動コマンド(SEK)の現場指揮官にあいさつした。

シェーファーが振り返った。

「おお、これは！　旧姓キルヒホフさん」シェーファーはニヤッとした。「今はなんて名乗ってるんだっけ、ピア？」

「なんだか二年ごとに名前を替えてるみたいに聞こえるじゃない」もう二十四時間近く不眠不休のピアには、シェーファーの冷やかしに付き合う気力がなかった。「どんな感じ？」

「シュロスボルンの道路を封鎖した。この駐車場に近いこの道もだ」そう答えると、オリヴァーは地図上の二個所を指先で突(つつ)いた。「水車小屋には入り口が二個所ある。ジョーの部下は正面から突入し、同時に裏手の出口を確保する」

「運がよければ、寝込みを襲えるかもしれない。抵抗されずにすむだろう」シェーファーはいった。「犬はいるか？　人感センサーは？」

「今のところ犬はいない」ピアは答えた。「でも目標といっしょにいる若い女の子は臨月よ。年齢は十七歳。自分の意思でいっしょにいるのか、人質かは不明。だからスタングレネードと催涙ガスはくれぐれも使わないで」

「わかった」シェーファーはさっと眉(まゆ)を吊りあげて、ピアをじろじろ見た。「他にもなにかあるのか？」

「目標は九ミリ拳銃を所持していて、すでに発砲している」

「それは知っている」

救急車が駐車場に入ってきた。つづいてパトカーがまた一台到着した。

「では作戦開始」ピアはいった。

シェーファーは部下に指示をだしにいった。ピアはオリヴァーのところに残った。これまで取り調べの詳細をオリヴァーに話す機会がなかったからだ。だが今は後まわしにするほかない。

「わたしがなにを考えているかわかります？」ピアはいった。「犯人はどうしてアルトゥールの骸（むくろ）を掘りだして、別のところに埋めなかったんでしょうね。そうすれば、わたしたちには見つけられなかったはずです」

「そのことは、わたしも気になっていた」オリヴァーはいった。「ロージーは翌日、夫といっしょにアルトゥールの骸を隠したのだと思う。おそらくうっかりひいてしまったと話したのだろう。わたしたちが追っている犯人は、アルトゥールがどうなったか知らされていなかったんじゃないかな」

「わたしたちは当時なにが起きたかわかっているかのように話してますけど、すべて憶測でしかないんですよね」ピアはため息をついた。「メディアから突き上げがあるし、今のところ上がかばってくれているけど、このままだとまずいことになりますね」

オリヴァーは車のフェンダーにもたれかかって、タバコに火をつけた。ライターの炎に照らされたボスの顔は焦燥感に苛（さいな）まれていた。

「大丈夫ですか？」ピアはたずねた。

「大丈夫なものか。あんな勘違いをするとは」

「勘違い？」ピアは驚いた。

「この事件から手を引くべきだった。自分に関わる事件を捜査するのはやはりよくなかった」

「よくわからないんですけど」

「レオナルド・ケラーをもっと早くに取り調べなければならなかったんだ。きみは日曜日に、彼の話を聞きたいといったのに、わたしは待とうといってしまった。魔女狩りがはじまるのを恐れたからだ。犯人のプロファイルが彼に符合すると、どうして気づかなかったんだろう？」

「符合しなかったからです！」ピアは強い口調でいった。「犯人が頑健で、高い知性があり、時間が自由になり、この界隈を歩きまわっても人目につかない人物であることを前提にしていました。レオナルド・ケラーは軽度の知的障害がある市の臨時職員で、おんぼろのスクーターを乗りまわし、六十代になってもまだ母親のところで暮らしているわけで」

「それでもだ」そういって、オリヴァーはタバコを吸った。

「そんなことはないです！」ピアは首を横に振った。「ミスは犯してないですよ、オリヴァー！　あの男が本当に知的障害者のふりをしていたとして、わたしたちには知り得ないことだったんですから」

＊

「準備完了」シェーファーが暗がりからあらわれた。ヘルメットをかぶり、目出し帽を顎までさげている。「いっしょに来てくれ。防弾チョッキを身につけること。現地に着いたら声をだしてはいけない。夜中の森では音が日中の二倍くらいに聞こえる」

ハーゼンミューレに着いて車から降りたとき、三日月が雲に隠れた。タウヌス山地の夜は真っ暗になることがない。都会が近く、ヘーヒスト産業パークや空港があるせいだ。それでも最初の尾根を越えたこのあたりの谷は高い木に覆われていて、夜は真っ暗闇になる。

別の車に乗ってきたケムとターリクが、ピアとオリヴァーに合流した。風はそよとも吹かず、夜空にかかる雲はセメントのように動かなかった。コマンド隊員たちの黒い影が音もなく水車小屋の周囲に散った。暗視装置のおかげでゴミや建築資材につまずくことはなかった。ラルフ・エーラースのボルボは前に来たときのまま止まっている。水車小屋に明かりはついていない。なんの気配もしなかった。シェーファーがいきなり闇の中から出てきて横に立ったので、ピアはびくっとした。

「少し奥の森の中に黒いX5が止めてある」シェーファーにそういわれて、ピアは緊張した。夜の出動はいくら用意周到にしても、結果がどうなるかわからないところがある。それにターゲットが本当にそこにいるかどうかも不明だ。ピアはニケ・ハーファーラントのことが心配だった。

「エリーアスが乗りまわしていた車ね」ピアはいった。できることなら、コマンド隊員といっしょになって水車小屋に突入したかった。ニケを保護して、銃弾の当たらないところに連れていかなければならない。しかしシェーファーに頼んでも時間の無駄だろう。

「突入する」シェーファーがささやいた。「状況がクリアになるまで、正面に見える人造石ののったパレットを遮蔽物にするように。行け！」

「暗視装置があれば、そのパレットがどこにあるか見えるんだけど」ピアはそっけなくいった。

「暗視装置は渡せないが、手を引いてやる」シェーファーはピアを引っ張って空き地に出た。オリヴァー、ケム、ターリクがあとにつづいた。四人がパレットの陰に隠れると、シェーファーは姿を消した。葉ずれの音以外なにも聞こえない。数秒が経ち、数分が過ぎたが、なにも起こらなかった。ピアは我慢の限界に来て、体がふるえた。なんでこんなに時間がかかっているのだろう。

「うえぇ！」オリヴァーが突然押し殺した声をだし、大きく動いた。「ドブネズミだ！ 手の上を走っていった！」

その瞬間、バリッと音がして、玄関ドアがドア枠からはずれた。窓に閃光が走り、大きな声が飛び交った。

「なんてこと！」じっとしていられなくなったピアは勢いよく立って、腰をかがめながら空き地を横切った。臨月の娘がいるからくれぐれもスタングレネードを使わないようにといったのに。けつまずくことなく水車小屋に辿り着くと、ピアはドアに駆け寄り、ちょうど出てきたコマンド隊員と鉢合わせしてしまった。しばらくのあいだ目の前に星が飛んだ。

「中はどうなっているの？」ピアは額をなでながらその隊員にたずねた。

「陣痛を起こしています」目出し帽とヘルメットの奥からくぐもった声がした。「救急車と救急医を呼んでください！」

「なんてこと！」ピアは隊員を押しのけて中に入った。大柄の隊員たちが密集していたため、室内は狭く感じた。

「外で待つはずがないと思ってたさ、キルヒホフ」シェーファーは不満そうにいうと、目出し帽を脱いだ。「これがわたしの授業だったら、落第だ」

「あなたもね」ピアは言い返した。「現場の指揮官として。スタングレネードを使わないようにはっきりいったはずよ」

シェーファーはむっとしてピアをにらんだ。

「それで、どうなんだ？」オリヴァーが廊下にあらわれた。

「抵抗なし」シェーファーはうなるようにいった。「目標の武装解除。ちなみに確保した人数は三人」

「えっ、赤ん坊がもう生まれたのか？」

シェーファーはなにもいわず、居間の方を顎でしゃくった。オリヴァーとピアはコマンド隊員たちをかきわけた。

エリーアス・レッシングは絨毯（じゅうたん）の上にしゃがんで顔を上げようとしなかった。ニケの頭を膝（ひざ）にのせ、彼女の汗でびっしょりの顔をタオルでふきながら、彼女の手を握っていた。仰向けに横たわっているニケは目をむいて、荒い息をしていた。

「耐えられない！」そううめくと、ニケは激しい陣痛に耐えかねてちぢこまった。ピアはそのときはじめて、ニケの横にしゃがんでいるもうひとりの男に気づいた。

「呼吸するんだ！」男はやさしく声をかけていた。口ごもる様子は微塵（みじん）もなかった。「呼吸をつづけるんだ！」

「やあ、レオ」オリヴァーがいった。

男は振り返って口元を綻(ほころ)ばせた。体をひくつかせてもいないし、よだれを垂らしてもいない。

「やあ、オリヴァー」レオナルド・ケラーは答えた。「すべて説明する。少し待ってくれ」

＊

レオナルド・ケラーはいい具合に年齢を重ねていた。顔にはしわが寄っているが、若い頃と同じようにひきしまっている。白髪まじりではあるが褐色(かっしょく)の髪はふさふさで、一九七〇年代の長髪と違ってショートカットだった。

特別出動コマンド(SEK)は撤収した。ハーゼンミューレの庭に、後部ドアを開け放った救急車が止まっていた。ニケ・ハーファーラントの両親も来ていた。娘が無事だと知ってほっと胸をなで下ろしているが、もうすぐ祖父母になるということと、ニケが赤ん坊を里子にだす気がないという事実がおもしろくないようだ。ニケは救急車の中で横たわり、エリーアスがそばにすわって、ニケの手をやさしくなでていた。

レオナルドは救急車の開け放った後部ドアの傍(かたわ)らに立った。

「そろそろいいかな？」オリヴァーは彼にいろいろ質問をぶつけたくて待ちきれずにいたのだ。

「ふたりは赤ん坊にレオという名をつけるそうだ」レオナルドは微笑んだ。

「女の子でなければいいけどな」オリヴァーはそっけなく答えた。

「そうしたらレオノーラだ」レオナルドはいった。「おまえの母親と同じだ」

オリヴァーは首を横に振った。

「さあ、行こう。訊きたいことがある」

「ああ、わかった」レオナルドはうなずき、オリヴァーのあとについて、ケムが駐車場からまわしておいた車に向かった。レッシング夫妻も到着していたが、エリーアスはそちらに見向きもせず、恋人と別れなければならないことが心残りのようだった。ピアはエリーアスに手錠をかけて、パトカーのところへ連れていった。

未明の三時半、通りは閑散（かんさん）としていた。ケーニヒシュタインを抜けてホーフハイムへ向かう途中、車とすれ違うことはほとんどなかった。レオナルド・ケラーは助手席にゆったりすわり、両手を膝に乗せて、フロントガラス越しに前方を見ていた。

「四十年間も間抜けなふりをした。どうしてそんなことをしたか気になっているんだろうな」

レオナルドはしばらくしていった。

「ああ、そのとおりだ」オリヴァーはレオナルドの変わりようにいまだに啞然としていた。頭と体に障害があると思い込んで、ずっと同情していたからだ。「どうしてこんなことをしたんだ？　だれも知らないところに移り住めばよかったものを」

「おふくろを放っておけなかった。おふくろとおやじは俺のせいで大変な苦労をしたからな。おふくろはルッペルツハインで生まれ育った。おふくろの両親も祖父母も曾祖父母もそうだった。それに、親父をひとり墓地に残していくのをいやがった。だからおふくろが生きているかぎり、そばにいると約束したんだ」

「しかし本当に重傷を負って、何ヶ月も昏睡状態だったんだろう。よくだれにも気づかれずに治ったな」

「百パーセント治ったわけじゃないさ。損傷した脳の大部分が幸い再生したんだ。それでも話せるようになって、体が動かせるようになるまで何年もかかった。俺は医者に恵まれた。もっとも医者の方が俺のせいで頭がおかしくなりそうだったけどな。俺がある段階から一向に回復しなかったので、頭をひねっていたよ。あれは純粋に自己防衛だった。だけど、これで社会復帰できそうだ。自分でもこれがあたりまえと思えるようになるほど、偽りの自分に慣れてしまった。そんなに悪くなかった。口ごもり、体を痙攣させて、よだれをたらすだけで、みんな、俺にはなにも理解できないと思った」

オリヴァーはレオナルド・ケラーの信じがたい二重生活に呆気にとられ、そこからどういう問題が派生するか充分に考えを整理することができなかった。彼は、殺人の容疑がかかっていることも、オリヴァーが住居を家宅捜索したこともまだ知らない。ピアとオリヴァーは署に着いてからそのことを告げることにしていた。

「公式には、あんたはアルトゥール・ベルヤコフ事件の犯人とみなされていた。起訴されなかったのは、取り調べができない状態だったからだ」オリヴァーはいった。

「そして証拠不充分。わかっているさ」レオナルドはうなずいた。「遺体も見つからず、目撃者もあらわれず、事件現場も特定されていなかったからな。だけど状況は変わった」

彼はため息をついた。

「この四十年、当時なにが起きたのか思いだそうとしてきた。だけど、自殺未遂前後の記憶が抜け落ちていた。アルトゥールがどうなったのか、そして自分がそれにどう絡(から)んでいるのか知りたくて、催眠療法も試したし、セラピーも受けたし、新聞雑誌の記事も読みあさった。けれどもなにひとつわからなかった」

「頭に重傷を負ったんだよな」

「そうさ。だけど、なんで自殺しようとしたのか今もって理解できないんだ。子どもを殺したっていうのもありえないことだ。アルトゥールのことは気に入っていた。才能にあふれていて、だれにも悪さをしない、いい子だった。そんな子を殺したといわれ、日夜苦しんだ。俺は本当に人殺しなのか、そうじゃないのかって」

「わたしたちは、あんたに自殺する気などなかったという結論に達している。だれかがあんたを殺そうとしたんだ」

「なんだって?」レオナルドは愕然(がくぜん)として彼を見つめた。

「頭のいい若い同僚がそのことに気づいたんだ。あんたが使ったというネイルガンを仔細(しさい)に調べて、一番威力のない発射薬が装塡(そうてん)されていたことを突き止めた」

「それで?」

「あんたは精肉店で働いていた。その道のプロだった。自殺する気なら、一番威力のある発射薬を選ぶんじゃないかな?」

レオナルドは黙ってうなずいた。それが答えだった。

「それに撃つなら額だろう。後頭部を狙うのもおかしい」

「たしかに」レオナルドの声はかすれていた。「しかし……えっ……それって」

レオナルドは本当に覚えていないのだろうか。

「つまり、あんたはだれかにとって危険な存在だったんだ。殺人犯が放っておけなかったようななにかを知っていたんだろう。だからあんたを葬り、犯行の自白に相当する自殺に見せかけて、一石二鳥を狙ったんだ」

オリヴァーはレオナルドを横からちらっと見た。

「当時、匿名の電話があった。女性の声だった。アルトゥールが行方不明になった夜、あんたが森から出てくるのを見たといったそうだ。警察にはそれで充分だった」

＊

「あなたの住居にあったホワイトボードに氏名が列記してありましたが、あれはなんですか？」ロンバルディがたずねた。

「調べてたんです」レオナルド・ケラーは答えた。「当時なにがあったか突き止めたくて」

「どうして今になって？　なぜ二十年前か三十年前にしなかったのですか？」

「状況が変わったからです。ロージーとクレメンスの死で」

「なにが変わったというのですか？」

「村のみんなが、昔のあの事件を蒸し返しだしたからですよ」

「それまで話題になることはなかったのですか？」

「ええ、一度として」

「どんなことが話されたのですか？」

「いろいろ憶測が飛んだんです。噂が渦巻いてました」

「なるほど」

早朝の四時だったが、ピアは自分にも、レオナルドにも考える間を与えなかった。ピアとロンバルディの取り調べを見ていて、オリヴァーはしだいに気持ちが落ち着かなくなった。ふたりはレオナルドがあやしいと見ているのだ。彼にどんな権利があるか告知したが、質問に答える前に弁護士を呼んだ方がいいとすすめることはしなかった。もしレオナルドが本当に犯人だったら、これだけでも刑事訴訟に持っていけない恐れがある。

「俺は四十年間このときを待っていました」レオナルドはいった。「当時なにがあったのか知りたいんです。気になってしかたがありませんでした。だれかが俺から人生を奪ったんですから」

「どうしてそうはっきりいえるんですか？」ピアは机に向かってすわり、両手を重ねて目の前のレオナルドをじっと見つめていた。「犯人はあなただったかもしれないでしょう。思いだせないのだから」

「まさにそれがわからないから気が変になりそうだったんです」

「アルトゥールを殺したのが自分だとわかったらどうしますか？」

「どうして俺がそんなことをするんですか？」レオナルドはピアを見つめた。ヘビににらまれたウサギだ。怯えている。彼の仕草からもそれとわかる。窓のない取調室、まぶしい照明、ピアとロンバルディのきつい言葉。狙いどおりに、レオナルドは萎縮していた。

「わたしたちが思っていることをいいます」ピアはいった。「あなたは、ローゼマリーが死んで、真実をいっしょに墓にもっていくのではないかと恐れた。だからホスピスへ行き、彼女に真実を話せと迫った。ところがローゼマリーは、あなたの期待に反したこと、つまりあなたがアルトゥールを殺したとしかいわなかった。だからもう一度彼女を訪ね、絞め殺した」

「ちがう！」レオナルドは汗をかきだした。「そんなことしていない！」

「運悪くローゼマリーは息子のクレメンスと司祭にも、当時のことを話していた。そのためふたりも排除する必要に迫られた」ピアは淡々と話した。「必要な道具をそろえるのは簡単だったでしょう。あなたが村の中をうろつきまわっても、気にする人はいませんから。しかし森林愛好会ハウスではエリーアスに顔を見られてしまった。だから彼のことも口封じしようとした。彼を匿ったフェリツィタス・モリーンがエリーアスの居場所をいわなかったので、喉を切り裂いた」

「だけど……俺がエリーアスを殺す気だったら、さっきハーゼンミューレでやってたはずですよ」レオナルドがいい返した。

「女の子がいっしょだったからためらったのでしょう」ピアは意に介さなかった。「あるいはエリーアスがあなたに気づいていないとわかったからじゃないですか？　あなたの殺人リストには、あと何人の名前がのっているのですか？」

「殺人リストってなんです？」レオナルドは全身をふるわせた。本当だろうか、それとも演技だろうか。何年も前からこういう状況になったときの準備を重ねてきたはずだ。ピアはファイルからメモを取りだした。

「ライムント・フィッシャー、フランツィスカ・ハルトマン、ハインツ・ケラー、ハンス＝ペーター・レッシング、カール＝ハインツ・ヘロルト、ゲルリンデ・レッシング、ヘリベルト・ハンゼン」ピアは名前を読みあげて、顔を上げた。「全員、あなたの手にかかった被害者ですね？」

「被害者？」レオナルドはささやいた。目が飛びだすのではないかと心配になるほどの表情だった。「被害者は俺だぞ！　命の危険に怯えていたのは俺だ」

「しかしあなたが当時襲われたことを知ったのはついさっきではないですか」ピアは冷ややかに答えた。「違いますか？　それとも、さっき驚いたのは演技だったのですか？　頭に障害があるふりをして世を欺いていたように。あなたが被害者だったなんて信じられません。あなたが犯人だと思っています」

「違う！」レオナルドは我を忘れて勢いよく立った。「俺はなにもしていない！」

「すわってください」ピアは鋭い声でいった。レオナルドはいうとおりにした。

「あなたはどうしてそうはっきりやっていないといえるのですか？」ロンバルディがたずねた。「たしか記憶がないといっていましたよね？」

「記憶はないです。なにも思いだせません。信じてください！」

ロンバルディとピアは意味ありげに顔を見合わせた。

「どうしてわたしたちや検察官や裁判官がそれを信じなければならないのですか?」ピアは首を横に振りながらたずねた。「四十年間も世を欺いてきた人間を信じられますか? あなたはみごとな演技をしました。今度は本当のことをいっていると、どうやったら信じられますか?」

レオナルドは小刻みに浅い息をした。両手に拳を作り、何度も神経質に唾をのみ込んだ。

「あなたの小屋の冷凍室から包丁が見つかりました。フェリツィタス・モリーンの喉を切り裂いた凶器です」そういって、ピアは遺体の写真を差しだした。「あなたの名札をぬいつけたTシャツにくるまれていました。これをどう説明しますか?」

「あの小屋はもう何ヶ月も使っていません」レオナルドの声はかすれていた。「どうしてそんなものが冷凍室に入っていたのかさっぱりわかりません」

「あなたが小屋を使っていなかったことは信じます」ピアはうなずいた。「しかしあそこに出入りしましたね。その前に床の掃除をするべきでした。靴跡がたくさん残っていました。科学捜査研究所で今、あなたの靴をすべてその靴跡と照合しています。靴跡と一致する靴があれば、もう言い逃れはできませんよ」

レオナルドは答えなかった。汗が顔を伝った。

「ルッペルツハインでの暮らしは楽しいですか?」ロンバルディがたずねた。

「そんなこと、考えたこともないです」レオナルドは肩をすくめた。「他のどこで暮らせというんですか?」

「あなたはペンネームで三文小説を何冊も書き、なかなかの収入を得ていますね。市の臨時雇いで稼ぐ金よりもはるかに高額です。あなたの口座を調べて判明しました。あなたにはおよそ六十五万ユーロもの財産があります。それだけあれば、世界中のどこでも快適に暮らせるでしょう」

「あなたは勘違いしています!」レオナルドが両手を上げた。「この四十年、おふくろ以外のだれともまともな会話をしたことがないんですよ。読書と小説を書くことで理性を保ってきたんです……」

「あなたは嘘つきです」ロンバルディが口をはさんだ。「あなたは世を欺いて、人々の同情を買ったのです。そしてついでに殺人事件の捜査からうまくすり抜けました。今、あなたは化けの皮がはがれるのを恐れています。どういう憂き目にあうかわかっていますね。ドイツでは殺人に時効がないのです」

「クレメンス・ヘロルトに彼の母親が尻軽だといいましたね。なぜですか?」ピアはたずねた。

「そんなことはいっていません」レオナルドは口ごもった。

「いいえ、いっています。クレメンスとエトガルが、帰宅しない母親を捜しにでたとき、あなたに会ってそういわれたと証言しています。八月十七日から十八日にかけての夜のことです」

オリヴァーはもう観察室でじっと椅子にすわっていられなくなった。ピアとロンバルディはどうしてそんなことを知っているのだろう。レオナルドをこんなふうに追い詰めるのはなぜだ。オリヴァーは勢いよく立ってドアノブに手をかけた。取り調べを中止させるつもりだったが、考え直した。レオナルドは旧友ではない。被疑者なのだ。自分が罪悪感を覚えているせいで、捜査に支障をきたすようなまねをしてはいけない。ちょうどそのときレオナルドがささやいた。

「覚えていません」顔が青ざめている。両手で落ち着きなく何度も膝をこすった。

「シュナイトハインでおこなわれたサッカーの試合について話してください」今度はピアが質問した。「夏の選手権大会。チームは惨敗して、怒ったあなたは、選手たちに歩いて家に帰れといいつけたそうですね。本当はクラブのバスで戻るはずだったのに」

レオナルドはピアを見つめた、眉間（みけん）にしわを作り、左右の眉がくっつきそうだった。

「ペーターが審判に食ってかかり、そのせいでレッドカードをもらいましたね」ピアは話をつづけた。書類の束からまた写真をだした。クレメンス・ヘロルトのドロップボックスに保存されていたサッカーチームの集合写真を拡大したものだ。「ひとりひとりの名前をいえますか？」

レオナルドはシャツの胸ポケットから読書用メガネをだし、指をふるわせながらかけた。写真を覗き込み、写っている子どもの名前をすらすらいった。

「試合の結果を覚えていますか？」ロンバルディがさりげなくたずねた。

「〇対六」レオナルドは即座に答え、目を上げた。顔からすっかり血の気が引いていた。啞然とした表情だ。「なんで知ってるんでしょう？　俺は……あれっきりあの試合のことなんて考えたこともなかったのに！　どうして……覚えているんでしょうか？」

「負傷する前のことだからです」ロンバルディは満足そうに微笑んだ。ネズミを捕まえた猫だ。

＊

オリヴァーはマジックミラーで左右の取調室の様子を見ることができる小さな部屋を出た。ピアとロンバルディが取調室から出てくるのを待たず、建物の裏口から外に出て、階段にすわると、タバコに火をつけて、深く吸った。

当時なにがあったか知らないまま生きつづけるなんて、考えただけでもぞっとする。それにしても人間の生きたいという意志には驚かされる。軽度の知的障害者という顔をしたレオナルド・ケラーの人生にも喜ばしいことはあったのだろうか。見方次第ということか。幸せや喜びやわくわくすることがなければ、生きている価値などないじゃないか。生活に質を望めない状態で何日も、いや、何年も生きつづけることなどできるものだろうか。レオナルドと母親は村八分に耐えてずっとあの集落で生きてきたのだ。

突然、オリヴァーはかつてのボス、フランクフルト刑事警察署のメンツェル上級警部の口癖を思いだした。〝何度でも手がかりに戻れ〟

そうすると、元凶は自分になってしまう。「ボナンザ」など観ないで、いつものようにアルトゥールを家まで送っていれば、森の中で子どもたちに遭遇することもなかった。そうすれば、ローゼマリーにも会わずにすみ、今でも生きていて、幸せな結婚をしていたかもしれないのだ。マクシはそのうち老衰で死んだだろうが、クラウス・クロルの手で殺されることはなかった。レッシング医師も村人を脅(おど)すことはなかったし、レオも障害者にならず、彼の両親も年金生活に入るまで小さな食料品店をやっていけたかもしれない。その他多くの人が何十年も苦しまずにすんだのだ! ローゼマリーたち三人は殺されなかったし、パウリーネは意識不明にならずも最悪だった。

どい罪悪感にとらわれた。だれも非難しないだろうし、責任を問う者もいないだろう。それで

をつけたのが自分だという苦い真実！　なんてことをしてしまったのだろう。オリヴァーはひ

にすんだ。フェリツィタス・モリーンは喉を切られなかった。思いがけない事件の連鎖に先鞭をつけたのが自分だという苦い真実！　なんてことをしてしまったのだろう。オリヴァーはひどい罪悪感にとらわれた。だれも非難しないだろうし、責任を問う者もいないだろう。それでも最悪だった。

＊

その夜はだれも眠れなかった。家に帰って寝ようとする者はひとりもいなかった。ピアが目にする面々はひとしなみに疲労困憊していた。進展がなく、成果はほとんどなきに等しい。すべての手がかりが袋小路に入り込んだ。レオナルド・ケラーとエリーアス・レッシングを取り調べたかぎりでは、ふたりがフェリツィタス・モリーンの殺害やパウリーネ・ライヒェンバッハへの暴行に関与していないことははっきりしていたが、解剖の結果明らかになっている犯行時刻である日曜日の午後八時から午後十一時のあいだにふたりともアリバイがなかった。犯人にまたしてもいいように振りまわされてしまった。レオナルド・ケラーの小屋で見つかった凶器とTシャツはめくらましだ。

カトリーンはみんなのために朝食を買いだしにいってきた。プチパンのサンドとコーヒーのおかげで、みんな、少し元気が出た。キムとジャンニ・ロンバルディはいっしょにエリーアスの取り調べをおこない、レオナルド・ケラーの取り調べをはじめる前の休憩をとっていた。

「動機、手段、機会」ピアはパンをかじりながらいった。「レオナルド・ケラーにはすべてそろっている。彼がうろつきまわっても、だれも気にしない。この界隈のいつもの風景だから」

「それに欺くのがうまい」ケムがいった。「殺人犯だといわれたときのあいつの反応を真に受けるわけにいかない」

「だけどケルクハイムのベートーヴェン通りからホスピス〈夕焼け〉まで歩いたらかなりの距離だぞ」カイがファイルをめくりながら発言した。「午後にエトガル・ヘロルトは顧客を訪ね、その足でホームセンターに寄っている。レオナルド・ケラーには乗り物がなかったから、ホスピスにすばやく移動できなかったはずだ」

たしかにそのとおりだ。ピアはため息をついた。パウリーネの意識が戻るか、エリーアスのスマートフォンのデータを解析できればいいのだが！ 証拠が必要だ。いくら推理しても、それだけではだめだ。

「エリーアス・レッシングはなんといっている？」ピアはたずねた。

「彼への取り調べは少しやり方を変えたわ」キムがいった。珍しいことに、彼女も疲れた顔をしている。「認知的質問といえばわかるかしら？」

全員がうなずいた。その質問方法はよく目撃者に使われるもので、ただ質問するのではなく、事件が起こる前の時間を振り返らせることによって、忘れたと思っていた記憶を呼びさます試みだ。質問された者は、事件の前の日常、どうでもいいことや、心配ごとやうれしかったことを思い返す。なにか特別な感情を思いだせばしめたもので、問題の事件と自分のつながりがはっきりする。もうひとつは、思いだす順番を変え、目撃者に経験したことを振り返らせる方法だ。時間軸に沿うのではなく、事件の終わりや、まっただ中からはじめるのだ。三番目のやり方は目撃者の視点を変えさせるというものだ。ただしこの認知的質問というテクニックは率先して答えようとしている相手にしか機能せず、特別なメソッドに従う必要があり、刑事がだれでも使いこなせるものではない。

「エリーアスはすっかりまいっている」ロンバルディが答えた。「フェリツィタス・モリーンが死んだ責任が自分にあるとようやく自覚したようだ。モリーンは彼を匿った。森の中の家にひとりでいたくなかったからだろう。犯人が戻ってくるのを恐れてもいたのだろう。モリーンは、映像を保存してある彼のiPhoneを警察に渡せと何度も説得したが、エリーアスは刑務所に入れられるのを恐れて拒否した。彼が出頭していれば、モリーンは死ななかったし、パウリーネ・ライヒェンバッハも昏睡状態になることはなかった」

「ボスとわたしが話を聞きにいったとき、モリーンは嘘をついた」ケムがいった。「自業自得だな」

ピアは首をかしげながら考えた。死者が四人。重傷者がひとり。エリーアスを加えれば、トラウマを抱えた人間がひとりということになる。取り返しのつかない新しい罪。なぜだろう。きっかけは本当にただの浮気だったのだろうか。ちょっとした雪玉が巨大な雪崩(なだれ)を引き起こし、たくさんの人を奈落に突き落としたということか。

「キャンピングトレーラー炎上の夜について、エリーアスの記憶はがっかりするものだったわ。男を見たのはたしかだけど、人相をはっきりいうことができなかった。やせていて、敏捷(びんしょう)だったというだけではね。ちょっと弱い」

「しかし彼の話では、フェリツィタス・モリーンが放火事件の前、車に乗って森の道から出てくる男を見たという。モリーンの記憶力の方がたしからしく、黒っぽいステーションワゴンで照明をつけずに走っていたらしい」

大きなわらの山にまた一本針が紛れ込んだ。

「ラルフ・エーラースは青いボルボに乗っている」オリヴァーがいった。「暗い時間帯なら黒っぽく見える」

「カイ、ルッペルツハインでだれが黒っぽいステーションワゴンに乗っているか確かめられる？」ピアはたずねた。

「やってやれないことはないけど、時間がかかるな」

「かまわない。調べてみて」ピアは咳払いした。「今日の午後二時に、ルッペルツハインの墓地でローゼマリーとクレメンス・ヘロルトの葬儀がある。全員で行きましょう。ボスとケムは、その前にレオナルド・ケラーの母親を訪ねて。当時レオがなにに関心を持っていたか訊いてみて。それから日頃だれと付き合っていたか。友だちや敵意を持っていた人についても」

「了解」オリヴァーとケムはうなずいた。

「ターリク、あなたは傷害保険協会病院に行って、パウリーネの容体を確認して」彼の目がきらっと光ったのを、ピアは見逃さなかった。「ただし長居はだめよ」

「わたしは引きつづき電話の応対をしますね」カトリーンがいった。「それからオーストラリアにいるモリーンの妹に連絡がつくか試します」

「そうして」ピアはうなずいた。「レティツィア・レッシングは今日、家に帰す」

「ラルフ・エーラースはどうする？」オリヴァーがたずねた。

「パウリーネ襲撃と無関係だとはっきりするまでは拘束する」すこし考えてから、ピアはいった。「それにまだ役に立つかもしれない。ロンバルディとキムがレオナルド・ケラーに質問してから考える」

「レオナルド・ケラーにも認知的質問をしてみようと思っている」ロンバルディがいった。

「襲われる前の記憶は驚くほどしっかりしている。サッカーの試合の記憶を取っかかりにすればそのあとの記憶も戻るかもしれない。きっとうまくいくと思う」

「なんでもやってみて」ピアは盆に残っていたチーズのオープンサンドを手に取った。「よろしく。わたしはこれからアンティエ・オルテンシュタインに電話をかけてみる。十二時にまたここに集合して」

「そうだ、写真！」そう叫んで、オリヴァーが椅子から腰を上げた。「昨日、クレメンスの写真を父から返してもらった。車から取ってくる。レオに見せたら、なにかを思いだすきっかけになるかもしれない」

「いいアイデアだわ」ピアはうなずいた。

役割分担がすみ、解散した。ピアははじめてパズルの最後のピースがすぐそばにある感触を覚えた。だがそのとき、別のことを思いついた。

「そうだ、オリヴァー！」

オリヴァーがピアの方を振り返った。

「レオナルド・ケラーの脳の障害が嘘だということを、みんなに知らせた方がいいと思うんだけど」ピアはニヤッとした。「ポコルニーのパン屋でコーヒーでも買って、少しおしゃべりしてみたらどうかしら」

＊

呼出音が鳴った。ピアは鳴らしつづけた。自分の部屋に戻って、机に向かってすわっていた。ここの方が集中できる。受話器を置こうとしたとき、電話の向こうとつながった。アンティエ・オルテンシュタインは息を切らしていた。なかなか出られなくてすみませんといった。娘が通院しているうえ、孫が通っている幼稚園が数週間前から職員のストライキで閉園になっていて、孫の面倒を見ていたという。ピアはしばらく自由に話させた。いちいち質問しないと言葉が出てこない人よりおしゃべりな人の方がありがたい。オルテンシュタインはシュナイトハイン出身で、ケーニヒシュタインの学校に通った。両親は小さな兼業農家で、父親はヘキスト社で働いていた。おこづかいをたいしてもらえなかったので、アメリカ合衆国を旅するという大きな夢のため早い時期から仕事についた。〈カフェ・クライナー〉でパティシエに弟子入りしたが、研修中の給料は雀の涙だったので、一九七一年春から夜の時間、〈スイート・プシーキャット〉でも働いた。週に三回と土曜日。ローゼマリー・ヘロルトのことはよく覚えているという。だからテレビで記者会見を見て、すぐ警察のホットラインに電話をかけたといった。

「ロージーは親友といっしょに木曜日の夜にやってきました。市民大学でなにか講座を受けたあと寄っていたようです」オルテンシュタインはいった。「でも講座を受けていたのは出かける口実で、そのあと遊ぶのが目的だったと思います。ふたりは男の客からスパークリングワインをおごってもらって、よくいちゃついていました」

「ロージーはだれか決まった人と落ち合っていましたか？」ピアはたずねた。

「いいえ、それはなかったと思います。常連もいましたが、ケーニヒシュタインに二、三週間滞在するだけの湯治客も来ていましたから。でもロージーは連れの女友だちよりも早く帰ることがよくありました。女友だちはいつも〝内緒のいい人と会うのよ〟といって目配せしたものです」

「その女友だちの名前を覚えていますか？」

「ええ！」オルテンシュタインはすばらしい記憶力の持ち主だった。「すてきな名前でした。エキゾチックで。エステファニア・ウゴネッリです！　イタリア人で、長い黒髪の目の大きな美人でした。ジーナ・ロロブリジーダ（イタリア出身の女優、フォト・ジャーナリスト）の感じです。ロージーと違って、当時は未婚でした。エステファニアが男を引っかけて家に帰るものですから、家に夫と子どものいるロージーはいつもうらやましがっていました」

ピアは胸がドキドキするのを感じた。女は人にいえないような秘密でも親友には打ち明けることがある。ロージーもそうだっただろうか。密会する相手がだれか、エステファニアに話しているかもしれない。エステファニアは生きているだろうか。名字が替わっていても、カイなら見つけだせるだろう。

「そのうちエステファニアはひとりで店に来るようになりました」オルテンシュタインはいった。「でもロージーがいないと楽しくない様子でした」

「なぜロージーは来なくなったのですか？」

「ひとりで外出するのを旦那さんに禁じられたらしいです。〈スイート・プシーキャット〉に通っていることがばれたのだと思います。無理もないです。知られずにいたのが不思議なくらいで」オルテンシュタインはため息をついた。「今とはぜんぜん違う時代でした。既婚の女性はそういう店に出入りできなかったのです。ロージーは旦那さんにひどく殴られ、そのうえ子どもまでできちゃって」

「いつのことか覚えています？」

「そうですねえ。わたしは一九七三年のクリスマスまで働いていました。でも、彼女はもう来なくなっていました。最後にやってきたのは一九七二年の夏だったと思います。そのあとケーニヒシュタインの市や〈カフェ・クライナー〉で二、三度顔を合わせましたが、ちょっと世間話をしただけです」

「エステファニア・ウゴネッリさんがどこに住んでいるか覚えていますか？」

「フィッシュバッハから来ていました。ふたりともいつも車で来ていました。店を出る頃には相当酒がまわっていました。あの頃はまだアルコール検査もそんなにきつくなかったですからね。それにロージーはケーニヒシュタイン警察署にコネがありました。たしか署長が隣人だったはずです。署長はよく店に来て、ロージーに色目を使っていました。その後、トラクター事ピアはびくっとした。当時、なかなか刑事警察を介入させなかったのはレッシング医師の義兄、ライムント・フィッシャー署長だ。今までレッシングのためにそうしていたと思っていたが、ロージーに頼まれたからなのか。フィッシャー署長は知りすぎて、危険な存在だった。彼の死が事故死かどうかわかったものではない。フィッシャー署長の名はレオナルド・ケラーの住居で見つけたリストの一番上にあり、消し線が引かれていた。どういう意味だろう。

*

「給油するのを忘れていました」リーダーバッハまで来たところで、ケムがいった。「うかつでした！」

「左折しろ」オリヴァーはiPhoneから顔を上げた。ローレンツからワッツアップ経由でメッセージがあり、トルディスの父親がだれか息子に伝えるべきか思案しているところだった。

「ケルクハイムのシェルで給油して、フィッシュバッハ経由でルッペルツハインに行けばいい」

「わかりました」ケムはウィンカーをだし、ケルクハイム中央墓地の前を走り、環状交差点を抜けてケルクハイムに入った。ガソリンスタンドは閑散としていて、すぐ給油機に横付けできた。ケムが給油しているあいだに、オリヴァーはローレンツ宛のメッセージを打ち込んだ。父親の素性をワッツアップでお手軽に教えるわけにはいかない。それに将来生まれるかもしれない孫がよりによってペーター・レッシングと親戚になるかと思うと心穏やかではいられなかった。だからトルディスの父親がだれかわかったが、直接伝えるとだけ書いた。窓ガラスを叩く音がして、オリヴァーはびくっとした。顔を上げると、アザラシのようなふさふさの髭を生やした赤ら顔が目に飛び込んできた。それがだれか気づくまで数秒かかった。

「やあ、デトレフ」車にすわったままなのは失礼だと思って、オリヴァーは車から降りた。

「オリヴァー、ここでなにをしてんだ？」ゾーニャ・シュレックの夫はオイルが染みたつなぎを身につけていた。指は真っ黒だ。オリヴァーは、彼がガソリンスタンドの工場で働いていることを思いだした。

「給油さ」オリヴァーはそっけなく答えた。「あんたは？」

「ここで働いてる」シュレックは工場の方を顎でしゃくった。

「葬儀に行かないのか？」

「ああ。クレメンスは気に食わなかった。あいつの墓の前に立って、悲しんでいるふりなんてできるかい」シュレックは吐き捨てるようにいうと、つなぎの肩紐に親指を引っかけた。仁王立ちして、丸々した腹を突きだし、赤ら顔をにやつかせている。妻のゾーニャが夢も希望も失っているのがわかる。「それにうちのゾーニャはロージーのせいで苦労させられた。ロージーが死んでも、気の毒とは思えねえな」

ケムがそれを聞いて、眉を吊りあげた。

「レオを捕まえたんだってな」シュレックの水色の目がキラッと光った。「隣に住んでるエルフリーデ・ロースから聞いたぞ。レオの住まいを家捜ししたんだってな。あんなとんまを捕まえてどうすんだい？」

シュレックが窓ガラスを叩いたのはただの好奇心からだったのだ。

「レオはみんなを欺いていた。絶句さ」オリヴァーはわざとなれなれしくいった。「四十年間、知的障害のふりをしていたんだ。たどたどしく口ごもってみせて！　だが本当はあいつ、普通にしゃべれるんだ」

「なんだって？」シュレックは目を見張った。今の話が脳内を駆け巡り、合点したようだ。「レオの奴！　ぶったまげたな！」

「ああ、たまげたさ」オリヴァーは首を横に振った。「すっかり面食らっている。しかもあいつが自供したことといったら……」

「すげえ！　よくやるな」

「あんたは昔、友だちだったよな」オリヴァーはいった。「当時、レオに彼女はいたのかい？　それとも、だれかに片思いしていたとか？」

「パトリツィアとくっついてた。一年くらいだったかな」

シュレックは肩をすくめた。

「パトリツィア？　ヤーコプのところの？」オリヴァーは訊き返した。

「ああ、そうさ。みんな、パトリツィアに首ったけだった。だけど、あの女は俺たちなんて眼中になかった。あの女がどうしても欲しかったのはヤーコプだ。弁護士の夫を手に入れて、奥様を気取りたかったのさ！　あの女は、あらゆる手を尽くした。だけど間抜けなことに、ヤーコプは別の娘と婚約しちまった。ヤーコプはパトリツィアのことなんてなんとも思ってなかったのさ」シュレックがニヤッとした。「いつもあの女を笑いものにしていた」

給油が終わったが、ケムは車の横で立ち止まった。

「だけどパトリツィアはそのことを気にもとめなかった。あいつはあの頃からずる賢くて、ヤーコプをはめたんだ」シュレックはクスクス笑った。「〈緑の森〉でカーニバルの仮装舞踏会をやったときのことさ。ヤーコプは男子トイレでパトリツィアとセックスした。レオがバンドの楽器を車に積み込んでいるあいだにな」

「なんで知ってるんだ？」

「俺たちもいっしょだったからさ」シュレックの赤ら顔がさらに紅潮した。「クレメンスと俺で見張りをしたんだ。ヤーコプに頼まれてよくそういうことをした」

「すばらしい友情だ」ヤーコプが女の子を抱いているあいだ、シュレックは彼をうらやみながら発情していたのだろう。想像しただけで、吐き気を覚える。

「まあ、そういう関係だったのさ」シュレックは露骨にいい気味だという顔をした。良心の呵責など一切ないのだろう。「ヤーコプがあいつの腹をふくらませるなんてだれも思わなかった」いやらしい笑い声をあげた。「だけど数ヶ月後の週末、兵役から一時帰宅したヤーコプにパトリツィアが妊娠したって告げたんだ。ヤーコプの壮大な計画もこれで夢物語になった。大学進学も海外留学もおじゃん。結婚して村でくすぶることになったってわけさ！」もう何年も経ったというのに、シュレックはいまだに根に持っている。「お利口なヤーコプの足をすくうとはね！　俺たちはヤーコプのことを大いに笑いものにした。一番騒いだのはクレメンスだった」

「恋人が親友の子を身ごもったと知って、ケラーはどうしたんです？」ケムがたずねた。

「喜んではいなかったな。だけど手遅れだった」

「じゃあ」ケムは質問をつづけた。「ケラーが子どもを殺して、自殺未遂をしたと知ったとき、あなたたちはどう思いましたか？」

シュレックは頬をふくらませた。彼の丸い目がケムとオリヴァーを交互に見て、禿げた頭を汚れた手でなでた。

「だれも信じなかったさ」彼は少しためらってからいった。「よく知ってる奴だったから、そんなことをするとは思えなかった」

「しかし当時は警察でそういいませんでしたね」

「どうだったかな。覚えてねえや」シュレックは返答を避けた。

「本当はなにか知っていたんですか？」

「いいや！　ぜんぜん知らない。本当だ！」シュレックが及び腰になった。「いろいろ噂が飛び交って、そのうちそれを信じるようになった」

「ケラーは自殺未遂ではなく、だれかに殺されそうになったのだと聞いたら驚きますか？」ケムがたずねた。

「えっ……なんだって？　嘘だろ。いや、それは……びっくりだ」シュレックは神経質に口ごもった。「それなら、だれがやったっていうんだ？」

「そこがわからないんですよ」ケムがじっと見つめたので、シュレックは目をそむけた。「あなたはわれわれに嘘をついているのですか？　なにか知っているんでしょう？　もしかして犯人をかばっているとか？」

　デトレフ・シュレックは青い顔になり、一歩さがった。すっかりあわてている。

「いや、いや、かばうもんか！　誓うよ！　俺はなにも知らない！」

「ではなぜクレメンス・ヘロルトが嫌いなんですか？　親友だったんでしょう？」ケムは食い下がった。オリヴァーは彼に質問を任せた。シュレックの返事をまともに聞いていなかった。興味も覚えなかった。少しずつとんでもない疑惑が意識に上ってきたからだ。

＊

　ローゼマリー・ヘロルトの旧友エステファニア・ウゴネッリはアイフェル山地にあるプリュムという町に住んでいた。住民登録局への照会で判明した。彼女は結婚しなかったか、結婚後も名字を替えなかったらしく、珍しい名前だったので、すぐに調べはついた。郵便局を兼ねるキオスクを営んでいたが、今は店を売り払っていることも、カイがインターネットで突き止めた。

　カイがエステファニア・ウゴネッリに接触を試みているあいだ、ピアはエンゲル署長といっしょにマジックミラーを通して取り調べの様子を見ていた。ロンバルディとキムは誘導尋問を避け、忍耐強くレオナルド・ケラーに当時のことを思いださせようとしていた。レオナルドは協力的だったが、四十年以上も前のことなので、人から聞いたことと自分が体験したことの区別がつかず、記憶は粥のようにドロドロになっていた。レオナルド自身、真実を知りたくて、心理療法士や心理学者や催眠術師や占星術師に頼ったことがあるが、その人たちをしてもレオナルドの頭に像を結ばせることは叶わず、ときには嘘をでっちあげていた。ピアはついさっきオリヴァーからの電話で聞いたデトレフ・シュレックの話を考えていた。なにか引っかかる。だがなんだろう。

「こんなことをしてどうなるというの？」署長の声でピアは考えを邪魔された。「時間の無駄じゃない」

「しかし唯一の希望なんです」ピアはいった。「前後関係がはっきりしなければ、いくら間接証拠があっても役に立たないでしょう。今のところ仮説や可能性ばかりで、証人は彼しかいないんです」

「脳に障害を負って、なにも思いだせない証人ではねえ」署長は皮肉たっぷりにいった。「しかも彼に振りまわされているだけかもしれない」

「どうして彼がそんなことをする必要があるんですか？」ピアはマジックミラー越しに見えるレオナルド・ケラーの顔から目を離さなかった。彼は集中を欠いているが、それでもなにかヒントになることを期待して古い写真に見入っていた。

二、三時間前、ピアは彼が犯人だと確信していた。だが今は考えを変えた。レオナルド・ケラーにはそれほど強い動機がない。ローゼマリーがレオナルドと密会して、いっしょに子どもを殺したと司祭に告白しても、レオナルドにとって状況はなにも変わらない。すでにアルトゥールを殺した犯人と目されていたのだから。「彼には社会復帰のチャンスがあるんです。これまでのような生き方を望んでいないでしょうから、この機会を利用するはずです。それに明後日には集団遺伝子検査を実施します」

「比較できる犯人のDNAサンプルがなくては無意味でしょう」

「ないわけではありません」ピアは背筋を伸ばした。「ローゼマリー・ヘロルトの娘ゾーニャ・シュレックがDNAを提供してくれました。科学捜査研究所が男性のDNAサンプルで親子関係を調べることになります」

「細かいことにこだわって、全体像を見失わないように気をつけなさい」署長はいった。「メタ視点。批判とは取らないで。忠告よ」

「ありがとうございます」ピアはしぶしぶ礼をいった。もうすこしなにかいえたらよかったのだが、署長の言葉は痛いところをついていた。仮説を生むだけの膨大な情報のせいで捜査の道筋は複雑に絡み合い、本当の手がかりが見えなくなっている。すぐそこにあるはずなのに隠れている。もしかしたら当たり前すぎるせいかもしれない。集まった事実を整理し、矛盾するものを削除する潮時のようだ。ピアはスピーカーから聞こえる取調室の声を半分上の空で聞いていた。そのとき突然ひらめいた。ピアは湯をぶちまけられたかのように勢いよく立つと、廊下に飛びだし、隣の取調室のドアを勢いよく開けた。取り調べを中断させるのがまずいことはよくわかっている。だが今はどうでもよかった。ロンバルディとキムのけわしいまなざしも気にならなかった。

「包丁をくるんでいたTシャツ」ピアは興奮してレオナルドに訊ねた。「最後に着たのはいつ？」

「わ……わかりません」レオナルドはおどおどしていた。「同じのを十二着持っていて、作業着にしています」

「普段はどこにしまっているの？」

「職場にある……自分のロッカーですけど。それがどうかしたんですか？」

「洗濯するために家に持ち帰る？」

「いいえ。作業着が汚れたら、洗濯籠に入れます。出入りの業者が週に一度回収して、代わりに先週洗濯にだした服をロッカーに入れます」

「その洗濯籠はどこにあるの？」

「市庁舎の地下です。更衣室の横」

「じゃあ、だれでも近寄れるのね。それとも開けられないようになってる？」

「いいえ……施錠はされていません」レオナルドは自分のいったことが自分にとって吉と出るか、凶と出るかわかっていなかった。

「ありがとう」ピアは急いでいうと、取調室から飛びだした。外でエンゲル署長にぶつかりそうになった。

「いったいどうして？」署長がいいかけた。

「あとにしてください！」ピアはすかさずいった。「ラルフ・エーラースと話さなくては！彼を拘置所から呼んでくれませんか？」

「ええ、いいけど」署長は困惑気味にピアを見た。

二段飛ばしで、ピアは階段を駆けあがった。どんな知能犯でもいつかミスをするものだ。そして今、そのミスが見つかった！

＊

オリヴァーとケムがケラー夫人の家の前で車から降り立ったとき、夫人は隣人の訪問を受けていた。

「おはよう、ハルトマンさん」オリヴァーは級友だったアンドレアスの母親にあいさつした。エリーザベト・ハルトマンはセーターの上にエプロンを着て、パンの袋を手にしていた。小柄でしっかりものだ。白髪まじりの髪はショートカットで、荒れた手を見れば、家事に精をだしているのがわかる。

「うちのレオは？」ケラー夫人がすぐにたずねた。

「元気です」オリヴァーはケラー夫人をなぐさめた。「心配しなくていいです。昨夜すべて話してくれました」

「本当に？」ケラー夫人は彼をじっと見つめた。

「ええ。もう世間を欺く必要はありません」

ケムとオリヴァーはその前にパン屋のバーテーブルでコーヒーを飲み、パンを食べた。コンスタンティン・ポコルニーは顔をださなかったが、ふたりがレオナルド・ケラーのことを話題にすると、ジルヴィアが好奇心に誘われてやってくるまでたいして時間はかからなかった。狙いどおりに、レオが長年世間を欺いていたことは、デトレフ・シュレックとジルヴィア・ポコルニーを介して今日の昼の葬儀までに村じゅうに知れ渡るだろう。

「それはよかった」ケラー夫人はため息をついた。彼女はほとんどその半生を、精神障害を負った小児性愛者で子ども殺しの犯人の母親として村八分状態だった。「ようやく終わるんだね。うれしいよ」

「終わるってなにが?」ハルトマン夫人が興味を抱いてたずねた。夫人がレオナルド・ケラーをよく知っていることをオリヴァーは思いだした。レオナルド・ケラーは当時、事件が起きたときにハルトマン精肉店で働いていた。だから彼が長年、みんなを欺いていたことを教えた。

「でも、なんでそんなことを?」ハルトマン夫人は唖然とした。

「してもいないことで罪に問われ、刑務所に入ることを恐れたからです」オリヴァーはいった。「当時、警察は彼がアルトゥールを虐待して殺したと見ていて、彼には反証する術がなかったですからね。でも今は違います。アルトゥールの遺体が発見されましたから」

「ちょっとすわらせてくれないかしら、アネマリー」ハルトマン夫人はふらふらしながらささやいた。完全に理解するにはもうしばらく時間がかかりそうだ。だがすでにかすかな罪悪感を覚えているのだ。いつの日かすべてのつながりを知れば、死ぬまで苦しむことになるだろう。彼女は当時レオナルドとその母親を責めたひとりだ。そのことは彼女自身が一番よくわかっている。

「ええ、すわった方がいいわ、エリーザベト」歩行器に体を預けていたケラー夫人が玄関の前のベンチの方を顎でしゃくった。目が勝ち誇ったように輝いている。重荷から解放されて、何歳も若返ったみたいだ。

ハルトマン夫人はベンチにどさっと腰を落とした。顔が真っ青で、首に手を当てた。「つまりレオはその……ぜんぜん……」

「ええ、精神障害者じゃなかったのよ！」ケラー夫人がそこを強調した。「無実だったから、そういうふりをしていたの。あんたたちはあの子にひどいことをしたのよ！」

「でも、だって、あのとき自殺しようとしたでしょう？」

「それは違います」そういって、オリヴァーはハルトマン夫人をさらに唖然とさせた。「だれかが彼をネイルガンで殺そうとしたんです。なにかを知っていたために。わたしたちはそうにらんでいます」

＊

エンゲル署長はラルフ・エーラースを一時間以内に拘置所から署に移送させることに成功した。カイはエステファニア・ウゴネッリの電話番号を見つけだした。しかし電話に出なかったので、アイフェル署の同僚に協力を要請した。パトカーが向かい、自宅の庭に出ていた当人と会い、ピア・ザンダー刑事に電話をかけるよう頼んでくれた。彼女は今パトカーに乗って、ホーフハイム刑事警察署に来るところだ。

ジャンニ・ロンバルディとピアはラルフ・エーラースの向かいにすわった。ピアは内心興奮していた。

「俺の犬はどうしてる？」ラルフは開口一番そうたずねた。

「ケルクハイムの動物保護施設(ティアハイム)でちゃんと預かっています」ピアはいった。「運がよければ、もうすぐ引き取れるでしょう」

「そりゃよかった」拘置所に入れられても、ラルフは萎縮していなかった。刑務所暮らしの経験があるし、評判も気にしない。それに、それほど長く収監されないとわかっているのだ。

「で、なんの用かな、首席警部さん？」

「一九七二年のことを思いだしてもらいます。夏、アルトゥールが行方不明になったときです」

「それって、もう話したじゃないか」

「あなたとあなたの友人たちに関してはそうです。今、興味があるのはあなたのお兄さんがなにをしたかです」

「兄貴？」ラルフはピアから目をそらさずなにか考えた。それから顔の緊張をほどいて、大声で笑った。

「ああ、あれはなかなかのスキャンダルだった。あのことで話題は持ちきりになって、みんな、手で口を隠して笑ったもんさ」彼は思いだしてニヤッとした。「兄貴はクリスマスにケーニヒシュタインに住む女と婚約した。父親はドイツ銀行の重役だった。うちの親はそれが自慢でほくほくしてたっけな！　それに兄貴はミュンヘン大学法学部に入学が決まっていた。おふくろは道で会う奴みんなに自慢した。結婚式の招待客リストもできあがってた。席順も。そして重役夫婦と仲よくシャンパンを酌み交わすところを夢に描いていた」ラルフはクスクス笑った。「だけど兄貴は間抜けなことに、別の女の腹をふくらませちまったんだ。重役の娘は婚約を破棄して破談。うちの親にとって最悪だったのは、お利口なヤーコプがよりによってクロルの娘をはらませたことさ」

「どういうことですか？」ピアの心の目にヤーコプ・エーラースがヘンリエッテ・レッシングとレナーテ・バゼドウになれなれしくしていた光景が浮かんだ。

「クロル家ってのは……まあなんていうか……村社会で下に見られてたのさ。子どもが九人いたが、みんなおつむが弱かった。だけどパトリツィアのずる賢さは天下一品だった。兄貴を見事にはめて、四ヶ月待って人工中絶できなくなってから、兄貴にそのことを告げたのさ。パトリツィアの親は、結婚を望んだ。兄貴はパトリツィアをさげすんでいたから、はじめは断固拒否してた。兄貴は広い世界に出ていくことを夢見ていたんだ。うちで大げんかしたのを覚えてる。村じゅうが、いい気味だと笑ってた。うちの親にとっちゃ苦い敗北だった。おふくろは村から出ていくことまで考えた」

「いつ頃のことですか？」

「結婚式は秋だったかな。できちゃった結婚てやつだ。三週間後に赤ん坊は生まれた」

「あなたのお兄さんはなぜ結婚をのんだんですか？」

「しかたなかったのさ」ラルフは肩をすくめた。「パトリツィアも兄貴もまだ未成年だった。親が決めて、はい、終わり」

「だからお兄さんは弁護士にならなかったのですか？　それがお兄さんの夢だったのでしょう？」

「妻子を抱えてちゃ、稼ぐほかない。最初の数年はうちの屋根裏部屋で暮らした。自宅を構えるより安上がりだからね。兄貴は町の職業研修を受けてから稼ぎがよくなって自立した」

「じゃあ、人生に不満を持ってるんですね？」

「兄貴にとっちゃとんでもない屈辱だった。内心かなり不満だったろうけど、それを態度で見せるのは沽券に関わることだったのさ」

「お兄さんの友だちはどうでしたか？　クレメンス・ヘロルト、レオナルド・ケラー、デトレフ・シュレック」

「兄貴はレオのために市の仕事を斡旋した。あいつが自殺未遂をして、いろいろ噂になったあとでも見捨てなかった。クレメンスとデトレフのふたりとは縁を切った。クレメンスはルッペルツハインから出ていった」

「あなたがクレメンスの妹ゾーニャと結婚しようとしたとき、お兄さんはなんといってました？」

ラルフは一瞬ためらった。なんのために質問されているのか、はじめて気になったようだ。

「なんでそんなことを訊くんだ？」

「答えてください。喜んでいましたか？　それとも結婚をやめさせようとしましたか？」ピアは緊張して息を止めた。真実が闇夜を照らす灯台になるとはかぎらない。真実は遮蔽物の向こうに隠れていて、それを明るみにだすにはこだわりつづけなくてはならない。ピアは事実そうしてきた。あとは最後までやり遂げて、正しい手がかりとなる証拠を見つけるだけだ。

「ふむ」ラルフは驚いた顔をした。「兄貴にはたしかに忠告された。それも何度も。だけど俺は耳を貸さなかった」

「変だと思いませんでしたか？」

「思ったさ。なんとなくな。兄貴が俺のことをそんなに気にかけたことなんてなかった。そもそも俺のことを嫌ってた。なんでそんなことを訊くんだ？」

「あなたのお兄さんがあなたの前妻の父親ではないかとにらんでいるからです」ピアはいった。

ラルフは唖然としてピアを見つめた。「ゾーニャは一九七三年五月五日に生まれましたね。お兄さんは一九七二年の夏、ローゼマリー・ヘロルトの浮気相手で、一九七二年八月十七日に別れたのです。ふたりでアルトゥール・ベルヤコフを殺したあと」

＊

「なんてこと？」エリーザベト・ハルトマンは口に手を当てた。驚きは茫然自失に変わり、それから驚愕に取って代わられた。新しい事実が彼女の意識という地平に一条の光を投げかけた。

「彼がなんで自殺しようとしたのか、ずっと不思議でした」最初のショックからすこし立ち直ると、ハルトマン夫人はゆっくりいった。「冬になったら精肉業のマイスター試験を受けるといっていたんです」

「彼には恋人がいましたか？」

「いいえ、恋人はいなかったと思います」ハルトマン夫人はレオの母親をちらっと見た。「ただパトリツィア・クロルとよくいっしょにいましたね。あの子はレオの親友と結婚しました」

「パトリツィア！」ケラー夫人は吐き捨てるようにいった。「うちのレオは精肉店で働いていたから、あいつの眼鏡にかなわなかったのさ。あいつが欲しかったのは弁護士！　そして豪邸！　で、どうなった？」ケラー夫人はいい気味だというように笑った。「伴侶は公務員。家は庭師小路の平屋！　あほだよ！」

「ロージーはどうでしたか？」オリヴァーは慎重にたずねた。「ロージーがどうしたっていうのさ？　結婚して、子どもがふたりもいた！」

「ロージーには浮気癖があったと聞いていますが」オリヴァーはいった。

ふたりの老婆は急いで顔を見合わせた。ふたりともローゼマリー・ヘロルトよりもはるかに高齢だ。

「そうそう」ハルトマン夫人がいった。「ロージーはよく浮気をしてた。みんな、知ってたことよ。でも話題にはしなかった。彼女の旦那はなにをするかわからない奴だったからね」

「でもある日、旦那が浮気に気づいちゃったのよ」ケラー夫人がいった。「そりゃ大変だった！　ロージーは両目に青あざを作るほど殴られた。そして事故を起こして、ひとりで車に乗るのを禁じられたんだよね」

「事故？」オリヴァーは聞き耳を立てた。胸の鼓動が高鳴った。突然、答えに近づいたという実感を覚えた。はやる気持ちを抑えていると、彼のiPhoneがジャケットのポケットの中で振動した。

「車はひどい壊れ方をしてたよね」ケラー夫人は思いだし笑いをした。「ノロジカを避けたとかいっていたけど、シャンパンを飲みすぎたせいだ、とみんな噂していた！」

「ライムント・フィッシャーがいなかったら、免許停止だったね」ハルトマン夫人がいった。

「ロージーのことになると、あいつはいつも目をつむった」

こっちでひとつ、あっちでひとつ。オリヴァーが思ったとおり、真実はみんなの頭の中に分散して眠っていたのだ。みんな、なにかを知っていた。だがだれもパズルのピースをひとつにまとめようとはしなかった。理由は簡単だ。だれもこの物語に触れる気がなかったからだ。アルトゥールはよそ者、レオナルド・ケラーは人身御供。みんな、自分が火の粉をかぶらずにすんで喜んでいたのだ。

「浮気相手の名前は噂になりましたか？」オリヴァーはさらにたずねた。

いまだにiPhoneが鳴って、振動している。オリヴァーはiPhoneをだして、ケムに渡した。

「いいえ」

「覚えてないね」

ふたりの老婆は視線を合わせようとしなかった。ふたりとも自分の殻から抜けだすことができないのだ。沈黙と言い訳は人間らしい防衛メカニズムだ。とっくに第二の性(さが)になっていた。

「いわなければ犯人幇助(ほうじょ)になりますよ！」オリヴァーはせっつくようにいった。「ロージーもその夫も死んでいます。しかしレオは生きています。あなたたちが真実を明らかにすれば、彼の子ども殺しの疑いが晴れることになるでしょう!」

「ボス……」ケムがいったが、オリヴァーは無視した。

「アルトゥールが行方不明になった夜、レオが森から出てくるのを見た、とだれかが警察に電話をかけました」オリヴァーは話をつづけた。「だからレオは被疑者になり、襲われたのです」

オリヴァーはハルトマン夫人の方を向いて、当てずっぽうにいった。「ちなみにレオを襲い、四人を殺害した人物が、あなたのお嬢さんも手にかけたと考えています」

「フランツィスカを?」ハルトマン夫人は身をこわばらせた。「でも……あれは事故だったのよ!」

「ひき逃げでしたね。ライムント・フィッシャーの死と同じように謎が残ります」

ハルトマン夫人の下唇がふるえだし、目に涙があふれた。心を引き裂くような悲鳴をあげて、小さくなって拝む仕草をした。オリヴァーは同情を覚えなかった。真実を探るためなら、多少の残酷さも避けられない。

「ボス」ケムは小声でいって、オリヴァーにiPhoneを差しだした。

「これを読んでください! 早く!」

オリヴァーは面食らって電話をつかみ、画面を凝視した。そのとたんだれかに腹部を蹴られたような衝撃を受け、同時に脳内のシナプスが火花を散らすのを感じた。〝ヤーコプ・エーラースが犯人。証拠あり。十二時に〈メルリン〉集合。それ以前に行動するな〟

「ミスをしないよう、もう一度おさらいしましょう」ピアはテーブルの上座にすわった。決然として、エネルギーにあふれていた。レストランにいるのは彼らだけだった。オリヴァーはiPhoneで事前にオーナーに連絡をとった。オーナーはわざわざ店を開けて、オリヴァーたちを入れてくれた。本当はまだ閉まっていて、午後、葬儀の参列者のために開けることになっていた。だから捜査チームの顔ぶれがそろうと、バンディはまた入り口を施錠した。

オリヴァーは見慣れた面々の顔をざっと見まわした。みんな真剣な顔つきで、目を輝かせている。心が沸き立ち、疲れを忘れたようだ。もうすぐ目的を果たせると思って、みんな、最後の力を振り絞っているのだ。獲物を駆りたて、囲い込み、あとは最後の一撃を加えるだけだ。

今回の捜査では、オリヴァーはずっと自分が異質な存在に思えてならなかった。チームの仲間ではないような気がしていたのだ。ピアのメールを読んでから自分の限界を感じ、ふがいなく思っていた。どうしてヤーコプ・エーラースに思い至らなかったのだろう。どうして彼を被疑者からはずしてしまったのだろう。当時は兵役に服していたので、村にはいなかったと思い込んだからだろうか。よく調べもせずに受け入れてしまうとは。客観性を担保できないほど公正を欠いてしまったのだろうか。長年知っている多くの人たちが今では別人に見える。突然ものが鮮明に見えるようになった感じで、なんとも奇妙な感覚だ。

「ヤーコプ・エーラースは一九七一年十月から翌年の八月までローゼマリーの浮気相手だった」ピアはいった。オリヴァーは集中するよう自分にいい聞かせた。この事件だけでいい。あと二日か三日。それで一段落つく。「ローゼマリーの友人エステファニア・ウゴネッリからの情報よ」

「その証人は浮気相手の氏名をいったの？」エンゲル署長がたずねた。

「いいえ」ピアは答えた。「ローゼマリーはその点、はっきりとはいわなかったそうです。いつも〝これからわたしのたくましい兵隊さんに会うのよ〟としかいわず、意味深な仕草をしてクスクス笑ったという話です。ウゴネッリはふたりがどこで密会するか知っていましたが、こっそり覗きにいったことはないそうです」

「ヤーコプ・エーラースは一九七一年十月から兵役に服していました」カイがみんなにいった。「当時の兵役期間はまだ十八ヶ月。彼の配属先はヴェッツラー。でも、曹長に渡りをつけていました。その曹長を見つけだし、電話で話を聞きました。ヤーコプ・エーラースはほぼ毎週木曜日の午後九時に兵舎を抜けだし、起床前に戻っていたそうです。ヤーコプ・エーラースとローゼマリーはどうやら毎週木曜日にケーニヒシュタインとルッペルツハインをつなぐ州道三三六九号線の林間駐車場で密会していたようです。一九七二年の夏にヤーコプは突然、兵舎から抜けだすのをやめました。曹長は正確な日付を覚えていませんでしたが、八月十七日だったと思われます」

「ウゴネッリはわたしたちといっしょに墓地に赴くことになった」ピアはいった。「わたしは彼女といっしょに参列者の中にまじる。ヤーコプ・エーラースが彼女を見たら、きっと反応する。ウゴネッリとローゼマリーは何年も親友だったから、ヤーコプ・エーラースは彼女がなにか知っていると思うはず」

「思わなかったらどうするの？　まだ書類送検するには充分といえないわよ」署長がいった。

「その女性の顔を知らないかもしれないし」

「いいえ、顔を知っています」ピアは答えた。「ウゴネッリはそういっています」

「反応」という言葉を聞いて、オリヴァーはマウラー司祭が事故にあったときの記憶が蘇（よみがえ）った。司祭は突然口をつぐみ、愕然としたように見えた。今になってみればわかる。司祭はあのとき、集まった野次馬の中にいるヤーコプ・エーラースに気づいたのだ！

「州刑事局の技術者がエリーアス・レッシングのiPhoneからデータを抜き取るのに成功しました」カイがいった。「画質はあまり鮮明ではありませんが、ヤーコプだとわかります。それに、彼の車が背後に写り込んでいました。あいにくナンバーは読み取れませんが。パウリーネ・ライヒェンバッハの衣服に犬のカールした黒い毛が付着していた件ですが、ヤーコプが犬保有税を支払っていることを、ターリクが突き止めました。その犬の被毛が黒いかどうかはまだわかっていませんが」

「黒いよ」オリヴァーが口をはさんだ。「大型犬で、被毛は黒くて、カールしている。土曜日の晩、パトリツィアに教会の鍵を返そうとしたとき、ヤーコプが犬の散歩から戻ってきた。彼の靴は泥で汚れていたが、犬の脚はきれいだった。ハンノキ新地の工事現場にいたと話していたが、それが本当なら、犬の脚にも泥がついていたはずだ。彼は森林愛好会ハウスの近くにいて、パウリーネを殴り倒し、後日、彼女の車を養魚池に沈めたのだろう」

「ヤーコプ・エーラースなら、市庁舎の洗濯籠から難なくTシャツを盗みだせますね」カイも付け加えた。「レオナルド・ケラーの小屋も知っています。親友だから鍵のありかも知っているはず。彼ならルッペルツハインを歩きまわっても目立たないし、市庁舎からホスピス〈夕焼け〉までは目と鼻の先。マウラー司祭を殺害するときは、妻の鍵束をこっそり持ちだしたのでしょう」

「もう一度口をはさむけど」エンゲル署長が咳払いした。「ヤーコプ・エーラースがレオナルド・ケラーの親友なら、なんでレオナルドはヤーコプまで欺いたの？」

「エーラースを信用していなかったんでしょうね」キムが答えた。「ヤーコプは、レオナルドに市の仕事を斡旋して世話をしたけどヤーコプ自身は、恋人を奪われたことをレオナルドに思いださせた」

「実際にはレオナルドのおかげで自分の犯行が発覚する恐れがなくなったので、ヤーコプは彼に感謝していたかもしれない」ロンバルディが付け加えた。「ローゼマリー以外にアルトゥールの件について知っているものはいなかったわけだから」

「問題は」オリヴァーは異議を唱えた。「パトリツィアが夫と同じ穴の狢かどうかだ」

三十分前、ヴァレンティナ・ベルヤコフからオリヴァーに電話があった。彼女の古い女友だちクラウディアがテレビで記者会見を見てホットラインに電話をかけ、今朝、リューネブルクからやってきていた。ふたりはいっしょにルッペルツハインを歩き、思い出にふけった。そのとき当時はなんとも思わなかったあることを思いだした。ヴァレンティナとクラウディアとフランツィスカ・ハルトマン、十三歳の少女三人がハルトマン精肉店の下の草地に横になって空を眺めていたときのことだ。八月末の蒸し暑い午後だった。精肉店の作業場の扉をすべて開けて、空気を入れ換えていた。倉庫の地下から妊婦がひとり出てきて、あたりをきょろきょろ見まわした。三人の少女は草地に横たわっていたので気づかれなかった。三人は好奇心を覚えてあとをつけた。妊婦は草地を抜ける小道をずんずん歩いて、レオナルド・ケラーの小屋に向かった。十五分後、妊婦は戻ってきたが、すすり泣きながら足早に歩いていった。

つづいてケラー夫人とハルトマン夫人の話をケムがはじめると、ピアは耳をそばだてた。ハルトマン夫人は、レオナルド・ケラーが当時、精肉店の作業場の前でヤーコプ・エーラースと大げんかしたことを覚えていたという。喧嘩の理由まではわからなかったが、レオナルドは裏切り者とヤーコプをなじったらしい。今にして思えば、パトリツィア・エーラースのことだったかもしれないし、アルトゥール殺害のことだった可能性もある。

「ヤーコプ・エーラースの容疑は充分固まった」ピアはいった。「逮捕状も発付された。葬儀後に逮捕する。ケムとターリク、あなたたちは出口のそば。わたしはウゴネッリといっしょに参列者にまじる。墓地にはさらに私服の刑事を配置する。ヤーコプの家も監視する。村のすべての出入り口は葬儀中に封鎖する。シュロスボルン、エッペンハイン、ケーニヒシュタインに通じる道路も農道も。葬式は映像に記録する。わたしたちは全員、無線機をつけて、連絡を取り合えるようにする」ピアは時計に視線を向けた。「今、午後一時十分。行くわよ、みんな！犯人を捕まえる」

*

葬儀ミサがはじまるので、たくさんの人が教会に入っていった。墓地に用意された芳名録の前にも行列ができ、黙っている人や、数人で集まってひそひそ話している人の姿があった。人人のあいだにはいまだに衝撃の名残があった。不安と猜疑心が渦巻いている。犯人が村人の中にいたと知ったら、どういう反応をするだろう。ヤーコプ・エーラースは妻と母親と成人したふたりの息子とその妻を連れてやってきた。ダークスーツに黒いネクタイ姿で、神妙な顔をしている。ちらっと見ただけでは、まわりの参列者と変わりがない。どんな状況にも合わせられるカメレオンということだ。目立たないし、他意はまったく感じられない。オリヴァーは参列者の中にいて、両親や知り合いに挨拶した。知り合いのほとんどは彼を見ておどおどした。彼が警官だからではない。彼が彼らの一員ではないからだ。そう、一度として彼らの一員ではなかった。この数日で、そのことをいやというほど思い知らされた。だがそのおかげで、この村と子ども時代の記憶に訣別するのも楽になった。

ヤーコプ・エーラースとは会わずにすませることができた。人でいっぱいの教会の中では、告解室のわきの壁際に立った。祭壇の前に花で飾られた棺が二基安置されている。ローゼマリーの棺には白いナデシコ、クレメンスの棺にはクリーム色のユリ。その向こうには、葬儀屋のスタッフが設置したたくさんの花環や供花が並んでいる。リボンがきれいに広げてある。甘い花の香りにオリヴァーは頭痛を覚えた。多くの人が棺の前に立ち止まって、こうべを垂れ、それから空いている席を探した。オリヴァーは視線を巡らした。昔からルッペルツハインに住む人はほぼ全員そろっている。中央通路の右側の最前列にはエトガルの家族がすわり、彼の横にゾーニャが大きな子どもたちといっしょに席についていた。通路の反対側にはクレメンスに先立たれたメヒティルト・ヘロルトがすわっていた。彼女はエトガルとゾーニャに一瞥もくれなかった。家族の亀裂は、この悲劇をもってしても埋めることはできなかったのだ。メヒティルトの後ろには、知らない男が数人着席している。おそらくクレメンスの仕事仲間だろう。ヤーコプは家族といっしょに二列目にすわって、故人と最後の別れをするため長い列を作っている参列者を淡々と見ていた。彼の席は聖具室のドアから五メートルと離れていない。五日前、ヤーコプがマウラー司祭を殺害した場所だ。自分が命を奪ったふたつの棺を見て、ヤーコプはなにを思っているだろう。心を揺さぶられているだろうか。自分が利口に立ちまわったことに凱歌を挙げているのだろうか。

ヤーコプの行動にこれほど多くの間接証拠がなければ、オリヴァーは彼を疑いはしなかっただろう。この三十年、たくさんの殺人犯を見てきた。認めることはしかねるが、殺人犯になった理由はたいてい納得できる。だが今回は違う。ヤーコプの行為は卑劣でエゴイズムの塊だ。彼の動機を知っただれもが絶句するだろう。

オリヴァーの内面にあった感覚の麻痺がいきなり消えて、憎しみと怒りが灼熱の溶岩のようにあふれだした。自制心を働かせなくては。このままではヤーコプのところへ行き、ベンチから引っぱりだして、その聖人ぶった顔に殴りかかりそうだ。イヤホンからピアの声が聞こえた。仲間の刑事たちが墓地の中の所定の位置につき、教会の前にも私服の警官が四人待機した。主任司祭が聖具室から出てきた。ロージーが長年、世話係をしていた少年合唱団が聖歌隊席で「アヴェ・マリア」を合唱した。多くの人がすすり泣き、洟をかんだ。しかし少年合唱団の明るい歌声も、つづいて祭壇の奥から聞こえてきたアレマニア＝コンコルディア合唱団の「オールド・ラング・サイン」（スコットランド民謡、「蛍の光」の原曲として知られている）も、遺族の心には届かなかった。遺族はみな、顔をこわばらせ、目が乾いていた。許しがたいことがつづきすぎて、まだ悲しめる状況ではないのだ。ヤーコプと目が合って、オリヴァーはびくっとした。オリヴァーが軽く会釈すると、ヤーコプもそれに応えて、すすり泣く妻の手をさすった。

こいつ、とオリヴァーは思った。主任司祭の説教が終わると、故人への弔辞がつづいた。だが、だれが弔辞を述べたのか記憶に残らないほど、怒り心頭に発していた。ようやくミサが終わった。ふたつの合唱団がいっしょに「タイム・トゥ・セイ・グッバイ」を歌った。棺が教会の外に運びだされ、参列者も腰を上げて外に出た。

＊

「ターゲットが墓地に入った」ピアの緊張した声が響いた。「葬儀が終わるのを待って、ターゲットが立ち去ろうとしたとき確保する。全員、配置についている？」

「ああ」ケムが答えた。

「わたしもついています」ターリクがいった。

他の捜査官も返事をした。道路はすべて封鎖されている。人っ子ひとり、検問を通らずに村から出ることはできない。

オリヴァーは寡黙な参列者にまじって墓地へ向かった。ヤーコプの一家より二、三メートル後ろを両親と歩いた。ルッペルツハイン墓地は村はずれの低いところにある。牧歌的で、左右を森にはさまれ、細い道からしか入れなかった。斎場の前を通り、墓地の門の手前でオリヴァーは右に曲がった。階段を上ると、戦没者慰霊碑のそばを通って森に入った。墓地を囲む金網から二、三メートル離れた森の縁（ふち）に生えている木の陰に立った。そこから見おろすと、参列者でごった返す小さな墓地がよく見渡せる。ヘロルト家の墓は墓地の奥にあった。市の作業員が墓穴をふたつ掘って、そのまわりに緑色の人工芝を敷いていた。墓穴に渡した頑丈な棒の上に二基の棺が置かれていた。葬儀社が一足先にそこに運んだのだ。

のどかで色鮮やかな十月の昼間。雲ひとつない青空がタウヌス地方を覆い、暖かい秋の太陽が色づいた木の葉を照らし、クモの糸が澄み切った冷たい風に乗って宙を舞っている。オリヴァーが軸足を変えると、靴底で枯れ枝の折れる音がした。息遣いは落ち着き、怒りの感情も収まっていた。彼はプロだ。決定的瞬間に個人的な復讐心で注意散漫になって、ミスを犯すわけにいかない。

土と秋と枯れ葉のにおいがする。色づいた葉が音もなく枝から降ってくる。眼下に見える人人がようやく動きを止めた。行列は道路までつづいている。弔鐘（ちょうしょう）が谷の奥まで鳴り響いた。主任司祭と祭壇奉仕者は喪服姿の人々の中で白い点に見える。主任司祭が大きな声でなにかいったが、オリヴァーには切れ切れにしか聞き取れなかった。会葬者を絶え間なく監視していると、知った顔やピアが見えた。ピアは会葬者と共に墓地の通路に立っていた。そのすぐ隣に黒髪の小柄な女性がいる。ローゼマリーの友だち、エステファニア・ウゴネッリだ。

「あいつが見えますか、ボス？」ピアの声がイヤホンから聞こえた。

「ついさっき見えたが、今は……だめだ。見当たらない。さっきは二時の方角にいた」

脈が速くなり、興奮して口の中が乾いた。一分前、ヤーコプは主任司祭のそばに立っていた。オリヴァーは木に手をついて、会葬者の顔を見渡した。ほとんどの男が喪服と黒ネクタイを身につけ、その多くが白髪だ。まずいぞ！　体がかっと熱くなった。ざらざらした木肌を手に感じ、香煙のにおいがした。ヤーコプがこっそり墓地から消えるなんてありえない！　同僚が要所要所に立ち、そのひとりが葬儀を撮影している。

「気づかれたようですね」ピアがささやいた。「わたしのところからも目視できません。みんな、逃さないように気をつけて！」

オリヴァーはドキドキしながらヤーコプの顔を捜した。しかし会葬者が動きを止めても、じっとしている人はいない。頭が動き、前後に体が揺れ、立ち位置が絶えず変わる。ピアは動きが取れない。会葬者から離れるには墓石をいくつもまたぐ必要がある。

「こんな馬鹿な！」消防団の駐車場に止めた指揮車にいるエンゲル署長の叫び声がイヤホンを通して聞こえた。「あいつはどこ？　だれかなんとかいって！」

「くそっ！」オリヴァーはイヤホンを抜き取った。その瞬間、森の縁で人の気配を感じた。ヤーコプの白い髪！　奴は金網を乗り越えたに違いない。エステファニア・ウゴネッリを見て、自分が犯人であることがばれ、罠にかかったと気づいたのだろうか。オリヴァーは駆けだした。

ヤーコプの行く手をはばむべく、斜面を駆けあがった。下草ややぶをかきわけ、逃げていくヤーコプを垣間見た。奴は少し先にいて、オリヴァーよりも足取りが確かだ。どこへ行く気だろう。いったいどうして逃げだしたんだ。逃げても無駄だとわかっているだろうに。逃げきれたとしても、これまでの生活にはもう戻れない。オリヴァーは足場の悪い地面が許すかぎり懸命に走った。細い枝や黒スグリのツル、枯れ葉に覆われて見えない岩が行く手を阻み、何度も迂回した。子どもの頃、よくここで遊んだ。ロッセルト山を越えればエッペンハインだ。山の上には空き地があって、エッペンハインの子どもたちとよくそこで喧嘩をした。昔はこのあたりの小道をすべて知り尽くしていた。窪地や倒木があっても、シカのように軽々と飛び越えたものだ。だがそれは四十年も前の話だ。自分のあえぎ声を聞きながら必死に斜面を登ると、森が明るくなった。オリヴァーは一瞬足を止めた。息が切れたので、木にもたれかかってあたりを見まわした。あそこだ！ ヤーコプが前方を走っている。五十メートルほど先だ。突然、ヤーコプがなにをするつもりかわかった。尾根の向こうに古い石切場がある。昔は珪岩を採取していたが、アクセスが悪くて、五十年以上前に閉鎖されていた。断崖は高さが三十メートルはある。落ちれば死ぬ。それが見破られたときのヤーコプのプランBなのだ！

「そうはさせない！」そうなると、オリヴァーは走る速度を上げた。自殺などという卑怯な手で裁きの場から逃げられてなるものか。自分の命と健康を抛ってでも、逃がさない。アルトゥールとマクシのことが脳裏をよぎった。あの残酷な過去のせいで二度と心を開かない決意をしたヴァレンティナや、なんの罪もないパウリーネや、まったく無関係なのに、無慈悲に殺されたフェリツィタス・モリーンが頭に浮かんだ。常軌を逸した怒りに駆りたてられ、オリヴァーは無我夢中だった。汗が顔や背中を伝い落ち、体じゅうの筋肉が悲鳴をあげたが、前を行くヤーコプを見据えながら、懸命に足を前にだした。ヤーコプもすすみが遅くなっていた。無理は利かないようだ。年には勝てないのだろう。急な斜面を登っては、何度も足を滑らした。尾根の下の地面は油断ならない。落ち葉の下が岩であることが多いのだ。追いついてきたことに気づいて、オリヴァーはやったと思った。だがそのとき根っこに足を取られ、足首をねじって転び、滑り落ちてしまった。木にぶつかって止まったが、体に激痛が走った。仰向けになってしばらく息を整えた。靴が片方脱げて、くるぶしを捻挫している。だがそんなことにはかまっていられない。オリヴァーは立ちあがろうとした。足に感電したような痛みが走り、脳まで達した。自分の体が鈍っていることに腹が立ち、森じゅうに響くような荒々しい声を張りあげた。

「ヤーコプ！　止まれ！　逃しはしないぞ！」

オリヴァーは木の幹にすがって立ちあがった。肺が焼けるようだ。心臓がばくばくいって、今にも口から飛びだしそうだ。片足を引きずりながらすすむ。靴は片方だけ、原動力は煮えたぎる憎悪。脇腹が痛くて息もできなくなり、アドレナリンよりも痛みが強くなって目がかすんだときは、さすがにもう無理だとあきらめかけた。そのとき森を抜け、目の前に空き地が広がった。半円形の空き地は明るい日の光があふれる草むらで、その端に石切場の崖があった。大人になってあらためて見ると、その空き地はとても小さかったが、体が悲鳴をあげ、ろくに走れなくなっている今は、ひたすら大きな空き地に思えた。二十メートルもない左側でヤーコプが下草から姿をあらわし、後ろを振り返ることなくよろよろと崖をめがけて歩いていく。ただし逃走するためではない。奴がずっとしてきた犯罪にひけをとらない身勝手な行動だ。オリヴァーは拳銃を抜いて、警告射撃をした。

「ヤーコプ！」そうどなって、オリヴァーは膝をついた。「パトリツィアがレオを殺そうとしたことを知っていたのか？　ネイルガンを盗んで、レオの小屋に行って始末しようとしたことを聞いていたのか？　嘘をついていたのはおまえだけじゃない。パトリツィアもおまえをだましていた！」

ヤーコプが草むらで立ち止まり、振り返った。

「嘘だ！」ヤーコプが叫んだ。

「嘘じゃない！　彼女を見たという目撃者もいる！」オリヴァーはふたたび立ちあがって、拳銃でヤーコプの右膝を狙った。だが両手がふるえすぎて、発砲する勇気が出なかった。射殺してしまう恐れがある。

「こっちへ来るな！」ヤーコプは両手を突きだし、数歩あとずさった。彼の目が泳いだ。顔を紅潮させている。「嘘だ！」

「どうしてこんなことをしたのか、せめてそれだけは教えてくれ！　ロージーと浮気して、子どもを作った。そのせいでこんなに人が死ななければならなかったのか？」

「わかってるじゃないか！」ヤーコプが叫んだ。腕を腰に当てて、ハアハア息をしている。

「俺は本気でロージーを愛したんだ！　だからといって、彼女のために人生を台無しにする気はない！」

「おまえは子どもを殺した！」オリヴァーはかっとして叫んだ。

「あれは事故だった！　ロージーが駐車場であの子に気づかずひいてしまったんだ。俺たちはあの子をひき殺したと思った。ところが様子を見ていたら、あいつが目を開けて俺たちを見たんだ。ロージーは死ぬほどパニックになった。だから俺が絞め殺した。そうするしかなかった」

「そうするしかなかっただと？　おまえはロージーの夫が怖くて、わたしの親友を殺した！」そうどなると、オリヴァーは拳銃をしまった。憎しみが心の中ではじけ、殺意に変わった。自分でも信じられないことだった。痛みも感じなくなり、そのままヤーコプに突進した。体ごとぶつかって、ふたりは地面に倒れた。ふたりともしぶとくもみ合い、生死をかけた戦いになった。崖から五メートルと離れていない。ヤーコプは抵抗したが、それでもオリヴァーは彼を押さえ込むことに成功した。

「よせ！」ヤーコプは半泣きになっていった。「やめてくれ！」

「この糞(くそ)野郎！」そうわめくと、オリヴァーはヤーコプの腕を脚で押さえた。オリヴァーの拳がヤーコプの顔に炸裂した。ヤーコプを心から信頼していた。酒を振る舞われたあの夜を思いだした。ヤーコプはオリヴァーからいろいろ巧みに聞きだし、ひそかにほくそ笑んでいたに違いない。オリヴァーは無我夢中でヤーコプを殴った。歯が折れたようだ。目の前が赤くかすんで見えた。ヤーコプの首をつかむと、今度は首を絞めた。突然、腕をつかまれ、後ろに引き倒された。

「やめろ、オリヴァー！　やめるんだ！」だれかが叫んだ。オリヴァーは我に返った。ヴィーラント・カプタイナの深いしわが寄った顔がぼんやり見えた。立ちあがる力も残っていなかった。あえぎながら草むらにしゃがみ込み、自分の両手を見つめた。あやうく人を殺すところだった。指関節の皮膚が裂けている。そのくらい激しく殴ったのだ。

「ヴィーラント」オリヴァーはささやいた。「あいつがいったことを聞いたか？」

「ああ、聞いたよ」ヴィーラントが答えた。「手錠を持っているか？」

「ベルトにかけてある」

ヴィーラントは散弾銃をオリヴァーに渡して、オリヴァーのベルトにかけた手錠を取ると、仰向けになって泣いているヤーコプのところへ行った。

「あいつ、俺を殴ったんだ、ヴィーラント！　見ていたよな？」

「おまえが顔から転ぶところは見たさ」そういうと、ヴィーラントはヤーコプの上半身を引っ張り起こした。

「さあ、立て、この野郎！」ヴィーラントはヤーコプの腕を背中にひねって、手首に手錠をかけた。

遠くで騒ぐ声がして、オリヴァーはあたりを見まわした。そのときはじめて肩にかかったイヤホンから声がしていることに気づいた。ふるえる指でそのイヤホンを耳に挿した。

「ピア？」オリヴァーはかすれた声でいった。

「オリヴァー！　なにがあったんですか？」ピアが叫んだ。「ヤーコプは？」

「手錠をかけられて草むらに倒れている。ヴィーラントが見張っている」

「どこにいるんですか？」

「森の中だ」オリヴァーは答えた。「すべてがはじまった場所だ」

彼は耳からイヤホンをはずした。黄葉した森に視線を泳がせてから、ため息をついて後ろに倒れ込み、空を見つめた。乾燥した草とハーブのにおいがする空気を吸い込む。一瞬、十一歳の頃に戻り、前途洋々としている感覚に襲われた。そして突然、平穏が訪れたことをしみじみと感じた。謎は解けた。ついに解放されたのだ。

二〇一四年十月十六日（木曜日）

すでに夕闇が迫っていた。ピアはバート・ゾーデン私立病院のパーキングデッキに車を止め、病棟へ向かった。オリヴァーは昨日、森の空き地から直接この病院に搬送(はんそう)され、手術を受けた。ピアは、オリヴァーがヤーコプ・エーラースの最初の取り調べに同席するといって聞かないだろうと思っていたが、彼にはそういうこだわりがなかった。〝やるべきことはした。複数の殺人事件を一週間以内に解決し、犯人を逮捕したのはきみだ。あとは任せる〟と彼はいった。

受付で、ピアはオリヴァーの病室番号を聞き、エレベーターで四階に上がった。早く休みたかったし、この数日ろくに顔も見ていないクリストフが恋しかったが、その前にオリヴァーに報告したかった。五号室は廊下の一番奥だった。ピアがノックすると、「どうぞ」というボスの声がした。

「うわあ!」ピアはすっとんきょうな声をあげた。趣味のいい病室だ。窓は大きく、床は寄せ木細工。高級ホテルの客室といった方が当たっている。オリヴァーが本を読みながら横たわっているベッドだけが、雰囲気を壊していた。

「ずいぶん豪勢ね!」

「公務員風情がこんな病室に入れるなんてじつに幸運さ」オリヴァーはメガネをはずすと、本を脇に置いて微笑んだ。「来てくれてうれしいよ。だけど用事があるなら、電話ですませればよかったのに。くたくたなんじゃないのか」

「まあね。でも、それをいうなら全員」ピアも微笑んだ。「ボスの様子が見たかったんです」

「うれしいね。椅子にすわってくれ。ミニバーにコーラ・ライトもある」

「ありがとう」ピアは椅子を引き寄せて、ベッドの横にすわった。「具合はどう?」

「かなりいいさ」オリヴァーはたしかにリラックスしている。「手術はうまくいった。骨折はちゃんとつながったし、切れた筋も縫合してくれた。今日は松葉杖で歩いたよ」

「ではすぐに現場復帰できますね」

「しばらく病欠させてもらう」オリヴァーはニヤッとした。「まだ有給休暇も残っているし」

ピアはまた胸にちくっと痛みを感じた。年末に、彼女の人生の重要な一章が終わる。

「そんなに職場放棄したいわけ?」

「ちがうさ、ピア」オリヴァーは真剣な顔をした。「みんなと会えないのはさびしいと思う。とくにきみと会えないのはね。きみはじつにすばらしい。いや、みんな、すばらしい。わたしはこの世からおさらばするわけじゃない。いつでも助けにいく。忘れないでくれ」

「それは心強いです」ピアは微笑んで見せた。ふたりはしばらく押し黙った。

「パウリーネの意識が戻りました」ピアはいった。「ターリクのことをすぐに認識したんです。すごいでしょ」

「それはいい知らせだ」

「ヤーコプ・エーラースはすべて自白しました。自白するしかありませんでしたから。レオナルド・ケラーがかなり記憶を取り戻して、自分の妻がレオナルドを殺そうとしたことが明らかになり、しかも妻がそれをずっと黙っていたと知り、とどめを刺された恰好でした」ピアはため息をついた。「レオナルドは精肉店での喧嘩がパトリツィアを巡るものだったことまで思いだしました。彼は本気でパトリツィアを愛していたんですね」

「ヤーコプは彼女の姉ローゼマリーを愛していた」オリヴァーは首を横に振って、ため息をついた。「あいつは彼女のせいで殺人犯になった」

「人を愛して不幸になった人なんてごまんといるけど、だからって人を六人も殺したりしないでしょう」

「六人?」オリヴァーは訊き返した。

「ひとりはライムント・フィッシャー署長」ピアはいった。「彼もローゼマリーに色目を使っていたんです。死んだアルトゥールとマクシを埋める手伝いをしたのは夫ではなく、彼でした。そしてあとになってローゼマリーを脅迫したから、ヤーコプが問題を解決したんです」ピアは吐き捨てるようにいった。「でも本当の悲劇はあの夜にはじまっていました。真夜中にケーニヒシュタインから帰ってきたレオナルド・ケラーが林間駐車場に車が二台止まっていて、そのうちの一台が親友のものだということに気づいたんです。彼はヤーコプがローゼマリーと密会していることを知っていました。もしあのとき車を止めていれば、アルトゥールを救えたかもしれません。だけど彼はそのまま通りすぎたんです。子を宿したパトリツィアがいるのに、ヤーコプが兵舎を抜けだして浮気をしていることに腹を立てて」

「その少しあとにレオはクレメンスとエトガルに出会ったんだな」

「そういうことです。レオナルド・ケラーは、未来の夫が浮気していることをパトリツィアに告げ口しました。相手がだれかまでは明かさず、ヤーコプと結婚するなと懇願したんです。ヤーコプとの結婚が彼女にとってどんなに大事で、ヤーコプが浮気しようがまったく意に介していないことにレオは気づかなかったんです。彼女はなにがなんでもヤーコプと結婚したかったんですね」

「そしてレオがあまりにうるさくいうものだから、ネイルガンを使って自殺に見せかけることにしたんだな。よくわかる」

「そうです。警察に匿名の電話をかけたのはパトリツィアでした。でもあいにくパトリツィアは無罪放免です。危険な傷害はもう時効ですから。でも罪の意識を持ちながら生きていくことになりますね」

「レッシング医師は事件とどう絡んでいたんだ?」

「ライムント・フィッシャーが義弟のレッシングに秘密を明かしたんです。すこしねじ曲げてね。レッシング医師の息子も含む子どもたちがアルトゥールを殺したらしいというふうに。自分とローゼマリーから疑惑の目をそらすためだったんでしょう。まったく卑劣な話です。信じられません。つかの間の逢瀬のためにこんなことになるなんて!」

「小石が転がったせいで地滑りになるというのはよくあることじゃないか。ヤーコプはパトリツィアがしたことを知らず、パトリツィアもローゼマリーとのことを知らなかったというわけか」

「ゾーニャがヤーコプの娘だといったら、パトリツィアは我を忘れて泣きました。夫が殺人を犯していたこともまったく気づいていなかったんです」

「そういっているだけだろう!」

「いいえ、それは信憑性があります。ヤーコプの供述の音声記録を聞かせたとき、彼女は気を失いましたから」ピアは足を伸ばし、くるぶしのところで両足を重ねた。「ヤーコプは別のだれかに罪を着せようとしました。でもそれで墓穴を掘ったんです。ヘロルトのマフラーや自分の弟のバールを凶器に使わなければ、彼が犯人だと気づくことはなかったでしょう。それ以外は用意周到でしたから」ピアはあくびをした。「といっても……パウリーネの車を養魚池に沈めたのもうかつでしたね。燃やしてしまった方がよかったでしょう。パウリーネを殺しきれなかったのもミスでした。パウリーネが死んだと思って、遺体を牧草地のもっと奥の方に捨てるつもりだったけど、ちょうどジョギングをする人があらわれて、計画どおりにできなかったそうです」

「完璧な殺人なんてないさ。フェリツィタス・モリーンを殺したのはなぜだ？」

「エリーアスの居場所をいわなかったかららしいです。でも、実際に知らなかったんですよね。ヤーコプは、彼女がバスタブの縁にすわって手に包丁を持ち、自殺しようとしていたと言い張っています。それから顔にワインをかけられ、マスクを下ろされて顔を見られたので殺したということらしいです」

ピアは口をつぐんだ。

「なんでもっと早く気づけなかったんでしょうね？」

「そのことはわたしも考えた」

「あとになってみれば、ああと気づくことがいっぱいあります」ピアは首を横に振った。「パウリーネの発見現場でわたしが、闇の中、こんなところをひとりで歩いて、よく平気でしたねって訊いたとき、ヤーコプは困惑していました。平気に決まってたんです！　だれが犯人かわかっていたんですから！」

「ヤーコプはずる賢かった。いろんなところに目くらましを仕掛け、わたしたちをふりまわした。それでもうまくやった方だ。解決するまで一週間しかかからなかったんだから」

「けれども、フェリツィタス・モリーンは死なずにすんだかもしれない」

ふたりはしばらく押し黙った。

「家に帰った方がいいぞ、ピア。しっかり眠るといい」

「ええ、そうします」ピアは疲れていた。病室が暖かかったので、まぶたが落ちそうだった。だがまだすることがある。ピアは立ちあがって、椅子に置いた袋をつかむと、オリヴァーに渡した。「男性に花を持ってくるのも変だと思って、これをあげることにしました。最後の共同捜査の思い出にどうぞ。わたしを忘れないために」

「なんだよ、わたしがオーストラリアにでも移住するような言い方だな」オリヴァーは微笑んで袋に触った。「これは?」

「見てみてください」ピアは、オリヴァーが紙袋からおんぼろのキツネのぬいぐるみをだすところをじっと見つめた。

「それは小さい頃のお気に入りのぬいぐるみのひとつ」ピアはいった。「でも一番じゃありません。一番はフクロウ。だからこれはあなたにあげてもいいかなって」

オリヴァーは顔をしかめた。泣きだすのではないか、とピアは心配になった。

「じつに……かわいい」オリヴァーはかすれた声でそういうと、笑みを浮かべた。「マクシ。そう呼ぶことにする。ありがとう、ピア」

「どういたしまして」ピアはわざと無頓着にいった。「ところで来週の金曜日までに回復すること。エンゲル署長がわたしのためにパーティをひらいてくれるんです。来なかったら、許しませんよ」

「もちろん行くさ」オリヴァーは答えた。「車椅子を使ってでも」

エピローグ

二〇一四年十二月二十日（土曜日）

「これで鍵は全部だ」オリヴァーは家で使う鍵をすべて、キッチンの作業台に置いた。「玄関、ガレージ、門、地下室の入り口。部屋の鍵はそれぞれのドアに挿してある」
「すばらしい」レオナルド・ケラーは満足の笑みを浮かべた。「一月には左官が入る。すぐに引っ越せそうだ」

オリヴァーはうなずいて、レオナルドに売ったがらんとした家をもう一度振り返った。ヤーコプ・エーラースを逮捕してから一週間後、アネマリー・ケラーが息を引き取った。息子が無実だと知って満足しながらあの世へ旅立ったのだ。レオナルドはオリヴァーが家を売りたがっているとヴィーラント・カプタイナから聞き、すぐに話がついた。

昨日、引越し業者が来て、家具と段ボールをホルナウにあるカロリーネの家に運んだ。オリヴァーはレオに手を差しだし、メリー・クリスマスといって、心も軽く四年間過ごした家を出た。

「パパ、クリスマスツリーの葉がいっぱい落ちてる！　急いで水につけないとだめみたい！」

外階段を下りてきたオリヴァーに向かって、ゾフィアがあわてて叫んだ。ふたりは家を引き渡す前にシュロスボルンのクリスマスツリーマーケットに寄ってモミの木を買い、店にいた若者に手伝ってもらって車のルーフに積んだ。オリヴァーはチップを渡そうとして、その若者がエリーアス・レッシングであることに気づいた。エリーアスはすっかり雰囲気が変わっていた。今は親の家に帰っていて、遅ればせながら大学入学資格試験を受けるつもりだという。ニケと赤ん坊のレオも元気で、ニケが学校を卒業し、エリーアスが職業訓練を受けたら、いっしょに暮らす予定だという話だった。

「じゃあ、行こう」オリヴァーは娘にいった。「枯れたら大変だから、急ぐぞ。帰る前におじいさんおばあさんのところにも寄ることになっているからな」

もうすっかり普通に歩けるようになっていた。運転もオートマチックだから問題ない。ゾフィアは後部座席の子ども用シートによじ登って、シートベルトを締めた。ちなみにゾフィアの環境も変わる。クリスマス休暇のあとケルクハイムの学校に転校し、カロリーネとオリヴァーのところでずっと暮らす。コージマは旅行から戻ったが、一週間後にはまた旅立った。ゾフィアを育てる責任から解放されることは、彼女も歓迎だった。

オリヴァーは車を後退させて、家の進入路から出た。優先道路で左折すると、百メートルほどで村を出た。これでやっとルッペルツハインからおさらばできる。

四週間前、アルトゥールとマクシの遺体をボーデンシュタイン家の墓地にあらためて葬(ほうむ)った。ほとんどすべてが解明した。ただ、フランツィスカ・ハルトマンのひき逃げ事件だけは謎のままだった。

トルディスは父親と父娘の名乗りをし、仲よくしている。母親はドイツを去った。どこへ行ったのか、オリヴァーは知らなかったし、興味もなかった。これから人生の新しいページがひらかれる。カロリーネとふたりの娘に囲まれた生活が今から楽しみでならなかった。

「あのねえ、パパ、このあいだの夜中、火事を見にいったのを覚えてる？」ゾフィアがいった。

「キャンピングトレーラーで男の人が焼けちゃったときのこと」

「ああ、もちろん覚えているさ」そう答えると、オリヴァーはルームミラーをとおして娘を見た。「どうしてだい？」

「じつはね」ゾフィアは口をへの字に曲げた。「あたしも死体を見たってグレータに話したんだ」

「どういうことだ？　それは嘘じゃないか！」

「半分は本当よ！　遠くから見たもの」

「そうかい。それで、どうしたいのかな？」

「死体をちゃんと見ていないってグレータにいわないでほしいの」猫なで声でそういうと、ゾフィアは微笑んだ。「これで一対一なの」

「そのことを話題にしなければいい。そうすれば、無理に嘘をつかなくてすむ。違うかな？」

ゾフィアは窓の外を見た。

「あっ、あれを見て、パパ！」そう叫んで、ゾフィアは道端の標識を指差した。「ここの方がロー・ドキルはケーニヒシュタインよりも多いのね！」

「ロード・キルだよ」そう訂正すると、オリヴァーは笑みを浮かべた。

長期休暇（サバティカル）に入ることを祝して、同僚たちがかなり高額の図書券をくれた。サバティカル中に退屈しないようにといって。だがゾフィアがいるかぎり、退屈などしないだろう。もっとも退屈するくらいのんびりしたいのだが。

謝辞

またしてもただのアイデアが小説になりました。ピアとオリヴァーの八つ目の事件です。十年前、わたしの故郷であるタウヌス地方を舞台にした第一作を書いたとき、まさかこんなにシリーズがつづくとは思っていませんでした。読者のみなさんが応援してくださったおかげです。この場を借りて心から感謝します。ふたりの捜査官をうちの玄関から殺人者狩りに送りだすのは今でも大きな喜びです。事件はあくまでフィクションですが、舞台となる場所はフィクションでないことがしばしばです。

ルッペルツハイン——地元では「ルップシュ」と呼ばれています——は実在の村です。しかもよく知っている村です。ここを舞台にした理由はその立地にあります。タウヌス山地の斜面にあり、森に囲まれている。もう一度強調しておきますが、わたしの小説に登場する人物はすべて想像の産物です。実在のモデルはいません。あっ、いや！ レストラン〈メルリン〉のオーナーであるアジェイ・〝バンディ〟・アローラは実在します。親切にも登場人物に加えることを許可してくれました。それ以外の登場人物は実際には存在しません。また意図的に実在の人物に似せるということはしていませんし、仮に似た人がいたとしても、それは偶然です。登場人物を自分や自分の隣人だと思う人はいるかもしれませんが、それは誤解です！　ところで、ルッペルツハインは訪問する価値のある村です。実際には、わたしの本から感じられるような危険はありません。魔の山（ツァウバーベルク）のテラスからの息をのむ美しい眺めは、いつもバカンス気分にしてくれます。

さて、『森の中に埋めた』を執筆するにあたって支援してくださった方々に謝意をあらわしたいと思います。パートナーのマティアス・クネスはあらゆるシーンでわたしの負担を減らし、執筆中は後方支援をしてくれました。おかげで飢えることはありませんでしたし、聞き役に徹し、草稿に目を通し、作品の舞台を訪ねるときにはいつも同行してくれました。ありがとう、マティアス！　あなたが傍（かたわ）らにいてくれて、執筆は二倍楽しいものになりました。

一九七二年と現在のルッペルツハインについて貴重な情報をくれたヴォルフガング・メナーに感謝します。彼の記憶は大いに役立ちました。物語を可能なかぎりリアルに描けたと思います。ケーニヒシュタイン消防団の団長イェルク・アントコヴィアクにも感謝します。消防団の活動に関する質問に懇切丁寧に答えてくれました。

最大級の感謝を捧げたいのは、試し読みをしてくれた愛すべき人々です。さまざまなことをフィードバックして、刺激を与えてくれました。わたしの姉妹クラウディア・レーヴェンベルク＝コーエンとカミラ・アルトファーター、わたしの出版エージェント、アンドレア・ヴィルトグルーバー、友人のジモーネ・ヤコービ、カトリーン・ルンゲ、ズザンネ・ヘッカーです。

今回はブレーメンで殺人課課長を務め、経験豊かなプロファイラーでもあるアクセル・ペーターマンから多大な支援を受けました。価値ある助言や注釈、ヒントをもらいました。ありがとう、親愛なるアクセル！

ピアとオリヴァーが実在すればその上司である西ヘッセン警察本部のシュテファン・ミュラー本部長にも感謝します。彼のおかげで、ヴィースバーデン刑事警察署捜査十一課のレッヒャー課長に細かい質問をすることができました。

それよりなにより、この本の制作に伴走し、励ますことを忘れず、わたしが必要とする創造の自由を見守ってくれた、すばらしい編集者マリオン・ヴァスケスに何千回もの感謝の言葉を捧げます。いっしょに次の企画をすすめるのが楽しみです！

ウルシュタイン社の全スタッフにも、わたしを信頼してくれていることに感謝したいと思います。懐（ふところ）が深く、熱心で、支援態勢がすばらしい。協力態勢もスムーズこの上ありません。みんな、最高！

もしかしたら感謝すべき方を失念しているかもしれませんが、わざとではありません。この場を借りて、わたしを信じてくださっている方々すべてにありがとうと申しあげます！

ネレ・ノイハウス

二〇一六年六月

参考文献

I　ヨーゼフ・ヴィルフィング（Josef Wilfing）へのインタビュー、インターネットから

II　Rechtsmedizin—Grundwissen für die Ermittlungspraxis von Ingo Wirth und Hansjürg Strauch, 2006, Kriminalistik, Verlagsgruppe Hüthig Jehle Rehm GmbH, Heidelberg, ISBN 3-7832-0016-4

訳者あとがき

ネレ・ノイハウスの警察小説シリーズ〈オリヴァー&ピア〉の八作目『森の中に埋めた』をお届けします。ここ数年は毎年十月の翻訳出版が恒例となっています。これも、読者のみなさんが応援してくださるお陰です。感謝に堪えません。

このシリーズはある意味、前作でターニングポイントを迎えたといえます。ドイツではすでに九作目 *Muttertag*（母の日）が刊行されていて、シリーズはさらなる進化を遂げながら今後もつづく予定です。

まずはこれまでに翻訳刊行されたシリーズ作品を概観しながら、作風の変化を見ておきたいと思います。時系列に沿って書名を列記します。

『悪女は自殺しない』（原題 Eine unbeliebte Frau 二〇〇九年）
『死体は笑みを招く』（原題 Mordsfreunde 二〇〇九年）
『深い疵』（原題 Tiefe Wunden 二〇〇九年）
『白雪姫には死んでもらう』（原題 Schneewittchen muss sterben 二〇一〇年）
『穢れた風』（原題 Wer Wind sät 二〇一一年）

『悪しき狼』（原題 Böser Wolf 二〇一二年）
『生者と死者に告ぐ』（原題 Die Lebenden und die Toten 二〇一四年）
『森の中に埋めた』（原題 Im Wald 二〇一六年）
Muttertag（二〇一八年）

括弧内は原書の出版年。最初の三作品が同じ年に出版されているのは、最初の二作がアマチュア時代の自費出版作品で、これが老舗出版社の目にとまり、書き下ろしの三作目とともに相次いで出版されたからです。その後シリーズは年一冊のペースで上梓され、『生者と死者に告ぐ』から二年おきのペースになりました。インターバルが大きくなったのは、アメリカを舞台にした家族小説シリーズ〈シェリダン・グラント〉（ネレ・レーヴェンベルク名義）を書きだしたことと無関係ではないでしょう。

〈オリヴァー&ピア〉の物語内の時間は基本的に出版年から見て二年前に設定されています。たとえば二〇一四年に刊行された前作では二〇一二年十二月に事件が起きました。ただし二〇〇六年、二〇〇七年に自費出版された最初の二作は例外となります。

ここで各作品がどんなふうにはじまるかに注目してみましょう。まずは最初の二作品の冒頭部分を引用してみます。

「二〇〇五年八月二十八日（日曜日）

ピア・キルヒホフは牧草地の囲いに寄りかかっていた。」(『悪女は自殺しない』)
「二〇〇六年六月十五日(木曜日)
朝の七時四十五分。オリヴァー・フォン・ボーデンシュタイン首席警部は(略)」(『死体は笑みを招く』)

特徴は、視点人物が事件を捜査する側で、のちのちシリーズの顔となるピアとオリヴァーに振り分けられていることでしょう。このスタイルが三作目から変わります。一貫して年月日不明の「プロローグ」を冒頭に置き、被害者らしき人物ないしは犯人らしき人物の視点で、ある状況を提示し、読者の興味を惹く試みをするようになります。しかもそこには一定のパターンがあります。プロローグの視点人物を列記するとこんなふうになります。

『深い疵』　被害者らしき男
『白雪姫には死んでもらう』　犯人らしき男
『穢れた風』　被害者らしき女
『悪しき狼』　犯人らしき男

作者が意識していたかどうかは未確認ですが、視点人物がうまい具合に「被害者らしき人物」と「犯人らしき人物」とで交互になっています。また人物の特徴に「らしき」と記したのは、どの人物も作品内でその位置づけが大きく変化するからです。それが表面的に見えていた事実の薄皮がはがれて、隠された「真実」が見えたときの驚きにつながります。

ところが『生者と死者に告ぐ』からは、冒頭で年月日がはっきり提示されるようになり、また視点人物が犯人だと断定できる状況まで描かれます。

「二〇一二年十二月十九日（水曜日）
外気温摂氏三度。無風。雨の予報なし。条件は揃っている。（中略）レミントン・コアロクト弾が女の頭部を吹き飛ばした。」（『生者と死者に告ぐ』）

ただし狙撃をした犯人を特定する手がかりは「性別」くらいしか提示されず、本編では犯人らしき人物が次々と登場して、読者を混乱させます。

本書ではどうでしょう。作品内の現在は二〇一四年十月ですが、プロローグでは四十年以上前の遠い過去の出来事が描かれます。冒頭では具体的ではないものの、犯行の動機まで視点人物の独白で明かされます。

しかし本書では、この犯人の提示がまた一筋縄ではいかなくなります。前作よりさらに工夫を凝らしています。というのも、本書ではこの四十年以上の時をはさんで、一九七二年の事件と二〇一四年に新たに起きる事件が連動するからです。しかも一九七二年の事件は、われらが主人公オリヴァーが十一歳のときに関わった事件、いわば彼の心のしこりともいえるものなのです。

もうひとつの作風の変化は、シリーズ全体に張った伏線が回収されるようになったことでしょうか。これは前々作『悪しき狼』から顕著になりました。そこでは四作目の『白雪姫には死んでもらう』で懲戒処分になったベーンケの過去が明らかになりました。本書では、オリヴァーに深くつながる一作目『悪女は自殺しない』におけるある謎が解明されます。本書のメインストーリーは作品内で完結していますが、『悪女は自殺しない』を先に読んでおくと二倍楽しめると思います。

ところで、本書のプロローグに登場する「あたし」がだれなのか、はじめて通読したときはなかなかわからず、気づいたときは、やられたと思いました。二〇一九年五月、ドイツ・タウヌスを訪れ、ようやく作者と会う機会に恵まれたときもこのことを話題にしました。作者は話を聞いて、しめしめという顔をしました。ぼくはもののみごとに術中にはまったのです。

ここからは、タウヌスで作者と過ごしたとても濃密な一日について記しておきたいと思います。午前中は本書の舞台となった場所をめぐり、夕方は地元で行われたタウヌス・ミステリフェアでのサイン会、朗読会に参加。そのあいだに自宅訪問というメニューでした。

舞台探訪は多岐にわたりました。エトガル・ヘロルトの工房のモデルは実際に資材が氾濫し、オリヴァーの自宅のモデルはこぎれいでしたし、レオナルド・ケラーの家のモデルのそばにはたしかに大きなモミの木がそびえていました。ポコルニーのパン屋のモデルはウンゲホイアー・ベッケライ。ベッケライはパン屋の意で、ウンゲホイアーは人名ですが、普通名詞では

「怪物」という意味なので、なんという名前のパン屋を選んだのだろうと大笑い。ノイハウスさんがガイド用に準備した原書にはなんと付箋(ふせん)が二十六枚も貼られていて、マーカーで色づけした該当個所を現場で朗読してくれるという特典つき。他にも犯行現場となるキャンプ場と養魚池、教会、その教会のすぐそばにある墓地など、実際に歩いてその場の空気を吸えたのは作品のリアリティを感じる上で大いに役立ちました。とくに本書の最後で重要な場所となる墓地は、亡くなられたかつてのパートナーが眠る場所でもあり、しっかり墓参もすませました。そしてインド人のバンディ・アローラがオーナーのレストラン(実在します)で昼食。オーナー本人と記念撮影もおこない、イタリア料理に舌鼓(したつづみ)を打ちました。

最近引っ越してきたという丘の上の白亜のご自宅はシャクナゲが満開。五十平米はあろうかという書斎はシンプルかつモダンなデザインで、ああ、ここで数々の傑作がうまれてくるんだと感無量でした。

午後も本書の舞台をいろいろ経巡(へめぐ)り、オリヴァーの娘ゾフィアが見る「野生動物のロードキル」の看板も車窓からばっちり確認。今回の作品が細部までリアルに書かれていることがよくわかりました。夕方はタウヌス・ミステリフェアの会場へ。朗読会は一時間ほどでしたが、作者はユーモアをまじえながら最新作 *Muttertag* を朗読しました。興味深かったのはサイン会。地元の本屋が最新作を山のように積んでいましたが、その日に売れたのは数冊といったところ。長蛇の列を作ってサイン会に並んだ人たちはほぼ全員、手持ちのノイハウス作品を持ってきていたからです。それほどに地元で愛される作家ということなのでしょう。

最後に、本書の刊行年である二〇一六年、作者が西ヘッセン警察長官から名誉首席警部の称号を与えられたことを付け加えておきます。

では次作、*Muttertag* をどうぞお楽しみに。オリヴァーの過去が明かされた本書に対して、ピアの家族の秘密が明かされることになります。

訳者紹介　ドイツ文学翻訳家。主な訳書にイーザウ〈ネシャン・サーガ〉シリーズ、フォン・シーラッハ「犯罪」「罪悪」「刑罰」、ノイハウス「深い疵」「白雪姫には死んでもらう」「穢れた風」「悪しき狼」「生者と死者に告ぐ」、グルーバー「夏を殺す少女」他多数。

検印
廃止

森の中に埋めた

2020年10月30日　初版

著者　ネレ・ノイハウス

訳者　酒寄進一

発行所　（株）東京創元社
代表者　渋谷健太郎

162-0814/東京都新宿区新小川町1-5
電話　03・3268・8231-営業部
　　　03・3268・8204-編集部
URL　http://www.tsogen.co.jp
旭印刷・本間製本

乱丁・落丁本は、ご面倒ですが小社までご送付ください。送料小社負担にてお取替えいたします。

ISBN978-4-488-27612-6　C0197